HEYNE BÜCHER

Tip des Monats

In derselben Reihe
erschienen außerdem als Heyne-Taschenbücher:

Johanna Lindsey · Band 23/34
Evelyn Sanders · Band 23/66
Mary Westmacott · Band 23/73
Evelyn Sanders · Band 23/84
Dean Koontz · Band 23/85
Ellis Peters · Band 23/92
Utta Danella · Band 23/95
Heinz G. Konsalik · Band 23/96
Marion Zimmer-Bradley · Band 23/98
Dean Koontz · Band 23/101
Johanna Lindsey · Band 23/103
Ellis Peters · Band 23/104
Heinz G. Konsalik · Band 23/108
Ellis Peters · Band 23/110
Utta Danella · Band 23/111
Dean Koontz · Band 23/112
Ellis Peters · Band 23/114
Johanna Lindsey · Band 23/115
Terry Pratchett · Band 23/117
Dean Koontz · Band 23/119
Ellis Peters · Band 23/121
Dean Koontz · Band 23/123
Philippa Carr · Band 23/125
John Saul · Band 23/127
Barbara Cartland · Band 23/128
Terry Pratchett · Band 23/129
Johanna Lindsey · Band 23/130
Ellis Peters · Band 23/131
Mary Higgins Clark · Band 23/132
Catherine Coulter · Band 23/136
Claudia Keller · Band 23/137
Jane Austen · Band 23/138
Anne Perry · Band 23/139
Philipp Vandenberg · Band 23/140
Terry Pratchett · Band 23/141
Ephraim Kishon · Band 23/142
Dean Koontz · Band 23/143
Johanna Lindsey · Band 23/144
Joanna Trollope · Band 23/145
Ellis Peters · Band 23/146
Catherine Coulter · Band 23/147
Olivia Goldsmith · Band 23/148
John T. Lescroart · Band 23/149
Nora Roberts · Band 23/150
John Grisham · Band 23/151
Utta Danella · 23/152
Mary Higgins Clark · Band 23/154
Dean Koontz · Band 23/155
Johanna Lindsey · Band 23/156
Celia L. Grace · Band 23/158
Philippa Carr · Band 23/159
Craig Thomas · Band 23/160

Friederike Costa

DREI FRECHE FRAUENROMANE

Zwei unter einem Dach

Ist ja irre, Herr Doktor!

Nie wieder einen Mann!

WILHELM HEYNE VERLAG
MÜNCHEN

HEYNE TIP DES MONATS
Nr. 23/161

ZWEI UNTER EINEM DACH

(Der Titel erschien bereits in der Allgemeinen Reihe mit der Band-Nr. 01/8030.)

IST JA IRRE, HERR DOKTOR!

(Der Titel erschien bereits in der Allgemeinen Reihe mit der Band-Nr. 01/8637.)

NIE WIEDER EINEN MANN!

(Der Titel erschien bereits in der Allgemeinen Reihe mit der Band-Nr. 01/7692.)

Umwelthinweis:
Das Buch wurde auf chlor- und säurefreiem Papier gedruckt.

Printed in Germany 1999
Umschlagillustration: Sibylle Hammer
Umschlaggestaltung: Atelier Ingrid Schütz, München
Satz: Buch-Werkstatt GmbH, Bad Aibling
Druck und Bindung: Elsnerdruck, Berlin

ISBN: 3-453-14817-7

http://www.heyne.de

ZWEI
UNTER EINEM DACH

1

Sie stieg aus dem Auto, lief zur Haustür. Er folgte ihr, nahm sie an den Schultern und riß sie herum. Und da sah sie ihn an, endlich sah Lilian ihn an, wie sie ihn ansehen sollte: Glut im Blick! Haß, Liebe, abgrundtiefe Leidenschaft! Fantastisch – dies waren die einmaligen, unwiederholbaren Augenblicke, in denen Schauspieler sich selbst übertrafen. Und dann …

»'rrgott noch mal, stopp, aus!« brüllte Dean Clamer, der Regisseur, und rang die Hände zum Studiohimmel, der mit Scheinwerfern statt mit Sternen übersät war. »Wo bitte bleibt das verdammte Licht!«

»Ja aber, du hast doch gesagt: kein Licht mehr an dieser Stelle«, erinnerte ihn Martine kleinlaut.

Martine Bauer war seit knapp drei Wochen des großen Meisters Assistentin, das heißt seine Flüstertüte, sein verlängerter rechter Arm samt der rechten Hand dran und gelegentlich auch sein Prellbock. Diesmal allerdings war Dean im Recht, das wurde Martine siedendheiß klar, als er ihr wortlos die Notizen hinhielt, die sie sich selbst während der Drehpause gemacht hatte. 85. ohne Aufheller, las sie, und sie drehten gerade die 84.

»Bitte entschuldige, Dean, ich habe die falschen Anweisungen gegeben, es tut mir leid …«

»Tut dir leid!« schrie er sie an. »Dieser Blick eben, der war göttlich, den kann man nicht wiederholen, der war EIN-MALIG, verstehst du!« Er sah Martine verächtlich an, machte dann eine wegwerfende Handbewegung, murmelte: »Verlaß dich auf ein Weib, und du bist verlassen«, und rief dem Beleuchter zu: »Aufheller, wie gehabt!«

Die Schauspieler gingen an ihren Ausgangspunkt zurück. Erna, die Maskenbildnerin, korrigierte schnell eine Kleinigkeit an Lilians Make-up, Lilian stieg wieder ins Auto, und die Aufnahme wurde wiederholt. Diesmal mit Aufheller, aber die Glut in Lilians Augen war verloschen.

Die in Martines Augen auch, aber schon seit etwa einer Woche. Es hatte nur niemand bemerkt, weil man in Künstlerkreisen vor allem mit sich selbst beschäftigt ist. Daß Martines Augen jetzt trotzdem glänzten, lag an den Tränen, die ihr den Blick verschleierten. Sie schniefte und blinselte sich tapfer durch die 84. mit Aufheller, die 85. ohne Aufheller, die 91., und dann war Schluß für heute.

Als Erna mit ihrem Schminkkasten in Richtung Maskenbildnerei abrauschte und in Gedanken schon einer von ›Rudolfos‹ fantastischen Pizzas gegenübersaß, schreckte sie ein leises Schluchzen aus ihren lukullischen Träumereien auf. Es kam aus den Kulissen.

Erna zögerte. Was gingen sie fremde Tränen an? Nichts, rein gar nichts! Und außerdem hatte sie Hunger! Sie ging weiter, drei Schritte nur, dann blieb sie stehen und seufzte. »Na gut, die Pizza kann ja warten«, sagte sie sich und machte sich auf zu trösten.

Das Schluchzen kam von einem rostroten Sofa, das heute früh in der 47. für Lilian Brechts Filmohnmacht herhalten mußte und morgen, in der 89., noch mal für eine leidenschaftliche Liebesszene gebraucht werden würde. Aber momentan hatte das Sofa Feierabend und teilte seine Einsamkeit mit Martine, die ihr Schluchzen in die rostfarbenen Kissen preßte und sie mit Tränen tränkte.

Erna ging neben Martine in die Knie und berührte sie sanft an der Schulter. »Ich bin's, Erna, die Maskenbildnerin«, sagte sie, und dann streichelte sie beruhigend über Martines braune Lockenpracht, so lange, bis das Schluchzen langsam verebbte und Martine sich aufrichtete.

Martine öffnete ihre Faust, in der sie die kläglichen Reste eines dieser Möchtegerntaschentücher aus Papier hielt, die einem großen Kummer einfach nicht gewachsen waren. »Hast du ein neues für mich?« fragte sie.

Erna zog eine ganze Packung aus ihrem Kittel und gab sie ihr. »Hör mal«, sagte sie dann, während Martine sich schneuzte, »das ist es doch gar nicht wert, soviel Tränen zu vergießen, wegen so eines nichtigen Krachs. Das gehört in diesem Beruf zur Tagesordnung, da muß man sich eine Elefantenhaut zulegen. Hier brüllen sich alle an, und im nächsten Moment fallen sie sich wieder um den Hals und küssen sich. Und außerdem ...« Erna seufzte und setzte sich neben Martine aufs Sofa, »... außerdem ist Dean Clamer ein schnurrendes Kätzchen im Tigerfell. Lang nicht so gefährlich, wie er brüllt, sondern im Gegenteil ein ... Himmel, jetzt heul doch nicht schon wieder!« Erna seufzte, nahm Martine die Taschentücher aus der Hand und tupfte ihr die Tränen von den Wangen. »Oder gibt's da sonst noch ein Problem?«

»Problem«, wiederholte Martine verzweifelt, »wenn's nur ein Problem wäre ...« Sie holte tief Luft und schluchzte: »Ich habe keine Wohnung!«

»Keine Wohnung?« Erna schüttelte den Kopf, und dann lachte sie. »Und deshalb vergießt du kübelweise Tränen?«

»Würdest du vielleicht in Lachsalven ausbrechen, wenn du im März bei zwei Grad Nachttemperatur mitten in München auf 'ner Parkbank schlafen müßtest?«

»Warum nimmst du dir nicht ein Hotelzimmer oder schlüpfst bei irgendwelchen Freunden unter? Kennst du denn niemanden hier?«

»Nein, ich kenne niemanden«, sagte Martine schwach, und dann war sie es, die lachte, aber es war ein bitteres Lachen. »Ins Hotel! Da sieht man mal wieder, ihr Münchner wißt nicht einmal, was in euerer chaotischen Stadt so läuft. Ein Hotelzimmer! Zur Zeit ist die Handwerksmesse, danach die Modewoche und nebenbei läuft ein Ärztekonkreß, ein Frauenkongreß, eine Computer-Fachausstellung und einige größere Sportveranstaltungen. Münchens Hotels sind ausgebucht bis zur letzten Besenkammer!«

»Und wo hast du bisher gewohnt?«

»Als ich vor drei Wochen in München ankam, habe ich mich in einer Pension eingemietet. Dort mußte ich vor fünf Tagen ausziehen, weil alle Zimmer vorgebucht waren. Die Wirtin war dann wenigstens so nett und hat mir was anderes besorgt. Aber da konnte ich auch nur drei Tage bleiben. Dann bin ich in ein sündhaft teueres Hotel umgezogen. Für zwei Nächte. Danach für eine Nacht in ein Garni, und seit heute früh stehe ich endgültig auf der Straße.«

»Ach so«, murmelte Erna und kringelte eine Strähne ihres schwarzgefärbten Haares um den rechten Zeigefinger. Martine zupfte kleine Fetzen von ihrem Taschentuch, drehte daraus Kügelchen und schnipste sie mit dem Finger ins Dunkel der Kulissen. Keine Tränen mehr, nur noch bleierne Müdigkeit.

»Hast du denn wenigstens schon eine Wohnung in Aussicht?« fragte Erna.

Martine schüttelte den Kopf. »Es gibt auch keine freien Wohnungen in München.«

Erna nickte. Das wußte sie, das war ja hinreichend bekannt. Die Wohnungsnot herrschte in München wie eine Landplage. Soweit sie sich erinnern konnte, kamen auf eine freistehende Wohnung zwei Komma soundsoviel Wohnungssuchende. »Schöner Mist!« sagte sie. Und dann, plötzlich, streckte sie sich, patschte sich mit der flachen Hand auf die Stirn und rief: »Menschenskind, die Wohnung von Tante Görgen! Heute früh war sie noch zu haben!« Sie sprang auf, nahm Martine an der Hand und zog sie mit sich.

Im Laufschritt zur Maskenbildnerei, den Kittel ausgezogen, den Mantel genommen und raus zum Auto.

»Mein Koffer!« rief Martine, lief zurück, holte ihre Habseligkeiten und verstaute sie in Ernas Wagen. »Wohin fahren wir denn jetzt?« fragte sie.

»Erst mal zu mir«, antwortete Erna.

Ernas Wohnung lag unter dem Dach eines Dreifamilienhauses und war so eng, daß zwei Menschen ständig Gefahr liefen, sich gegenseitig auf die Füße zu trampeln. Ein Wohn-Schlaf-Eßzimmer, eine winzige Küche und ein kleines Bad.

Auf der ausziehbaren Schlafcouch lag noch Ernas Bettzeug. Sie raffte es zusammen, verstaute es und funktionierte das Bett zum Sofa um. Dann griff sie zum Telefon und rief ihre Mutter an.

»Mutti – Tante Görgens Wohnung, ist die noch frei?« Martine konnte die Antwort auf Ernas Gesicht lesen; Erna grinste sie an wie ein Honigkuchenpferd. Dann nahm sie Stift und Papier und notierte: Wohnungsverwalter Eberhard Kieselmacher, Telefon 13 49 30, Parkmeisterweg 15, 3 Zimmer, Küche, Bad, Balkonterrasse, 1400 Mark kalt.

Martine schluckte. Das war verdammt viel Geld. Aber egal, wenn die Wohnung zu haben ist, werde ich sie nehmen, dachte sie. Und dann vielleicht eines der Zimmer vermieten. Hauptsache Wohnung, Hauptsache endlich ein Dach über dem Kopf! Sie preßte nervös die Fingerspitzen ihrer rechten gegen die ihrer linken Hand und kaute sich die Lippen wund.

»Und?« fragte sie, als Erna aufgelegt hatte.

»Die Wohnung ist noch zu haben, soviel meine Mutter weiß. Eine Kusine meines Vaters hat sie bis vor einer Woche bewohnt. Momentan wird sie renoviert, und morgen soll sie an einen Makler übergeben werden.«

»Ja, aber das ist doch toll!« jubelte Martine begeistert. »Laß uns sofort dort anrufen!«

»Da ist ein Haken bei der Sache.«

»Was für ein Haken«, fragte Martine mit klopfendem Herzen.

»Der Vermieter verlangt drei Monatsmieten Kaution und ein halbes Jahr Mietvorauszahlung. Das macht ...«, sie rechnete nach, »... macht 12 600 Mark.«

Das Lächeln auf Martines Gesicht erfror. »Der spinnt«, sagte sie schlicht.

»Richtig, der spinnt. Und ich weiß auch gar nicht, ob das gesetzlich überhaupt erlaubt ist. Aber mach was dagegen! Er hat die Wohnung, und Leute, die dringend eine brauchen, gibt's wie Sand am Meer!«

Erna stand auf. »Ich mach uns jetzt erst mal Kaffee – tut mir leid für dich.« Sie war schon in der Küche, schaute noch mal ums Eck und sagte: »Übrigens kannst du gerne hierbleiben. Ich meine, für ein paar Nächte geht das schon irgendwie.«

»Ausgezeichnet, Herr Bauer!« Lehnert spitzte anerkennend den Mund und nickte Gerrit zu. »Sie haben sich mal wieder selbst übertroffen.«

»Danke«, sagte Gerrit leichthin; er war an Applaus gewöhnt.

Lehnert gab dem Ober ein Zeichen, zog dann ein Etui aus der Jackettasche, öffnete es, entnahm ihm eine Davidoff und schnitt eine Kerbe ins Mundstück. Jetzt kam der Ober, gab Lehnert Feuer und nahm die Bestellung entgegen.

»Champagner!« rief Lehnert übermütig und fragte Gerrit: »Sie trinken doch ein Gläschen mit?«

Eigentlich hatte Gerrit vorgehabt, sich so schnell wie möglich abzuseilen, aber angesichts dieses zauberhaften Wesens, das gerade die Hotelbar betrat und am Nebentisch Platz nahm, war er bereit, noch ein Gläschen zu trinken.

»Na fein«, sagte Lehnert und entließ den Ober, »schließlich muß unser ›Raumfahrtprogramm‹ ja begossen werden.«

Gerrit Bauer war Industriedesigner. Zusammen mit Johanna, einer sehr begabten, jungen Designerin, besaß er ein renommiertes Designerbüro, beschäftigte drei Angestellte und entwarf in der Hauptsache Spielzeug, Modeschmuck und Verpackungen. Verpackungen für Kosmetika zum Beispiel. Parfümfläschchen, Puderdosen, Geschenketuis – modernes, raffiniertes Stiling natürlich! Oder wie in diesem Falle für Herrn Lehnerts Spielzeugfabrik ein ganzes Spielzeugsystem. Raumstationen, Raketen, Roboter, selbstverständlich auch Raumfahrer und fremdartige Wesen dazu. Die letzten Entwürfe hatte er Lehnert gerade vorgelegt.

Gerrit saß fest im Sattel, Gerrit war rundherum ein Erfolgsmann, sowohl beruflich als auch bei Frauen. Das zeigte sich soeben wieder – ein Blick, ein Lächeln hatte völlig genügt, um die Schöne am Nebentisch aufmerksam zu machen. Und während Lehnert Gerrits Arbeit in den Himmel lobte, knüpfte Gerrit über dessen Kopf hinweg zarte Bande. Denn Gerrit hielt sich nie länger als nötig bei einer Sache auf – weder bei Spielzeugraumstationen, noch bei ›Spielzeugen‹ für erwachsene Männer seines Schlages, wie jenes, das er soeben im Visier hatte.

Die Dame war blond, ihr Gesicht wurde von großen, blauen Augen beherrscht, ihre Haut war zart und sonnengebräunt, und die Beine – elegant übereinandergeschlagen – wippten ein wenig. Das deutete auf eine gewisse Ungeduld hin, auf Tatendrang, auf ein Tempo, das Gerrit behagte.

Gerrit hatte leichtes Spiel bei ihr, eroberte sie sozusagen nebenbei. Während er mit Lehnert Höflichkeiten austauschte, warf er ihr Köderblicke hin und hatte sie auch schon fest am Haken. Sie würde hier auf ihn warten, bis er Lehnert verabschiedet hatte, da war er ganz sicher!

Lehnert ließ sich seinen Schlüssel reichen und drückte Gerrit die Hand. »Ich bin überzeugt, unsere Raumstation wird ein Riesenerfolg, Herr Bauer. Ich melde mich in den nächsten Tagen noch einmal bei Ihnen.« Damit ging er, das heißt er wankte ein wenig, denn er war angenehm ›berauscht‹ vom Champagner und den Erfolgsaussichten seines neuen Spielzeugprojektes.

Sie hieß Lena und war die Frau eines schwedischen Importeurs, der geschäftlich in München zu tun hatte. Während sich ihr Mann mit Geschäftsabschlüssen herumplagte, langweilte sich Lena. »Sehr sogar!« wie sie seufzend betonte. Nun, dem konnte Gerrit abhelfen. Er entführte sie in seinem weißen Renault Alpine ins ›Mercie‹, ein kleines, intimes Lokal, abseits vom großen Messerummel.

»Ein verteufelt schöner Wagen«, sagte Lena, lehnte sich tief in den Ledersitz zurück und sah Gerrit von der Seite her an. Und ein verteufelt schöner Mann, dachte sie.

Gerrit nahm ihren anerkennenden Blick voll Genugtuung zur Kenntnis, revanchierte sich mit einem routinierten Lächeln und dachte ebenfalls. Er dachte: Sie ist nicht besonders intelligent, aber eine sensationelle Herausforderung, Babys zu machen!

Während Johannas Compagnon und ehemaliger Geliebter Lena im ›Mercie‹ über ihre Einsamkeit hinwegtröstete, war Johanna gerade in Gedanken dabei, vor ihm auf die Knie zu fallen und ihm vor lauter Dankbarkeit die Füße zu küssen. Denn Gerrit hatte sie – ohne es zu wissen – vor einer weiteren ›größten Dummheit‹ ihres Lebens bewahrt. Nämlich davor, eine feste Beziehung einzugehen.

Die Tatsache, daß Gerrit derzeit bei ihr wohnte, hatte ihr gerade noch rechtzeitig vor Augen geführt, daß Männer immer dann am besten zu ertragen waren, wenn sie durch Abwesenheit glänzten. Dieses tiefe Wissen trug Johanna schon viele Jahre in sich, aber ab und zu stopfte sie es gedankenlos in irgendeine Schublade ihres Erinnerungsvermögens, wo es in Vergessenheit geriet. Und dann konnte es schon mal passieren, daß Johanna sich ernsthaft verliebte – so wie vor ein paar Wochen, als sie Reiner traf.

Reiner war einer von den Sanften, die sich auf leisen Sohlen kaum merkbar in das Leben einer ahnungslosen Frau schlichen und dann – wums! – plötzlich da waren und ihr Leben mit Ansprüchen besetzten. Reiner war schon mit einem Fuß in Johannas Leben gestanden, als Gerrits Luxusapartment plötzlich in Flammen aufging. Die Brandpolizei hatte als Brandursache einen Defekt im Starkstromsystem festgestellt. Vielleicht hatte aber auch nur eine von Gerrits ›Flammen‹ zuviel Feuer gefangen, wer weiß!

Johanna kicherte bei diesem Gedanken und stopfte einen Wattebausch zwischen die große und die zweite Zehe. Jedenfalls war Gerrit plötzlich obdachlos und bat bei Johanna vorübergehend um Unterschlupf. Da sie beide rechtzeitig ihren Irrtum, sich als Mann und Frau zu begegnen, korrigiert hatten, waren sie Freunde geworden. Und für Freunde war es natürlich Ehrensache, sich in Notfällen aus der Patsche zu helfen. Selbstverständlich ging diese Freundschaft nur bis zu Johannas Wohnzimmercouch und nicht weiter. Vom Wiederkäuen hielten sie beide nichts!

Diese vorübergehende Wohngemeinschaft hatte zweierlei nach sich gezogen. Erstens häßliche Eifersuchtsszenen, die Reiner ihr gemacht hatte, weil es einfach nicht in seinen Kopf passen wollte, daß Gerrit sie als Mann nicht die Bohne interessierte; und zweitens jene schon erwähnte Erneuerung früherer Erkenntnisse.

Seit Gerrit bei ihr wohnte, war sie ganz einfach unfrei. Sie konnte sich nicht gehenlassen, wenn ihr danach zumute war, mußte Rücksicht nehmen, sich anpassen.

Johanna lackierte den letzten ihrer Zehennägel, machte die Beine lang und begutachtete ihr Werk. Gut so. Sie gähnte ausgiebig, nahm die Gurkenscheiben, die sie sich geschnitten hatte, schob sich eine in den Mund und klatschte sich den Rest ins Gesicht. Der heutige Abend gehörte ganz alleine ihr, denn Gerrit hatte diese Verabredung mit Lehnert – und ihr versprechen müssen, unter gar keinen Umständen vor Mitternacht zurückzukommen. Und Reiner war bis Mittwoch bei Mami in Düsseldorf. Und wenn er Mittwoch nach Hause kam, würde er ihren Brief vorfinden, den sie gerade geschrieben hatte. Ein Brief, der ihn freundlich aber bestimmt aus ihrem Leben verbannte.

»Reiner ade – ich danke dir Gerrit!« rief sie fröhlich und war so richtig glücklich, gerade noch mal den Gefängnismauern der Liebe entkommen zu sein. Da klingelte ihr Telefon. Johanna ließ es klingeln, sie wollte sich ihren freien Abend von niemandem vermiesen lassen. Aber der Anrufer war hartnäckig wie ein Gerichtsvollzieher, der Geld eintreiben wollte. Johanna nahm ab und zischte ins Telefon: »Bin nicht zu Hause, versuchen Sie's wo anders!«

»Johanna, bitte leg nicht auf!« flehte eine Stimme – Gerrits Stimme. »Hör mal, im Jazzkeller spielt heute abend Jeronimus Becker, den solltest du dir unbedingt anhören. Wie wärs, Schätzchen?«

»Kein Bedarf – Schätzchen!« antwortete Johanna kratzig.

»Johanna, du bist herzlos!«

»Herzlos?« Johanna lachte. »Ich finde mich eigentlich irrsinnig nett. Seit zehn Tagen teile ich mit dir großmütig meine Wohnung und ertrage dich auch noch an meinen Feierabenden. Aber dieser Abend gehört mir, ganz alleine mir! Und zwar hier und zu Hause!« Sie drückte mit zwei Fingern eine Gurkenscheibe fest, die sich selbständig machen wollte, und begutachtete versonnen die Beweglichkeit ihrer frischlackierten Zehennägel.

Obwohl Gerrit eigentlich hätte wissen müssen, daß er bei Johanna mit Süßholzraspeln nichts erreichen konnte, probierte er es trotzdem. »Johanna, Mäuschen, seit zehn langen Abenden – und das ist für einen Mann eine Qual! – bleibt mir nichts anderes übrig, als mich in Betrachtung deines Luxuskörpers zu ergehen und dann die Nacht einsam auf deiner Couch zu verbringen. Du bist grausam, wenn du mir jetzt nicht ermöglichst ...«

»Warum geht ihr nicht zu ihr?« unterbrach Johanna ihn unwirsch.

»Lena ist verheiratet.«

»Dann nehmt euch ein Hotelzimmer!«

»Keines zu kriegen. München ist ausgebucht bis zur letzten Badewanne.«

»Dann kauf dir eben ein Campingauto«, schlug Johanna ungerührt vor, wünschte mit honigsüßer Stimme: »Viel Spaß noch, mein Lieber«, und hängte auf.

Gerrit, am anderen Ende der Leitung, knirschte mit den Zähnen, knallte den Hörer auf die Gabel und verwünschte diese Stadt, in der es keinen Platz für zwei einsame Menschen gab, die dringend des Trostes bedurften. »Und so was nennt sich ›Weltstadt mit Herz‹«, knurrte er.

2

Als Erna mit einer Kanne Kaffee und belegten Broten aus der Küche kam, stand Martines Entschluß fest. »Ich nehme die Wohnung«, sagte sie. »Das heißt, wenn sie noch zu haben ist.«

Erna sah Martine aus großen Augen ungläubig an, und wenn Martine nicht schnell den Schnabel der Kanne angehoben hätte, wäre die Tasse übergelaufen. Da mußte sich Erna erst mal hinsetzen. »Ja, hast du denn so viel Geld?« fragte sie erstaunt.

»Geld nicht, aber Aktien. Von meinem Großvater bekommen, als ich 21 wurde. Er hat immer gesagt: Kind, verkauf' sie nicht, sondern bewahr' sie dir für den Notfall. Jetzt ist ein Notfall.«

Erna klappte den Mund wieder zu, nahm das Telefon und stellte es Martine auf die Knie. »13 49 30«, diktierte sie.

Martine wählte, ließ es endlos klingeln, aber niemand ging an den Apparat. Sie probierte es um neun, um halb zehn, um elf, dann gab sie es für diesen Tag auf.

Um acht Uhr morgens versuchte sie es wieder, und diesmal meldete sich eine mürrische Frauenstimme. »Kieselmacher!«

»Guten Morgen, mein Name ist Bauer – Martine Bauer. Sie sind zuständig für die Wohnung am Parkmeisterweg, die vermietet werden soll?«

»Ich nicht, sondern mein Mann«, sagte die Frau und brüllte: »Eberhard! Wegen der Wohnung!«

Es dauerte eine Ewigkeit, bis Herr Kieselmacher an den Apparat kam. Martine drehte die Augen zur Decke und seufzte, Erna knabberte nervös an einer trockenen Scheibe Knäckebrot.

»Ja, Kieselmacher hier!« meldete sich der Hausverwalter endlich.

Martine ließ wieder ihr Sprüchlein los und fragte: »Ist die Wohnung noch zu haben?«

»Zu haben ist sie noch«, sagte Kieselmacher – das heißt, er lallte ein wenig, wenn sich Martine nicht täuschte.

»Aber?« fragte sie.

»Sie brauchen 12 600 Mark. Wenn Sie die nicht haben, können's gleich wieder auflegen.«

Martine verkniff sich eine patzige Antwort und fragte statt dessen: »Wann kann ich die Wohnung besichtigen?«

Kieselmacher brummte irgend etwas von nachdenken, eine Tätigkeit, die ihm offensichtlich nicht besonders lag. Es dauerte eine Unendlichkeit, bis er vorschlug: »Fünf Uhr am Nachmittag, vorher geht's nicht.«

»Gut, um fünf Uhr bin ich am Parkmeisterweg Nr. 15. Mein Name ist Martine Bauer.«

»Schon recht«, murmelte er uninteressiert.

»Herr Kieselmacher!« rief Martine beschwörend. »Sie versprechen mir doch, daß Sie die Wohnung nicht vermieten, bevor ich sie mir angesehen habe?«

»Jaja«, brummte er ungehalten.

»Bauer ist mein Name«, erinnerte sie ihn noch mal, »bis heute nachmittag also.«

Er legte grußlos auf.

»Der war wohl nicht besonders helle?« fragte Erna.

»Und obendrein nicht ganz nüchtern«, antwortete Martine.

Johanna ging es an diesem Morgen ausgesprochen gut. Sie hatte den gestrigen Abend in trauter Einsamkeit herzlich genossen. Als sie jetzt mit ein paar Entwürfen in Gerrits Büro kam, trällerte sie sogar ein Lied. Gerrit hingegen war schlecht gelaunt wie ein Tausendfüßler, der mit fünfhundert linken Beinen zuerst aufgestanden war.

»Na, Mehlklößchen«, flötete Johanna und kraulte Gerrit grinsend das Kinn.

»Hexe!« zischte er. »Schwing dich auf deinen Besen und verschwinde, bevor ich mich an dir vergreife!«

»Oh, là là!« Johanna schnalzte mit der Zunge und raunte: »Ist das nun eine Drohung, oder soll das ein Angebot sein?«

»Du, ich sag dir, reite nicht diese Tour mit mir, ich laß mich auch von dir nicht verhohnepiepeln!«

»Mußt du dich aber lassen, du bist nämlich derzeit abhängig von mir. Und im übrigen: Warum sollst du nicht auch mal zu fühlen kriegen, was du all den armen Häschen antust, die du abends verführst und dann morgens kaltlächelnd aus dem Nest wirfst? Die verhohnepiepelst du doch auch mit deinen Liebesschwüren?«

Dazu hätte Gerrit gerne einiges gesagt, aber das Telefon klingelte. Er nahm ab, bestätigte dem Anrufer: »Ja, am Apparat – ach, Herr Leismann, guten Morgen! – Eine Wohnung? Ausgezeichnet!« Er nahm sich einen Stift und notierte: 3 Zimmer, Küche, Bad, Balkonterrasse, ruhige Lage, 1400 Mark kalt, Wohnungsverwalter Eberhard Kieselmacher. Telefon 13 49 30. »Wie bitte?« fragte Gerrit ungläubig. »12 600 Mark im voraus!« Er schnappte nach Luft und bließ sie hörbar wieder aus. »Na gut, ich bin trotzdem interessiert. Wie ist die Adresse?«

Er notierte. »Danke, Herr Leismann, ich melde mich wieder bei Ihnen.«

Gerrit knallte den Hörer auf die Gabel und beantwortete Johannas stumme Frage. »Das war ein Makler, bei dem ich registriert bin. Hat im Moment ein Wohnungsangebot hereinbekommen. Drei Monatsmieten Kaution und ein halbes Jahr Mietvorauszahlung will der Vermieter. Halsabschneider«, zischte Gerrit. Dann sah er Johanna von schräg unten weidwund an und sagte: »Aber bitte, ich tu's trotzdem – damit du mich endlich los bist.«

»Damit du ungestört schwedische Blümchen pflücken kannst«, verbesserte sie und schenkte ihm ein reizendes Lächeln.

Gerrit wählte die 13 49 30, und während er wartete, trommelte er ungeduldig mit den Fingern auf die Plexiglasplatte seines Feudalschreibtisches. Selbst entworfen und ›enorm chick‹, wie Lena sich ausgedrückt hätte.

Endlich meldete sich eine kratzige Männerstimme: »Kieselmacher!«

»Schönen guten Morgen, Herr Kieselmacher!« Gerrit bediente sich seiner Sonntagsstimme, klang fast wie ein Prediger. Johanna flüsterte: »Wenn du nur einmal so freundlich zu mir ...«

Gerrit hielt ihr den Mund zu, sagte zu Herrn Kieselmacher: »Mein Name ist Bauer, ich rufe wegen der Wohnung an.« Dann war es eine Weile lang still, wenigstens an diesem Ende der Leitung.

Gerrit nahm seine Hand von Johannas Mund und zupfte sich am Ohrläppchen. Wenn Gerrit sich am Ohrläppchen zupfte, war meistens was im Busch! Johanna drückte schnell auf ein Wunderknöpfchen am Telefon, und schon erscholl Kieselmachers Stimme im Raum.

Kieselmacher war nicht gut aufgelegt, wie es schien und außerdem leicht alkoholisiert. »... hat doch eben schon Ihre Frau angerufen und einen Besichtigungstermin mit mir ausgesprochen – ausgemacht«, verbesserte er sich. »Hab ihr doch versprochen, die Wohnung einstweilen nicht zu vermieten!« Kieselmacher war sehr ungehalten über diese neuerliche Belästigung.

Gerrit und Johanna wechselten Blicke. »Meine Frau?« wiederholte Gerrit, und Johanna kicherte amüsiert. »Der macht schon morgens so gute Witze, was muß der erst abends drauf haben«, flüsterte sie.

»Ja, oder war das nicht die Ihre, die Frau ... Moment. Ach hier, Frau Martine Bauer?«

»Martine? Doch ja, das war sie.« Gerrit räusperte sich. »Und wann bitte ist dieser Besichtigungstermin? Wissen Sie, ich kann meine Frau nämlich momentan nicht erreichen.«

»Um fünf!« sagte Kieselmacher und legte auf.

»Reizender Typ«, meinte Johanna, »den würde ich gerne mal persönlich kennenlernen – deine Frau übrigens auch.« Sie lachte und fragte: »Was willst du also tun?«

»Natürlich hingehen. Ich brauche die Wohnung, ich muß sie haben!«

»Na dann viel Glück, und grüß mir deine Frau!« sagte Johanna und ging.

Martine war an Haus Nr.15 vorbeispaziert und besah sich nun die Rückfront, die hübschere Seite des Hauses. Die neun Wohnungen waren hier terrassenförmig angelegt. Noch waren die Blumenkästen auf den Balkonterrassen unbepflanzt und die roten Markisen eingefahren, aber der Frühling stand ja schon vor der Tür. Ja, hier könnte sie sich wohl fühlen! Und zu den Studios war es nicht weit, besser konnte sie es gar nicht treffen.

Martine ging wieder zum Eingang zurück, und gerade als sie die Glastür aufdrückte, stoppte ein weißer Renault Alpine vorm Haus. Ein Mann Mitte Dreißig stieg aus und musterte sie neugierig. Er war sehr groß, blond, braungebrannt und offensichtlich mächtig von sich überzeugt. Wie er sie mit ›routiniertem Kennerblick‹ taxierte und ihr dann ein Lächeln servierte, von dem er wohl annahm, es sei unwiderstehlich charmant. Pa! Damit konnte er vielleicht bei anderen landen, bei ihr jedenfalls nicht! Solche Typen waren Martine zutiefst zuwider.

Angeber, dachte sie, streifte ihn mit kühlem Blick und ging zum Aufzug. Sie drückte aufs Knöpfchen und mußte warten. Jetzt betrat auch dieser eingebildete Schnösel das Haus und kam auf sie zu. Er postierte sich neben ihr und sah sie von der Seite her irgendwie ... ja irgendwie seltsam an. So als ob er sie kennen würde, oder als ob sie ihn kennen müßte. Aber Martine konnte sich nicht erinnern.

Der Aufzug öffnete sich, sie betraten ihn beide. Martine drückte auf 3, er drückte gar nicht, sondern verschränkte die Arme und grinste.

Martine sah schnell weg. Auf einem blankgeputzten Messingschild las sie 3, 2, 1, E, U, Alarm – und sah dabei noch immer seine Augen vor sich. Sehr blaue, sehr tiefe Augen, die eine magische Anziehungskraft besaßen.

Der Aufzug stoppte, die Türen öffneten sich lautlos, sie betraten beide den Flur. Hier gab es zwei Wohnungstüren. Eine stand offen, man konnte sehen, daß die Wohnung unbewohnt war. Martine sah sich flüchtig nach dem Mann aus dem Aufzug um. Er klopfte suchend seine Taschen ab – vermutlich nach seinem Schlüssel. Er war wohl ihr zukünftiger Nachbar.

Jetzt klingelte sie an der offenstehenden Tür, ging ein paar Schritte in die Wohnung und rief: »Herr Kieselmacher!«

Jalousien raschelten, dann kam ein dicker, aufgedunsener Mann mit rotem Gesicht und dünnen, fetten Haaren aus einem der Zimmer.

Martine lächelte, sagte: »Herr Kieselmacher, nehme ich an«, streckte ihm ihre Hand entgegen.

Auch Kieselmacher hob die Hand zum Gruß, aber statt die ihre zu drücken, griff sie an Martine vorbei, griff nach einer braungebrannten Männerhand, die plötzlich wie aus dem Nichts auftauchte.

Martine schoß herum und sah in zwei sehr blaue, sehr tiefe Augen, die noch immer eine magische Anziehungskraft besaßen.

Und dann hörte sie – hörte es laut und deutlich! –, wie dieser Kerl sagte: »Bauer ist mein Name, Gerrit Bauer. Also Herr Kieselmacher, zeigen Sie uns mal die Wohnung. So auf den ersten Blick ist sie gar nicht übel.«

Martine war wie vom Donner gerührt. Wieso Bauer? Wieso zeigen Sie uns mal die Wohnung! Was war hier los?!? Sie schnappte nach Luft, wollte etwas sagen, aber da waren die beiden Männer schon im angrenzenden Zimmer. Sie lief ihnen nach.

»Das Wohnzimmer«, sagte Kieselmacher.

»Sehr schön«, sagte Gerrit.

»Was soll das!« rief Martine empört.

»Ich bitte dich, Liebling, fang nicht schon wieder damit an«, beschwor Gerrit sie im Flüsterton, aber laut genug, daß Kieselmacher ihn verstehen konnte.

Martine fiel die Kinnlade runter. Sie suchte nach Worten, aber bei so viel Unverfrorenheit fand sie einfach keine. Liebling hatte der Kerl gesagt. Mein Name ist Bauer! Martine wußte nicht, woher er ihren Namen kannte und was da genau lief, aber eines war klar: Dieser Unmensch war gerade dabei, ihr die Wohnung wegzuschnappen.

Gerrit zog Kieselmacher weiter, fragte: »Und dies ist wohl das Schlafzimmer?«

»Das Schlafzimmer«, bestätigte Kieselmacher.

Plötzlich stand Martine vor ihm, griff ihn am Arm und rief: »Sie haben mir doch versprochen die Wohnung für mich ... ich meine ... niemand anderen ...« Martine brach ab, denn Kieselmacher wischte sehr grob ihre Hand von seinem Ärmel und sah sie aus dünnen Augenschlitzen mit solcher Eiseskälte an, daß ihr für einen kurzen Moment angst und bang wurde.

Inzwischen hatte Gerrit schon flüchtig Bad und Küche inspiziert, und was er gesehen hatte, genügte ihm. Die Wohnung war geräumig, die Lage gut und die Situation forderte schnelles Handeln.

»Wir nehmen die Wohnung«, sagte er, »Sie haben doch hoffentlich den Mietvertrag dabei?«

Kieselmacher hatte. Er lag auf dem Fensterbrett, ein Kugelschreiber daneben. »Bitte«, sagte Kieselmacher.

»Nein!« rief Martine und stürzte sich mit erhobenen Fäusten in blinder Verzweiflung auf Gerrit. Aber Gerrit wich ihr aus, fuhr herum, hielt sie fest und unterschrieb hastig den Vertrag.

Martine starrte auf seine Unterschrift. Da stand wirklich Bauer – Gerrit Bauer! Sie hob den Kopf und sah in zwei sehr blaue Augen und ein Siegerlächeln, das sie am liebsten mit einer saftigen Ohrfeige quittiert hätte.

So viel Verachtung lag in ihrem Blick, daß Gerrit sich tatsächlich ein bißchen schämte. Er ließ sie los, sagte: »Tut mir leid«, hörte sie kurz und hart auflachen und dann die Wohnungstür ins Schloß krachen. Gerrit hatte den Kampf um die Wohnung gewonnen, aber es war ein schmutziger Sieg.

Martine stand an der Bushaltestelle. Ihr Puls raste, sie zitterte am ganzen Körper vor Wut und Enttäuschung, und Tränen liefen ihr über die Wangen. Alles war so schnell gegangen, sie hatte gar nicht die Zeit gehabt zu begreifen, was da geschah. Wie gelähmt war sie gewesen, fassungslos, unfähig einzuschreiten. Und noch jetzt, im nachhinein, fühlte sie diese lähmende Ohnmacht, die ihr die Hände gebunden und den Mund geknebelt hatte. Sie war überrumpelt worden! Sie war ins kalte Wasser gestoßen worden und hatte vor Schreck vergessen zu schwimmen!

O wie sie diesen Kerl haßte! Dachte es, und fast im selben Moment stoppte ein weißer Renault Alpine neben ihr.

Gerrit stieg aus. »Hören Sie«, sagte er, »meine Wohnung ist abgebrannt, ich stehe auf der Straße, ich konnte es mir einfach nicht leisten …« Gerrit stockte, sah Tränen über Martines Wangen laufen und Blicke auf sich gerichtet, die töten würden, wenn sie nur könnten. Er fühlte sich schäbig, er hatte plötzlich ein verdammt schlechtes Gewissen. Und dieses schlechte Gewissen bot Martine jetzt eine Versöhnung an. »Ich wäre allerdings bereit, Ihnen vorübergehend eines der Zimmer zu überlassen, wenn Ihnen damit geholfen wäre.«

»Was?« flüsterte Martine. Das gabs doch nicht, sie mußte sich wohl verhört haben. Er wagte es auch noch, ihr gnädigst eines der Zimmer überlassen zu wollen? Sie duckte sich und spuckte ihm ihre ganze, grenzenlose Empörung mit einem einzigen Satz vor die Füße: »Lieber sterben, als auch nur eine Minute mit Ihnen dieselbe Luft zu atmen!«

3

Erna hatte den Tisch aufs Sofa gestellt und lag bäuchlings auf dem Boden. Aus dem Radio kam die freundliche Aufforderung einer freundlichen Dame: »Und nun heben und senken Sie bitte das Becken – und eins und zwei und drei und vier!« Erna hob und senkte das Becken. »Und eins und zwei …«

»'tschuldige«, sagte Martine, »darf ich mal?«

Erna sackte in sich zusammen, Martine stieg über sie hinweg und machte sich an ihrem Koffer zu schaffen.

»Es war doch abgesprochen; du bleibst im Bad, solange ich Frühgymnastik mache!« Erna setzte sich auf, schlang ihre Arme um die Knie und schmollte. »Ohne Frühgymnastik bin ich nur 'n halber Mensch!«

»Aber ich hab 'ne Laufmasche und bin eh schon zu spät – verdammt!« Martine wühlte wie eine Besessene in ihrem Koffer und fand endlich die Strumpfhose, die sie gesucht hatte.

Erna warf ihr einen gekränkten Blick zu. »Wieso verdammt? Ich meine, ich hab doch wohl auch noch Rechte in meiner Wohnung!«

»Ich hab doch nicht dich mit ›verdammt‹ gemeint, sondern die Tatsache, daß ich in meinem Koffer nie das finde, was ich brauche.« Martine drückte sich zwischen Sessel und Erna durch und verschwand wieder im Badezimmer.

»So wie ich müssen sich die Moselaner in ihren romantischen Schuhkartonstädtchen fühlen, wenn die reisewütigen Holländer wie eine Invasion über sie hereinbrechen!« rief Erna ihr nach. »Denen latscht auch ständig einer durchs Müsli!« und machte sich wieder an die allmorgendliche Folter ihres Körpers.

»Und eins und zwei und heben und senken«, flötete die Stimme aus dem Radio, und Erna hob und senkte.

»Tut mir leid«, sagte Martine.

»Was ist denn nun schon wieder los!« Erna senkte und blieb platt am Boden liegen.

»Nichts, ich wollte mich nur bei dir entschuldigen. Wegen eben. Ich geh' dir auf die Nerven, tut mir leid.«

Erna nickte. »Mir tut's auch leid, war nicht so gemeint. Ich bin eben ein Morgenmuffel, mach dir nichts draus!« Sie rang sich ein Lächeln ab. »Wir sehen uns später, okay?«

»Okay.« Martine winkte und ging.

»Ich hab ein Hotelzimmer gefunden«, sagte Martine und biß von ihrem Schinkenbrot ab.

Erna sah erstaunt auf. »Für länger?«

»Nein, nur für zwei Nächte. Aber ich nehm es.«

»Unsinn!« sagte Erna.

Martine schob ihre Hand über den Tisch und legte sie auf Ernas Arm. »Deine Wohnung ist einfach zu klein für zwei; ist sie ja schon für einen! Ich kann dir das wirklich nicht mehr länger zumuten.« Martine beugte sich über den Kantinentisch und küßte Erna auf die Wange. »Ich danke dir für deine Gastfreundschaft, du bist ein prima Kumpel, Erna!«

»Ach komm, war doch selbstverständlich.«

Das Mädchen am Empfang hatte Martine erlaubt, ihre Koffer bis abends im Hotel zu lassen, und ihr versprochen, falls doch noch überraschend etwas frei werden würde …

Aber es wurde nichts frei, Wunder geschehen eben immer seltener. »Tut mir leid«, sagte sie, »soll ich Ihnen ein Taxi rufen?«

»Taxi wäre schon gut, wenn ich nur wüßte, wohin es mich bringen könnte«, sagte Martine, nahm ihr Gepäck und ging. Als sie auf die Straße trat, schlug ihr eisige Kälte entgegen. Bestimmt war die Temperatur wieder unter null Grad gesunken. »Bleibt dir nur noch der Sprung in die Isar«, murmelte sie, »oder du nimmst dir einen Strick und erschießt dich.« Sie blinzelte gegen die aufkommenden Tränen an, schniefte und sah sich um. Schräg gegenüber entdeckte sie eine Kneipe, in der man auch essen konnte. Dorthin ging sie jetzt erst einmal.

Sie bestellte Zigeunerschnitzel, und während sie es aß, ging sie in Gedanken die Möglichkeiten durch, die sie hatte. Sie hatte keine. Außer vielleicht ein lauschiges Plätzchen im Englischen Garten, eine Parkbank mit Mondblick zum Beispiel. Sie war schon wieder den Tränen nahe und wischte sich mit dem Handrücken über die Augen. Oder ...

Plötzlich streckte sie sich. Die Gabel, mit der sie lustlos in ihren zerdrückten Kartoffeln herumgestochert hatte, schob sie sich nachdenklich zwischen die Lippen und kaute darauf herum.

›Oder‹, dachte sie, ›ich nehme das großzügige Angebot dieses pampigen Schnösels Namens Gerrit Bauer an!‹ In Gedanken äffte sie ihn nach: ›Ich wäre allerdings bereit, Ihnen vorübergehend eines der Zimmer zu überlassen, falls Ihnen damit geholfen ist.‹ Schon die Erinnerung an ihn verursachte ihr Brechreiz und Übelkeit, aber immerhin war ein Zimmer bei ihm besser als eine Parkbank im Englischen Garten – oder in der Isar zu enden.

Martine schob den Teller von sich und trank einen Schluck Wein. Dann trank sie noch einen, und ihr Entschluß stand fest. »Na gut«, zischelte sie, »ich komme, Gerrit Bauer! Aber eines schwör ich dir: Daß du dir meine Wohnung unter den Nagel gerissen hast, wird dir noch verdammt leid tun, mein Junge. Denn ich werde dir das Leben zur Hölle machen, daß dir Hören und Sehen vergeht, und werde nicht eher Ruhe geben, bis einer von uns beiden auszieht! Nämlich du!«

Dachte es und ballte die Fäuste. Und wenn Martine die Fäuste ballte, dann hieß das KRIEG!

Soweit war Gerrit zufrieden mit der Einrichtung seiner vier Wände. Zwar fehlte dem Ganzen noch der letzte Schliff, aber Rom wurde ja schließlich auch nicht in vier Tagen erbaut! Er war gerade dabei, das Aquarell aufzuhängen, das er heute in einer Galerie erstanden hatte, als es klingelte.

»Oha!« sagte er, als er öffnete und Martine mit ihrem Gepäck vor seiner Tür stehen sah. Da war ihm also das hübsche Vögelchen doch noch ins Nest geflattert!

Ihr feindseliger Blick hätte ihm eigentlich eine Warnung sein müssen; aber der Gedanke, daß eine Frau ihm widerstehen könnte, kam gar nicht in ihm auf. »Sie konnten sich also doch noch entschließen, mit mir dieselbe Luft zu atmen?« fragte er.

Martine wäre ihm jetzt gerne ins Gesicht gesprungen, seine aufgesetzte ›charmante Ironie‹ konnte er sich ihretwegen an den Hut stecken! Aber sie blieb ruhig, ganz ruhig! Jetzt galt es erst mal, sich als Laus in seinen Pelz zu setzen, und dann … dann war *sie* am Zug!

Sie lächelte. Sie sagte: »Ich bin obdachlos, und mit Ihnen dieselbe Luft zu atmen, ist immer noch besser, als im Englischen Garten zu erfrieren. Irgendwo, vermute ich, werden sogar Sie Ihre guten Seiten haben.« Sie vertiefte ihr Lächeln noch um einiges, nahm ihr Gepäck und betrat die ›gemeinsame‹ Wohnung.

Und damit war die Schlacht eröffnet – nur wußte es Gerrit noch nicht.

Sie bekam sein Arbeitszimmer zur Verfügung gestellt, das er so eingerichtet hatte, daß es im Notfall auch als Gästezimmer umfunktioniert werden konnte. Die Möbel waren modern, raffiniert im Design und funktionell. Schreibtisch, Bücherregal, eine Schlafcouch aus tannengrünem Leder, ein Beistelltisch, ein Schaukelstuhl und ein Kleiderschrank waren vorhanden. Der war zwar etwas klein, aber wer so lange aus dem Koffer gelebt hatte wie Martine, war auch mit einem kleinen Schrank zufrieden.

»Sehr schön«, sagte sie leichthin, »das kann man vorerst mal so lassen.«

Gerrit sah sie erstaunt an. »Wie meinen Sie das – vorerst?« fragte er.

Als Antwort schenkte sie ihm ein reizendes Lächeln, mit einer ordentlichen Dosis Gift durchtränkt, das Gerrit ahnungslos schluckte.

›Wirklich hübsch, diese Martine‹, dachte er zufrieden, ›und wie es scheint auch kein Kind von Traurigkeit.‹

4

»Du bist ja verrückt!« sagte Erna und schüttelte fassungslos den Kopf.

»Überhaupt nicht. Es ist doch eigentlich meine Wohnung: Er hat sie sich nur ergaunert. Genaugenommen müßte man den Typen doch einbuchten! Wegen Hintergehung und Schwindelei. Aber für solche wie den gibt's ja leider keine Gesetze!« Sie knallte ihr Milchglas so hart auf den Tisch, daß Erna befürchtete, es würde zerspringen.

»Na gut«, gab Erna zu, »das war nicht fair von ihm, trotzdem ...«

»Nicht fair?« unterbrach Martine und lachte dreimal kurz. »Das war eine ausgemachte Schweinerei!«

Erna schluckte weitere Einwände runter und fragte: »Und wie stellst du dir den weiteren Verlauf euerer ›reizenden‹ Wohngemeinschaft vor?«

»Amüsant. Für mich. Für ihn weniger.« Sie grinste böse. »Gestern hat er schon zu balzen begonnen. Du hättest ihn mal sehen sollen! Magnum für Hausfrauen! Und das Du hat er mir angeboten, mit einem Tiefseeblick, der filmreif war! Der glaubt doch tatsächlich, er kann bei mir landen. Nicht zu fassen!« Sie schüttelte sich angewidert, kniff ihre Augen zu einem dünnen Schlitz zusammen und zischelte: »Es wird mir ein besonderes Vergnügen sein, den Herrn Schürzenjäger erst ein bißchen zappeln und dann abblitzen zu lassen!«

»Und früher warst du mal so nett«, sagte Erna und seufzte.

Gerrit zählte zu jener Sorte Menschen, deren Toleranzgrenze am frühen Morgen etwa so weit reicht, wie man einen Elefanten schleudern kann. Sein Finsterblick war schon zum Fürchten! Aber was Gerrits schlechte Laune betraf, konnte Martine sehr tapfer sein. Sie trällerte: »Schönen guten Morgen!« und dann ein Liedchen: »Kann denn Liebe Sünde sein, duwi-dada-damta-duwi-dida ...«

»Könntest du mir, bitte schön, nur einen einzigen Gefallen tun«, stöhnte Gerrit.

»Aber gerne!« flötete Martine und goß sich Tee auf.

»Dann hör auf zu singen!« Er kippte die dritte Tasse Schwarzen hinunter und vergrub sich wieder hinter seiner Zeitung.

Martine setzte sich und sagte: »Übrigens hab ich blendend geschlafen!«

»Ach ja?« knurrte Gerrit hinter seiner Zeitung.

»Du auch?«

»Ich auch!« antwortete er finster, und das war eine faustdicke Lüge. In Erinnerung an den gestrigen Abend schwoll ihm jetzt noch der Kamm. Dieses Biest, das ihm da gegenübersaß und so nervenzerrüttend laut mit dem Geschirr klapperte – dieses Biest hatte ihn ganz schön an der Nase herumgeführt! Hatte sich einladen lassen, mit ihm noch ein Gläschen Champagner zu trinken, hatte sich von ihm mittels seiner ferngesteuerten Stereoanlage in ›Musik für Zwei‹ wickeln und aufs Sofa betten lassen, hatte Sternenglanz in ihre himmlischen Augen gezaubert und war dann plötzlich verschwunden. Angeblich nur mal ›für kleine Mädchen‹. Aber dort war sie dann nicht, als er, nach zwanzig Minuten ungeduldig geworden, nachsah. Sie war in ihrem Zimmer und hatte abgeschlossen! Jawohl, abgeschlossen! Verschaukelt hatte sie ihn, diese reizende Dame, und das nahm er ihr verdammt übel!

Natürlich räumte Martine nur ihr eigenes Geschirr weg – schließlich war sie nicht sein Hausmädchen – und ging dann ins Bad, um sich die Zähne zu putzen. Der Korb mit weißer Schmutzwäsche, den Gerrit offensichtlich für die Wäscherei hergerichtet hatte, übte eine ungemeine Anziehungskraft auf sie aus. Die Vorstellung, das Gerrit als ›routinierter Verführer‹ zartrosa Unterwäsche tragen würde, entlockte ihr ein schadenfrohes Gekicher. Einen Moment zögerte sie, aber dann siegte doch das Boshafte in ihr, und ein kleiner roter Leinenbeutel – garantiert nicht farbecht! – verschwand in einem der Kissenbezüge. Rache ist süß! Für Martine war sie das reinste Zuckerschlecken!

Martine verließ singend die Wohnung. Auf dem untersten Treppenabsatz stand Kieselmacher, der mit Frau Zwergmüller über die Notwendigkeit einer Giftgasalarmanlage in der hauseigenen Tiefgarage diskutierte. Im harten Schlagabtausch klatschten sie sich Für und Wider um die Ohren, wie nasse Säcke. Frau Zwergmüller wollte, Kieselmacher wollte nicht. Frau Zwergmüller drohte gerade mit einer Unterschriftensammlung der Hausbewohner, als Martine die beiden passierte.

»Ach, Frau Bauer!« rief Kieselmacher ihr nach.

Martine blieb stehen und drehte sich um. »Ja bitte«, sagte sie kühl, denn auch Kieselmacher hatte bei ihr nicht gerade einen Stein im Brett.

»Wann wäre denn Ihr Mann mal zu sprechen? Wegen dem Garagenschlüssel; den muß er mir nämlich noch quittieren.«

»Mein Mann?« Martine verzog das Gesicht. »Entschuldigen Sie, Herr Kieselmacher, aber ich wüßte nicht, daß ich verheiratet sei!« antwortete sie spitz.

»Ach ja ...«, sagte Kieselmacher, räusperte sich und warf Frau Zwergmüller bedeutungsvolle Blicke zu. »Natürlich nicht, guten Tag noch, Frau Bauer.«

»Guten Tag, Herr Kieselmacher!« grüßte sie knapp und ging.

»Unmöglich, diese Person!« fand Frau Zwergmüller im Flüsterton.

»Naja, wissen Sie«, flüsterte Kieselmacher zurück, ohne seinen Blick von Martine zu wenden, die eben die Straße überquerte und trotz allem doch – das mußte man ihr immerhin lassen! – bemerkenswert hübsche Beine hatte, »sie hat sie nicht so alle im Oberstübchen. Geht wie eine Furie auf ihren Mann los und streitet ab, mit ihm verheiratet zu sein!«

»Na, vielleicht ist sie's nicht«, gab Frau Zwergmüller zu bedenken.

»Natürlich ist sie, ich weiß das!« beteuerte Kieselmacher. Und wenn Kieselmacher etwas beteuerte, dann war's auch so!

»Interessant«, fand Frau Zwergmüller und verabschiedete sich. Sie hatte es plötzlich sehr eilig; diesen Fall mußte sie schleunigst mit Frau Reichert von nebenan erörtern. Die Giftgasalarmanlage war vorerst vergessen.

»Ich hab mir das Leben mit ihr, weiß Gott, anders vorgestellt«, sagte Gerrit. »Erstens kürzer, ein paar Tage höchstens, und zweitens ...« Er suchte nach Worten. »... nun ja, irgendwie harmonischer.«

»Harmonischer«, wiederholte Johanna und nickte mehrmals, »und von ›Harmonie‹ will sie also nichts wissen? Armer, armer Gerrit!«

»Grins nicht so unverschämt!« bat sich Gerrit aus. »Da gibt's nämlich absolut nichts zu grinsen! Sie macht mir das Leben zur Hölle, dieses … Frauenzimmer, jawohl! Weißt du was sie getan hat?«

»Keine Ahnung«, sagte Johanna möglichst harmlos, aber innerlich platzte sie fast vor Vergnügen; diese Martine war ihr irgendwie unheimlich sympathisch. »Was denn?«

»Sie hat mir was Rotes in die weiße Schmutzwäsche geschmuggelt! Rosa Bettwäsche! Rosa Unterwäsche! Rosa Handtücher! Und ich *hasse* Rosa!«

»Böse Martine!« sagte Johanna.

»Und dann Zucker im Salzfaß! Weißt du, wie ein Frühstücksei mit Zucker schmeckt? Einfach scheußlich! Sie ist ein durchtriebenes Biest und ein Eisblock obendrein. Verstehst du, das Leben mit ihr ist einfach unerträglich!« Er betonte jede Silbe des Wortes: »Un-er-träg-lich!«

O ja, Johanna verstand durchaus. Ein Blümchen pflücken, ein bißchen dran schnuppern und dann lässig über die Schulter geworfen. Nur bei Martine lief das nicht so, und das tat Gerrits männlichem Ego gar nicht gut. Im Grunde ging es nur darum, nicht um solche Nebensächlichkeiten wie rosarote Unterwäsche! Johanna hoffte von ganzem Herzen, daß Martine noch ein bißchen mehr in seinen Wunden bohren würde. So eine Roßkur war genau das, was er brauchte, um von sich selbst kuriert zu werden. Denn wenn die klugen Worte: Der Mensch ist sich selbst der größte Feind! auf jemanden zutrafen, dann auf Gerrit. Seine amourösen Eskapaden und das Flair des kühlen Draufgängers, mit dem er sich umgab, war doch nichts als Notwehr. Irgendwo in Gerrits Leben mußte es ein dunkles Geheimnis geben, das ihn zu dem werden ließ, was er war: viel harte Schale um einen weichen Kern. Johanna hätte viel gegeben, um dieses Geheimnis zu erfahren.

Sie stand auf, tätschelte ihn, sagte: »Armes Mehlklößchen!« und verließ Gerrits Büro. Und Gerrit blähte empört die Nüstern. »Frauen!« zischelte er ihr nach. »Frauen sind keine Menschen! Frauen sind herzlose Ungeheuer!«

Dasselbe bekam Johanna am Abend noch mal zu hören. Reiner – der Reiner, den sie vor genau zehn Tagen per Brief aus ihrem Leben verbannt hatte – war eine Woche länger als geplant bei Mama in Düsseldorf geblieben. Mama, der er unklugerweise verraten hatte, wie lange sein Urlaub dauerte, war plötzlich unpäßlich geworden. Und Reiner, ein guter Sohn, hielt es natürlich für seine Pflicht, ihr zur Seite zu stehen. Aber jetzt hatte ihn München wieder, und Johannas Brief brannte ihm heiß in der Brusttasche seines Jacketts.

Er saß auf der Treppe vor Johannas Wohnung, als sie abends müde und abgearbeitet dort ankam. Sein Blick war messerscharf, seine Lippen zu einem dünnen Strich zusammengekniffen, selbst seine Haltung signalisierte, daß er nicht bereit war, kampflos das Feld zu räumen.

Reiner zerrte den Brief aus der Brusttasche und wedelte damit aufgebracht vor Johannas Nase herum. Johanna streifte ihn mit flüchtigem Blick, sagte: »Ich habe dem nichts mehr hinzuzufügen. Laß uns doch einfach nur Freunde sein.«

»Pa!« machte Reiner. »Freunde!« schrie er sie an. »Ich brauche keinen Freund! Ich brauche eine Frau!«

Inzwischen hatte Johanna die Tür aufgesperrt, und Reiner war an ihr vorbei in die Wohnung geschossen. Jetzt stürmte er das Wohnzimmer, drehte sich um und sah Johanna, die ihm langsam gefolgt war, sehr böse entgegen. Das gab dem Ganzen den Anschein, als ob *er* hier zu Hause war und Johanna der unerwünschte Eindringling. Reiner war Anwalt und als solcher geschult in autoritärem Verhalten.

Johanna nickte nachdrücklich, sagte: »Siehst du, genau das ist es, was ich meinte mit: Wir passen nicht zusammen. Wenn man sich deinem ›sanften Druck‹ entziehen will, kehrst du plötzlich dein wahres Ich heraus. Dann ist nichts mehr mit sanft, dann ist nur noch Druck! Ich bin nicht dein Besitz!«

»Nein, meiner nicht, da hat ja wohl bereits ein anderer die Finger drauf!« brüllte er sie an.

»Die Finger drauf!« Johanna rang die Hände zur Zimmerdecke und ließ die Augen rollen. »Ja, bin ich denn eine Pralinenschachtel?« Sie kam ganz langsam auf ihn zu und ließ ihn dabei nicht aus den Augen. »Eine Frau brauchst du. Jawohl. Eine, die dein

Schnurrekätzchen ist und dir das Händchen hält. Eine, die dir ein kuscheliges Zuhause bietet und nur für dich da ist. Ja, verstehst du denn nicht, daß ich so nicht bin, daß ich das auf die Dauer nicht bringen kann!«

»Aber ich liebe dich doch!« konterte Reiner.

»Du liebst mich«, wiederholte Johanna und lachte kurz auf. »Du liebst vielleicht die Idee, mich zu lieben, weil dir mein Äußeres zusagt. Und du liebst deine Bequemlichkeit. Und außer deiner Bequemlichkeit liebst du nur noch mehr Bequemlichkeit. Aber mich liebst du nicht, sonst würdest du nicht ständig versuchen, mir die Luft zum Atmen zu nehmen. Und vor allem, und das ist ja wohl das Wesentliche, *ich* liebe dich *nicht* – oder wenigstens nicht genug, um dir meine Freiheit zu opfern.«

»Ach ja, und *er* nimmt sie dir wohl nicht, die Luft, die du zum Atmen brauchst, und deine blödsinnige Freiheit?« fragte Reiner gehässig.

»Falls du mit *er* Gerrit meinst, nein«, antwortete Johanna. »Deine unbegründete Eifersucht geht mir ganz schön auf den Wecker, mein Lieber.«

»Hör mal, ich bin schließlich nicht auf den Kopf gefallen!« Reiner entzündete sich immer mehr an seiner eigenen Wut. »Der Knabe zieht bei dir ein, prompt liebst du mich nicht mehr, und ich krieg den Laufpaß! Das stinkt doch zum Himmel!«

»Der Knabe ist längst wieder ausgezogen, falls dich das beruhigt«, sagte Johanna müde. Sie hatte absolut keine Lust mehr, auch nur ein einziges weiteres Wort an Reiner zu verschwenden. Sie wollte nur noch einen Cognac, ein heißes Bad und dann ins Bett und zwar alleine.

Weil sie Reiner kannte und wußte, daß er so schnell nicht damit aufhören würde, seine Meinung zu vertreten, goß sie sich einen Doppelten ein, ging wortlos aus dem Zimmer und schloß die Badezimmertür hinter sich ab. Zweimal, damit er endlich kapierte.

Reiner kapierte. Und wie er kapierte! Das hatte er einzig und allein diesem Gerrit zu verdanken, und der konnte sich jetzt auf etwas gefaßt machen! Den wird er sich vorknöpfen, und zwar sofort! Und ihm das Siegesgrinsen aus dem Gesicht polieren, diesem miesen Vogel!

»Wo wohnt er!« schrie Reiner und pochte mit den Fäusten gegen die verschlossene Tür.

»Parkmeisterweg 15«, antwortete Johanna ungerührt. Sollte sich doch Gerrit seine Zeit mit ihm vertreiben; schließlich war er ja der Auslöser dieser lächerlichen Szene. »Und grüß ihn schön von mir!« rief sie noch.

»Frauen!« zischte Reiner. »Wer sich mit denen einläßt, ist verloren! Ungeheuer sind sie, allesamt!« Damit schlug er die Tür hinter sich zu, daß die Mauern erbebten, und Johanna im Bad schloß die Augen und seufzte.

»Warum?« fragte sie sich. »Warum nur hab ich dummes Fleckvieh mich nur wieder auf die sogenannte Liebe eingelassen?« Sie nahm einen kräftigen Schluck Cognac und gab sich die Antwort. »Weil du eben doch kein dummes Fleckvieh bist, sondern eine ganz normale Frau, die sich wie alle ganz normalen Frauen nach Liebe, Wärme, Vertrautheit und all dem anderen Käse sehnt und hofft, daß einer doch mal der Richtige sein könnte.« Sie kippte den Rest Cognac hinunter und tat, wozu sie schon lange Lust hatte – sie heulte sich das ganze Elend von der Seele.

Gerrit war nach der Arbeit noch ins ›Luitpold‹ gefahren. Dort saß er jetzt, trank einen Cappuccino und versuchte, sich selbst hinters Licht zu führen. Er redete sich ein, hierhergekommen zu sein, um sich wenigstens ein halbes Stündchen entspannen zu können, was ihm ja zu Hause nicht mehr gelang, seit sich Martine bei ihm eingenistet hatte. In Wahrheit jedoch hatte Gerrits männliches Selbstbewußtsein nach einer zweiten Pleite bei Martine kalte Füße bekommen und brauchte jetzt dringend eine Flamme zum Wärmen.

Gerrit saß strategisch günstig. Er hatte den Eingang im Auge und konnte seinerseits gesehen werden. Den Platz neben sich hielt er besetzt – und gleichzeitig eifrig Ausschau nach einem geeigneten Objekt seiner Selbstbewußtseinserneuerung.

Und dann kam SIE. Sie hatte tizianrotes Haar und erinnerte ihn an die Bergstraße bei St. Giameron – äußerst kurvenreich und mit einer ganzen Menge Abgründe, in die er sich mit Wonne stürzen wollte, sobald sie ihn ließe.

»Darf ich?« fragte sie und deutete mit einer Handbewegung auf den freien Stuhl.

»Aber bitte, gerne.« Gerrit stand auf, als sie sich setzte, denn Damen mit Hut – und sie trug Hut – hielten erfahrungsgemäß auf gepflegte Umgangsformen.

Er musterte sie mit unaufdringlichem Interesse, ein Lächeln, ein weiterer Blick und noch einer, und schon befand sich Gerrit mitten im Rennen. Er tippte auf verheiratet, aber das störte ihn nicht weiter. Ganz im Gegenteil, das erleichterte ihm zu gegebener Zeit den Absprung. Außerdem, fand er, trafen die klugen Worte eines klugen Mannes, dessen Name ihm leider entfallen war, durchaus zu. Jener Mann sagte: Wenn ich eine Frau mit einem Haus vergleichen könnte, so würde ich sagen, sie sei erst beziehbar, wenn ein Ehemann sie trockengewohnt hat.

Eben! dachte Gerrit und sah ihr noch ein bißchen tiefer in die Augen.

Sie hieß Hildegard und war an diesem Abend verhindert. Leider. Allerdings bestünde eine winzige Hoffnung, daß sich ihr Termin verschieben ließe, meinte sie und sah ihn aus samtbraunen Augen verheißungsvoll an.

»Wir könnten bei ›Käfer‹ essen«, schlug er vor, »und anschließend ...« Gerrit unterbrach sich bedeutungsvoll. Jetzt war alles an ihm nur noch Blick!

»Und anschließend?« hakte Hildegard nach.

»Und anschließend da ...« Da fiel ihm siedendheiß ein, daß er mit ihr ja anschließend gar nicht zu sich nach Hause konnte, denn zu Hause gab es Martine! Und irgendwie hemmte ihn die Vorstellung, daß Martine anwesend sein würde, während er und Hildegard ... und wenn Hildegard tatsächlich verheiratet war ... und wo es doch zur Zeit kein freies Hotelzimmer in München gab!

Gerrit hätte jetzt gerne so richtig unfein geflucht, aber er riß sich zusammen, er rang sich ein Lächeln ab und wechselte das Thema. »Sind Sie verheiratet?« fragte er.

Sie antwortete mit einer Gegenfrage: »Würde ich dann mit Ihnen bei ›Käfer‹ essen?«

»Natürlich nicht«, räumte er höflich ein.

»Und Sie? Sind Sie verheiratet?«

»Kein bißchen!« beteuerte er leidenschaftlich, nahm Hildegards Hand in die seine und fügte an: »Die besten Beziehungen sind doch immer die ohne äußeren Zwang.«

Gerrit pfiff ein Lied. Überhaupt schien er ziemlich aufgeräumt, als er später nach Hause kam und über den hübschen Po seines hübschen Hausdrachens stolperte. Martine robbte gerade tastend über den Berberteppich in der Diele; sie suchte nach ihrem Brillantohrring, der nicht größer war als ein gläserner Stecknadelkopf.

»Was verloren?« fragte Gerrit aufreizend gutgelaunt.

»Nein, ich tu das aus purem Spaß an der Freude!« flunschte sie ihn an.

Gerrit zuckte die Schultern und verschwand in seinem Schlafzimmer. Heute konnte Martine soviel Gift spritzen, wie sie wollte, ihn ließ das kalt. Selbst wenn Hildegard ihren ›Termin‹ nicht verschieben konnte, was Gerrit nicht annahm ... ihre heißen Blicke, der wiegende Gang, mit dem sie ihn zu locken versuchte, als er sie zu ihrem Auto brachte, hatte ihn mit sich und der Welt wieder versöhnt. Es hatte ihn nur ein kleines Lächeln gekostet, diese heißblütige Schönheit zu erobern. Was juckten ihn da noch die bockigen Launen einer frustrierten Martine, die über ihr eigenes Mittelmaß niemals hinauskommen würde?

Gerrit zog sich aus und schlüpfte in seinen Bademantel. Er warf sich aufs Bett und schaltete das Radio ein, wollte die Nachrichten hören, dann duschen, sich rasieren und auf Hildegards Anruf warten. Er verschränkte die Arme hinter dem Kopf, schloß die Augen ... und da klingelte es.

Martine fühlte etwas Hartes zwischen den Fingerspitzen, zog es aus den Tiefen des Berbers und warf es enttäuscht über die Schulter. Ein Körnchen irgendwas, jedenfalls nicht ihr Ohrring. Da klingelte es. Sie rappelte sich auf die Knie, öffnete die Tür und sah sich einem Mann gegenüber, der sie ziemlich grimmig musterte.

»Wo ist er!« schnauzte Reiner sie an.

»Wer?« fragte Martine verwirrt und gab sich im gleichen Atemzug selbst die Antwort. Da es in dieser Wohnung nur einen ER gab, konnte dieser finstere Typ nur Gerrit meinen. »Falls Sie Gerrit meinen ...«, begann Martine. Aber er wartete ihre Erklärung gar nicht erst ab, sondern stürzte an ihr vorbei auf Gerrits Schlafzimmertür zu, in der Gerrit inzwischen erschienen war.

Gerrit ahnte nichts Gutes, als er Reiner auf sich zukommen sah, und duckte sich instinktiv. So wich er gerade noch einem gezielten Haken aus, tauchte unter Reiners Faustschlag durch und stand nun auf dem linken Viertel des Berbers, etwa da, wo Martine ihren Ohrring vermutete. Martine, den Blick auf Gerrits nackte Füße gerichtet, sah plötzlich etwas funkeln. Sie warf sich auf den Bauch und griff danach. Es war ihr Ohrring, sie hatte ihren Ohrring wieder!

Während sie sich unten irrsinnig freute, bekam Gerrit oben eine saftige Ohrfeige verpaßt. Er hielt sich die Backe und sah seinen Gegner mordlüstig an.

»Du mieser Sack!« brüllte Reiner und griff Gerrit an den Aufschlägen seines Bademantels.

»Bist du wahnsinnig geworden!« brüllte Gerrit zurück. »Laß sofort los!«

Aber Reiner dachte gar nicht dran, ganz im Gegenteil; jetzt wollte er erst richtig zupacken.

Martine hatte sich inzwischen aus dem Gefahrenbereich zurückgezogen, stand kaum auf ihren Füßen, als das Telefon klingelte. Sie brauchte nur den Arm auszustrecken, um abzunehmen.

»Ja, hier Martine Bauer«, meldete sie sich.

Schweigen am anderen Ende der Leitung, dann die zaghafte Frage einer offensichtlich verwirrten Dame: »Kann ich bitte Ihren Mann sprechen? Mein Name ist Hildegard Völmer.«

»Meinen Mann?« Martine wendete sich dem Geschehen auf dem Berber zu und konstatierte, daß ›ihr Mann‹ gerade mittels eines gekonnten Judogriffes platt auf dem Rücken landete und stöhnend liegenblieb. Sein Bademantel war dabei aufgesprungen. Sie errötete, dieser Anblick war ihr irgendwie peinlich. »Nein«, sagte sie mit süßsaurer Stimme und wandte sich schnell ab, »mein Mann ist beschäftigt und, wie es aussieht, heute auch zu nichts mehr zu gebrauchen. Aber vielleicht kann ich ihm etwas ausrichten?«

»O ja, das können Sie!« sagte die Dame, die Hildegard hieß und inzwischen nicht mehr verwirrt, sondern eher verärgert zu sein schien. »Richten Sie ihm bitte aus, daß er für mich gestorben ist!« Und damit knallte sie den Hörer auf die Gabel.

Gemessen an Reiners Auftritt war der Einfall der Tataren ein müder Statistenaufzug gewesen. Erst als Gerrit zu Boden gegangen war, kam Reiner wieder zu Besinnung. Das Haar hing ihm wirr in die Stirn und das Hemd aus der Hose, sein Blick war gläsern. So verließ er fluchtartig Gerrits Wohnung und schlug sich durch den Dschungel der nächtlichen Stadt. Die Erkenntnis seines eigenen, unberechenbaren Jähzornes trieb ihn an den Bierhahn. »Dieser Gerrit ist ein verdammter Eselskopf und ein ziemlich abgeschlaffter Heuler«, lallte er seinen Thekennachbarn an, der ihm beim Vernichten einiger Biere hilfreich zur Seite gestanden hatte, »aber weißt du was, Kumpel? Ich bin zur Zeit auch nicht gerade mein Typ!«

In Martine ging ähnliches vor sich. Als die Tür hinter Reiner ins Schloß gefallen war, stieg sie ungerührt über das Häufchen Elend hinweg, das da auf dem Berber saß, und erschrak plötzlich vor dieser frostigen Kälte in ihrem Herzen. War das wirklich sie?

Reue und Scham stiegen in ihr auf und zwangen sie neben Gerrit in die Knie. »Fühlst du dich okay?« fragte sie und tastete vorsichtig die blutverschmierte Schwellung an seiner Oberlippe ab.

»Ungefähr so okay wie ein U-Boot im Kastanienwald«, gestand Gerrit unter Stöhnen.

Martine half ihm auf und bettete ihn sanft in die Kissen seines unanständig großen Bettes, das am Kopfende aussah wie ein Cockpit. Ein eingebauter Dimmschalter für gedämpftes Licht, eine Musikanlage wie sie Otto Normalverbraucher noch nicht einmal im Wohnzimmer besaß, und ein Digitalwecker, der vermutlich sanft schnurrte, wenn Gerrits Gespielinnen nach Hause mußten.

In Betrachtung dieser hochtechnisierten Verführungsrequisiten kam Martine schon wieder die Galle hoch! Vermutlich hatte Gerrit diese Tracht Prügel mehr als verdient! Und sie war eine dumme Gans, daß sie mit so einem auch noch Mitleid hatte! Mochte sich von dem einlullen lassen, wer wollte, sie jedenfalls nicht!

Sie stand auf und ging zur Tür. Dort fiel ihr Hildegard plötzlich wieder ein, und sie drehte sich noch mal nach ihm um. »Ach übrigens, da hat vorhin eine Frau für dich angerufen.«

»Hildegard?« fragte Gerrit.

»Ja, so hieß sie wohl.«

»Und?«

»Ich soll dir ausrichten, daß du für sie gestorben bist«, sagte sie knapp und ging.

5

»Was das da ist?« wiederholte Gerrit Johannas Frage und schob verärgert den Finger weg, mit dem sie auf die Platzwunde auf seiner Lippe deutete. »Das ist die Handschrift eines Verrückten namens Reiner, und so weit ich mich erinnere, kennst du den Flegel!«

»Reiner?« Johanna schluckte und sah von schräg unten wie eine bußfertige Sünderin zu Gerrit hinauf. »Tut mir leid«, sagte sie ehrlich bestürzt.

»Ha!« machte Gerrit. »Tut ihr leid!« Er sah sie aus zusammengekniffenen Augen an. »Das ist ja wohl das allermindeste, daß es dir leid tut. Wenn du nun auch noch die Güte hättest, mir zu verraten, warum er wie ein wildgewordener Derwisch bei mir angetanzt kam, um mich zu verprügeln, dann wäre ich für heute zufrieden!«

Johanna wußte, daß dem nicht so sein würde, aber sie verriet es ihm trotzdem. »Er dachte du und ich, du weißt schon.«

»Ich weiß schon!« wiederholte Gerrit. »Und es ist dir nicht gelungen, ihm das auszureden? Du hast doch sonst soviel Überzeugungskraft!«

»Deine umwerfende männliche Ausstrahlung hat ihn stärker beeindruckt, als meine Beteuerungen«, sagte Johanna und fiel ihm vorsorglich ins Wort, als er nach Luft schnappte: »Nein wirklich, im Grunde bewundert er dich wie keinen zweiten!« Gerrit ließ etwas Dampf ab, und diesen Moment nutzte Johanna, um schleunigst das Thema zu wechseln. »Wir haben den Auftrag!« rief sie strahlend.

»Denies' Kosmetik?« fragte Gerrit, und Johanna nickte bedeutungsvoll.

Als der Vertrag für Denies' Kosmetik fertig ausgearbeitet und unterzeichnet und außer Gerrit niemand mehr im Büro war, genehmigte er sich einen mehrstöckigen Whisky. Der brannte verteufelt auf seiner Lippe und erinnerte ihn aufs Unangenehmste an die Wirrungen seines Privatlebens. Das fand er vom Schicksal gar nicht nett, daß es ihm plötzlich Erbsen in die Schuhe schüttete! Von Johannas Freund hatte er die Hucke vollbekommen, weil der glaubte, er hätte … und dabei hatte er doch gar nicht! Martine erwies sich als so uneinnehmbar wie eine alte Ritterburg, und für Hildegard war er aus ihm völlig unerklärlichen Gründen plötzlich ›gestorben‹! Dabei fühlte er sich so gar nicht tot, ganz im Gegenteil, da war noch eine ganze Menge Leben in ihm!

Gerrit beschloß herauszufinden, was Hildegard dazu getrieben hatte, sich so abrupt von ihm abzuwenden, griff zum Telefonbuch und suchte ihre Adresse heraus.

Dean Clamer war den ganzen Tag durch München gehetzt, hatte sich das Abbruchhaus angesehen, das seine Leute für die Schlußszene seines Filmes ausfindig gemacht hatten – und es war gut, sehr gut, genau wie er es sich vorgestellt hatte! Danach war er beim Zahnarzt gewesen, hatte ein kurzes Gespräch mit Ingbert Wesel, einem jungen Schauspieler, gehabt und saß jetzt im ›Einhorn‹. Er kam gerne hierher, weil ihn hier niemand kannte, weil er sich hier ungestört in eine der vielen Ecken und Nischen zurückziehen konnte.

Dean bestellte ein Kännchen Hagebuttentee, klopfte seinen Mantel nach Zigaretten ab und hielt plötzlich dieses Taschenbuch in der Hand. SCHICKSALSFLUG, las er – die Autorin hatte es ihm zugeschickt. Er hatte nicht vorgehabt, es zu lesen, warum es trotzdem in seiner Tasche steckte, wußte er nicht mehr. Er zündete sich eine Zigarette an, bließ den Rauch aus und nahm das Buch wieder zur Hand. Er blätterte uninteressiert, las ein paar Zeilen, wollte sich nur die Zeit vertreiben, bis das Restaurant gegenüber öffnete, in dem er vorhatte zu essen. Zwei Stunden später hatte er das Buch ausgelesen, bezahlte und ließ sich ein Taxi kommen.

Martine säbelte lustlos an ihrem Kotelett herum und sah abwechselnd von der Uhr zu Gerrits leerem Stuhl, auf dem er sonst saß und sich über ihre Anwesenheit ärgerte. Nicht, daß sie ihn irgendwie vermißte, kein bißchen! So gleichgültig war ihr überhaupt noch nie jemand gewesen! Aber seit sie hier wohnte, war er nach getaner Arbeit doch wenigstens kurz nach Hause gekommen, um sich zu duschen und umzuziehen. Ob ihm was passiert war? Bei diesem Gedanken klopfte Martines Herz heftig, und etwas kniff sie in den Magen. Es konnte nicht das Kotelett sein, denn sie hatte noch keinen Bissen hinuntergekriegt, und diese Tatsache gab ihr dann doch zu denken.

Herzklopfen und Magenkneifen? dachte sie. Wegen so einem Typen, den sie doch in ihrem tiefsten Innersten verachtete? Ja, bist du denn noch bei Trost? fragte sie sich und begann allen Ernstes daran zu zweifeln. Sie konnte sich schon vorstellen, wo der Herr war! Nämlich längst geduscht! Und zu solchen Gelegenheiten war ja wohl Umziehen nicht nötig! Nur gut, daß sie sich nicht mal das Schwarze unterm Fingernagel aus Gerrit machte, daß sie seine Geschichten mit all den Damen und Dämchen, die hier anriefen, nicht die Bohne interessierten! Sie schob lässig den Teller weg und bedauerte all die armen Wesen, die fähig waren, sich in einen wie den zu verlieben.

Gerrit nahm sich nicht einmal die Zeit, auf den Aufzug zu warten. Er nahm die Treppe, immer zwei Stufen auf einmal, und stürmte seine Wohnung wie ein Feldherr das feindliche Lager. Dann stand er vor Martine, mit geblähten Nüstern und ganz schön viel Wut im Bauch!

»Daß du mir Zucker ins Salzfaß getan hast«, fauchte er sie an, »und was Rotes in die Wäsche und all die anderen dummen Streiche, das hab ich ja noch zähneknirschend hingenommen! Aber *das,* mein Engel, das geht mir doch entschieden zu weit!« Einen kurzen Moment erwog Martine den Rückzug, denn ein Gerrit im Zorn schien ihr nicht sehr umgänglich zu sein. Aber dann erinnerte sie sich daran, daß mal jemand behauptet hatte, Angriff sei die beste Verteidigung, und stieß kräftig ins Horn.

»Erstens«, fauchte sie zurück, »bin ich nicht dein Engel, und zweitens weiß ich nicht einmal, wovon du überhaupt sprichst!«

»Das kann ich dir sagen! Davon, daß du dich als meine Frau ausgibst, wenn eine Bekannte mich hier anruft! Ich verbitte mir das!«

»Hab ich ja gar nicht getan! Und außerdem, wer hat denn damit angefangen? Du doch wohl!«

»So, hast du nicht?!« Seine Stimme überschlug sich fast.

»Nein, hab ich nicht! Ich hab' mich nur mit meinem Namen gemeldet, und das darf ich ja wohl noch! Und wenn sie mich dann für deine Frau hält, dafür kann ich schließlich nichts!«

»Du hättest sie aber aufklären können!«

»Entschuldige, aber ich dachte, die Frauen mit denen *du* dir deine Freizeit vertreibst, seien aufgeklärt!« Die Ironie troff geradezu aus ihren Worten.

»Du bist ein Biest!« schrie Gerrit.

»Wenn ich ein Biest bin«, schrie Martine zurück, »dann bist du dasselbe in männlich, nur noch viel schlimmer!«

Gerrit drehte sich um, griff sich das Telefon und hielt es Martine hin. »Hier«, sagte er, »ich verlange von dir, daß du Hildegard jetzt sofort anrufst und den Irrtum aufklärst!«

»O bitte, gerne«, flötete Martine mit honigsüßer Stimme, stieß aber plötzlich ihren ausgestreckten Zeigefinger hart gegen seine Brust und sagte: »Aber nur wenn du Kieselmacher anrufst, ihm gegenüber deine Behauptung zurücknimmst, mein Mann zu sein und den Mietvertrag auf meinen Namen umschreiben läßt.«

»Du meinst das jetzt doch nicht im Ernst, oder?« fragte er und verzog seinen Mund zu einem verächtlichen Grinsen.

»O doch! Weißt du, ich hasse nämlich Halbheiten.«

Da konnte Gerrit nur lachen. »Niemals!« schwor er ihr und stellte das Telefon demonstrativ an seinen Platz zurück. »Weißt du«, fügte er mit eiskalter Arroganz an, »Frauen gibt es wie Sand am Meer, Wohnungen nicht!« und verschwand türenschlagend in seinem Schlafzimmer.

»Du bist der widerlichste Widerling, der mir jemals begegnet ist!« rief Martine ihm nach. »Und glaub bloß nicht, daß ich mich von dir unterbuttern lasse! Du … du Frauenheld du!« Wums machte es, und da war auch ihre Tür krachend ins Schloß gefallen.

Gerrit war fuchsteufelswild. Er knallte sich auf sein Bett und verschränkte bockig die Arme. »Wie kann etwas so Hübsches nur derart boshaft und widerspenstig sein?« fragte er sich, knirschte mit den Zähnen und knurrte: »Und ich kann widerspenstige Frauen einfach nicht ausstehen!«

Als es klingelte, war Martine gerade dabei, den Berber in Richtung Badezimmer zu überqueren. Gerrit lag noch immer schmollend auf dem Bett. Jetzt schoß er hoch und trabte zur Tür, in der Hoffnung, das Schicksal wollte sich für die Erbsen in seinen Schuhen entschuldigen und hatte ihm zur Versöhnung Hildegard vorbeigeschickt. Aber es war nicht Hildegard.

Er nahm erbost zur Kenntnis, daß Martine bereits geöffnet hatte. Ein Kerl betrat die Diele, breitete mit theatralischer Gestik die Arme aus und rief: »Mein Liebes, ich muß mit dir reden!« Wobei er das Wort ›muß‹ gekünstelt betonte. In der linken Hand hielt er ein Taschenbuch, mit der Rechten zerrte er sich einen knallroten indischen Seidenschal vom Hals, und dann – das schlug dem Faß doch den Boden aus! – dann sank Martine diesem … diesem überkanditelten Schmalzheini doch tatsächlich in die Arme!

Über Deans Schulter hinweg konnte Martine beobachten, welchen Gemütssalto Gerrit jetzt schlug. Er war in seiner Eitelkeit verletzt und bebte wie ein Rennwagen kurz vor dem Start. Das gefiel Martine, sie genoß es, wenn er sich ärgerte. Sie schob Dean sanft von sich und sagte: »Ach übrigens, darf ich vorstellen – das ist mein Mitbewohner Gerrit Bauer. Die Namensgleichheit ist rein zufällig! Und das ist Dean Clamer, ein guter Freund von mir.« Den Chef vergaß sie, nur ›Freund‹ war wirkungsvoller.

»Sehr erfreut«, sagte Dean.

»Ganz meinerseits«, log Gerrit und starrte den beiden verächtlich nach, als sie in Martines Zimmer verschwanden.

»Lackaffe«, zischte er und meinte damit Dean. Und dann machte er: »Pa!« und maulte: »Zum Mitbewohner hat sie dich degradiert! Das ist doch wirklich die Höhe!«

Gerrit verstand die Welt nicht mehr. Warum der und nicht er? Er saß im Wohnzimmer, behielt die Diele im Auge und zählte die Minuten. Schon 68 – nicht auszudenken, was in so langer Zeit alles passieren konnte! Und das in seiner Wohnung! Gerrit war doch nun wirklich alles andere als ein Moralist, aber das, fand er, ging doch entschieden zu weit. Auch seine Toleranz kannte Grenzen!

Während Gerrit im Wohnzimmer grollte, wälzte Martine sich hinter verschlossener Tür schamlos im Glück. Seit ihrem ersten Kuß hatte ihr Herz nicht mehr so hoch geschlagen wie eben, als Dean sie an den Schultern faßte und sagte: »Martine, ich möchte dich bitten, wenn möglich noch heute dieses Buch zu lesen und mir dann zu sagen, was du davon hältst. Dein Urteil ist mir wichtig!«

Die Kinnlade fiel ihr runter, sie sah Dean sprachlos an. Ihre Augen weiteten sich zu enormer Größe, und auf dem unteren Wimpernrand sammelten sich Tränen der Rührung. Dean Clamer, ein Vollprofi allererster Klasse! Ihm war ihr Urteil wichtig! Sie, die kleine Regieassistentin, wurde vom großen Meister um ihre Meinung gefragt! Sie war wie erschlagen vor Glück, und nur mit äußerster Anstrengung brachte sie es fertig, ein »Ja« über ihre Lippen zu hauchen.

Deans Hände glitten von Martines Schultern und verschwanden in seinen Hosentaschen. Er ging zum Fenster, sah in die Unendlichkeit des nächtlichen Himmels und gestand mit belegter Stimme: »Seit Jahren ... seit unendlich vielen Jahren bin ich auf der Suche nach einem Stoff wie diesem! Aus dem man einen Film mit Starbesetzung machen kann! Und da fällt er mir an einem trüben, nichtssagenden 5. April so einfach in den Schoß.« Dean schien überwältigt. Er liebte theatralische Augenblicke wie diesen. Er seufzte, wischte sich die Haare aus der Stirn, drehte sich unvermittelt um und sagte mit plötzlicher Sachlichkeit: »Aber ich will dich nicht beeinflussen, bilde dir ein eigenes Urteil. Übrigens dachte ich, wir könnten in Tunesien drehen.« Dann setzte er sich in den Schaukelstuhl, preßte die Fingerspitzen zusammen und träumte weg.

Und Martine sank mit zittrigen Knien auf die tannengrüne Ledercouch, die schon für die Nacht zum Bett umfunktioniert war, und begann zu lesen.

Gerrit hatte sich bereits mit dem dritten doppelten Whisky zu beruhigen versucht. Er raste mit dem Glas in der Hand in der Diele auf und ab, bis endlich Martines Tür aufging und das reizende Pärchen auf der Bildfläche erschien. Ein Blick genügte ihm, um festzustellen, daß Martine in den vergangenen 72 Minuten etwas Wunderbares widerfahren sein mußte. Sie schwebte wie auf Wolken und nahm nicht das geringste wahr. Das geringste war im Moment Gerrit, und das stank ihm ungemein.

Jetzt standen die beiden an der Wohnungstür. Dean beugte sich zu Martine und hauchte einen Kuß auf ihre Schläfe.

»Wir sehen uns morgen«, sagte er, schlang sich den Seidenschal um den Hals, drückte noch einmal selbstvergessen ihre Hand und rauschte davon. Und dann schwebte Martine zurück in ihr Zimmer, ohne ihren ›Mitbewohner‹ auch nur eines einzigen Blickes zu würdigen.

6

»Wetten?« fragte Johanna.

Gerrit sah auf und sah sie an. »Was wetten?« fragte er verwirrt. Er konnte sich nicht erinnern, daß einer von ihnen beiden etwas gesagt hatte, erst recht nichts, worauf sich wetten ließe.

»Wetten, wenn ich nun aufstünde und ginge, du würdest es nicht einmal bemerken. Wir sind schon beim Dessert und haben noch nicht mal übers Wetter geplaudert.«

»Wenn dir soviel daran liegt, übers Wetter zu plaudern, bitte ... schönes Wetter heute, nicht wahr?« sagte Gerrit, und Johanna verdrehte die Augen.

»Es hat den ganzen Tag wie aus Kübeln gegossen!«

»Ach ja?« Gerrit sah prüfend hinaus, aber draußen war nur schwarze Nacht zu sehen.

Der Ober brachte Kaffee und Cognac, und Gerrit verfiel wieder in unüberhörbar lautes Schweigen.

Johanna beobachtete ihn kopfschüttelnd. »Mehlklößchen«, sagte sie, »dir hat's ja ganz schön die Petersilie verhagelt!« Sie stützte ihren Ellenbogen auf und den Kopf in die Hand und dachte laut nach. »Da wir hier sitzen, um den lukrativsten Auftrag des Jahres zu feiern, kanns am Geschäft nicht liegen. Bleibt nur die Liebe – wie geht's übrigens Martine?«

Seine Antwort war ein schneidender Blick, dem ein aufgebrachter Monolog folgte. »Es gibt absolut keinen Grund, Martine auch nur im Entferntesten mit mir und dem Wort ›Liebe‹ in Zusammenhang zu bringen.« Das Wort Liebe sprach er ganz vorne auf der Zunge, damit er sich ja nicht dran verschluckte. Gerrit hielt absolut nichts von der sogenannten Liebe, die seiner Meinung nach nichts anderes war als eine Anhäufung lästiger Krankheitssymptome. Appetitlosigkeit, Schlaflosigkeit, Herzbeschwerden und früher oder später Depressionen. »Nenne mir nur einen einzigen Grund, warum ich mich – wenn überhaupt – ausgerechnet in so einen bösen, zänkischen Drachen wie diese Martine verlieben sollte! Die mich zu ihrem – jawohl ihrem! – Mitbewohner degradiert und nichts Besseres zu tun hat, als sich in die Arme eines affektierten, aufgeblasenen Heinis zu werfen, der es wagt, in meiner Wohnung aufzutauchen, um mit ihr angeblich zu reden! Lächerlich, wirklich lächerlich! Und bitte grins nicht so; ich wüßte nicht, was es da zu grinsen gibt!«

Johanna zog die rechte ihrer Augenbrauen hoch, sagte gedehnt: »Sieh mal einer an, unser Gerrit ist eifersüchtig!« und grinste noch ein wenig breiter.

»Eifersüchtig? Ich? Wegen Martine?« Da konnte Gerrit nur lachen. »Wieso sollte ich, ich kann sie nicht ausstehen!«

»Irrtum, du kannst nur nicht ausstehen, daß du beginnst, dich für sie zu interessieren. Und daß du auf dem besten Wege bist, dich in sie zu verlieben.«

Aber gegen diese Unterstellung wehrte er sich entschieden. Er brach sogar in schallendes Gelächter aus und behauptete, daß dies der beste Witz war, den er jemals gehört hatte.

»Lach nur«, sagte Johanna in einem Tonfall, der ihm gar nicht gefiel. Sie fesselte ihn mit Blicken, und so sehr er sich auch drehte und wendete, sie ließ ihn nicht mehr los. Wenn Johanna ihn so ansah, fühlte er sich immer ganz klein und gar nicht wohl in seiner Haut. Johanna hatte den ›Tiefenblick‹, wie er selbst immer sagte, sie war fähig, durch die Fassaden ihrer Mitmenschen hindurchzusehen. Eine Eigenschaft, die er in beruflicher Hinsicht ungemein an ihr schätzte – nur privat war ihm das manchmal mehr als lästig, denn er konnte ihr einfach nichts vormachen!

»Weißt du«, sagte Johanna und hielt ihn dabei weiterhin mit Blicken fest, »mir war schon immer klar, daß dich eine Frau, die du einordnen kannst, die in deine Schablone paßt, nur vorübergehend interessieren kann. Du bist so irrsinnig selbstgefällig und hast so unglaublich viel Angst vor der Nacktheit deiner Gefühle, daß an dein Innerstes gar nicht ranzukommen ist – es sei denn, eine Frau schafft es, dich aus dem Gleichgewicht zu bringen, damit du fällst und dein Panzer zerbricht. Und Martine hat dich aus dem Gleichgewicht gebracht. Sie setzt dir zu. Und wie!«

Gerrit blies empört die Backen auf; dazu hätte er so manches zu sagen – nur es fiel ihm gerade nichts ein.

Auf der Suche nach überzeugenden Gegenargumenten, die er

Johanna spätestens morgen vorzutragen gedachte, geriet Gerrit in mehrere Schwabinger Kneipen. Natürlich hatte er Johanna vorher nach Hause gebracht. Einstweilen hatte er genug von ihren sibyllinischen Weissagungen, und überhaupt hatte er einstweilen genug von den Frauen. Vielleicht sogar für immer. Er sehnte sich plötzlich nach einer ehrlichen, unkomplizierten Männerfreundschaft und bedauerte zutiefst, daß er solche in den letzten neunzehn Jahren seines Lebens so schändlich vernachlässigt hatte.

Gegen Mitternacht stieß er dann auf Otto. Otto trug Lederhosen und Bart und eine Hundeleine ohne Hund bei sich. Seine ›Hexi‹ war heute abend in den Hundehimmel gekommen, Otto befand sich gerade auf einer Art Gedenkfeier, seiner Hexi zu Ehren.

»Meine Hexi«, sagte er mit feuchten Augen und ließ währenddessen seine riesige Hand schwer auf Gerrits Schulter ruhen, »meine Hexi war der einzige Mensch auf Erden, der immer treu und redlich war.«

»Ich denke, sie war ein Hund?« wunderte sich Gerrit.

»Hunde sind die besten Menschen«, erklärte ihm Otto. »Und vor allem sind Hunde die besten Frauen. Vierzehn Jahre hat sie mich hingebungsvoll geliebt. Wenn ich gerufen hab: ›Hexi komm her!‹ war sie auch schon da. Und nie hat sie sich beschwert, wenn ich mal später nach Hause gekommen bin, sie hat immer freudig gewedelt und gebellt. Kannst du mir mal sagen, welche Frau das täte?«

Gerrit sagte: »Nein«, und nahm sich vor, gleich morgen einen Hund zu kaufen. Dann tranken sie auf Hexi, und Otto wischte sich eine Träne aus dem Auge.

Otto seufzte.

Gerrit seufzte auch.

Otto sah Gerrit von der Seite her nachdenklich an und sagte: »Aber dich hat's, glaub' ich, auch erwischt. Mensch oder Hund?« fragte er mitfühlend.

»Frau«, sagte Gerrit.

»O je!« sagte Otto und bestellte eine neue Runde. Von Frauen verstand er auch eine ganze Menge; schon dreimal hätte er fast geheiratet. »Und wo liegt das Problem?« fragte er.

»Ich hab mich schlecht benommen, und jetzt will sie mich nicht. Und außerdem ist sie ziemlich bissig.«

»Wenn sie vorher bissig sind, sind sie nachher lammfromm«, behauptete Otto. »Vorher bissig, die sind die besten!«

»Glaubst du?«

»Verlaß dich drauf, mein Freund! Das ist mit den Frauen wie mit der Rente. Nur wenn man vorher anständig gerackert hat, hat man nachher auch was davon.«

»Aha«, sagte Gerrit, und darauf tranken sie dann.

Gerrit kam sehr spät, sehr angeschlagen und sehr verwirrt nach Hause – verwirrt, denn eines war ihm heute nacht klar geworden. Er liebte diesen Besen, dieses zänkische Weib tatsächlich! Keine zehn Hexis konnten ihm eine Martine ersetzen, so boshaft sie auch war. Zwar machte es ihm noch zu schaffen, daß er all seine Ideologien – Zitat: »Das freie Junggesellenleben ist das einzige mögliche Leben!« – damit auf den Müll werfen mußte; aber die Tatsache tröstete ihn, daß schon ganz andere als er einsehen mußten, daß nichts und niemand beständig ist und alles Charakteristische nur begrenzt haltbar. Warum also sollte er sich nicht auch mal eine Schwäche gönnen und sich ernsthaft verlieben?

So geläutert stand Gerrit nun vor Martines Tür und staunte nicht schlecht über sich. Stand vor der Tür einer Frau und hatte Muffensausen und Herzklopfen! Er hatte Muffensausen! Zugegeben, Martine war nicht irgendeine Frau – aber er war ja schließlich auch nicht irgendein Mann, sondern einer mit Prädikat und 'ner ganzen Menge Erfahrung; und Muffensausen hatte er überhaupt noch nie gehabt!

Die Hand, die schon zum Klopfen erhoben war, sackte wieder hinunter, und Gerrit seufzte. Otto hatte gesagt, es wäre alles ganz einfach, aber Otto schien keinen blaßen Dunst zu haben! Gerrit zerrte am Hemdkragen und fluchte leise, ihm war plötzlich mächtig heiß. Er legte sein Ohr an die Tür und fuhr im nächsten Moment herum, denn hinter ihm erscholl Martines Stimme, und sie klang keineswegs so freundlich, wie er sich das vorhin ausgemalt hatte.

»Was machst du da?« wollte Martine wissen. Sie ließ ihren Wohnungsschlüssel in die Handtasche gleiten, knöpfte ihren Mantel auf und sah Gerrit dabei an wie einen lästigen Wurm.

»Ich?« Gerrit hüstelte nervös und suchte angestrengt nach einer passenden Einleitung. Da er keine fand, griff er aus Verzweiflung in Deans Trickkiste. »Also ich … ich muß mit dir reden!« Das ›muß‹ betonte er theatralisch, Dean hätte es nicht schöner gesagt.

»Ach?« sagte sie schnippisch. »Aber ich nicht mit dir!«

»Martine …« Er sah sie an wie ein bußfertiger Sünder. »Martine, ich seh' ein, ich war nicht fair zu dir, was die Wohnung betrifft, und es tut mir schrecklich leid.«

»So«, sagte Martine. Ihre Stimme klang jetzt nicht mehr ganz so schneidend. Daß Gerrit sie so von unten herauf ansah, obwohl er doch gut zwanzig Zentimeter größer war, verunsicherte sie.

»Das heißt, eigentlich tut es mir auch wieder nicht leid. Ich meine, sonst hätten wir uns wohl kaum kennengelernt. Es ist nämlich so …« Er räusperte sich und zerrte wieder an seinem Hemdkragen, der Knopf sprang dabei ab und rollte vor Martines Füße. Sie starrten ihn beide an und schwiegen.

Gerrit fühlte sich so dämlich wie eine Fliege im Schnapsglas. Der Alkoholspiegel in seinem Blut ließ ihn leicht schwanken, als er ein paar Schritte auf Martine zuging, um wenigstens den räumlichen Abstand zwischen ihnen zu vermindern.

»… nämlich so«, nahm er den verlorenen Faden wieder auf und unterbreitete ihr mit umwerfender Logik: »Wenn das, was ich für dich fühle, Liebe ist, dann liebe ich dich. Ich …«, sagte er und atmete ganz tief durch, »… ich wünschte, du könntest das alles vergessen und wir könnten einen neuen Anfang für uns finden.«

Martines Lippen öffneten und schlossen sich; einen Moment war sie sprachlos und hatte an Boden verloren. Aber dann fing sie sich wieder, und mit ihrer Fassung stellte sich auch das alte Mißtrauen gegenüber Gerrit wieder ein.

»Wie viele?« fragte sie.

»Was meinst du?«

»Wie viele Schnäpse du heute getrunken hast?«

»Vier«, antwortete er wahrheitsgemäß – die Flasche Wein, den Cognac und die acht Bier ließ er vorsichtshalber unter den Tisch fallen.

Martine nickte. »Weißt du«, sagte sie, »das kenn' ich schon. Angeschlagene Männer verfallen in Weltschmerz und Selbstmitleid und benötigen dann dringend ein bißchen Trost, ein mütterliches Herz und ein vorgewärmtes Bett, in dem sie ihren Seelenkater ausschlafen können. Aber nicht mit mir, lieber Gerrit«, fügte sie kalt hinzu, »mit mir nicht!« Sie ging an ihm vorbei in ihr Zimmer und knallte ihm die Tür vor der Nase zu.

»Martine, bitte ...«

»Laß mich in Ruhe!« schrie sie und sperrte ab. Zweimal.

7

Gerrit blinzelte seinen Digitalwecker an und saß im nächsten Moment kerzengerade im Bett. Es war Viertel nach zehn! Er sprang auf, lief zum Bad und stand wieder mal vor verschlossener Tür. »Martine!« rief er und klopfte. »Martine, bitte beeil dich, ich muß ins Büro!«

Keine Antwort.

»Martine! Ich bitte dich, Mar-ti-ne!«

Plötzlich wurde geöffnet, Gerrits erhobene Klopfhand blieb im Nichts hängen. Martine stand vor ihm, tropfnaß und lässig in ein Badetuch gewickelt. »Am Sonntag?« fragte sie.

»Ist heute Sonntag?«

»Den ganzen Tag!« sagte Martine und schlenderte an ihm vorbei in ihr Zimmer.

Jetzt, wo Gerrit wußte, daß er nicht ins Büro brauchte, fiel ihm jeder Schritt schwer. Er schleppte sich zum Waschbecken und starrte in den Spiegel. Sein Kopf fühlte sich so groß an, daß er bestimmt für zwei Gerrits gereicht hätte.

Gerrit stellte sich unter die Dusche und ließ kaltes Wasser über sich prasseln. Ganz langsam kamen seine Lebensgeister zurück. Und mit ihnen auch die Erinnerung an den gestrigen Abend. Er zählte die Ereignisse zusammen: zwei Cognac, eine Flasche Roten, vier Schnäpse und mindestens acht Biere, ein neuer Freund, der Otto hieß und keine Hexi mehr hatte, und das Eingeständnis seiner Liebe zu Martine.

Letzteres bedauerte er. Er hätte sich besser weiterhin was vorgemacht. Wenn man erst mal damit anfing, ehrlich zu sich zu sein, saß man auch schon in der Falle. Mit diesem Eingeständnis war etwas zu Ende gegangen, das ihm einmal mehr als alles andere bedeutet hatte – seine innere Freiheit.

»Du bist ein Dussel, Gerrit!« beschimpfte er sich. »Und falls du doch keiner bist, wirst du demnächst zu einem gemacht, wirst sehen.«

Der eisgekühlte Charme, den Martine versprühte, als Gerrit sich zu ihr an den Frühstückstisch setzte, war nichts als Mache. Ihr war gar nicht eisgekühlt zumute. Gerrit im Schafspelz war wie fünf Richtige im Lotto, während die sechste Kugel noch rollt. Sie lauschte ihrem Herzklopfen und staunte nicht schlecht über ihre eigene Dämlichkeit. Männer wie Gerrit hatte sie doch längst abgehakt! Auf solche Männer kann man höchstens reinfallen, lieben kann man sie nicht!

»Der glaubt doch tatsächlich, daß er mich einwickeln kann!« rief Martine empört. Sie saß mit Erna auf einer Parkbank im Englischen Garten und zerzupfte schon das dritte Papiertaschentuch. »Hat's mit der Peitsche nicht geschafft, mich aus dem gemeinsamen Boot – sprich Wohnung – zu befördern, und versucht es deshalb mit Zuckerbrot!«

Diesem Gedankengang konnte Erna nicht ganz folgen. Überhaupt war Erna in letzter Zeit immer so blaß und unkonzentriert.

Martine erklärte es ihr. »Ist doch klar, wie er sich das vorstellt. Erst erzählt er mir was von Liebe. Dann verführt er mich auf seiner hochtechnisierten Spielwiese und anschließend läßt er mich fallen wie eine heiße Kartoffel. Und wenn ich dann gefallen bin, dann treibt mich mein Stolz aus der Wohnung. So stellt er sich das vor, und er würde sogar recht behalten. Ich kann von Glück reden, daß ich seine psychologischen Winkelzüge durchschaue!« Plötzlich begann Martine laut zu lachen. »Weißt du, was er gesagt hat?« fragte sie, und als Erna den Kopf schüttelte, wiederholte sie mit hochtrabender Stimme seine Worte. »Er hat gesagt: ›Wenn das, was ich für dich fühle, Liebe ist, dann liebe ich dich!‹ – hübsch unverfänglich, nicht wahr?«

»Zugegeben, er hat sich da ein bißchen unbeholfen ausgedrückt, aber irgendwie … irgendwie klingt das doch aufrichtig.«

»Aufrichtig! Mein Gott!« Martine klatschte in die Hände und lachte dreimal kurz. »Ha-ha-ha! Aufrichtig! Dieses Wort kennt der doch gar nicht!«

»Sag mal, kann es nicht auch sein, daß du ihm verdammt unrecht tust?« fuhr Erna gereizt auf. »Was weißt du denn schon von ihm?«

»Genug, um mir ein Urteil erlauben zu können«, antwortete

Martine spitz. »Und du bist naiv. Meinetwegen kann er sich sein umwerfendes Liebesgeständnis einrahmen und über seiner Mäuschenfalle aufhängen lassen; ich jedenfalls kann darüber nur lachen. Und mal ganz abgesehen davon. Wenn er mich liebt, na gut. Ich liebe ihn jedenfalls nicht!«

»Nein?« fragte Erna nach, die vielleicht blaß und unkonzentriert aber keineswegs so naiv war, wie Martine ihr einreden wollte. »Nein«, sagte Martine. »Er läßt mich so kalt wie der Nordpol.«

Dean Clamer verzog das Gesicht und sah Wassermann schneidend an. Wassermann grinste und hielt seinem Blick ungerührt stand. »Eine Hand wäscht die andere«, sagte er.

»Ich laß mich nicht gerne erpressen.«

»Häßliches Wort!« sagte Theo Wassermann mit immer gleichbleibender, aufgesetzter Freundlichkeit. Er lehnte sich in seinem Stuhl zurück und sah Dean eindringlich an. »Sie haben keinen Produzenten für Ihren Film gefunden. Sie wollen den Film trotzdem drehen. Dazu brauchen Sie Geld, und ich habe Geld. Sie bitten mich um den kleinen Gefallen von einer halben Million, die Sie für ihren Film noch brauchen; ich bitte Sie um den kleinen Gefallen, meiner Tochter eine kleine Rolle in diesem Film zu geben. Sie will nun mal Schauspielerin werden.« Er zuckte die Schultern und grinste noch ein wenig breiter. »Und selbstverständlich verzichtet sie auf eine Gage.«

»Selbstverständlich«, wiederholte Dean.

Wassermann schrieb einen Scheck aus und schob ihn Dean über den Tisch. Die Luft war so dick, daß nicht mal eine Fliege durchgekommen wäre. Dean hätte gute Lust gehabt, den Scheck zu nehmen und vor Wassermanns blautrüben Klubschaugen in Stücke zu reißen; aber er brauchte das Geld, denn er wollte diesen Film drehen, koste es, was es wolle! Also nahm er den Scheck und steckte ihn in seine Tasche.

Wassermann nickte. Er hatte auf sein Wissen gesetzt, daß das Leben ein Positionskrieg ist und die Macht des Geldes am Ende immer siegt. Er hatte recht behalten. Und er wußte, daß Dean Clamer ihm dafür von ganzem Herzen die Pest an den Hals wünschte; aber einen wie Wassermann störte das wenig.

Dean hielt Martine den Scheck unter die Nase, zog sie dann lachend an sich und drückte ihr einen schmatzenden Kuß mitten auf den Mund. »Es war wie Kartoffelklauben, aber jetzt haben wir das Geld zusammen!« rief er, ließ Martine wieder los und breitete die Arme gen Studiohimmel. »Halleluja«, frohlockte er, »das Leben ist wunderbar!«

Zwar fand Martine das nicht unbedingt, aber sie lächelte trotzdem, als Dean sie jetzt ansah.

»Du«, sagte Dean, »du besorgst Informationsmaterial über Tunesien und suchst uns ein hübsches Hotel am Rande der Sahara aus. Und wenn wir die letzten Aufnahmen hier im Kasten haben, dann, mein Liebes, fliegen wir beide höchst persönlich zur Drehortbesichtigung.« Er legte seinen Arm um ihre Schultern und sah sie kopfschüttelnd an. »Na was ist«, rief er, »nun freu dich doch mal ein bißchen!«

»Ich freu mich ja«, behauptete Martine und rang sich mühevoll ein Lächeln ab.

Martine saß in der Küche und machte das, was die Engländer Lunchen und die Münchner eine Brotzeit nennen. Zwischen Hüttenkäse, Weißwursthäuten und Senf lagen Prospekte, Reiseführer und ein Bildband über Tunesien. Martine war gerade dabei, einen Klecks Senf von der Sahara zu wischen, als Gerrit zu ihr stieß.

»Hallo!« rief er fröhlich und erkundigte sich artig nach ihrem Befinden. Überhaupt schwenkte er in letzter Zeit so nachdrücklich die weiße Friedensfahne, daß Martine alle Mühe hatte, ihr Mißtrauen gegen ihn aufrechtzuerhalten. Wenn er dann auch noch – wie gerade jetzt – so abgrundtief und sehnsuchtsvoll in sie hineinsah, fühlte sie sich wie Eva vor dem berüchtigten Apfelbaum im Paradies. Sie hätte so gerne zugegriffen! Aber gerade weil sie wußte, wie das mit Evas Apfelbaumeskapade endete, hielt sie der Verlockung tapfer stand und fauchte nur noch wütender.

»Danke der Nachfrage«, sagte sie spitz. »Bis eben ging's mir noch ganz gut. Ich hoffe, du bleibst nicht lange?« Gerrit bewahrte Ruhe. Er hatte sich vorgenommen, sich von Martine nicht mehr provozieren zu lassen. Er würde schon einen Weg zu ihr finden. Wenn nicht den über sein Schlafzimmer, dann eben den über die

Engelsgeduld eines Liebenden. Gerrit ahnte nicht, daß er gleich an seine eigenen Grenzen stoßen würde.

»Was machst du denn da?« wollte er wissen, gab sich noch immer unbeschwert und fröhlich und sah Martine neugierig über die Schulter. »Tunesien«, las er laut und fühlte plötzlich ein beklemmendes Gefühl in sich aufsteigen. Der Gedanke, ihre Wege könnten sich – wenn auch nur vorübergehend – trennen, gefiel ihm gar nicht. »Urlaub etwa?« fragte er besorgt.

»Nein. Ich werde dort arbeiten.«

»Arbeiten? Einen Film drehen?«

»Vorbereitungen für einen Film treffen«, verbesserte sie ihn, stand auf, ging hinaus und kam mit einem Arm voll Bücher zurück.

»Was für einen Film?« fragte Gerrit, obwohl ihn das eigentlich gar nicht interessierte. Über seiner Engelsgeduld zogen schon wieder die ersten, dunkelgrauen Wolken auf.

Martine gab ihm gnädig Auskunft. »Ein Flugzeug muß in der Wüste notlanden. Kaum Wasser, kaum Nahrung, tagsüber heiß, nachts kalt. Typen wie du spielen da die Hauptrollen.«

»Was soll das nun schon wieder heißen – Typen wie ich?« fuhr er hoch.

»Chauvis, Heldenabklatsch, rücksichtslose Draufgänger«, antwortete sie, und als sie sah, wie tief ihn ihre Unverschämtheiten trafen, gab sie ihm gleich noch eins drauf. Sie zauberte ein ganz reizendes Lächeln auf ihr Gesicht und sagte: »Wir freuen uns schon sehr auf die Arbeit an diesem Film – Dean und ich.«

Gerrit hörte Dean, und da war es plötzlich aus mit seiner Beherrschung. »Dean Clamer?« fuhr er sie an. »Dieser lächerliche Heini mit seinem knallroten Seidenschal etwa?«

»Er ist ein begnadeter Regisseur und ein feiner Mensch«, sagte Martine herablassend, »und ich verbiete dir, in einem solchen Ton von ihm zu sprechen!«

»Und ich verbiete dir, mit diesem ... diesem feinen Menschen nach Tunesien zu fliegen!« schrie er, außer sich vor Wut und Eifersucht. Er packte sie an beiden Schultern, schüttelte sie und sah sie dabei so böse an, daß Martine einen kurzen Moment überlegte, ob sie ihr Spiel nicht zu weit getrieben hatte. Aber dieser Gedanke war so schnell erloschen wie aufgeflammt. Hatte sie nicht! Und er hatte absolut kein Rechte, ihr irgend etwas vorzuschreiben! Und das sagte sie ihm dann auch.

»O doch!« brüllte er. »Das habe ich! Ich liebe dich nämlich!«

»Aber ich dich nicht!« brüllte Martine zurück, machte auf dem Absatz kehrt, rannte in ihr Zimmer und warf sich aufs Sofa. Dort heulte sie dann in die tannengrünen Lederkissen und fand sich selbst zum Kotzen.

Derweilen lief Gerrit in der Küche auf und ab. Der Streit tat ihm jetzt leid, und in dieser lichten Minute gestand er sich sogar ein, daß es weder die richtige Art war, einer Frau seine Liebe zu gestehen, indem man sie anbrüllte wie ein wildgewordener Stier, noch daß er ein Recht hatte, ihr etwas zu verbieten. Er hätte das so gerne wieder gutgemacht, nur wußte er nicht wie.

Er vergrub die Hände in den Hosentaschen und schlich zu Martines Tür, um zu lauschen. Sie weinte. Herrgott, er war doch wirklich der größte Hornochse, den er kannte! Er ging zurück in die Küche und überlegte was da zu tun war. Reingehen und sich entschuldigen und sie trösten? Schaffst du nicht! sagte der Hasenfuß in ihm, den weinende Frauen zutiefst verunsicherten.

Gerrit seufzte und setzte sich an Martines Platz, besah sich flüchtig die Prospekte, blätterte den Bildband durch und hielt plötzlich einen Schreibblock in der Hand, auf dem sich Martine Notizen gemacht hatte. Schreiben? Das war die Lösung! Das war überhaupt die Lösung ihres Problemes. Gespräche scheiterten immer wieder an ihrer beider Hitzigkeit – aber Papier ist geduldig.

Gerrit griff zum Kuli und schrieb hoffnungsvoll den ersten und einzigen Liebesbrief seines Lebens.

8

»Fünfundzwanzig Mark achtzig«, sagte der Taxifahrer zum Innenspiegel und grinste, als er seinen Fahrgast fasziniert auf den hübschen Po einer Dame starren sah, die sich in ein knallrotes Mercedes-Cabriolet beugte, vermutlich, um auf dem Rücksitz etwas zu suchen. Der Taxifahrer drehte sich zu Dean um, spitzte seine Lippen und meinte: »Nicht übel, was?«

»Wie bitte – ach so!« Dean nickte, bezahlte und stieg aus. Jetzt kam auch der Rest der Dame aus dem knallroten Mercedes zum Vorschein, und Dean konstatierte, daß auch die obere Hälfte ihrer etwa einssiebzig ganz sein Fall war. Sie klemmte sich eine Zeichenmappe unter den Arm, gab der Autotür einen Schubs, sperrte ab und ging auf Haus Nr. 15 zu.

Dean folgte ihr, auch er mußte in das Haus; er war unterwegs zu Martine. Sein Blick wanderte langsam und genüßlich von den hübschen Beinen, die in hohen Pumps steckten, bis hinauf zu den schwarzen Haaren. Da war wirklich alles dran, was sein Herz begehrte!

Dean seufzte. Schöne Frauen waren sein Verhängnis. Sein Künstlerauge suchte und liebte die Schönheit. Aber die schönen Frauen, die er kannte, sahen in ihm immer nur den Regisseur, das Sprungbrett, den Einstieg in eine Karriere. Dean hatte es satt, diese Rolle zu spielen; er wollte weder Einstieg noch Sprungbrett sein, sondern einfach nur Mann. Er wollte ohne beruflichen Streß lieben, und weil das offenbar nicht möglich war, hatte er es vorgezogen, alleine zu bleiben.

Seine Einsamkeit kam ihm angesichts der Schönen, die jetzt das Haus betrat und vor dem Aufzug stehenblieb, wieder zu Bewußtsein, und er seufzte in Raten. Ach ja, die Liebe!

Jetzt betrat sie den Aufzug, drehte sich um, sah Dean und schob schnell ein Bein nach vorne, in die Lichtschranke. »Wollen Sie mitfahren?« fragte sie und lächelte.

»Ja bitte, wenn es Ihnen nichts ausmacht.« Dean trat neben sie und drückte auf 3; dann sah er in zwei große, braune Augen, die ihn freundlich und interessiert musterten. Es kam ihm so vor, als ob sie ihn kennen würde oder er sie kennen müßte – aber Dean konnte sich nicht erinnern.

Gerrit war stolz auf seinen Brief, den er für einfühlsam und aufrichtig hielt und in den er jetzt alle Hoffnungen setzte. Es mußte Martine doch möglich sein, die Vergangenheit zu vergessen und mit ihm an einer möglichen Zukunft zu bauen. Immerhin liebte er sie!

Gerrit war gerade dabei, den Brief an Martine zusammenzufalten, als es klingelte. Er ging zur Tür und öffnete.

Draußen stand Johanna.

Und neben Johanna stand Dean.

Es war so still, daß man eine Stecknadel fallen hören konnte. Gerrit starrte Dean feindselig an. Was blieb Dean anderes übrig als zurückzustarren? Und Johanna daneben schüttelte seufzend den Kopf. Sie tippte ganz richtig, daß ihr Fahrstuhlgefährte jener ›aufgeblasene Heini‹ war, der Gerrit so zur Raserei brachte, und hätte die Situation vielleicht noch retten können, wenn nicht plötzlich Martine auf dem Spielfeld erschienen wäre.

Martine hatte verweinte Augen und zerwühltes Haar und offensichtlich eine ganze Menge Trost nötig. Sie fegte an Gerrit vorbei, warf sich Dean an den Hals und schluchzte: »Schön, daß du da bist, ich fühl mich so elend!« Dean nahm sie in die Arme und verstreute Küsse über ihr Haar und hauchte: »Mein armes Kleines, mein Blümchen, was ist denn nur los? Du zitterst ja!«

Ein kurzer Blick auf Gerrits geschwollene Halsschlagader genügte Johanna, um das Ausmaß der bevorstehenden Katastrophe abzuschätzen. Wenn Dean, der Stein des Anstoßes, hier nicht schleunigst verschwand, würde es verheerend werden!

Jetzt schoß Gerrits Hand nach vorne, packte Martine am Arm und zog sie herum. »Hier!« rief Gerrit. Er hielt einen Packen beschriebenes Papier hoch und zerriß es vor Martines Augen. »So. So. Und so!« Und dann ließ er die Fitzelchen zu Boden flattern. »Das war der erste und einzige Liebesbrief, den ich jemals geschrieben habe! An dich, jawohl!«

»Schrei mich nicht an!« schrie Martine, und Johanna nahm

Dean am Arm und flüsterte: »Ich glaube, wir sind hier überflüssig.« Sie zog ihn mit sich und schloß leise die Tür.

»Ja aber ...«, murmelte Dean im Hausgang, während drinnen das Wortgefecht weiterging. Er starrte Johanna fassungslos an. »Heißt das, die beiden ... ich meine irgendwie ...«

»Irgendwie schon«, sagte Johanna und schob Dean in den Aufzug.

Später saßen sie im ›Einhorn‹. Der Abend war lange geworden. Über ihre leergetrunkenen Gläser hinweg sahen sie sich an. In Deans Augen nistete leichte Verwunderung. War ihm da nicht die Frau seiner Träume über den Weg gelaufen? Johanna, die Schöne? Die Frau, die bereits Karriere gemacht hatte und auf seine Hilfe pfeifen konnte?

Als ob sie seine Gedanken erraten hätte, schüttelte sie den Kopf, lächelte sanft und bat: »Jetzt bitte kein Liebesgeflüster. Ich glaube, ich bringe Sie besser nach Hause.«

Martine war im Kino gewesen. Sie hatte sich ›Out of Africa‹ angesehen und eine verblüffende Ähnlichkeit zwischen Robert Redford und Gerrit festgestellt. Große Liebesgeschichten hatten schon immer eine verheerende Wirkung auf ihr Innenleben gehabt. Sie war jetzt sehr aufgewühlt, und ihr Herz war so weichgeklopft, daß ein einziger von Gerrits Tiefseeblicken genügt hätte, und sie wäre zu den ungeheuerlichsten Schandtaten bereit gewesen.

Nur leider war Gerrit nicht zu Hause.

Statt seiner fand sie einen Zettel vor, auf dem stand: DRINGEND!!! – drei Ausrufezeichen, dreimal unterstrichen. Sofort zu Erna kommen!!! Kohlhauserstraße 125, dritter Stock bei Kandlbinder! (Anruf kam um 19 Uhr 30, klang wie Katastrophenalarm – Gerrit)

»Klang wie Katastrophenalarm«, flüsterte Martine. Sie sah Erna vor sich, die in letzter Zeit so blaß und bedrückt wirkte, so als wäre sie krank oder schrecklich verzweifelt. Und wenn Martine sich dann besorgt erkundigte, nur mit einem Kopfschütteln oder einem weinerlichen Lächeln antwortete. Martine wollte nicht weiter in sie dringen und beließ es dabei, dachte: Wenn sie mir ihre Sorgen anvertrauen will, wird sie es tun. Aber jetzt, mit diesem Zettel in der Hand, sah sie die Sache plötzlich anders. Es wäre doch ihre Pflicht gewesen nachzuforschen! Wer weiß, was passiert war! Die schlimmsten Schreckensbilder taten sich vor ihr auf.

Sie warf die Tür hinter sich zu und lief zum Aufzug, wollte eben aufs Knöpfchen drücken, als sich der Aufzug öffnete und Gerrit vor ihr stand. Er sah den Zettel in ihrer Hand und die Panik in ihren Augen und verstand.

»Soll ich dich hinfahren?« fragte er, und Martine nickte. Gerrit kannte die Kohlhauserstraße und beruhigte Martine. »In etwa einer Viertelstunde sind wir da.«

»Wie hat Erna denn genau geklungen?« forschte Martine nach.

»Aufgeregt, eindringlich ... schwer auszudrücken. ›Dringend‹, ›sofort‹ und ›wahnsinnig wichtig‹ – diese Worte hat sie mehrmals gebraucht und betont. Um ehrlich zu sein, ich dachte mir, entweder ist sie verrückt oder betrunken oder jemand hält ihr ein Messer an die Kehle. Wer ist eigentlich diese Erna?«

»Meine Freundin.«

Gerrit zog ein Etui aus seiner Tasche, bot Martine eine Zigarette an und nahm sich selbst eine. Dann klopfte er seine Taschen nach dem Feuerzeug ab. »Seltsam«, murmelte er, »ich muß mein Feuerzeug vergessen haben.«

»Das goldene?« fragte Martine, und als Gerrit nickte, wollte sie noch wissen, wo er es vergessen hatte. Natürlich nur des Feuerzeuges wegen, das bestimmt sehr wertvoll war; der spitze Unterton in ihrer Stimme habe nichts zu sagen.

»Eine Geschäftsbesprechung«, antwortete Gerrit.

»Ach ja? So spät machst du Geschäfte?« In Martines Augen, die ihn jetzt ansahen, funkelte Spott.

»Die besten Geschäfte kommen abends zustande«, sagte Gerrit ruhig und drückte auf den Anzünder am Amaturenbrett. Und dann sah er sie ebenfalls an und sagte: »Ich denke immerzu an dich, wo ich bin, was ich tu – ich liebe dich, Martine.«

Sie wandte sich schnell ab und sah zum Seitenfenster hinaus. ›Out of München‹, dachte sie, und dann lächelte sie und antwortete: »Ich muß verrückt sein, aber ich liebe dich auch.«

Vor Haus Nr. 125 hielt Gerrit. Martine sah hinauf zum dritten Stock. Dort brannte Licht, ein Schatten stand am Fenster und sah herunter. Ob es Erna war, konnte Martine nicht erkennen. Sie öffnete die Tür und fühlte plötzlich Gerrits Hand auf ihrem Arm, die sie sanft zurückhielt. Sein Blick nahm ihr fast den Atem. »Ich warte auf dich«, sagte er.

Das Klingeln war schrill und fordernd. Dean, der sich noch Änderungsvorschläge fürs Drehbuch notierte, warf seinen Bleistift hin und sah auf die Uhr. Halb elf. Er ging und öffnete. Eine Blonde, Marke Vamp, musterte ihn neugierig.

»Ja bitte?« sagte Dean kühl.

Die Blonde lächelte. »Sie kennen mich nicht?« wunderte sie sich und schwebte an Dean vorbei. »Sollten Sie aber doch!« rief sie über die Schulter zurück und betrat sein Wohnzimmer, wo sie sich neugierig umsah. »Ich bin Myriam Wassermann, Sie haben mich für ›Schicksalsflug‹ engagiert. Haben Sie sich denn meine Fotos nicht angesehen?«

»Das Drehbuch wird Ihnen zugeschickt«, sagte Dean knapp. »Ich wollte gerade zu Bett gehen.«

»Das Drehbuch *wurde* mir zugeschickt«, verbesserte Myriam Wassermann, »und ich habe es bereits gelesen. Die Rolle gefällt mir nicht.«

»Sie wurde extra für Sie geschrieben.«

»Das merkt man.« Sie zündete sich eine Zigarette an, setzte sich und schlug ihre Beine übereinander. Sie trug Strapse, an denen schwarze Nylons befestigt waren.

»Mehr kann ich nicht für Sie tun«, sagte Dean. »Die meisten Stars« – dieses Wort kam ihm angesichts dieser Myriam nur schwer über die Lippen – »mußten klein anfangen.«

»Ich bin aber nicht ›die meisten Stars‹«, sagte Myriam.

»Mehr kann ich nicht für Sie tun«, wiederholte Dean. »Bitte entschuldigen Sie mich jetzt, es ist spät und …«

»… und Sie möchten zu Bett gehen«, fiel ihm Myriam ins Wort. Sie drückte ihre Zigarette aus, lächelte und begann, ihre Strümpfe auszuziehen.

Dean beobachtete ihre Hände und schluckte. Er schluckte an dem Brechreiz, der ihm auf den Magen drückte. Er kannte solche

Szenen. Myriam war nicht die erste, die versuchte, den Umfang ihrer Rolle durch den Einsatz ihres eigenen Umfangs zu vergrößern. Und er wußte aus Erfahrung, daß das Maß seiner Beherrschung nicht ausreichen würde, um sie einigermaßen elegant vor die Tür zu setzen. Er würde sich vermutlich an ihr vergehen – allerdings nicht auf die Art, die ihr vorschwebte. Flucht war jetzt sein einziger Ausweg. Er machte auf dem Absatz kehrt, sperrte vorsichtshalber sein Arbeitszimmer ab, schob den Schlüssel in die Tasche und nahm seinen Mantel.

»Sie haben mich falsch verstanden«, sagte er. »Ich möchte zwar zu Bett gehen, aber nicht hier. Gute Nacht, Frau Wassermann.« Und damit verließ er seine Wohnung und lief ziellos durch die Nacht.

Vor einer Telefonzelle blieb er stehen. Der Wunsch, Johanna anzurufen, ließ ihn nicht mehr los. Nur ihre Stimme hören! Er faßte Mut, betrat die Telefonzelle und suchte nach ihrer Nummer. Es gab drei Johanna Rössler in München; er wußte nicht, welche davon die richtige war, und ließ es bleiben.

»Na, endlich!« rief Erna als es klingelte. Sie lief und öffnete: »Da bist du ja!«

Martine starrte Erna an. Ihre Haare waren zwar zerwühlt, ihre Bluse zerknittert, aber sonst sah sie eigentlich ganz fröhlich drein.

»Sag mal …«, begann Martine, als Erna sie am Arm packte und in die Wohnung zog, »… könntest du mir vielleicht mal erklären, was das soll!?« Inzwischen waren sie im Wohnzimmer angelangt, und die Gestalt, die noch immer am Fenster stand, drehte sich zu ihnen um und sah Martine kühl an.

»Länger hätte ich bestimmt nicht mehr gewartet!« sagte sie vorwurfsvoll.

»Das ist Betty – und das ist also Martine!« Erna lächelte.

Erna lächelte! Und Martine hatte schon mit dem Schlimmsten gerechnet! Sie schnappte nach Luft und bließ sie empört wieder aus. »Du springst hier putzmunter durch die Wohnung und lächelst wie Mona Lisa, während ich mich zu Tode ängstige, weil ich annehmen mußte, du liegst in den letzten Zügen!«

»Wie kommst du denn darauf?«

»Gerrit hat gesagt, dein Anruf hätte wie Katastrophenalarm geklungen!«

»Irgendwie war er das ja auch. Also jetzt setz dich erst mal und beruhige dich.«

Martine sank müde in die Kissen und seufzte. Betty nahm ebenfalls Platz. Sie kreuzte ihre Hände unter dem Latz ihrer Hose und beäugte Martine, als wäre sie auf eine Heiratsannonce hin hier erschienen. Und Erna – das muß man sich mal vorstellen – begann unbeschwert zu plaudern!

»Betty geht nächste Woche für ein halbes Jahr auf Weltreise«, erzählte sie.

Martine nickte verbindlich. »Schön für Betty.«

»Betty hat dafür fünf Jahre jeden Groschen zur Seite gelegt und sogar ihren Job gekündigt.«

»Ach ja?«

»Aber ihre Wohnung will sie behalten. Eine Freundin wollte solange bei ihr einziehen, aber jetzt zieht die doch lieber zu ihrem Freund.«

»Schön für die beiden«, sagte Martine. Langsam begann es ihr zu dämmern, weshalb sie hierherbeordert worden war, und sie dachte an Robert Redford und an Gerrit, der drunten im Auto auf sie wartete.

»Zwar hätte Betty noch eine andere Freundin, die brennendes Interesse an der Wohnung hat, aber die ist ihr irgendwie zu unzuverlässig. Und da hab ich ihr von dir erzählt und was du mit diesem Gerrit für Ärger hast und daß du sehr zuverlässig bist!«

»Ich hätte meiner Freundin schon vor ein paar Stunden Bescheid sagen müssen!« rief Betty vorwurfsvoll. »Ich kann sie ja nicht ewig hinhalten!«

»Dann sag ihr, sie kann die Wohnung haben«, sagte Martine gelassen. Und zu Erna: »Ich bleibe bei Gerrit. Ich glaube, ich hab ihm wirklich unrecht getan. Er meint es ernst, er liebt mich.«

Erna war baff. »Seit wann weißt du das denn?« fragte sie.

»Seit eben. Trotzdem danke für eure Hilfe.«

Betty lachte laut los. »Er liebt sie!« rief sie und tat amüsiert. »Himmel, und die glaubt den Schmus auch noch!« Sie lachte. »Ha ha!« Mit der Liebe stand sie offensichtlich auf dem Kriegsfuß.

Und Erna zuckte die Schultern und sagte enttäuscht: »Na ja, du wirst schon wissen, was du tust.«

Gerrit stoppte vor dem Haus und ließ Martine aussteigen. »Bis gleich«, hauchte er.

»Bis gleich«, antwortete Martine sanft und sah ihm nach, wie er ums Haus in die Tiefgarage fuhr, die noch immer keine Giftgasalarmanlage besaß. Wie auf Wolken betrat sie das Haus, nahm den Aufzug und fuhr hinauf in den dritten Stock, der für sie plötzlich im siebten Himmel lag. Ganz droben, ganz weit weg von Alltag, Sorgen und allen anderen Banalitäten dieses Lebens.

Und während Martine im Aufzug und Gerrit in der Tiefgarage ihrem gemeinsamen Glück entgegenfieberten; griff anderswo in München eine Dame namens Denies Korbach im seidigen Nachtgewande zum Telefon und wählte zum fünftenmal an diesem Abend dieselbe Nummer.

Als Martine die Wohnung betrat, klingelte das Telefon. Sie nahm ab und meldete sich einfach mit: »Hallo?«

Das Hallo hallte zurück. Samtweich und dunkel. Aber nicht dunkel genug! Es war eine Frau.

»Mein Name ist Denies Korbach, ich möchte bitte Herrn Bauer sprechen«, sagte sie in einem Ton, als hätte sie ein Recht darauf, ›Herrn Bauer‹ zu sprechen, jetzt, mitten in der Nacht!

»Er ist noch nicht zu Hause«, sagte Martine kühl.

»Ach?« das schien die Dame zu wundern. Sie blies den Rauch ihrer Zigarette gegen den Hörer und schwieg nachdenklich. Dann bat sie Martine, ihm etwas auszurichten. »Sagen sie ihm, daß er sein Feuerzeug bei mir vergessen hat. Er weiß schon. Er kann jederzeit vorbeikommen, um es sich abzuholen. Falls er es vor morgen früh acht Uhr nicht schafft, hinterlege ich es beim Portier. Er weiß schon.«

»Er weiß schon«, wiederholte Martine frostig.

»Mit wem habe ich bitte gesprochen?« fragte Frau Denies Korbach.

»Mit seiner Putzfrau!« zischte Martine und knallte den Hörer auf die Gabel.

Sie zitterte vor Wut und Enttäuschung. »Er kann es ›jederzeit‹

bei mir abholen – bis morgen früh um acht!« Martine lachte bitter. Tränen sammelten sich in ihren Augen. Dieser Schuft! »Abends macht man die besten Geschäfte! Immerzu denke ich nur an dich! Ich liebe dich Martine!« Und sie war darauf reingefallen!

Sie lief in ihr Zimmer, schloß ab und warf sich aufs Bett. »Schuld war nur Robert Redford und ›Out of Africa‹ – und daß du ein dummes Kamel bist!« schluchzte sie.

»Und die Wohnung hast du dir auch durch die Lappen gehen lassen!«

Da klopfte es leise.

»Martine?« Gerrit legte sein Ohr an die Tür. Irgendwie war ihm, als hätte er Schluchzen gehört. Aber warum sollte Martine schluchzen – jetzt, wo doch alles gut war zwischen ihnen? »Martine, darf ich reinkommen?« Er klopfte noch einmal, dann drückte er vorsichtig die Klinke, aber es war abgeschlossen.

»Warum hast du abgeschlossen?« fragte er, Verwunderung in der Stimme und ein beklemmendes Gefühl in der Magengegend. »Martine, was ist denn?!«

»Das kann ich dir sagen!« Plötzlich hatte sie die Tür aufgerissen und stand nun vor ihm wie eine altgriechische Rachegöttin. »Dein Geschäft hat angerufen. Du weißt schon, das von heute abend. Du kannst dir dein Feuerzeug jederzeit bei ihr abholen, es muß nur vor morgen früh acht Uhr sein. Du weißt schon! Und grüße sie schön von deiner Putzfrau!« Rums machte es, und die Tür war wieder zu.

Gerrit starrte verdattert auf Edelholzfurnier und mußte sich das, was sich inzwischen ereignet hatte, zusammenreimen wie beim Bleigießen zu Silvester. Er reimte ganz richtig. Denies Korbach, die Inhaberin von ›Denies' Kosmetik‹, hatte, nachdem er gegangen war, sein Feuerzeug auf dem Tisch in der Hotelbar entdeckt. Hatte es an sich genommen und versucht, ihn heute nacht noch zu erreichen, weil sie morgen in aller Frühe abreisen mußte. Und natürlich hatte Martine das alles mal wieder falsch verstanden!

»Martine, ich bitte dich, mach auf und hör mir zu«, flehte Gerrit und schlug mit der flachen Hand gegen die Tür. »Denies ist keine Frau, sie ist eine Kosmetikfirma! Denies' Kosmetik! Bitte Martine!«

Keine Antwort.

»Ich schwöre dir, die Besprechung fand in der Hotelbar ihres Hotels statt, in der außer uns noch mindestens zwanzig andere Leute waren! Martine!«

»Beeil dich, es ist bald acht!« rief Martine gehässig. »Und laß mich in Ruhe!«

9

In der Mittagspause hatte Erna keine Zeit, aber abends wollte sie Martine im Auto mit in die Stadt nehmen. »Wir könnten dann noch ins ›Schwalbennest‹ gehen und eine Kleinigkeit essen«, schlug sie vor.

»Und ganz viel trinken«, sagte Martine. Sie hatte Tränen in den Augen, als sie lächelte – genau wie Erna.

Erna sah sie forschend an. »Hat sich's bei dir etwa schon wieder ausgeliebt?«

Martine hätte jetzt gerne so richtig losgeheult, aber sie nahm sich zusammen. »Erzähl ich dir später«, sagte sie und ging.

Die Flüstertonatmosphäre im ›Schwalbennest‹ fand Martine bedrückend. Sie war noch nie hier gewesen. Ein paar Gäste blätterten in einer Zeitung, zwei Frauen strickten, und ein Mann am Nebentisch las ›Kleist‹. Als ein Löffel zu Boden fiel, zuckte Martine nervös zusammen. »Bestimmt ist hier Husten verboten!« sagte sie ehrfurchtsvoll.

»Dienstags ist es immer so still«, erklärte Erna und entschied sich für die Käsespatzen. Die nahm Martine auch. Nur auf die Marmelade, die Erna dazubestellte, verzichtete sie und äußerte, daß sie Ernas Geschmack ganz schön exotisch fand.

»Ich bin schwanger«, sagte Erna.

Martine sah auf und Erna an. Sie sah so dumm aus der Wäsche, daß Erna sogar ein angedeutetes Lächeln über ihre Lippen brachte. Obwohl ihr überhaupt nicht zum Lachen war!

»Und der Vater?« fragte Martine.

»Vater?« wiederholte Erna und verdrehte die Augen. »Nur weil ein Mann eine Frau zur Mutter macht, verdient er die Bezeichnung Vater noch lange nicht.« Die Käsespatzen kamen, und Erna klatschte sich den ganzen Pott Marmelade drüber. »Du kennst ihn nicht. War schon Schluß, als du nach München kamst«, sagte sie.

»Ja, aber dann … dann mußt du ja schon mindestens im vierten Monat sein?«

»Gut gerechnet. Ich bin im vierten Monat. Und stell dir vor, bis vor zwei Wochen hatte ich keine Ahnung von meinem Glück.«

»Glück«, sagte Martine tonlos und stützte das Kinn in die Hand. »Freust du dich auch ein bißchen … ich meine …« Sie stockte.

»Ich weiß, was du meinst. Ich gewöhne mich langsam an den Gedanken. Irgendwie werd' ich's schon schaffen.«

»Du brauchst dringend 'ne andere Wohnung«, sagte Martine.

»Warum – weißt du zufällig eine?« fragte Erna, und dann lachten sie beide.

»Also«, sagte Erna, »jetzt erzähl mal, was ist schon wieder los mit dir und deinem Gerrit?«

»Nicht mein Gerrit, nur Gerrit!« verbesserte Martine. Und dann erzählte sie Erna alles, von Robert Redford bis Denies, die keine Frau, sondern angeblich nur eine Kosmetikfirma war.

»Vielleicht ist sie für ihn tatsächlich nicht mehr«, gab Erna zu bedenken.

»Vielleicht. Kann sein. Aber weißt du, ich schaff das einfach nicht, ständig mit irgendwelchen Kosmetikfirmen konkurieren zu müssen.«

»Du willst lieber was Grundsolides?« fragte Erna mit einer ganzen Menge Spott in der Stimme.

»So wie du das sagst!« rief Martine laut und gekränkt. Der, der Kleist las, sah sich nach ihr um und schüttelte sichtlich irritiert den Kopf.

»*Ich* hatte was Grundsolides«, flüsterte Erna und deutete mit der Gabel auf ihren Bauch. »Jetzt sitzt er wieder zu Hause bei Mutter und läßt sich lieber von ihr die Wäsche waschen. Glaub mir, ich würde lieber mit der gesamten Kosmetikbranche konkurieren, als mit einer einzigen zukünftigen Schwiegermutter! Du solltest dir das überlegen, mit deinem Gerrit.«

»Er ist nicht mein Gerrit«, fuhr Martine auf. »Und nur, weil ein Mann nicht herumzigeunert, muß er ja nicht gleich ein Muttersöhnchen sein.«

Dean war auf hundertachtzig. »Der Blinddarm der Lilian Brecht kostet uns mindestens zehn Tage Drehpause. Alle Szenen ohne die Brecht sind bereits im Kasten. Und die Kopieranstalt hat natürlich auch mal wieder Terminschwierigkeiten. Ich könnte ...« Was er könnte, sagte er nicht, sondern raufte sich wütend die Haare. »'rrrgott noch mal!«

Martine bediente sich seines angefangenen Satzes. »Ich könnte ja mal versuchen, ob wir kurzfristig einen Flug nach Tunesien bekommen? Wenn wir dort inzwischen Drehortbesichtigung machen, hätten wir wenigstens keine Zeit verplempert.«

Dean, der aufgebracht hin und her lief, blieb stehen und überlegte. »Ja«, sagte er, »das könntest du. Das wäre nicht schlecht.« Er kratzte sich das Kinn. »Das wäre gar nicht so schlecht!« rief er begeistert. »Häng dich ans Telefon, sofort!«

Zwanzig Minuten später war alles geregelt. »Abflug morgen, 19 Uhr 10. Wir haben ein Hotel in Kebili, von da aus sind es nur ein paar Kilometer zur Sahara. Ein gültiger Reisepaß genügt, Visum und Impfungen sind nicht nötig.«

»Du bist ein Schatz!« Dean legte seine Hände auf ihre Schultern und sah ihr gerührt in die Augen. »Dein Arbeitseifer ist einfach umwerfend!«

Daß ihr Eifer weniger mit Arbeit als mit ihrer verfahrenen Beziehung zu Gerrit zu tun hatte, verschwieg sie ihm. Sie wollte weg aus Gerrits Bannkreis. Sie brauchte eine neutrale Umgebung, in der sie ganz nüchtern über Gerrit nachdenken konnte, um wieder zu sich selbst und ihrer Vernunft zurückzufinden. Und je weiter sie von Gerrit weg war, desto besser!

Gerrit hatte Martine kaum mehr zu Gesicht bekommen; sie ging ihm aus dem Weg. Nach jener Nacht, als die Kosmetikfirma angerufen hatte, kam sie sehr spät nach Hause und schloß sich sofort in ihr Zimmer ein. Morgens ging sie ohnehin meist später als Gerrit aus dem Haus. Am nächsten Abend hatte Gerrit einen Termin, aber er ließ den Vertrag mit ›Denies' Kosmetik‹ gut sichtbar auf dem Tisch liegen und hoffte auf die weibliche Neugierde. Seine Hoffnung schien in Erfüllung gegangen zu sein, denn am folgenden Abend schloß sich Martine zwar wieder ein, aber sie trällerte fröhlich ein Lied. Gerrit deutete das als Zeichen, daß ihr Stimmungsbarometer wieder anstieg – und daran konnte doch nur der Vertrag und ihre Einsicht, ihn, Gerrit, falsch verdächtigt zu haben, schuld sein.

An diesem Abend hatte er sich etwas früher aus dem Büro abgeseilt, war in ein Blumengeschäft gegangen, hatte einen wunderschönen Strauß für sie gekauft, den er jetzt in der Linken hielt, während seine Rechte den Wohnungsschlüssel ins Schloß schob und aufsperrte.

Martine war bereits zu Hause. Er hörte sie in ihrem Zimmer singen: »Über den Wolken muß die Freiheit wohl gre-henzen-los sein …« Er lächelte. Wolken bedeuteten Himmel. Himmel, himmlisch! Und himmlisch, das ist die Liebe. Martine war bereit für einen neuen Anfang! Sicher, sie würde sich erst noch ein wenig kratzbürstig zeigen, wie das so ihre Art war, aber dann …

Dann ging plötzlich ihre Türe auf, und sie stand vor ihm. Sie trug einen leichten Hosenanzug, und darüber einen leichten Sommermantel. Für den kühlen Mai in München etwas gewagt. Sie sah ihn stumm an.

Gerrit hielt ihr den Strauß hin und sagte: »Für dich!«

»Danke«, sagte Martine ohne den Strauß zu nehmen. »Aber ich glaube, du investierst dein Freugemüse besser woanders. Bei mir würde es bloß vertrocknen.« Dann griff sie hinter sich und schleppte einen Koffer an Gerrit vorbei zur Wohnungstür.

Gerrit starrte auf den Koffer. »Wieso?« fragte er. Und als er keine Antwort bekam, rief er bestürzt: »Du ziehst doch nicht etwa aus!«

Inzwischen war Martine im Badezimmer verschwunden. Gerrit hörte Wasser laufen, dann kam sie zurück und grinste ihn an.

»Keine Angst, ich verreise nur«, sagte sie. »Du hast vergessen, daß dies meine Wohnung ist, und wenn hier einer auszieht, dann du!« Sie warf ihm eine Kußhand zu, nahm ihren Koffer und ging.

»Wohin?« rief Gerriet ihr nach.

»Tunesien«, antwortete sie, winkte lässig, und dann hatten sich die Aufzugtüren vor ihrem Lächeln geschlossen, und der Abwärtspfeil leuchtete auf.

10

»Du siehst mitgenommen aus«, stellte Johanna fest.

»Ich hab kein Auge zugetan«, sagte Gerrit, ohne sie anzusehen. Er blätterte Freiburgers Entwürfe durch. Johanna war überzeugt davon, daß er keinen einzigen wahrnahm. Sie zog die Mappe an sich, schloß sie und legte sie zur Seite. »Laß mich raten – dein Problem heißt mal wieder Martine?« riet sie.

»Sie ist weg. Gestern abend«, sagte Gerrit.

»Etwa für immer?«

»Nein, nur nach Tunesien. Mit diesem Dean!« Gerrits rechte Faust ballte sich um einen Bleistift, seine Backenknochen spielten.

Johanna setzte sich mit zwei Buchstaben auf Gerrits Schreibtisch und grinste still in sich hinein. »Mit Dean, soso.«

»Ja, soso«, knirschte Gerrit. »Er paßt doch überhaupt nicht zu ihr!«

»Sie arbeiten ja auch nur zusammen. Außerdem tust du ihm unrecht, er ist ein feiner Mensch.«

»Ach ja? Woher willst du denn das wissen!?«

Johanna zuckte nur die Schultern, eine Antwort blieb sie ihm schuldig.

Gerrit stützte den Kopf in beide Hände und seufzte. »Die Wohnung ist so verdammt leer ohne sie«, sagt er. »Keine Töpfchen und Tiegelchen mehr im Badezimmer, kein Zucker im Salzfaß, kein Singen, kein Türenschlagen – wie soll einer diese Öde aushalten?«

»Ich dachte, du kannst Tiegelchen und Türenschlagen und Singen beim Frühstück nicht ausstehen?«

»Ich seh das jetzt anders. Man wird sich ja wohl noch ändern dürfen! Die zwei Monate und elf Tage mit Martine haben mein Leben völlig umgekrempelt.«

»Zwei Monate und elf Tage mit dir zusammen unter einem Dach, und das ganz ohne ›Harmonie‹ …« Johanna lachte. »Sie hat wirklich Standvermögen, deine Martine!«

»Laß deine Witze! Ich liebe sie!«

»Tja dann ... wenn das so ist, würde ich sagen, du brauchst dringend Urlaub.«

»Wieso?« fragte Gerrit und sah sie begriffsstutzig an.

»Ich würde dir viel Sonne empfehlen. Wie wärs mit Tunesien? Da warst du noch nie, und es ist wirklich ein interessantes Land.«

Gerrit seufzte. »Daran hab ich auch schon gedacht. Aber ich wüßte ja gar nicht, wohin ich in Tunesien fahren sollte. Tunesien ist groß.«

»Das überlaß mal mir«, sagte Johanna und zwinkerte Gerrit zu, »ich finde schon das passende Hotel für dich!«

Knapp eine Stunde später kam sie in Gerrits Zimmer und schob ihm einen Zettel hin. »Bei diesem Reisebüro liegt ein Ticket für dich; du kannst es am Nachmittag abholen. Morgen vormittag um 11 Uhr 45 geht dein Flug nach Monastir. Dort mietest du dir ein Auto und fährst nach Kebili, wo für dich ein Zimmer im Hotel ›Habib‹ reserviert wurde. Viel Spaß, Mehlklößchen!«

»Wie hast du das herausgefunden?« fragte Gerrit verblüfft.

»Die Macht des Geldes«, antwortete Johanna. »Wir wollten uns doch schon immer mal ›unter gewissen Voraussetzungen‹ finanziell an einem Film beteiligen, oder? Deans Sekretärin war ausgesprochen freundlich und verstand natürlich, daß wir das mit den Voraussetzungen lieber persönlich mit Dean abklären wollen.«

»Mit Dean?« hakte Gerrit nach und warf die Stirn in Falten. »Wieso nennst du den Knülch Dean?«

»Och«, machte Johanna. »Beim Film nennt man sich grundsätzlich beim Vornamen, oder?« Sie hob die Hand, rief: »Bis später!« und verschwand.

Dean kam mit den Drinks zurück und setzte sich neben Martine an den Rand des Swimmingpools.

»Schau doch, wie schön!« sagte Martine, seufzte und sah hinauf zum Firmament. Genau über ihr hing der Vollmond wie ein Lampion am nachtblauen Himmel, und ringsum waren Sterne verstreut.

»Ja schön«, bestätigte Dean und seufzte ebenfalls. Dann schwiegen sie und nuckelten verträumt an ihren Drinks.

»Denkst du an ihn?« fragte Dean plötzlich.

»An wen?« fragte Martine irritiert zurück, obwohl sie ahnte, an wen sie seiner Meinung nach dachte. Die Aussicht auf ein Gespräch über Gerrit war ihr angenehm und unangenehm zugleich. Sie streifte sich die Schuhe von den Füßen und ließ die Beine ins Wasser baumeln. Es hatte bestimmt fünfunddreißig Grad; der Swimmingpool wurde von den Kebilier Thermen versorgt.

»An diesen Gerrit«, sagte Dean.

»Tu mir einen Gefallen und sprich nicht von ihm!«

Dean zog ebenfalls seine Schuhe aus und ließ seine Füße ins Wasser baumeln. Dann legte er einen Arm um Martine und sagte: »Du liebst ihn, hab' ich recht?«

»Ja«, sagte Martine und legte ihren Kopf an Deans Schulter. »Ich liebe ihn.«

»Aber warum dann diese ...«

»Weil er ein elender Schuft ist«, fiel ihm Martine ins Wort. »Ein Schürzenjäger, der Frauen sammelt wie andere Postkarten, und ich hab' absolut keine Lust, mich als dreistellige Zahl von ihm abhaken und dann von der Liste streichen zu lassen.«

»Aber Johanna sagt, er liebt dich wirklich.«

»Wer ist Johanna?«

»Sein Kompagnon.«

»Siehst du!« rief Martine – das war Öl in ihr Feuer. »Er hat sogar einen weiblichen Kompagnon! Und er hat eine weibliche Kosmetikfirma als Geschäftspartner, mit der er nachts verhandelt, und er hat einen weiblichen Steuerberater, und bestimmt hat er sogar einen weiblichen Automechaniker! Er umgibt sich nämlich ausschließlich mit Frauen!«

»Was hast du gegen berufstätige Frauen?« fragte Dean.

»Nichts«, sagte Martine. »Aber ich finde sein Verhalten sexistisch. Arbeitende Männer haben bei ihm keine Chance!«

Dean lachte. »Du bist ja richtig eifersüchtig.«

»Ja«, gab Martine zu. Sie sah wieder zum Mond hinauf und seufzte. »Ich bin eifersüchtig, und wie. Ich weiß, daß das gar nicht modern ist, aber man muß ja nicht unbedingt jeden Modekram mitmachen. Wenn schon einen Mann, dann will ich einen für mich alleine, und ich will ihm vertrauen können.«

»Du hast recht, wenn du Eifersucht und fehlendes Vertrauen in Beziehung zueinander bringst«, gab Dean zu. »Nur setzt du den

Bezug falsch an. Nicht mangelndes Vertrauen, sondern mangelndes Selbstvertrauen ist der Auslöser für Eifersucht.«

»Aber …«, sagte Martine, und dann schwieg sie. Dean mochte ja recht haben. Trotzdem änderte Deans Definition nichts an der Tatsache, daß ein Mann wie Gerrit kein Mann für sie war. Und überhaupt, was sollte das? Wollte man ihr, der gehetzten Beute, die Schuld geben, daß sie vom Löwen als Futter gesehen wird?

»Und du?« fragte sie spitz. »Warum bist du noch zu haben? Fehlt es dir auch an Selbstvertrauen?«

Dean dachte nach. »Vielleicht«, sagte er. Und nach einer langen Pause: »Ich habe drei Kurzehen hinter mir. Ich bin jetzt vierzig; ich habe es satt, ausschließlich für meinen Beruf zu leben. Ich möchte so gerne eine Frau, eine, mit der sich auch leben läßt. Sie braucht mich nicht zu versorgen, das kann ich selbst. Sie sollte nur ab und zu für mich da sein und mich lieben. Ich meine hier drin.« Er deutete auf seine Brust. »Ich möchte mit ihr reden können und manchmal sonntags einen Ausflug machen. Sie sollte ein bißchen schön und gepflegt sein – und vor allem nicht aus der Branche!«

»Das ist alles?« fragte Martine verdutzt.

»Das ist viel!« sagte Dean. »Sie wollen alle zum Film. Zahnarzthelferinnen, Kindergärtnerinnen. Ich hatte sogar mal eine Mathematiklehrerin, die zum Film wollte. Verstehst du? Ich bin Mittel zum Zweck, und ich hasse es, Mittel zum Zweck zu sein.«

Martine verstand. »Tut mir leid für dich«, sagte sie.

»Schon gut«, antwortete Dean und legte wieder seinen Arm um Martine. Sie ließ ihren Kopf auf seine Schulter sinken, und dann seufzten sie abwechselnd.

Martine wischte sich verstohlen eine Träne aus den Augenwinkeln und sagte mit zitteriger Stimme: »Wir sind schon ein seltsames Paar. Sitzen hier am Rande der tunesischen Sahara und heulen gemeinsam den Mond an!« Sie schniefte.

Dean zog ein Taschentuch aus seiner Hosentasche und gab es ihr. »Sieht ja niemand«, tröstete er sie.

Aber da hatte er sich gewaltig getäuscht. Sie wurden beobachtet! Gerrit kochte vor Wut! Reizend, diese Liebesszene unter tunesischem Himmel! Wirklich reizend! Und dabei hatte Martine noch vor ein paar Tagen behauptet, ihn zu lieben! Schöne Liebe war das, wenn sie sich gleich bei nächstbester Gelegenheit wieder an den Hals dieses lächerlichen Schmalzbubis warf! Vermutlich, um sich von ihm über seine, Gerrits, angeblichen Verfehlungen mit einer Kosmetikfirma hinwegtrösten zu lassen! Ha!

Gerrit sah knallrot. Obwohl Dean heute türkis trug. Türkise Hose! Türkisgrundiges Hawaihemd aus Seide! Geschmacklos! E-kel-haft!

Jetzt beugte sich Dean zu Martine und küßte sie auf die Schläfe. Auf die Schläfe! Intimer gehts ja wohl nicht! Und dann flüsterte er ihr auch noch was ins Ohr, dieser Typ, bevor er aufstand und hüftschwingend zu den Bungalows hinüberschlenderte! Als er um die Ecke bog, winkte er ihr noch mal zu und lächelte wie Adonis! Daß der sich nicht schämte!

Gerrit hatte genug gesehen. Er schoß hinter den Büschen hervor auf Martine zu, die harmlos wie ein Teenager mit den Beinen im Wasser plantschte! Aber ihm würde sie nun nichts mehr vormachen können, er forderte Rechenschaft!

Plötzlich standen Hosenbeine neben Martine, die Martine irgendwie kannte. Die Schuhe kannte sie auch irgendwie. Ganz langsam glitt ihr Blick nach oben, und dann setzte ihr Herzschlag für ein paar Takte aus. »Gerrit!« rief sie und schluckte sich den Schreck aus der Kehle.

»Ja, ich«, bestätigte er bebend. »Und ich möchte jetzt von dir wissen, wie du es fertigbringst, mit diesem Dean hier herumzuschmusen, wo du doch vor fünf Tagen noch behauptet hast, mich zu lieben? Und wie ausgerechnet du mich einen leichtfertigen Schürzenjäger nennen kannst? Und eifersüchtig bist auf meine harmlose Geschäftspartnerin?«

»So, das möchtest du wissen«, sagte Martine. Den Schreck hatte sie inzwischen verwunden, und Gerrits wutschnaubende Fragerei fand sie einfach anmaßend. Sie stand auf. Das Funkeln in Gerrits Augen war jetzt ganz dicht vor ihr. »Was tust du überhaupt hier?« fragte sie schneidend.

»Urlaub machen!« fuhr er sie an.

»Ach Urlaub? Ausgerechnet hier?«

»Ich kann ja wohl Urlaub machen, wo ich will!«

»Kannst du. Überall auf der ganzen Welt. Nur nicht hier! Verschwinde!« forderte sie ihn auf, drehte sich um und ging mit langen, aufgebrachten Schritten davon.

Gerrit folgte ihr. »Wohin gehst du!« wollte er wissen.

»Wohin?« Martine überlegte. »Zu Dean natürlich, wohin sonst!«

»Wohin sonst!« rief Gerrit und lachte kurz und hart. »Zu dieser türkisen Schaufensterpuppe geht sie!«

Martine blieb so unvermittelt vor einem der Bungalows stehen, daß Gerrit auflief. Sie hob die Hand und klopfte.

Dean mußte hinter der Tür gestanden haben, er öffnete sofort. Um die Hüften hatte er ein weißes Badetuch geschlungen, auf seiner Haut perlten Wassertropfen und in seinen Augen nistete grenzenloses Staunen. »Sie?« murmelte er und meinte damit Gerrit. Und im nächsten Moment war Martine an Dean vorbeigeschlüpft und schlug Gerrit die Tür vor der Nase zu.

»Das kann doch nicht wahr sein«, flüsterte Gerrit. »Ich kann es nicht fassen!« Er fuhr sich mit gespreizten Fingern durchs Haar und schüttelte unablässig den Kopf. »Soweit kann sie einfach nicht gehen ...«

Gerrit beschloß, vor der Tür zu warten. Aber seine Hoffnung, sie würde gleich wieder herauskommen, zerschlug sich. Nach einer halben Stunde gab er auf und trug seinen Kummer in die Hotelbar.

11

Gerrit hatte an der Rezeption gebeten, man solle ihn zur selben Zeit wecken wie Martine. Um sechs Uhr, in aller Herrgottsfrühe, klingelte dann sein Telefon. Das Klingeln tat ihm höllisch weh, denn in seinem Kopf tobte und fauchte ein wahres Riesenvieh von einem Kater, das er in der Nacht zuvor in der Hotelbar aufgegabelt haben mußte. Gerrit bestellte eine Flasche Sprudel und ein Aspirin in seinen Bungalow, quälte sich auf und sah hinaus.

Draußen war es noch dunkel, der Mond schien, und Martine planschte bereits mit Dean im Swimmingpool!

»Guten Morgen, liebe Sorgen, seid ihr auch schon aufgewacht?« Dieser Gassenhauer, den eine Zeitlang jeder Spatz von den Dächern gepfiffen hatte, gewann mit einem Mal tiefe Bedeutung für Gerrit.

Gerrit dachte nach. In seiner Situation konnte einer nur entweder laut lachen oder laut heulen. Oder sich rächen. Gerrit beschloß, sich zu rächen. Er würde den beiden den Spaß an ihrem Geturtel schon verderben, und zwar gründlich! Irgendeinen Sinn mußte sein Aufenthalt hier ja haben.

Als Martine den Frühstücksraum betrat, war Gerrit schon da. Ihre Blicke trafen sich; sie starrten sich an wie Schlange und Opfer. Dean, in ihrem Gefolge, grüßte freundlich – der falsche Hund! – und führte die gnädige Frau an ihren Tisch.

Martine setzte sich neben Dean, denn beim Frühstück stellten sie anhand des Karten- und Prospektmaterials ihren jeweiligen Tagesplan zusammen. Außerdem konnte sie Gerrit so besser im Auge behalten. An seinen vorsichtigen Bewegungen und der Art, wie er seine Kaffeetasse hob, merkte sie, daß er sehr tief ins Glas geguckt haben mußte. Ihretwegen? Na wenn schon! Immerhin lebten sie im Zeitalter der Gleichberechtigung! Wenn Gerrit es sich gestatten konnte, nachts mit Kosmetikfirmen Geschäfte zu machen, konnte sie es sich gestatten, nachts beruflich ihre Füße zu baden! Und morgens beruflich zu frühstücken!

Da sie den gestrigen Tag damit verbracht hatten, nach einem geeigneten Jeep und einem wüstenkundigen Führer zu suchen, aber keinen gefunden hatten, schlug Dean vor, es heute einmal mit den althergebrachten Transportmitteln, den Dromedaren, zu versuchen. Der Direktor des Hotels, der in Heidelberg sein gastronomisches Handwerk erlernt hatte und ausgezeichnet Deutsch sprach, hatte ihn auf diese Idee gebracht. Er solle sich nach einem Treiber namens Jaafar durchfragen, der kenne die Wüste wie seine eigene Hosentasche.

Die Aussicht, auf einem Dromedar durch die Wüste zu schaukeln, gefiel Martine gar nicht. Trotzdem nickte sie, beugte sich zu Dean, berührte sanft seinen Arm und schenkte ihm ein umwerfendes Lächeln. Sie war sicher, daß Gerrit gleich vor Wut platzen würde!

Als sie das Hotel verließen, folgte ihnen Gerrit wie ein Schatten. Martine ärgerte sich darüber. Gerrit auf ihren Fersen zu haben – das machte sie nervös und aggressiv.

Am Quellenteich, wo Jaafar angeblich jeden Morgen badete, fanden sie ihn nicht. Sie schlugen sich durch die engen Gassen des Oasendorfes, bis sie zu den Palmenhainen kamen. Dort trafen sie einen Jungen, der wußte wo Jaafar wohnte und sie zu ihm bringen wollte.

»Erst Dinar!« rief der Junge, und Dean begann in seinen Taschen zu kramen.

Martine sah sich derweilen nach Gerrit um. Er hatte sich etwa zehn Meter von ihnen entfernt an ein Haus gelehnt und wartete ab. Sein Blick war finster wie die Nacht, die inzwischen dem Tag gewichen war. Die Sonne stand jetzt schräg am Himmel und trieb das Thermometer erbarmungslos nach oben.

Der Junge zupfte Martine ungeduldig am Ärmel. »Frau kommen!« rief er. »Jaafar immer schnell weg!« und zog sie weiter.

Gerrit fühlte sich hundeelend; die Hitze tat seinem Kater gar nicht gut. Er war froh, daß Martine und Dean jetzt offensichtlich an ihrem Ziel angekommen waren, und lehnte sich erschöpft an eine Mauer. Der Junge, der die beiden herbegleitet hatte, lief in eine Hütte und kam mit einem Araber zurück, mit dem Dean kurz verhandelte. Schließlich verschwand der Mann und brachte drei Dromedare.

Gerrit begriff. Sie wollten ihn abhängen. Sie würden jetzt auf diese Dromedare steigen und weiß der Himmel wohin reiten! Er stöhnte und überlegte einen kurzen Moment, ob er aufgeben und wieder ins Hotel zurückkehren sollte. Einen Ritt auf so einem Ding würde er in seinem Zustand vielleicht nicht lebend überstehen. Aber als Martine ihn dann so boshaft angrinste, beschloß er, seinen Psychoterror bis zum bitteren Ende weiterzuführen.

Hinter der Hütte fand er einen Mann, der mit einem Kamelsattel hantierte. Der Handel war schnell abgeschlossen. Kaum waren die anderen im Palmenhain verschwunden, saßen auch Gerrit und sein Führer auf Dromedaren und folgten ihnen.

Gerrit schluckte gegen eine aufkommende Übelkeit an. Dieses Wüstenschiff, auf dem er da saß, schaukelte wie ein alter Kutter bei Windstärke zehn, und dazu brannte die Sonne auf seinen schmerzenden Kopf. Zuerst vermutete Gerrit, das Summen in seinem Kopf käme von dem Katervieh, das sich, vom Schaukeln ermüdet, zur Ruhe begeben hatte und lärmend schnurrte. Aber als es dann dunkel vor seinen Augen wurde, ahnte er, daß er auf dem besten Wege in die ewigen Jagdgründe war. Er stöhnte auf und flehte den Araber an zu halten. Gerrit wollte absteigen, sich unter einen Baum legen und dann nur noch sterben.

»Halt«, flehte er, »assez!« Er sah, wie der Mann sich nach ihm umdrehte, sah in zwei schwarze Augen, die sich bei seinem Anblick vor Entsetzen weiteten, und dann verlor er die Besinnung.

Martine zog die Stirn in Falten. Die Tatsache, daß sie nach ihrem Zimmerschlüssel verlangte, schien größte Betroffenheit auszulösen. Der Mann an der Rezeption sah sie mitleidig an, dann rief er einen Kollegen und begann unnötigerweise mit ihm zu flüstern. Martine verstand ja doch kein Arabisch, also war das Flüstern wirklich unnötig. War eine Bombe in ihrem Bungalow explodiert? Sie sah Dean fragend an; der zuckte ratlos die Schultern.

»Moment bitte«, sagte jetzt einer der beiden Empfangsherren; der andere verschwand und kam bald darauf mit dem Hoteldirektor zurück.

Der nahm sie am Ellenbogen und führte sie zu einem Sessel, in den sie sich setzen mußte.

»Es ist sehr bedauerlich«, sagte der Hoteldirektor und räusperte sich, »wir sind alle sehr erschüttert, Ihnen mitteilen zu müssen, daß Herr Bauer … daß Ihr Mann …« Er machte eine Pause und räusperte sich wieder.

Martine wollte schon aufbrausen. Unverschämtheit, daß sich Gerrit sogar hier als ihr Mann ausgab! Aber da holten sie plötzlich die Worte ›bedauerlich‹ und ›erschüttert‹ ein, und eine unsichtbare Hand schnürte ihr die Kehle zu.

Der Hoteldirektor betupfte sich mit einem Taschentuch die Stirn und fuhr fort. »Man hat ihn ins Staatliche Krankenhaus von Gabes gebracht.«

»Krankenhaus?« flüsterte Martine. »Aber … was ist mit ihm …« Die Stimme versagte ihr.

Der Hoteldirektor sah sie mitfühlend an und legte eine Hand auf ihren Arm. »Ein Kreislaufkollaps. Es ist nicht so schlimm, daß er totgehen muß; sie müssen ganz ruhig sein«, tröstete er sie.

Martine atmete auf und sank in den Sessel zurück. Der Hoteldirektor rief einem Ober etwas zu und sagte dann zu ihr: »Ihr Mann läßt Sie bitten, aus seinem Zimmer seine Papiere und ein bißchen Wäsche zu holen und alles zu ihm zu bringen. Ich soll Ihnen ausrichten …« Er stockte verlegen. »… soll Ihnen sagen, er liebt Sie.«

Martine war dankbar, daß gerade jetzt der Ober kam, ihr einen Cognac servierte und zwei Zimmerschlüssel übergab. Ihren eigenen und einen fremden, der wohl von Gerrit war. »Danke«, sagte sie, und dann war sie es, die sich räusperte, bevor sie fragte: »Wie ist das passiert … ich meine, das mit meinem Mann?«

Jetzt huschte der Hauch eines Schmunzelns über sein Gesicht. »Er war mit einem Dromedar unterwegs. Die Hitze vermutlich und der viele Alkohol. Ihr Mann war gestern abend … nun ja, ich möchte mal sagen, sehr ausführlich in der Hotelbar zu Gast gewesen.«

Martine nickte beschämt. Sie mit ihrer Gehässigkeit hatte ihn in die Hotelbar getrieben. Sie griff hastig nach dem Glas, trank den Cognac in einem Zug und schüttelte sich. Aus feuchten Augen sah sie den Hoteldirektor an.

»Vielen Dank, daß Sie … ich meine …«

»Schon gut«, sagte der Hoteldirektor und drückte ihr mitfühlend die Hand.

Dean wartete am Swimmingpool. Auch er hatte einen Drink besorgt, für den Fall, daß Martine den nötig haben würde. Als sie jetzt auf ihn zukam, liefen Tränen über ihre Wangen und hinterließen Spuren in dem Staub der Wüste, der noch immer auf ihrem Gesicht klebte.

»O Dean!« schluchzte sie. »Es ist schrecklich! Ich hätte ihn fast ins Grab gebracht, mit meiner Gehässigkeit!«

»Wen?« fragte Dean. »Etwa Gerrit?«

Sie nickte heftig, nahm das Glas, das Dean ihr hinhielt, und trank auch das in einem Zug leer. Dann rief sie: »Ich muß zu ihm! Sofort! Ich werde ihn um Verzeihung bitten! Und dann ... wenn er mich überhaupt noch haben will ...« Sie brach wieder in Tränen aus.

Dean nahm sie in die Arme und streichelte sie. »Mein armes Blümchen«, sagte er.

Gerrit wollte noch. Und wie er wollte! Als sie jetzt vor ihm stand, mit verweinten Augen, und immer wieder seinen Namen flüsterte, durchfloß ihn ein unermeßliches Gefühl von Glückseligkeit.

»Martine«, hauchte er, und dann lag sie plötzlich in seinen Armen und preßte ihr Zittern an sein hellblaues Krankenhausnachthemd, das steif und kratzig war.

Gemurmel entstand im Raum, leises Kichern war zu hören. Da wurde ihr siedendheiß bewußt, daß sie ja nicht alleine waren. Sie befreite sich hastig aus Gerrits Umarmung und sah sich um. Sechs schwarze Augenpaare musterten sie neugierig, auf sechs stoppelbärtign Gesichtern war ein breites Grinsen zu sehen. Gerrit lag in einem Achtbettzimmer; nur eines der Betten war nicht belegt.

In Martines Wangen schoß das Blut, sie rückte von Gerrit weg und saß jetzt auf dem unteren Rand des Bettes. »Können die uns verstehen?« fragte sie leise.

»Ich glaube nicht«, sagte Gerrit. Er nahm Martines Hand und hielt sie fest.

»Ich liebe dich!«

»Ich liebe dich auch!«

Zwei der Tunesier standen jetzt auf und setzten sich zu einem Schnauzbärtigen aufs Bett, der leise und gestikulierend auf sie einsprach. Martine atmete auf. Das Interesse an ihnen beiden schien sich erschöpft zu haben. Sie wandte sich wieder an Gerrit und fragte: »Wie lange mußt du hierbleiben?«

»Drei Tage noch. Drei endlos lange Tage!«

Gerrit sah Martine so leidenschaftlich an, daß ihr Herz Purzelbäume schlug.

»Ich bin verrückt nach dir!« Sein Blick vertiefte sich noch um einiges, und die Tunesier auf ihren Betten murmelten aufgeregt. Sie sahen sich beide nach den Männern um; die nickten ihnen zu und lächelten höflich.

»Ich werde dich in Gedanken immerzu küssen und in meinen Armen halten«, sagte Gerrit. »Und wenn ich hier raus bin ...« Er brach ab und sah sie an, sah sie nur an!

Martine erzitterte unter diesem Blick. Sie mußte kurz die Augen schließen vor Glück.

Als sie sie wieder öffnete, war der Glanz aus Gerrits Blick verschwunden.

»Und Dean?« fragte er. »Was ist mit Dean?«

Martine seufzte. »Ach Gerrit, er ist mein Chef und mein Freund und sonst gar nichts. Er war nie mehr und wird nie mehr sein. Ich schwöre dir, du mußt mir glauben.«

»Gestern nacht«, erinnerte Gerrit sie. »Ich habe gewartet, du bist nicht mehr aus seinem Zimmer gekommen.«

»Doch«, sagte Martine. Es war ihr jetzt peinlich, das zuzugeben. »Während du vor der Tür gewartet hast, bin ich über den Balkon raus. Ich wollte dich ärgern. Ich weiß, das war dumm von mir, und jetzt tut mir das alles furchtbar leid. Ich hätte dich fast ... fast ...« Tränen traten in ihre Augen. »Ach Gerrit, warum benehmen wir uns nur so schrecklich kindisch!«

»Weiß nicht«, sagte Gerrit und seufzte. »Vielleicht weil wir beide nie gelernt haben, Gefühlen angemessen zu begegnen?«

»Vielleicht«, sagte Martine und lächelte dankbar für die Entschuldigung, die er ihr anbot.

»Wirst du mich besuchen kommen, solang ich mich hier nach dir verzehren muß?« fragte Gerrit.

»Jeden Tag!« versprach Martine und drückte seine Hand.

Das Flüstern im Raum erstarb sofort, als sie aufstand, um sich zu verabschieden. Sie warf Gerrit eine Kußhand zu, sagte: »Bis morgen dann.« An der Tür drehte sie sich noch mal um und grüßte höflich. »Auf Wiedersehen«, sagte sie und verbeugte sich leicht vor den sechs Tunesiern, um ihren Gruß verständlich zu machen.

»Auf Wiedersehen, Madame«, antwortete der Schnauzbärtige und verbeugte sich ebenfalls. »Bis morgen, Madame.« Er lächelte stolz.

12

Auf der Suche nach einem malerischen Städtchen mit möglichst viel arabischem Flair kamen Dean und Martine nach Tozeur. Sie stellten ihren Mietwagen am ›L'Oasis‹ ab und schlenderten über den Markt zum überdachten Bazar. Dean war begeistert. Arabisches Flair gab es hier zur Genüge! Das war die Stadt, in der er seinen Film beginnen lassen würde.

»Wir müssen das fotografieren«, sagte er. »Alles! Wie viele Filme hast du bei dir?«

»Fünf. Und in die drei Kameras hab ich heute morgen noch neue eingelegt.«

»Das dürfte reichen«, sagte Dean, lachte zufrieden und sah sich begeistert um. »Wirklich fantastisch!« Er griff in die Tasche seiner Windbluse, die er trug, um die verbrannte Haut auf seinen Armen zu schützen, und zog ein zerknautschtes Päckchen Zigaretten heraus. Es war leer. Er suchte in seiner Kameratasche nach einem neuen. Nichts. »Ich muß sie vergessen haben«, murmelte er.

»Dort drüben«, sagte Martine. Sie deutete mit einer Kopfbewegung auf einen kleinen Laden, in dem es Tabak gab. »Ich warte hier solange.«

Bevor Dean den Laden betrat, wandte er sich noch mal nach Martine um. Sie sah durch den Sucher ihrer Kamera und drehte am Objektiv.

Es dauerte sieben, vielleicht zehn Minuten, bis Dean zurückkam. Martine war verschwunden.

Dean wartete. Er drehte sich langsam um die eigene Achse und suchte den Platz nach Martine ab. Sie war nirgends zu sehen. Mit jeder Minute, die verstrich, wurde er unruhiger. Sie wollte doch hier warten! Sie würde doch nicht weggehen ohne ihn! Eine Frau alleine, das war in arabischen Ländern nicht ganz ungefährlich!

Sein Blick blieb an einem Jungen hängen, der ihn bohrend ansah und dabei in der Nase popelte. Dean wandte sich ab, sah auf die Uhr. Eine Viertelstunde war inzwischen vergangen.

Plötzlich stand der Junge neben ihm, kratzte sich am Arm und sagte: »Herr! Du suchst Frau? Braune Haare Frau?«

»Ja!« rief Dean. »Eine brünette Frau!« Er packte den Jungen an der Schulter und schüttelte ihn leicht. »Wo ist sie?«

»Dinar«, sagte der Junge.

Dean seufzte und suchte in seiner Tasche nach Geld. Der Junge griff gierig nach den Münzen, aber Dean zog seine Hand schnell zurück. »Erst sagst du mir, wo sie ist!«

»Polizei«, sagte der Junge. »Mit Auto weg.« Er kreuzte seine Fäuste, um Dean klarzumachen, daß sie in Handschellen abgeführt wurde. Dann griff er wieder nach den Münzen.

Dean packte das Kind am Handgelenk. »Warum?« fragte er.

Der Junge zuckte die Schultern, sagte etwas auf arabisch und deutete plötzlich auf Deans Fotoapparat. Als Dean den Apparat, der vor seiner Brust hing, in die Hand nahm und ratlos anstarrte, nickte der Junge. »Dinar!« forderte er nachdrücklich. Dean gab ihm das Geld und ließ ihn laufen.

Er strich sich mit beiden Händen durchs Haar. Hatte der Junge ihm da einen Bären aufgebunden, ihm ein Schauermärchen erzählt, um an das Geld zu kommen? Aber warum sollte er? Für jede andere Information hätte er das gleiche Geld bekommen. Dean konnte sich keinen Reim auf das alles machen. Wenn Martine tatsächlich verhaftet worden war – warum um Himmels willen? Weil sie fotografiert hat? Er sah sich um, suchte nach einem Objekt, das Martine interessiert haben konnte. Ein sehr gepflegtes Haus, eine Art Palast fiel ihm auf, dessen geometrische Ornamentik durch die tiefstehende Sonne besonders plastisch zur Wirkung kam. War es das?

Wieder fuhr er sich durchs Haar und begann plötzlich zu fluchen. Hier rumzustehen und sich Fragen zu stellen, die er doch nicht beantworten konnte, brachte ihn auch nicht weiter. Er mußte dort fragen, wo man mehr wußte, nämlich auf dem Polizeirevier.

Als Dean vor dem Gebäude stand, bedachte er sich jedoch. Wenn man Martine einer Sache wegen verdächtigte, die es rechtfertigte, sie in Handschellen abzuführen, dann würde man ihn unter Umständen für ihren Komplicen halten und ebenfalls verhaften. Und er hatte ja keine Ahnung, wie es sich in diesem Staat mit Recht und Gesetz verhielt. Er mußte einen Dritten informieren, bevor er sich in die Höhle des Löwen wagte. Die Botschaft fiel ihm ein. Gerrit fiel ihm ein.

Dean machte kehrt, lief zum Auto und fuhr erst einmal zu Gerrit.

Der Schnauzbärtige hieß Mustafan. Er arbeitete als Kellner in einem Hotel und war stolz auf seine vielfältigen Sprachkenntnisse. Als Martine gestern gegangen war, hatte Gerrit, einer dunklen Ahnung folgend – gefragt, ob er den übrigen Zimmergenossen alles, was zwischen ihm und Martine gesprochen worden war, übersetzt hatte. »Natürlich«, hatte Mustafan geantwortet und freundlich gelächelt. »Alles. Und sie waren sehr erfreut von so viel Liebe!«

Seitdem betätigte sich Mustafan als Gerrits Dolmetscher, ob der nun wollte oder nicht. Jetzt saß Mustafan auf Gerrits Bett und übersetzte für ihn aus der arabischen Zeitung, und die anderen nickten andächtig, jedesmal wenn Mustafan einen Satz zu Ende brachte.

Mustafan las und übersetzte einen Artikel über einen Anschlag auf einen der achtzehn Gouverneure Tunesiens. »Er wurde von einer jungen, brünetten Frau ausgeübt, die sich als Touristin verkleidet hatte«, übersetzte er, »und die bestimmt nicht alleine arbeitet, sondern mit einer Gruppe.«

Gerrit seufzte. Was interessierten ihn die Probleme eines tunesischen Gouverneurs?

»Niemand kann die Frau genau beschreiben. Plötzlich hat die Bombe gekracht und ist fünf Meter neben dem Gouverneur zerplatzt. Dann ist die Frau in ein Auto gesprungen und weggewischt.«

»Entwischt«, verbesserte Gerrit. Wo nur Martine blieb? Sie wollte doch längst hier sein! Ob sie wieder ›rückfällig‹ geworden war? Sich doch wieder gegen ihn entschieden hatte? Dieser Gedanke ängstigte ihn zunehmend.

»Und dann«, übersetzte Mustafan …

Und dann ging plötzlich die Tür auf, und Dean stand im Zimmer. Er war bleich wie die Wand, Panik nistete in seinen Augen, die Haare hingen ihm wirr ins Gesicht. Sein Anblick war so erschreckend, daß Mustafan die Worte im Hals steckenblieben. Mustafan starrte die beiden Männer an – Gerrit war inzwischen aufgesprungen und zwei Schritte auf Dean zugegangen –, die sich ihrerseits anstarrten, bis Gerrit bestürzt rief: »Was ist los! Was ist mit ihr!«

Mustafan übersetzte sofort auf arabisch. Das verwirrte Dean, er zögerte, bevor er keuchte: »Sie ist ...«

Mustafan übersetzte und wartete bis Dean fortfuhr.

»... sie ist verhaftet worden.«

Mustafan übersetzte, und ein Raunen ging durch das Zimmer. Zuerst war es still, dann ging Gerrit plötzlich wie ein Wahnsinniger auf Dean los, packte ihn an den Schultern und versuchte, die Antwort auf seine Fragen aus ihm herauszuschütteln. »Wann? Warum? Was hat sie getan?«

»Ich weiß es nicht!« Dean machte sich von Gerrit frei und erzählte ihm, was passiert war.

»Die Bombe«, sagte Mustafan und schnippste mit dem Finger auf die Zeitung in seiner Hand.

Dean und Gerrit sahen ihn verständnislos an.

»Bestimmt denken sie, Martine ist die Bombenfrau!« Er erzählte Dean von dem Anschlag. »Der Gouverneur ist nämlich seit drei Tagen in Tozeur, er besucht seine älteste Tochter«, erklärte Mustafan abschließend.

»Heiliger Strohsack!« Dean blies den angehaltenen Atem aus und sank erschlagen auf Gerrits Bett.

Gerrit lief aufgebracht hin und her. »Wir müssen sie da rausholen«, sagte er.

»Sie werden euch auch verhaften«, prophezeite Mustafan und übersetzte, und die anderen nickten.

»Trotzdem!« rief Gerrit. »Ich muß zu ihr! Ich kann sie doch jetzt nicht alleine lassen!« Er riß seine Hose aus dem Schrank und schlüpfte hastig hinein. »Und du?« fragte er mit einem Seitenblick auf Dean.

»Ich fahre nach Tunis. Ich benachrichtige die Botschaft. Ich setze Himmel und Hölle in Bewegung!«

Inzwischen war Gerrit angezogen. »Mein Wagen?« fragte er.

»Der steht vor dem Hotel. Ich bringe dich hin.«

Sie waren schon an der Tür, als Mustafan rief: »Was soll ich dem Doktor sagen?«

»Grüß ihn schön von mir, ich schau mal wieder rein!«

»Viel Glück!« rief Mustafan.

Gerrit beschloß, nicht unnötig die Hühner scheu zu machen. Falls man nicht glaubte, Martine könne die gesuchte Terroristin sein, wäre es unklug, die Polizei auf diesen Gedanken zu bringen. Am besten, er meldete sie schlicht und einfach als vermißt, und erwähnte den Jungen, der Martines Verhaftung beobachtet hatte, gar nicht. Wer weiß, vielleicht hatte das Kind ja auch gelogen.

Der Beamte, der Gerrits Vermißtenanzeige aufnahm, sprach französisch. Die Sache schien ihn nicht sonderlich zu interessieren. Er stellte teilnahmslos ein paar Fragen und tippte Gerrits Antworten im Zwei-Finger-Schneckentempo auf ein vergilbtes Formular. Als Gerrit jedoch die Haarfarbe brünett erwähnte, kam plötzlich Bewegung in die Sache. Der Mann stutzte, sah auf und Gerrit an. Ohne sich zu rühren, rief er laut etwas auf arabisch, ließ Gerrit dabei nicht aus den Augen.

Eine Tür wurde geöffnet, und ein zweiter Beamter erschien, der Gerrit mit Blicken fesselte. Winzige Schweißperlen bildeten sich auf Gerrits Nasenrücken und Fingerkuppen; die drohende Haltung der beiden Männer machte ihm Angst. Aber plötzlich huschte ein Lächeln über das harte Gesicht dessen, der an der Tür stand.

»Sie vermissen Ihre Frau?« fragte er teilnahmsvoll.

»Ja«, bestätigte Gerrit. »Heute mittag ist sie verschwunden, sie war ...«

Der Mann unterbrach Gerrit. »Bitte kommen Sie. Ich werde die Sache persönlich in die Hand nehmen.« Er bedeutete Gerrit mit einer Geste, in das angrenzende Zimmer zu kommen.

Dort saßen sie sich gegenüber. Gerrit erzählte möglichst sachlich, was er wußte. Der Mann – er hieß Monsieur Hergli und war Chef der hiesigen Polizei – hörte aufmerksam zu und lächelte unentwegt dieses aalglatte Lächeln das keines war, sondern nur aufgesetzte Maske. Als Gerrit seinen Bericht beendet hatte, griff Monsieur Hergli zum Telefon und führte eine Reihe endloser Telefongespräche. Der altersschwache Ventilator an der Decke rotierte surrend über den Köpfen der beiden Männer; trotzdem war die Luft zum Schneiden dick. Gerrit zerrte am Kragen seines

Hemdes, der andere beobachtete jede seiner Bewegungen. Gerrit wußte: Was Hergli da am Telefon tat, war nichts anderes, als eine Schlinge zu knoten, die er ihm gleich um den Hals zu legen gedachte. Er saß in der Falle.

Dean zwang sich, vernünftig zu fahren. An jeder zweiten Straßenkreuzung gab es eine Polizeikontrolle. »Polizei, überall Polizei!« zischte er und nahm den Fuß vom Gaspedal. Er sah auf die Uhr, es war spät. Wer weiß, vielleicht würde er in der Botschaft niemanden mehr erreichen, wenn er endlich in Tunis ankam. Außerdem hatte er keine Ahnung, wo in Tunis diese Rue el Hamra überhaupt lag, und eine Hausnummer stand auch nicht bei der Adresse, die man ihm gegeben hatte. Nun trat sein Fuß das Gaspedal doch wieder durch, und prompt hörte er eine Sirene hinter sich aufheulen. Er sah in den Rückspiegel; es war ein Polizist auf einem Motorrad.

Dean fuhr langsamer, wurde überholt und gestoppt und wünschte dieses ganze verdammte Tunesien zum Teufel.

»Permis de conduire, s'il vous plait!« verlangte der Beamte.

Dean öffnete den Mund, wollte etwas sagen, ließ es aber dann. Vielleicht war es am klügsten, den Mund zu halten. Er gab ihm den gewünschten Führerschein und seinen Paß gleich dazu. Der Mann schlug den Paß auf und strahlte plötzlich.

»München!« rief er begeistert. »Sie aus München!« Seine schwarzen Augen blitzten dazu.

Dean erkannte seine Chance. »Ja«, sagte er und lächelte breit, »München ist eine schöne Stadt!«

»Sehr schöne Stadt«, schwärmte der Polizist. »Mein Bruder wohnt in München, und ich war auch schon in München, hab mein Bruder besuchen. Winter! Schnee! Alles ganz weiß!« Er bibberte plötzlich und klapperte mit den Zähnen. »Aber kalt!« rief er.

»Sehr kalt«, bestätigte Dean. »Hören Sie«, sagte er dann, »es ist etwas Entsetzliches passiert. Mein Freund mußte ins Krankenhaus eingeliefert werden, sein Herz! Und seine Frau ist ... ist zusammengebrochen. Sie verstehen? Ich muß zur Botschaft, ich muß sehr schnell dorthin, denn die Botschaft schließt. Es geht um Leben oder Tod!«

Der Polizist rückte an seinem Helm. »Zum Himmel!« rief er ehrlich entsetzt.

»Und ich weiß nicht, wo diese Rue el Hamra liegt.« Dean gab dem Polizisten den Zettel mit der Adresse.

Der Mann las ihn aufmerksam, streckte sich plötzlich, sagte: »Ich fahren vor Sie her, ich weiß wo Rue el Hamra.« Er gab Dean seine Papiere zurück, startete seine Maschine, schaltete die Sirene ein und raste los.

Monsieur Hergli legte den Telefonhörer auf die Gabel, preßte die Fingerspitzen aneinander und sagte: »Wir haben Ihre Frau vielleicht ...«, er suchte nach dem passenden Wort, »... gefunden«, sagte er dann, ein widerwärtiges Grinsen auf dem Gesicht. Gerrit verwünschte ihn im stillen.

»Vielleicht«, betonte Hergli. »Wir werden Sie jetzt zu dieser Frau bringen, und Sie werden uns sagen, ob sie Ihre Frau ist.«

»Was heißt: gefunden?« fuhr Gerrit auf. Er wäre diesem Hergli gerne ins Gesicht gesprungen, diesem Schleimer mit seiner aalglatten Arroganz! Aber eine innere Stimme ermahnte ihn zur Ruhe: Du mußt dich beherrschen, laß dich nicht zu Unbedachtheiten hinreißen! Gerrit atmete tief durch und fragte etwas ruhiger: »Heißt ›gefunden‹ ... bedeutet das, daß ihr etwas zugestoßen ist?«

»Nein, es geht ihr soweit gut«, sagte Hergli und drückte auf einen Knopf.

Sofort erschienen zwei Männer in Uniform und postierten sich hinter ihm.

»Bitte folgen Sie diesen Herren; sie werden Sie mit einem Auto zu Ihrer Frau bringen.«

Gerrit stand auf. Die beiden ›Herren‹, die zu seiner Begleitung bestimmt waren, berührten ihn nicht, als sie das Zimmer verließen. Aber sie waren bewaffnet, und Gerrit war sicher, sie würden von ihren Waffen Gebrauch machen, falls nötig. An der Tür drehte Gerrit sich noch mal um. Hergli grinste. »War mir eine Ehre, Herr Bauer«, sagte er.

Es war bereits dunkel, als sie in Kairouan ankamen. Das Haus, in das Gerrit geführt wurde, glich einer Festung. ›Ein Gefängnis!‹ dachte Gerrit mit blutendem Herzen, ›sie haben Martine in ein Gefängnis gesteckt!‹ Aber es war wohl eher eine Art Justizgebäude, wie er später feststellte, als er vorbei an Amtszimmern in ein Büro geführt wurde, wo ihn ein Monsieur Bourguiba bereits erwartete.

Auch Monsieur Bourguiba hatte Fragen, die er beantwortet haben wollte, aber zu Gerrits Erleichterung schlug er vor, die auf einen späteren Zeitpunkt zu verschieben.

»Ich werde Sie jetzt erst einmal zu Ihrer Frau bringen – das heißt, falls es überhaupt Ihre Frau ist«, sagte er, stand auf und deutete Gerrit an vorauszugehen. »Bitte, Monsieur Bauer, hier lang.«

Zwei Uniformierte standen vor der Tür zu dem Raum, den sie dann betraten. Der Raum hatte keine Fenster; nur grelles Neonlicht schien von den Decken. Die drei Zellen in diesem Raum sahen aus wie Löwenkäfige. Und in einem dieser Käfige saß Martine auf einer Pritsche.

Sie starrte auf die gefalteten Hände in ihrem Schoß und rührte sich nicht. Sie sah nicht einmal auf, als sie die Tür hörte. Gerrits Herz schlug wie wild in seiner Brust.

Selbst wenn er Martine nicht gekannt hätte, hätte ihn dieses Bild von hoffnungsloser Einsamkeit tief erschüttert.

»Martine«, flüsterte er und stürzte an die Gitterstäbe, hinter denen sie saß. »Martine!«

Jetzt sah sie auf, und als sie Gerrit erkannte, war sie mit einem Satz bei ihm. »Gerrit!«

Durch die Gitterstäbe hin umschlagen sich ihre Hände, sie küßten sich immer wieder und nannten sich beim Namen.

»Martine, mein Liebes …«

»Gerrit – o Gerrit!«

Und da fühlte Gerrit plötzlich eine Hand auf seiner Schulter.

»Die Frage, ob Sie diese Flau kennen, erübrigt sich ja«, sagte Monsieur Bourguiba. Er schnippte mit dem Finger; sofort stand einer der Uniformierten neben Gerrit und nahm ihn am Arm.

Gerrit riß sich wütend los. »Warum halten Sie sie hier fest!« schrie er. »Was hat sie denn getan?«

»Ich bitte Sie …«, begann Monsieur Bourguiba, aber Gerrit ließ ihn nicht aussprechen.

»Sie haben kein Recht, sie hier einzusperren!«

Wieder schnippte Bourguiba mit dem Finger, und diesmal packte der Polizist härter zu. »Doch, wir haben das Recht«, sagte Bourguiba ruhig. »Bitte machen Sie uns keine Schwierigkeiten. Sie zwingen uns so nur zu härteren Maßnahmen, und das wollen wir doch vermeiden.«

Er sprach wie eine Krankenschwester, und das brachte Gerrit nur noch mehr zur Raserei. »Was Sie vermeiden wollen, ist mir schnurzegal, Mann!« schrie er. »Sie werden verdammte Unannehmlichkeiten bekommen, wenn Sie uns nicht auf der Stelle hier rauslassen!«

Bourguiba schnippte nun nicht mehr, sondern winkte, und plötzlich war auch der zweite Uniformierte an Gerrits Seite. Und sie zerrten ihn, der wild um sich schlug, von Martine weg, hinaus auf den Flur.

Martine schrie auf. »Gerrit!« schrie sie, und als die Tür hinter den Männern ins Schloß fiel, sank sie weinend in sich zusammen.

Monsieur Bourguiba ließ Gerrit wieder in sein Amtszimmer bringen und dort erst einmal warten. Die beiden Uniformierten standen an der Tür Posten, die Wanduhr tickte, es war bedrückend still. Warten macht mürbe, davon ging Monsieur Bourguiba offensichtlich aus. Nach einer geschlagenen Stunde erschien er endlich, eine Boukha-Fahne wehte mit ihm herein.

Gerrit hätte jetzt auch gerne einen Schnaps gehabt. Oder Kaffee. Er hatte Hunger, er fühlte sich verschwitzt und sein Kreislauf machte ihm zu schaffen.

Monsieur Bourguiba setzte sich ihm gegenüber und sah ihn lange schweigend an. Schließlich nahm er sich einen Bleistift, drehte ihn nachdenklich zwischen den Fingern und fragte: »Madame Bauer ist also Ihre Frau?«

»Ja«, sagte Gerrit zögernd. »Das heißt, eigentlich nein. Wir … nun ja, wir leben zusammen.«

»Seltsam.« Monsieur Bourguiba schlug sich mit dem Bleistift auf die flache Hand.

»In Deutschland ist das nichts Außergewöhnliches«, sagte Gerrit.

»Ich meine den Namen. Sie haben ganz zufällig den selben Namen?«

Gerrit bestätigte das mit einem Kopfnicken und erklärte herablassend: »Wissen Sie, Bauer heißen viele Menschen in Deutschland, so groß ist der Zufall gar nicht.«

»Nun, Ihre Pässe werden gerade geprüft. Es ist Ihnen ja sicher bekannt, man kann Pässe auch fälschen.«

»Unsere sind echt«, sagte Gerrit scharf. »Ich möchte jetzt wissen, warum sie meine ... warum Sie Frau Bauer hier festhalten! Was hat sie getan!«

»Wann sind Sie in unser Land eingereist?« fragte Bourguiba, statt eine Antwort zu geben.

»Sie haben unsere Pässe, Sie wissen, wann wir eingereist sind!«

»Man kann unser Land auch ... sagen wir mal durch die Hintertür betreten. Anschließend kann man es durch die Hintertür wieder verlassen und über eine Grenze offiziell einreisen. Offiziell eingereist ist Ihre Frau zwei Tage früher als Sie, Monsieur Bauer. Warum reisen Sie getrennt?«

Gerrit zögerte. »Meine ... Martine ist beruflich hier. Ich bin ihr später nachgereist; ich wurde geschäftlich in Deutschland festgehalten.«

»Sie haben Ihren Flug beide kurzfristig gebucht?«

»Ja, zum Donnerwetter noch mal!« fuhr Gerrit auf. »Sagen Sie mir endlich, was Sie überhaupt von uns wollen! Wir sind keine Terroristen!«

Ein Lächeln huschte über Bourguibas Gesicht. »Terroristen? Wie kommen Sie darauf, daß wir Sie für solche halten könnten?«

Gerrit öffnete den Mund und schloß ihn wieder. Ihm war plötzlich klar, daß alles, was er sagte, gegen ihn und Martine verwendet werden konnte. Dieses reizende Gespräch war wie über ein Minenfeld kriechen.

»Nun, Monsieur Bauer?«

Gerrit erklärte es ihm. Monsieur Bourguiba hörte teilnahmslos zu, schlug dabei weiterhin mit dem Bleistift auf seine Handfläche.

»So, Sie waren also im Krankenhaus. Wir werden das nachprüfen«, sagte Monsieur Bourguiba.

»Wann!« schrie Gerrit. Und als Bourguiba ihn nur ansah – sein Blick so starr wie sein Gesicht –, sank Gerrit müde in sich zusammen und fragte: »Warum, Monsieur, sollte eine deutsche Frau auf einen Ihrer Gouverneure einen Anschlag ausüben? Und wenn es doch einen Grund gäbe, warum dann ausgerechnet Martine ... ich meine Frau Bauer?«

»Tatsache ist, daß ein Anschlag auf den Gouverneur ausgeübt

wurde, daß die Täterin eine brünette Frau war, die sich als Touristin getarnt hatte. Die Beschreibungen der Zeugen die wir haben, stimmen mit dem Aussehen Ihrer Frau genau überein. Warum Ihre Frau … oder sagen wir mal diese Frau es auf den Gouverneur abgesehen hat, wüßten wir auch gerne, Monsieur Bauer. Leider kann ich Ihnen darüber keine Auskunft geben.« Er lächelte arrogant, stand auf und kam um den Schreibtisch. »Tatsache ist auch«, fuhr er fort, »daß Ihre Frau heute mittag, drei Stunden vor Ankunft des Gouverneurs, Fotos von dem Haus gemacht hat, in dem seine Tochter mit ihrer Familie wohnt und in dem der Gouverneur heute als Gast erwartet wurde. Nicht ein Foto, Monsieur Bauer, sondern eine ganze Reihe von Fotos, die zusammengenommen eine genaue Übersicht über das gesamte Anwesen geben. Wir haben den Film entwickeln lassen, Monsieur, es war sehr aufschlußreich.«

»Aber es gehört zu ihrer Arbeit, Detailfotos zu machen! Es ist ihr Beruf …«

»Natürlich haben wir sofort eine Gegenüberstellung Ihrer Frau mit den Zeugen veranlaßt«, fiel ihm Monsieur Bourguiba ins Wort.

»Und?« fragte Gerrit unheilahnend.

»Die Täterin trug eine große Sonnenbrille. Wir haben Ihrer Frau eine große Sonnenbrille aufgesetzt. Die Zeugen haben sie alle wiedererkannt.«

»Die Täterin hat aus gutem Grund eine große Sonnenbrille getragen!« begehrte Gerrit auf.

Monsieur Bourguiba zuckte die Schultern. »Kein Land sieht es gerne, wenn auf einen seiner Politiker ein Mordanschlag verübt wird, auch unser Land nicht. Sie werden verstehen, daß wir Ihre Frau und natürlich auch Sie hierbehalten müssen. Vorerst«, schränkte Monsieur Bourguiba ein. »Und nun, Monsieur Bauer, wollen wir unser Gespräch für heute beenden. Und damit Sie sehen, daß wir keine Unmenschen sind, dürfen Sie sogar zu Ihrer Frau. Natürlich nicht in dieselbe Zelle, aber immerhin in die Zelle nebenan – es werden Sie nur ein paar Gitterstäbe von ihr trennen.« Er grinste Gerrit eins und ließ ihn abführen.

13

Dean stürzte in das Gebäude der Botschaft. Die Pförtnerloge war nicht besetzt, auch sonst war keine Menschenseele zu sehen. Es roch nach Putzmitteln, Honigkuchen und Wochenende. Er eilte den Flur entlang und klopfte an jeder Tür, bis er endlich – dem Himmel sei Dank! – ein leises »Herein« hörte.

Eine Frau stand am Fenster und goß Pflanzen. Sie sah erstaunt auf und sagte fast empört: »Wir haben bereits Dienstschluß. Kommen Sie am Montag wieder!«

»Ich muß den Botschafter sprechen, sofort!« rief Dean.

Die Dame knipste mit den Fingernägeln ein braunes Blättchen von einer Lantana Hybrida ab und sagte mit frostiger Stimme: »Vor Montag zehn Uhr ist er nicht zu erreichen.«

Jetzt ging Dean auf sie zu, nahm ihr die Gießkanne aus der Hand und sah ihr drohend in die Augen. »Gnädige Frau, meine Kollegin ist verhaftet worden. Man muß ihr helfen!«

»Verhaftet?« Sie zog die Stirn in Falten und schien nachzudenken. »Trotzdem«, sagte sie, »der Herr Botschafter ist bereits unterwegs zu seinem Wochenendhaus.«

»Dann rufen Sie ihn dort an!«

»Da gibt es kein Telefon. Es liegt in den Bergen. Selbst ein Telegramm würde ihn nicht erreichen.«

»Dann seine Vertretung! Er muß doch eine Vertretung haben!« Die Gleichgültigkeit dieser aufgetakelten Person brachte ihn an den Rand der Verzweiflung. Es fiel ihm schwer, sie nicht zu pakken und zu schütteln, um sie aus ihrer stoischen Ruhe zu bringen.

»Herr Peinstätter ist krank«, sagte die Frau.

»Aha.« Dean nickte mehrmals. »Herr Peinstätter ist krank. Und der Herr Botschafter vergnügt sich in den Bergen!«

»Wir haben natürlich einen Anwalt ...«

»Dann rufen Sie ihn an!« befahl Dean ungehalten.

Sie ging zum Schreibtisch, suchte in einer Liste nach der Telefonnummer und wählte. Als sich nach langem Warten endlich jemand meldete, überschlug sie sich fast vor unterwürfiger Höflichkeit. »Entschuldigen Sie die Störung: Wäre es vielleicht möglich, Monsieur Martiénne ...«

»Geben Sie hier!« Dean riß ihr den Hörer aus der Hand. »Verbinden Sie mich mit Monsieur Martiénne!« verlangte er.

»Monsieur Martiénne ist zu einem Kongreß; er kommt erst übermorgen zurück«, sagte eine Mädchenstimme. »Und Madame wird erst ...«

Dean knallte grußlos den Hörer auf die Gabel. Was Madame wird, war ihm egal! Er sah die Botschaftsangestellte scharf an. »Haben Sie eine Liste von allen Anwälten, die es in Tunis gibt?« fragte er.

»Natürlich«, sagte sie und zog einen Ordner aus dem Aktenschrank, den sie aufschlug und Dean hinschob.

Martine hatte Gesellschaft bekommen. In der Zelle zu ihrer Linken saß jetzt ein Tunesier, der sich in seinen Wollkaftan gewickelt hatte und dumpf vor sich hinstarrte. Martine bat ihn, ihr die Uhrzeit zu sagen. Sie probierte es auf Deutsch und auf Französisch und mit Hilfe der Zeichensprache, aber er reagierte nur mit einem müden Nicken. Er verstand sie wohl nicht. Sie hätte so gerne gewußt, wie spät es war; in diesem Raum ohne Fenster verlor sie jegliches Zeitgefühl. Dann ging plötzlich die Tür auf, und Gerrit wurde hereingebracht und in die Zelle zu ihrer Rechten gesperrt.

»Du auch?« flüsterte Martine heiser.

»Ich auch«, bestätigte Gerrit und versuchte ein bißchen fröhlich zu sein. »Wie sich das gehört – zusammen in guten und in schlechten Zeiten.«

»Ach Gerrit ...« jetzt badeten Martines Augen schon wieder in Tränen; sie ließ sich durch die Gitterstäbe hin von ihm umarmen und küssen. »Bis jetzt hatten wir ja nur schlechte Zeiten miteinander«, sagte sie.

»Dann kanns nur noch besser werden.« Er lächelte, hob ihr Kinn mit dem Finger an und sah ihr tief in die Augen. »Ich liebe dich!«

»Ich liebe dich auch!«

»Was ist passiert, Martine?«

»Ich habe ein Haus fotografiert, als Dean Zigaretten kaufte. Die

Architektur dieses Hauses ist noch völlig unverfälscht, genau die Kulisse, die wir brauchen, weißt du. Und da standen plötzlich zwei Polizisten vor mir, rissen mir die Kamera aus der Hand und schrien mich an. Sie sprachen arabisch, ich verstand sie nicht, und plötzlich packten sie mich und stießen mich in ein Auto. Ich wurde stundenlang verhört und schließlich hierher gebracht und wieder verhört und …« Martine brach ab und in Tränen aus.

»Haben sie dich ordentlich behandelt?« fragte Gerrit und streichelte sie beruhigend.

Martine nickte. »Sie haben mir nichts getan und mir zu essen gegeben, wenn du das meinst. Ich will hier raus, Gerrit!«

»Wir kommen hier raus«, beruhigte er sie. »Dean ist zur Botschaft gefahren; sie werden uns helfen.« Er nahm ihren Kopf in beide Hände und lächelte sie aufmunternd an. Und dann seufzte er und sagte: »Ich weiß gar nicht, wie ich es mein Leben lang ohne dich aushalten konnte. Bevor ich dich traf, verlief eigentlich alles immer genau, wie ich es wollte. Und dann kam so ein böser Drachen namens Martine und hat einfach alles auf den Kopf gestellt!« Er lachte. »Und jetzt sitzen wir gemeinsam hinter Gittern. Ich hab schon eine ganze Menge mitgemacht, aber Liebe hinter Gittern noch nie!«

»Liebe«, hauchte Martine. »Liebst du mich denn wirklich?« Sie konnte seine Antwort gar nicht oft genug hören! »Ach, Gerrit!« Sie preßte ihr Gesicht ganz fest gegen die Eisenstäbe, für den Fall, daß er es ihr beweisen wollte. Und er bewies es ihr, küßte sie immer und immer wie

»Ja, ich liebe dich!«

»Ich liebe dich auch!«

»Mein Kleines, mein …«

Plötzlich fuhr der Tunesier neben ihnen auf und schlug Radau. Er trat gegen die Gitterstäbe und brüllte wie ein Wahnsinniger, bis endlich jemand kam und den Mann wegbrachte.

Monsieur Bourguiba schob dem Tunesier, der Jalell hieß, einen Boukha über den Tisch und bot ihm eine Zigarette an. Jalell schüttete den Feigenschnaps in sich hinein, seufzte und sagte: »Ganz schön langweilig, der Job. Die beiden turteln wie die Tauben. Das ist alles.«

»Bist du sicher, daß sie nicht wissen, daß du verstehst was sie sagen?«

»Ganz sicher. Die Frau hat mich nach der Uhrzeit gefragt. Ich habe ihr dämlich zugenickt.«

»Sie turteln also ...« Bourguiba kratzte sich das Kinn. »Vielleicht lieben sie sich tatsächlich. Wenn wir etwas erfahren wollen, dann müssen wir sie trennen.« Bourguiba grinste, goß sich und Jalell noch einen Schnaps ein und trank auf die Liebe.

Martine und Gerrit saßen auf dem Boden. Sie hielten sich durch die Gitterstäbe hin fest, ihre Blicke waren ineinander versunken. Als Bourguiba mit zwei Wachmännern eintrat, sprangen sie auf. Aber die Hoffnung, Bourguiba sei gekommen, weil Dean oder die Botschaft etwas für sie erreicht hatte, schwand, als sie ein eiskalter Blick Bourguibas traf.

»Tut mir leid, Monsieur Bauer, Sie werden sich jetzt von Ihrer Frau trennen müssen.« Er gab einem der Wachmänner ein Zeichen, der sperrte Martines Zelle auf und nahm sie am Arm. »Wir werden Ihre Frau in ein anderes ›Hotel‹ bringen.« Er schob die Hände in die Taschen und spitzte die Lippen, sagte: »Leider nur dritter Klasse. Aber an die Ratten und Wanzen gewöhnt man sich nach ein paar Tagen.«

»Sind Sie verrückt geworden!« schrie Gerrit außer sich und rüttelte wie ein Wahnsinniger an den Gittern, während Martine weggeführt wurde. Martine wehrte sich verzweifelt, aber was konnte sie gegen vier starke Arme schon ausrichten!

»Das können Sie doch nicht tun!« schrie Gerrit. »Das hält sie nicht durch!«

Bourguiba nickte. »Kann sein«, sagte er, schloß die Tür und kam wieder zu Gerrits Zelle. »Aber wie ich schon sagte – man gewöhnt sich an alles. Oder man geht vor die Hunde. Unser Gouverneur wäre auch fast vor die Hunde gegangen, hat nicht viel gefehlt.«

»Sie war es nicht!« schrie Gerrit.

»Monsieur Bauer, ich mache Ihnen einen Vorschlag. Wir unterhalten uns jetzt noch einmal in aller Ruhe. Sie erzählen mir die Wahrheit, und als Gegenleistung werde ich dafür sorgen, daß Ihre Frau anständig untergebracht wird.«

»Aber ich habe Ihnen die Wahrheit gesagt!«

»Ein Geständnis würde ihr den Aufenthalt bei uns um einiges erleichtern.«

»Es gibt nichts zu gestehen!«

Monsieur Bourguiba zuckte die Schultern. »Nun dann werde ich jetzt gehen. Falls Sie sich bedenken und mich zu sprechen wünschen, lassen Sie es mich wissen. Bis dahin allerdings wird Ihre Frau dort bleiben müssen, wo sie jetzt ist. Im Keller nämlich, in Dunkelhaft.«

Damit ging Monsieur Bourguiba. Die Beschimpfungen und Drohungen, die ihm Gerrit nachrief, kosteten ihn nur ein müdes Lächeln.

Gerrit hatte sich den Kopf zermartert, hatte die ganzen Ereignisse von vorwärts und rückwärts durchdacht, immer und immer wieder. Eine Lösung hatte er nicht gefunden. Sie saßen in der Falle, nur von außen konnten sie jetzt noch Hilfe erwarten. Wie lang war er eigentlich schon hier? Sechs oder sieben Stunden? Es mußte bereits Tag sein, und irgendwo wurde sicher etwas in ihrer Sache unternommen!

Der Gedanke an Martine verursachte ihm rasendes Herzklopfen. Sie dort unten im Keller zu wissen und nichts für sie tun können! Er hatte Bourguiba kommen lassen und ihn gebeten, statt Martine in den Keller gebracht zu werden. Aber Bourguiba schüttelte nur den Kopf. Gerrit haßte diesen Menschen, er war wie ein Fisch, schlüpfrig und kalt!

Plötzlich entstand Tumult, das ganze Haus schien in Aufruhr zu sein. Draußen auf dem Gang waren Stimmen und eilige Schritte zu hören. Schließlich kam einer der Wachmänner herein und schloß Gerrits Zelle auf. »Bitte du mitkommen«, sagte er.

Gerrit folgte ihm. Er kannte den Weg, er wurde wieder zu Monsieur Bourguiba gebracht. Dean, dachte Gerrit, bestimmt hat Dean jetzt endlich etwas für uns erreichen können! Er klammerte sich an diese Hoffnung wie ein Ertrinkender an einen Strohhalm.

Martine sprang auf, als Gerrit Bourguibas Zimmer betrat, sie fiel ihm in die Arme und flüsterte immer wieder seinen Namen. Bourguiba wartete geduldig, bis sich die beiden voneinander lösten und bot Gerrit höflich einen Stuhl an. Gerrit sah sich um. Am Fenster standen Dean und ein Mann, den er nicht kannte.

»Es tut mir sehr leid«, sagte Monsieur Bourguiba, »aber Sie

verstehen, ich habe nur meine Pflicht getan. Sie und Ihre Frau sind frei, Monsieur Bauer.«

Die durchwachte Nacht hing bleiern in Gerrits Kopf. Er sah von Bourguiba zu Martine und fragte: »Was haben sie mit dir gemacht? Bist du in Ordnung?«

»Sie haben mich nur in eine andere Zelle gebracht. Keine Ratten und Wanzen ...«

»Wir hofften, Sie würden uns die Wahrheit sagen, wenn wir Sie unter Druck setzen«, erklärte Bourguiba. »Wir mußten doch ...«

»Was mußten Sie!« fuhr Gerrit ihn an. »Wir sind unschuldig!«

»Das wissen wir jetzt«, sagte Bourguiba. »Soeben ist ein zweiter Anschlag auf den Gouverneur fehlgeschlagen; diesmal wurde die Täterin gefaßt. Es tut uns leid, aber wir ...«

»Es tut Ihnen leid!« schrie Gerrit. »Glauben Sie, mit dieser Floskel können Sie das alles vergessen machen!«

Gerrit fühlte plötzlich eine Hand auf seiner Schulter und sah sich um. Dieser Mann, der offensichtlich zu Dean gehörte, stand jetzt hinter ihm und versuchte, ihn mit Blicken zu beruhigen. »Ich bin Ihr Anwalt«, sagte er. »Wir werden klären, ob man sich Ihnen gegenüber rechtmäßig verhalten hat.«

»Die Beamten in Ihrem Land hätten nicht anders gehandelt«, sagte Bourguiba. »Kommen Sie«, forderte er Gerrit und Martine auf und verließ mit ihnen das Zimmer. Er öffnete eine Tür und ließ die beiden einen kurzen Blick in eine Zelle werfen. Eine brünette Frau saß auf einer Pritsche und starrte sie haßerfüllt an. Sie sah Martine verblüffend ähnlich.

»Verstehen Sie nun? Wir mußten Madame Bauer festhalten. Die Zeugenaussagen sprachen gegen sie.« Er führte Martine und Gerrit wieder in sein Zimmer.

»Aber ... warum hat diese Frau das getan?« fragte Martine fassungslos. »Sie sieht gar nicht aus wie ...« Sie schwieg betreten.

»Sie meinen, wie eine Mörderin?« Bourguiba zuckte die Schultern. »Wir wissen es nicht. Sie spricht nicht mit uns. Wir werden wohl sehr viel Geduld brauchen, um es herauszufinden.«

»Sie sollten sie in Ihren Keller mit den Ratten sperren«, schlug Gerrit sarkastisch vor und durchbohrte Bourguiba dabei mit haßerfüllten Blicken.

Bourguiba hielt seinen Blicken ungerührt stand. »Wir haben

keinen Keller mit Ratten«, sagte er. »Aber ihn zu erwähnen, wirkt oft Wunder.« Er sah Martine an, dann Dean und sagte: »Sie wollen also einen Film in unserem Land drehen? Ich werde Ihnen eine Drehgenehmigung besorgen und Ihnen einen meiner Leute zur Seite stellen. Und falls Sie sonst noch Hilfe benötigen, lassen Sie es mich wissen. Ich bin jederzeit für Sie zu erreichen.«

»Sie sind immer so reizend!« sagte Gerrit. Bourguiba lächelte verbindlich, und Dean versprach, auf dieses Angebot zurückzukommen.

14

»Was geschehen ist, ist geschehen, und kann auch durch Starrsinn nicht mehr rückgängig gemacht werden«, sagte Dean. »Außerdem hat Bourguiba recht – in Deutschland wäre die Kripo nicht viel anders vorgegangen.« Er nahm noch etwas Boutargue auf eine Scheibe Weißbrot und sah Gerrit fest an. »Und wer weiß, wenn wir in einem anderen Land drehen, was uns dort alles erwartet. Hier ist man uns etwas schuldig; man wird uns alle Steine aus dem Weg räumen.« Er sah Martine an und sagte: »Wenn du einverstanden bist, dann drehen wir hier.«

»Ich bin einverstanden.« Sie legte eine Hand auf Gerrits Arm. »Dean hat recht. Hier wird man uns jeden Wunsch erfüllen; wir sind hier in Zukunft vor bösen Überraschungen sicher.«

Gerrit schluckte weitere Einwände runter. Er dachte mit Grauen an die zwei Monate, in denen Martine hier drehen würde, während er in München seinen Geschäften nachging, sich nach ihr sehnte und sich um sie ängstigte. Aber ob hier oder in einem anderen Wüstenland, das war schließlich egal. Und vielleicht hatten die beiden ja recht, hier hatten sie wenigstens Bourguibas persönlichen Schutz.

Dean schob sich den letzten Bissen Weißbrot in den Mund und seufzte still in sich hinein. Martine und Gerrit waren damit beschäftigt, sich mit Blicken bis in alle Tiefen zu ergründen, sie badeten in ihrem Glück. Er war hier so überflüssig wie Silbersandalen am Mount Everest. »Okay«, sagte er, »ich lasse euch jetzt allcin. Ich geh auf Tour.«

»Soll ich nicht mitkommen?« fragte Martine halbherzig.

»Ruh dich aus«, sagte Dean. »Zwei Tage Urlaub. Aber dann …« Er brach ab und sah sie bittend an.

»Danke.« Martine küßte ihn auf die Wange. »Zwei Tage, und dann steh' ich wieder Gewehr bei Fuß! Versprochen.«

Sie sahen ihm beide nach, wie er hüftschwingend den Speisesaal verließ.

»Irgendwie kann ich mich nicht recht an ihn gewöhnen«, gestand Gerrit. Sein Blick haftete an dem gelb-weiß geblümten Hemd, das Dean heute zur weißen Hose trug. »Er wirkt so … so anders als andere Männer.«

»Ist er aber nicht«, sagte Martine. »Und wenn er's wäre? Er ist ein feiner Mensch!«

»Sagt Johanna auch.« Gerrit zuckte die Schultern.

»Johanna, dein Kompagnon?« fragte sie angriffslustig.

Gerrit lachte. »Jawohl, mein Kompagnon. Sie ist ein feiner Mensch!« neckte er sie. »Und außerdem verdammt hübsch!«

»Etwa die Schwarzhaarige, die damals zu dir kam, als Dean zu mir kam?«

»Genau die.« Als er Martines Stirnrunzeln sah, lachte er wieder und schüttelte den Kopf. »Sie ist mein bester Freund. Ich achte und schätze sie sehr.«

»Aha«, sagte Martine und tat, als bezweifle sie das. Aber sie glaubte Gerrit sogar. »Und wie ist das mit den anderen Frauen? Ich meine, gab's da schon mal eine … du weißt schon!«

»Ich weiß schon.« Gerrit war plötzlich sehr ernst. Dieses Thema war ihm unangenehm. »Es gab eine«, sagte er. »Ich war damals noch sehr jung. Erst Siebzehn. Sag mal, müssen wir unbedingt jetzt …«

»Entschuldigen Sie bitte, Monsieur Bauer.«

Gerrit sah auf. Der Empfangschef stand neben ihm. »Da ist ein Anruf für Sie. Aus Deutschland.«

»Aus Deutschland?«

»Eine Frau Rössler.«

»Ja, ich komme.« Er stand auf und küßte Martine. »Das ist Johanna. Wenn man vom Teufel spricht …« Er lächelte.

»Ich warte am Swimmingpool auf dich«, sagte Martine und sah ihm seufzend nach. Anscheinend war es ihnen einfach nicht vergönnt, einmal ein Stündchen ungestört zu bleiben.

Als Gerrit kurze Zeit später zurückkam, wußte sie schon, daß ihre gemeinsame Zeit unter tunesischem Himmel abgelaufen war. Sein unruhiger Blick, die Stirnfalten, die er zog, sein hastiger Gang … er brauchte eigentlich gar nichts mehr zu sagen. Er setzte sich neben sie und nahm ihre Hand.

»Ich muß nach München zurück. Tut mir leid, Martine. Unser

bester Zeichner fällt aus, wir sind in große Terminschwierigkeiten geraten. Wenn wir den Auftrag nicht rechtzeitig abschließen, wird man uns regreßpflichtig machen, verstehst du?«

»Natürlich, ich versteh schon.« Martine lächelte tapfer. »Wann geht dein Flugzeug?«

»In vier Stunden. Das ist die einzige Rückflugmöglichkeit. Ich muß packen, und etwa zwei Stunden brauche ich zum Flugplatz.« Er küßte Martine und drückte sie an sich. »Es geht nicht anders.«

»Schon gut, du kannst ja nichts dran ändern.«

»Und du? Wann kommst du nach Hause?«

»In acht Tagen.«

»Das werden die längsten acht Tage meines Lebens«, sagte Gerrit und küßte sie wieder.

Gerrit stellte seine Koffer ab und umarmte Johanna. »Nett, daß du mich abholst.« Er sah sie prüfend an. »Du siehst müde aus«, sagte er.

»Ich hab' gestern nacht bis drei Uhr gearbeitet. Aber du siehst auch nicht gerade frisch wie der Frühling aus.«

»Das sind die Spuren eines Kreislaufkollaps mit anschließendem Gefängnisaufenthalt, bei Wasser und Brot und Ratten.«

»Ich beneide dich um deinen Humor«, sagte Johanna, die das natürlich für einen dummen Scherz hielt, und gestand ihm, daß ihr das Witzemachen vergangen ist, als sie Grabmüllers Entwürfe einsah, nachdem er sich plötzlich für drei Wochen krankgemeldet hatte. »Einer mieser als der andere! Alles Schrott! Seit seine Frau ihn verlassen hat, ist der Mann zu nichts mehr zu gebrauchen.« Johanna seufzte. »Ich fürchte, Gerrit, wir müssen noch einmal von vorne anfangen, und in drei Wochen ist Abgabe.«

»Reizende Überraschung«, sagte Gerrit.

Johanna nickte. »Und weißt du, das ist nicht die einzige Überraschung, die ich für dich habe. Nur *darüber* wollte ich mit dir nicht am Telefon reden. Ich wußte nämlich nicht genau, ob sie dir angenehm oder unangenehm sein wird.« Johanna verzog ihr Gesicht zu einem spöttischen Lächeln.

»Nun mach's nicht so spannend«, bat Gerrit.

»Sie ist sehr hübsch, achtzehn Jahre alt und im siebten Monat schwanger.«

Gerrit sah Johanna begriffsstutzig an.

»Sie heißt Simone und wartet dort drüben auf dich.«

Gerrit folgte Johannas Blick. Ein Mädchen löste sich aus dem Schatten einer Topfpalme und kam langsam auf ihn zu.

»Simone ...«, flüsterte Gerrit mit belegter Stimme. Er schloß die Augen, und als er sie wieder öffnete, sah er ein zaghaftes Lächeln vor sich.

Monsieur Dahar, der Hoteldirektor, ließ eine Flasche seines allerbesten Weins bringen. »Wir müssen das feiern!« sagte er und strahlte Dean und Martine an. »Sie hat mir der Himmel geschickt!« Auf dem Tisch vor ihm lag ein Plan seines Hotels, über den sich Monsieur Dahar nun wieder beugte. Er kreiste den abgelegenen Bungalowtrakt mit Rotstift ein und versprach zum drittenmal: »Ende Januar ist das alles renoviert. Ihre Schauspieler können hier wohnen, ohne von den weiteren Umbauten belästigt zu werden. Ich werde Ihnen, Monsieur Clamer, ein großzügiges Angebot machen.«

Der Wein kam, Monsieur Dahar entkorkte die Flasche persönlich, und während er das tat, sagte er: »Die Umbauten meines Hotels hätten mich gezwungen, auch mein Stammpersonal zu entlassen. Aber nun, wo Sie hier Ihre Filmleute unterbringen wollen ...« Er ließ den Satz unbeendet, reichte Dean und Martine ein Glas und prostete beiden strahlend zu. »Sie hat mir wirklich der Himmel geschickt!«

Auch Dean war zufrieden. Das Schicksal schien die Wirrungen der ersten Tage in Tunesien wieder gutmachen zu wollen. Dank Monsieur Bourguibas Hilfe hatte Dean innerhalb weniger Tage alle Papiere und Genehmigungen in der Tasche, ein passendes Flugzeug für die Filmaufnahmen war gefunden, sonstige organisatorische Probleme gelöst, und nun konnten sie selbst den letzten Punkt auf ihrer Liste noch abhaken – die Unterbringung der Schauspieler und des technischen Personals. Sie kosteten den Wein; er war ausgezeichnet. Dean nickte anerkennend, dann wandte er sich Martine zu und sagte: »Die drei Tage, die uns jetzt noch bleiben, lassen wir es uns einfach nur gutgehen. Wir faulenzen und genießen das Leben!«

Martines Lächeln war sparsam. Sie wollte lieber nach Hause zu

Gerrit. Zweimal hatte er angrufen. Er behauptete, es ginge ihm gut, nur hätte er eine Menge Sorgen und noch mehr Arbeit. Er wirkte fahrig und nervös, und von Liebe war nur am Rande die Rede gewesen.

»Wie geht es Ihrem Mann?« fragte Monsieur Dahar in ihre Gedanken hinein.

»Gesundheitlich geht es ihm, glaube ich, gut«, sagte Martine.

Ein Lächeln huschte über Monsieur Dahars Gesicht. »Sie drükken sich sehr vorsichtig aus, Madame. Ich vermute, Sie würden lieber nach Hause reisen?«

»Ja«, gab Martine zu. »Nur jetzt, wo die Hauptsaison angebrochen ist, wird wohl kurzfristig kein Flug zu bekommen sein.«

»Wenn Sie möchten, werde ich versuchen, das für Sie zu organisieren. Ich habe gute Beziehungen!« Er zwinkerte ihr zu. Natürlich wollte Martine! Und wie sie wollte! Sie sah Dean an, der zuckte die Schultern und sagte: »Wenn du lieber nach Hause willst, dann komme ich natürlich mit. Das heißt, falls es möglich ist, unsere beiden Flüge umzubuchen.«

Es war möglich. Monsieur Dahar brachte stolz die Nachricht. »Abflug morgen mittag um 12 Uhr 45. Um 15 Uhr 30 landen Sie in München.«

Martine versuchte sofort, Gerrit zu erreichen, aber er war nicht zu Hause. Sie versuchte es jede Stunde, um Mitternacht gab sie schließlich auf. Dann würde sie ihn eben überraschen! Und wenn sie zu Hause war, würde sie ihn und seine Sorgen in Liebe einwickeln, würde ihn verwöhnen und mit Zärtlichkeit überschütten!

Sie lächelte ihren gedanklichen Ausschweifungen zu und löschte das Licht. »Bis morgen, mein Liebling«, flüsterte sie, »dann werden wir all das Versäumte nachholen!«

Simone kam gegen sechs Uhr zu Gerrit ins Büro. Johanna, Marlies, die Sekretärin, und Bill, einer der Zeichner, waren gerade zu einer Besprechung bei ihm, als sie hereinrauschte und Gerrit stürmisch umarmte.

»Grüß dich!« rief sie, drückte ihm einen Kuß auf den Mund, zog dann eine Schnute und sagte: »Du arbeitest immer nur und hast gar keine Zeit für mich!«

Gerrit sah über Simones Kopf hinweg in drei grinsende Gesichter. Himmel war ihm das alles peinlich! Er löste Simones Arme von seinem Nacken und schickte sie hinaus. »Noch eine Viertelstunde, dann bin ich fertig«, sagte er, und sie zog schmollend ab.

»Reizendes Kind«, meinte Marlies und kicherte in die vorgehaltene Hand. Und Johanna schlug natürlich sofort in dieselbe Bresche. »Ein richtiges Zuckermäuschen, die Kleine! Ganz wie …«

Gerrit warf ihr einen bitterbösen Blick zu. Johanna biß sich auf die Lippen und kicherte ebenfalls. Nur Bill schien die Sache nicht sonderlich zu erheitern. Er zeichnete konzentriert und mit flinken Strichen etwas auf ein Blatt und gab es dann an Marlies weiter. Die reichte es an Johanna durch, die brachte es zu Gerrit, und dann brachen sie alle drei in schallendes Gelächter aus. Nur Gerrit selbst fand die Zeichnung gar nicht komisch. Er zerknüllte das Blatt und warf es in den Papierkorb.

Als er später mit Simone im Auto saß und zum Tegernsee fuhr – weil er hoffte, daß sie dort keinem begegnen würden, der ihn kannte –, schwieg er grimmig vor sich hin.

»Du bist so still«, sagte Simone. »Und du guckst so böse. Ich glaube, du freust dich nicht, daß ich dich gefunden habe.«

»Doch«, sagte Gerrit. »Doch, natürlich freue ich mich. Aber … irgendwie sind mir zwei solche Überraschungen einfach zuviel.«

»Du meinst mich und das da …« Simone schielte nach ihrem Bauch und seufzte. »Ich kann ja nichts dafür. Ich meine, es war keine Absicht«, sagte sie leise.

»Natürlich nicht! Das wäre ja noch das Schönste – in deinem Alter! Du hättest dich besser intensiver mit deinen Schulbüchern beschäftigt!«

»Na hör mal, das sagst gerade du!« empörte sie sich zurecht.

Gerrit atmete ganz tief durch. »Entschuldige, Kleines«, sagte er.

»Schon gut.« Sie streckte ihre Hand nach ihm aus und streichelte liebevoll sein Haar. »Wenn du wüßtest, wie sehr ich mich nach dir gesehnt habe. Dein Bild stand auf meinem Nachttisch. Immer wenn ich Sorgen hatte, hab ich das Bild genommen und dir alles erzählt.«

»Du hattest ein Bild von mir?«

Simone nickte. »Ich hab es sogar jetzt bei mir. Ich hatte es immer bei mir, wo ich auch war.« Sie zog ein Foto aus der Tasche, das unheimlich mitgenommen aussah.

Gerrit betrachtete es kurz und lächelte wehmütig. Er war siebzehn auf diesem Foto und kaum zu erkennen. Simones Mutter hatte es gemacht, als sie sich auf einer Hochzeit zum erstenmal sahen. Das war jetzt neunzehn Jahre her.

»Ma hat mir alles erzählt«, sagte Simone. »Als ich sechzehn wurde und mein Pa ... ich meine ihr Mann schon gestorben war, hat sie mir die Wahrheit gesagt. Daß du in Wirklichkeit mein Vater bist, daß sie immer nur dich geliebt hat und warum sie dich verlassen hat.«

Plötzlich trat Gerrit in die Bremsen, stellte den Motor ab und nahm Simone an den Schultern. »Dann sag mir, warum! Warum ist sie bei Nacht und Nebel davon, mit diesem Mann, wenn sie doch angeblich immer nur mich gliebt hat!«

Simone erschrak vor der unvermuteten Heftigkeit, vor der Wut und Enttäuschung in Gerrits Blick. »Laß mich los«, bat sie, »du tust mir ja weh!«

»Tut mir leid.« Gerrit lehnte sich in den Sitz zurück und erinnerte sich an die Zeit mit Simones Mutter, die ebenfalls Simone hieß. Sie war die Cousine der Braut seines Bruders und kam mit ihrer Familie zur Hochzeit. Plötzlich stand sie vor ihm, das blonde, hübsche Mädchen, das so unglaublich lebenslustig war und immerzu lachte. Sie vereinnahmte Gerrit für diesen Tag, lehrte ihn tanzen und nannte ihn Cousin. Sie war neunzehn, zwei Jahre älter als Gerrit, und schien ihm sehr erfahren. Es war Liebe auf den ersten Blick. Nein, es war mehr. Sie war sein Leben, sie war alles für ihn. Ein ganzes Jahr dauerte diese Freundschaft. Und dann war Simone plötzlich verschwunden. Ohne ein Wort der Erklärung, ohne ein Wort der Vorwarnung.

Gerrit konnte es einfach nicht begreifen. Ihre Eltern waren plötzlich kalt und unnahbar. Sie sagten, Simone hätte einen Mann kennengelernt, den sie wirklich liebte und den sie in ein paar Wochen heiraten würde. Sie wäre mit ihm ins Ausland verzogen, hieß es. Ihre Adresse gab man ihm nicht. Auch sein Bruder wollte nichts für ihn tun. Simone war genauso plötzlich verschwunden, wie sie gekommen war, und hinterließ nichts als Scherben. All ihre Liebesschwüre waren also nur Lügen gewesen, und all ihre gemeinsamen Zukunftspläne hatte sie niemals ernstgemeint. Sie hatte immer nur mit ihm gespielt! Er haßte sie und er haßte diesen

Mann, der sie ihm weggenommen hatte und, wie er später erfuhr, mit ihr in Texas lebte.

Gerrit wollte den Wagen wieder starten, aber Simone hielt seine Hand fest. »Meinetwegen hat sie dich verlassen«, sagte sie. »Du warst ja gerade erst achtzehn und noch auf der Schule, als sie schwanger wurde. Und du hattest so große Zukunftspläne und warst immer so ehrgeizig. Sie hat dich geliebt, und deshalb wollte sie dein Leben nicht zerstören. Sie hat gesagt, du hättest sie bestimmt geheiratet und irgendeine Arbeit angenommen. Und eines Tages hättest du sie dafür gehaßt, daß du nicht werden konntest, was du werden wolltest.«

Gerrit starrte mit glasigem Blick auf die Landstraße. Er konnte Simone nie vergessen, vielleicht, weil er nie begreifen konnte, warum sie ihn verlassen hatte. Bis dann Martine kam und ihn zwang, sich mit ihr und der Gegenwart auseinanderzusetzen. Er liebte Martine, Simone war nicht mehr wichtig für ihn.

Er sah seine Tochter an und sagte leise: »Als du am Flughafen auf mich zukamst, dachte ich, es wäre deine Mutter. Es war fast ein Schock für mich. Du siehst aus, wie sie damals aussah.«

Simone nickte. »Ja, alle die sie als junges Mädchen kannten, finden das.«

»Wann, sagtest du, ist sie gestorben?«

»Am 29. November.«

»Wußte sie von dem Kind, das du erwartest?«

Simone schüttelte den Kopf.

»Und jetzt? Wie stellst du dir dein Leben vor?« fragte Gerrit.

»Am besten, ich verkaufe alles in Texas, und mit dem Geld … ich dachte, ich könnte bei dir bleiben?«

Gerrit startete seinen Wagen und fuhr los. Eine Antwort auf Simones Frage blieb er schuldig. Erst als sie in einem Gasthaus eine Kleinigkeit zu abend aßen, griff er das Thema wieder auf.

»Es geht nicht, Simone. Ich kann dich nicht einfach zu mir nehmen. Es gibt da jemanden … ich meine ich …«

»Ich versteh' schon«, sagte Simone. »Du hast eine Freundin, mit der du zusammenlebst. Ich bin ja nicht blind. Oder meinst du etwa, ich nehme an, daß du dir selbst die Nägel lackierst und die Damenunterwäsche trägst, die im Schrank in deinem ›Arbeitszimmer‹ liegt?« Das Wort Arbeitszimmer betonte sie frech und grinste ihn an. »Ich dachte ja auch nicht, bei dir in der Wohnung, sondern in München, in deiner Nähe. Damit ich nicht so ganz allein bin. Ich und das Kind. Ich meine, wenn es schon keinen Vater hat, dann soll es doch wenigstens einen Opa haben. Finde ich.«

»Findest du«, sagte Gerrit mit säuerlicher Stimme. Er dachte an die reizende Zeichnung, die Bill vorhin für ihn gemacht hatte. Da hielt er einen Säugling im Schoß, den er am Kinn kitzelte, und darüber stand: Eideidei – ich bin dein Opapa! Die lachten sich alle kaputt über ihn! Opa! Und das mit siebenunddreißig Jahren! »Wenn du dich mit mir gutstellen willst, dann bring' deinem Balg bei, daß ich Gerrit heiße und nicht Opa! Verstanden?« grantelte er sie an.

»Verstanden, Opa«, antwortete Simone und grinste.

15

Als sie gelandet waren, blies Martine vor Erleichterung die Backen auf. Fliegen war eigentlich nicht schlimm, aber Start und Landung machten ihr doch zu schaffen. Sie sah Dean an, der lächelnd sagte: »Nun hat dich München wieder, und du kannst deinen Gerrit bald in die Arme schließen.«

Der Gedanke an Gerrit verursachte Martine rasendes Herzklopfen. Wie ein Teenager kam sie sich vor, so aufgeregt und ungeduldig fieberte sie ›ihrem Mann‹ entgegen. Sie kicherte leise. Ihr Mann! Was so eine zufällige Namensgleichheit alles nach sich zog. Und würden sie tatsächlich eines Tages heiraten – nur mal so gedacht –, dann bräuchte sie noch nicht mal eine neue Unterschrift zu üben. Wieder kicherte sie; sie war in Hochstimmung und ganz sicher, daß ihr heute nichts und niemand diese blendende Laune verderben konnte. Sie hakte sich bei Dean unter, drückte seinen Arm und lachte ihn von schräg unten glücklich an.

Sie nahmen ein Taxi. Dean half dem Chauffeur, das Gepäck zu verstauen. Martine blinzelte zufrieden in die Sonne. Und da erstarb das Lächeln auf ihrem Gesicht plötzlich. Sie sah einen weißen Renault Alpine, sie sah Gerrit, der ausstieg, um den Wagen ging, die Beifahrertür öffnete, sie sah ein junges Mädchen aussteigen. Achtzehn Jahre alt, bestimmt nicht mehr, sehr hübsch, und sie war schwanger.

Etwas in Martine schlug Alarm. Sie versuchte, sich zu beruhigen. Na und? Es war doch nichts dabei, jemanden zum Flughafen zu bringen. Vielleicht die Tochter eines Freundes, der selbst verhindert war. Oder ... Oder ...

Jetzt schloß Gerrit die Tür ab, nahm den Koffer in die rechte Hand, schlang den linken Arm um das Mädchen und küßte es. Er küßte es lächelnd auf den Mund, und das Mädchen ließ den Kopf auf seine Schulter sinken.

Tränen liefen über Martines Wangen; sie starrte blicklos ins Leere.

»Komm«, sagte Dean leise. Auch er hatte Gerrit entdeckt. »Wein' doch nicht, er hat deine Tränen gar nicht verdient. Er ist ein verdammter, gewissenloser Lügner!« Er schob Martine ins Taxi, setzte sich neben sie und nannte dem Fahrer ihre Adresse.

»Nein«, bat Martine; sie schüttelte heftig den Kopf. »Nicht dorthin, ich kann jetzt nicht nach Hause!«

»Dann kommst du erst mal mit zu mir?« schlug Dean vor. Aber Martine wollte auch das nicht. »Ich hab eine Freundin. Erna, du weißt, die Maskenbildnerin. Sie nimmt mich schon auf für ein paar Tage.«

Erna hatte eine riesige Kanne Tee aufgegossen und sich Martines Geschichte angehört. Jetzt saß sie mit angezogenen Knien auf dem Sofa und seufzte mit Martine um die Wette.

»Trotzdem«, sagte sie, nachdem sie sich das alles wieder und wieder durch den Kopf hatte gehen lassen, »ich bin immer für reinen Tisch. Du solltest zu ihm gehen und ihm sagen, was du gesehen hast. Du solltest nicht immer alles derart übers Knie brechen. Vielleicht war es ja seine kleine Schwester?«

»Er hat keine kleine Schwester«, sagte Martine. »Und wozu soll ich mir von ihm wieder die Hucke vollügen lassen? Um eine Ausrede wird er bestimmt nicht verlegen sein!« Sie schüttelte den Kopf. »Nein, ich betrete diese Wohnung nur noch ein einziges Mal – um meine Sachen abzuholen.«

»Aber dort in Tunesien warst du doch so sicher, daß er dich wirklich liebt.«

»Ich laß mich halt immer wieder blenden. Ich bin zu gutgläubig.«

»Eben«, sagte Erna.

»Was eben?«

»Na, du siehst ihn mit einer Frau, und schon glaubst du Bescheid zu wissen. Punkt, aus.«

»Die Sache war eindeutig. Außerdem erwartet sie ein Kind.«

»Na und? Hast du was gegen schwangere Frauen?«

Erst jetzt dachte Martine an Ernas Zustand. Sie wurde rot und senkte ihren Blick. »Natürlich nicht. Entschuldige. Aber wenn sie doch ein Kind von ihm bekommt! Und bestimmt ist es sein Kind. Er hat sie so ... so zärtlich und liebevoll geküßt und in den Arm genommen. Er war so … so vertraut und intim mit ihr. Ach Erna, und sie ist so jung und …« Jetzt weinte Martine wieder.

Erna setzte sich zu ihr und streichelte sie tröstend.

»Ich kann ihr doch nicht den Vater ihres Kindes einfach so wegnehmen«, schluchzte Martine. »Und außerdem …« Martine wischte sich die Tränen ab. »Außerdem bin ich Gerrit einfach nicht gewachsen. Dean sagt, daß meine Eifersucht in meiner eigenen Unsicherheit wurzelt. Mag sein. Trotzdem kann ich nichts dran ändern. Ich kann das einfach nicht gelassen hinnehmen, wenn nachts Frauen bei ihm anrufen und ihn in ihr Hotelzimmer bestellen und ich dabei zusehen muß, wie er sich quer durch die holde Weiblichkeit Münchens küßt.« Sie schneuzte sich und wechselte abrupt das Thema. »Und du, wie geht's dir?« fragte sie.

»Och mir – mir geht's gut!« Erna strahlte plötzlich übers ganze Gesicht.

»Ja?« wunderte sich Martine.

Erna nickte bedeutungsvoll. »Ich habe ihn kürzlich ganz zufällig wiedergesehen.«

»Den Vater deines Kindes?«

»Genau. Und ihm fiel sofort auf, daß ich zugenommen habe seit unserer Trennung. Da dachte ich, einmal muß er's ja erfahren, und hab' ihm gesagt, daß ich noch viel mehr zunehmen würde, in den nächsten fünf Monaten. Du, Martine, du hättest ihn sehen sollen! Er hat sich gefreut wie ein Schneekönig und hat jedem, der an uns vorbeiging zugerufen, daß er Vater wird. Gott war mir das peinlich!« Erna lachte. »Und seitdem ist er wie umgewandelt. Seine Mutter hat nichts mehr zu melden, und du kannst dir vorstellen, sie platzt vor Wut.«

»Freut mich für dich«, sagte Martine und versuchte zu lächeln. »Werdet ihr heiraten?«

»Werden wir. Schon der Wohnung wegen. Wenn er verheiratet ist, steht ihm eine Dienstwohnung zu. Und ich will dann auch ein paar Jahre nicht mehr arbeiten.« Erna legte ihre Arme um Martines Schultern und sagte: »Du, sprich doch noch mal mit Gerrit, vielleicht …«

»Nein«, unterbrach Martine brüsk, »für mich ist die Sache endgültig vorbei. Und am allerliebsten würde ich aus München fortziehen. Weg, so weit weg von ihm wie nur möglich.«

Beim Frühstück erinnerte sich Martine an diesen seltsamen Traum, den sie heute nacht geträumt hatte. Claudia, ihre Studienkollegin ging über eine sehr breite ... plötzlich verharrte Martine mitten in der Bewegung, ihre Kaffeetasse blieb vor ihrem Mund im nichts schweben, sie starrte blicklos vor sich hin.

»Was ist denn los?« fragte Erna, die sie kopfschüttelnd beobachtete.

Martine setzte ihre Tasse ab. »Das ist vielleicht die Lösung«, sagte sie. »Claudia, eine Studienkollegin von mir, arbeitet bei einer amerikanischen Werbefilmgesellschaft, die in Amsterdam ein Studio, eine Art Zweigstelle hat. Sie hat mir kürzlich geschrieben. Sie will weg aus Amsterdam, sie will unbedingt nach Deutschland zurück – wenn sie nur ein Engagement kriegen könnte! Sie kann. Meines nämlich. Wir tauschen einfach!«

»Du spinnst, Martine.«

»Überhaupt nicht! Mir ist das bitter ernst. Wenn Dean und Claudias Chef mitmachen – sie müssen einfach!«

»Nein«, sagte Dean. Er stand mit dem Rücken zu Martine und sah zum Fenster hinaus.

»Aber ...«

Dean fuhr herum und wiederholte: »Nein! Kommt gar nicht in Frage, daß ich die beste Regieassistentin, die ich je hatte, so einfach aus ihrem Vertrag entlasse. Ich brauche dich für ›Schicksalsflug‹ – und überhaupt.« Dean kam auf Martine zu und legte seine Hände auf ihre Schultern. »Aber ich hätte da eine andere Idee. Deine Freundin bekommt von mir einen Halbjahresvertrag. In dieser Zeit kann sie sich in Deutschland nach einem Engagement umsehen. Dir gebe ich ein halbes Jahr frei. Ob du dieses halbe Jahr in Amsterdam arbeitest oder an der Riviera in der Sonne schmorst, interessiert mich nicht. Hauptsache, du stehst ab 1. Januar wieder auf der Matte. Und bis wir dann aus Tunesien zurück sind, hast du diesen Gerrit bestimmt vergessen.«

»O Dean!« Martine umarmte ihn. »Du bist einfach umwerfend lieb!«

»Weiß ich«, sagte Dean. Er lachte. »Nur leider fällt das außer dir und mir niemandem auf.«

Gerrit war ratlos. Als die letzten Fluggäste der Maschine, mit der Martine ankommen sollte, lachend an ihm vorbeizogen, nahm er den Zettel zur Hand, auf dem sie ihre Ankunftszeit und die Flugnummer notiert hatte. Er überprüfte beides noch einmal. Es stimmte. Martine und Dean hätten mit dieser Maschine ankommen sollen. Er starrte die Blumen in seiner Hand an. War ihr etwas passiert? Hatten die beiden das Flugzeug versäumt? Gerrit ging zur Information; dort würde man ihm vielleicht Auskunft geben können.

»Frau Martine Bauer – ja, hier hab ich es. Der Flug wurde umgebucht. Frau Bauer ist bereits vor zwei Tagen in München angekommen.« Die Dame lächelte freundlich, als sich Gerrit bedankte und sichtlich verwirrt in Richtung Ausgang davonging.

Warum hatte sie ihn nicht angerufen, damit er sie abholen konnte? fragte er sich. Und falls sie es getan hatte, ihn aber nicht erreichen konnte, warum war sie dann nicht einfach nach Hause gekommen? Gerrit konnte sich auf all das keinen Reim machen. Er legte die Blumen auf den Rücksitz und fuhr zurück in den Parkmeisterweg.

Er sah sofort in Martines Zimmer – und da blieb sein Herz beinahe stehen. Es war nichts mehr von ihr da. Der Schrank ausgeräumt, kein Krimskrams mehr auf dem Schreibtisch, das Foto von ihren Eltern ... nichts mehr da. Sie mußte hiergewesen sein, während er am Flugplatz auf sie wartete. Aber warum nur? Warum das alles?

Gerrit lief zum Telefon, suchte Deans Nummer heraus und rief bei ihm an.

»Wo ist Martine?« fragte er. Und als er keine Antwort bekam: »Dean, ich bitte dich, was ist passiert!?«

»Was passiert ist?« wiederholte Dean langsam und mit schneidender Stimme Gerrits Frage. »Jetzt werd' ich Ihnen einmal etwas sagen. Sie sind der mieseste, verabscheuungswürdigste Kerl, der mir jemals über den Weg gelaufen ist! Sie ... Sie ...« Dann war die Verbindung plötzlich unterbrochen.

Gerrit wählte ein zweites Mal, aber Dean ging nicht mehr an den Apparat. Gerrit schob die Hände in die Taschen und durchmaß seine Wohnung mit langen, aufgebrachten Schritten. Ins Badezimmer, wo keine Töpfchen und Tiegelchen mehr standen, in

Martines Zimmer, das ihn leer angähnte, in die Küche – und plötzlich nahm er seine Jacke und verließ die Wohnung.

Johanna war Gott sei Dank zu Hause. Sie hatte sich gerade ein Bad einlaufen lassen, als Gerrit ihre Wohnung stürmte, wie ein Verrückter hin und her raste und wirres Zeug erzählte. Soviel konnte Johanna seinen Worten allerdings entnehmen: Martine war spurlos verschwunden.

Johanna zog ihren Bademantel enger, drehte das Wasser im Badezimmer ab und schenkte für Gerrit Whisky ein. »Und wie kann ich dir da helfen?« fragte sie.

»Du kennst Dean doch irgendwie?« Er sah sie forschend an.

»Irgendwie schon«, gab sie zu, »aber mehr auch nicht. Warum?«

»Ich wollte dich bitten, zu ihm zu fahren und mit ihm zu reden. Mit mir redet er nämlich nicht mehr; er hält mich für einen miesen und verabscheuungswürdigen Menschen.« Gerrit spülte den bitteren Nachgeschmack, den dieses seltsame Telefongespräch bei ihm hinterlassen hatte, mit einem kräftigen Schluck Whisky hinunter. »Und wenn er das denkt – weiß der Himmel warum! –, dann denkt Martine ebenso. Wenn ich nur wüßte, was das alles bedeuten soll. Du mußt mir helfen, Johanna. Ich bitte dich!«

Johanna ließ die Eiswürfel in ihrem Glas klingen und kaute nachdenklich auf den Lippen. »Ich misch mich nicht gerne in anderer Leute Dinge, das weißt du.«

»Ich weiß.« Er sah sie an wie ein kleiner, hilfloser Junge, der Angst vor Schlägen hat.

Johanna seufzte. »Gut. Ausnahmsweise. Ich tu's. Aber laß mich wenigstens erst baden und eine Kleinigkeit essen. Wie du weißt, habe ich einen arbeitsreichen Tag hinter mir.«

Während sich Johanna Schweiß und Mühsal eines arbeitsreichen Tages von der Haut spülte, stopfte Martine ihre letzten Utensilien in den Koffer, setzte sich drauf und fummelte die Schlösser zu. Sie blies sich eine Haarsträhne aus der Stirn und rief: »Ich bin fertig!«

Ernas Kopf erschien in der Badetür. »Willst du nicht doch lieber bleiben?« fragte sie.

»Ach jetzt hör schon auf, Erna. Es ist so am allerbesten, glaub mir!«

Erna glaubte es nicht, schwieg aber. Sie kam zu Martine und bat sie, ihr den Reißverschluß zuzuziehen.

»Geht nicht! Zieh gefälligst den Bauch ein!«

»Tu ich ja«, jammerte Erna.

Als der Reißverschluß endlich zu war, sagte Martine: »Du brauchst dringend ein Umstandskleid.«

»Ach was, geht schon noch.« Erna ging zum Tisch, bückte sich nach dem Autoschlüssel, es machte leise ›Zip‹, und der Reißverschluß war aufgeplatzt.

»Sag ich doch«, sagte Martine, »du brauchst dringend ein Umstandskleid!« Und dann lachten beide; sie fielen sich in die Arme und brachen in Tränen aus.

»Ich wollte, du hättest nicht so einen verdammten Dickschädel!« schluchzte Erna. »Du könntest meine Wohnung haben und ...« Sie schniefte. »Zum Kuckuck, jetzt ist mein Make-up verschmiert!«

»Ich komm ja wieder«, antwortete Martine.

»Aber dann ist die Wohnung schon weg! Was mach ich jetzt mit meinem Kleid?«

»Langen Pulli drüberziehen«, riet Martine.

»Danke«, sagte Johanna, als Gerrit ihr den Reißverschluß zugezogen hatte, und überprüfte den Sitz ihrer Frisur im Spiegel. Sie drehte sich um und lächelte Gerrit aufmunternd zu. »Jetzt mach nicht so ein besorgtes Gesicht; das läßt sich bestimmt wieder regeln.« Sie küßte ihn auf die Wange und ging.

»Ich warte hier auf dich!« rief er ihr nach.

»Okay«, rief Johanna zurück. Sie sah auf die Uhr – 18 Uhr 50.

Dean wohnte nicht weit von ihr, spätestens um sieben würde sie bei ihm sein.

Um fünf vor sieben klingelte es bei Dean. Er drückte auf die Sprechanlage und fragte: »Ja bitte?«

»Ihr Taxi!«

»Ich komme.« Dean nahm den Teddy, den er Martine zum Abschied schenken wollte, sein Jackett und verließ das Haus. Als das Taxi losfuhr, sah er im Rückspiegel ein knallrotes Mercedes-Cabriolett ankommen und vor seinem Haus parken. Das Auto erinnerte ihn an Johanna. Er lächelte wehmütig. Er hatte ein paarmal versucht, sie telefonisch zu erreichen, aber immer sagte ihm die Sekretärin, sie sei nicht da. Dean war ganz sicher, sie hatte sich verleugnen lassen. Schade. Er hätte sie so gerne wiedergesehen, aber aus irgendeinem Grund ging sie ihm aus dem Weg.

Martine und Erna quälten sich gerade damit ab, den Koffer ins Abteil zu hieven, als Dean auf den Bahnsteig gehetzt kam.

»Grüß' euch, ihr zwei!« rief er, drückte Erna den Teddy in den Arm und übernahm die Fuhre.

Erna betrachtete den Teddy und fand: »Das ist gemein! Ich hab auch einen für Martine!« Sie zog ihren aus der riesigen Umhängetasche und dazu eine Schnute.

»Macht nichts.« Martine lachte und nahm sie beide in den Arm. »Ich liebe Teddys, ich schwör's, ich kann gar nicht genug davon haben! Den einen nenn' ich Lu und den anderen Lu; zusammen heißen sie dann Lu-Lu.«

»Du bist einfach unmöglich«, sagte Erna und dann fiel sie Martine um den Hals, und dicke Krokodilstränen liefen ihr über die Wangen.

»Nun wein doch nicht schon wieder«, jammerte Martine, »sonst muß ich ja auch.« Sie küßte Dean und drückte ihn ganz fest, und dann bestieg sie den verdammten Zug, der sie so weit von all dem wegbringen sollte, was sie liebte. Aber sie hatte es ja selbst so gewollt! Nur war sie jetzt gar nicht mehr so sicher, ob ihre Entscheidung richtig war …

Martine schob das Fenster hinunter und sah hinaus. Dean und Erna hielten sich aneinander fest, Martine hielt sich an Lu-Lu fest, und jemand rief durch den Lautsprecher: »Zurücktreten bitte!«

Es war einfach zum Heulen, sogar Dean zückte sein Taschentuch. Erna rief: »Ich laß den Wurm nicht eher taufen, als bis du zurück bist! Du mußt Taufpatin sein!«

Der Zug fuhr an. »Und wenn's ein Junge wird?!« rief Martine.

»Dann heißt er Martin!«

»Viel Glück!« rief Dean. Er lief noch ein Stück mit und zerrte Erna hinter sich her.

»Ich werde euch vermissen!« Martine setzte Lu-Lu auf die Bank, zog ihr Taschentuch aus dem Ärmel und winkte.

Auch Erna und Dean hatten ihre Taschentücher auf Halbmast geflaggt und riefen noch etwas, aber Martine konnte sie nicht mehr verstehen. Dann fuhr der Zug eine leichte Biegung nach links, und die beiden waren aus Martines Blickfeld verschwunden.

16

Eine Welle heißen Glücks schien Claudia zu überfluten, als sie Martine am Bahnsteig in die Arme nahm und beidwangig küßte. »Du weißt gar nicht, wie ich mich freue!« rief sie, ohne dabei näher zu erörtern, worüber sie sich so sehr freute. Über das Wiedersehen mit Martine? Claudia strahlte. Und sie kicherte und plapperte in einem fort, während sie Martine durch das Bahnhofsgebäude dirigierte und in ein Taxi verfrachtete. »Jetzt, wo ich endlich wieder nach Deutschland zurück darf, sehe ich Amsterdam mit anderen Augen«, sagte Claudia. »Eine herrliche Stadt! Ich werde einmal als Touristin hierherkommen und mir alles genau ansehen. Komisch doch – was der Mensch hat, das will er nicht, und was er will, das hat er nicht!«

Claudias Geplapper tröpfelte wie ein leichter Nieselregen auf Martines Gemüt nieder. Sie war alles andere als in Hochstimmung, ihr war zum Heulen, und die Schönheit der Stadt interessierte sie einen Pfifferling.

»Hier hab ich ein Zimmer für dich gefunden«, sagte Claudia, »es ist hübsch und nicht zu teuer. Aber leider nur für zwei Tage.« Sie schulterte Martines Reisetasche und tanzte voraus.

Martine, mit dem schweren Koffer, hatte Mühe ihr zu folgen. Als sie das Entree betrat, nahm Claudia schon den Zimmerschlüssel entgegen. »Aber du hattest doch gesagt, ich könne dein Zimmer übernehmen. Und wenn schon Hotel, warum dann nur für zwei Tage?« fragte Martine, Unheil ahnend.

»Also weißt du ... das ist nämlich so ...« Claudia zupfte nervös an ihrer Bluse, darauf bedacht, Martines Blick nicht zu begegnen. »Meine Vermieter brauchen ihr Zimmer nun doch selbst. Und die Hotels, da ist alles ausgebucht, Amsterdam platzt aus den Nähten! Alle fünf Jahre wird ›Amsterdam sail‹ veranstaltet, das ist so eine Art Oldtimertreffen für Segelschiffe, und so richtige Seeschlachten werden da vorgeführt. Sogar Russen und Amerikaner und Norweger kommen, und ... was hast du denn?«

Martines Lippen zitterten, das blanke Entsetzen sprach aus ihren Augen.

»Ich hätte dir das vielleicht sagen sollen«, gab Claudia kleinlaut zu; das schlechte Gewissen stand ihr dabei so deutlich im Gesicht wie ein drei Tage alter Bart. »Aber weißt du, ich dachte mir, irgendwie deichselst du das schon.«

»Irgendwie deichselst du das schon!« wiederholte Martine. Sie starrte Claudia fassungslos an. Sie war vom Regen in die Traufe gekommen! Sie hatte wieder kein Dach über dem Kopf! Und sie hatte keine Kraft mehr, das alles noch einmal durchzustehen.

Weil Johanna Dean zu Hause nicht erreichen konnte, fuhr Gerrit am nächsten Morgen zu den Studios, in der Hoffnung, Martine an den Pforten zu Münchens Traumfabrik abfangen zu können. Er sah Dean, der ihn nicht bemerkte, aber Martine sah er nicht. Später, in der Firma, strapazierte er die Nerven seiner Angestellten und ließ seine Frustrationen sogar an Herrn Kappelmeier, einem Stammkunden des Hauses, aus. Das ging Johanna dann doch entschieden zu weit. Sie nahm Herrn Kappelmeier mit in ihr Büro und entschuldigte sich für Gerrit.

»Wissen Sie, er leidet entsetzlich unter diesem schrecklichen Föhn!«

»Ach ja?« Herr Kappelmeier seufzte. »Meine Frau auch. Ich kann ein Lied davon singen!«

Johanna bedauerte Herrn Kappelmeier ausführlich und versprach dann: »Ich bringe Ihnen die Entwürfe morgen persönlich vorbei, und wir unterhalten uns noch einmal über alles – ist Ihnen das recht?«

»Ich bin entzückt!« Er nahm die Hand, die ihm Johanna zum Abschied hinhielt, in seine beiden. ›Verteufelt hübsch, die!‹ dachte er dabei. Als sie Kappelmeier hinauskomplimentiert hatte, erschien Johanna bei Gerrit und knöpfte ihn sich vor.

»Also, so geht's ja wohl nicht! Du ruinierst uns noch! Und dann das da!« Sie deutete auf Gerrits Aschenbecher, in dem sich die Kippen häuften. »Willst du uns die Bude hier ausräuchern?« Sie nahm den Aschenbecher, trug ihn ins Vorzimmer, kam zurück und griff sich das Telefon. Und während sie wählte, flunschte sie Gerrit an: »Meine Mutter hat immer behauptet, zehn Krabbelkinder zu beaufsichtigen, sei leichter als einen einzigen Mann mit Liebeskummer. Und ich glaube, sie hatte recht!«

Am anderen Ende der Leitung wurde abgenommen, und Johanna streckte sich. »Mein Name ist Johanna Rössler. Können Sie mich bitte mit Herrn Clamer verbinden?«

Deans Sekretärin konnte, er stand direkt neben ihr, und als sie ihm »eine Frau Johanna Rössler will Sie sprechen« zuflüsterte, riß er ihr den Hörer förmlich aus der Hand.

Sie trafen sich abends im ›Einhorn‹. Dean war schon da, als Johanna kam. Er stand auf, nahm ihre Hand, die er viel zu lange festhielt, und versenkte Blicke in Johanna, die ihr Herz in Aufruhr brachten. Schweig still, dummes Herz! befahl Johannas Verstand, aber der Funkkontakt zwischen ganz oben und der linken oberen Mitte war längst unterbrochen. Sie verwünschte Gerrit im stillen, denn ihm hatte sie dieses Zusammentreffen zu verdanken. Und dabei wollte sie sich doch nicht mehr auf die Liebe einlassen!

Johanna dachte an Flucht. Sie dachte: Nur weg hier, bevor die Falle zuschnappt – und sie schnappt zu, ich hör ja schon die Ketten rasseln! »Dean, ich …«, begann sie, aber er ließ sie nicht aussprechen, legte seinen Zeigefinger auf ihre Lippen und wickelte sie in ein so unglaublich sanftes, zärtliches Lächeln ein, daß ihr ganz knieweich wurde und sie sich setzen mußte.

Er setzte sich neben sie, nahm ihre Hände, die zu Fäusten geballt in ihrem Schoß lagen, öffnete sie Finger für Finger und küßte sie. »Ich weiß«, sagte er, »du hast dich am Telefon verleugnen lassen, du wolltest mich nicht wiedersehen. Und du bist auch jetzt nur gekommen, weil Gerrit dich geschickt hat.«

»Nein, nicht geschickt«, sagte Johanna hastig, »er … ich …« Sie schluckte. Deans Gesicht kam immer näher, bedenklich nahe, seine Lippen brauchten sie jetzt nur noch zu küssen und seine Arme sie festzuhalten und …

»Was darf ich den Herrschaften bringen?« fragte die Bedienung und knallte ein Tablett mit leeren Gläsern auf den Tisch.

Sie fuhren auseinander. Der Zauber war dahin. Verjagt von einer griesgrämigen Bedienung mit weißem Schürzchen über dem prallen Bauch und knöchelhohen Schnürsandalen an den Füßen, der man auf den ersten Blick ansah, daß sie schon sehr, sehr lange nicht mehr verliebt war. Johanna lehnte sich zurück, war wieder ganz Frau von Welt, schlug die Beine übereinander und bestellte mit einer eleganten Handbewegung: »Einen Saragossa, bitte!« ohne zu wissen, was das eigentlich war. Sie hatte es gerade auf der Tischkarte gelesen, die vor ihr stand, und es klang so hübsch.

»Für mich dasselbe«, bat Dean und fand, als er sich zu Johanna umdrehte, ihre Hände wieder zu Fäusten geballt in ihrem Schoß.

»Weißt du«, sagte die eine Johanna, während die andere droben an der Decke schwebte und erstaunt zuhörte, »ich bin einfach nicht geschaffen für das, was man Liebe nennt!«

»Du glaubst nicht an die Liebe?« fragte Dean.

»Kein bißchen!« behauptete die eine Johanna, und die andere, die irgendwo dort droben schwebte, blies sich empört auf und zischte: Du Lügnerin! Sei doch nicht so verdammt zickig, du dummes Huhn!

»Zuerst nennt man es Liebe«, fuhr die eine Johanna unbeirrt fort, »dann hängt man plötzlich Männersocken an die Wäscheleine und kriegt statt Liebesgeflüster Vorwürfe zu hören, weil man abends noch zu einer Geschäftsbesprechung muß. Man fällt ständig über ungeputzte Schuhe Größe 43 und muß für gefüllte Kühlschränke sorgen und sich zu Weihnachten einen Eierkocher schenken lassen, weil ER ein Vierdreiviertel-Minuten-Ei will. Und sag jetzt nicht, du bist anders, das sagen sie nämlich alle!«

»Ich bin anders«, sagte Dean.

»Und dann, du liebes bißchen, diese ständige Eifersucht! Selbst auf den Milchmann an der Ecke, der so sexy ist wie eine rotweiße Hafenboje!«

»Nichts als ungerechtfertigte Besitzansprüche!« sagte Dean.

»Genau. Und Erwartungshaltungen!«

»Das ist das schlimmste!«

»Nein, am schlimmsten finde ich eigentlich dieses zwanghafte Immer-alles-zusammen-tun-Müssen!«

»Entsetzlich«, bestätigte Dean.

»Ihr Saragossa, bitte!« Die Bedienung schob zwei leuchtendblaue Cocktails ins Gespräch.

»Danke.« Johanna wischte sich lässig das Haar von den Schultern und rief empört: »Das tötet doch jegliches Gefühl!« Sie nahm den Trinkhalm aus dem Glas und einen kräftigen Schluck, schmatzte anerkennend und setzte das Glas wieder ab. Dieser

Cocktail, dieser Saragossa, war genau das, was sie jetzt brauchte. Perlend und süffig und ein bißchen süß! »Ich frage mich, warum sich die Menschheit immer wieder zu Paaren treiben läßt?« Sie nahm noch einen Schluck und sah Dean nachdenklich an. »Warst du eigentlich schon mal verheiratet?«

»Ich? Tja also, nicht oft, bloß dreimal. Aber immer nur ganz kurz!«

»Ach ja?« Johanna betrachtete ihn interessiert. »Und warum ist das schiefgegangen, mit deinen Frauen?«

»Also weißt du, diese Besitzansprüche, die sie an mich stellten! Die Erwartungshaltungen und außerdem ihre krankhafte Eifersucht, ich konnte das auf die Dauer nicht verkraften! Aber am schlimmsten war das zwanghafte Alles-gemeinsam-tun-Müssen! Sogar gemeinsam arbeiten! Deshalb wollten sie wohl auch alle drei zum Film.«

»Schrecklich!« sagte Johanna. Sie trank ihr Glas aus und drehte es zwischen den Fingern. »Wirklich ausgezeichnet, dieser Saragossa, ich könnte noch einen zweiten vertragen.«

Nach dem dritten fühlte sie sich ausgesprochen wohl. Sie war sogar bereit, sich mit ihrem zweiten Ich zu versöhnen, und Johanna an der Decke kam wieder runter. Gemeinsam summten sie leise ein Lied. »Schuwi-duwi-du … du Dean?«

»Ja?«

»Irgendwie ist mir so … so seltsam.«

»Das sind die Cocktails«, flüsterte Dean.

»Oder die Liebe?« flüsterte Johanna.

»Oder beides«, sagte Dean und verhauchte Schmetterlingsküsse über Johanna, die plötzlich gar nicht mehr wußte, warum sie sich noch vor ein paar Minuten so zickig gegen etwas so Schönes gesträubt hatte. Dem Himmel sei Dank, dachte sie, und Gerrit auch, denn ihm hatte sie ja dieses Zusammentreffen zu verdanken. Und da erstarrte jäh das Blut in ihren Adern, das eben noch so heiß geflossen war. Sie hatte ja eine Mission zu erfüllen! Sie sollte ja Gerrit zu seinem Glück verhelfen! Und was tat sie stattdessen? Sie war selbst glücklich!

»Was ist?« fragte Dean verwirrt, weil Johanna, eben noch so hingebungsvoll, sich plötzlich wieder aus seinen Armen wand.

»Gerrit!« sagte sie.

»Muß das jetzt sein?« fragte Dean und seufzte gottergeben.

»Es muß! Wir dürfen nicht nur an uns selbst denken! Er liebt Martine doch!«

»Ach ja?« Ein verächtliches Grinsen hing schräg in Deans Mundwinkeln. »Das nennst du Liebe? Aber vielleicht weißt du ja nicht, daß dieser niederträchtige Mensch ...« Die Empörung ließ Deans Stimme erzittern. »... daß er ein Mädchen, höchstens achtzehn Jahre alt ... sie ist hochschwanger! Martine kann von Glück reden, daß sie die beiden zufällig beobachtet hat, am Flughafen! Wie er dieses Mädchen abgeküßt hat – und das nennst du Liebe?!«

»Schwanger, höchstens achtzehn Jahre alt ...«, wiederholte Johanna. Und dann begann sie plötzlich lauthals zu lachen.

»Ich weiß wirklich nicht, was dich an der Geschichte so amüsiert«, sagte Dean gekränkt.

»Und Martine hat ihn am Flughafen zufällig beobachtet, wie er dieses Mädchen geküßt hat? Und hat ihn daraufhin endgültig aus ihrem Leben verbannt, weil sie sich von ihm betrogen glaubte?«

»Ich bitte dich, Johanna, hör endlich auf zu lachen!«

Johanna atmete ganz tief durch und wischte sich je eine Träne aus den Augenwinkeln. »Gerrit ist nicht der Vater dieses neuen Erdenbürgers, sondern der Großvater; und die Mutter seines Enkels ist seine Tochter«, sagte sie und brach schon wieder in Gelächter aus.

»Wie bitte?« Dean starrte Johanna fassungslos an. »Du meinst, dieses Mädchen, das war seine Tochter?«

Johanna nickte.

»Ja, aber warum hat er Martine denn nie gesagt, daß er eine Tochter hat?«

»Wußte er ja selbst nicht, bis vor ein paar Tagen.«

Johanna erzählte ihm die ganze Geschichte, soweit sie sie kannte, und schlug vor, am besten gleich, heute abend noch, gemeinsam zu Martine zu fahren, um dieses dumme Mißverständnis aus der Welt zu schaffen. »Wo wohnt sie denn jetzt?«

»In Amsterdam«, sagte Dean tonlos.

»Heiliger Strohsack!« rief Johanna und sank erschlagen in die Kissen zurück. Dann sah sie Dean an. »Und jetzt?«

»Jetzt können wir doch nichts weiter tun ... Ich würde mich eigentlich gerne wieder mit unserem eigenen Glück beschäftigen und das von Gerrit und Martine auf morgen verschieben.«

Seine Hand in Johannas Nacken unterstrich auf sehr angenehme Weise seine Worte.

»Du bist ein Egoist!« sagte sie, schlang ihre Arme um seinen Nacken und rieb ihre Nase an seinem Kinn. »Aber Gerrit wartet bei mir zu Hause und ist vermutlich schon sehr ungeduldig.«

»Wir schicken ihm ein Telgramm«, flüsterte Dean zwischen zwei Küssen.

»Das war ein schlechter Scherz!« empörte sich Gerrit und wedelte aufgebracht mit Johannas Telegramm vor Johannas Nase herum. »Geh nach Hause! Näheres morgen!« las er den Text. »Wie konntest du nur so herzlos sein? Und wo warst du überhaupt? Ich habe bis vier Uhr morgens auf dich gewartet!«

»Selber schuld«, sagte Johanna, »ich telegrafierte doch: ›Geh nach Hause!‹ Außerdem, finde ich, sollten wir uns nicht unnötig lange bei der Frage aufhalten, wo *ich* war, sondern uns darüber unterhalten, wo Martine ist!«

»Na gut, wo ist sie?« fragte Gerrit ungehalten, denn Johannas glückliches Lächeln brachte ihn langsam zur Weißglut. Immerhin war er ja unglücklich, also bitte!

»In Amsterdam«, sagte Johanna. »Für ein halbes Jahr.«

»Wo?!«

»Amsterdam, Niederlande, dort wo es so viele Windmühlen und so guten Käse gibt.« Johanna zuckte die Schultern. »Sie hat dich mit Simone am Flughafen beobachtet, nahm an, daß du der Vater deines Enkels bist, und hat sich ins Ausland abgesetzt.«

Gerrit war wie vom Donner gerührt. Das war ihm vor zwanzig Jahren schon einmal passiert. Damals wegen seines Kindes, heute wegen seines Enkelkindes! Ja hatte sich denn das Schicksal völlig gegen ihn verschworen.

Johanna griff in ihre Kostümjacke und zog einen Zettel heraus, den sie Gerrit gab. »Das ist die Adresse des Filmstudios, bei dem sie arbeitet. Ihre Privatadresse kennt Dean leider nicht. Soll dir Marlies die Telefonnummer heraussuchen?«

»Nicht nötig«, sagte Gerrit. »Ich fahre zu ihr, jetzt sofort!« Er riß seinen Trenchcoat vom Haken und warf die Tür hinter sich zu.

17

Etwa zur selben Zeit stolperte Mr. Woodman in Amsterdam über einen schweinsledernen Koffer und schrie: »Wem gehört der, und was hat der hier zu suchen?!«

»Mir«, antwortete Martine. »Ich mußte heute morgen mein Hotelzimmer räumen und …« Sie schluckte, sie wollte jetzt nicht schon wieder heulen.

»Sie hat keine Bleibe«, erklärte Greet, die Sekretärin, mitfühlend. »Amsterdam sail, Sie verstehen.«

Mr. Woodman verstand. »Tja dann.« Er betrachtete Martine mit anerkennendem Blick und beschloß, ihr zu helfen. »Ich habe da ein kleines Einzimmerapartment in der Leidsestraat. Für den Notfall. Ich bin gerne bereit, es Ihnen vorübergehend zur Verfügung zu stellen.« Seine Hände rückten am Knoten seiner Krawatte, er lächelte.

Martine zögerte nicht lange; sie konnte es sich gar nicht leisten, sein großzügiges Angebot abzuschlagen. Und doch, irgend etwas störte sie an seinem Blick, seinem Lächeln.

»Ich lasse Sie später von meinem Chauffeur hinbringen«, sagte Mr. Woodman, drückte Martine Regieanweisungen für einen Werbespot in die Hand und befahl ihr, das mal durchzuarbeiten.

Amsterdam glich einem Ameisenhaufen, als Gerrit gegen halb fünf die Stadtgrenze passierte. Die Blechkarawane riß ihn erbarmungslos mit sich, mitten in den Hexenkessel hinein. Der Stadtplan, den er sich eben an einer Tankstelle gekauft hatte, lag neben ihm; aber was hilft ein solcher schon, wenn man nirgends ein Plätzchen findet, um anzuhalten und sich zu orientieren.

An einer Ampel kurbelte er das Fenster runter und fragte eine Radfahrerin nach dem Weg.

»Da Costaplein? Sie sind schon vorbei. Dort hätten Sie links abbiegen müssen!« Sie drehte sich um und deutete auf eine kleine Seitenstraße.

Gerrit bedankte sich und sah auf die Uhr. 17 Uhr 05 – die Zeit saß ihm im Nacken. Wenn er Martine heute nicht erreichte, mußte er bis Montag warten. Er fuhr über die Kreuzung, parkte im Halteverbot und hastete zurück. Der Platz war klein und übersichtlich, eine Galerie, ein Lebensmittelgeschäft, eine Buchhandlung, aber von einem Filmstudio war nichts zu sehen.

»Dort drüben!« Der Lebensmittelhändler, den Gerrit fragte, deutete auf ein Haus, das eingerüstet war. Er folgte dem Blick des Mannes und sah, wie eine junge Frau aus dem Haus trat, einen Schlüssel ins Schloß schob und absperrte.

Greet erschrak, als Gerrit sich ihr plötzlich in den Weg stellte. Erst kürzlich war sie am hellichtem Tage überfallen worden, und bevor sie noch wußte, wie ihr geschah, war der Kerl mit ihrer Handtasche auf und davon! Aber der hier war zum Glück nicht an ihrer Handtasche interessiert, sondern, wie sich herausstellte, an Martines Adresse.

»Am Montagmorgen können Sie sie hier erreichen«, sagte Greet kurz angebunden. Schließlich wußte sie nicht, wer der da überhaupt war und ob es Martine recht sein würde, wenn sie ihm die Adresse gab.

»Hören Sie, ich komme aus München, ich bin sieben Stunden ohne Pause durchgerast, eben weil ich sie noch vor Montag erreichen muß!« sagte Gerrit. Er sah Greet eindringlich an.

»Ich bitte Sie herzlich, es ist sehr wichtig.«

Greet wog ab. Er kam aus München, er wußte, daß Martine hier arbeitete, und eigentlich sah er recht sympathisch aus. »Na gut.« Sie zog einen Notizblock aus der Tasche und schrieb Straße und Hausnummer auf einen Zettel. »Klingeln Sie bei Woodman, dritter Stock.«

»Und wie komme ich da hin?«

»Da vorne rechts, nach der vierten Ampel links, dort parken Sie am besten und fragen nach dem Weg. Es ist dann nicht mehr weit.«

Das Apartment war eigentlich nur Bett. Riesig groß und mit Kissen übersät, nahm es die Hälfte des kleinen Raumes ein. Martine mußte nicht lange überlegen, für welche ›Notfälle‹ Mr. Woodman dieses Apartment brauchte. Das zweideutige Grinsen des Chauffeurs bestätigte ihren Verdacht. Er übergab ihr den Schlüssel, wünschte ihr ein »angenehmes Wochenende« und polterte pfeifend die Treppen hinunter.

Martine sank wie erschlagen aufs Bett. Da saß sie nun und sah sich um. Sie war in Amsterdam. Sie war alleine, einsam und unglücklich. Sie hatte es selbst so gewollt. Ihr Blick fiel auf ein Telefon. Sie hob den Hörer ab – es war angeschlossen. Wie gerne hätte sie jetzt Dean angerufen. Oder Erna. Aber sie ließ es bleiben, sie mußte die Suppe, die sie sich eingebrockt hatte, alleine auslöffeln.

Martine war todmüde. Die beiden Nächte im Hotel hatte sie kaum ein Auge zugetan. Zweifel und Selbstvorwürfe hatten sie wachgehalten. Jetzt, so weit weg von München und von Gerrit, war es ihr plötzlich möglich, die Geschehnisse mit einiger Nüchternheit zu betrachten; und manchmal trieben ihr die Erinnerungen an ihr Verhalten die Schamröte ins Gesicht. Sie hatte Gerrit immer nur das schlechteste unterstellt, ihn mit Vorurteilen besetzt und ihm nie wirklich eine Chance gegeben, seine Fehler wiedergutzumachen. Die Sache mit der Wohnung war haarsträubend, klar, und er war bestimmt kein Engel! Aber das war sie ja auch nicht. Sie hatte es ihm doppelt und dreifach zurückgegeben! Sie hatte ungerührt dabei zugesehen, wie er verprügelt wurde. Sie hatte ihm einmal ein Geschäft verpatzt, weil sie sich absichtlich im Bad einschloß, obwohl sie doch wußte, daß er sich noch duschen und rasieren mußte und schon zu spät dran war. Und als er dann endlich zu seiner Verabredung kam, war der Kunde nicht mehr bereit, mit ihm zu verhandeln. Und dann all die anderen boshaften Streiche – o Gott, wie sie sich schämte!

Aber all das war ja schon vergeben und vergessen gewesen. Sie hatten sich geliebt, dort in Tunesien, das war doch Wirklichkeit, das hatte sie sich doch unmöglich nur einbilden können!

Martine wischte sich mit dem Handrücken über die Augen.

»Jetzt heul doch nicht schon wieder!« schluchzte sie, schneuzte sich und quälte sich weiter mit Selbstvorwürfen.

Sie hätte auf Erna hören und mit Gerrit reden sollen, aber sie hatte ja keinen Funken Vertrauen zu ihm. Dean hatte einmal gesagt, daß ihre Eifersucht und ihr Mißtrauen gegen Gerrit in ihrer eigenen Unsicherheit wurzelten. Und so war es auch. Verlassen zu werden stand auf ihrer Angstskala ganz oben. Und daß ein

Mann wie Gerrit, der, was Frauen betraf, einen denkbar schlechten Ruf hatte, ausgerechnet sie wirklich lieben sollte, konnte sie eben nie ernsthaft glauben. Und dann dieses Mädchen ... wie er sie geküßt hat und ... Aber vielleicht war ja längst Schluß zwischen den beiden? Vielleicht hatten sie sich in gutem Einvernehmen getrennt und nur noch des Kindes wegen Kontakt?

Martine griff sich an die Stirn. Sie hatte Kopfschmerzen, sie wollte nicht mehr nachdenken, ihre Gedanken drehten sich ja doch immer nur im Kreise. Sie stand auf, öffnete ihren Koffer und fing an, ihre Sachen auszupacken. Als sie fertig war, zog sie sich aus und den Bademantel an, nahm ein Handtuch, und als sie sich umdrehte, fiel ihr Blick wieder auf den Telefonapparat. »Ich hätte mit Gerrit reden sollen!« flüsterte sie. Ihre Hand griff zögernd nach dem Hörer, sie hielt ihn ans Ohr und lauschte auf das Freizeichen. Ihr ausgestreckter Zeigefinger schwebte unentschlossen über der Null auf der Drehscheibe, als es plötzlich klingelte.

Martine zuckte zusammen wie ein ertapptes Kind und legte schnell auf. Wer konnte das sein? Vielleicht einer von Mr. Woodmans ›Notfällen‹? Besser, sie öffnete nicht. Es wäre ihr unangenehm gewesen, Mr. Woodman in Verlegenheit zu bringen. Sie zog ihren Bademantel enger und lauschte angestrengt nach draußen.

Plötzlich hörte sie einen Schlüssel im Türschloß, einen Atemzug später stand Mr. Woodman vor ihr. Er hatte einen Zweitschlüssel zu seinem Apartment, ja natürlich! Und sein Lächeln, sein Blick ... sie hätte es wissen müssen!

Er zog wortlos seine Jacke aus, zerrte an seiner Krawatte und ging auf sie zu. Er ließ keinen Zweifel offen, weshalb er gekommen war. Martine wich zurück, fühlte die Bettkante in den Kniekehlen und fiel. Und Mr. Woodman lächelte.

Gerrit startete den Wagen und reihte sich in den Verkehr ein. Er mußte irgendwo wenden, aber der Gegenverkehr riß nicht ab. Als sich die Straße gabelte, bog er nach rechts ein und geriet in ein Labyrinth von Einbahnstraßen. Er hatte sich hoffnungslos verfranzt! Auf einer der engen Grachten stoppte er und fragte einen Passanten.

Der Mann kratzte sich am Kopf. »Also am besten da vorne

rechts, dann gleich links, dann geradeaus, die dritte Seitenstraße wieder links, und dann fragen Sie noch mal.«

Es war fast sieben Uhr, als Gerrit endlich vor dem Haus stand, in dem Martine wohnte. ›Woodman‹, las er und wollte gerade auf die Klingel drücken, als die Tür aufging und ein junges, schwarzhaariges Mädchen im schwarzen Mini, mit schwarzen Fingernägeln und knallroten Lippen die Tür öffnete, sich ihm wie ein Baum in den Weg stellte und ihn interessiert musterte. Plötzlich huschte ein Lächeln über ihr Gesicht, sie rief »Hallo«, gab ihm den Weg frei und tanzte ab.

Jetzt stand Gerrit im Hausflur und sah sich einer atemberaubend steilen Treppe gegenüber, die er langsam und mit klopfendem Herzen erklomm. Dort droben irgendwo Martine und er hier, und mit jeder Stufe war er näher bei ihr. Er machte sich auf einiges gefaßt. Vielleicht würde sie ihn wieder Schürzenjäger nennen und ihm alles erdenklich Schlechte ins Gesicht schreien, ihn provozieren oder ihm einfach wortlos die Tür vor der Nase zuschlagen. Aber was sie sich auch einfallen ließe, er war fest entschlossen, hier nicht fortzugehen ohne sie!

Dritter Stock. Ein Messingschild mit schwarzer Schrift. Woodman. Gerrit klingelte, und fast im selben Moment wurde die Tür aufgerissen.

Martine stand vor ihm. Sie war schreckensbleich, ihr brünettes Haar hing ihr zerzaust in die Stirn, ihr Bademantel klaffte halb auf.

Sie starrten sich stumm an. Es waren Sekunden, wie aus Staniol gemacht, es raschelte und knisterte, und dann lagen sie sich in den Armen.

»O Gerrit … Gerrit!«

»Martine! Martine, ich liebe dich! Und dieses Mädchen …«

Plötzlich verspannte Gerrit sich, ließ abrupt von Martine ab und starrte über ihre Schulter hinweg in das Halbdunkel der Wohnung. Dort stand Mr. Woodman. Er zog sich seine Jacke an, stopfte die Krawatte in die Tasche und fummelte am Kragen seines Hemdes, der zerrissen war. Aus einer kleinen Platzwunde auf seinem linken Augenlid tropfte Blut. Woodman hatte mit Martines Fäusten Bekanntschaft gemacht.

»Das ist mein Chef, er hat mich unangemeldet besucht«, sagte

Martine mit soviel Verachtung in der Stimme, daß Woodman eigentlich vor Scham im Boden hätte versinken müssen. Aber Männer wie Woodman besaßen kein Schamgefühl; er erdreistete sich sogar noch, sie abfällig anzugrinsen, als er sich an ihr vorbeidrückte und die Treppen hinunterstieg.

Gerrit war einen Moment wie gelähmt gewesen. Er mußte sich erst zusammenreimen, was hier passiert war, und begriff jetzt endlich. Er wollte dem Kerl nach und ihn zu Brei zermalmen, aber Martine hielt ihn fest und schwor sich im selben Moment, ihn nie mehr wieder loszulassen. Egal mit wie vielen Kompagnons und Automechanikerinnen und Kosmetikfirmen sie ihn teilen mußte! Sie liebte ihn, und sie würde auch seine Kinder lieben und war jetzt bereit, den Tatsachen unerschrocken ins Auge zu sehen.

Aber dann ließ sie ihn doch los, lief zum Schrank, zog sich hastig an, stopfte ihre Kleider in Koffer und Tasche, Lu-Lu dazu, war wie besessen, wollte nur noch weg hier.

Erst als sie in Gerrits Renault Alpine saß, in dieser Angeberkiste, bei deren Anblick sich ihr einst die Haare gesträubt hatten, kam sie wieder zu sich. Sie lehnte sich in den Sitz zurück, schloß die Augen und atmete ganz tief durch.

Gerrit sah sie von der Seite her unsicher an. Da gab's noch immer dieses unglückselige Mißverständnis, das aus der Welt geschafft werden mußte, und am besten gleich. »Martine«, sagte er.

Sie wandte ihm ihr Gesicht zu und öffnete die Augen. Ihr Blick war mit Samt ausgeschlagen, sie lächelte.

»Martine, ich muß dir da noch etwas sagen. Etwas gestehen ... es ist nämlich so, ich werde Großvater.«

»Vater«, verbesserte Martine. »Nicht schlimm, ich verzeih dir!«

»Nein, Großvater!« Ihr fassungsloser Blick beschämte ihn. Er kam ins Stottern. »Das würde natürlich bedeuten ... also, falls du mich heiraten würdest und wir irgendwann einmal ... falls wir Kinder bekämen, und das würde bedeuten ...« Er brach ab, er hatte sich verzettelt.

»Das würde bedeuten, daß die Nichte älter wäre als der Onkel oder der Neffe älter als die Tante!« Sie brach in Gelächter aus.

»Du lachst mich aus«, sagte Gerrit gekränkt. »Alle lachen über mich!«

Martine biß sich auf die Lippen. »I wo, gar nicht!« schwindelte sie und umarmte ihn. Und dann fragte sie ihn und knabberte dabei an seinem Ohrläppchen: »War das nun eigentlich ein Heiratsantrag, oder hab' ich da etwas falsch verstanden?«

»Es war einer. Würdest du denn?«

Martine schob ihn von sich, lehnte sich wieder in den Sitz zurück, schloß die Augen und lächelte. »Muß ich mir noch überlegen«, sagte sie. »Bei den verwirrenden Verwandtschaftsverhältnissen!« Dann machte sie eine Handbewegung, mit der man Hühner verscheucht, und sagte: »Fahr los, Opa, Oma will nun endlich nach Hause!

Und wenn du schön brav bist, nehm' ich dich auch mit zu mir. Ich hab' nämlich eine hübsche Wohnung in München, am Parkmeisterweg, weißt du. Drei Zimmer, Küche, Bad und Balkonterrasse. Du könntest ja im Arbeitszimmer schlafen?«

IST JA IRRE, HERR DOKTOR

Berlinphobie und ein Abschied, der schmerzt

Holger stellte das Frühstückstablett ab und machte sich dran, Angela zärtlich wachzuküssen.

»Wunderschönen guten Nachmittag, Frau Dr. Junker, hier spricht Ihr schlechtes Gewissen«, flüsterte er ihr ins Ohr.

»Halt die Klappe, schlechtes Gewissen, ich will schlafen!« brummte Angela.

»Es ist aber bereits sechzehn Uhr sieben und eine halbe Minute!«

»Himmel, so spät schon!« Angela saß plötzlich senkrecht im Bett, rieb sich die Augen und sah auf den Wecker. Es war erst siebeneinhalb Minuten nach drei. »Du gemeiner Lügner! Ich fall' doch immer wieder auf deine blöden Tricks herein!«

Holger grinste anzüglich. »Für Frühstücken und Duschen brauchen wir aber mindestens eine Stunde, und um vier wolltest du aufstehen.«

»Erst frühstücken, dann duschen, kein und! Wir brauchen also nur eine halbe Stunde«, verbesserte Angela. Sie zog sich die Bettdecke bis unters Kinn und sah Holger zurechtweisend an. »Du bist ein altes Ferkel!«

»Ach ja?« Holger lachte und kroch zu Angela unter die Decke. Er nahm sich einen Toast und biß hinein. »Wieso mußt du heute überhaupt in die Klinik? Ich dachte, du hättest die nächsten drei Tage frei.«

»Besprechung beim Schotten.« Dr. Gießmüller war einer von den drei Chefs der Hallmannklinik und zuständig für die Finanzen. Weil er so entsetzlich geizig war, nannte ihn die Belegschaft »den Schotten«. »Wenn er uns heute wieder so blödsinnige und undurchführbare Sparmaßnahmen auftischt, geh' ich ihm an den Kragen!« schimpfte Angela. »Am liebsten hätte der, daß man jeden Tupfer dreimal gebraucht. Und außerdem hat er Mundgeruch.«

»Wenn du dich ärgerst, finde ich dich immer ganz besonders

anziehend«, sagte Holger und drückte Angela einen klebrigen Marmeladenkuß auf die Nase. Seine Augen funkelten belustigt. In solchen Momenten färbten sie sich grün, ansonsten waren sie samtgrau und blickten unendlich gütig in die Welt.

Dieser Blick, fand Angela, müßte von der Ärztekammer eigentlich verboten werden, denn wenn Holger mit diesen Samtaugen seine Patienten ansah, bekam er schon mal einen Vertrauensvorschuß – vor allem von den weiblichen! Und was hatte Blick schließlich mit medizinischem Fachwissen zu tun?

»Guck mich nicht so unwiderstehlich an«, fauchte sie, »ich kann dich heute nicht leiden!«

»Und warum nicht?« Holger lächelte milde.

»Weil ich dich beneide. Und weil ich Leute schrecklich finde, die sich nicht beirren lassen und immer genau das tun, was sie sich vorgenommen haben. Die erinnern einen nämlich ständig dran, daß man selbst so schwach und feige ist!« Sie drehte ihm den Rücken zu und zog sich die Bettdecke über den Kopf.

Holger stopfte sich den letzten Bissen Toast in den Mund und gab der Bettdecke einen Klaps.

»Laß das«, zischte Angela, »ich mag nicht, wenn du mir auf den Hintern haust wie einem alten Gaul!«

Sie steckte ihren Kopf wieder aus der Bettdecke hervor und sah Holger mit Schlafknittern im Gesicht und zerwühlten Haaren vorwurfsvoll an. »Du hast den Krankenhausdienst satt und den Berliner Stadtmief auch, und was tust du? Du kündigst einfach! Du suchst dir was anderes! Du gehst weg! Ich hab' den Krankenhausdienst ebenfalls satt und den Berliner Stadtmief auch, und was tu' ich? Ich mach' immer schön weiter im alten Trott! Weil ich so abgrundtief feige bin und so dämlich dazu! Siehst du, und das nehm' ich dir einfach übel!«

»Daß du feige bist und dämlich?«

»Genau das.«

Angela kroch aus dem Bett und ging duschen. Als sie aus der Dusche trat, stand Holger vor ihr. Er sah sie schuldbewußt und samtgrau an.

»Ich will dir doch nicht weh tun, aber ich hab' einfach das Gefühl, ich muß hier raus. Ich fühl' mich wie eingemauert in Berlin. Das hat nichts mit dir zu tun.«

»Ich weiß doch.« Sie ließ sich in die Arme nehmen, legte ihren Kopf an seine Schulter und schluckte an den aufkommenden Tränen. »Wir wollen uns nie im Weg stehen, das haben wir uns versprochen, als wir unsere Zahnbürsten zusammenstellten. Und daran halte ich mich auch. Aber jetzt, wo du wirklich gehst, da fällt es mir halt doch schwer, so vernünftig zu sein. Du wirst mir schrecklich fehlen!«

»Du mir auch«, sagte Holger leise.

Holger brachte Angela zur Klinik und fuhr dann weiter zum Hotel Alter Kaiser, wo er mit Dr. Sedam verabredet war. Er kannte ihn nicht persönlich. Sedam hatte im Ärzteblatt inseriert, Holger hatte sich beworben, zwei Briefe und ein Telefongespräch waren gefolgt, und gestern rief Dr. Sedam plötzlich an und teilte Holger mit, daß er nach Berlin kommen und ihn kennenlernen wollte. Dr. Sedam suchte einen Allgemeinmediziner, der ihn für ein halbes Jahr vertreten sollte. Er führte zusammen mit seiner Tochter eine Gemeinschaftpraxis, in Kelheim, einer niederbayerischen Stadt, bei der die Altmühl in die Donau mündet. Kelheim hatte knapp fünfzehntausend Einwohner, war nicht zu klein und nicht zu groß, war genau, was Holger vorschwebte.

Der Hotelportier verwies Holger an einen kleinen, blonden Mann mit Geheimratsecken und freundlichen blauen Augen, der in der Halle saß und Zeitung las. Als Holger auf ihn zukam, ließ er die Zeitung sinken und blickte ihm interessiert entgegen.

»Guten Tag, Dr. Porz«, sagte Franziskus Sedam, als Holger sich vorgestellt hatte und drückte ihm fest die Hand. Er musterte ihn aufmerksam und nickte zufrieden: »Ich glaube, meine Patienten würden Sie mögen. Was trinken Sie?«

»Ein Pils bitte.«

Holger setzte sich, Dr. Sedam bestellte zwei Pils und zündete sich eine Zigarre an. Eine Weile lang paffte er still vor sich hin, sah den Rauchschwaden nach, dann blickte er Holger an und sagte: »Sie wissen, ich hatte einen Herzinfarkt. Eigentlich müßten Sie mir jetzt die Leviten lesen. Rauchen und trinken ist Gift für mich!«

»Wenn Sie mein Patient wären, würde ich Sie über die Folgen aufklären, was Sie dann weiter tun und lassen, ist nicht mehr meine Sache. Sie sind für sich selbst verantwortlich.«

»Bravo, Herr Kollege! Die Quengler mit dem ewig erhobenen Zeigefinger mag ich nämlich gar nicht. Das sind die, die dem Patienten ein chronisch schlechtes Gewissen eintrichtern. Und ein chronisch schlechtes Gewissen ist ein gefährlicher Nährboden für alle möglichen Krankheiten. Seele und Körper müssen im Einklang stehen, nur dann ist der Mensch wirklich gesund. Und ich sag' Ihnen noch was.« Er fächelte sich mit der Hand eine Rauchwolke aus dem Blickfeld und blinzelte Holger an. »Ich finde, jeder Arzt müßte selbst einmal ordentlich krank sein. Sechs Wochen Krankenhausaufenthalt, selbstverständlich inkognito. Denn wenn die dort wissen, daß man von der Zunft ist, wird man ja gleich wieder in Watte gepackt! Ärzte, die nie richtig krank waren, kommen mir vor wie Priester, die Eheunterricht erteilen.«

Holger schmunzelte. Der Feuereifer, mit dem Dr. Sedam seine Ansicht vertrat, ließ auf einschlägige Negativerfahrung schließen. Dr. Sedam bestätigte diese Vermutung prompt.

»Meine Tochter ist so eine Ärztin. Erstklassige Internistin. Die haben sie auf der Uni mit Fachwissen vollgestopft bis obenhin, vormachen kann ihr so schnell keiner was. Aber als Mensch ...«, er machte eine wegwerfende Handbewegung und trank sein Glas leer. Dann sah er Holger mit gespitzten Lippen an und fragte: »Was halten Sie davon, wenn wir unser Gespräch in gemütlicherer Umgebung fortsetzen?«

Sie fuhren in ein Lokal in der Innenstadt. Ein Klavierspieler spielte *»I'm singing in the rain«*. Dr. Sedam knabberte ungesalzene Erdnüsse und summte leise und nachdenklich mit.

»Anfangs hatte ich so meine Bedenken Ihretwegen. ›Himmel, noch ein Internist!‹, dachte ich, ›das kann ich meinen Patienten ja gar nicht antun.‹ Aber jetzt ... Sie gefallen mir. Wieso eigentlich wollen Sie weg aus Berlin?« fragte er.

»Wird mir auf die Dauer zu eng, ich muß raus hier. Berlinphobie!«

»Verstehe. Und der Krankenhausdienst, wird Ihnen der nicht fehlen?«

»Kein bißchen. Ich hab' die Tretmühle satt. Und die Kollegen auch. Und noch so manches andere.« Holger trank von seinem Bier.

»Meinen Sie mit ›manches andere‹ eine Frau, wenn ich so neugierig fragen darf?«

Holger schüttelte den Kopf und lachte. »Also, das ist nun wirklich nicht meine Art, mich durch die Hintertür davonzuschleichen.«

Dr. Sedam sah Holger einen Moment seltsam schuldbewußt an und bestellte dann noch eine Portion Erdnüsse, auf denen er verlegen herumkaute. Offensichtlich hatte Holger mit seiner Bemerkung ungewollt einen wunden Punkt berührt. Dr. Sedam räusperte sich mehrmals, bevor er sagte: »Hocherhobenen Hauptes durch die Vordertür abzugehen, erfordert aber einiges an Mut. Und ich bin nicht besonders mutig. Genaugenommen bin ich sogar schrecklich feige.«

Holger sah ihn verdutzt an. »Wollen Sie etwa Ihre Frau verlassen? Durch die Hintertür?«

»Nein, nicht meine Frau, ich bin seit 21 Jahren Witwer. Meine Tochter will ich verlassen, und das ist viel schlimmer!«

Holger lachte. »Sie scheinen ihre Tochter ja nicht besonders zu mögen.«

»Wenn ich Nadja nicht mögen würde, wäre es mir egal, daß sie ist, wie sie ist. Sie ist nämlich eine junge Zicke, die der natürlichen Gesetzmäßigkeit zufolge einmal eine alte Zicke werden wird. Leider fehlt ihr jeglicher Humor, und wie schon erwähnt, das, was man menschliche Wärme nennt. Tut mir leid, daß ich so unfreundlich über meine Tochter reden muß, aber ich sehe es doch als meine Pflicht an, Sie auf Ihre zukünftige Kollegin vorzubereiten. Schließlich müssen Sie ja mit ihr arbeiten. Das heißt, falls wir beide uns einig werden.«

Holger lächelte. »An Ihrer Tochter soll's nicht liegen, als Klinikmediziner bin ich im Umgang mit schwierigen Kollegen geübt.«

Dr. Sedam sah ihn an wie einen, der ganz sicher nicht weiß, wovon er redet. Dann schlug er vor, noch einmal den Standort zu wechseln. Er hatte sich nämlich zur strikten Regel gemacht, nirgendwo mehr als ein Bier zu trinken. Und langsam bekam er wieder Durst.

In der »Schattigen Laterne« klopfte er Holger auf die Schulter und sagte, er sollte ihn »du« und »Franziskus« nennen, dafür würde er ihn dann »du« und »Holger« nennen. Holger war einverstanden. Erstens war er grundsätzlich nicht kleinlich, und zweitens sagte er sowieso lieber »du« zu netten Leuten. Und Franziskus war nett, sehr sogar.

Franziskus kam wieder auf seine Tochter zu sprechen. »Ihr hat die Mutter gefehlt. Und der Vater auch. Drum ist sie, glaube ich, so verbiestert geworden.« Er sah mit vorwurfsvollem Blick sein leeres Glas an, beschloß seinem Grundsatz untreu zu werden und bestellte ein zweites Bier. Dann erzählte er Holger seine Lebensgeschichte.

»Daß wir Ärzte auch keinen direkten Verbindungsdraht zum lieben Herrgott haben, mußte ich auf recht traurige Art lernen. Nadja war vierzehn Jahre alt, als ihre Mutter starb. Karzinom im Dickdarm. Ich habe meine Frau sehr geliebt. Als mir ein befreundeter Facharzt meine Diagnose bestätigte und mir auch noch jede Hoffnung auf Heilung nahm, war das für mich ...« Franziskus brach ab, nahm sich einen Bierdeckel vor und zerzupfte ihn in kleine Stücke, »... ja, es war sehr schlimm für mich«, sagte er leise. »Ich war wie von Sinnen, nahm an jedem Ärztekongreß teil, las nachts alles, was ich an Fachliteratur auftreiben konnte, und kam morgens wie gerädert in die Praxis. Ich nahm Verbindung auf zu den allerbesten Spezialisten, war wie besessen von dem Gedanken, meiner Frau doch noch helfen zu können. Ich vernachlässigte meine Patienten, aber was viel schlimmer war, auch mein Kind. Ich überließ Nadja völlig der Willkür einer alten, verknöcherten Haushälterin. Und als ich endlich wieder zu mir kam, als ich aufwachte aus diesem Taumel der Verzweiflung, stand ein junges, fremdes Mädchen vor mir und sagte: ›Vater, du darfst dich nicht so hängen lassen‹. Sie deutete auf meine Füße, ich trug zwei verschiedene Socken. Da war meine Frau bereits seit einem Jahr tot.«

Franziskus nahm die Bierdeckelschnitzel und legte ein Muster. Dann betrachtete er sein Werk und sagte: »Erst da hab' ich begriffen, daß nicht nur die Kranken unsere Hilfe brauchen. Um den Schmerz meines Kindes hatte ich mich nicht gekümmert, Nadja mußte alleine mit allem fertig werden. In diesen zwei Jahren, während ihre Mutter starb, hat sie sich eingeigelt, und ich sage dir, Holger, sie ist verdammt stachelig geworden.«

Holger nickte, Franziskus nahm sein Glas und prostete ihm zu. Einen kurzen Moment überlegte er, ob er Holger auch gleich noch auf den Drachen Frau Josephi vorbereiten sollte. Frau Josephi war seit vierzehn Jahren als Arzthelferin und Praxisvorsteherin bei ihm angestellt und führte die Praxis wie ein Feldwebel. Aber dann beschloß er, Holger nicht zuviel auf einmal zuzumuten, bestellte noch zwei Bier und fragte:

»Kennst du Gozo?«

»Die Insel bei Malta?«

Franziskus strahlte. »Genau die! Ich habe einen Freund, der hat sich vor zehn Jahren nach Gozo abgesetzt. Hat sich dort einen alten Kahn gekauft, fischt, tuckert Touristen rum und lebt zufrieden in den sonnigen Tag hinein. Bei ihm will ich dieses halbe Jahr verbringen.«

»Und Nadja weiß noch nichts von deinem Plan?« fragte Holger.

Franziskus' Miene verfinsterte sich sofort wieder. »Nein, Nadja weiß noch nichts von meinem Plan. Nadja will mich in ein Glashaus stecken. ›Du hattest einen Herzinfarkt, Vater! Du mußt dich schonen, Vater! Hetz' dich nicht immerzu so, und nimm deine Tabletten, Vater!‹« Franziskus' Faust fuhr auf die Theke nieder, daß die Bierdeckelschnitzel auseinanderstoben. »Ich muß sogar meine Zigarren vor ihr verstecken, sonst wirft sie sie in den Müll. Dabei paff' ich ja nur – ein bißchen Freude braucht der Mensch doch schließlich!« schimpfte Franziskus, seine Nasenflügel bebten. »Sie ist eine Tyrannin, jawohl! Aber ich laß mich nicht einsperren. Ganz im Gegenteil, ich will noch eine ganze Menge leben, bevor ich ins Gras beißen muß.«

Holger grinste ziemlich breit. Jetzt war ihm einiges klar. »Du brauchst also nicht nur eine Vertretung für deine Praxis, sondern auch eine für deine Meinung? Ich soll bei deiner igeligen Tochter für dich um Verständnis bitten?«

»Och, nur wenn sich's zufällig ergibt.«

»Deshalb also der Zigarrentest am Anfang unseres Gesprächs?«

Franziskus sah aus, als hätte Holger ihn beim Klauen erwischt. Er wechselte schnellstens das Thema. »Übrigens, eine Wohnung könnte ich dir auch vermitteln. Ganz in der Nähe der Praxis.

Dachwohnung, ehemaliges Atelier, urgemütlich, übernimmst du die Vertretung?«

Holger nickte. »In Ordnung. Aber nur der tollen Wohnung wegen«, sagte er und hielt Franziskus lachend die Hand hin.

Franziskus schlug ein. »Du bist ein Prachtbursche«, rief er und bestellte noch zwei Pils.

Angela nahm sich vor, diesen Tag im Kalender anzustreichen, damit sie an diesem Datum im nächsten Jahr erst gar nicht aufstünde. Sie war ganz schön in Fahrt. Sie hatte sich mit dem Schotten angelegt und plötzlich merken müssen, daß ihr die ganze feige Bande von Kollegen nicht wie versprochen den Rücken stärkte, sondern sich schön stille raushielt. Sollte sie sich doch einen Rüffler einstecken und sich unbeliebt machen – die anderen machten lieber Karriere! Und dann hatte ihr die Dr. Klebrich auch noch so scheinheilig den mütterlichen Rat erteilt: »Sie sollten Ihr Herz nicht immer so auf der Zunge tragen, mein Kind. Das schadet Ihrem Ansehen.« Pha! Und als dann Holger nach Hause kam, hatte er ihr strahlend eröffnet, daß ihm die Vertretung in Kelheim sicher sei und er schon in zwei Wochen die Berliner Betonwüste gegen niederbayerische Donaulandschaft eintauschen konnte. Jetzt saß sie auf dem Küchentisch und trank bereits den dritten Mandarinenlikör. Das Leben war wirklich ganz schön mies und ohne Alkohol kaum noch zu ertragen.

»Franziskus hat gesagt, ich bin ein Prachtbursche«, sagte Holger und schlug sich ein Ei in die Pfanne. Holger schien auch einiges intus zu haben, denn seine Bierfahne wehte vom Herd bis zum Küchentisch herüber.

»So, hat er?« Angela sah ihn an und konterte bissig: »Na ja, dein Dr. Sedam kennt dich ja auch noch nicht so lange wie ich.«

»Wenn du willst, heiraten wir.«

»Wer – Franziskus und du?«

»Du würdest dann Frau Dr. Porz heißen und Babys kriegen.« Holger lud sich das Spiegelei auf eine Schnitte, verzierte es mit einem Herz aus Ketchup und setzte sich zu Angela auf den Küchentisch.

»Niemals heirate ich, weder dich noch sonst jemanden. Und Babys krieg' ich auch nicht. Ich lege Wert auf meine Unabhängigkeit. Und auf meine Freiheit. Und auf ein eigenes Konto, und auf meinen eigenen Namen. Der ist sowieso viel schöner als deiner.«

Holger schnüffelte. »Du riechst wie ein Mandarinentörtchen«, sagte er.

»Und du wie eine ganze Bierbrauerei.« Sie sah ihn an. Ihr Kinn kräuselte sich, ihre Augen glänzten verdächtig. »Nur noch zwei Wochen, Holger!«

»Mit der Bahn sind es ja nur sechs oder sieben Stunden.« Er küßte sie, wischte ihr die Tränen von den Wangen, hob sie auf seine Arme und flüsterte: »Ich bin verrückt nach Mandarinentörtchen, ich kann jetzt einfach nicht mehr länger warten.«

»Bier und Mandarinentörtchen … du wirst dir den Magen verderben«, schluchzte Angela.

Franziskus, der Feigling, macht Mücke

Holger fragte sich zum Café Aman durch, dort hatte er sich mit Franziskus verabredet. Er war früh, deshalb parkte er seinen Wagen und ging ein Stück zu Fuß durch Kelheim. Eine hübsche historische Stadt, mit vielen kleinen Gäßchen, drei mittelalterlichen Stadttoren und einem schönen, alten Marktplatz – und über dieser Kleinstadtidylle, thronte das Kelheimer Wahrzeichen, die Befreiungshalle.

Holger folgte dem Wegweiser zum Hafen und kam an die Donau. Die sollte er von Angela grüßen. Er warf für sie eine Münze in den Fluß und setzte sich auf eine Bank. In Rom hatten sie vor drei Jahren gemeinsam eine Münze in den Brunnen geworfen, aber zurückgekommen waren sie trotzdem nicht ... hach ja. Holger genehmigte sich ein bißchen Wehmut wegen Angela und ein bißchen Vorfreude auf sein neues Leben. Dann machte er sich auf zum Café Aman.

Franziskus kam eine halbe Stunde zu spät und wirkte fahrig. Er bestellte Tee und eine Zigarre, die er nervös paffte, dabei vermied er es, Holger in die Augen zu sehen.

»Du hast es deiner Tochter also noch immer nicht gebeichtet?« tippte Holger ganz richtig und fesselte ihn mit Blicken.

Franziskus setzte sein Engelsgesicht auf. »Hat sich einfach keine rechte Gelegenheit ergeben.«

»Pfui schäm dich, Franziskus!«

»Die Praxis kann ich dir deshalb erst später zeigen, sie sind nämlich noch droben.«

»Wer sind *sie?*«

»Nadja und der Drache.« Franziskus räusperte sich. »Ich meine Nadja und Frau Josephi.«

»Wer ist diese Frau Josephi?« fragte Holger unheilahnend.

»Frau Josephi ist die Praxisvorsteherin, arbeitet seit vierzehn Jahren bei mir und führt das Regiment. Sie ist 46 Jahre alt und Witwe und sehr prüde und sehr steif und sehr unausstehlich. Außerdem hält sie nicht besonders viel von Männern.«

»Das hättest du mir früher sagen müssen«, sagte Holger mit Vorwurf in der Stimme.

»Dann hättest du den Vertrag vielleicht nicht unterzeichnet.«

»Dann hätte ich den Vertrag bestimmt nicht unterzeichnet? Gegen ein böses Weib kann man sich wehren, gegen zwei ist man machtlos.«

Franziskus nickte gottergeben. »Die halten zusammen wie Pech und Schwefel!«

»Und ich hatte dich für einen netten, harmlosen älteren Herrn gehalten.«

»Bin ich ja auch.«

»Ein hinterhältiger alter Fuchs bist du und hast mich reingelegt!« Holger mußte eine Rauchwolke wegfächeln und sich vorbeugen, um Franziskus ins Gesicht sehen zu können. Dabei stach ihm ein seltsam starker Geruch in die Nase. Er griff nach Franziskus' Teeglas und schnüffelte daran. »Da ist ja Rum drin!« rief er.

»Nur ein ganz kleiner Schuß«, gestand Franziskus. »Der Ober ist nämlich ein guter Bekannter von mir.«

»Der Ober ist nämlich ein guter Bekannter von dir«, wiederholte Holger und machte sich gleich mal auf eine ganze Menge weiterer Überraschungen gefaßt.

Wenigstens was die Wohnung betraf, hatte Franziskus nicht geschwindelt. Sie war wirklich urgemütlich. Ein großes Wohn-Schlafzimmer mit sichtbaren Deckenbalken und Kamin, eine kleine Küche, ein Badezimmer, funktionell und geschmackvoll eingerichtet.

»Gehört einem Freund von mir«, sagte Franziskus.

»Ach ja? Du scheinst sehr viele Freunde zu haben.«

Holger warf seinen Koffer aufs Bett und begann auszupacken. Benjamin, der Gartenzwerg, kam auf den Kamin. Angela hatte ihn mal unter Einsatz ihres Lebens für Holger aus einem Berliner Schrebergarten geklaut, weil sie fand, daß er ihm wie aus dem Gesicht geschnitten war. Was Holger an sich als Beleidigung empfand, denn der Gartenzwerg sah ganz schön dämlich aus.

Das fand Franziskus auch.

Eine Stunde später überquerten die beiden Herren Doktoren den Ludwigsplatz, bogen in eine Gasse ein und blieben vor Haus Nr. 12 stehen. Franziskus warf den Kopf in den Nacken und einen

Blick auf die dunkle Fensterfront im ersten Stock. »Die Luft ist rein«, sagte er. Dann schlichen sie wie zwei Diebe hinauf und besahen sich die Örtlichkeiten, wo Holger sich ab Montag mit einem Igel und einem Drachen anlegen mußte.

Die Praxis war noch kein Jahr alt und wirkte erschreckend nüchtern. Holger öffnete eine von sechs Türen auf der linken Seite des Flures und befand sich in einem dunklen Loch, das man über eine andere Tür wieder verlassen konnte. »Reinlaß-Rauslaß-Kabinen?« fragte er entsetzt.

»Die Praxis ist für einen Gynäkologen eingerichtet worden. Als sie fertig war, hat ihn der Schlag getroffen.«

»Wundert mich nicht, hier muß einer ja krank werden!«

Franziskus öffnete eine andere Tür, knipste das Licht an und ließ Holger den Vortritt in ein stahlblitzendes Zimmer. »Das ist mein Sprechzimmer, hier wirst du also arbeiten.« Er öffnete eine Verbindungstür und knipste auch hier das Licht an. »Und gleich nebenan residiert Nadja.«

Holger seufzte. Da war er der zickigen Frau Tochter also gnadenlos ausgeliefert! »Kann man die Verbindungstür wenigstens abschließen?« fragte er.

»Kann man. Würde ich aber nicht versuchen. Denn dann kommt der Drache und speit Feuer, und wenn der Feuer speit, wird dir sehr heiß werden. Junge, Junge!«

Holger warf Franziskus einen vernichtenden Blick zu.

Franziskus sagte: »Und außerdem haben wir noch ein Labor, einen Röntgenraum, ein Wartezimmer, einen Behandlungsraum für Notfälle, zwei Toiletten, eine Teeküche und ... soll ich's dir zeigen?«

»Besten Dank. Für heute hab' ich genug gesehen. Kann man hier irgendwo schöne bunte Blumen auf Leinwand kaufen?«

»Ja, gleich zwei Straßen weiter. Wozu?«

»Die werd' ich mir an die Wand nageln. Und ob der Drache dann Feuer speit, ist mir piepegal!«

Franziskus sah Holger an – mit sehr viel Bewunderung im Blick.

Am nächsten Tag war Samstag. Holger versorgte sich mit Lebensmitteln fürs Wochenende, Zahnpasta, Seife und zwei Flaschen

Rotwein und nahm sich vor, heute abend gemütlich essen zu gehen.

Franziskus zog etwa zur selben Zeit den heimlich gepackten Koffer unterm Bett hervor und verstaute noch fünf Schachteln Havanna, einen Western und ein verblaßtes Foto seiner Frau. Und gerade als er den Koffer wieder schließen wollte, stand plötzlich Nadja hinter ihm und verlangte von ihm zu erfahren, was »das da« sei. Ihr ausgestreckter Zeigefinger deutete auf den Koffer.

»Ein Koffer«, sagte Franziskus.

Nadja sagte nichts. Sie sah ihn nur an, und ihr Blick war nicht gerade freundlich. »Das seh' ich! Was soll das?« fragte sie gefährlich leise.

Franziskus nahm sich zusammen. Er mußte jetzt endlich mal Mut beweisen. Außerdem ging sein Zug in zwei Stunden, und ungesehen wäre er sowieso nicht aus dem Haus gekommen.

»Ich verreise«, sagte er und schloß den Koffer. »In zwei Stunden geht mein Zug.«

»Wie schön, daß man das erfährt«, sagte Nadja. »Hast du nicht ein bißchen viel Zigarren für ein Wochenende eingepackt?« fragte sie bissig.

Franziskus zögerte. Er hatte einen Heidenbammel, sein Herz klopfte wie Buschtrommeln gegen seine Brust.

»Nun?« Nadja verschränkte die Arme.

»Nicht für ein Wochenende, für ein halbes Jahr«, sagte Franziskus.

Nadja öffnete den Mund, schloß ihn wieder und setzte sich. Sie sah plötzlich sehr blaß aus und war schlichtweg sprachlos. Diesen Moment machte sich Franziskus zunutze. Er nahm den Telefonhörer ab, bestellte ein Taxi und trug den Koffer vor die Haustür. Als er wieder in die Diele kam, stand Nadja vor ihm. Sie rückte an ihrer Brille und starrte ihn fassungslos an.

»Wohin?« fragte sie.

»Nach Gozo. Das ist eine kleine, sehr idyllische Insel bei Malta.«

»Kommt natürlich nicht in Frage. Denk an deinen Herzinfarkt! Und dann die Praxis ...«

»Für eine Vertretung hab' ich gesorgt«, fiel ihr Franziskus ins Wort. »Und für meinen Herzinfarkt ist Inselidylle sehr gut. Ich würde das jedem Patienten nur empfehlen.« Franziskus wunderte sich, warum er dieses Gespräch so lange hinausgezögert hatte. Es war doch wirklich alles ganz leicht, man mußte eben nur verstehen, sich durchzusetzen.

»Vertretung«, flüsterte Nadja erschlagen.

»Ein sehr netter Kerl und im besten Mannesalter!« sagte Franziskus. »Er heißt Dr. Porz und wird Montag pünktlich antreten.«

»Ja, aber ...«, begann Nadja und brach wieder ab. Es war einfach unglaublich, sie mußte träumen!

Draußen hupte es, das war das Taxi. Franziskus küßte Nadja auf die blasse Nase. »So mein Kind, jetzt muß ich gehen. Du kannst mir ja mal schreiben. Postlagernd, Gozo bei Malta, das genügt.«

Die Tür fiel ins Schloß, und dann war Franziskus plötzlich verschwunden, und Nadja hatte immer noch nicht begriffen, was eigentlich passiert war.

Sie lief zum Telefon und rief Heribert an. Ihr Verlobter meldete sich nicht. Da fiel ihr ein, daß er ja heute bei seiner Tante Annegret in Regensburg war und erst abends nach Hause kommen würde. Um zwanzig Uhr wollten sie sich im Ratskeller treffen, und vermutlich würde er vorher gar nicht mehr in seine Wohnung gehen. Heribert war also vorerst nicht zu erreichen, womit sich wieder mal bestätigte, was Frau Josephi immer sagte: »Wenn man einen Mann mal braucht, ist er garantiert nicht da!«

Natürlich war im Ratskeller um diese Zeit kein Tisch frei. Nadja mußte an der Bar warten. Sie bestellte ein Glas Sprudel und fragte den Mann zu ihrer linken Seite nach der Uhrzeit.

»Viertel nach acht und eine halbe Minute«, gab er Auskunft und lächelte sie freundlich an.

»Danke«, sagte sie kühl, dann wandte sie sich wieder dem Eingang zu. Wo blieb Heribert denn bloß! Nadja dachte kurz darüber nach, ob sie bei Tante Annegret anrufen sollte, verwarf diesen Gedanken aber wieder, weil sich die alte Dame nur unnötig ängstigen würde.

Dann kamen die Kopfschmerzen. Nadja bekam immer Kopfschmerzen, wenn sie sich aufregte. Sie griff blind in ihre Tasche, drückte zwei Tabletten aus einem Briefchen, schob sie auf die Zunge und griff nach ihrem Glas, um sie hinunterzuspülen. Dabei ließ sie die Tür nicht aus den Augen. Sie starrte auf den Eingang, als ob sie Heribert herbeigucken könnte.

Wieder griff sie nach dem Glas. Der Sprudel schmeckte irgendwie … irgendwie seltsam. Und der Mann, den sie nach der Uhrzeit gefragt hatte, grinste sie ebenfalls *irgendwie seltsam* an. Überhaupt war plötzlich alles *irgendwie seltsam.* Nadja fühlte sich *seltsam* beschwingt und *seltsam* zufrieden, und ein *seltsam* wohliges Gefühl machte sich in ihr breit. Außerdem verspürte sie plötzlich ungeheuer Lust, Heribert und ihren Vater und all diese nichtigen Sorgen in der Donau zu ertränken. Oder besser in einem Gläschen Sekt. Oder noch besser in einer ganzen Flasche Sekt!

Sie winkte dem Ober und lud den netten Herren zu ihrer Linken ein, mit ihr zu trinken.

Und zwar in Sünde

Nadja drehte sich auf die andere Seite, zog die Bettdecke mit, kuschelte sich tief ins Kissen. Sie lächelte ihrem Traum zu und brummte wohlig.

Holger fror. Jemand hatte die Bettdecke von seinen Schultern gezogen. Er nahm den Bettzipfel, zog sich die Decke mit kurzem Ruck zurück, lächelte seinem Traum zu und brummte wohlig.

Nadja nahm die Bettdecke und zog, Holger zog sie wieder zurück.

Nadja schlug die Augen auf, nahm die Bettdecke, wollte dran ziehen und saß eine Zehntelsekunde später aufrecht im Bett. Ein Aufschrei des Entsetzens blieb ihr im Halse stecken, sie schloß den weit aufgerissenen Mund und starrte fassungslos auf den schlafenden Mann in ihrem Bett.

Im selben Moment schlug eine Uhr, und das irritierte Nadja fast so sehr wie dieses fremde Mannsbild da, denn sie besaß doch gar keine Uhr, die schlagen konnte! Sie rutschte ein Stück von diesem … diesem Kerl da weg und sah sich um.

Das war ja gar nicht ihre Wohnung! Es war eine fremde Wohnung. Mit einer fremden Uhr, die schlagen konnte! Und einem fremden Mann in einem fremden Bett! O Gott, das war ja entsetzlich! Sie schob schnell die Faust vor den Mund, um nicht laut loszuschreien, und versuchte sich zu erinnern, wie sie hierhergekommen war. Aber beim besten Willen, sie wußte es nicht mehr.

Schließlich gab sie es auf, ihr Gedächtnis zu befragen und hielt sich an Vermutungen. Dieser Mensch da, dieser … dieser … jawohl, Kidnapper! mußte sie irgendwie betäubt und dann hierherverschleppt haben. Vermutete sie. Nein, eigentlich war sie sogar ganz sicher, denn sie war eine durch und durch anständige Frau, die niemals freiwillig mit einem fremden Mann … also die niemals, nein niemals …! Sie schluckte, sie war den Tränen nahe.

Sie kroch vorsichtig aus dem Ort der Schande, raffte ihre Kleider zusammen, die durchs ganze Zimmer verstreut lagen und schlich zur Tür. Sie drückte leise die Klinke runter und hätte beinahe laut geflucht – abgeschlossen! Dieser Unmensch hatte sie eingeschlossen! Nadja zitterte vor Empörung. Sie preßte sich mit dem Rücken gegen die Tür und sah sich genauer um. Sie befand sich in einem geräumigen Wohn-Schlafzimmer, das, sie mußte es leider zugegen, geschmackvoll eingerichtet war. Nur dieser schreckliche Gartenzwerg auf dem Kamin war entsetzlich kitschig und ließ in Nadja den Verdacht aufkommen, daß dieser Mensch dort im Bett gewissen neurotischen Zwängen unterlag. Ihr Blick wanderte weiter zum Dachfenster, vor dem baumloser, blauer Himmel wuchs! Sie befand sich also mindestens im dritten Stock und war diesem Wüstling hilflos ausgeliefert!

Leise schlich sie zum Bett zurück, um den Kerl noch einmal zu taxieren. Ihr nackter Fuß trat auf eine Plattenhülle, die glatt und kalt war. Sie zog ihn erschrocken zurück und las den Aufdruck. »Bolero« von Ravel. Der Herr liebt also klassische Musik. »Auch das noch, ein Verbrecher mit Niveau!« dachte sie voller bitterer Ironie.

Im selben Moment drehte sich Holger auf den Rücken, seufzte und schmatzte mit den Lippen. Nadja hielt den Atem an, blies ihn erleichtert wieder aus, als sie sicher sein konnte, daß der Mann noch schlief. Sie besah ihn sich voller Ekel. Blondes, dichtes Haar, ovales Gesicht mit Kinngrübchen, gerade, schmale Nase, leicht frivoles Lächeln und samtgraue Augen … Samtgraue Augen! Nadja stieß einen kurzen, schrillen Schrei aus. Der Kerl war aufgewacht! Und grinste sie jetzt an, wie einer, der sich an sehr, sehr unanständige Vorkommnisse erinnerte!

»Sie zittern ja, ist Ihnen kalt?« fragte er. »Ich leihe Ihnen gerne meinen Bademantel, er liegt auf dem Stuhl, gleich hinter Ihnen.«

Nadja sah an sich runter. Himmel, sie war ja splitternackt! Sie riß den Bademantel an sich, zog ihn sich über und schrie: »Geben Sie sofort den Schlüssel her!«

»Das kann ich nicht, Sie haben ihn zum Fenster rausgeworfen.« Er lächelte anzüglich.

»Also das ist doch … das habe ich nicht getan! Wenn Sie mir nicht sofort den Schlüssel geben, dann … dann …«

Sie brach empört ab und verlegte sich kurzerhand aufs Suchen. Wütend zerrte sie Holgers Jackett vom Stuhl, durchwühlte die Taschen, zog seine Hose unterm Bett hervor, durchwühlte auch deren Taschen – aber nichts! Nirgends ein Schlüssel!

Holger sah ihr ungerührt zu. Sein Grinsen war nicht nur irritierend, sondern auch unverschämt anzüglich, fand sie.

»Wo ist der Schlüssel?« schrie Nadja.

»Der liegt vermutlich in der Dachrinne«, antwortete Holger geduldig.

Nadja war den Tränen nahe. Sie starrte Holger mit vernichtendem Blick an. Wenn sie sich doch nur an den gestrigen Abend erinnern könnte! Was war nur passiert?

»Wie heißen Sie überhaupt, Sie ... Sie Verbrecher Sie!« fuhr sie ihn an.

»Holger. Aber gestern haben Sie mich ›Tiger‹ genannt. Das fand ich an sich auch ganz hübsch.« Holger lächelte verbindlich.

Nadja atmete tief durch. Sie mußte ruhig bleiben, ganz ruhig! Sie durfte sich von diesem schrecklichen Menschen nicht provozieren lassen! Sie zählte leise bis vier, dann zischte sie: »Ich möchte sofort wissen, was Sie mit mir gemacht haben und wie ich hierhergekommen bin!«

Holger schmunzelte. *»Ich* habe *Ihnen* nichts gemacht«, antwortete er, und es klang sehr zweideutig, wie er das sagte.

Nadja starrte ihn haßerfüllt an. »Was soll das nun schon wieder heißen!« fuhr sie auf. »Das klingt ja, als ob ich ... mit Ihnen ...« Sie brach ab, ihr fehlten einfach die Worte.

»Können Sie sich wirklich an nichts erinnern?« Holger richtete sich auf und stützte den Kopf in die Hand. Er sah sie samtgrau an, ein Blick, der ihr irgendwie unter die Haut ging, und das machte sie nur noch wütender.

»Nein«, zischte sie.

»An gar nichts?«

»Nein! Himmel, nein!« schrie sie und sank erschöpft auf den Stuhl.

»Soll ich Ihnen alles erzählen?«

Nadja nickte. »Und Sie brauchen sich dabei nicht zu schonen!« giftete sie ihn an. Sie haßte den Kerl!

»Na gut.« Holger setzte sich auf und verschränkte die Arme. »Sie saßen im Ratskeller an der Bar. Ich saß neben Ihnen. Sie fragten mich mehrmals nach der Uhrzeit, ich antwortete Ihnen mehrmals, denn ich bin ein netter, freundlicher und geduldiger Mensch.«

Nadja verzog verächtlich den Mund.

»Plötzlich seufzten Sie und fuhren sich mit der Hand über die Stirn. Ich nahm an, daß Sie Kopfschmerzen hatten.«

Zwischen Nadjas Brauen waren plötzlich zwei steile Falten zu sehen. Ratskeller? Kopfschmerzen? Ein Hauch von Erinnerung wehte sie an. Wollte sie sich nicht mit Heribert treffen? Ja natürlich! Und Vater war durchgebrannt! Für ein halbes Jahre nach Gozo! O Gott …

Nadja sah auf und Holger an, der erzählte weiter: »Sie fragten wieder nach der Uhrzeit und seufzten noch mal, und dann griffen Sie zerstreut in Ihre Handtasche. Sie fummelten nervös drin herum – überhaupt wirkten Sie äußerst nervös – brachten zwei Tabletten zum Vorschein, die sie dann versehentlich mit meinem Sekt hinunterspülten. Ich wollte Sie gerade höflich auf dieses Versehen aufmerksam machen, als Sie mich schon wieder nach der Uhrzeit fragten. Da war es ungefähr 21 Uhr.

Um 21 Uhr zehn lächelten Sie mich plötzlich unerwartet charmant an, öffneten ihre Haare, gestanden mir, daß ich eigentlich ganz der Typ Mann wäre, der Ihnen gefällt, und gestatteten mir, Sie Eva zu nennen. Sie sagten: ›Eva, wie die aus dem Paradies!‹ – und der fühlten Sie sich gestern abend sehr verbunden.«

Nadja öffnete fassungslos den Mund, wollte ihm ihre maßlose Empörung an den Kopf werfen, aber Holger ließ sie gar nicht erst zu Wort kommen.

»Sie hatten plötzlich Lust, etwas Sprudelndes zu trinken«, fuhr er fort, »weil Sie sich auf einmal so sprudelig fühlten – das behaupteten Sie wenigstens – bestellten eine Flasche Sekt auf meine Rechnung und luden mich großzügigerweise ein, mitzutrinken.«

Das war nun wirklich zuviel. »Sie sind ein ganz gemeiner Lügner!« schrie Nadja. »Ich trinke nie Sekt, den vertrag' ich nämlich nicht!«

»Daß Sie normalerweise keinen Sekt trinken, haben Sie mir gestern auch erzählt. Aber Ihre Begründung lautete anders. Sie sagten, ein Gläschen Sekt würde reichen, Sie in zügellose Leidenschaft zu versetzen, und Sie legten im allgemeinen Wert auf

Anstand. Nur gestern wollten Sie mehrere Gläschen Sekt trinken und sehr, sehr unanständig sein – so etwa lauteten Ihre Worte.«

Nadja ballte die Fäuste. Sie sprang wie der Blitz auf, mit ihr auch der Bademantel, der jetzt offen klaffte und den Blick auf zwei bemerkenswert hübsche Brüste freigab.

»Lügner!« rief sie. »Sie ... Sie ... gemeiner, gewissenloser Lügner!«

Es schien Holger gar nicht zu berühren, daß sie ihn einen Lügner nannte. Er zuckte nur die Schultern und deutete wortlos auf den klaffenden Bademantel. Nadja verstummte augenblicklich, zerrte ihn dicht und plumpste wieder auf den Stuhl.

»Dann machten Sie mir einen Vorschlag ...«, Holger überlegte, wie er sich ausdrücken sollte, »... nun, ja sagen wir mal ›erotischer Art‹, der mich sehr ansprach, und um ehrlich zu sein, auch ein wenig verblüffte. Denn als Sie mich zuerst ununterbrochen nach der Uhrzeit fragten, verzeihen Sie, Eva, aber da hielt ich Sie für ausgesprochen langweilig und fantasielos.«

»Ich glaube Ihnen kein Wort!« rief Nadja. Ihre bernsteinfarbenen Augen funkelten wütend. »Niemals habe ich Ihnen Vorschläge ...«, sie zögerte, nicht einmal aussprechen mochte sie dieses Wort, das sie zutiefst in ihrem Ehrgefühl traf.

»Erotischer Art«, half ihr Holger aus und lächelte milde.

Nadja bebte vor Scham. »Niemals habe ich Ihnen Vorschläge solcher Art gemacht!«

»O doch«, beharrte Holger und grinste breit. »Sie wollten mit mir ans Meer fahren, noch diese Nacht. Sie sagten, immer schon hätten Sie sich eine Liebesnacht, mit einem Mann wie ich es bin, am Meer gewünscht. Sie seien geradezu besessen von diesem Wunsch, sagten Sie. Das Rauschen der Brandung, die Mondsichel und ein Himmel voller Sterne, dazu der Sand zwischen unseren leidenschaftlichen Körpern, die sich aneinanderschmiegen ...«

»Das ist nicht wahr!«

»Nein, Sie haben recht, wörtlich sagten Sie ›ineinander versinken‹ – und gestanden mir, das alles würde Sie in wilde Ekstase versetzen. Sie wollten meine Saiten zum Klingen bringen, Sie wollten mir himmlische Töne entlocken und salzige Küsse wollten Sie schmecken, denn, so meinten Sie, die Liebe sei ja sozusagen das Salz in der Suppe des Lebens, und Symbole seien in unserer nüchteren Zeit noch wichtiger als eh und je. Dann küßten Sie mich sehr leidenschaftlich, behaupteten, das sei auch nur symbolisch und bestellten eine zweite Flasche Sekt auf meine Rechnung.«

»Unglaublich«, flüsterte Nadja und schüttelte fassungslos den Kopf. »Einfach unglaublich! Sie sind ein Ferkel.«

»Das behauptet eine Freundin von mir auch immer, aber diesmal bin ich wirklich unschuldig. Sie vergessen, daß dieser Ausflug ans Meer mit all seinen erotischen Varianten nicht meine, sondern Ihre Idee war.«

»So«, sagte Nadja spitz. Sie sah Holger frostig an und zwickte die Augen zu dünnen Schlitzen. »Nehmen wir mal an, Ihre dreisten und gemeinen Lügen wären wahr, wieso bitteschön sind wir dann hier und nicht am Meer? Sie wollen mir doch hoffentlich nicht weismachen, daß sich ein Mann Ihres Schlages so eine Gelegenheit durch die Lappen gehen ließe?« Nadja gratulierte sich zu ihrer logischen Schlußfolgerung, jetzt hatte sie ihn endgültig überführt, diesen miesen Sexprotz!

Holger seufzte. »Schade«, sagte er.

Nadja lächelte triumphierend. »Ja, schade, nicht wahr? Ihr Lügengebäude ist eingestürzt!«

»Nein, ich meine schade, daß Sie heute so eine ausgesprochen schlechte Meinung von mir haben, wo Sie mich doch gestern noch mit Humphrey Bogard verglichen haben und meinten, seine männliche Ausstrahlung wäre im Vergleich zu meiner die eines armen Waisenkindes.«

»Pha!« machte Nadja, dann lachte sie hysterisch. »Bescheidenheit ist für Sie offensichtlich ein Fremdwort.«

»Na gut, lassen wir das.« Holger richtete sich das Kissen im Rücken zurecht und zog die Beine unter der Decke an. »Kommen wir auf Ihre Frage zurück, weshalb wir hier sind und nicht am Meer. Wir verließen den Ratskeller und gingen zu meinem Wagen.«

»Um ans Meer zu fahren?« Nadjas Stimme war mit Ironie durchtränkt.

»Richtig. Auf dem Weg dorthin kamen wir an einer etwas anrüchigen Bar namens Erotica vorbei, die nebst Sekt auch Programm zu bieten hatte. Sie wollten unbedingt zuerst in diese Bar, weil Sie in einer solchen noch nie gewesen waren. Ich auch nicht, also beschlossen wir, gemeinsam eine neue Erfahrung zu machen und unser Liebesabenteuer am Meer noch etwas aufzuschieben.« Er nickte ihr lächelnd zu, sie lächelte giftig zurück.

»Wir waren allerdings beide enttäuscht von den Darbietungen des Programms«, sagte Holger. »Sie übrigens mehr als ich. Ihnen fehlte künstlerisches Niveau. Sie waren sich ganz sicher, daß Sie das viel besser könnten – und ich muß sagen, Sie hatten recht!«

Das Gift aus Nadjas Blick wich, das Blut aus ihren Wangen auch, und ihre bernsteinfarbenen Augen funkelten kein bißchen mehr. »Wollen Sie damit andeuten, daß ich …«, flüsterte sie heiser. Der angefangene Satz blieb ihr im Hals stecken, ihre Hände zitterten, sie atmete schwer. Sie hätte ihm jetzt gerne das Gesicht zerkratzt oder ihm sonstwas Gewalttätiges angetan, aber sie war wie gelähmt.

»Es ist wohl besser, ich erzähle der Reihe nach«, sagte Holger, überlegte, wieviel er ihr noch zumuten konnte und beschloß, einen Teil des nächtlichen Abenteuers zu überspringen. »Ich wollte Sie dann nach Hause bringen, denn wir hatten inzwischen schon drei Flaschen Sekt getrunken, und eine mehrstündige Fahrt ans Meer traute ich mir nicht mehr zu. Ich bestellte ein Taxi, Sie weigerten sich aber einzusteigen. Sie behaupteten, der Fahrer sei ein Verbündeter Ihres Vaters, deshalb trauten Sie ihm nicht mal so weit, wie man einen Panzer schieben kann. Sie sagten, Ihr Vater hätte Ihnen eine Laus in den Pelz gesetzt, hätte dann Ihre Mutter in einen Koffer gepackt und sei mit einem Taxi verschwunden.«

»Das habe ich wirklich gesagt?« fragte Nadja, und ihre Stimme klang plötzlich sehr kleinlaut. Denn woher sollte dieser schreckliche Mensch das alles denn wissen, wenn nicht von ihr?

»Das haben Sie wirklich gesagt! Ich konnte Sie dann doch überreden, in das Taxi zu steigen und fragte Sie nach Ihrer Adresse. Der Fahrer brachte uns hin. Es war das Finanzamt. Sie erklärten, Sie hätten da nur kurz eine alte Rechnung zu begleichen und zwar bei einem gewissen Heribert Wunderlich. Sagt Ihnen der Name etwas?«

Und ob er Nadja etwas sagte. Heribert Wunderlich war höherer Finanzbeamter und ihr Verlobter. Sie schluckte und sank in sich zusammen. Ihr eben noch so blasses Gesicht färbte sich dunkelrot.

»Habe ich wirklich diesen Namen erwähnt? Und meinen Vater und einen Koffer?« fragte sie mit gebrochener Stimme. »Und die Adresse vom Finanzamt?«

Holger nickte. »Sie blieben dabei daß Sie dort an der richtigen Adresse wären. Was sollte ich tun? Das Finanzamt war geschlossen, und außerdem gebe ich da sowieso nie was freiwillig ab. Ich hatte also keine andere Wahl, ich nahm Sie mit nach Hause – o bitte verstehen Sie mich nicht falsch!« entschuldigte er sich schnell. »Damit will ich nicht sagen, daß mir das unangenehm war. Sie gefallen mir wirklich sehr gut. Nur unter diesen Umständen ... ich weiß schließlich, was sich gehört!«

»Sie wissen, was sich gehört«, wiederholte Nadja tonlos. Sie schluckte, sie fuhr sich über die Stirn. Jetzt hatte sie wieder Kopfschmerzen. »Und dann habe ich Striptease getanzt?« Sie sah Holger an wie ein geschlagener Hund.

Er nickte. »Zum ›Bolero‹ von Ravel. Sie hatten, die Platte herausgesucht, als ich mal auf einem gewissen Häuschen war.«

»Und ...«, Nadjas Lippen zitterten, »... ich meine, hat es Ihnen gefallen?«

»Es war ausgesprochen künstlerisch!«

Nadja sah beschämt zu Boden. Ihr Blick fiel auf Holgers Hose, die wiederum erinnerte sie an den fehlenden Schlüssel. Sie fragte: »Wie ist das mit dem Schlüssel passiert?«

»Sie haben zugesperrt, haben den Schlüssel abgezogen und aus dem Fenster geworfen. Sie haben gesagt, Sie wollen nur noch für mich und mit mir leben, und zwar in Sünde.«

»Und zwar in Sünde.« Nadja schloß die Augen. So etwas hätte sie von sich nie gedacht! Sie schämte sich entsetzlich. »Und haben wir dann in Sünde ... ich meine ...«

»Nein, nicht sehr«, antwortete Holger. »Wir waren ja beide nicht mehr so recht auf dem Damm. Aber ich mußte Ihnen als Ehrenmann versprechen, daß wir das gleich heute nachholen werden.« Er sah samtgrau und sehr tief in sie hinein.

Nadja drehte sich schnell weg, fragte: »Bitte, wo ist meine Handtasche?«

»Dort auf dem Schreibtisch.«

Sie stand auf, holte sie sich, kramte nach dem Tablettenbriefchen und starrte es mit dem Ausdruck der Verzweiflung an. »Das waren nicht meine Kopfschmerztabletten, das waren Tabletten meines Vaters, die ich für ihn mit nach Hause genommen hatte. Man darf höchstens eine nehmen und niemals zusammen mit Alkohol. Mit Alkohol wirken sie wie Drogen. Und ich hatte zwei geschluckt und dazu auch noch Sekt, den ich ohnehin nicht vertrage.«

Nadja sank ganz klein in sich zusammen. Aber plötzlich streckte sie sich und sah Holger tapfer in die Augen. »Ich entschuldige mich für mein entsetzliches Benehmen. Ich schäme mich sehr. Es tut mir schrecklich leid«, sagte sie.

»Mir kein bißchen«, antwortete Holger. Er fingerte nach seinem Slip, zog ihn an, stand auf, ging zu Nadja und legte seine Hände auf ihre Schultern. »Wenn Sie mich gestern weiterhin nach der Uhrzeit gefragt hätten, hätte ich mich sicher mit Ihnen gelangweilt. Ich fürchte sogar, ich hätte mich sehr bald von Ihnen verabschiedet. Nun ja, und dann hätte ich Ihnen natürlich auch nicht dieses Versprechen geben können.«

»Ach ja, das Versprechen.« Nadja würgte an dem Kloß in ihrem Hals. »Ich entbinde Sie natürlich von Ihrem Ehrenwort.«

»Das habe ich leider befürchtet.« Holger seufzte.

»Was machen wir jetzt?« fragte Nadja. »Ich meine wegen des Schlüssels.«

»Kein Problem, ich habe einen zweiten.« Holger kratzte sich am Kopf. »Wenn ich nur wüßte, wo!«

Während Holger nach dem Schlüssel suchte, zog Nadja sich an. Dann setzte sie sich auf den Rand des Bettes und sah zu, wie er den Schreibtisch durchwühlte. Zu ihren Füßen lag der »Bolero« von Ravel. Sie schob das Cover hastig unters Bett, setzte ihre Brille auf und band ihr Haar zu einem Knoten. Eine Liebesnacht am Meer! Salzige Küsse! Zwei Körper, die ineinander versinken! Pfui Nadja!

Holger zog eine Schublade auf, schob sie wieder zu und zog eine andere auf. Nadja sah ihm zu und errötete, als sie sich dabei ertappte, daß sie sich dieses erotische Abenteuer mit ihm ausmalte. Ihr Puls raste dabei, natürlich nur vor Empörung. Sie war eine anständige Frau, und so etwas käme für sie niemals in Frage!

»Hier hab' ich ihn.« Holger kam mit dem Schlüssel auf Nadja zu. »Schade, ich hatte so sehr darauf gehofft, ihn nicht zu finden. Wollen Sie wenigstens zum Frühstück bleiben, Eva?«

»Nein danke.« Sie rauschte an ihm vorbei zur Tür.

Als Holger neben ihr stand und aufschloß, sah sie diskret zur Seite. Er trug noch immer nur einen Slip!

Holger nahm Nadjas Hand, um sie zu küssen, aber sie entzog sie ihm. »Sie sollten die Haare immer offen tragen, das steht Ihnen viel besser«, sagte er. »Ich hoffe, wir sehen uns einmal wieder.«

»Das hoffe ich nicht«, sagte Nadja und ging.

Das Wiedersehen am Montag morgen

Mit drei gerahmten Blumendrucken, einem Päckchen Bildernägel und einem Hammer unterm Arm betrat Holger Punkt halb acht die Praxis. Eine dralle Fastfünfzigerin sah ihn streng an und fragte mit schneidender Stimme: »Sind Sie angemeldet?« Das mußte der Drache sein!

»Frau Dr. Sedam erwartet mich.« Hoffe ich wenigstens, dachte er im stillen, denn Franziskus, dem Feigling, war durchaus zuzutrauen, daß er sich aus dem Staub gemacht hatte, ohne seine Tochter auf ihn vorzubereiten. Holger lächelte den Drachen ergeben an und verbeugte sich kurz. »Dr. Porz ist mein Name.«

Frau Josephi sah in den Terminkalender und dann Holger an. »Da ist kein Dr. Porz eingetragen. Außerdem ist die Frau Doktor noch nicht da.«

»Macht nichts, ich warte.«

»Ja aber ...« Das Telefon klingelte, Frau Josephi nahm ab. Sie hörte dem Anrufer ungeduldig zu und sagte dann: »Das weiß ich nicht, da muß ich erst nachsehen.« Sie verschwand im Röntgenzimmer, und als sie wieder herauskam, war dieser Dr. Porz nicht mehr da. Auch gut. »Am 12. 4.«, teilte sie dem Anrufer mit. »Bitteschön.« Sie legte auf und setzte sich, und im selben Moment hörte sie es hämmern.

Frau Josephi kniff die Augen zusammen, sperrte die Ohren auf und folgte dem Geräusch. Es führte sie in Dr. Sedams Konsultationszimmer.

»Was machen Sie denn da?«

Holger wäre vor Schreck fast vom Hocker gefallen, auf dem er stand, als ihn der Drache so unvermutet anbrüllte.

»Verlassen Sie sofort dieses Zimmer!«

»Liebe Frau Josephi«, seine Stimme klang besorgt, »als Arzt muß ich Sie darauf aufmerksam machen, daß sich bei ständiger Überbelastung der Stimmbänder Schleimhautgeschwülste auf selbigen bilden, die dann zu Heiserkeit führen, in schlimmen Fällen sogar zum vorübergehenden Verlust der Stimme. In Ihrem eigenen Interesse möchte ich Sie deshalb bitten, in Zukunft leiser zu sprechen.« Er stieg vom Hocker.

Frau Josephi klappte den Mund auf und wieder zu. Kein Wort kam über ihre blassen Lippen, schade, daß Franziskus das nicht miterleben konnte, er hätte diesen Augenblick bestimmt sehr genossen.

»Sehen Sie, jetzt ist es schon passiert«, sagte Holger und rollte die Lehrtafel Nr. 16 mit dem hautlosen Muskelmann zusammen. »Den körnen Sie mitnehmen. Vielen Dank.« Er schob sie zur Tür, die er hinter ihr schloß.

Holger war zufrieden mit sich. Er hatte ihr gleich mal den Wind aus den Segeln genommen, in Zukunft wird sie bestimmt etwas leiser treten! Aber da hatte er sich getäuscht. Wer immer auch dieser Flegel sein mochte, er konnte sich ihrer ewigen Feindschaft sicher sein, beschloß Frau Josephi.

Als Nadja in die Praxis kam, stürzte Frau Josephi auf sie zu. »Frau Doktor!« rief sie, ihre Stimme überschlug sich. »Da ist jemand … ein Irrer … ich muß sofort mit Ihnen reden!«

»Um Gottes Willen, Frau Josephi, nun beruhigen Sie sich doch!« Nadja deutete auf das Wartezimmer, in dem schon zwei Patienten saßen, und ging in ihr Zimmer.

Frau Josephi folgte ihr im Stechschritt. »Er sagt, sein Name sei Dr. Porz, und er hängt Bilder im Zimmer Ihres Vaters auf. Tulpen und Margeriten! Und er behandelt mich wie eine Untergebene! Muß ich mir das bieten lassen?«

»Bitte setzen Sie sich, Frau Josephi.« Nadja wies auf einen Stuhl und räusperte sich. Ihr war gar nicht wohl in ihrer Haut.

»Nein danke. Ich stehe lieber.« Frau Josephi warf den Kopf in den Nacken und wartete demonstrativ auf eine Erklärung.

»Es ist nämlich so, mein Vater mußte dringend … mußte für ein halbes Jahr auf Kur. Und diesen Dr. Porz hat er als Vertretung eingestellt.«

Nun setzte sich Frau Josephi doch. Bleich und fassungslos starte sie ihre Chefin an. »Auf Kur? Ein halbes Jahr? Und der da«, sie machte eine fahrige Handbewegung in Richtung Verbindungstür, »der vertritt ihn? Ja aber, das hätten Sie mir doch alles früher mitteilen müssen! Darauf hab' ich doch schließlich ein Recht!« Sie streifte Nadja mit gekränktem Blick, zog ein Taschentuch aus dem Kittel und betupfte sich die Nase. »Nach vierzehn Jahren! Und wo ich doch immer so was wie Ihre mütterliche Freundin war.«

Nadja kam sich sehr klein und sehr schäbig vor, als Frau Josephi sie so gekränkt ansah. Sie rückte an ihrer Brille und sagte: »Ich weiß es selbst erst seit vorgestern. Es ist eine sehr plötzliche Kur.«

»Das kann man wohl sagen! Und eine sehr plötzliche Vertretung! Und wenn ich nicht sehr plötzlich kündige, dann nur, weil ich so gutmütig bin und es nicht übers Herz bringe, Sie hängenzulassen«, rief Frau Josephi erregt.

»Das ist sehr lieb von Ihnen, Frau Josephi, und ich weiß es Ihnen zu danken. Was sollten wir auch ohne Sie tun? Wir wären verloren!«

»Jeder Mensch ist zu ersetzen«, sagte Frau Josephi.

»Nur Sie nicht!«

Der Anflug eines Lächelns huschte über Frau Josephis Gesicht. Sie erhob sich und schwebte auf dem Blumenteppich, den Nadja ihr gestreut hatte, zur Verbindungstür. Dort drehte sie sich noch mal um. »Wenn es Ihnen recht ist, werde ich ihn jetzt reinholen – aber ich sage Ihnen gleich, dieser Mann ist ein Flegel, und ich werde kein Wort mehr als nötig mit ihm reden!«

»Natürlich nicht.«

Frau Josephi riß die Tür auf, ohne zu klopfen. »Frau Doktor Sedam läßt bitten!«

Nadja stand auf und ging um den Schreibtisch. Aus dem Zimmer ihres Vaters drang ein dumpfes Geräusch, ein Stuhl wurde geschoben, und dann trat einssechsundachtzig Mann mit blonden Haaren und samtgrauen Augen durch die Tür.

Nadja erblaßte, als sie ihren nächtlichen Ausrutscher erkannte, ihre Knie waren plötzlich wie Pudding, ihre Lippen zitterten.

Sie sahen sich an und schwiegen sehr lange. Um Holgers Mund spielte wieder dieses anzügliche Grinsen, das Nadja schon gestern so an ihm gehaßt hatte. Aber immerhin war er Gentleman genug, vor Frau Josephi keinerlei Anspielungen auf den vorgestrigen Abend zu machen. Er reichte Nadja die Hand und sagte. »Schönen guten Morgen, Dr. Porz ist mein Name. Holger Porz. Bin sehr erfreut, Sie kennenzulernen.«

Nadja hingegen war gar nicht erfreut. Kein bißchen! Sie kühlte so sehr ab, daß Holger befürchten mußte, sie könnte sich einen Schnupfen holen. »Dr. Nadja Sedam«, stellte sie sich vor und gab Holger widerwillig die Hand. »Frau Josephi wird Sie in alles einweisen und Sie mit den übrigen Angestellten bekanntmachen.«

Und dann fiel die Tür hinter Holger und Frau Josephi ins Schloß, und Nadja überlegte, ob sie aus dem Fenster springen oder sich besser erschießen sollte.

Der Drache spuckt Geifer

Ein halber Arbeitstag mit Holger reichte aus, um die Stimmung in der Gemeinschaftspraxis Sedam zum Pulverfaß zu machen – ein Streichholz hätte genügt, und der Laden wäre in die Luft geflogen! Frau Josephi kochte schier vor Wut, weil sich dieser »aufgeblasene Kerl«, wie sie ihn nannte, »dieser verantwortungslose Flegel«, in nichts, aber auch gar nichts an ihre Regeln hielt. Da war der alte Sedam ja ein frommes Lamm dagegen, und von dem hielt sie schon weniger als nichts.

Als der letzte Patient die Praxis verlassen hatte, fegte sie wie eine Staubwolke mit dem Wind in Nadjas Konsultationszimmer, baute sich vor ihrem Schreibtisch auf und hustete sich die Seele frei. Was dabei herauskam, war eine ganze Menge Giftgeifer. Und sie redete sich dabei so in Rage, daß ihr gar nicht auffiel, daß Holger die ganze Zeit über in der Verbindungstür stand und grinsend zuhörte.

»Dieser sogenannte Arzt praktiziert doch tatsächlich ohne Kittel!« Das Wörtchen sogenannt spie sie Nadja voller Abscheu vor die Füße. »Wo doch unsere Patienten soviel Wert auf korrektes Aussehen legen! Er trinkt Kaffee im Konsultationszimmer und mißt den Blutdruck selbst, statt mich zu rufen! Und dann«, fügte sie mit sich überschlagender Stimme hinzu, »weigert sich dieser …«

»Frau Josephi, bitte beruhigen Sie sich doch«, versuchte Nadja sie mit Seitenblick auf Holger zu bremsen, aber der Drache war gerade erst so richtig in Fahrt gekommen und dachte überhaupt nicht dran, sich beruhigen zu lassen.

»… weigert sich dieser Möchtegerndoktor auch noch, die Patienten vorsorglich röntgen zu lassen! Behauptet, das sei für nichts anderes gut, als zum Abbezahlen der Röntgenanlage, und da würde er nicht mitspielen. Das ist doch eine Unverschämtheit, ist das doch! Ja, wo kommen wir denn da hin, wenn wir dem alles durchgehen lassen und er uns obendrein noch in Verruf bringt? Sie müssen ihn in seine Schranken verweisen, Frau Doktor, bevor der sich noch einbildet, er kann uns allen hier auf der Nase rumtanzen!« Jetzt mußte sie erst mal Luft holen, und diesen Moment machte Holger sich zunutze.

»Meine liebe, sehr verehrte Frau Josephi«, sagte er mit schmuseweicher Stimme, worauf Frau Josephi wie der Blitz herumfuhr, »niemals würde ich es wagen, auf Ihrer Nase herumzutanzen. Er lächelte milde. »Allerdings möchte ich Sie bitten, selbiges auch nicht auf meiner zu tun. Wenn Sie bereit sind, sich an diese Spielregeln zu halten, könnten wir beide uns vielleicht sogar vertragen.«

Frau Josephi öffnete den Mund, dann schloß sie ihn wieder, ohne ein Wort an Holger verloren zu haben. Sie warf den Kopf in den Nacken und rauschte wie ein Derwisch an ihm vorbei. An der Tür drehte sie sich noch mal um, sagte zu Nadja: »Er ist ein Alternativer! Er hat den ganzen Vormittag nur zwei Rezepte ausgestellt!«

»Mehr waren auch nicht nötig«, sagte Holger ganz ruhig.

»Aber die Frau Doktor hat neun ausgestellt!« Damit fiel krachend die Tür hinter ihr ins Schloß.

Holger schob die Hände in die Hosentaschen und grinste Nadja breit an. »Wie wäre es, wenn wir Ihren Sieg mit einem gemeinsamen Mittagessen feiern würden, Frau Kollegin?«

»Welchen Sieg?« Sie stand auf und zog ihren Kittel aus.

»Na, den Rezeptsieg – sieben mehr als ich!«

»Sparen Sie sich Ihre Ironie!« Nadja sah ihn giftig an und knallte ihren Kittel auf den Stuhl. »Und was Ihre Einladung betrifft: Nein! Heute nicht und auch in Zukunft nicht. Ich bin verlobt! Und überhaupt lege ich nicht besonders viel Wert auf Ihre Gesellschaft.«

»Ach so, Sie sind verlobt ...« Holger grinste noch etwas breiter. »Etwa mit diesem Heribert Wunderlich, bei dem Sie Samstag nacht noch eine Rechnung begleichen wollten?«

»Hören Sie ...« Nadja baute sich vor ihm auf und sah ihn von unten aus zusammengekniffenen Augen an. »Es gibt ein paar Tage pro Woche, an denen ich lieber nicht mit Ihnen reden möchte. Das ist von Montag bis Sonntag. Und heute *ist* Montag!« Und damit fegte sie hinaus.

Als Holger wenig später ebenfalls die Praxis verlassen wollte, stieß er mit Brigitte zusammen, die gerade mit einem Arm voll Röntgenaufnahmen aus dem Röntgenzimmer kam. Mindestens die Hälfte der Kuverts fielen ihr herunter und lagen auf dem Boden zerstreut.

»Ach du liebes bißchen!« rief Holger. »Ich bin aber auch dämlich! Tut mir leid.«

Sie bückten sich beide nach den Aufnahmen, stießen dabei mit den Köpfen zusammen und lachten.

»Sie haben ja einen ganz schönen Dickschädel«, sagte Holger und rieb sich den Kopf.

»Sie aber auch«, sagte Brigitte. »Wie Sie der Josephi die Stirn bieten, das hat sich bis jetzt noch keiner getraut! Und außerdem sind Sie nicht dämlich, sondern höchstens ›herrlich‹.«

Holger legte den Kopf zur Seite, lachte und sagte: »Besten Dank für das reizende Kompliment!«

Brigitte errötete leicht, was ihr übrigens zauberhaft stand. »Ich meinte das nur so vom Sprachgebrauch her«, sagte sie schnell. »Dämlich im Gegensatz zu herrlich! Sogar sprachlich werden wir Frauen niedergemacht – finden Sie das nicht auch gemein?«

»Doch, schon.« Holger lachte. »Aber wir Männer, das kann ich Ihnen sagen, haben es auch nicht immer leicht! Vor allem nicht mit den Damen der Schöpfung.« Holger zwinkerte ihr vielsagend zu.

Brigitte nickte. »Ich weiß schon, wie Sie das meinen. Aber mit mir können Sie rechnen, ich falle Ihnen bestimmt nicht in den Rücken! Und Reinhilde und Gabi mögen Sie auch.« Reinhilde und Gabi arbeiteten ebenfalls in der Praxis.

»Na, da bin ich aber froh«, sagte Holger und schmunzelte.

Sie hatten die Aufnahmen wieder eingesammelt und standen auf. Brigitte trug sie zum Karteischrank und sortierte sie ein.

»Müssen Sie etwa Überstunden machen?« fragte Holger.

»Ach, was heißt müssen. Aber sonst schimpft der Dra… ich meine Frau Josephi nachher wieder. Und außerdem esse ich mittags sowieso nur ein Joghurt und einen Apfel – wegen der Figur.«

»Na dann Mahlzeit!« sagte Holger, tippte sich an den nicht vorhandenen Hut und machte sich davon.

Nur gegen Liebe ist kein Kraut gewachsen

Julia Walters war Gartenarchitektin und Privathexe. Gartenarchitektin wurde sie auf dem üblichen Weg. Abitur, dann Studium, später ein kleines Büro eingerichtet und fortan geschuftet wie ein Pferd. Der große Durchbruch gelang ihr vor acht Jahren durch einen »exotischen« Auftrag, den ihr ein Freund und bekannter Architekt vermittelt hatte. Er bestellte sie eines Tages ins Büro, sagte:

»Ein Bonner Diplomat, der einige Jahre in Asien lebte und nun wieder gute deutsche Erde unter den Füßen hat, will sich mit Tulpen und Blautannen im Garten seiner Villa nicht abfinden. Palmen will er haben, Orchideen, Goldfischteiche und Schlinggewächse seltenster Art. Ich dachte, das wäre doch mal was für dich?«

Und ob das was für Julia war! Sie griff sofort zu.

Der Architekt entwarf Glasveranden, kunstvoll ineinandergeschachtelt und dem Haus angefügt, in denen Julia Gärten anlegte, die noch lange von sich reden machen sollten. Kleine zauberhafte, exotische Gärten, die den Vorstellungen vom Paradies sehr nahekamen. Julias Name war plötzlich in aller Munde, ihre Paradiesgärten in sämtlichen westeuropäischen und amerikanischen Magazinen abgebildet und ihr Privatleben dahin. Denn plötzlich regnete es Aufträge, und Julia nahm so viele wie möglich an. Schließlich wußte man ja nicht, wie lange das Interesse an ihren Gärten anhalten würde, und Julia lebte damals noch nach dem Prinzip: Man soll die Kuh melken, solange sie Milch gibt!

Aber das hatte schwerwiegende Folgen. Ihr Mann ließ sich scheiden und heiratete bald darauf eine Frau, die an Heuschnupfen litt und um jeden Garten einen großen Bogen machte. Julia selbst stürzte sich in noch mehr Arbeit und brachte sich damit an den Rand des gesundheitlichen Ruins, dem ihr Arzt mittels Medikamenten erfolglos entgegenzuwirken versuchte.

Als Julia dann vor fünf Monaten einer heilkräuterkundigen Frau begegnete, änderte sich ihr Leben schlagartig. Das Wort Garten hatte plötzlich nicht mehr nur mit Arbeit, Erfolg, Orchideen und Bonner Diplomaten zu tun, sondern auch mit Melisse, Knoblauch, Siebenfinger, Erholung und Entspannung.

Zuerst suchte Julia sich einen Kompagnon. Dann kündigte sie ihrem Arzt, grub ihren Garten um und pflanzte Heilkräuter an. Ihrem Kompagnon hatte sie dreierlei zu verdanken: weniger Arbeit, den scherzhaften Spitznamen Privathexe und die Wiederbewußtwerdung ihrer Weiblichkeit, denn sie hatte sich in ihn verliebt. Er war ein angenehmer, interessanter, gutaussehender Mann – nur leider war er verheiratet. Und um den Ansturm dieser Gefühle gleich im Keime zu ersticken, war sie vor ein paar Wochen nach Gozo geflüchtet. Dort lebte sie in einem hübschen Hotel direkt am Meer und tat den lieben langen Tag nichts anderes, als ihr Leben zu genießen. Nirgends gab es kunstvoll angelegte Gärten, dafür aber wilde Kräuter in Hülle und Fülle, die sie auf ihren ausgedehnten Spaziergängen sammelte und auf ihrem Balkon trocknete. Am Nachmittag schwamm sie dann im Meer, jeden zweiten Abend ging sie in die Sauna und nachts ... nun ja, da genehmigte sie sich ab und zu ein bißchen Wehmut, denn ihre neuentdeckte Weiblichkeit welkte einsam vor sich hin. Julia war mit ihren 46 Jahren nämlich noch lange nicht jenseits von Gut und Böse! Ein hartnäckiges Bedürfnis nach Liebe und Zärtlichkeit plagte sie – aber gegen solcherlei Qual war eben leider noch kein Kraut gewachsen.

Als Julia vom Meer zurückkam und ihre Ziegenbuttermilch getrunken hatte, ging sie in die Sauna. Sie breitete ihr Handtuch auf der Liegestufe aus und machte es sich bequem. Außer ihr war nur noch ein Mann im Saunaraum. Sie nickte ihm zu und lächelte, er lächelte zurück. Julia betrachtete ihn aus den Augenwinkeln. So um Mitte bis Ende fünfzig schätzte sie ihn. Seiner Blässe nach zu urteilen kam er nur selten an die frische Luft, und er machte einen erschöpften, völlig abgearbeiteten Eindruck. Wie er schon dasaß! Die Ellbogen auf die Knie gestützt, seinen rechten Fuß auf den linken gelegt, starrte er müde vor sich hin. Gestreßt sah er aus, völlig am Ende.

Dem ging's wie ihr vor nicht allzu langer Zeit. Genau so hatte sie dagesessen, ausgelaugt, kraftlos, am Ende und krank. Bedauernswerter Kerl, dachte sie, und da sah er plötzlich auf und sie an.

Er lächelte, sagte: »Heiß hier, nicht wahr?«

Sie konterte: »Man sollte eine Klimaanlage einbauen lassen – sind Sie schon lange hier? Ich meine hier im Hotel?«

»Ich wohne nicht im Hotel, benutze nur ab und zu die Sauna und den Speisesaal. Wissen Sie, mein Freund, bei ihm lebe ich, seit ich auf Gozo bin, kocht miserabel, und von meinen Kochkünsten reden wir besser erst gar nicht!«

Julia schmunzelte. »Jaja«, sagte sie, und dann: »Sie sehen müde aus, wahrscheinlich zu viel Ärger und Streß und zu viel gearbeitet?«

Der Mann seufzte ein »Ja« und nickte dazu.

»Kenn' ich!« sagte Julia. »Man schuftet und schuftet, und plötzlich bricht man zusammen und wundert sich auch noch! Dann läßt man sich durchchecken und liest im Befund des Arztes, daß man eigentlich schon halb tot oder zumindest Psychopath ist. Ich vermute, Sie haben Gallenbeschwerden, nervöse Magenbeschwerden, leiden unter Abgespanntheit, Ermüdungserscheinung der Augen, Herz- und Kreislaufbeschwerden, rasenden Kopfschmerzen und Schlafstörungen und haben bereits Ihren ersten Herzinfarkt hinter sich! Stimmt's?«

»Stimmt«, sagte er. »Sie scheinen Röntgenaugen zu haben.«

»Nein, das nicht. Nur einschlägige Erfahrungen. Was ich aufgezählt habe, war die Liste meiner eigenen Beschwerden. Nur Herzinfarkt ist mir Gott sei Dank erspart geblieben.«

»Da scheinen wir ja einiges gemeinsam zu haben.« Er lächelte.

»Jetzt nicht mehr, mir geht's nämlich wieder gut, ich fühle mich gesund und aktiv und ringsum so richtig pudelwohl.« Sie strahlte.

»Und wie haben Sie das gemacht? Geben Sie einem leidgeplagten Mann einen guten Rat!«

»Zuerst faßte ich den Mut, mich aus den Klauen meines Arztes zu befreien. Medikamente hatte der mir verschrieben, kistenweise Chemie! Ich bin mir vorgekommen wie ein Giftdepot und hatte immer mehr von dem Zeug verbraucht. Bis ich beschloß, in Mutter Naturs Hausapotheke zu greifen. Von da an ging es mir täglich besser. Na gut«, gab sie zu, »man muß natürlich an die Kraft der Natur glauben, aber ist das mit der Chemie nicht ebenso?« Die Frage war rein rhetorisch, Julia wartete erst gar keine Antwort ab und fuhr fort:

»Ich brachte das ganze Zeug, das sich in meinem Arzneischrank angehäuft hatte, zur Apotheke und ließ es vernichten. Dann beschäftigte ich mich eingehend mit der Wirkung von Heilkräutern und trank von nun an aus dem Brunnen der Natur. Außerdem nahm ich mir zwei Monate Urlaub, die ich hier auf Gozo verbringen will. Drei Wochen sind inzwischen um. In den ersten beiden habe ich fast rund um die Uhr geschlafen. Ich habe mich ausgeschlafen, wie man so schön sagt.«

»Sie scheinen nicht sehr viel von Ärzten zu halten?«

»Nein«, gab Julia zu. »Ich gehe ihnen am liebsten aus dem Weg, den Damen und Herren im weißen Kittel, die so gerne ihren Rezeptblock zücken und Pillen verschreiben. Pillen in Rot, in Blau, Tabletten in Weiß, und dazu noch ein Zäpfchen hier, ein Pülverchen da. Selbstverständlich sind die Nebenwirkungen nicht wesentlich – in manchen Fällen werden nur die Nieren angegriffen, die Magenschleimhaut, man kann Ohrensausen und Schwindelgefühle bekommen. Vom Autofahren wird dringend abgeraten, Erbrechen möglich, Atemnot nur in seltenen Fällen, bei frühzeitigem Ableben suchen Sie bitte Ihren Hausarzt auf!«

Der Mann lachte. »Und wie war das mit dem Brunnen der Natur, aus dem Sie getrunken haben? Was verordnen Sie zum Beispiel bei Gallenbeschwerden?« erkundigte er sich.

»Zum Beispiel Mariendisteltee. Sie nehmen einen Teelöffel Mariendistelfrüchte, übergießen sie mit kochendem Wasser, lassen das fünfzehn Minuten ziehen und gießen den Tee ab. Davon trinken Sie heiß und in kleinen Schlucken dreimal täglich eine Tasse vor dem Essen. Auch Erdrauch ist gut bei Gallenbeschwerden! Und gegen nervöse Magenbeschwerden helfen Zitronenmelisse, Bienenkraut, oder …«

»Halt!« rief der Mann und seufzte. »Das kann ich mir unmöglich alles merken! Ich müßte mir das aufschreiben. Sagen Sie, wie wäre es, wenn wir später zusammen essen würden? Vielleicht ein ordentliches Steak mit Melissenkraut, Erdrauch und einer Prise Kamille gewürzt?«

Julia schmunzelte. Der Mann gefiel ihr. Zwar war er ein gutes Stück älter als sie, aber er hatte immerhin Charme und Humor! Sie nahm seine Einladung an.

Der Ober brachte die Speisekarte. »Wenn ich mir erlauben darf, Herr Dr. Sedam, die Seezungenfilets Müllerin … vorzüglich, sehr zu empfehlen.«

»Mögen Sie Fisch?« erkundigte sich Franziskus bei Julia.

Sie nickte. »Gerne sogar. Ich nehme die Seezunge.«

»Vorweg eine Kleinigkeit?«

»Nein, nur die Seezungenfilets und ein Glas Mineralwasser.«

»Und mir bringen Sie bitte ein ordentliches Steak und ein Pils!« Franziskus sah lächelnd zu Julia, dann wieder zum Ober und fügte an: »Mit einer Prise Melisse und Erdrauch gewürzt, wenn möglich.«

»Erdrauch? Ich fürchte, das haben wir nicht, Herr Dr. Sedam«, bedauerte der Ober verwirrt und zog sich zurück.

»Sie hatten sich bei mir nur mit Franziskus Sedam vorgestellt, den Titel haben Sie weggelassen«, sagte Julia und fragte: »Doktor der was sind Sie, wenn ich so neugierig sein darf?«

Franziskus nahm seine Brille ab und begann damit, sie ausführlich zu putzen. Die Verlegenheit stand ihm im Gesicht, wie ein drei Tage alter Bart. »Doktor der Medizin – muß ich zu meiner Schande gestehen. Ich hoffe, Sie werfen Ihren Entschluß jetzt nicht um und essen trotzdem mit mir?«

»O nein!« stöhnte Julia. »Das heißt ja … ich meine …« Sie brach ab und schüttelte den Kopf. »Da hab' ich mich ja ganz schön in die Nesseln gesetzt!« Sie lachte. »Natürlich esse ich mit Ihnen, ich finde, man sollte dem Feinde mutig ins Auge schauen!«

»Eben.« Franziskus setzte seine Brille wieder auf und sah sie verliebt an. »Ich mag tapfere Frauen«, sagte er. »Wissen Sie, ich bin nämlich selbst ein ausgemachter Feigling.«

Das hielt Julia fälschlicherweise für eine neckische Lüge oder das, was die Engländer *fishing for compliments* nennen – aber damals kannte sie Franziskus eben noch nicht so gut …

Frau Josephi bekommt eine Tracht Prügel

Frau Josephi war dazu übergegangen, Holger mit Nichtachtung zu strafen. Sie sprach nur das Allernötigste mit ihm und behandelte ihn im übrigen wie Luft. Aber Holger ärgerte sich offensichtlich kein bißchen darüber, und statt daß er um Gnade flehte, wie sie gehofft hatte, schien ihn ihre Revolte sogar noch zu amüsieren. Frau Josephi steigerte sich darüber lustvoll in unbändige Wut, und die brauchte, nach nunmehr zwölf Arbeitstagen an der Seite dieses »sogenannten Doktors«, endlich ein Ablaßventil. Die Luft war bereits so dick, daß man sie in feine Scheibchen schneiden konnte, als Herr Köhler die Praxis betrat.

Herr Köhler legte Frau Josephi eine Liste vor, auf der stand, welche Medikamente er zu haben wünschte. Dazu brummte er: »Ich hab's eilig, regeln Sie das für mich!«, verschränkte die Arme und postierte sich demonstrativ vor ihrem Schreibtisch.

Frau Josephi schrieb das Rezept aus, brachte es zu Holger und postierte sich ebenfalls demonstrativ vor seinem Schreibtisch.

»Was ist das?« fragte er.

»Ein Rezept«, antwortete sie.

»Schicken Sie diesen Herrn Köhler ins Wartezimmer. Wenn er an der Reihe ist, werde ich ihn untersuchen.«

»Herr Köhler will nicht untersucht werden, er will nur ein Rezept.«

»Dann soll er zu einem anderen Arzt gehen.«

»Das sagen Sie ihm bitte selbst. Ich jedenfalls nicht! Er ist seit zwölf Jahren Patient bei Dr. Sedam!« Damit knallte sie die Tür hinter sich zu.

Das ging Holger nun doch zu weit. Auch seine Gutmütigkeit kannte Grenzen. Er rief sie durch die Sprechanlage zurück, aber statt Frau Josephi erschien ein baumlanger Kerl um die fünfzig, der ihn finster anstarrte.

»Aha, Sie sind wohl der Herr Köhler«, sagte Holger.

»Genau, der bin ich. Und Sie brauchen mich nicht zu untersuchen, ich weiß schon, was mir fehlt. Geben Sie mir nur das Rezept.«

»Aber *ich* weiß nicht, was Ihnen fehlt!« sagte Holger im selben Ton – und der war nicht gerade freundlich.

»Die Medikamente, die Sie haben wollen, lieber Herr Köhler, sind kein Pappenstiel! Haben Sie schon einmal etwas von Tablettensucht gehört? Und von Verantwortung, die ein Arzt für seine Patienten trägt?«

»Also, wenn Sie mir unterstellen wollen, daß ich ... das ist doch eine Unverschämtheit! Entweder Sie schreiben mir jetzt das Rezept aus, oder ich werde diese Praxis nie wieder betreten!«

»Dann leben Sie wohl, Herr Köhler.« Holger öffnete unmißverständlich die Tür, Köhler schnappte hörbar nach Luft und verließ dann türenknallend die Praxis.

Zwei Minuten später wurde die Verbindungstür aufgerissen, und der Drache erschien. Im ersten Moment rechnete Holger mit einem furchtbaren Donnerwetter, aber dann fiel ihm auf, daß der Drache nicht nur feuerrot im Gesicht war, sondern auch wild zerzaustes Haar hatte und die Kitteltasche zerrissen war. Sah ganz so aus, als hätte jemand Frau Josephi endlich mal eine Tracht Prügel verpaßt! Dieser Gedanke tat ihm nicht nur rundum gut, sondern entlockte ihm sogar ein vergnügtes Grinsen. Frau Josephis Blick zeigte ihm deutlich, was sie von diesem Grinsen hielt, aber das beeindruckte Holger kein bißchen.

»Nun?« fragte er. »Womit kann ich dienen?«

»Die Frau Doktor braucht Sie, beeilen Sie sich!« schnauzte sie.

»Wenn Sie sich entschließen können, Ihre Einladung ein wenig freundlicher vorzubringen, wäre ich vieleicht bereit, ihr zu folgen.«

Frau Josephis Gesichtsmuskeln spielten, sie kämpfte schwer mit sich, bis sie sich endlich ein »Bitte« abringen konnte.

Als Holger Nadjas Zimmer betrat, hätte er um ein Haar laut losgelacht. Nadja sah ganz ähnlich mitgenommen aus wie der Drache, und auf der Liege saß mit geballten Fäusten ein Knabe von etwa sechs Jahren und drohte ihm: »Du kannst gleich auch noch eine Watschn haben, wenn du versuchst, mir 'ne Spritze zu verpassen, ich laß mich net pieksen, kapiert?!«

»Klar doch«, sagte Holger. »Wie heißt du denn, junger Mann?«

»Sag ich net!«

»Sag mal, Sagichnet, haben die Damen dir eigentlich schon den Blutdruck gemessen?«

»Natürlich nicht, wozu auch?« zischelte der Drache, und der Junge schüttelte den Kopf. »Na, aber das will ich auch gar net!«

»Tut aber überhaupt nicht weh und hilft sofort.« Holger nahm den Blutdruckmesser und erklärte: »Die Binde hier wird um deinen Arm befestigt, dann wird da Luft reingepumpt und dann kannst du an diesem Zeiger hier sehen ... ach was lang rumreden, am besten wir führen dir das mal vor. Stell dich hin, dann kannst du es sogar selbst tun!« Er hob den Jungen von der Bahre, legte ihm die Binde um den Arm, sagte: »Jetzt pumpe so lange, bis es nicht mehr geht, und dann guck auf den Zeiger und merk' dir unbedingt genau die Zahl, bei der er stehenbleibt. Alles verstanden?«

»Klar doch«, sagte der Junge, pumpte, und schon hatte Holger ›Sagichnet‹ die Spritze gegeben, ohne daß er es überhaupt bemerkt hatte.

Holger nahm dem Jungen die Binde wieder ab, fragte: »Hat's weh getan?«

»Kein bisserl!«

»Na siehst du, hab' ich doch gesagt. Jetzt kannst du dir auch die Hose wieder raufziehen.« Er klopfte ihm zum Abschied auf die Schulter. »Du bist wirklich ein mutiges Kerlchen, und ich bin sehr beeindruckt von deinen Fäusten, das kannst du mir glauben!«

Holger nickte den Damen Sedam und Josephi zu und verließ grinsend das Zimmer.

Holger lernt Heribert kennen

Am Samstag abend beschloß Holger, mal wieder in den Ratskeller zu gehen und seinen Gaumen zu verwöhnen. Vor der Tür geriet er in ein Rudel ausgelassener Hochzeitsgäste, die eine Braut entführt hatten und die Holger nun mit sich schoben und an ihm zogen und ihn erbarmungslos mit hineinrudelten. Erst kurz vor der Bar gelang es ihm, sich aus dem Strom stark alkoholisierter Jungmänner und -frauen zu befreien, und als er sich dann aufatmend umdrehte, sah er direkt in Nadjas versteinertes Gesicht.

»Schönen guten Abend, sehr verehrte Frau Kollegin, welch eine reizende Überraschung!« sagte er, verbeugte sich knapp und fragte mit Engelszunge: »Gehen Sie mal wieder auf Sause? Für diesen Fall würde ich mich gerne anbieten ...«

»Mein Verlobter, Herr Wunderlich!« unterbrach sie ihn barsch und deutete hinter sich, auf einen Mann, dem es gelang, Holger sehr von obenherab zu mustern, obwohl er bestimmt einen halben Kopf kleiner war. Er hatte schütteres, dunkles Haar und trug eine wuchtige Hornbrille auf seiner dünnen, langen Nase. »Und das, Heribert, ist Dr. Porz, Vaters Vertretung.«

Die beiden Männer begrüßten sich wortlos, nur mit kurzem Nicken. Aber die Art, wie sie sich dabei taxierten, sprach Bände – es war Unsympathie auf den ersten Blick, und zwar auf beiden Seiten.

»Darf ich Sie vielleicht zu einem Gläschen Sekt einladen?« fragte Holger, ein provozierendes Grinsen auf dem Gesicht und sah dabei von Heribert zu Nadja, die ihn aus zusammengekniffenen Augen drohend anstarrte.

»Danke, wir trinken keinen Sekt«, antwortete Heribert. »Wir trinken überhaupt keinen Alkohol.«

»Ach so. Na dann vielleicht zu ...«

»Vielen Dank«, fiel ihm Heribert ins Wort, »wir sind hierhergekommen, um zu essen, nicht um zu trinken und warten nur darauf, daß unser Tisch endlich frei wird.«

Holger nickte beeindruckt. Ihm war schon so mancher steife Kragen begegnet, aber dieser Wunderlich war ja so steif wie drei Vatermörder zusammengenommen! Wenn Nadja den tatsächlich heiratete, dann würde sie noch zur Mumie werden, bevor sie das Leben einmal richtig angehaucht hatte. Arme Nadja! Er sah sie an und dachte an die erste und einzige Nacht, die er mit ihr erlebt hatte. Wenn Heribert Wunderlich wüßte, was für einen Vulkan er da neben sich hatte, was für Wünsche und Träume hinter Nadjas Mauern gärten, würde ihm mit Sicherheit angst und bange werden! Eine Nacht am Meer unter Sternenhimmel, salzige Küsse, der Sand zwischen ihren Körpern, die ineinander ... also nein, dafür war Heribert ganz sicher nicht geeignet.

Nadja, die ihm ansah, woran er dachte, geriet spürbar in Panik. Holgers samtgrauer Blick und dazu die Vorstellung, daß sie mit ihm in Sünde ... wenn auch nicht sehr, weil sie ja beide nicht mehr so ganz auf dem Damm gewesen waren, aber doch immerhin! Diese Vorstellung ließ sie erbeben. Natürlich nur vor Wut und Scham – wovor auch sonst? Holger interessierte sie keinen Pfifferling! An dem Tag, an dem er Kelheim verließe, würde sie dem Schicksal auf Knien danken! Und bis dahin, das schwor sie sich, würde sie seine Gesellschaft meiden wie die Pest!

Sie wandte sich abrupt von Holger ab, sah Heribert an und sagte: »Weißt du, ich würde eigentlich viel lieber in ein gemütliches kleines Restaurant mit dir gehen, hier ist mir heute viel zu viel Trubel.« Sie machte eine fahrige Handbewegung in Richtung der Hochzeitsgäste, schlüpfte in ihre Jacke, die sie über dem Arm getragen hatte und verließ, grußlos und ohne Heriberts Antwort abzuwarten, das Lokal.

»Ja aber!« begehrte Heribert verärgert auf. Offensichtlich war er es nicht gewohnt, daß seine Braut so einfach über seinen Kopf hinweg handelte. Aber da hörte ihn Nadja schon nicht mehr, und ihm blieb gar nichts anderes übrig, als ihr zu folgen.

Holger sah ihm kopfschüttelnd nach, dem höheren Finanzbeamten Heribert Wunderlich, und dachte dabei: »Wenn man den auspressen würde wie eine Zitrone, da käme kein einziges Tröpfchen Gefühl heraus!«

Ein dunkelgrauer Montag morgen

Holger schlug dem Wecker auf die Haube und drehte sich nochmal um. Er wollte dem Tag noch ein paar Minütchen abschlafen, weil er gestern nacht mit einer Flasche Spätburgunder versumpft war, aber da klingelte das Telefon. Es war Angela.

»Wunderschönen guten Morgen, Herr Doktor«, trällerte sie ins Telefon, »beim dritten Krähen ist es genau sechs Uhr 29 und eine Viertelminute!« Sie krähte dreimal. »Na, du Langschläfer, endlich wach?«

»Weißt du, was ich dich könnte, wenn ich jetzt könnte?« grummelte Holger.

»Ich weiß schon – mich herzen und küssen!« Angela kicherte. »Aber da wirst du dich schon noch zwei Tage gedulden müssen.«

»Heißt das etwa, du willst mich besuchen?«

»Hör mal, das klingt aber gar nicht erfreut.« Angela zog hörbar eine Schnute.

»Ich hasse Frauen, die morgens um sechs Uhr 29 und eine Viertelminute dreimal krähen, damit du's weißt! – Wann kommst du denn?«

»Donnerstag, 18 Uhr 45, per Bahn. Wie lange hast du Praxis?«

»Bis acht – kann aber länger dauern. Donnerstag haben wir nämlich Abendsprechstunde für Berufstätige.«

»Na gut, dann hol' ich dich von der Praxis ab. Bis Donnerstag also, du griesgrämige Schlafmütze, und grüß mir Benjamin, den Gartenzwerg!« Sie schickte Holger noch einen Kuß durchs Telefon, dann hatte sie auch schon aufgelegt.

Jetzt lohnte es sich nicht mehr, sich noch einmal umzudrehen. Holger stand auf und schlurfte gähnend ins Badezimmer. Er stand unter der Dusche, hatte sich gerade eingeseift, als es Sturm klingelte. »In Dreiteufelsnamen, was ist denn jetzt schon wieder los!« schimpfte er, zog sich den Bademantel über, tapste mit nassen Füßen zur Tür und riß sie auf.

Draußen stand Herr Rüdiger, der in der Wohnung unter ihm

wohnte. Der Mann war aschfahl im Gesicht und flehte: »Bitte kommen Sie schnell, Herr Dr. Porz, meine Frau ... das Kind, sie ist im dritten Monat schwanger ... ich hab' schon den Notarzt gerufen, aber ... wenn sie dieses Kind auch wieder verliert, das verkraftet sie nicht mehr!«

Holger holte seine Tasche und lief so, wie er war, zu den Rüdigers hinunter.

»Sie ist im Schlafzimmer!«

Herr Rüdiger riß die Tür auf und wollte Holger folgen, aber der schob ihn wieder aus dem Zimmer. »Sie lassen uns jetzt besser alleine, Herr Rüdiger. In solchen Fällen verschlimmert ein panischer Ehemann die Sache mehr, als er helfen kann.«

Als sieben Minuten nach Holger der Notarzt eintraf, war es schon zu spät für das Kind der Rüdigers. Was für die Mutter getan werden konnte, hatte Holger bereits veranlaßt, trotzdem schlug er Herrn Rüdiger vor, sie für ein paar Tage an Dr. Bergermeier ins Krankenhaus zu überweisen.

»Dort wird man Ihre Frau entsprechend versorgen und ihr helfen, wieder auf die Beine zu kommen. Ich meine, nicht nur körperlich. Das seelische Gleichgewicht Ihrer Frau ist sehr angeschlagen, in diesem Zustand sollte man sie nicht alleine lassen.«

»Aber sie will doch nicht ins Krankenhaus! Und ich kann mir ja Urlaub nehmen und sie pflegen ... Sabine braucht mich doch jetzt mehr als jeden anderen Menschen.«

»Na gut, wenn Sie meinen.« Holger ging zur Tür, drehte sich noch einmal um. »Wenn Sie mich brauchen, rufen Sie mich in der Praxis an, ansonsten schaue ich heute abend noch mal herein.«

»Das ist nett, vielen Dank«, sagte Herr Rüdiger. Tränen liefen ihm über die Wangen, er wischte sie sich mit dem Handrücken weg. »Es war die dritte Fehlgeburt ... sie wünscht sich so sehr ein Kind.«

Damit schloß er die Tür und Holger seufzte. Er dachte an die Frau, die Freitag in seiner Sprechstunde gewesen war. Sie hatte bereits vier Kinder und war nun zum fünftenmal schwanger. Auch sie hatte geweint. »Ein fünftes Kind! Ich kann nicht mehr, ich bin doch jetzt schon am Ende mit meiner Kraft und meinen Nerven!« Warum nur war das Schicksal manchmal so ungerecht?

Es gibt Tage, die eigentlich zu Ende gehen müßten, bevor der Morgen anbricht. Und so ein Tag war heute!

Als Holger nach seinem »Hausbesuch« bei den Rüdigers endlich geduscht und in Windeseile sein Frühstück hinuntergewürgt hatte, war es bereits zehn vor acht. Weitere vier Minuten benötigte er, um zu Fuß in die Praxis zu kommen. Machte 24 Minuten Verspätung, und deshalb spie der Drache so viel Feuer, daß er damit die ganze Kelheimer Zellwoll-Fabrik hätte versorgen können.

Da riß Holger dann doch der Geduldsfaden. Was bildete sich diese Zimtzicke überhaupt ein? Ja, glaubte sie etwa, sie wäre hier auf einem Kasernenhof und er ihr Untergebener?

»Wissen Sie, was Sie können, meine liebe, sehr verehrte Frau Josephi« fiel er ihr barsch ins Wort. »Sie können mir den Buckel runterrutschen!« Und es war ihm diesmal so Wurst wie Käse, daß eine Patientin an der Anmeldung stand und zuhörte. Damit verschwand er in seinem Zimmer. Aber kaum hatte er die Tür hinter sich geschlossen, riß er sie wieder auf und verlangte die Krankenkartei Sabine Rüdiger.

»Aber die ist doch Patientin bei Frau Dr. Sedam!« geiferte die Josephi. »Ich denke nicht daran!«

Holger sah zu Brigitte, die blaß in der Ecke stand und krampfhaft bemüht war, nichts von all dem mitzubekommen. »Die Kartei von Frau Rüdiger, bitte!« sagte er zu ihr.

Brigitte zögerte nur einen kurzen Moment. Dann griff sie entschlossen in die Lade und zog sie heraus. »Hier bitte!«

Frau Josephi wollte sie ihr aus der Hand reißen, aber Brigitte zog die Karte schnell zurück und gab sie an Holger weiter.

»Danke«, sagte er und lächelte sie an. Ihm war klar, daß sich das Mädchen damit Frau Josephis unbändigen Zorn aufgeladen hatte und damit rechnen mußte, daß diese verdammte Giftnudel ihr das Leben in den nächsten Wochen zur Hölle machen würde. Aber er wollte schon dafür sorgen, daß der Josephi die Krallen gezogen würden! Spätestens heute in der Mittagspause würde er ihr eine Abreibung verpassen, daß ihr die Augen tropften!

Gerade wollte er sich umdrehen und in sein Zimmer gehen, als ihm jemand auf die Schulter klopfte.

»Na, alter Junge!«

Holger fuhr herum. Ein Mann, Mitte Vierzig, stand hinter ihm und grinste ihn breit an. Holger hatte keine Ahnung, wer dieser Mann war, und weil er ihn nur anstarrte, dämlich wie eine Fliege im Schnapsglas, und kein Wort herausbrachte, sah sich der andere genötigt, ihm auf die Sprünge zu helfen.

»Menschenskind, erkennst du mich denn nicht mehr? Damals im ›Erotica‹! Mannomann, das war 'ne Wahnsinnsbraut, die du da bei dir hattest!« Er machte: »Ho, ho!« und röhrte mit einer Stimme, die so laut war, daß sogar die Leute in den Häusern gegenüber noch mitbekommen konnten, was er sagte: »Wo hast' denn heute deinen steilen Zahn von neulich gelassen? War wirklich ganz große Klasse, das Püppchen!«

Jetzt erkannte Holger ihn endlich. Auch das noch! Das war ja dieser Berni aus jener verruchten Bar, in der Nadja … heiliger Strohsack, heute kam aber auch alles zusammen! Dieser Berni war geradezu wild auf den »steilen Zahn« gewesen und hatte alles drangesetzt, um Holger »diese Wahnsinnsbraut« auszuspannen. Holger hatte alle Hände voll zu tun gehabt, um Eva … um Nadja diesen Kerl vom Leibe zu halten, bis endlich der Ober kam, er bezahlen und seine sprudelige Begleiterin vor Berni und ihren anderen männlichen Fans in Sicherheit bringen konnte.

Da griff Holger den Berni plötzlich am Ellbogen und zerrte ihn in sein Zimmer, denn just in diesem Moment war der »steile Zahn« nämlich aus dem Röntgenzimmer gekommen und im Stechschritt auf ihn zumarschiert.

»Herr Dr. Porz …«, begann Nadja mit einer Stimme, die Unheil verkündete, aber da war der Herr Dr. Porz mit Berni schon in seinem Zimmer verschwunden und hatte die Tür hinter sich geschlossen.

»Ja, aber was ist denn plötzlich los?« fragte Berni verwirrt. »Dürfen wir denn hier so einfach rein?«

»Herr … also hören Sie, ich bin Dr. Porz, Dr. Sedams Vertretung. Sie bringen mich ja in Teufels Wurstküche mit Ihrem Gerede!« Holger ließ seinen Ellbogen los und atmete erst mal ganz tief durch. Offensichtlich hatte der Mann Nadja nicht erkannt. Mit Brille und Knoten im Nacken, hatte sie ja auch nicht mehr viel mit der verruchten Eva gemein. Ihr Glück! Denn sonst hätte sie bestimmt damals schon jemand erkannt und die Geschichte am Ende noch in Kelheims Boulevardpresse breitgetreten!

Berni starrte Holger verdutzt an. »Ach so … verstehe!« rief er dann und pfiff leise durch die Zähne. »Das hätten Sie mir aber auch gleich sagen können, daß Sie hier der Doktor sind. Sie tragen ja gar keinen Kittel, wie soll ich das auch ahnen! Jetzt hab' ich Sie wohl in Schwierigkeiten gebracht, was? Guter Ruf und so? Verstehe, verstehe! Also ich verspreche Ihnen, ich werde die Klappe halten! Von mir erfährt keiner was!« Er zwinkerte Holger zu. »Wir Männer müssen schließlich zusammenhalten!«

Am liebsten hätte Holger diesem selten dämlichen Ochsen eine vor den Latz geknallt, aber statt dessen rang er sich ein Lächeln ab – so eins von Mann zu Mann. Und dann fragte er ihn, wo's denn weh tat.

»Im Kopf, Herr Doktor. Immer so ein Stechen.«

Kein Wunder, dachte Holger, bei dem vielen Stroh, das der da drin hat!

Nachdem Holger sich ausführlich mit Bernhard Hauberichs Kopf beschäftigt und seinen Patienten an Brigitte zum Röntgen weitergereicht hatte, wurde plötzlich die Verbindungstür aufgerissen und der Drache schwirrte herein wie ein alttestamentarischer Racheengel.

»Die Frau Doktor läßt bitten!«

»Ach«, machte Holger nur. Er knallte Hauberichs Karteikarte auf den Tisch und folgte ihr. Na gut, dachte er, wenn der Drache seine Abreibung gleich haben will, mir soll es nur recht sein! »Hier bin ich!« sagte er zu Nadja und der Blick, mit dem er sie ansah, verhieß gar nichts Gutes. Kein bißchen Samtgrau war mehr in seinen Augen zu sehen, nur noch gärende Wut!

Aber auch Nadjas Blick verriet, daß sie kampfbereit war. Sie preßte die Fingerspitzen ihrer rechten gegen die ihrer linken Hand und bellte ihn an: »Sie kommen eine halbe Stunde zu spät und halten es noch nicht einmal für nötig, sich zu entschuldigen! Und wozu, bitteschön, benötigen Sie die Karteikarte einer meiner Patientinnen? Meine Patienten gehen Sie gar nichts an! Oder wollen Sie mich etwa kontrollieren?« fragte sie höhnisch. »Vielleicht, wie viele Rezepte ich ausstelle? Ich verbitte mir das, ein für allemal, Herr Kollege!«

Frau Josephi, die sich links neben Nadjas Schreibtisch postiert hatte, warf den Kopf in den Nacken und sah Holger triumphierend an.

»Sind Sie jetzt fertig?« fragte Holger im selben Ton. Er trat an den Schreibtisch, stützte beide Hände auf und bohrte Blicke in Nadja, die selbst ihr das Fürchten lehrten. Erst holte sie Luft, um etwas zu entgegnen, aber dann klappte sie den Mund wieder zu und sah ihn nur schweigend an.

»So, dann hören Sie mir jetzt mal eine Minute zu! Ihre Patientin, Frau Rüdiger, wohnt gleich unter mir. Sie hatte heute morgen eine Fehlgeburt! Leider konnte ich den Abortus nicht mehr verhindern, obwohl ich sogar Frau Josephis allerheiligstes Prinzip gebrochen und mich nicht einmal mehr in Schale geworfen habe! Direkt aus der Dusche bin ich in den Bademantel gesprungen und in solch ungehöriger Bekleidung der Frau zu Hilfe geeilt! Frau Josephi kann das gerne auf meinem Minuskonto verbuchen. Und als ich dann in die Praxis kam …«, er sah die Josephi aus dünnen Augenschlitzen vernichtend an, »… da hat mich diese Spinatwachtel angegeifert wie eine wildgewordene Furie!«

Er machte eine Pause, damit die Josephi jedes einzelne Wort auch so richtig genießen konnte. Sie wurde erst blaß, dann rot, aber sie sagte kein Wort.

Er wandte sich wieder an Nadja. »Es tut mir leid, Frau Doktor Sedam, aber wenn mir jemand so kommt, wie ihr Hausdrache, dann bin ich nicht bereit, mich auch noch zu entschuldigen! Und schon gleich gar nicht, mich auf eine fruchtlose Diskussion einzulassen! Entweder Frau Josephi wird sich nun endlich auf ihre Grenzen besinnen und sich mir und dem Personal gegenüber mit Respekt verhalten, oder ich werde sie entlassen!«

Nun kam wieder Leben in Frau Josephi. Sie schnappte nach Luft, dann lachte sie hysterisch auf. »Sie mich entlassen! Das können Sie ja gar nicht!«

»O doch, das kann ich.« Er stieß sich vom Schreibtisch ab und ging auf sie zu. »Sie haben offensichtlich vergessen, daß Ihr Vertrag über Dr. Sedam läuft, nicht etwa über seine Tochter. Und daß mir Dr. Sedam alle Vollmachten gegeben hat, auch die, Personal einzustellen oder zu entlassen. Nehmen Sie das hier als letzte Warnung – entweder Sie beschränken sich auf Ihre Kompetenzen, oder ich werde Sie dorthin schicken, wo der Pfeffer wächst! Man kann sein Schicksal herausfordern, Frau Josephi, aber die Antwort gibt es selbst. Darüber sollten Sie vielleicht einmal gründlich nachdenken.«

Einen Moment war der Drache ungewöhnlich schweigsam, nur das Rasseln ihres Atems war noch zu hören. Aber dann fiel ihr Berni wieder ein, und sie zog ihn wie ein As aus ihrem Ärmel.

»Muß ich mir das alles wirklich bieten lassen?!« zeterte sie mit sich überschlagender Stimme in Nadjas Richtung. »Von einem Menschen wie dem da!« Ihr ausgestreckter Finger deutete drohend auf Holger. »Einem, der hier in der Praxis von einem unserer Patienten mit ›alter Junge‹ angeredet wird, wo alle zuhören können! Einem der sich mit ...«, sie verzog angeekelt das Gesicht, »... mit einer sogenannten ›Wahnsinnsbraut‹ und ›Steilem Zahn‹, wie der Mann diese feine Dame betitelt hat, in einer anrüchigen Bar namens Erotica herumtreibt! Und weiß der Himmel, was noch alles!« Sie sah von Nadja zu Holger. »Aber dann hat er den Herrn Hauberich ja vorsorglich in sein Zimmer gezerrt, weil Sie aus dem Röntgenzimmer kamen. Daß Sie dieses aufschlußreiche Gespräch nicht mitanhören und ihm so auf seine unanständigen Schliche kommen können! Ha!« Sie sah wieder zu Nadja. »Seinen liederlichen Lebenswandel will er vertuschen, der feine Herr Doktor! Ein Skandal ist das, jawohl, ein Skandaaal!«

Tief befriedigt hatte sie beobachtet, wie Nadja das Blut aus den Wangen gewichen und sie hinter ihrem Schreibtisch immer kleiner geworden war. Jetzt verschränkte sie die Arme und nickte mehrmals. »Ja, nicht wahr, da verschlägt es einer anständigen Frau regelrecht die Sprache. So einer ist das, Ihr Herr Kollege ... Sie sollten Ihrem Vater vielleicht mal die Augen über ihn öffnen.«

Was dann geschah, war für Holger gleichermaßen überraschend wie für Frau Josephi. Nadja sprang plötzlich auf, wollte aus dem Zimmer stürzen, stolperte dabei und wäre gefallen, hätte Holger sie nicht geistesgegenwärtig aufgefangen. Aber statt daß sie sich sofort wieder aus seinem Griff befreite, wie Frau Josephi das selbstverständlich erwartet hatte, brach sie in lautes Schluchzen aus und vergrub ihren Kopf an seiner Schulter. Wie einen hilflosen kleinen Vogel hielt er sie im Arm und streichelte tröstend auf sie ein. Und sie ließ sich von ihm auch noch streicheln und trösten! Frau Josephi konnte gar nicht glauben, was sie da sah. Ihre Frau Doktor im Arm von so einem ausgemachten Wüstling? Und das, nachdem sie ihr doch gerade erst reinen Wein über ihn eingeschenkt hatte!

Verwirrt und auf leisen Sohlen verließ die Josephi das Zimmer, und auf ebenso leisen Sohlen betrat sie es zehn Minuten später wieder, weil Nadja sie über die Sprechanlage hereinbeordert hatte.

Ohne von dem Krankenblatt aufzusehen, in dem Nadja gerade las, sagte sie: »Ich lege Wert auf ein gutes Arbeitsklima in meiner Praxis. Begegnen Sie also Dr. Porz in Zukunft mit gebührendem Respekt. Und jetzt schicken Sie mir bitte den nächsten Patienten.«

Damenbesuch für Holger

»Ich möchte bitte zu Herrn Dr. Porz.«

»Die Sprechstunde ist für heute beendet«, sagte die Josephi kühl, »kommen Sie morgen wieder.«

»Es ist privat, er erwartet mich.« Angela verkniff sich ein Grinsen. So umwerfend charmant wie die Dame war, konnte das nur »der Drache« sein!

»Ach! Privat ...« Frau Josephi musterte sie voller Abscheu. Jetzt bestellte der seine sauberen Damen also schon in die Praxis! Aber das ging sie ja nun alles nichts mehr an – sie durfte ja hier seit neuestem so viel sagen wie sie wollte, wenn sie dabei nur den Mund hielt! »Da müssen Sie sich noch gedulden, es ist noch ein Patient bei ihm.« Ohne ihr einen Stuhl anzubieten, wandte sie sich ab und beschäftigte sich wieder mit ihrer Arbeit.

»Wenn Sie sich einstweilen setzen wollen«, sagte Brigitte, die sich über Frau Josephis Unhöflichkeit ärgerte. Sie deutete auf einen Stuhl und lächelte Angela freundlich an. »Lange kann's nicht mehr dauern.«

Die Josephi warf Brigitte einen vernichtenden Blick zu, aber der Rüffler, den sie früher für solche Eigenmächtigkeiten verteilt hätte, blieb aus. Überhaupt war sie seit letzten Montag erstaunlich umgänglich geworden, und Brigitte und die anderen Mädchen hätten eine Menge dafür gegeben zu erfahren, wie Dr. Porz das zustande gebracht hatte.

Angela bedankte sich und setzte sich auf den Stuhl neben Holgers Tür. Sie schlug ein Bein über das andere, verschränkte die Arme über den Knien und sah sich interessiert um.

Im selben Moment kam Nadja aus ihrem Zimmer und den Flur entlang. Im Gehen knöpfte sie sich den Kittel auf, aber als sie Angela sah, blieb sie stehen und fragte: »Wollen Sie etwa noch zu mir?«

»Nein, zu Dr. Porz«, antwortete Angela.

»Privat!« fauchte der Drache.

»Ach, privat ...!« Das freundliche Lächeln auf Nadjas Gesicht wich, ein kühler Blick traf Angela, dann warf sie den Kopf in den Nacken und stakste an Angela vorbei wie der Storch im Salat. Sie gab Frau Josephi ihren Kittel, nahm ihre Jacke entgegen und wollte hineinschlüpfen.

Da trat Holger aus seinem Zimmer. »Oh, darf ich Ihnen behilflich sein, Frau Kollegin?« fragte er in einem Tonfall, der Angela ein Grinsen entlockte – wenn er so übertreiben vornehm daherredete, daß seine Stimme fast schon die Hacken zusammenknallte, war das die pure Frechheit und hatte gar nichts mit Kavalier der alten Schule zu tun!

Er griff nach der Jacke, aber Nadja zog sie zurück und deutete mit einem Kopfnicken auf Angela. »Sie werden bereits erwartet, Dr. Porz. Privat.« Und dann frostig: »Schönen Abend allseits.« Damit fiel die Tür hinter ihr ins Schloß.

»Phu!« machte Angela, als sie wenig später an Holgers Arm auf die Straße trat. »Bei deiner Nadja muß man ja aufpassen, daß man sich nicht den Schnupfen holt!«

»Sie ist nicht meine Nadja.«

Angela sah ihn von schräg unten stirnrunzelnd an. »Aber sie wär's gerne, da bin ich mir sicher. Die frostige Nadja war bestimmt nur so frostig zu mir, weil sie ein Auge auf dich geworfen hat.«

Aber da konnte Holger nur lachen. »Die wirft ausschließlich ein Auge auf Patientenkarteien, Krankenberichte, Röntgenaufnahmen und einen gewissen Heribert Wunderlich, der höherer Finanzbeamter, von allem Menschlichen chemisch gereinigt und atemberaubend langweilig ist.«

»Eben«, sagte Angela. »Welche Frau langweilt sich schon gerne?«

»Meinst du wirklich, sie ...?« Holger blieb stehen und sah Angela nachdenklich an. »Ach Quatsch!« sagte er dann, nahm Angela in den Arm und küßte sie auf die Nasenspitze. »Und außerdem, was kümmert mich die spröde Nadja, wenn mich ein Rasseweib wie du so himmlisch und verheißungsvoll anlächelt?«

Angela rümpfte die Nase. »Rasseweib! Wenn du glaubst, daß du mich mit so zweitrangigen Komplimenten auf deine Spielwiese locken kannst, hast du dich aber getäuscht, mein Lieber. Ich bin eine anständige Frau!«

»Klar doch, weiß ich!« Er schlug ihr lachend auf den Po, und just im selben Moment bog Nadja in ihrem Wagen um die Ecke. Ihre Blicke trafen sich kurz, dann trat Nadja so forsch aufs Gas, daß der Wagen bockte und die Reifen quietschten.

Angela sagte nichts, sah Holger nur bedeutungsvoll an und dachte bei sich: Wenn es um das weibliche Gefühlsleben geht, sind die Männer manchmal die reinsten Dummköpfe und wie mit Blindheit geschlagen …

Alles wegen Holger

Um Nadja nicht wieder vor die Füße zu laufen, schlug Holger vor, einen Ausflug ins Grüne zu machen und statt im Ratskeller irgendwo unterwegs zu essen.

»Zum Beispiel könnten wir mit dem Schiff nach Weltenburg fahren, uns die Klosterkirche ansehen, im Klostergarten Züngerl mit Semmelknödl essen und uns am Weltenburger Dunkelbier laben.« Er trug das Frühstückstablett in die Küche und fragte, als er zurückkam: »Na, wie wär's, Frau Dr. Junker?«

»Klingt gut. Vor allem am Weltenburger Dunkelbier laben! Weißt du, wie lange ich schon nicht mehr so richtig beschwipst war? Seit ich deinetwegen die Flasche Mandarinenlikör geleert habe! Ohne dich ist das Leben eben verdammt trocken!« Sie seufzte und streckte ihm beide Arme entgegen, damit er sich hineinkuscheln sollte. Dazu sah sie ihn aus ihren dunkelbraunen Mandelaugen mit diesem gewissen Blick an, der Holgers Hormonspiegel prompt einen Purzelbaum schlagen ließ und flüsterte ihm zärtlich ins Ohr: »Schade, daß wir uns so selten sehen und fühlen können …«

Das fand Holger allerdings auch. Sein Hormonspiegel schlug einen zweiten Purzelbaum, und plötzlich lockten ihn weder Klosterkirche noch Dunkelbier noch das Schippern auf der Donau. Er ging zum Kamin und drehte den Gartenzwerg Benjamin zur Wand, dann schlüpfte er zu Angela unter die Decke und seufzte wohlig.

»Armer Benjamin«, sagte Angela und kicherte, »immerzu muß er zur Wand gucken! Du bist wirklich herzlos.«

»Hätte er eben kein Gartenzwerg werden dürfen, der noch dazu so selten dämlich glotzt – ich mag's nun mal nicht, wenn er dich nackt sieht …«

»Für so einen ausgemachten Hallodri bist du aber ganz schön prüde«, flüsterte Angela zwischen zwei Küssen.

Ausgemachter Hallodri, da hätte ihr Nadja sofort recht gegeben, aber prüde? Nein, das ganz bestimmt nicht! Sie konnte sich durchaus vorstellen, was dieses Wochenende mit Angela in Holgers Wohnung so alles passierte, schließlich kannte sie den Wüstling! Selbstverständlich traf sie das nicht irgendwie persönlich – es ging ihr ausschließlich um den guten Ruf ihrer Praxis! Immerhin lebten und arbeiteten sie hier in einer Kleinstadt!

Heribert verstand nicht, weshalb sie sich so aufregte und so reizbar war. Bei der geringsten Kleinigkeit ging sie schon an die Decke! »Was er in seiner Wohnung tut, bekommt doch erstens niemand mit und zweitens geht es auch niemanden etwas an«, sagte er.

»Aber er hat ihr mitten auf der Straße auf den … hat ihr hinten drauf gehauen! Wie einem Biergaul! In aller Öffentlichkeit, ich finde das einfach ekelhaft!«

Das fand Heribert zwar auch, aber daß sie nun schon geschlagene zwanzig Minuten über diesen Dr. Porz redeten, irritierte ihn noch viel mehr. Der Kerl interessierte ihn soviel wie ein gestrichener Kübel voll Buttermilch, und das sagte er Nadja dann auch.

»Ach!« fuhr sie mit sich überschlagender Stimme auf. »Es interessiert dich also nicht! Nein, natürlich nicht, für meine Probleme hast du dich ja noch nie interessiert! Was ich denke und fühle ist dir immer schon gleichgültig gewesen, jawohl!«

Das war zuviel für Heribert. Jetzt fing sie also auch noch Streit mit ihm an. Und das alles wegen diesem Dr. Porz! Er sprang auf, stürmte in die Diele, riß seinen Hut vom Haken und schrie: »Dein Dr. Porz kann mir den Buckel herunterrutschen! Ich habe eine arbeitsreiche Woche hinter mir und laß mir weder von ihm noch von dir mein wohlverdientes Wochenende vermiesen!« Damit verließ er verärgert Nadjas Haus und schlug die Tür so fest hinter sich zu, daß die Wände bebten.

Nadja riß sie wieder auf und rief ihm nach: »Er ist nicht mein Dr. Porz! Und ich hasse ihn! Und dich auch, damit du's weißt!«

Jetzt war sie es, die die Tür zuknallte, und dann brach sie in haltloses Schluchzen aus. Schon zum zweiten Mal diese Woche! Und das alles wegen Holger, diesem aufgeblasenen Flegel, dessen Charakter bereits so verdorben war, daß er ihn bestimmt schon lange nicht mehr gebrauchen konnte! O ja, sie haßte ihn, und wenn sie genauso verantwortungslos wäre wie ihr Herr Papa, dann würde sie sich jetzt auf der Stelle auf eine einsame Insel flüchten! Auf eine, wo es keine Männer gibt, nur Menschen!

Das letzte Schiff nach Weltenburg hatten Holger und Angela versäumt, deshalb waren sie mit dem Auto nach Essing gefahren und hatten dort Forelle gegessen und leichten Weißwein getrunken. Holger nur ein Gläschen, weil er fahren mußte, Angela mehrere, weil sie eine unbändige Lust auf einen Schwips verspürte. Jetzt, auf dem Rückweg, sangen sie aus voller Kehle volkstümliches Liedgut ab. Zuerst den »Herzensjodler« auf berlinerisch – für bayerische Ohren fast schon ein Verbrechen, das höchstens der alkoholisierten Stimmung wegen verzeihbar war. Und dann brachte ihr Holger auch noch »Drunt' in da greana Au« bei, ein Lied, das er jeden Morgen unter der Dusche trällerte. Als Konzentrationsübung. Sie waren beim »Vogerl am Oa« angekommen, als sie die Treppe zu Holgers Wohnung hinaufstiegen.

»Ein Vogerl am Ohr?« fragte Angela. »So ein Blödsinn!«

»Oa heißt nicht Ohr, sondern Ei, verehrte Frau Dr. Junker.«

»Bayerisch ist die reinste Fremdsprache!« Angela kicherte. Dann trällerte sie: »Vogerl-am-oa, Oa-im-nest, Nest-am-zweig, Zweig-am ...«, und brach plötzlich ab, denn da stürzte ein Mann aus einer der Wohnungen auf den Hausflur, packte Holger an den Schultern und flüsterte heiser: »Schlaftabletten, Herr Doktor, sie hat Schlaftabletten genommen!«

Schlagartig war Angela wieder nüchtern. Als Holger sie ansah und: »Die Tasche!« rief, lief sie los, immer zwei Stufen auf einmal nehmend, in Holgers Wohnung hinauf, riß seine Ärztetasche an sich und stand zwei Minuten später neben Holger im Schlafzimmer der Rüdigers. Holger hatte inzwischen die leeren Tablettenbriefchen durchgesehen, die Herr Rüdiger im Abfalleimer entdeckt hatte, suchte drei Ampullen heraus, zog die erste Spritze auf und schickte Herrn Rüdiger aus dem Zimmer.

Angela sah auf die Uhr. »23 Uhr elf«, sagte sie, öffnete die zweite Ampulle und reichte sie Holger. »Wirst du die Sache melden?«

»Nein.« Holger zog die zweite Spritze auf und stach in die Vene. »Diese Frau hat in den letzten drei Jahren schon so viel durchgemacht, eine Einweisung in die Psychiatrische zur Beobachtung würde sie kaum noch verkraften. Aber ich werde darauf bestehen, daß sie sich einem guten Psychotherapeuten anvertraut.« Er legte die Spritze weg, wollte gerade nach dem Stethoskop fragen, als Angela es ihm hinhielt. Er lächelte sie an. »Wir waren schon immer ein gutes Team, du und ich«, sagte er.

Es war vier Uhr morgens, als Frau Rüdiger so weit über den Berg war, daß sie ohne ärztliche Aufsicht bleiben konnte und die beiden todmüde ins Bett fielen. In ein paar Stunden würde Angela schon wieder im Zug sitzen, um in den Großstadtdschungel zurückzukehren. Blechlawinen statt Donauwellen, Einbahnstraße und Ampeln statt idyllischer Spazierwege entlang des Altmühltals, und vor allem das verdammte Gezeter des »Schotten« statt Holgers himmlischem Liebesgeflüster in ihrem Ohr.

»Ich weiß nicht, warum das so sein muß ...« Angela seufzte, nahm Holger in den Arm wie eine Mutter ihr Kind und streichelte sein stoppelbärtiges Gesicht.

»Was muß wie sein?« murmelte er müde.

»Die Tage mit dir zerrissen wie Minuten, aber die Stunden in Berlin schleppen sich wie Jahre dahin. Ich finde das ungerecht vom Leben!«

»Es ist, weil du mich liebst«, sagte Holger, dann schlief er ein.

Franziskus stiftet Verwirrung

»Nicht weinen«, sagte Holger und tupfte Angela die Tränen von den Wangen.

»Deinetwegen doch nicht!« Sie stieg ins Taxi. »Es ist bloß, weil wir uns die Befreiungshalle nicht angesehen haben, wo ich doch so gerne einmal einen marmornen Engel küssen wollte.«

»Du hast doch mich geküßt – und nicht nur einmal!« Er grinste breit und schloß den Wagenschlag.

Angela kurbelte das Fenster herunter. »Aber du bist kein Engel, und erst recht keiner aus Marmor! Du, ich werde dich vermissen ...«

»Ich dich auch, Mandarinentörtchen. Gute Heimreise.« Er küßte Angela noch einmal durchs Fenster, dann fuhr das Taxi an, und Holger winkte, bis es um die Ecke gebogen war.

Als er sich umdrehte, sah er Nadja aus ihrem Wagen steigen. Sie warf ihm einen finsteren Blick zu, dann überquerte sie die Straße und verschwand im Hauseingang zur Praxis. Und droben, hinter einem Fenster, sah er den Drachen stehen, der ihn mißbilligend anstarrte.

»Na Prost Mahlzeit«, murmelte er, »da hat dich ja der Alltag schon wieder in den Klauen! Und der alte Sedam, der dir das eingebrockt hat, tuckert einstweilen seelenruhig um Gozo herum und fängt Fischlein ... na ja.« Holger schwang sich die Jacke über die rechte Schulter und marschierte tapfer auf in den Kampf.

Als er die Praxis betrat, war von Frau Josephi und Nadja nichts zu sehen, nur Brigitte stand an der Anmeldung und sortierte Post.

»Wunderschönen guten Morgen!« grüßte Holger und zwinkerte ihr zu, hatte schon die Tüklinke zu seinem Zimmer in der Hand, als Brigitte ihn zurückrief.

»Heute ist auch Post für Sie dabei!«

Holger hob seine rechte Augenbraue und ging zurück. »Tatsächlich!« Er drehte den Brief um, aber es stand kein Absender drauf. Da fiel sein Blick auf die *Süddeutsche Zeitung*, die für Nadja bereitlag, und er stutzte. War das nicht … er nahm sie in die Hand und faltete sie auf. Himmel, ja wirklich, das da auf dem Foto war Franziskus Sedam höchstpersönlich! Und als Schlagzeile stand über dem dazugehörigen Artikel:

AUCH DESES JAHR WIEDER VIEL PROMINENZ ZUR ERÖFFNUNG DER GARTENBAUAUSSTELLUNG ERSCHIENEN!

Was, zum Donnerlüttchen, tat Franziskus in Deutschland? Und dann auch noch auf der Gartenbauausstellung in Düsseldorf! Das roch nach Braten und zwar gewaltig! Holger überlegte gerade, wie er die Zeitung unauffällig verschwinden lassen könnte, als Nadjas Tür aufging und der Drache auf den Flur wehte. Holger drehte der Josephi schnell den Rücken zu, preßte sich die Zeitung vor die Brust und schlüpfte in sein Behandlungszimmer. Bevor er die Tür schloß, warf er Brigitte noch einen beschwörenden Blick zu, dann ließ er das Corpus delicti hinter den Mullbinden verschwinden.

Es dauerte keine zwei Minuten, schon kam die Josephi ins Zimmer und baute sich drohend vor ihm auf. »Sie wissen nicht zufällig, wo die Zeitung von Frau Dr. Sedam hingekommen ist? Eben war sie nämlich noch da!« Ihre Stimme klang schneidend.

»Nein, liebe Frau Josephi, weiß ich nicht.«

»Seltsam. Die Brigitte weiß es nämlich auch nicht. Aber außer Ihnen ist niemand in die Praxis gekommen, solange ich bei Frau Dr. Sedam war, und vorher lag sie noch auf dem Tisch.«

»Wollen Sie damit andeuten, daß ich es nötig habe, eine Zeitung zu klauen? Aber liebe, sehr verehrte Frau Josephi …!« Er schüttelte den Kopf. »Außerdem lese ich die *Frankfurter.* Und überhaupt, woher wollen Sie wissen, daß außer mir niemand in die Praxis kam, wenn Sie doch in Frau Dr. Sedams Zimmer waren?«

Der Drache holte tief Luft, um etwas zu sagen, dann klappte er den Mund wieder zu und sah Holger nur schweigend an.

»Aber weil ich weiß, wie gerne Frau Dr. Sedam morgens die Zeitung durchsieht, bin ich gerne bereit, ihr meine zu leihen.« Holger griff in seine Jacke, zog die *Frankfurter* heraus und hielt sie der Josephi hin. »Bitte schön.«

Frau Josephi nahm sie, mit Widerwillen zwar, aber sie nahm sie. Schließlich ging ihr das Wohl Nadjas sogar über ihren Stolz. »Danke«, brummte sie und verließ das Zimmer durch die Verbindungstür. Und Holger schickte ein Stoßgebet gen Himmel, daß Franziskus nicht auch noch in der Frankfurter abgebildet war.

Am liebsten hätte er den Artikel über die Gartenbauausstellung jetzt sofort gelesen, um herauszufinden, was Franziskus, der alte Halunke, dort zu suchen hatte, aber der Drache konnte jeden Moment wieder ins Zimmer platzen. Also schob er es bis zur Mittagspause auf und öffnete statt dessen den Brief, den er bekommen hatte.

Während er las, zupfte er sich fortwährend am Ohrläppchen. Ein undefinierbares Gefühl, irgendwo zwischen Lachreiz, Unverständnis und Traurigkeit angesiedelt, schwappte wellenartig mit jedem Atemzug gegen sein Zwerchfell. Dann brach ein seltsamer Grunzlaut aus ihm heraus, der sich zu sattem Gelächter auswuchs und seine Schultern erbeben ließ.

»Heiliger Strohsack!« rief er, »jetzt heiratet sie ihn doch tatsächlich, ihren Heribert Wunderlich, diese Trantüte, diesen von allem Menschlichen chemisch gereinigten Nichtmann!« Er schüttelte den Kopf, dann seufzte er. »Arme, arme Nadja! Du wirst ein verdörrtes Wildröschen werden, und deine Knöspchen werden abfallen, noch bevor sie erblühen konnten!« Er warf die goldumrandete Büttenkarte mit dem schwulstigen Text: »... geben sich die Ehre ...« auf den Tisch und faltete die Hände.

Sein Lachen war verebbt, statt dessen fühlte er jetzt ein unangenehmes Drücken in der Magengegend, und das erstaunte ihn doch sehr. Was ging ihn Nadjas Glück oder Unglück an? »Noch weniger als nichts«, sagte er laut und lauschte seinen Worten nach, die ihm dann doch sehr dünn und wenig überzeugend klangen. Immerhin wäre er fast einmal mit ihr ans Meer gefahren, um mit ihr salzige Küsse zu tauschen und den Sand auf ihrer Haut zu fühlen, unter Sternenhimmel und bei Meeresrauschen – und das verbindet schließlich! Und immerhin wußte er, daß man das Korsett um ihre Träume nur ein bißchen zu lockern brauchte, und schon tanzte sie Samba auf dem Tisch und war Maja, die Große Spinnengöttin, die sündige Netze webte, in denen Mann sich verfangen mußte, ob er wollte oder nicht. Himmel, und so ein Naturtalent wollte sich in Wunderlichs Ehegruft stürzen? Das war wie Perlen vor die sprichwörtlichen Säue werfen! Ach was, die reinste Venuslästerung war das!

In der Mittagspause nahm sich Holger den Zeitungsartikel vor. Aber da stand nur das übliche Bla-bla – was eben so über Eröffnungen von Gartenbauausstellungen geschrieben wurde – und etwas über eine Julia Walters und ihre exotischen Paradiesgärten, gegen die Eden der reinste Gestrüppacker sein mußte. Unter dem Foto stand: »Julia Walters im Gespräch mit Richard von Weizsäcker«. Weshalb auch Franziskus daneben stand und in die Kamera lächelte, wurde nicht erwähnt.

Holger nahm die Lupe aus seinem Schreibtisch und betrachtete Franziskus eingehend. Er hatte keine Zigarre im Mund, dafür wirkte sein Lächeln seltsam verzückt, und sein linker Arm sah aus, als wäre er eben im Begriff, Frau Walters' Taille zu umfassen. Aber was hatte Franziskus Arm mit Frau Walters' Taille zu tun, noch dazu in Gegenwart des Bundespräsidenten? Und zum Teufel was tat er überhaupt in Düsseldorf?

Weil er Stimmen in Nadjas Zimmer hörte, faltete er die Zeitung schnell wieder zusammen und schob sie in die Schreibtischschublade. Hatte Nadja noch einen Patienten, oder war nur der Drache drüben? Holger stand auf, und im selben Moment klopfte es leise an seiner Tür.

»Ja bitte?«

Gabi steckte ihren Kopf herein. »Es gibt Kaffee und Torte. Darf ich Sie einladen?«

»Hat denn jemand Geburtstag?«

»Ja, ich.« Gabi grinste verlegen. »Bin gestern ein Vierteljahrhundert alt geworden!«

»Was, so alt schon!« Holger gratulierte ihr und nahm die Einladung dankend an.

»Soll ich Ihnen den Kaffee herüberbringen?«

»Aber nein, ich komme natürlich zu euch, das heißt, wenn ich euch nicht störe.«

»Iwo! Ganz im Gegenteil! Wir sind in der Teeküche.« Gabi strahlte. Die Frau Doktor würde sich nie zu ihnen setzen, nicht mal der Drache! Nur Dr. Porz war sich nicht zu gut, sich mit dem

Personal abzugeben, und deshalb mochten sie ihn alle so gerne. Was immer auch passieren würde – auf sie konnte er zählen!

Holger schloß seine Schublade ab, zog das Band aus dem Diktaphon und nahm es mit zur Anmeldung. Er wollte es gerade auf Gabis Arbeitsplatte legen, damit sie es am Nachmittag abtippen konnte, als Nadja und eine alte Dame auf den Flur traten.

»Nun seien Sie doch vernünftig, Frau Holz-Leismann, und nehmen Sie die Medikamente!« sagte Nadja ungehalten. »Eine stationäre Behandlung ist in Ihrem Fall wirklich nicht nötig. Aber die Medikamente, die müssen Sie auf alle Fälle regelmäßig nehmen!«

Die alte Frau schüttelte eigensinnig den Kopf. »Ich bestehe darauf, ins Krankenhaus überwiesen zu werden! Professor Brinkmann, von der Schwarzwaldklinik, hat eine Patientin mit ganz genau derselben Krankheit auch stationär behandelt! Und Professor Brinkmann weiß immer, was er tut!«

Nadja seufzte gequält und fuhr die Frau unbeherrscht an. »Ihr Professor Brinkmann von der Schwarzwaldklinik ist doch kein wirklicher Arzt! Das ist doch alles nur ... nur Filmkitsch, Frau Holz-Leismann!«

»Filmkitsch?!« Frau Holz-Leismann streckte sich. Ihr schmächtiger, alter Körper nahm eine drohende Haltung ein, sie schnappte nach Luft, und bestimmt wäre sie jetzt mit all ihrer 72jährigen Vehemenz auf Nadja losgegangen, um Herrn Professor Brinkmanns Ehre zu verteidigen, wenn sich nicht Holger eingeschaltet hätte.

»Liebe Frau Holz-Leismann, ich bin ganz Ihrer Meinung: Professor Brinkmann weiß durchaus, was er tut. Darf ich fragen, was Ihnen fehlt?«

Die alte Frau sah Holger dankbar an. »Ja, dürfen Sie. Ich habe eine Schrumpfniere!«

»Nephrosklerose in Folge einer allgemeinen fortschreitenden Sklerose, aber nicht beängstigend!« verbesserte Nadja eisig.

»Ach ja!« Holger nickte mehrmals. »Jetzt kann ich mich auch an diese Folge der Schwarzwaldklinik erinnern ... da ging es nämlich um eine Nephrosklerose, die im Zusammenhang mit einer Entzündung auftrat, und das muß selbstverständlich stationär behandelt werden!« Er legte seinen Arm um die Schultern der alten Dame und lächelte charmant. »In Ihrem Fall jedoch würde auch Professor Brinkmann auf eine stationäre Behandlung verzichten, aber er würde als gewissenhafter Arzt selbstverständlich darauf bestehen müssen, daß Sie Ihre Medikamente immer pünktlich einnehmen.«

»Ach so, entzündlich war das also?« Sie dachte nach, dann strahlte sie Holger an. »Aber entzündlich ist es bei mir ja nicht, gell! Dann brauche ich also wirklich nicht ins Krankenhaus?«

»Nein, ganz sicher nicht.«

»Ja dann ... also vielen herzlichen Dank, Herr Doktor!« Ihr Lächeln war breit und zufrieden. Sie nahm Nadja das Rezept aus der Hand, bedachte sie mit einem finsteren Blick und stolzierte hocherhobenen Kopfes von dannen.

Nadja schob die Hände in die Taschen ihres Kittels, und als Frau Holz-Leismann die Tür hinter sich geschlossen hatte, giftete sie Holger wütend an: »Professor Brinkmann! Das ist doch alles nur Humbug! Und Sie betrügen Frau Holz-Leismann auch noch, indem Sie ihr vormachen, diesen Fernsehdoktor ernst zu nehmen!«

»Aber die Frau glaubt nun mal daran, und weshalb sollte ich sie nicht einmal ganz ehrlich betrügen? Nun ist die alte Dame glücklich und nimmt ihre Medikamente – und das allein ist es doch, worauf es ankommt.«

»So«, zischte Nadja, »finden Sie?« machte auf dem Absatz kehrt und marschierte wütenden Schrittes zu ihrem Zimmer. Die Türklinke schon in der Hand, wandte sie sich Holger noch einmal zu. »Wußte übrigens gar nicht, daß Sie sich die Schwarzwaldklinik ansehen«, sagte sie spitz.

Er grinste und verschränkte die Arme. »Tu' ich ja gar nicht, Frau Kollegin. Ich habe eben nur eine ganze Menge männlicher Intuition.«

Wums machte es, die Tür hinter Nadja war zu, und Holger ging endlich seinen Kaffee trinken.

Mehr Kleid als Traum und ein peinliches Zusammentreffen

Am Mittwoch nachmittag holte Nadja ihr Hochzeitskleid von der Schneiderin ab. Sie hatte es anfertigen lassen, weil ihr all die »Traumbrautkleider« aus den Brautmodengeschäften zu viel »Traum« und zu wenig Kleid waren. Schließlich heiratete sie ja auch nicht einen Traummann, sondern nur Heribert, ihren Dauerverlobten, mit dem sie nicht zu träumen, sondern zu leben gedachte. Nadja machte sich keine Illusionen. Sie war eine ernsthafte Frau und erwartete sich nicht mehr von einer Ehe als eine ernsthafte Alltagsbeziehung und ein, höchstens zwei Kinder, die sie ernsthaft erziehen würde.

Die Schneiderin hatte sie bei der Anprobe mehrmals gestochen und dann jedesmal lächelnd erklärt: »Das bringt Glück, Frau Doktor, da werden Sie in dem Kleid geküßt!« Und Nadja hatte dann immer überlegt, wann Heribert sie eigentlich zum letzten Mal geküßt hatte? Es fiel ihr nicht ein, es mußte eine Ewigkeit her sein!

Nadja verzichtete darauf, noch einmal hineinzuschlüpfen. »Bei der letzten Anprobe hat es ja schon wunderbar gepaßt«, sagte sie und schrieb einen Scheck aus. Dann schob die Schneiderin das weiße Kostümkleid – hochgeschlossenes Oberteil mit angeschnittenem Schoß und engem Rock in Überknielänge – in eine hellgraue, wachsbeschichtete Tragetüte und wünschte: »Viel Glück, Frau Doktor! Wissen Sie, Frau Doktor, ich habe schon fünf Brautkleider genäht, und alle meine Bräute sind immer noch glücklich verheiratet!«

Nadja bedankte sich mit einem artigen Lächeln, dann nahm sie ihre Tragetüte und ging ins Café Aman, wo sie mit Heribert verabredet war. Es gab kaum noch einen freien Platz. An allen Tischen saßen Holländer oder Sachsen, die in den Sommermonaten busseweise nach Kelheim gekarrt wurden, um sich die Befreiungshalle und den Donaudurchbruch anzusehen, die dann nach getaner Touristenpflicht Sahnetorten und Gebäck in sich hineinschaufelten und sich dabei in seltsamen Kehllauten unterhielten.

»He, Greetje, kun je die man von jou niet eens een keertje naar ons toesturen? Dan laten wij hem zien, wat 'n echte Befreiungshalle ist«, rief eine dicke Holländerin quer über die Tische und wackelte einem schmächtigen Flamen einladend mit ihrem Busen zu.

Schallendes Gelächter an allen Tischen. Nur eine schwarzhaarige, stark geschminkte Frau um die Fünfzig – sie saß ganz hinten am Fenster – schien den Witz nicht zu verstehen, und an deren Tisch setzte sich Nadja darum. Und derweil sie sich ein Kännchen Tee bestellte, rieb sich das Schicksal schon grinsend die Fäuste, denn ihm war mit dem Zusammentreffen dieser beiden Frauen mal wieder ein feiner Clou gelungen!

Nadja rührte ihren Tee. Die Schwarzhaarige nickte ihr freundlich zu. Nadja nickte ebenfalls und konzentrierte ihren Blick auf einen Kupferstich an der Wand. Die Schwarzhaarige hingegen konzentrierte ihren Blick ungeniert auf Nadja, und das machte Nadja nervös. Nadja rutschte unruhig hin und her, trank hastig von ihrem Tee und verbrannte sich dabei die Lippen. »Au!« entfuhr es ihr, worauf die Schwarzhaarige breit grinste und meinte: »Sie mochten's ja schon immer heiß!«

Nadja sah sie irritiert an. »Wie bitte? Ich verstehe nicht!«

»Ach, Sie erkennen mich wohl nicht mehr, was? Ich bin doch die Jasmin, die Bardame vom ›Erotica‹! Und Sie sind die Eva, gell? Ist zwar jetzt schon ein paar Monate her, aber wissen Sie, in meinem Beruf, da entwickelt man ein gutes Gedächtnis für Gesichter. Namen sind unwichtig. Wer Franz heißt, kann sich auch Gustav nennen. Nehmen Sie mich! In Wahrheit heiß' ich auch bloß Wernhilde.« Sie kicherte. »Aber Gesichter, wissen Sie, die kann man nicht so leicht verändern!«

»Erotica«, flüsterte Nadja. Sie wurde bleich, ihre Lippen bewegten sich tonlos. »Aber ich … das muß ein Irrtum sein.«

Jasmin lächelte milde. »Sie brauchen keine Angst zu haben, Diskretion ist für mich eine Selbstverständlichkeit.« Sie machte eine elegante Handbewegung und beugte sich näher zu Nadja. »Gehört auch zu meinem Beruf! Übrigens fand ich Sie mit offenem Haar und ohne diese entsetzliche Brille da viel hübscher! Und wenn ich mal ganz ehrlich sein darf ...«, Jasmin, die eigentlich Wernhilde hieß, deutete auf das beigefarbene Jackenkleid, das Nadja trug, »... also ich finde, eine Frau mit so viel natürlichem Sexappeal wie Sie sollte andere Kleider tragen! Ist doch alles dran an Ihnen, warum verstecken Sie's dann hinter so farblosen Klamotten?«

»Natürlicher Sexappeal ... ich?« flüsterte Nadja wie erschlagen und fühlte das Blut in ihre Wangen strömen.

Jasmin lachte. »Jetzt tun Sie doch nicht so, als ob Ihnen das nicht bewußt ist! Mensch, wenn ich noch dran denke, wie Sie auf den Tisch gestiegen sind, und so was von einer Samba hingelegt haben! Phu! Um den Hüftschwung hätte Sie selbst die Monroe beneidet!«

»Sie meinen ... ich auf dem Tisch? Im ›Erotica‹ ...?« hauchte Nadja fassungslos.

»Nun sagen Sie bloß, Sie können sich nicht mehr dran erinnern?« Jasmin kicherte. »Dabei hätten Sie den Mädels von uns glatt die Schau gestohlen, wenn dieser sympathische, gutaussehende Mann, den Sie da bei sich hatten, Sie nicht schleunigst vom Tisch gehoben und an weiteren Darbietungen gehindert hätte, und Sie dann ... ja aber, was haben Sie denn auf einmal?«

Jasmin biß sich auf die Lippen, das Lächeln auf ihrem Mund wich einem erstaunten Gesichtsausdruck, denn plötzlich badeten Nadjas Augen in Tränen. »Na, nichts für ungut«, sagte sie schnell, »so arg war's nun auch wieder nicht. Ich meine, Sie waren halt gut drauf an diesem Abend, ist ja nicht weiter schlimm.« Dazu tätschelte sie beruhigend Nadjas Hand. Himmel, das war ihr jetzt aber peinlich! Sie räusperte sich, und um von diesem offensichtlich heiklen Thema abzulenken, deutete sie auf die hellgraue Tragetüte, aus der ein Stück weißer Seide herausspitzte. »Sieht aus wie ein Hochzeitskleid. Sie heiraten doch nicht etwa?«

Nadja, die aussah wie ein Häufchen Elend, nickte zerstreut und wünschte sich jetzt sehnlichst an den Nordpol oder sonstwohin – egal, Hauptsache weit, weit weg!

»Ach nein, wie reizend!« rief Jasmin begeistert. »Eine Hochzeit, ganz in Weiß! Also da darf ich Sie ja beglückwünschen! Bestimmt heiraten Sie Ihren Begleiter von damals? Also, der war mir ja sofort sympathisch, den würde ja sogar ich heiraten! Wissen Sie, in meinem Beruf, da kriegt man ein hundertprozentiges Gefühl für Männer, die was taugen. Und der taugt was – auf allen Gebieten!« Jasmin lächelte bedeutungsvoll und fügte flüsternd an: »Wenn Sie wissen, was ich meine.«

Nadja wußte, was sie meinte. Und sie wußte auch, wen sie meinte. Pha, sie und Holger, Gott, das war ja direkt lachhaft! Bevor sie den heiratete, würde sie lieber einsam alt und grau werden, jawohl! Aber sie dachte natürlich gar nicht dran, den Irrtum aufzuklären. Sollte diese Jasmin doch glauben, was sie wollte! Und überhaupt, was ging diese ... diese nachmittelalterliche Bardame eigentlich ihr Leben und ihre Hochzeit an?

Nadja war gerade dabei, wieder Fassung zu gewinnen und diese entsetzliche Person da mit gestrecktem Rückgrat abzuservieren, als plötzlich Heribert neben ihr stand und selbst für Aufklärung des Mißverständnisses sorgte.

»Ich bin spät, Liebes«, sagte er, »aber deine Wünsche, was den Brautstrauß betrifft, sind ja auch ein bißchen extravagant.« Seine Stimme klang vorwurfsvoll. »Warum müssen es ausgerechnet lila Bartnelken sein? Die Floristin sagt, das sei altmodisch, und die könne sie wohl kaum noch bei einem Großhändler auftreiben!«

»Weil die meine Mutter auch im Brautstrauß hatte«, antwortete Nadja barsch, und als er sich setzen wollte, fuhr sie ihn an: »Ich will gehen, bitte suche die Bedienung und bezahle!«

Sie raffte hastig Kostümjacke, Handtasche und Tragetüte zusammen, und da fühlte sie plötzlich Jasmins Hand auf ihrem Arm.

»Himmel, Kindchen, das ist Ihr Bräutigam? Also, das sollten Sie sich aber noch einmal gut überlegen. Von dem lassen Sie besser die Finger, mit so' nem kann eine Frau wie Sie nicht leben, höchstens unglücklich sein!«

Nadja schüttelte Jasmins Hand ab, sah sie scharf an und sagte: »Danke für Ihren gutgemeinten Rat, aber ich weiß selbst, was ich zu tun habe!« Und damit ging sie.

Kein Junkie – nur Nadja

Nadja knipste das Licht in der Praxis an, warf ihre Handtasche auf die Anmeldung und ging in ihr Zimmer. Sie vermißte den Granatring ihrer Mutter, der ihr sehr wertvoll war, und hoffte, ihn auf dem Waschbecken vergessen zu haben. Sie atmete erleichtert auf, als sie ihn dort entdeckte, schob ihn auf den Finger und betrachtete sich im Spiegel.

»Ohne diese schreckliche Brille und mit offenen Haaren sind Sie viel hübscher!« hörte sie Jasmin sagen. Auch wenn sie diese Person entsetzlich fand und keinerlei Wert auf ihr Urteil legte – »es ist doch alles dran an Ihnen, also weshalb verstecken Sie es unter so farblosen Klamotten?«

Nadja streifte die Kostümjacke ab, ließ sie auf den Boden fallen, stellte sich auf die Zehen und betrachtete ihren Körper von der Seite. Ihre Brüste konnten sich wirklich sehen lassen, sie hatte eine zierliche Taille und wohlgeformte Hüften. Warum sagte ihr Heribert eigentlich nie, daß er sie schön oder zumindest doch anziehend fand? Aber vielleicht fand er sie ja auch gar nicht anziehend! Vielleicht war er deshalb so zurückhaltend, was die Erotik betraf? Wenn er, was selten vorkam, einmal mit ihr schlief, dann war das, was sich zwischen ihnen abspielte, eine ziemlich nüchterne Sache. Von Leidenschaft keine Spur. Nur Alltag, auch im Bett.

Nadja seufzte und stellte sich wieder gerade vor den Spiegel. Dann öffnete sie langsam ihr Haar, schüttelte es und setzte die Brille ab. Nun sah sie sich zwar nur noch verschwommen, aber selbst so sah sie genug, um feststellen zu können, daß ihr Gesicht mit offenem Haar tatsächlich weicher, jünger und hübscher wirkte. Sie neigte sich noch ein bißchen dichter zum Spiegel und schrie plötzlich auf. Da stand ja jemand hinter ihr! Nadja fuhr herum und dabei stieß sie ihre Brille vom Waschbecken.

»Tut mir leid, wenn ich Sie erschreckt habe«, sagte Holger. »Aber für den Fall, daß ich es hier mit einem Einbrecher zu tun bekommen hätte, wäre es natürlich nicht schlau gewesen anzuklopfen, bevor ich hereinkam.« Holger hob die Brille auf, behielt sie aber in der Hand.

»Was tun Sie so spät nachts noch in der Praxis?« fuhr Nadja ihn an. Sie fühlte sich ertappt, und das ärgerte sie.

»Ich kam gerade vom ›Weißen Lamm‹, wo ich zu Abend gegessen habe und bemerkte, daß hier Licht brennt. Und da dachte ich mir: Sieh lieber mal nach, ob sich da nicht vielleicht ein Junkie mit unseren Rezeptblöcken versorgt.«

»Nun, wie Sie sehen, ist das nicht der Fall.« Nadja nahm ihm die Brille aus der Hand und setzte sie auf. »Wie lange beobachten Sie mich schon?« fragte sie schneidend.

»Nicht sehr lange – aber lange genug, um Ihnen bestätigen zu können, daß Sie sehr schön sind … ohne Brille und mit geöffnetem Haar.« Er lächelte, griff mit beiden Händen nach Nadjas Brille, setzte sie ihr wieder ab und strich ihr sanft übers Haar.

Nadjas Herz machte einen Satz, dann klopfte es wie wild. Ein Beben durchzuckte ihren Körper, und sie stellte verwirrt fest, daß sie diesen Zustand so schaurig schön fand, daß sie wünschte, er möge nie vorbeigehen. Aber Nadja wäre nicht Nadja gewesen, wenn sie es nicht geschafft hätte, ihren Gefühlen angemessen zu begegnen. Statt sich in Holgers Arme zu stürzen, wie es ihrem Herzklopfen entsprochen hätte, schlang sie hastig ihr Haar zu einem Knoten, steckte es fest und entriß Holger die Brille.

»Ich verbitte mir derart plumpe Annäherungsversuche«, giftete sie ihn an, »schließlich heirate ich in zehn Tagen! Und überhaupt lege ich absolut keinen Wert darauf, Ihnen zu gefallen. Wir sind nur und ausschließlich Kollegen, und selbst das sind wir gegen meinen Willen!«

Sie hob ihre Jacke auf und schlüpfte hinein, und dann verließ sie türenschlagend die Praxis.

Ein alter Romeo und seine Julia

»Na, so niedrig ist Ihr Blutdruck doch gar nicht, Frau Gerhardt«, sagte Holger und legte das Meßgerät beiseite.

»War er aber früher, bevor mir Dr. Sedam die Tabletten verschrieben hat.«

Holger setzte sich und sah die alte Dame lächelnd an. »Wissen Sie, ich halte nichts von Tabletten. Mit niedrigem Blutdruck läßt es sich ganz gut leben, man kann lernen, damit umzugehen. Wenn sich aber Ihr Körper erst mal an die Medikamente gewöhnt hat, braucht er sie auch. Ich schlage vor, wir setzen die Tabletten wieder ab.«

»Meinen Sie, Herr Doktor?« Frau Gerhardt sah ihn zweifelnd an.

»Warum Ihren Körper unnötig belasten? Treiben Sie lieber Sport!«

»Aber Herr Doktor, in meinem Alter?«

Holger lachte. »Na, was heißt da ›in meinem Alter‹! Mit 65 steht einer Frau wie Ihnen die Welt doch noch offen! Wandern Sie, fahren Sie Rad, schwimmen Sie – oder wie wär's mit Tanzen? Sie sind doch verheiratet, also aktivieren Sie Ihren Mann, dem tut das bestimmt auch gut!«

»Ach Gott, Tanzen!« Sie seufzte wehmütig. »Getanzt hab' ich zum letzten Mal vor sieben Jahren, auf der Hochzeit meiner Enkelin.«

»Na sehen Sie, dann wird's aber höchste Zeit.« Holger begleitete Frau Gerhardt zur Reinlaß-Rauslaß-Kabine und öffnete die Tür.

Aus dem Lautsprecher klang leise Walzermusik. Frau Gerhardt sah Holger von schräg unten spitzbübisch an und fragte: »Ob Sie wohl mal mit mir ein kleines Tänzchen wagen würden … nur ein paar Schritte, Herr Doktor, damit ich weiß, ob ich's überhaupt noch kann?«

»Warum nicht?« Holger lachte, verbeugte sich, dann nahm er

Frau Gerhardt in den Arm und drehte sie rechtsherum im Walzerschritt.

»O wie schön!« rief die alte Dame. Sie strahlte Holger glückselig an, und da stand plötzlich der Drache im Zimmer.

Ihrem Blick sah man deutlich an, was sie von Ärzten hielt, die mit Patientinnen in der Praxis tanzen. Stocksteif stand sie da, zog ihre Mundwinkel verächtlich nach unten und verkündigte: »Da ist ein Verrückter am Telefon, der sich einfach nicht abwimmeln läßt! Er sagt, er sei der Freund eines Fischers, der Touristen rumtuckert, und er müsse Sie unbedingt sprechen.«

»Ach.« Holger räusperte sich. »Nun, liebe Frau Josephi, dann verbinden Sie mich mal besser, denn wenn er wirklich ein Verrückter ist, dann wird er Sie sonst nur weiterbelästigen – und das wollen wir doch nicht, oder?« Er wandte sich an Frau Gerhardt. »Wiedersehen, und viel Spaß beim Sporteln.« Er zwinkerte ihr zu, schloß die Tür hinter ihr und nahm den Hörer ab.

»So, du alter Gauner, und jetzt will ich sofort wissen, wo du dich aufhältst«, schimpfte er ins Telefon, ohne ein Wort des Grußes.

»Ich bin in Kelheim und muß dich unbedingt sprechen«, flüsterte Franziskus Sedam heiser ins Telefon. Seine Stimme klang, als wäre die Mafia hinter ihm her. »Wann hast du Mittagspause?«

»Vor eins komme ich hier keinesfalls weg.«

»Dann warte ich ab eins in der ›Hubertusklause‹, da kennt mich der Wirt nicht. Nadja weiß nämlich gar nicht, daß ich in Kelheim bin, und das soll vorerst auch so bleiben.« Es machte klick in der Leitung, Franziskus hatte aufgelegt.

Holger setzte sich und sah Franziskus scharf an. »So, du alter Schwerenöter, und jetzt erklär' mir mal, was du in Düsseldorf tust und weshalb du mit dem Bundespräsidenten ausgerechnet in der Zeitung abgebildet warst, die deine Tochter jeden Morgen liest?«

Franziskus wurde ganz klein. »Ich war ja eigentlich gar nicht mit dem Bundespräsidenten, sondern mit Frau Walters abgebildet. Hat Nadja mich auf dem Bild etwa erkannt?«

»Nein. Sie hat es gar nicht gesehen. Ich habe die Zeitung unter

Einsatz meines Lebens vor des Drachens Nase weggeklaut, um dir Unannehmlichkeiten zu ersparen.«

»Das hast du gewagt?« Franziskus war tief beeindruckt. »Mensch Junge, das war wirklich mutig und sehr nett von dir! Darf ich dich zum Dank dafür zum Essen einladen?«

Holgers Finger trommelten ungeduldig auf die Tischplatte, sein Blick bohrte sich unangenehm tief in Franziskus Augen.

»Du darfst. Aber zuerst rück' mit der Wahrheit heraus. Mir hast du gesagt, du wärst auf Gozo und dann ...«

»Ich war ja auch auf Gozo! Genau drei Wochen lang. Dort hab' ich aber dann Julia ... also Frau Walters kennengelernt. Weißt du, sie ist eine ganz und gar ungewöhnliche Frau, mit Worten gar nicht zu beschreiben! Sie ist schön und charmant und jung und temperamentvoll, und sie legt Paradiesgärten an ... also sie ist ... ist ...«

»Deine Geliebte geworden«, half Holger aus.

»Was heißt meine Geliebte – wir leben seit vier Monaten zusammen. Das ist eine sehr ernsthafte Beziehung!«

Holgers Stirn zog sich in Falten. Er starrte Franziskus eine Weile lang reglos an, dann verfiel er plötzlich in lautes Gelächter.

»Also, ich bitte dich, Holger, was gibt es da zu lachen?« Franziskus warf den Kopf in den Nacken und sah ihn gekränkt an. »Darf sich ein Mann im besten Alter denn nicht mehr verlieben, ohne gleich zum Gespött zu werden?«

»Deshalb lach' ich doch nicht. Ich lache ja nur, weil ich mir gerade das Gesicht vorstelle, das Nadja machen wird, wenn sie erfährt, daß du ... daß sie eine Stiefmama bekommt. Und dieses reizende Geschenk willst du ihr zur Hochzeit bereiten?«

»Himmel, nein! Untersteh dich, ihr auch nur ein Sterbenswörtchen davon zu verraten!«

»Von mir wird sie nichts erfahren, das verspreche ich dir.« Holger beugte sich vor und grinste Franziskus breit an. »Ich werde dir doch nicht die Freude verderben, ihr die frohe Botschaft selbst zu überbringen.« Wieder lachte er. »Armer Franziskus, da steht dir ja eine ganze Menge Ärger ins Haus!«

Franziskus seufzte, er sah ziemlich kläglich drein.

»Aber sehr lange wirst du diese reizende Nachricht ohnehin nicht mehr zurückhalten können«, sagte Holger. »Wie du ja weißt, läuft unser Vertrag in genau sechs Wochen ab. Oder willst du deine Julia einstweilen in Düsseldorf lassen?«

»Ja also, sieh mal Holger, deshalb wollte ich ja unbedingt sofort mit dir reden ... ich meine, bevor du dich anderweitig festlegst. Ich dachte mir, wir könnten den Vertrag noch verlängern. Was mich betrifft, könntest du die Praxis sogar übernehmen und ...«

»Niemals!« fiel ihm Holger ins Wort, seine flache Hand sauste auf den Tisch, er blies die Backen auf und stieß die Luft wieder aus. »Kommt ja gar nicht in Frage!«

»Aber warum denn nicht?«

»Weil ich die Nase gestrichen voll hab' von deinen Weibsen! Damit du Romeo und Julia spielen kannst, soll ich mir die Galle hochtreiben lassen?«

»Bei Gallenleiden helfen Mariendisteltee oder Erdrauch – kann ich nur empfehlen!«

»Wie bitte?« Holger sah ihn verdutzt an.

»Ich mein' ja nur. Könntest du es dir nicht noch mal in Ruhe überlegen? Nur für ein halbes Jahr, mein lieber Freund. Gib einem alten Mann die Chance für sein junges Glück!«

»Mir kommen gleich die Tränen! Nein, und das ist mein letztes Wort.«

»Und ich dachte, du bist mein Freund! Na ja ... Sag mal, kann ich wenigstens bis zur Hochzeit bei dir Quartier haben? Will nämlich nicht früher als nötig bei Nadja aufkreuzen, und in den Hotels hier kennen mich alle. Mir reicht's, wenn ich ihren Bräutigam, diesen Schnösel, erst zur Hochzeit sehe.«

»Quartier kannst du haben.« Holger griff nach der Speisekarte, schlug sie auf und ungelesen wieder zu, rief nach dem Wirt und sagte: »Bringen Sie mir bitte das Teuerste, was sie haben, mein Freund hier bezahlt!« Dann zu Franziskus: »Das Teuerste ist für so einen gutmütigen Trottel, wie ich es bin, nämlich gerade gut genug.«

Das hätte sich Holger ja denken können: Wenn er mit Franziskus feuchtfröhliche Nächte verbrachte, dann würde er weich werden. Wenn der alte Halunke auch ein ausgemachter Feigling war, er hatte eine Menge Charme und Überredungskünste auf Lager.

Sie saßen zusammen im Bett. Franziskus im Gestreiften, Holger im Hellgrauen, beide ein Kissen im Rücken, zwischen ihnen eine Flasche Zwetschgenwasser, und Benjamin, der Gartenzwerg, glotzte blöde. Er hatte ja schon einiges mitansehen müssen seit seiner gewaltsamen Entführung aus Frau Moschkes Schrebergarten, aber ein männlicher Arzt in Holgers Bett? Das war etwas gänzlich Neues für ihn!

Franziskus kippte den Schnaps und flüsterte hingebungsvoll: »Sieh mal, ich liebe Julia – und wie ich sie liebe! Sie ist die wunderbarste Frau, die mir je begegnet ist! Die vier Monate mit ihr waren der Himmel auf Erden für mich, und ich möchte so gerne noch ein bißchen auf Wolken schweben, bevor mir Nadja die Hölle heiß macht. Gib mir doch noch ein halbes Jährchen, nur noch ein klitzekleines!«

»Alle halben Jährchen dauern mindestens sechs Monate lang, auch die klitzekleinen«, antwortete Holger.

»Mein Glück hängt nur von dir ab! Und das von Julia auch!«

»Himmel, Franziskus, du redest Blech! Weshalb holst du sie nicht einfach nach Kelheim, schmeißt deine Tochter samt ihrem Wunderlich aus dem Nest und praktizierst wieder?«

»Geht nicht. Julia muß in Bonn Zaubergärten bauen. Sie ist eine selbständige Frau, mit eigenen Wurzeln. Die kann man nicht so einfach verpflanzen! Außerdem haßt sie Ärzte, sie schwört auf Mutter Natur.« Er breitete beide Hände aus und fügte theatralisch an: »Ich werde nie wieder praktizieren!«

»Franziskus, du spinnst!«

»Mir war noch nie etwas so ernst. Ich bitte dich, sag ja!«

Holger holte tief Luft, dann blies er sie wieder aus.

»Also gut. Ein halbes Jahr, keinen Tag länger! Dann schenkst du deiner Tochter reinen Wein ein, oder du suchst dir einen anderen Trottel, der dich bei deinen Furien vertritt!«

»Holger, du bist ... du bist einfach wunderbar!« Franziskus küßte ihn mitten auf die Stirn. Dann hielt er Holger das leere Schnapsglas hin. »So, und jetzt gib mir noch einen zum Abschied. Morgen früh muß ich mich meiner Tochter stellen, und übermorgen ist Hochzeit! Himmel, wenn ich nur wüßte, was mein Nadinkalein an diesem Wunderlich findet! Der ist doch ... ist ja ein ...« Ihm fiel nichts Passendes ein, deshalb half Holger aus: »Ein Nichtmann auf ganzer Linie!«

»Genau, mein Junge. Eine tote Hose mit einem Temperament wie 'ne Schlaftablette!«

»Von allem Menschlichen chemisch gereinigt!«

»Das reinste Brechmittel ist der doch!«

»Na prost dann – auf die Braut!«

Vom Samenkorn und der Liebe

Angela wollte gerade die Station verlassen, als Dr. Brauer aus dem Aufzug trat und rief: »Frau Dr. Junker, einen Moment bitte!« Sie sah ihm nichts Gutes ahnend entgegen. Er kam mit wehendem Mantel auf sie zu, baute sich vor ihr auf und keuchte: »Gerade kam ein Anruf. Frau Dr. Heimerich hatte einen Unfall, irgendwo bei Hof. Sie fällt für mindestens zwei Wochen aus. Das heißt, wir müssen vorerst ihren Dienst übernehmen. Sie sind von Montag bis Donnerstag dran.«

»Aber ich hatte doch Urlaub beantragt, ich wollte nach Bayern fahren!«

»Tut mir leid, das wird nun wohl nicht möglich sein.«

Während Angela ins Ärztezimmer zurückging, murmelte sie im stillen eine ganze Menge Flüche vor sich hin. Dann riß sie den Telefonhörer von der Gabel und wählte Holgers Nummer.

»Tut mir leid, aber ich kann nicht kommen, ich muß eine Kollegin vertreten. Wir müssen deshalb unser Wiederfühlen auf nächste Woche verschieben«, rief sie ohne Begrüßung mit weinerlicher Stimme in den Apparat.

Verblüfftes Schweigen am anderen Ende der Leitung. Dann eine fremde Männerstimme, die sagte: »Entschuldigen Sie, gnädige Frau, aber vermutlich wollen Sie nicht mich, sondern Herrn Dr. Porz wiederfühlen? Der steht jedoch gerade unter der Dusche – soll ich ihn rufen?«

Wieder Funkstille. Dann sagte Angela: »Nein, nein, nicht nötig. Richten Sie ihm nur aus, ich käme erst nächste Woche. Ich rufe später noch mal an. Guten Tag.« Sie legte auf, wählte die Nummer der Werkstatt, in der ihr Wagen zur Inspektion war, und fragte, wann sie ihn abholen könne.

»In einer Stunde etwa ist er fertig. Wir bringen ihn aber gerne auch zu Ihnen ins Krankenhaus, Frau Dr. Junker.«

Das war die erste gute Nachricht heute. Angelas Füße schmerzten, ihr Rücken tat weh, und sie hatte absolut keine Lust auf das

Gedränge im Bus oder eine Viertelstunde Fußmarsch bis zur Werkstatt. »Das ist nett«, sagte sie. Sie sah aus dem Fenster, ihr Blick fiel auf die Milchbar gegenüber, die vor zwei Wochen erst eröffnet worden war. »Gleich gegenüber vom Krankenhausparkplatz ist eine Milchbar. Sie heißt ›Elvis‹, dort warte ich auf meinen Wagen.«

»In Ordnung, Frau Dr. Junker, ich schicke den Mechaniker dorthin.«

Angela schloß den Schirm, schüttelte ihn aus, drückte mit der Schulter die Tür zur Milchbar auf und schlüpfte hinein. Angenehme Wärme schlug ihr entgegen, ihre Nase witterte frischgemahlenen Kaffee.

Sie war noch nie hier gewesen und sah sich neugierig um. Ein länglicher, weißgetünchter Raum, an den Wänden Neonschriftzüge in Pink und Lila: LOVE – ELVIS – HOLLYWOOD. Dazu Reklametafeln aus Blech, aus den fünfziger Jahren, die bestimmt hohen Sammlerwert hatten, und eine Musikbox aus dieser Zeit. Ein paar runde Tischchen standen an der einen Seite des Raumes, an der anderen eine bonbonrosa Bar in L-Form. Und an dieser Bar lehnten gelangweilt zwei stahlharte Männer und schlürften ihre Drinks – das heißt, der eine saß auf einem Barhocker und ließ die Beine baumeln, denn stehend hätte seine Nase bestimmt nicht über den Tresen gereicht.

Aber stahlhart war er trotzdem, das sah man auf den ersten Blick. Seine Schirmmütze hatte er verkehrt herum aufgesetzt, so daß der Schirm den Nacken statt die Stirn bedeckte, das Sweatshirt war vorne in die Jeans gestopft und hing hinten heraus, und in der Hosentasche steckte ein Revolver. Den Kopf in beide Hände gestützt, kaute der Typ lässig auf einem Strohhalm und sog ab und zu geräuschvoll Rosatrübes in sich rein – vermutlich Erdbeer-Shake.

Der andere überragte den mit dem Revolver um Längen und war bestimmt fünfundzwanzig Jahre älter, aber sonst sahen sich die beiden verblüffend ähnlich. Blondhaarig, sommersprossig und eben stahlhart – mindestens!

Jetzt sah der Große auf und zu Angela herüber, fixierte sie mit anerkennendem Blick und lächelte. Und was für ein Lächeln das war! Ein Lächeln, das selbst an einer Frau wie Angela, die so leicht nicht Feuer fing, nicht spurlos vorüberging.

Sie erwiderte sein Lächeln, nickte ihm zu, zog ihren Regenmantel aus und setzte sich an das kurze Ende der Bar.

Der Große kam hinter dem Tresen auf sie zu. »Was darf ich Ihnen bringen?« fragte er.

»Einen Cappuccino bitte.«

»Was is'n das, Carsten?« wollte der Kleine wissen.

»Kaffee. Mit Sahne. Dafür bist du noch zu grün«, antwortete der Große.

»Dann für mich noch einen Ärdbärschäk!« forderte der Kleine.

»Bitte, heißt das! Klar, du Naseweis?«

»Klar, Boß.« Er tippte mit den Fingern an die Mütze.

Carsten bereitete den Cappuccino zu, stellte ihn vor Angela auf die Bar und verharrte eine Weile hingebungsvoll in Betrachtung ihrer schönen, mandelförmigen Augen.

»Mein Ärdbärschäk!« erinnerte der Kleine.

Carsten deutete mit dem Daumen über die Schulter. »Das ist Lars Nervensäge, mein Neffe.« Er seufzte gequält und machte sich ans Mixen.

Angela beobachtete ihn dabei. Gut sah er aus, dieser Carsten, und wirkte gleich auf den ersten Blick so richtig sympathisch. Wie hatte ihre Freundin Annegret gestern abend noch gesagt: »Sich verlieben ist Einstellungssache, Bereitsein ist alles! Und dein Holger ist doch auf die Dauer viel zu weit weg!«

Nun ertappte sich Angela bei dem Gedanken, daß sie im Falle Carsten durchaus geneigt wäre, sich auf Bereitsein einzustellen und Holger mal für ein paar Augenblicke zu vergessen. Mal wieder so richtig verliebt sein ... hach, ja, das wär's! Aber als dieser Carsten plötzlich zu ihr herübersah und sie so nett anlächelte, zog sie schnell eine Zeitung aus der Tasche, faltete sie auseinander, versteckte sich hinter ihr und schimpfte sich im stillen ein dummes und feiges Federvieh.

Lars hatte da noch eine Neuigkeit, die er unbedingt loswerden mußte. Er nahm seinen Drink entgegen, schob sich den Strohhalm in die Zahnlücke und krähte Angela an: »Meine Mami kriegt gerade einen Bruder für mich – dort drüben im Krankenhaus!«

»Und wenn's eine Schwester wird?« fragte Angela.

»Die nehm' ich nicht!«

Angela schüttelte lächelnd den Kopf und vergrub sich wieder hinter ihrer Zeitung.

Eine Weile war es still. Lars schien über etwas nachzudenken, Angela versuchte zu lesen, konnte sich aber nicht konzentrieren, weil ihre Gedanken immer wieder zu Carsten hinüberwanderten. Und Carsten beobachtete sie aus den Augenwinkeln, enttäuscht darüber, daß sie sich hinter ihrer Zeitung versteckte und ihm so die Möglichkeit nahm, zarte Bande zu knüpfen. Dabei hätte er gerade jetzt seine angeborene Schüchternheit überwinden können! Bestimmt, denn er fühlte sich mächtig in Form! Und als er sich gerade vorstellte, wie schön es wäre, wenn er und sie ... da geriet Lars über seiner Brüterei in eine Sackgasse, aus der er offensichtlich nicht ohne Hilfe des Onkels herausfand.

»Wie tut'n der Vati überhaupt das Samenkorn in den Bauch von der Mutti rein?« fragte er sehr laut und mit einer Stimme, die auf Antwort pochte.

Carsten sah schnell zur Zeitung hinüber. Die zitterte. Ganz leicht nur, sonst regte sich nichts. Er räusperte sich – Mann, war ihm das aber peinlich! Und was jetzt auf diese vertrackte Frage antworten? Ihm fiel nichts ein, und um Zeit zu schinden, fragte er: »Samenkorn? Wiesooooo?«

»Der Rudi hat gesagt, sein Vati hat gesagt, daß gar nicht der Storch die Brüder bringt, sondern daß der Vati einen Samen in den Bauch der Mutti tut, und dann wächst'n Baby draus. So wie wenn ich 'n Sonnenblumenkern in die Erde steck', dann wächst 'ne Sonnenblume draus.«

»Ach ja, soso – sag mal, wie geht's denn dem Rudi eigentlich, hat der nicht zum Geburtstag ein neues, ganz tolles Fahrrad bekommen?«

»Das war doch nich' der Rudi, das war der Klaus! Wie kommt 'n also bitte das Samenkorn in den Bauch von der Mutti rein!«

Angela blätterte die Zeitung um und spähte dabei amüsiert über den Rand hinweg zu Carsten hinüber, der mit hochrotem Kopf verzweifelt eine passende Antwort auf diese knifflige Frage zu finden versuchte.

»Weiß ich nicht«, sagte er schließlich.

Jetzt hörte man leises Kichern hinter der Zeitung.

Carsten stieß sich vom Tresen ab und begann wahllos Gläser

zu polieren. Eine Zeitlang sah ihm Lars versonnen dabei zu, dann resümierte er: »Durch die Nase geht nicht, da muß sie bestimmt niesen.«

Keine Antwort.

»Vielleicht muß sie's aufessen?«

Stille.

»Oder sie muß ...«

»Willst du noch einen Erdbeer-Shake?« fiel ihm Carsten ins Wort, in der Hoffnung, seinen Neffen damit endlich mundtot zu machen.

»Klar!« rief der. »Aber 'n großen!«

Angelas Kopf tauchte hinter der Zeitung auf. »Mir bitte auch noch mal dasselbe«, sagte sie und schob Carsten schmunzelnd ihre Tasse hin.

Er wich ihrem Blick verlegen aus, bereitete Cappuccino und Erdbeer-Shake zu, bediente seine Gäste und startete einen zweiten Versuch, das Thema zu wechseln: »Sag, warst du nicht am Sonntag im Zirkus? Erzähl mal, wie hat's dir denn dort gefallen?«

»Ganz toll! Vor allem die Löwen!« Pause. »Wo hat'n der Vati das Samenkorn überhaupt her?« Und weil Lars auch diesmal keine Antwort bekam, sinnierte er weiter: »Die Sonnenblume macht ihr Samenkorn selber. Kann der Vati seins auch selber machen?«

Carsten zuckte zusammen wie unter der Linken eines Boxers. »Kannst du das nicht deinen Vater fragen!« fuhr er verzweifelt auf.

»Der hat gesagt, ich soll die Mutti fragen. Und die Mutti hat geschlafen. Und dann iss'e aufgewacht und hat gesagt, sie muß jetzt ins Krankenhaus, meinen Bruder kriegen. Und dann hams mich zu dir gebracht. Da konnte ich nicht mehr frag'n.« Bohrender Blick, dann nachdrücklich: »Ich will aber jetzt wissen, wo er's her hat!«

Carsten seufzte. Mit einem Seitenblick zur Zeitung sagte er: »Es ist ... es ist eben in ihm drin.«

»Im Vati? Und wie kommt's denn bei ihm da rein?«

»Es ist schon immer in ihm drin gewesen, von Anfang an.«

»Und wie kriegt er's da raus, wenn er's braucht?«

Carsten schnappte nach Luft. Sein Gesicht verfärbte sich purpurrot. »Weiß ich nicht!« rief er verzweifelt. Worauf Lars verächtlich feststellte: »Du weißt aber auch gar nix!«

Angelas Augen füllten sich mit Tränen, ihre Schultern bebten und die Zeitung mit ihnen. Sie biß sich auf die Lippen und versuchte, ihr Lachen zu unterdrücken, aber es gelang ihr nicht. Sie lachte und lachte, sie konnte nicht anders, und schließlich mußte sie die Zeitung weglegen, um sich die Tränen aus den Augen zu wischen.

Carsten sah sie gekränkt und stieren Blickes an. Daß sie ihn auslachte! Wo sie ihm doch so gefiel! Und er hatte schon geglaubt, daß sie … nun, daß sie ihn auch ganz sympathisch fände. Na ja!

Als Angela Carstens Enttäuschung bemerkte, bemühte sie sich um gebührenden Ernst. War ja auch wirklich eine knifflige Sache, das mit dem Samenkorn und der Liebe! Sie preßte die Lippen zusammen und sah Carsten fest in die Augen. Netter Kerl, wirklich! Und sie sah dabei so komisch aus, daß Carsten nun auch loslachte.

Plötzlich flog die Tür auf, und der da vor verregneter Kulisse stand, breitbeinig und strahlend und nur zwei Worte rief: »Ein Junge!«, mußte der glückliche Vater sein, denn er glich Carsten und Lars beinahe aufs Haar.

Lars tobte jubelnd auf ihn zu, rief: »Juhu!« und: »Kann ich'n gleich sehen, meinen Bruder? Wie heißt er denn überhaupt …?« Damit fiel die Tür hinter den beiden zu, und Angela war mit Carsten alleine.

Erst schwiegen sie sich an, wußten nicht so recht, was sie nun sagen sollten, aber dann packte Angela plötzlich eine ungeheuere Draufgängerlust. Mal wieder so richtig verliebt sein, hachja, das wäre schön! Sie faltete die Zeitung zusammen, sehr umständlich bis auf Taschenformat und sagte:

»Ich hätte da zu Hause einiges an Fachliteratur zu diesem Thema. Ich bin nämlich Ärztin.« Sie lächelte, schob die Zeitung in ihre Handtasche und stützte den Kopf in die Hand. »Wenn Sie Lust haben, könnten wir ja versuchen, auf die Frage Ihres Neffen gemeinsam eine Antwort zu finden. Außerdem ist im Kühlschrank bestimmt noch was zu essen … und dann könnten wir vierohrig Mozart hören oder Sibelius, wenn Sie den lieber mögen.«

Und ob Carsten Lust hatte – vor allem auf vierohrig Mozart hören!

Nadjas Hochzeit

Am Abend vor der Hochzeit packte Franziskus seine Siebensachen, bestellte sich ein Taxi und ließ sich dorthin bringen, wo noch bis vor vier Monaten sein Zuhause war. Während der Chauffeur das Gepäck aus dem Kofferraum holte, betrachtete Franziskus mit klopfendem Herzen die efeuumwucherte alte Villa. Sie schien ihm mit einem Male düster und nur mit den traurigen Erinnerungen an den Tod seiner Frau verknüpft. Nein, hier wollte er nicht mehr leben, das hier gehörte zu seiner Vergangenheit – aber ab sofort gab es nur noch Gegenwart für ihn, und die hieß Julia! Er bezahlte den Taxifahrer, nahm seinen Koffer und klingelte.

»Vater!« rief Nadja, als sie ihn vor der Tür stehen sah und breitete beide Arme aus. Einen kurzen Moment schien es, als wollte sie ihn in die Arme schließen, aber dann nahm sie doch nur seinen Koffer und stellte ihn in die Diele. »Komm herein, ich hatte dich schon viel früher erwartet.«

»Ich wollte dich nicht stören. Eine Braut muß doch eine ganze Menge vorbereiten, am Vorabend des schönsten Tages ihres Lebens.«

Nadja lächelte schwach. »Die Organisation, das hat alles Heribert übernommen, ich brauch' nur zur Trauung zu erscheinen und mein Jawort zu geben.«

Sie sagte es in einem Ton, der heiter klingen sollte, aber es schwang so viel Traurigkeit und Resignation in ihrer Stimme mit, daß Franziskus sie am liebsten an den Schultern gepackt, aufgerüttelt und ihr gesagt hätte: »Laß doch diesen Wunderlich wunderlich sein, schick ihn zum Teufel, den verdammten Spießer und vergönne dir endlich ein bißchen Spaß am Leben!« Aber auch er konnte seinen Gefühlen nicht freien Lauf geben – wenigstens was seine Tochter betraf. Deshalb schwieg er, setzte sich aufs Sofa und ließ sich eine Tasse Tee eingießen.

Nadja setzte sich zu ihm. »Lieb, daß du dir die Mühe gemacht hast, extra von Gozo herzufliegen, um mein Trauzeuge zu sein.«

»Nun ja, schließlich habe ich ja nur die eine Tochter!« Er räusperte sich. »Da war mir selbst der Weg von Gozo nicht zu weit.«

»Fliegst du nach der Trauung wieder zurück, oder bleibst du gleich hier?«

»Ich ... also weißt du, ich habe auf Gozo eine Herzspezialistin kennengelernt, und die hat mir dringend geraten, meinen Aufenthalt in diesen paradiesischen Gärten der Natur noch etwas zu verlängern. Meiner Gesundheit wegen! Überhaupt meint sie, daß Arbeiten in meinem derzeitigen Zustand nicht gut für mich sei.«

»Was heißt das?« Nadja sah ihn alarmiert an.

»Ich habe schon mit Holger gesprochen. Er ist bereit, noch ein halbes Jahr länger ... also ich meine ... ja, was hast du denn mein Kind?« Nadja war plötzlich ganz weiß um die Nasenspitze.

»Nein«, flüsterte sie. »Vater, das kannst du mir nicht antun!«

»Bedenke, Nadinkalein, es geht um meine Gesundheit! Du hast ja selbst immer gesagt, daß es schlecht um mich steht und ich mich schonen muß!«

»Ja aber ...« Nadjas Kinn kräuselte sich, ihre Augen badeten in Tränen. »Ich kann diesen Mann nicht länger ertragen! Er ist ... ist einfach unmöglich, er bringt mein ganzes Leben durcheinander, und ich hasse ihn!« Sie sprang plötzlich auf und lief weinend aus dem Zimmer.

Franziskus sah ihr verdattert nach. Noch nie hatte er Nadja weinen sehen! Nicht mal, als sie mit zwölf Jahren in eine Grube voller Brennesseln gefallen war! Was war denn nur los mit ihr? Überhaupt war etwas anders an ihr, schon die ganze Zeit hatte er herumgerätselt, was es sein könnte, und nun kam er plötzlich drauf: Es waren ihre Augen! Sie leuchteten plötzlich, selbst wenn sie voller Tränen waren! Und etwas Verträumtes nistete in ihnen, fast so, als wäre sie verliebt! Ob sie am Ende mit Wunderlich vom Wunder der unkeuschen Liebe gekostet hatte? Sich mit ihm in das Abenteuer der Leidenschaft gestürzt, ob er sie gar auf Wolke Nummer sieben gehoben hatte? Der Wunderlich? Nein, nein, der Gedanke schien ihm dann doch viel zu verwegen, und er verwarf ihn wieder. Nicht der Wunderlich, der erfüllte doch höchstens voreheliche Pflichten.

Holger klopfte Benjamin auf die Zipfelmütze und sagte: »Weißt du was, die Trauung, die schenke ich mir!«

Er stieg statt in den Dunkelblauen wieder ins Bett, gähnte ausgiebig und ließ seinen Blick zum Fenster schweifen. Dort draußen wuchs sattblauer Himmel. Es war ein wunderschöner Spätsommersamstag – viel zu schade für Wunderlichs Hochzeitsfest. Eigentlich sollte Holger sich aufs Fahrrad schwingen und an der Altmühl entlang bis Riedenburg fahren. Oder zum Klösterl marschieren. Oder Angela im Arm halten, hach ja! Apropos Angela ... warum hatte sie eigentlich nicht mehr angerufen?

Holger griff zum Telefon und wählte ihre Nummer.

»Hallooo?« meldete sie sich mit sammetweicher Stimme.

»O wie verführerisch!« Holger grinste. »Wußtest du etwa, daß ich es bin?«

»Wer ist ich?«

»Na ich, Holger!«

»Ach du!« Plötzlich war ihre Stimme gar nicht mehr sammetweich. »Ich muß gleich weg – zum Dienst! Muß eine Kollegin vertreten, die einen Autounfall hatte.«

»Und schickst mir gar keinen Kuß durchs Telefon?«

Angela schmatzte einen Kuß in den Hörer.

»Wann kommst du endlich, Mandarinentörtchen?«

»Du, nächste Woche, das geht leider auch nicht.«

»Wie, schon wieder eine Vertretung?«

»Nein, Vertretung hab' ich nur bis Mittwoch. Das hat eher etwas mit Aufklärungsunterricht zu tun. Du, ich kann dir das am Telefon nicht erklären. Jetzt muß ich aber weg! Mach's gut, altes Holzbein, ich melde mich wieder!«

Es machte »klick« in der Leitung, und Holger legte verwirrt auf. Wieso eigentlich Aufklärungsunterricht? Gynäkologie war doch gar nicht ihr Fach.

»Verstehst du das, Benjamin?«

Benjamin antwortete nicht, der glotzte nur doof. Alles in allem, fand Holger, war das heute ein trister Tag. Trotz Sonnenscheins und Wochenendes. Er stand auf, ging zum Kühlschrank und durchsuchte ihn nach Trost. Er fand zwei Piccolo, davon würde er sich jetzt eine genehmigen. Er öffnete die Flasche, goß den Sekt in eine Pilstulpe und erhob diese feierlich.

»Auf dein Wohl, holde Braut! Ab jetzt heißt du Wunderlich, und in ein paar Jahren wirst du's wohl auch sein. Na ja ...« Er trank das Glas in einem Zug leer, stellte es auf den Tisch und zog sich an.

Als er fertig war und sich im Spiegel betrachtete, lachte er. »Mensch, so vornehm hab' ich dich ja schon lange nicht mehr gesehen, alter Knabe! Siehst ganz so aus, als würdest du auf eine Beerdigung gehen.« Er goß sich den zweiten Piccolo ein und trank auch den ex, dann nahm er das Geschenk für Nadja und machte sich auf, der Braut zu kondolieren.

Er kam gerade noch rechtzeitig zum Sektumtrunk. Nadja und Heribert standen vor dem Brauttisch, um Glückwünsche und Geschenke entgegenzunehmen. Sie wirkten so steif und blaß, als hätte man sie aus Madame Tussauds Wachsfigurenkabinett entwendet und für die Feier des Tages hier aufgestellt. Holger kicherte, denn er fand den Anblick lustig. Außerdem war er bereits leicht alkoholisiert. Er ging auf die Braut zu, schlug die Hacken zusammen, nahm ihre Hand und küßte sie. Aber was war denn das, die Hand zitterte ja! Oder hatte er sich das nur eingebildet? Na egal, jetzt wird gefeiert! Er nickte Heribert zu, ging zwei Schritte in Richtung Sekttablett, blieb plötzlich wieder stehen und schlug sich mit der flachen Hand auf die Stirn.

»O, nun hätte ich ja beinahe das Geschenk vergessen.« Er überreichte Nadja das Paket. »Sie brauchen nicht nachzusehen«, sagte er, »es ist ein Sektkübel! Für besondere Gelegenheiten ...« Er zwinkerte ihr zu. »Und viel Glück wünsche ich noch.«

Nadjas Hand krallte sich um den Brautstrauß mit lila Bartnelken. So eine Frechheit! Dieser aufgeblasene Kerl mit seinem flegelhaften Benehmen, wie sie ihn haßte! Sie winkte ihrem Vater, um das Geschenk loszuwerden. Der nahm es und sah sie staunend an – schon wieder Tränen in ihren Augen? Donnerlittchen, wenn ihm vorgestern einer gesagt hätte, daß seine Tochter so nah am Wasser gebaut hat, er hätte es einfach nicht geglaubt.

»Sag mal, Franziskus«, Holger packte ihn eine Viertelstunde später am Ärmel, »weißt du, wie das Fest hier nun weitergeht?«

Franziskus zog die Einladungskarte aus seiner Innentasche und überflog sie: »Zuerst Stehempfang – den haben wir gleich hinter uns. Dann kaltes Buffet, und um vierzehn Uhr verabschieden sich Herr und Frau Wunderlich, um ihre Hochzeitsreise anzutreten.« Franziskus steckte die Einladung wieder weg. »Also, labe dich an Schmaus und Trank, und wohl bekomm's, mein Junge!«

Das ließ sich Holger nicht zweimal sagen. Er stellte das leere Glas weg und nahm sich ein volles. »Prost, Schwiegerpapa vom Wunderlich! – Sag, müssen wir unbedingt bis zwei hier ausharren?«

»Ich eigentlich schon.« Franziskus sah stirnrunzelnd dabei zu, wie Holger auch dieses Glas ex in sich hineinschüttete. »Wenn du aber weiter so becherst, dann befürchte ich allerdings, muß ich dich bald nach Hause bringen, weil du es alleine nicht mehr schaffst.«

Holger grinste breit. »Gute Idee!« Er stellte sein Glas ab, nahm Franziskus am Ellenbogen und wankte an dessen Seite zur Braut. »Liebe Nadja! Ich glaube es ist besser, Ihr Herr Papa bringt mich jetzt nach Hause. Hochzeiten machen mich nämlich immer so traurig.« Er beugte sich dichter an ihr Ohr. »Vor allem Ihre!« Er trat zurück und lächelte. »Als dann, ich wünsche Ihnen eine angenehme und erfolgreiche Hochzeitsreise, verehrte Kollegin.« Er wandte sich an Heribert. »Ihnen natürlich auch.«

»Ganz meinerseits«, schloß sich Franziskus Holgers Wunsch an, dann nahm er seine Tochter in den Arm und sagte: »Liebes Kind, viel Glück auf deinem Weg. Das meine ich ... das heißt, ich meine ... nun ja, ich melde mich mal wieder bei dir. Aus Gozo.« Er klopfte ihr auf die Schulter, nickte seinem Schwiegersohn zu und verließ mit Holger den Saal.

Als die beiden Männer draußen waren, rissen sie sich wie auf Kommando beide die Krawatten vom Kragen und atmeten ganz tief durch.

»Dort drin erstickt man ja!« stöhnte Franziskus.

»Das sind schon die ersten Modergerüche aus Wunderlichs Ehegruft.« Holger stopfte seinen Kulturstrick in die Westentasche. »Weißt du was, Franziskus, ich konnte kaum widerstehen, dem Knilch eine vor die Pfanne zu hauen, daß er sein Kleinhirn scheppern hört!« Holger ballte grimmig die Fäuste, und dann zischte er: »Dieser miese Piefke und deine schöne Tochter! Das ist ja ... jawohl, eine Sünde ist das!«

»Sag das noch mal«, sagte Franziskus und blieb wie vom Donner gerührt stehen.

»Mieser Piefke!!!«

»Nein, ich meine, daß du Nadja schön findest!«

»Natürlich finde ich sie schön. Ist sie ja auch! Hast du sie dir eigentlich schon mal mit offenen Haaren und ohne Brille angesehen? Besonders nachdem sie ein Gläschen Sekt getrunken hat und Samba tanzt?«

»Wie sollte ich? Sie trägt nie die Haare offen, hat immer eine Brille auf, trinkt keinen Tropfen Alkohol, und was Samba ist, weiß sie vermutlich nicht einmal.«

Nun blieb auch Holger stehen. Er wandte sich nach Franziskus um. Ein seltsam verklärtes Lächeln lag auf seinem Mund. »Irrtum, mein Freund, da kennst du eben deine Tochter nicht! Aber na ja ...«, er machte eine wegwerfende Handbewegung, »is' ja nu nich mehr wichtig. Nu is se ja Frau Wunderlich! So, und jetzt komm, ich lade dich ins ›Weiße Lamm‹ ein, hab' nämlich schrecklichen Durst.«

Sie saßen schon beim dritten Bier, als bei Franziskus endlich der Groschen fiel. »Himmel!« rief er, »jetzt hab' ich's, du bist verliebt in sie! Und sie ...«, er brach ab und schüttelte fassungslos den Kopf. »Und sie ist verliebt in dich! Deshalb also der seltsame Glanz in ihren Augen und die vielen Tränen. Und da heiratet sie doch glatt diesen Heribert Wunderlich, und du siehst auch noch dabei zu! Weißt du, was ihr beide seid? Das dämlichste Fleckvieh, das mir je über den Weg gelaufen ist!«

Das fand Holger aber nun wirklich gemein, daß Franziskus ihn ein dämliches Fleckvieh schimpfte! Er zog seine rechte Augenbraue hoch und versuchte, Franziskus mit Blicken zu fixieren, aber er konnte sich nicht entscheiden, ob der rechte oder der linke der richtige Franziskus war, also ließ er es bleiben und starrte wieder auf den Grund seines Glases. »Unsinn«, brummte er. »Deine Tochter liebt nur ihren Beruf, und ich liebe nur meine Freiheit. Und der Wunderlich, der liebt nur sich selbst.« Holger grinste. »Nur du liebst deine Julia.« Pause. Dann kläglich: »Weißt du, was ich glaube, Franziskus? Ich glaube, ich hab' einen über den Durst getrunken, und jetzt is' mir übel.«

»Ich glaube nicht nur, daß du einen über den Durst getrunken hast, ich weiß es ganz sicher!« Jetzt war es Franziskus, der grinste. »Na komm, du alter Hornochse, ich bring' dich nach Hause.«

Er warf zwanzig Mark auf den Tisch, faßte Holger unter und trat mit ihm den Heimweg an.

Holger, ein Hirsch und ein paar verrückte Frauen

»Ist das alles, was Sie heute vormittag geschafft haben? Und dann auch noch voller Fehler!« Der Drache wedelte mit den Krankenberichten durch die Luft, die Gabi abgetippt hatte, und deutete auf die unbearbeiteten Bänder, die noch neben dem Diktaphon lagen. »Das schreiben Sie mir in der Mittagspause fertig. Faulenzerei dulde ich nicht!«

Tränen traten Gabi über den unteren Rand ihrer Wimpern und kullerten über ihre blassen Wangen. Sie hätte sich ohrfeigen können, daß der Drache es schaffte, sie zum Weinen zu bringen, aber sie war einfach mit ihrer Beherrschung am Ende. Sie holte tief Luft, und dann brach der ganze Kummer und Schmerz in einem lauten Schluchzen aus ihr heraus.

»Ja aber, was ist denn mit Ihnen?« Holger kam gerade aus dem Sprechzimmer. Er legte eine Hand auf Gabis Schulter und betrachtete besorgt die junge Frau. »Geht es Ihnen nicht gut? Mir ist schon heute vormittag aufgefallen, wie schlecht Sie aussehen.«

»Ach Gott!« Die Josephi lachte hart und knallte die Krankenberichte auf den Tisch. »Ich weiß schon, was dem Fräulein fehlt, das arbeitet nicht gerne! Am Wochenende in die Disco, und am Montag bei der Arbeit sich dann hängenlassen … das hab' ich gern!«

Holger hatte inzwischen seine Hand auf Gabis Stirn gelegt. »Sie haben ja Fieber! Kommen Sie gleich mal mit, ich werde Sie untersuchen.« Er ging voraus in sein Behandlungszimmer, hielt Gabi die Tür auf, und dem Drachen warf er einen messerscharfen Blick zu. Daß er ihr die Pest an den Hals wünschte, sagte er zwar nicht, aber das konnte die Josephi auch so erkennen. Sie warf den Kopf in den Nacken und marschierte im Stechschritt ins Röntgenzimmer.

»Also Gabi, nun erzählen Sie mal: Was ist los mit Ihnen, haben Sie Schmerzen?«

Die Frage löste eine neue Sturzflut von Tränen aus. Und dann schluchzte das Mädchen: »Herr Doktor, ich glaube, ich bin schwanger!«

»Schwanger?« Holger zog die Stirn in Falten. »Wann hatten Sie denn die letzte Periode?«

»Vor drei Wochen. Aber wissen Sie, seit drei Tagen ist mir so schrecklich übel, und ich habe so arge Rückenschmerzen. Meine Schwester und meine Mutter hatten das bei ihren Schwangerschaften auch immer, dieses Ziehen im Rücken und diese ständige Übelkeit.«

»Wo genau ist dieses Ziehen?«

»Hier ...«, Gabi ließ sehen, wo.

»Hatten Sie nicht vor ein paar Tagen mit eitrigen Zahnwurzeln zu tun?« fragte Holger.

»Ja. Am Mittwoch war ich doch beim Zahnarzt deswegen. Eine Wurzelbehandlung und ...« Sie brach ab, denn Holger verließ plötzlich das Zimmer.

Kurz darauf kam er mit Brigitte wieder zurück. »Sie nehmen Gabi zuerst Blut ab und machen die üblichen Labortests.« Er wandte sich an Gabi. »Und dann bringen Sie der Brigitte bitte Urin. Ich vermute, Sie haben eine Nierenentzündung. Und falls ich recht habe, müssen Sie sofort ins Krankenhaus.«

Als Holger Gabis Laborbefunde durchgesehen hatte, rief er den Drachen zu sich.

»Sie bestellen sofort ein Krankenhausbett in der Urologie für Gabi, ich bringe das Mädchen gleich selbst hin. Und dann, Frau Josephi, wollte ich Sie noch auf etwas hinweisen: Die Sklaverei ist seit 1888 auch im letzten Erdteil der Welt abgeschafft. Ein bißchen Menschlichkeit würde sogar Ihnen gut stehen! Außerdem nehmen Sie bitte zur Kenntnis, daß ich noch ein halbes Jahr länger bleiben werde, und zwar mit denselben Befugnissen wie gehabt. Es steht mir frei, Personal zu entlassen oder einzustellen, wenn ich das für nötig halte. So, und nun rufen Sie im Krankenhaus an.«

Seit der Geschichte mit Gabi war Frau Josephi wieder etwas freundlicher geworden. Für Holger der einzige Lichtblick in diesen Wochen. Nadja war auf Hochzeitsreise, er mußte ihre Patienten mit übernehmen und hatte kaum noch eine Verschnaufpause. Franziskus war wieder zu seiner Julia abgereist und Angela offensichtlich noch immer mit ihrem Aufklärungsunterricht beschäftigt

– er hatte schon seit zehn Tagen nichts mehr von ihr gehört. Manchmal überfiel Holger ein beklemmendes Gefühl von Einsamkeit. Auf allen Ebenen kaltgestellt! Kein Freund, keine Liebe, niemanden zum Ärgern. Manchmal ertappte er sich dabei, verheiratete Männer zu beneiden, denn die hatten in ihrem Eheweib gleich alles drei!

»Nun ja, die ewig gepriesene Freiheit hat halt auch seine Schattenseiten«, murmelte Holger und seufzte, »und momentan lebe ich eben im Schatten!«

Er war gerade dabei sich ein Pils einzuschenken, um sein Selbstmitleid darin zu ertränken, als das Telefon klingelte. Angela war am Apparat.

»Ich komme am Freitag abend«, sagte sie, ihre Stimme klang ungewöhnlich sachlich.

»Zum Wiederfühlen?«

»Na ja. Weißt du, ich muß dir was erzählen. Aber nicht jetzt am Telefon, also frag nicht weiter. Du, ich bin schon wieder in Eile! Also, bis Freitag dann!« Sie legte auf, ohne einen Kuß durchs Telefon geschickt zu haben.

Holger hörte sich eine Weile lang die nimmer endende Litanei recht seltsamer Schmerzensklagen einer älteren Dame an, die eigentlich Nadjas Patientin war, und betrachtete dabei die Frau, die blühend und gesund vor ihm saß. Nur die Tränen in ihren Augenwinkeln waren echt, aber die versuchte sie tapfer zu unterdrücken. Als sie beim Ziehen und Stechen in ihrem »ganzen Leib« angekommen war, unterbrach er sie.

»Frau Bergbauer, Sie simulieren! Also, jetzt lassen Sie mal diese Schwindelei von Ziehen und Stechen weg und sagen mir, was wirklich los ist.«

»Ja aber … ich …« Sie brach ab und dann in Tränen aus. »Es ist wegen meinem Sohn, Herr Doktor. Wissen Sie, ich habe ihn schon seit drei Jahren nicht mehr gesehen, obwohl er doch gar nicht so weit weg wohnt. München, das ist ja nur eine Stunde mit dem Auto! Aber immer wenn ich mit ihm telefoniere und ihn frage, wann er mich mal besuchen kommt, vertröstet er mich. Seit vier Monaten habe ich sogar einen Enkelsohn, aber den durfte ich auch noch nicht sehen … und die Frau, mit der er zusammenlebt, die kenne ich auch nicht. Dabei ist Lothar doch mein einziges Kind, und ich hab' außer ihm niemanden mehr!« Sie zog ein Taschentuch aus dem Ärmel und schneuzte sich. »Und da dachte ich, wenn ich mal so richtig krank bin, dann kommt er vielleicht, um nach mir zu sehen.«

»Soso, dachten Sie.« Holger schüttelte lächelnd den Kopf. »Und dann würde der Herr Sohn ... wie nennen das die Bayern noch ...? Er würde eine bumperlg'sunde Mutter vorfinden, mit rosigen Wangen und wohlgenährt! Frau Bergbauer, dererlei Erpressungsversuche scheinen mir nicht die richtige Art zu sein, den Herrn Sohn an seiner Mutter zu interessieren. Wissen Sie was? Sie geben mir seine Telefonnummer, und ich werde mal sehen, was ich für Sie tun kann.«

»Sie wollen ihn anrufen? Aber dann ist er bestimmt böse auf mich! Dann glaubt er, ich hätte Sie dazu angestiftet und ...«

»Er wird nicht böse sein, das verspreche ich Ihnen«, unterbrach Holger. Er schob ihr einen Notizblock hin, sie schrieb ihm die Nummer auf, dann brachte er sie zur Tür.

»Vielen Dank, Herr Doktor.«

»Keine Ursache.« Er lächelte. »Ein Telefongespräch kostet mich weniger Mühe, als eine langwierige Untersuchung, die am Ende doch zu keinem Ergebnis führt.«

Frau Bergbauer war die letzte Patientin heute vormittag. Als Holger sie verabschiedet hatte, verließ er die Praxis, um sich ein gutes Mittagessen beim Ehrntaler zu genehmigen. Heute war Donnerstag, da hatte er Abendpraxis und mußte erst um fünf Uhr nachmittags wieder antreten.

Als er die Haustür öffnete, stand plötzlich Nadja vor ihm.

»Sie sind schon zurück, Frau Dr. Wunderlich?« fragte er erstaunt. »Wir hatten Sie erst Montag erwartet!«

»Ich wollte ja auch nur mal kurz vorbeischauen, wie es allen so geht und wie es hier so läuft.«

»Ach so.« Holger schmunzelte. »Also, mir geht es gut. Aber Sie sehen nicht besonders erholt aus.« Eigentlich wollte er »nicht besonders glücklich« sagen, aber das hatte er sich eben noch verkniffen. »Sie sind sehr blaß, und Ihre Wangen sind ein bißchen eingefallen. Wenn ich etwas für Sie tun kann ... ich meine als Arzt!«

»Nein danke, das kommt nur von der langen Reise, sie war sehr anstrengend.«

Bisher hatte Nadja bemüht weggesehen. Als sie nun den Kopf hob und Holger ansah, entdeckte er eine Träne in ihrem linken Auge. Dann waren Nadja und die Träne plötzlich verschwunden, und Holger stand da und starrte seufzend auf die Haustür, die hinter ihr zufiel.

Die Sprechstunde am Abend nahm einfach kein Ende. Als der letzte Patient die Praxis verließ, ging es bereits auf neun Uhr zu.

»Jetzt werd' ich mir wohl ein Taxi rufen müssen«, sagte Brigitte, während sie die Karteikarten einsortierte. »Mein Auto ist nämlich schon seit drei Tagen in der Werkstatt, irgendein Ersatzteil kann nicht geliefert werden. Und den letzten Bus hab' ich gerade versäumt.«

»Wo wohnen Sie denn?« fragte Holger.

»In Kelheimwinzer, ganz in der Nähe von Frau Dr. Wunderlich.«

»Dann bring' ich Sie eben nach Hause.«

»Aber das kann ich ja gar nicht annehmen!« Brigittes Wangen röteten sich.

»Doch, Sie können. Ich wollte nämlich ohnehin noch ein bißchen raus, irgendwo spazierengehen, und den Wald bei Kelheimwinzer kenn' ich noch nicht.«

»Ach, der ist schön, da geh' ich auch oft spazieren!«

»Na, wenn Sie Lust haben, kommen Sie doch einfach mit. Auf ein halbes Stündchen, nur um ein paar Atemzüge frische Waldluft zu schnappen.«

Und ob Brigitte Lust hatte! Am liebsten hätte sie laut gejubelt vor Glück. Vom ersten Tag an war sie verliebt in Holger. Natürlich machte sie sich keine Hoffnungen auf ihn, und auch was diese Einladung betraf, war ihr klar, daß sie einfach nur freundlich gemeint war. Aber deshalb genoß sie es trotzdem, an seiner Seite durch den Wald zu gehen und ihn einmal ganz für sich alleine zu haben.

»Ich zeige Ihnen ein wunderschönes Fleckchen Erde.« Brigitte lächelte zu Holger hinauf. »Gleich sind wir da, dort vorne ist es schon – eine Lichtung wie aus dem Märchenbuch.« Brigitte legte den Finger auf den Mund und flüsterte: »Wenn wir ganz leise sind, dann sehen wir bestimmt auch ein Reh oder einen Hasen. Hier ist fast immer Wild, und es ist grade die richtige Tageszeit.«

Sie stellten sich hinter eine große Tanne und suchten die Lichtung mit den Augen ab. Und da entdeckte Brigitte eine schemenhafte Tiergestalt. »Dort, ein Reh«, flüsterte sie und deutete in die Richtung – da schreckte das Tier plötzlich auf, hob den Kopf, nahm ihre Witterung auf, und dann verschwand es mit großen Sprüngen im Wald.

»Das war ja ein Hirsch!« Brigitte starrte dem Tier ungläubig nach. »Rehe und Hasen hab' ich hier schon viele gesehen, aber einen Hirsch noch nie!« Ihre Augen glänzten im Dämmerlicht, als sie Holger ansah. »Wissen Sie, ein Hirsch war in den alten Religionen ein heiliges Tier. Er ist ein Symbol der Erneuerung, wegen seines Geweihs, das er jedes Jahr abstößt, damit ihm ein neues, schöneres und größeres wachsen kann.«

Holger war erstaunt. »Dafür interessieren Sie sich?«

»Ich habe ›Die Nebel von Avalon‹ gelesen. Ein schönes Buch. Ich lese überhaupt sehr viel, die Gabi übrigens auch. Obwohl ja der Dra … ich meine die Frau Josephi immer behauptet, wir würden dauernd bloß in die Disco rennen.« Brigitte kicherte. »Manchmal glaube ich, daß sie davon nur so felsenfest überzeugt ist, weil sie es selbst so gerne täte, wenn sie nur könnte.«

»Ach, die Frau Josephi!« Holger schüttelte den Kopf. »Sie dürfen sich das alles nicht so zu Herzen nehmen … so, und jetzt müssen wir aber schleunigst zurück, gleich ist es dunkel!«

»Ach, Sie brauchen sich nicht zu fürchten, Herr Doktor, ich bin ja bei Ihnen und beschütze Sie!« Brigitte lachte, warf den Tannenzapfen aus ihrer Hand über die Schulter und folgte ihm.

Zwanzig Minuten später stoppten sie vor Brigittes Haustür. »Dort droben«, sagte sie und deutete auf ein Fenster, »da ist mein Zimmer. Aber lange wohne ich nicht mehr bei meinen Eltern. In drei Wochen ziehe ich um, in eine kleine Zweizimmerwohnung. Ganz für mich alleine.« Sie lächelte und sah ihn sehr lange und sehr sehnsüchtig an.

Dieser Blick verwirrte Holger, und plötzlich fühlte er sich gar nicht mehr wohl in seiner Haut. Eine leise Ahnung stieg in ihm hoch, daß Brigitte in ihn verliebt sein könnte, und er rutschte plötzlich nervös auf seinem Sitz hin und her. Um dem Abschied ein schnelles Ende zu bereiten, stieg er aus, ging um den Wagen und öffnete für Brigitte die Tür.

Brigitte stieg ebenfalls aus. »Vielen Dank, Herr Dr. Porz. Fürs Heimbringen und für den wunderschönen Spaziergang! Daß ich zusammen mit Ihnen einen Hirsch gesehen habe ...« Sie ließ den Satz unbeendet und streckte ihm die Hand zum Gruß entgegen. »Also bis morgen dann!«

»Bis morgen dann!« Holger blinzelte in die Scheinwerfer eines herannahenden Autos, und als er sich wieder zu Brigitte umwandte, fühlte er plötzlich ihren Mund auf seiner Wange.

»Das war nur, weil ich Ihnen so dankbar bin für alles«, sagte sie schnell. »Seit Sie bei uns sind, macht die Arbeit nämlich wieder Spaß.« Damit lief sie schnell ins Haus und ließ einen ziemlich verwirrten Holger zurück. Er schüttelte seufzend den Kopf und ging ums Auto herum, ließ den herannahenden Wagen vorbei und stieg dann ein. »Wahrscheinlich stimmt es doch, was Angela einmal gesagt hat«, murmelte er, »was das weibliche Herzbeben betrifft, sind wir Männer manchmal ganz schön begriffstutzig!«

Nadja fuhr in die Garage, stellte die Zündung ab, schaltete die Scheinwerfer aus und blieb noch ein paar Minuten im Dunklen sitzen. Sie zitterte am ganzen Körper. Was sie da eben beobachtet hatte, das war doch wirklich die Höhe! Holger und Brigitte! Küssen sich nachts auf der Straße! Das war doch einfach ... einfach geschmacklos!

Ihre Augen füllten sich mit Tränen. Sie schniefte und blinzelte, und plötzlich packte sie wieder die Wut. Wie kam sie nur dazu, Holgers wegen Tränen zu vergießen?! Und weshalb war sie ständig mit ihren Gedanken bei ihm? Immerhin war sie seit drei Wochen verheiratet, und überhaupt wußte sie doch vom ersten Moment an, was der feine Dr. Porz für ein Schürzenjäger war! Konnte er ihretwegen ja auch sein, was ging sie das schließlich an! Selbstverständlich konnte er tun und lassen, was er wollte! Nadja suchte nach einem Taschentuch und schneuzte sich. Allerdings nicht mit ihren Angestellten, das ging dann doch zu weit! Und genau das sagte sie ihm am nächsten Tag auch.

»Ach, Sie waren das mit dem Wagen, der an mir vorbeigefahren ist!« Das war alles, was Holger zu Nadjas Vorwürfen sagen konnte. Er war einfach zu verblüfft über ihre heftige Reaktion auf Brigittes hingehauchten Kuß auf seine Wange – denn mehr war ja nicht passiert. Er zupfte sich am Ohrläppchen und betrachtete Nadjas hochrotes Gesicht und dieses wütende Blitzen in ihren Augen. Wenn ihn nicht alles täuschte, dann war sie reineweg eifersüchtig! Sollte ihr am Ende doch mehr an ihm liegen, als er angenommen hatte? Diese Gedanken schossen ihm durch den Kopf, als Nadja wie ein aufgescheuchtes Huhn in ihrem Behandlungszimmer auf und ab lief, während unaufhörlich das Telefon klingelte.

Holger, den das Gebimmle langsam nervös machte, deutete aufs Telefon. »Soll ich vielleicht für Sie abnehmen?« fragte er, ein süffisantes Grinsen auf dem Gesicht.

Nadja stach zum Telefon und riß den Hörer ans Ohr. »Ja, was ist denn!« rief sie ungehalten.

Es war Heribert, wie Holger dem Gespräch entnehmen konnte. Und Heribert bewirkte bei ihm grundsätzlich Seelenblähungen. Sein eben gefaßter Vorsatz, Nadja die ganze Sache in Ruhe zu erklären, war plötzlich wie weggewischt. Statt dessen versprach er ihr bissig, noch heute mit Brigitte Schluß zu machen, als sie wieder aufgelegt hatte: »… denn Ihre Wünsche, verehrte Frau Kollegin, sind mir selbstverständlich Befehl!« Damit ging er zur Verbindungstür, riß sie auf und schlug sie mit einem lauten Knall hinter sich zu.

»Frauen!« zischte er und ließ sich auf seinen Stuhl fallen. »Warum muß ausgerechnet ich von lauter verrückten Frauen umgeben sein!«

So geschehen um acht Uhr morgens. Um acht Uhr abends holte er Angela vom Bahnhof ab, nicht ahnend, daß ihm mit ihrem Besuch noch ein paar weitere böse Überraschungen ins Haus standen …

Holger wird Vater

Holger hatte einen Strauß tiefvioletter Disteln dabei. Selbst gepflückt! Die drückte er Angela in die Hand, als sie aus dem Zug stieg.

»Wie reizend«, sagte sie. »Rosen waren dir wohl nicht stachelig genug!«

»Richtig. Du warst in letzter Zeit launisch, kurzangebunden und überhaupt unmöglich. Du hast mich vernachlässigt!« Beleidigter Blick von oben herab, dann ein hingewischter Kuß auf ihre Wange.

Holger wollte Angelas Reisetasche nehmen, aber sie war schneller. »Wenn das so ist, trag' ich mein Gepäck lieber selbst!« Sie stapfte voraus zu seinem Wagen.

Als sie über die Donaubrücke fuhren, sah Angela zur Befreiungshalle hinauf. »Ich hätte doch besser einen marmornen Engel geküßt«, sagte sie.

Holger sah sie an. Ihre Augen glänzten verdächtig, und überhaupt wirkte sie sehr mitgenommen.

»Weißt du, mein Aufklärungsunterricht«, sie lächelte schwach, »ich fürchte, ich habe ihn zu intensiv betrieben. Und jetzt bin ich schwanger.«

»Heiliger Strohsack!« entfuhr es Holger. Er war wie vom Donner gerührt. »Du bist schwanger? Ja wie ist denn das passiert!«

»Blöde Frage!« giftete sie ihn an. »Ich dachte, du wüßtest, wie das geht – oder muß ich dich jetzt vielleicht auch noch aufklären?«

»Theoretisch nicht. Praktisch hätte ich nichts dagegen.« Er grinste.

Aber der Witz war wohl nicht so gut, Angela warf ihm einen finsteren Blick zu. »Deine Blödeleien kannst du dir sparen, Humor hab' ich nämlich zur Zeit gleich Null! Wenn du etwas für mich tun willst, dann leih' mir deine Schulter zum Ausweinen. Ich will nämlich nur ein bißchen ausspannen bei dir.«

»In alter Freundschaft?«

»In alter Freundschaft, ganz recht!«

»Und daß ich eigentlich ein bißchen Busen bräuchte …« Angela fuhr unwillig auf, wollte ihn unterbrechen, aber Holger ließ sie gar nicht erst zu Wort kommen: »Nur um mich ebenfalls auszuweinen!, das interessiert dich natürlich nicht!«

»Pha!« machte Angela. »Ihr Männer seid doch alle Egoisten! Wenn man euch mal braucht, dann beklagt ihr euch gleich, daß ihr nicht an erster Stelle kommt.«

Holger lenkte seinen Wagen in eine Parklücke, zog den Zündschlüssel ab und sah Angela an. »So, ich bin also ein Egoist? Aber daß du von einem anderen Mann schwanger bist und dann zu mir kommst, um dich auszuweinen, das ist wohl gar nicht egoistisch?!« Er stieg aus, nahm Angelas Tasche vom Rücksitz und schloß ab.

Bis sie in Holgers Wohnung waren, schwiegen beide verbissen. Dann warf Holger die Reisetasche aufs Bett und fragte: »Oder ist das Kind vielleicht doch von mir?«

»Nein, ganz sicher nicht. Ach Holger …« Angela schlang ihre Arme um seinen Hals. »Ich weiß, ich bin unausstehlich zur Zeit, bitte verzeih mir. Du hast natürlich recht, ich hätte dir das alles schonender beibringen müssen.« Sie drückte ihm einen Kuß auf die Nase und versuchte sich an einem Lächeln. »Aber es kam alles so plötzlich, ich fühle mich einfach überfordert.«

»Entschuldigung angenommen.« Er küßte sie ebenfalls auf die Nase. »So, und jetzt gieß ich uns einen großen Pott Tee auf, und dann erzählst du mir alles.«

Angela legte sich aufs Bett, wollte sich nur ein bißchen entspannen, aber als Holger mit dem Tee kam, war sie eingeschlafen. Er setzte sich neben sie und betrachtete sie nachdenklich. Ausweinen wollte sie sich also. Das bedeutete, daß es Probleme gab. Vielleicht wollte der Vater des Kindes nichts mehr von ihr wissen? Oder war die Sache überhaupt nur ein einmaliger Ausrutscher? Dafür war sie in letzter Zeit allerdings viel zu beschäftigt gewesen! Ein leises Gefühl beschlich ihn, daß Angela noch nicht die ganze Katze aus dem Sack gelassen hatte. Das war bloß der Schwanz – und der war schon haarig genug!

Holger goß sich Tee ein und trank den in kleinen Schlucken. Schöner Mist das alles, dachte er. Angela war schwanger, und ihrem Verhalten nach zu urteilen, wollte sie ihre langjährige Beziehung auf die freundschaftliche Basis reduzieren. Das bedeutete, er hatte Angelas Liebe verloren. Nadja war mit Wunderlich verheiratet, Franziskus schwebte im siebten Himmel, und ihm blieben nur der Drache und ein zwanzigjähriges Mädchen, die ihm als Geliebte untergeschoben wurde. Ja wirklich, schöner Mist das alles!

Als Angela wach wurde, war es schon später Abend, und Holger war gerade dabei eins seiner berühmten Junggesellen-Menüs zu zaubern. »Bin gleich so weit«, sagte er, »setz dich schon mal!«, und drückte ihr eine Suppenschüssel in die Hände.

»Mhmmm« machte Angela und grinste. »Erster Gang: Tomatensuppe à la Päckchen!«

Holger kam mit einer Flasche Rotwein, Butter, Brot und gesalzenen Gurkenscheiben nach. »Zweiter Gang: Gurken nach Porzer Art! Bitte, bedien dich. Und dann erzähl mir endlich, was du für Probleme hast.«

»Also, er heißt Carsten. Er ist einszweiundneunzig groß, hat blaue Augen und blondes Haar, ist ein Jahr älter als ich, ganz furchtbar lieb und ein schrecklicher Kindskopf. Und ich habe ihm gesagt, daß du der Vater des Kindes bist.«

»Wie bitte?!« Holger fiel der Löffel aus der Hand, Tomatensuppe spritzte auf seinen hellgrauen Rollkragenpulli.

»Ach du liebes bißchen, der teure Pulli! Das müssen wir aber sofort auswaschen!« Angela sprang auf, wollte ein nasses Tuch holen, aber Holger hielt sie am Ärmel fest.

»Der Pulli ist mir jetzt schnuppe, setz dich wieder! Was hast du deinem Carsten gesagt?«

»Du hast schon richtig gehört – daß du der Vater bist.«

»Ja, aber um Gottes willen, warum denn? Oder bin ich's vielleicht doch?« Holger sah sie mißtrauisch an.

»Nein, es ist ganz sicher Carstens Kind. Aber ich will nicht, daß er's weiß.«

»Weshalb nicht, wenn er doch der Vater ist?! Ich versteh' das nicht.«

»Sieh mal, er liebt mich, und ich liebe ihn. Und deshalb ist es besser, daß er glaubt, es ist dein Kind.«

»Himmel!« Holger rang die Hände. »Entschuldige, aber das ist mir zu hoch, ich kann deinen psychologischen Winkelzügen einfach nicht folgen.«

Angela seufzte. »Schau, wenn er weiß, daß es sein Kind ist, dann will er mich doch sofort heiraten!«

»Ja, das ist doch prima! Du sagst, ihr liebt euch, also wo liegt da das Problem?«

»Ich habe einfach Angst, daß ich ›ja‹ sagen könnte.« Angelas Kinn kräuselte sich, Tränen traten ihr in die Augen. »Und du weißt doch, daß ich nie, *niemals*, heiraten wollte. Und außerdem …«, sie schniefte und wischte sich eine Träne von der Wange, »… außerdem hätte ich mit Carsten als Ehemann nicht nur ein, sondern gleich zwei Kinder am Hals!«

Holger atmete ganz tief durch. Im stillen fragte er sich, was er sich schon heute morgen gefragt hatte: Warum war ausgerechnet er von lauter verrückten Frauen umgeben? Oder war das etwa nicht verrückt, daß Angela diesen Carsten liebte, ihm aber auf die Nase band, daß er, Holger, der Vater seines Kindes sei, weil sie ihn, Carsten, nicht heiraten wollte? Seit gestern hatte er eine Geliebte, die gar nicht seine Geliebte war, und nun hatte er auch noch ein Kind, das gar nicht sein Kind war! Am besten, er unterzeichnete Franziskus' neuen Vertrag nicht, sondern wanderte statt dessen in den Kongo aus. Oder nach Australien. Oder noch weiter weg!

Wirbel im Ratskeller

Holger kam beschürzt aus der Küche. »Als ersten Gang dachte ich an Champingonsuppe nach Art von Maggi, als zweiten Spiegelei und als Nachspeise ...«

»Nein, nicht schon wieder eines von deinen fantastischen Menüs!« rief Angela gequält und verzog das Gesicht. »Weißt du was, ich lade dich in den Ratskeller ein.«

»Aber vorgestern hast du gesagt, du willst dich drei Tage hier verbarrikadieren und außer mir und Benjamin keine Menschenseele sehen.«

»Da wußte ich ja auch noch nicht, welch himmlische Menüs du kochst! In Berlin hast du wenigstens manchmal ein Kotelett gebraten.«

»In Berlin war überhaupt alles viel einfacher!« Holger seufzte.

Er zog seine Küchenschürze aus und setzte sich zu Angela. Sie deutete mit ihrem Zeigefinger auf seine Stirnfalten und fragte: »Weshalb in letzter Zeit dieser Dackelblick? Du hast doch nicht etwa Kummer, altes Holzbein?«

»Ach, was heißt Kummer. Es ist bloß ... alle lieben jemanden, nur mich liebt keiner!«

»Armer, armer Holger!« Angela streichelte sein geknicktes Haupt und biß sich dabei auf die Lippen, um nicht laut loszulachen. Holger in Weltschmerzstimmung, das fand sie einfach zu komisch. »Wen meinst du überhaupt mit ›alle‹?«

»Na, Franziskus, der liebt seine Julia. Du liebst deinen Carsten. Und Nadja liebt diesen Piefke, den Wunderlich!« Waidwunder Blick. Dann die große Gretchenfrage: »Kannst du mir mal sagen, was der Wunderlich hat, was ich nicht habe? Ich meine, was ist schon dran an der Trantüte?«

»Das klingt ja fast so, als würdest du ihm die holde Nadja nicht vergönnen?«

»Blödsinn!« Holger stand auf. »Es geht mir nur ums Prinzip.«

»Ach so, nur ums Prinzip!« Angela grinste. »Das hab' ich schon immer befürchtet, daß du nur prinzipiell liebst, statt mit dem Herzen ...«

»Wie meinst du das bitte!«

»Och, auch nur rein prinzipiell. So, und nun laß uns gehen, ich sterbe sonst noch vor Hunger!«

Im Hausflur trafen sie Frau Rüdiger. Angela begrüßte sie. »Wie geht es Ihnen denn – Sie sehen ja blendend aus!«

Frau Rüdiger strahlte. »Es geht mir auch blendend! Wissen Sie, nächste Woche verreisen mein Mann und ich. Vier Wochen Asien! Ich freu' mich schon so darauf! Ich hab' mir sogar eine Videokamera gekauft, um alles festzuhalten. Und wenn wir zurück sind, dann fange ich beim Herrn Dr. Porz in der Praxis an.«

»So?« Angela sah Holger an. »Das wußte ich ja noch gar nicht.«

»Frau Rüdiger arbeitete bis vor vier Jahren als Arzthelferin. Und weil ich finde, daß Frau Josephi ein bißchen entlastet werden muß ...« Er ließ den Satz unbeendet, aber Angela verstand auch so. Holger wollte dem Drachen also endlich die Krallen ziehen!

Frau Rüdiger sah von Holger zu Angela. »Wenn Sie ein bißchen Zeit haben, dann lade ich Sie gerne auf ein Glas Wein ein, mein Mann würde sich bestimmt auch freuen.«

»Nein, danke.« Holger tippte auf seine Uhr. »Wenn wir uns jetzt nicht beeilen, dann bekommen wir ganz sicher keinen Tisch mehr im Ratskeller. Trotzdem, vielen Dank für die freundliche Einladung.«

»Na, dann vielleicht ein andermal.« Frau Rüdiger winkte den beiden nach. »Und guten Appetit wünsch' ich!«

»Danke!« Die Haustür fiel hinter ihnen ins Schloß.

»Seit sich Frau Rüdiger endgültig damit abgefunden hat, daß sie keine Kinder bekommen wird, ist sie wie verwandelt«, erzählte Holger auf dem Weg zum Ratskeller. »Nun nimmt sie ihr Leben wieder in die Hand, ist aktiv und blüht richtiggehend auf. Es war doch gut, daß ich die Sache damals nicht gemeldet habe.«

»Und nun willst du sie gegen den Drachen austauschen?«

»Nur wenn sich der alte Besen nicht endlich fügt. Ich denke, es wird der Josephi eine Lehre sein, wenn sie sieht, daß jeder zu ersetzen ist – sogar sie!«

»Gut gebrüllt, Löwe! Wenn du so weitermachst, kriegst du deinen Frauenverein glatt noch gezähmt.« Angela grinste von schräg unten zu ihm hinauf.

»Da brauchst du gar nicht so süffisant zu grinsen – ich krieg' ihn gezähmt, darauf kannst du Gift nehmen!« Holger stieß die Tür auf und ließ Angela den Vortritt.

Toni, der Oberkellner, begrüßte ihn überschwenglich. Er war Holgers Patient und sogar ohne Trinkgeld bereit, ihm »stets zu Diensten zu sein«. »Ein Tisch für zwei Personen?«

Holger nickte.

»Sie hätten besser reservieren lassen, wir sind voll ausgebucht. Aber mal sehen …«, Toni rieb sich das Kinn. »Ah ja, so geht es. Wenn Sie mir bitte folgen wollen.« Er brachte sie zu Tisch vier, schob Angela den Stuhl zurecht und sagte, während er die Speisekarte vorlegte: »Der Tisch ist zwar für Herrn und Frau Wunderlich reserviert, aber die Herrschaften kennen sich ja und werden sicher nichts dagegen haben.« Er lächelte verbindlich.

Da war sich Holger allerdings nicht so sicher. Aber was sollte er tun? Er konnte Toni ja schlecht erklären, daß die Wunderlichs ihn, Holger, verabscheuten und ihn, Toni, für seinen reizenden »Freundschaftsdienst« vermutlich am liebsten lynchen würden. Also machte er gute Miene zum bösen Spiel und bestellte eine Flasche Spätburgunder.

Angela kicherte in die Speisekarte, und als Toni weg war, sagte sie: »Das wird bestimmt ein unterhaltsamer Abend!«

Mit dieser Vermutung hatte sie mitten ins Schwarze getroffen. Daß allerdings auch sie zur Unterhaltung der Gäste des Ratskellers beitragen würde, ahnte sie nicht. Denn während Toni den Spätburgunder entkorkte und Angela sich nur schwer zwischen »Seezungenfilets nach Art der Provence« und »Entrecote Parisienne« entscheiden konnte, hämmerte ihr Carsten wie ein Wahnsinniger gegen Holgers Wohnungstür.

»Angela, mach auf! Ich weiß, daß du da bist!«

»Da wissen Sie aber etwas ganz anderes als ich«, rief von unten Herr Rüdiger herauf. »Ich weiß nämlich, daß Herr Dr. Porz und Frau Dr. Junker vor einer halben Stunde weggegangen sind.«

»So?« Carsten stieg die Treppe hinunter. »Wohin denn?«

»Wer sind Sie überhaupt?« fragte Herr Rüdiger mißtrauisch.

»Ich bin ein guter Freund von Frau Dr. Junker und muß sie

unbedingt sprechen. Es ist sehr wichtig!« Carsten bemühte sich um ein freundliches Lächeln, was ihm nur mit Mühe gelang, denn er war stinksauer. »Wissen Sie, ich bin extra aus Berlin gekommen!«

»So? Na ja ...« Herr Rüdiger zögerte noch einen Moment, dann gab er Auskunft. »Meine Frau sagt, sie sind zum Essen in den Ratskeller gegangen.«

»Und wie finde ich diesen Ratskeller?« erkundigte sich Carsten.

»Wenn Sie aus dem Haus kommen, rechts, dann die nächste links, dann wieder rechts. Ist gar nicht zu verfehlen.«

»Vielen Dank!« Carsten polterte die Treppe herunter und machte sich auf den Weg.

Zur selben Zeit brachte Toni die Wunderlichs an Holgers Tisch.

»Ja aber ... wir hatten doch einen Tisch für zwei Personen bestellt«, beschwerte sich Heribert.

Toni zuckte die Schultern. »Heute ist Samstag, Sie sehen ja, alle Tische sind besetzt. Aber ich dachte, weil sich die Herrschaften doch gut kennen ...«

»Ist schon in Ordnung, Toni«, sagte Nadja schwach, nickte Holger und Angela zu und setzte sich. Heribert bedachte sie mit einem beschwörendem Blick, der sagen sollte: Jetzt nur keinen Aufstand, ich bitte dich, man wird sonst noch über uns reden!

Heribert fügte sich mißmutig. Dieser arrogante, aufgeblasene Flegel saß an seinem Tisch! Es war noch kein Wort zwischen ihnen gefallen, und schon steigerte sich Heribert lustvoll in unbändige Wut. Holger empfand ganz ähnlich. Schon der Anblick dieses scheintoten Piefkes genügte ihm, um vor Wut ein rotes Tuch vor Augen zu haben. Und Nadja, für die Angela der sichtbare Beweis Porzschen Lotterlebens war, starrte verbissen Löcher in die Speisekarte. Nur Angela lächelte noch souverän.

Alles in allem war die Luft schon so dick, daß nicht mal eine Fliege durchgekommen wäre, als plötzlich ein junger Mann an den Tisch trat.

»Schönen guten Abend wünsche ich!« Der schneidende Ton in seiner Stimme strafte den Wunsch allerdings Lügen. Die vier zuckten zusammen und sahen auf.

»Ja Carsten!« Alle Farbe wich aus Angelas Gesicht. »Was tust du denn hier?!«

»Nägel mit Köpfen machen!« Er sah von Holger zu Heribert, dann wieder zu Holger. »Ich nehme an, Sie sind Dr. Porz?« fragte er so unüberhörbar laut, daß die Leute von den Nebentischen bereits herübersahen.

»Angenehm«, sagte Holger, obwohl ihm da schon schwante, daß dieses Zusammentreffen alles andere als angenehm sein würde. Er räusperte sich. »Was kann ich für Sie tun?«

Angela sprang auf, faßte Carsten am Ärmel und flüsterte beschwörend: »Bitte Carsten, sei vernünftig und …«

Aber er stieß sie zurück und sah Holger stieren Blickes an. »Sie können mir eine Frage beantworten! Ich will von Ihnen wissen, ob Sie Angela heiraten werden!«

Holger war erst mal baff. Dann antwortete er: »Aber nein, natürlich nicht.«

»Aha, das finden Sie also auch noch *natürlich!*« Die Adern an Carstens Hals quollen vor Zorn dick auf. »Das habe ich mir fast gedacht! Jetzt werde ich Ihnen mal sagen, was ich von einem, wie Sie es sind, halte … von einem, der nicht einmal so viel Verantwortung übernehmen will, daß er die Frau auch heiratet, die ein Kind von ihm erwartet! Noch weniger als gar nichts, jawohl!«

Es war jetzt so still im Ratskeller, daß man nur noch das bedächtige Klappern von Messer und Gabel auf Tellern hörte, und Angela, die wie ein Häufchen Elend auf ihren Stuhl zurücksank, wäre vor Scham am liebsten in den Erdboden versunken.

»Aber ich bitte Sie …«, begann Holger, doch Carsten schnitt ihm das Wort ab.

»Sie«, sagte er, »brauchen mich um gar nichts zu bitten! Ich weiß auch so, was ich zu tun habe! Wenn Sie Angela nicht heiraten, dann heirate ich sie! Weil ich Angela nämlich wirklich liebe!«

Angela schnappte empört nach Luft. »Da hab' ich ja wohl auch noch ein Wörtchen mitzureden!« begehrte sie auf.

»Na, dann sag doch endlich mal was«, sagte Carsten. »Sag mir, ob du mich heiraten willst!«

Angela öffnete und schloß die Lippen, ohne ein Wort herauszubringen. Nicht einmal Besteck konnte man nun noch klappern hören, alle starrten sie erwartungsvoll an. Sie schluckte an diesem verdammten Kloß im Hals, bis ihr endlich die Stimme wieder gehorchte, hauchte ein leises aber gerührtes »Ja«, brach in Tränen aus und schluchzte: »Ich bin doch wi-hirk-hlich das dü-hümste Huhn aller Zeiten!«

Ein leises Raunen ging durch den Ratskeller und an Tisch zwölf hob einer der Gäste sein Glas und rief: »Bravo! Hoch lebe die junge Braut!« Aber das bekam Angela nur noch am Rande mit, denn sie war längst aufgesprungen, um an Carstens Seite fluchtartig das Lokal zu verlassen.

»Ja aber ...«, murmelte Holger, und dann war er es, der wie ein Häufchen Elend in sich zusammensackte. Das fand er wirklich ein starkes Stück, daß sie nun einfach weglief, ohne vorher noch seine arg befleckte Weste reinzuwaschen! Er sah Nadja an, aber ein Blick in ihr versteinertes Gesicht genügte, um zu wissen, daß jeder Versuch einer Klarstellung überflüssig war – kein Wort würde sie ihm glauben!

Er griff in die Innentasche seines Jacketts, zog seine Brieftasche heraus, um zu bezahlen und sich ebenfalls aus dem Staub zu machen, als plötzlich der Mann von Tisch zwölf hinter ihm stand und ihm eine Hand auf die Schulter legte.

»Junge, Junge!« Der Mann pfiff leise durch die Zähne und starrte Nadja dabei ungläubig an. »Deine Braut hat sich aber verändert! Damals im ›Erotica‹, als sie auf dem Tisch Samba getanzt hat, da hat sie mir bedeutend besser gefallen!«

Nadja wurde kreidebleich und schloß die Augen, und Holger fuhr wie aufgepeitscht herum. Himmel, auch das noch! Das war ja dieser Berni, der schon im »Erotica« ganz heiß auf Nadja gewesen war. Und zu allem übel war der Kerl auch noch angetrunken!

»Ich kenne Sie nicht, Sie müssen sich irren«, fuhr Holger den Mann an und wischte dessen Hand von seiner Schulter.

Aber Berni Hauberich irrte sich nie, wenigstens nicht, was Frauen betraf, und das sagte er Holger dann auch. »Das ist die Hübsche aus dem ›Erotica‹, da bin ich ganz sicher! Bloß hatte sie damals die Haare offen und ...«

»So schweigen Sie doch endlich!« fiel Holger ihm ins Wort.

»Na ja ... ich dachte ja bloß«, murmelte Berni. »Also nichts für ungut, ich verstehe schon.« Er wandte sich ab, wollte gehen, aber Heribert war längst alarmiert und hielt ihn zurück. »Bitte, nehmen

Sie doch Platz«, lud er ihn ein, dabei sah er aus dünnen Augenschlitzen von Nadja zu Holger und wieder zu Nadja. Daß hier was faul war, hatte er längst gerochen. Weshalb sonst war Nadja erst weiß, dann rot, dann grün im Gesicht geworden? Weshalb sonst saß sie da, wie auf der Arme-Sünder-Bank? Und weshalb sonst geriet der Porz, den doch sonst so leicht nichts erschüttern konnte, so sichtbar in Panik?

»Also, Herr ... wie war gleich noch Ihr Name?«

»Hauberich«, stellte Berni sich vor.

»Also, Herr Hauberich, nun erzählen Sie mal, die Geschichte interessiert mich nämlich.« Heribert lächelte ihn auffordernd an, aber seine Stimme war frostig wie eine Februarnacht.

Berni Hauberich grinste breit, holte tief Luft, um etwas zu sagen, aber diesmal fiel Nadja ins Wort.

»Sie können sich die Einzelheiten ersparen, es ist wohl besser, ich selbst erzähle das meinem Mann.«

Hauberich erstarrte. Eine Weile lang sah er begriffsstutzig von Wunderlich zu Holger, dann wieder zu Wunderlich. Dann pfiff er leise durch die Zähne und meinte: »Ach so ist das! Himmel, da hab ich ja was angestellt. Also wissen Sie, es war ja alles gar nicht so schlimm. Ihre Frau Gemahlin ist wahrscheinlich auch gar nicht die besagte Dame. Sieht ihr nur verblüffend ähnlich. Aber genau betrachtet ... also nein, sie ist es bestimmt nicht!«

»Bitte verlassen Sie unseren Tisch«, sagte Nadja leise aber gefaßt.

»Selbstverständlich.« Hauberich räusperte sich, dann stand er auf und wankte davon.

Zuerst schwieg Heribert, sah Nadja nur an, und als das Schweigen unerträglich wurde, preßte er zwischen verbissenen Lippen hervor: »Du hast meinen guten Ruf und meinen Namen geschändet! Du hast mich betrogen und belogen und hintergangen! Und das auch noch mit dem da!« Er deutete mit einer Kopfbewegung in Holgers Richtung. »Es ist dir wohl klar, daß ich mich scheiden lasse. In Zukunft werde ich nur noch über meinen Anwalt mit dir reden.« Er stand auf. »Morgen ziehe ich aus. Die Adresse meines Anwaltes hast du ja.«

Damit verließ er das Lokal.

Ein Gläschen Sekt für Nadja

»Tut mir leid«, sagte Holger. Er sah Nadja besorgt an. Ihre Augenlider zuckten nervös, ihre Hände zitterten, sie war den Tränen nahe.

»Irgendwann mußte das ja mal passieren.« Nadja lächelte tapfer. »Sie können ja nichts dafür ... ich meine, daß ich mich damals so danebenbenommen habe und daß dieser Hauberich jetzt hier auftaucht und mich erkennt.« Sie sah sich um. Die Leute an den anderen Tischen schienen nun keine Notiz mehr von ihnen zu nehmen, aber ihr war klar, daß sie morgen Stadtgespräch sein würden.

»Holger?«

»Ja, Nadja?«

»Würden Sie mir bitte ein Glas Sekt bestellen?«

»Ja aber ... den vertragen Sie doch nicht!«

»Egal. Mein Ruf ist nun sowieso im Eimer.« Ihr Kinn kräuselte sich, sie biß sich auf die Lippen. »Wissen Sie ... jetzt aufstehen und an all den Leuten vorbeigehen, das schaffe ich ohne Sekt einfach nicht.«

Holger nickte und gab Toni ein Zeichen.

»Tut mir leid, Herr Dr. Porz, daß Sie belästigt wurden«, entschuldigte sich Toni höflich. »Wir haben den Herren diskret hinausbefördert.«

»Schon gut, Toni. Bringen Sie uns bitte eine halbe Flasche Sekt und zwei Gläser.«

»Sofort, Herr Doktor.« Er ging und kam mit dem Sekt zurück. »Möchten Sie nun auch etwas zum Essen bestellen?«

Holger sah Nadja an. Die schüttelte den Kopf. »Nur trinken!«

»Verstehe.« Toni zog sich zurück.

Nadja hob ihr Glas und sah Holger aus tränennassen Augen an. »Prost.« Dann trank sie das ganze Glas in einem Zug leer und schob es ihm hin, damit er nachfüllte.

»Sind Sie sicher?«

»Ganz sicher!«

Holger goß ein und sah zu, wie Nadja auch dieses Glas leerte. Die Tränen in ihren Augen, der viele Sekt, um den Schmerz um Heriberts Verlust zu betäuben, trafen ihn tief. Daß sie einem wie dem auch noch nachweinte! Aber eins war ihm in den letzten Tagen ohnehin klargeworden: Das Gefühlsleben der Frauen würde für ihn auf immer und ewig ein Buch mit sieben Siegeln bleiben! Er seufzte, und das ließ Nadja aufhorchen.

»Sie brauchen nicht bei mir zu bleiben. Gehen Sie ruhig nach Hause, ich komme schon alleine zurecht!«

»Das weiß ich«, schwindelte Holger, denn ihm war klar, wenn sie so weitertrank, würde sie ganz sicher wieder Dummheiten machen, und davor mußte er sie bewahren. »Ich bleibe lieber bei Ihnen ... zu Hause würde ich mich jetzt ohnehin nicht zu Hause fühlen.«

»Wegen Angela? Weil sie diesen Carsten liebt?«

»Nein, deswegen nicht. Wissen Sie, es ist nämlich alles ganz anders ...«

»Sie brauchen sich nicht zu entschuldigen, wir haben wohl alle ein bißchen Dreck am Stecken!« Gequältes Lächeln. »Ist noch ein Schluck in der Flasche?«

Holger schenkte ihr den Rest ein. »Ich schlage vor, wir gehen, wenn Sie das ausgetrunken haben.«

»Wohin?«

»Wohin Sie wollen.«

Nadja dachte an Meer und Sternenhimmel und Sandstrand und an Heribert – und da traten wieder Tränen in ihre Augen. »Gut«, sagte sie, »gehen wir. Irgendwohin. Am besten dahin, wo's noch Sekt gibt.«

Holger bezahlte und holte Nadjas Mantel. Als sie aufstand, schwankte sie ein wenig. Sie schlüpfte in den Mantel und flüsterte Holger zu: »Ich glaube, ich brauche jetzt Ihren Arm.« Er reichte ihn ihr, sie hängte sich bei ihm ein, nickte Toni zu, dann verließ sie an Holgers Seite hocherhobenen Hauptes den Ratskeller.

»Geschafft!« rief sie draußen und atmete ganz tief durch. Und dann brach sie plötzlich in lautes Schluchzen aus.

Holger zog ein Taschentuch aus seinem Jackett, nahm sie in den Arm und trocknete ihre Tränen. »Ich bringe Sie jetzt am besten nach Hause«, sagte er. »Sie müssen dringend ins Bett«.

»Kann sein. Aber nach Hause zu Heribert will ich nicht, und

außerdem hab' ich noch Durst.« Sie schneuzte sich. »Haben Sie nicht noch ein Gläschen Sekt im Haus?«

»Möglich«, sagte Holger, »wir können ja mal nachsehen.«

Er hatte noch eine Piccoloflasche im Kühlschrank. Die öffnete er, goß sie in eine Pilstulpe und ging mit dem Glas ins Wohnzimmer. Nadja hatte den »Bolero« von Ravel aufgelegt, nun kauerte sie im Sessel und weinte zu den leisen Flötenklängen.

Holger seufzte, setzte sich auf die Armlehne, gab ihr das Glas und tröstete sie: »Nun weinen Sie doch nicht, Nadja, vielleicht überlegt es sich Heribert ja noch mit der Scheidung. Im Zorn sagt man viel, und später tut es einem dann leid!«

Da fuhr Nadja plötzlich hoch wie von der Nadel gepiekst. »O nein!« rief sie. »Nein, nein, nein!!!« Sie starrte Holger voller Entsetzen an, dann sackte sie wieder in sich zusammen und brach in neuerliches Schluchzen aus. »Nie mehr will ich ihn sehen!«

»Nein?« Holger sah sie verdattert an. »Ja aber ... wenn Sie gar nicht wollen, daß er es sich noch mal überlegt, weshalb weinen Sie dann?«

»Weshalb?« Nadja schüttelte den Kopf und schluchzte: »Na vor la-hauter Glü-hück natürlich! Daß ich ihn los bin, daß ich ihn en-hendlich los bin!« Sie stampfte mit dem Fuß auf, wischte sich mit dem Handrücken die Tränen ab und sah Holger aus zornfunkelnden Augen an. »Sie wissen ja gar nicht, wie schrecklich er sich auf der Hochzeitsreise benommen hat! Wir haben in einer reizenden Pension direkt am Meer gewohnt, aber er ist nicht einmal mit mir an den Strand gegangen, weil er es nicht leiden kann, wenn Sand in seine Schuhe kommt!«

Holger verkniff sich ein Grinsen. Geschweige denn, wenn Sand zwischen ihre Körper käme, dachte er.

»Als ich vom wunderschönen Mond und den leuchtenden Sternen schwärmte«, erzählte Nadja weiter, »hat er gesagt: Der Mond ist überall derselbe und die Sterne, die du meinst, sind keine Sterne, sondern Planeten, meine Liebe!« Als sie »meine Liebe« sagte, äffte sie seine Stimme nach und stieß ein verächtliches »Pha!« aus. »Und dann hat er sich ins Bett gelegt und in einem Buch über die neuen Steuerrechte gelesen! Ja, und mittags zwischen eins und drei mußte ich immer ganz leise sein, damit er schlafen konnte, und jeden Tag hat er sich bei den netten Wirtsleuten über irgend etwas beschwert!

Weil ein paar andere Hausgäste zu laut gelacht haben oder weil sein Bett nicht ordentlich gemacht war oder weiß der Himmel was! Und er hat …«, sie brach ab und wieder in Tränen aus, »… er hat mich nicht ein einziges Mal geküßt!«

Holger nahm Nadja das Taschentuch aus der Hand und tupfte ihr die Tränen von den Wangen. »Das waren allerdings alles andere als romantische Flitterwochen«, gab Holger zu.

»Nicht wahr?« Nadja schniefte. »Und ich habe immerzu an Sie gedacht!«

»An mich?«

»Ja! Weil ich dachte, daß Sie … ich meine, Sie wären bestimmt mit mir zum Meer gegangen, oder?«

»Ganz bestimmt.« Holger nahm ihr das Glas aus der Hand und stellte es auf den Tisch.

»Und Sie hätten mich auch geküßt!«

»Ich wäre ein Idiot, wenn ich's nicht getan hätte!« Er nahm Nadja die Brille ab und legte sie neben das Glas.

»Und überhaupt, ich liebe Sie! Ich würde Sie sogar mit Kind nehmen und den Drachen entlassen und … aber Sie … Sie können mich ja nicht ausstehen!«

Holger öffnete Nadjas Haar.

»Und ich kann das sogar verstehen, ich war ekelhaft und eifersüchtig, und ich habe mich einfach schrecklich benommen!«

»Das hast du allerdings«, gab er zu, stand auf, verschloß die Wohnungstür und zog den Schlüssel ab. Dann ging er zu Fenster, öffnete es und …

»Aber, was machen Sie da?« fragte Nadja.

»Och, ich habe bloß den Schlüssel rausgeworfen«, gab Holger Auskunft.

»Aber warum denn?«

Er kam zu Nadja und nahm sie in den Arm. »Weil ich dich liebe«, sagte er. »Und weil ich gedenke, von nun an mit dir in Sünde zu leben.«

»Mit mir, weil du mich … liebst?« Nadja blinzelte sich die Tränen aus den Augen und sah ihn ungläubig an.

Holger nickte. »Schon seit du im ›Erotica‹ auf dem Tisch Samba getanzt hast!« Und um es ihr zu beweisen, begann er gleich mal damit, sie sehr sündig zu küssen.

NIE WIEDER EINEN MANN!

Johannes Ullmann, Chefarzt des Kreiskrankenhauses Grabenkirchen, saß in seinem Mercedes 280, trommelte mit den Fingern ungeduldig auf das Lenkrad und beobachtete den Eingang seines Hauses. Wo blieben Regina und die Kinder nur wieder? Wenn ihn etwas nervös machte, dann diese ewige Trödelei!

Gerade als er aus dem Auto springen, hineinlaufen und ein Machtwort sprechen wollte, tauchte Andres, sein vierzehnjähriger Sohn, hinter der Außentreppe zum Keller auf. Erst sein blonder Haarschopf, dann sein aufgeschossener, schlaksiger Körper mit den langen Armen, unter denen ein Radiorecorder, vier Federballschläger, eine Decke, zwei Angeln, ein Schmetterlingsfänger, ein Frisby und ein Spaten klemmten. Aber damit noch nicht genug. Um seine Schulter hing ein Netz mit schätzungsweise 42 Musikkassetten, an einem Band, um den Nacken ein Cowboyhut aus schwarzem Filz, vor seinem Bauch baumelte ein Fotoapparat und auf seiner Nase thronte eine Sonnenbrille mit Spiegelglas, Durchmesser je Scheibe etwa zehn Zentimeter. So bepackt, näherte er sich fröhlich grinsend der Benzinkutsche seines ›Big Bosses‹.

»Hallo, Häuptling!« rief er. »Die anderen kommen gleich, soll ich durchgeben.« Und dann: »Machst du mir bitte die Klappe hinten auf?«

»Nein! Kommt gar nicht in Frage!« Johannes sprang aus dem Wagen und schlug die Tür hart zu. »Wir fahren zu einem Betriebsausflug und nicht auf die Müllhalde! Und wie siehst du überhaupt wieder aus?«

»Ich?« Andres sah an sich hinunter, ihm fiel nichts Ungewöhnliches auf – außer vielleicht die Hose. »Na ja, ich fand ja auch, daß die Hose ein bißchen kurz geworden ist, aber die Maminka hat gesagt, das geht noch.«

»Was hab' ich gesagt? Gibt's Probleme?« fragte Regina, die, von ihren Töchtern und Kaspar, dem Hund, gefolgt, die Treppe herunterkam.

»Probleme?« Johannes verzog das Gesicht. »Da, schau ihn dir

doch an, deinen Sohn! Wie frisch aus dem Irrenhaus entsprungen! Und dann das ganze Gerümpel hier! Kommt gar nicht in Frage, daß wir das alles mitnehmen!«

»Darf dann mein Teddy auch nich' mit?« fragte Carolin mit zaghafter Stimme.

Jetzt erst fiel Johannes auf, daß seine Jüngste ihren vielgeliebten Teddy im Arm hatte. Das schrecklich kitschige, hellblaue Vieh war beinahe so groß wie Carolin selbst, ein Ohr und ein Auge fehlten.

»Natürlich nicht!« fuhr er sie an.

»Ich bitte dich, Johannes«, sagte Regina, »im Kofferraum ist Platz genug, wen stört das schon?«

»Mich!« Johannes verschränkte die Arme und sah mit zusammengekniffenen Augen von einem zum anderen. Regina, seine Frau, 34 Jahre alt, blond, schlank, durchaus hübsch; ja, er könnte wirklich stolz auf sie sein, wenn sie sich – verdammt noch mal! – nicht immer benehmen würde wie eine Affenmutter, die mit ihren Kindern Purzelbäume schlägt, sondern wie es sich für die Frau eines Chefarztes geziemt.

Dann Andres, 14 Jahre, und Katharina, 13 Jahre alt. Sogenannte Teenager, das heißt Halbirre, für die das ganze Jahr Fasching ist, die Sprüche klopfen, daß einem die Haare zu Berge stehen, und die glauben, grundsätzlich recht zu haben, auch wenn sie nicht recht haben.

Dagegen war Carolin noch beinahe erträglich, obwohl sie mit ihren knapp sechs Jahren schon ein Durchsetzungsvermögen beweisen konnte, das eine Stahllok vor Neid erblassen ließ.

Und zu alldem noch Kaspar, der Hund, eine Promenadenmischung aus Bobtail, Bernhardiner, Foxterrier und Mittelschnauzer. Groß, schlappohrig, hinten höher als vorne und mit einem Gemüt wie ein Kind.

»Der Hund bleibt ebenfalls hier!« befahl Johannes, öffnete den Wagenschlag und stieg ein.

Regina beugte sich ins Auto. »Diesen Befehlston kannst du dir vielleicht im Krankenhaus erlauben«, sagte sie ganz ruhig, »aber nicht deiner Familie gegenüber. Wir sind nicht deine Sklaven.« Dann schickte sie Andres mit dem Schmetterlingsnetz, den Angeln, dem Radiorecorder und Carolins Bär zurück, verfrachtete den Rest der Spielsachen im Kofferraum, die Kindern und den Hund im Fond des Wagens und stieg selbst vorne ein.

Johannes fuhr hart an, Regina wurde unsanft in den Sitz zurückgedrückt. Sie lehnte den Kopf gegen die Stütze, schloß die Augen und versuchte sich zu entspannen. Aber es gelang ihr nicht – immer wieder spukten ihr dieselben Fragen durch den Kopf. Was war los mit Johannes? Mit ihrer Ehe? Warum war er so gereizt und ungeduldig, so lieblos zu ihr und den Kindern? Überarbeitung? Ach was, Johannes war gewöhnt, hart zu arbeiten! Hat er immer getan! Sein Ehrgeiz war ja fast schon unnatürlich und ein ständiger Streitpunkt zwischen ihr und ihm. Regina wäre mit weniger Geld und weniger Ansehen zufrieden gewesen, wenn er dafür mehr Zeit für seine Familie gehabt hätte. Wenn er dafür, wie früher, mit ihr und den Kindern gelacht und getollt hätte. Früher! Früher war alles ganz anders …

Sie hatten sich in der Mensa kennengelernt. Regina war Medizinstudentin im ersten Semester, und er schrieb gerade sein Staatsexamen. Es war Liebe auf den ersten Blick. Regina bewunderte seine Zielstrebigkeit, seinen eisernen Willen, sein Durchsetzungsvermögen, Johannes ihr fröhliches, unkompliziertes Wesen, ihre Art, überall zuzupacken, ohne Rücksicht darauf zu nehmen, sich vielleicht schmutzig zu machen oder einen Nagel abzubrechen. Und gerade diese Charaktereigenschaften waren es, die sie sich jetzt gegenseitig übelnahmen.

Damals waren sie jung, verliebt und glücklich und sahen nur das Jetzt. Heute, rückblickend, erkannte Regina, daß sie schon damals hätten wissen müssen, daß sie nicht zusammenpaßten. Hätten sie sich nur einmal ohne die rosarote Brille der Verliebten betrachtet! Und wer weiß, hätte sie das Kind nicht bekommen, hätte sie das Medizinstudium nicht abgebrochen … hätte, hätte! Wenn nicht, dann vielleicht – später sagt sich das alles so einfach.

Abgebrochenes Medizinstudium wegen Andres. Das heißt, eigentlich wegen Katharina. Es war während einer Vorlesung über eitrige … nun, jedenfalls wurde ihr plötzlich furchtbar schlecht. Und das lag nicht an der Vorlesung ihres Professors, dessen Schilderungen immer sehr anschaulich waren, das kam von innen! Das kam von Andres, der zum ersten Mal mit seiner Mutter Kontakt aufnahm. Damals zählte er etwa minus 268 Tage. Regina, Johannes und Andres heirateten. Als Andres minus 30 Tage zählte, unterbrach Regina ihr Studium.

»Aber nur bis ES aus dem Gröbsten raus ist! Dann komm' ich wieder, ihr werdet sehen! Bestimmt!« versprach sie ihren Studienfreunden.

Aber als Andres plus 109 Tage alt war, Regina und Johannes diskutierten gerade über infektiöse ... nun ja, jedenfalls wurde es Regina wieder einmal schlecht, und sie hängte ihr Studium endgültig an den Nagel. Ihrer Mutter schrieb sie: »Weißt du, Mama, ich werde schon vom Hingucken schwanger – ich bin eben zur Mutter geboren und nicht zur Ärztin!«

Darauf die Antwort ihrer Mutter: »Hättest du eben mehr in die Bücher gucken müssen, statt die Anatomie am Objekt zu studieren! Aber ich hatte dir ja von Anfang an zur Zahnmedizin geraten ...«

Die ganze Fahrt über schwieg Johannes verbissen. Erst als ein Wegweiser ›Parkplatz Gasthaus Waldhütte am See‹ nach rechts zeigte, brach er sein eisiges Schweigen und riß Regina aus ihren Gedanken.

»Ich möchte euch von Herzen bitten, euch einigermaßen zivilisiert zu benehmen. Ich bin Chefarzt, ich kann mir nicht leisten, durch meine Familie vor dem ganzen Krankenhauspersonal unangenehm aufzufallen. Und von dir, Regina, erwarte ich, daß du ein bißchen repräsentierst.«

Johannes bog in den Parkplatz ein, stoppte und stieg ohne ein weiteres Wort aus.

Vom Parkplatz mußte man noch etwa 200 Meter durch den Wald gehen, um zum See zu kommen, an dessen Ufer ein altes Gasthaus mit Biergarten lag. Obwohl es erst Mai war und noch sehr kühl, hatten sich die meisten Betriebsausflügler einen Platz im Garten gesucht. Oberarzt Forst sprang sofort auf, als er Johannes und seine Familie aus dem Wald treten sah.

»Liebe, gnädige Frau!« Seine Hände griffen nach Reginas Hände. »Wie reizend Sie wieder aussehen!«

Klebriges Grinsen – und schon eine Bierfahne. Regina ekelte sich, sie mochte Dr. Forst nicht.

»Aber bitte, setzen Sie sich doch!« forderte er sie auf. Er zog sie neben sich und tätschelte ihre Schulter.

Regina lächelte tapfer und schickte ein stilles Stoßgebet gen Himmel, daß der dort droben ihr Kraft und Geduld geben möge, diesen Tag durchzustehen.

Frau Dr. Schrade, eine Mittvierzigerin mit großem Busen, leicht angegrauten Haaren und einer schrecklich altmodischen Brille auf der spitzen Nase, besah sich entzückt die Kinder ihres Chefs, die artig und mit aufrechtem Rücken zwischen ihren Eltern saßen.

»Ach«, seufzte sie, »wenn Sie wüßten, Frau Ullmann, wie ich Sie um Ihre Kinder beneide! Ich selbst bin ja unverheiratet geblieben – hatte eine schwerbehinderte Mutter zu versorgen, wissen Sie. Und wie gut erzogen die lieben Kleinen sind! Reizend – iiih!«

Plötzlich stieß sie einen schrillen Schrei aus und sprang auf; beinahe hätte sie den Tisch umgestoßen. »Da ist ein Hund unterm Tisch, der hat mir das Bein geleckt!« rief sie. »Widerlich, ich kann Hunde nicht ausstehen! Weg du, weg! Wem gehört denn das Vieh?«

»Das ist bloß Kaspar«, sagte Carolin.

»Der ist ganz ungefährlich«, versicherte Katharina. Johannes warf Regina einen Blick zu, der befahl: Schaff diesen Hund fort! Dann sah er Frau Dr. Schrade an. »Bitte entschuldigen Sie, es tut mir leid.«

»Ihr Hund?« Frau Dr. Schrade lächelte betreten.

»Wir könnten ja mit Kaspar zum See gehen, Maminka«, schlug Andres vor.

»Das ist eine prima Idee.« Regina war erleichtert.

»Aber paßt mir auf Carolin auf! Und ...«

»Ja, wir wissen schon. Anständig benehmen, wird gemacht!« Andres und Katharina nahmen Carolin an der Hand und zogen mit ihr ab.

»Wirklich reizend«, flötete Frau Dr. Schrade.

Regina beneidete ihre Kinder, wie gerne wäre sie mit ihnen zum See gegangen. Aber bis nach dem Essen mußte sie es hier am Tisch schon noch aushalten. Mußte sie sich Dr. Forsts Tätscheleien gefallen lassen, Frau Dr. Schrades Süßholzraspeln anhören, Hände schütteln und immer wieder bestätigen, wieviel Glück man mit dem Wetter hatte.

Reginas Blick wanderte von Tisch zu Tisch, von Gesicht zu Gesicht. Einige Leute kannte sie. Da war dieser junge Dr. Hilz mit seiner blassen Frau, die immerzu kicherte und ihren kleinen Finger selbst dann noch abspreizte, wenn sie einen Maßkrug zum Mund stemmte. Oder dort, Oberpfleger Bürstenmayer mit seiner Frau und den beiden Töchtern, die sich herausgeputzt hatten, in der Hoffnung, sie könnten sich einen der jungen Ärzte ins Netz locken. Am Nebentisch Dr. Ebert. Markus Ebert, Assistenzarzt, Junggeselle und somit heißbegehrt.

Regina nannte ihn ›das stille Wasser vom Dienst‹. Markus Eberts Masche war, sich solange im Hintergrund zu halten, bis eine Frau auf ihn aufmerksam wurde und sich vornahm, den Geheimnisvollen zu ergründen. Er war nie hier, war immer dort, er lächelte nicht einfach, er lächelte zum Herzerweichen. Und dann war er plötzlich wieder kühl und unnahbar.

Neben Dr. Ebert saß Dr. Vanessa Gilbert, eine dunkelhaarige, rassige Schönheit. Immer gepflegt, charmant und zum Anbeißen jung. Sie flirtete lustlos mit Markus Ebert, so lustlos, daß sich Regina fragte, warum sie überhaupt mit ihm flirtete.

Regina wollte gerade aufstehen und nach den Kindern sehen, als Katharina angelaufen kam, sich vor Lachen schüttelnd und händeringend neben ihren Eltern auf einen Stuhl fallen ließ und japste: »Der Kaha-sphar … hihi, der Kaspar der …« Und da kam Kaspar angaloppiert, pitschnaß und schlammverklebt, und genau in Ärztetischhöhe zog er die Bremse und schüttelte sich erst mal das Fell trocken. Mit dem Ergebnis, daß Frau Dr. Schade, Dr. Forst und die Frau von Dr. Hilz aussahen wie Perlhühner oder als hätten sie die Windpocken. Über und über schwarzgesprenkelt!

Als Katharina das sah, brach sie in erneutes Gelächter aus. Es war aber auch wirklich zu komisch, zum Schieflachen, wirklich!

Das war zuviel für Johannes, er holte aus und schlug ihr ins Gesicht. Katharina hielt sich die Wange, sie sah ihren Vater schweigend an, dann stand sie auf und ging.

»Aber das wäre doch nicht nötig gewesen«, sagte Frau Dr. Schrade, es klang jedoch nicht sehr überzeugend.

Das ist ja prächtig! dachte Regina bitter. Das ist ja wirklich ein gelungener Tag! Wie sie Schläge haßte! Wie sie dieses gespreizte

Getue hier haßte! Und Johannes, er hatte wirklich nicht mehr Verständnis für seine Kinder als ein Türpfosten für die Zahnschmerzen eines Elefanten. Sie stand auf, entschuldigte sich und suchte ihre Tochter.

Sie fand Katharina mit Andres am Ufer sitzen. »Wetten«, schluchzte sie, »daß die-hie alle am liehiebst'n auch laut losgelacht hätt'n! Bloß traut sich kei-heiner! Die geh'n doch hal-le in' Keller zum Lachen!«

Andres nickte. Er tätschelte Katharina liebevoll, sie tat ihm wirklich leid. »Vor denen allen 'ne Ohrfeige kriegen, das hält ja nich' mal 'n Profi aus!« meinte er mitfühlend. »Du bist echt arm dran, Katinka.«

Pause. Dann tröstend: »Aber besser arm dran, als Arm ab, nich'?«

»Ja-ha«, schluchzte sie und schneuzte sich.

Regina verbiß sich ein Lachen – Andres und seine klugen Sprüche! Sie setzte sich neben Katharina ins Gras. »Nimm ihn bloß nicht wieder in Schutz!« donnerte Andres gleich los.

Das hatte sie tatsächlich vorgehabt. Sie wollte vermitteln, erklären, beschwichtigen, gut zureden. In letzter Zeit kam sie sich manchmal vor wie ein Botschafter, der zwischen zwei feindlichen Ländern vermittelt, um einen Kriegsausbruch zu verhindern. Beinahe krampfhaft versuchte sie, ihre Familie bei guter Laune zu halten. Dabei fühlte sie sich wie ein Tag bei Nieselregen – grau und trübe. Vielleicht, dachte sie, vielleicht sollte ich mit den Kindern mal allein verreisen. Bestimmt würde Johannes das Alleinsein genießen. Wir alle könnten ein bißchen verschnaufen, uns voneinander erholen. Und dann, mit ein bißchen gutem Willen … sie seufzte und stand auf.

»Kommt mit, bestimmt gibt's gleich Essen«, sagte sie.

»Hab' keinen Hunger«, erklärte Katharina, fragte aber dann doch: »Was gibt's denn?«

»Weiß nicht genau. Ich glaube … wie nennt ihr das noch – Federvieh ohne Federn?«

Die beiden kicherten. »Das heißt doch Tovo – toter Vogel!«

»Ach ja, Tovo, natürlich!« Regina nickte und ging, um Carolin zu holen, die am Ufer mit Kaspar ein Loch buddelte. »Wie weit wollt ihr denn noch buddeln?« fragte sie.

»Na, unterm See durch, bis auf die andere Seite natürlich!«

»Natürlich!« Manchmal hatte Regina aber auch wirklich ein Brett vor dem Kopf!

Nach dem Essen wurde die allgemeine Stimmung ein bißchen lockerer. Man ging spazieren, ruderte oder kegelte – nur ein paar von den Älteren blieben am Biertisch sitzen.

»Andres und Katharina spielten Federball, und was tun wir?« fragte Regina.

»Nich' Federball spielen, weil der Ball is' blöd, den treff' ich ja gar nich'! Lieber mit Kaspar verstecken!« schlug Carolin vor.

Kaspars Spürnase war ausgezeichnet. Auch wenn Regina und Carolin immer wieder Haken schlugen, er fand sie doch, und es bereitete ihm hörbares Vergnügen, sie aus ihrem Versteck zu treiben.

»Platz, Kaspar!« befahl Regina, und Kaspar legte sich hin. So blieb er gehorsam liegen, bis er von irgendwoher Reginas Stimme hörte, die nach ihm rief. Nur manchmal, wenn es ihm zu lange dauerte, ging er auf eigene Faust los, um sein Frauchen aufzustöbern.

Regina und Carolin sahen sich um. Diesmal mußte es ein ganz besonders gutes Versteck sein – Kaspar sollte mal zeigen, was er konnte! Da entdeckten sie eine kleine Grube, die halb von einem umgestürzten Baum verdeckt war. »Prima! Genau richtig!« fand Carolin.

Sie sprangen hinein, suchten sich einen Platz, kicherten, tuschelten, bedeckten sich mit Ästen, und gerade als Regina »Kaaaspaaar, komm hier!« rufen wollte, hörten sie Schritte durchs Laub rascheln und eine Frauenstimme fragen: »Kommst du heute abend zu mir, kannst du dich zu Hause irgendwie abseilen?«

»Natürlich komm ich zu dir, nichts und niemand kann mich davon abhalten!« versprach eine Männerstimme. Regina hielt den Atem an. Die Stimme! Das war doch Johannes! Mit einer anderen Frau! Jetzt lachten beide leise, und dann war es still – auch kein Rascheln im Laub, kein Ästeknacken mehr.

»Sie küssen sich!« fuhr es Regina durch den Kopf. Sie wagte kaum zu atmen, aus Angst, Johannes könnte sie und Carolin in ihrem Versteck entdecken. Es war ja zu lächerlich, die ganze Situation, einfach lächerlich! Wenn Johannes und diese Frau nur endlich weitergingen!

Da hörte Regina plötzlich Kaspar bellen und dann Freudengejaule und Johannes, der brüllte: »Ab, Kaspar! Weg, du! Weg! Nun schau mich nur an, wie ich aussehe!« Und dann, ein paar Atemzüge später, sprang Kaspar in die Grube, leckte Regina und Carolin quer übers Gesicht und trieb sie mit lautem Gebell aus ihrem Versteck.

Da stand Regina nun, mit Carolin an der Hand, nur ein paar Schritte von Johannes und Vanessa Gilbert entfernt. Sie verharrte eine Weile in Betrachtung seiner Schnürsenkel, dann hob sie den Kopf und bat um den Autoschlüssel: »Du kannst bestimmt mit Frau Dr. Gilbert nach Hause fahren, und am besten, du bleibst gleich bei ihr. Ich lasse mich scheiden, das ist sicher das beste für uns alle.«

Johannes gab ihr den Autoschlüssel und sah ihr stumm nach, wie sie durch den Wald zum Seeufer hinunterging. Nur ganz langsam kam wieder Leben in sein schreckensbleiches Gesicht. Er fuhr sich mit der Hand durchs Haar, nickte und murmelte: »Ja, vielleicht ist das tatsächlich das beste für uns alle.«

»Die Mami läßt sich scheiden, weil der Papi war mit 'ner Frau im Wald«, verkündete Carolin, stolz, mal etwas zu wissen, was ihre Geschwister noch nicht wußten.

»Wieso scheiden?«

Reginas Stimme zitterte, es kostete sie viel Mühe, sich zu beherrschen. »Wir reden zu Hause darüber«, sagte sie und hastete davon.

Andres und Katharina nickten, packten ihre Sachen zusammen und folgten ihr zum Parkplatz. »Eigentlich bin ich froh«, flüsterte Andres Katharina zu. »Mir stinkt's schon lange, wie er uns und Maminka behandelt.«

»Ja, schon. Aber irgendwie ist's schade. So ganz ohne Pa?« Katharina seufzte traurig.

»Ihr habt ja mich!« beruhigte Andres seine Schwester, tätschelte sie väterlich und ließ seinen Blick bedeutsam in die Ferne schweifen. Und da entdeckte er Babelin. »Du schau mal, Maminka!« rief er seiner Mutter zu und deutete mit dem Daumen über die Schulter. »Da kommt Babelin angelaufen, und ich glaub', die heult.«

Barbara Eline Krügel war Sprechstundenhilfe. Sie arbeitete in

Johannes' Praxis, die dem Krankenhaus angeschlossen war. Dort hatte sie die Fäden in der Hand, obwohl sie erst 25 Jahre alt war. Manchmal war Babelin sehr introvertiert, und dann wußte man nicht so recht, wie man bei ihr dran war. Man fühlte sich ständig schuldig, ohne zu wissen woran und warum. Es war ihre eigene Unsicherheit, die sie auf andere übertrug. Johannes mochte sie nicht, sie war ihm suspekt mit ihrem unergründlichen, fragenden Blick. Fast nie widersprach sie ihm, und doch fühlte er sich ständig von ihr kritisiert, und das nahm er ihr übel.

Aber andererseits war Babelin eine erstklassige Arbeitskraft, nichts mußte man ihr zweimal sagen, sie dachte und handelte selbständig, sie war absolut zuverlässig, und deshalb eine Perle, die man behielt, auch wenn sie nicht glänzte.

Regina hingegen mochte Babelin recht gerne. Die beiden Frauen kannten sich auch privat, sie waren Mitglied desselben Reitvereins und hatten zusammen mit einem Ehepaar ein altes Schulpferd adoptiert, dem so der Weg zum Metzger erspart geblieben war.

Regina ging Babelin ein paar Schritte entgegen. »Was ist? Was hast du? Kann ich dir helfen?«

»Ja, bitte nimm mich mit nach Grabenkirchen.«

Regina nickte, strich ihr eine Haarsträhne aus dem Gesicht und lächelte ihr ein aufmunterndes »Wird schon wieder gut« zu; da brach plötzlich Babelins Schutzmauer, und eine Tränenflut ergoß sich über Reginas Schulter.

»Ich kündige!« schluchzte sie. »Und am besten gehe ich ganz weg aus Grabenkirchen!«

Um Himmels willen, dachte Regina und sagte etwas von ›Arbeitslosigkeit extrem hoch im Bayerischen Wald‹, daß ›von Glück reden kann, wer überhaupt eine Stelle hatte‹, daß ›kündigen hier eine Todsünde‹ sei! Aber dann brach sie plötzlich ab, weil ihr einfiel, daß Babelin das natürlich alles selbst wußte. »Schwierigkeiten mit Johannes?« fragte sie und seufzte.

»Er ist ja schon immer launisch gewesen«, schluchzte Babelin, »aber in letzter Zeit, da … ach!« Sie winkte ab. »Jedenfalls kündige ich.«

»Gut, aber wieso fällt dir das jetzt und hier ein? Da gibt's doch sicher noch einen anderen Grund!«

Babelin schwieg. Sie schneuzte sich. Sie schluchzte. Es dauerte eine Ewigkeit, bis sie endlich damit herausrückte: »Markus. Ich meine, Dr. Ebert. Wir ... ein paarmal ... ach, ich will jetzt nicht darüber reden.«

»Na gut, dann laß uns nach Hause fahren«, sagte Regina.

Es war so still im Auto, daß man die Stille geradezu knistern hören konnte. Regina, Babelin, die Kinder, alle hingen demselben Gedanken nach. Trennung vom Arbeitsplatz, vom Vater, vom Ehemann – Trennung, was bedeutete das? Welche Folgen hatte eine Trennung für sie? Waren die Folgen überhaupt abzusehen? Natürlich nicht! Und trotzdem war Trennung manchmal die einzige Möglichkeit, aus einem halbierten ICH wieder ein ganzes zu machen. Man trennt sich heil! Beinahe hätte Regina gelacht – und dabei war ihr wirklich zum Heulen zumute.

Plötzlich bog sie in einen schmalen Seitenweg ein, der an einem Bach entlang zu einer alten, unbewohnten Mühle führte. Sie stoppte, fragte: »Gefällt es euch hier? Man kann die Mühle mieten. Wenn ihr wollt ...« Regina schwieg bedeutungsvoll.

»Mannomann, und ob wir wollen!« kam es vom Rücksitz. »Is' das 'ne Wucht!« Und dann stürmten drei Kinder und ein Hund aus dem Auto, um das Gelände zu erkunden. Leider war die Mühle abgeschlossen, aber außen gab's ja auch eine Menge zu entdecken. Mühlbach, Scheune, Obstgarten, Hühnerstall – ohne Hühner natürlich, aber die konnte man ja kaufen! Und vielleicht 'ne Kuh, oder Schafe, oder ein Pferd oder alles zusammen! »Oder 'n Elefanten«, schlug Carolin vor, die Elefanten noch lieber hatte als Krokodile und Würmer und Frösche und kleine Katzen. Ganz lieb eben!

Regina und Babelin waren auch ausgestiegen. Jetzt saßen sie nebeneinander unter einem Apfelbaum, Babelin sah Regina von der Seite her an und fragte: »Willst du dich etwa scheiden lassen?«

»Ja. Aber laß uns ein andermal darüber reden.« Regina zeichnete mit dem Finger Muster auf ihr Knie und sagte, ohne aufzusehen: »Wenn du willst, kannst du hier mit uns einziehen. Die Mühle ist groß genug, und mit dem Auto bist du in einer Viertelstunde in Passau. Dort findest du bestimmt schneller eine neue Stellung. Und zu zweit ist doch alles irgendwie einfacher. Du kannst es dir ja überlegen.«

Babelin sah Regina lange forschend an. »Ist das wirklich endgültig, mit der Scheidung, meine ich?« wollte sie dann wissen.

»Endgültig. Es geht schon lange nicht mehr, aber ...«, sie seufzte, »... aber anscheinend muß immer erst alles ganz kaputt sein, bevor man endlich bereit ist, sich ein neues Leben aufzubauen. Lieber repariert man und repariert herum, obwohl neben den gekitteten alten Rissen immer gleich neue entstehen. Weißt du, heute hab' ich begriffen, wie sinnlos das ist.«

»Hast du nicht Angst vor diesem Schritt?«

»Angst? Nein, es kann nur bergauf gehen.«

»Gibt es einen anderen Mann?«

Regina zog die Stirn in Falten und sah Babelin erstaunt an. »Nein, es gibt keinen. Und wenn du mit Mann meinst ›Ehe, Pflicht, Rollenspiel, Tradition‹, dann kann ich dir versprechen, es wird nie mehr einen geben. Mir reicht's, ich hab' genug!«

»Aha«, sagte Babelin, und die Zweifel standen ihr überdeutlich im Gesicht. »Nie mehr, bei dem Gedanken wird mir richtig einsam zumute. Ich weiß nicht ... willst du wirklich ein Leben lang alleine bleiben?«

»Ich hab' ja die Kinder.« Regina seufzte. »Ach was, einsam!« rief sie dann. »Ich sag' dir was: Lieber Ente und roh, als ganz und gar.«

Babelin lachte. »Wo hast du denn den schlauen Spruch her?«

»Von Andres. Der hat für jede nur erdenkliche Lebenslage einen Spruch parat. Und manche davon sind gar nicht so dumm. Also, was ist?«

»Gut«, sagte Babelin, »wenn deine Kinder auch einverstanden sind, dann zieh' ich mit euch hier ein.«

Es hatte geklingelt. Regina ging, um zu öffnen.

Draußen stand Babelin. »Entschuldige«, sagte sie, »ich bin ein bißchen zu spät.«

»Macht nichts, komm herein!« Regina ging voraus ins Wohnzimmer, und Babelin folgte ihr.

»Du siehst schlecht aus«, sagte sie, während sie ihre Jacke auszog und sich setzte.

Regina nickte. »Ich habe in der letzten Zeit kaum geschlafen. All die Sorgen mit der Scheidung, mit den Kindern ... ich bin müde, ich bin einfach fertig! Es heiratet sich bedeutend leichter als es sich scheidet. Die vergangenen zwei Wochen waren entsetzlich. Diese endlosen Auseinandersetzungen mit Johannes, die Gespräche mit ihm, es war, als würde er mit mir ein Geschäft abschließen.«

Regina drehte sich um und ging in die Küche. Babelin hörte sie rumoren und dann ihre Stimme, die rief: »Du trinkst doch auch Kaffee?«

»Ja, gerne!« rief Babelin zurück und sah sich in Reginas Wohnzimmer um.

»Dieses wunderschöne Haus, wirst du das alles nicht sehr vermissen?« fragte sie, als Regina mit dem Kaffee kam und sich zu ihr setzte.

»Nein, Babelin, im Gegenteil. Ich muß raus hier, und zwar so schnell wie möglich. Dies hier war einmal mein Zuhause, jetzt fühle ich mich hier so fremd wie noch nie und nirgendwo zuvor. Dieses Haus, die Erinnerungen, das alles hier erdrückt mich.«

»Und die Kinder, wie geht es den Kindern?«

Regina stützte die Ellenbogen auf die Knie und den Kopf in die Hände und sah blicklos vor sich hin. »Sie reagieren alle drei ganz verschieden. Andres baut an einer Art Vaterhaß. Seiner Meinung nach ist Johannes an allem schuld, denn Johannes hat mich betrogen, und Johannes hat alles zerstört, was zwischen uns einmal schön war. Ich habe lange mit Andres gesprochen und versucht ihm zu erklären, daß an einer zerbrochenen Ehe nur selten einer alleine schuld ist – aber irgendwie will er das nicht verstehen.«

»Er ist ja auch erst vierzehn Jahre alt«, warf Babelin ein.

»Ja natürlich, er ist noch sehr jung, und vielleicht hilft ihm diese Schwarz-weiße-Ansicht auch irgendwie über die Trennung hinweg. Jedenfalls tut er, als gäbe es Johannes nicht und hätte es ihn nie gegeben.« Regina rührte in ihrem Kaffee, nahm einen Schluck und lehnte sich zurück. »Am meisten leidet Katharina«, erzählte sie. »Sie lief tagelang mit verweinten Augen herum, aß kaum, vergrub sich in ihrem Zimmer. Bis sie gestern von der Schule kam und mir freudestrahlend erzählte, daß Rita, ihre beste Freundin, mit ihren Eltern im Sommer nach Passau ziehen würde. Und dann könnten sie wieder in dasselbe Gymnasium gehen, vielleicht sogar in dieselbe Klasse. Jetzt geht es ihr wieder besser, ich glaube, sie tröstet sich mit Rita über die Trennung von Johannes hinweg. Ja, und die Kleine ... ich vermute, sie begreift noch gar nicht so recht, was da passiert. Für sie ist das alles sehr aufregend, wie ein Abenteuer. Die Mühle, der Umzug, die Tiere, die sie alle möchte – mindestens einen Elefanten und ein Pferd und dann noch einen Hasen und ein Krododil ...«

Babelin lachte, und Regina fuhr fort: »Zu Johannes hatte Carolin noch nie eine besonders gute Beziehung. Weißt du, seit sie denken kann, war er kaum zu Hause, und wenn doch, dann wollte er seine Ruhe haben.«

Regina blickte von ihren Händen auf, sah Babelin an und sagte: »Auch für die Kinder wird es am besten sein, wenn wir möglichst schnell hier ausziehen und woanders ein ganz neues Leben beginnen. Und diesmal will ich alles so machen, wie ich es für richtig halte ... Und ich will nie mehr einen Mann, der mir sagt, wer und wie ich zu sein habe.«

Babelin nickte nur, und plötzlich schüttelte Regina lachend den Kopf und sagte: »Die schweigsame Babelin mit ihrem unergründlichen Blick! Du sagst nichts, du hörst nur zu. Weißt du, daß Johannes dich deshalb nicht mag? Wegen deines Blickes, diesem ›unergründlichen, fragenden Blick‹, und deinem – wie er es nennt – ›provozierenden Schweigen‹. Einmal sagte er: ›Nie widerspricht sie mir, und doch fühle ich mich ständig von ihr kritisiert.‹ Und wenn Johannes eines nicht leiden kann, ist es Kritik.«

»Ich weiß«, sagte Babelin, und dann zuckte sie die Schultern. »Ich brauche halt immer ein bißchen länger als andere, um aus mir herauszugehen. Ich warte ab und beobachte die Menschen, mit denen ich zu tun habe – und manchmal warte ich leider zu lange, dann hat man sich schon abgewandt und ein Urteil über mich gefällt, das meist nicht stimmt. Es fällt mir sehr schwer, auf Menschen einzugehen, mich jemandem zu öffnen. Und das hat dein Mann so wenig verstanden, wie die meisten anderen Leute es verstehen.«

Babelin senkte den Blick in ihren Schoß, doch plötzlich hob sie den Kopf, sah Regina in die Augen und sagte: »Und deshalb mag ich dich – weil du mir die Zeit läßt, die ich brauche, und mich trotzdem ein wenig anschiebst, denn das brauche ich auch. Und weißt du, wenn ich mal jemanden wirklich gern habe, dann bin ich sehr anhänglich ... also, so schnell wirst du mich nicht mehr los!«

Regina lachte. »Das klingt ja wie eine Drohung!«

»Ist es auch«, behauptete Babelin.

Regina stand auf und holte den Pachtvertrag für die Mühle, um ihn Babelin zu zeigen. »In zwei bis drei Wochen können wir einziehen, so lange etwa dauert es noch, bis das Haus bewohnbar gemacht ist ... ach Babelin, es wird nicht immer leicht sein, dort in der alten Mühle am Satzbach, aber du und ich und die Kinder, wir schaffen das schon. Bestimmt!«

»Bestimmt«, bestätigte Babelin, aber es klang nicht so überzeugend wie bei Regina.

Regina stand auf, setzte sich neben Babelin und nahm deren Hand in die ihre. »Du wirkst so niedergeschlagen. Willst du mir nicht endlich erzählen, was eigentlich los ist, warum du gekündigt hast?«

»Hähnchen statt Schweinebraten oder der Tropfen, der das Faß zum Überlaufen brachte«, antwortete Babelin und mußte lachen, weil Regina sie natürlich nicht verstand und ein bißchen dumm dreinsah. »Es ging um die Hähnchen, die es beim Betriebsausflug zum Essen gab. Dein Mann behauptete, er hätte mir aufgetragen, mit der Krankhausverwaltung abzusprechen, daß es keinesfalls Hähnchen geben dürfte, weil der Herr Landrat auch käme und der Herr Landrat Hähnchen nicht mag. Dein werter Gatte hatte mir aber aufgetragen, ich sollte dieses Jahr Hähnchen bestellen, da es letztes Jahr Schweinebraten gab. Er hat mich angebrüllt, er hat getobt, und das auf dem Betriebsausflug vor allen Leuten. Und weißt du, Regina, so etwas kam in letzter Zeit sehr oft vor. Aber ich werde nicht als Prellbock für die Fehler meines Chefs bezahlt, sondern für meine Arbeit, und die mache ich gut. Das habe ich ihm dann auch gesagt, und zwar ebenfalls vor allen Leuten, und daß ich kündigen werde. So kam es, es war einfach der Tropfen, der das Faß zum Überlaufen brachte.«

»Und was ist mit Markus Ebert?« fragte Regina.

Babelins Gesicht verfinsterte sich noch mehr. Sie machte eine wegwerfende Handbewegung und sagte: »Ich will nichts mehr mit ihm zu tun haben. Ich liebe ihn, aber er …« Sie brach ab und schüttelte energisch den Kopf. »Du, ich möchte lieber jetzt nicht darüber reden.«

»Gut.« Regina wußte, daß es keinen Sinn hatte, weiter nachzubohren. Irgendwann würde Babelin schon erzählen, was zwischen ihr und Dr. Markus Ebert vorgefallen war.

Regina schloß die Haustür ab und warf einen letzten Blick auf den Garten. Ihren Garten! Die Blumenzwiebeln mußten gesetzt werden, die Kletterrosen hochgebunden und … ach, jetzt bloß nicht sentimental werden! Sie schob den Schlüssel durch den Briefschlitz, stieg in ihren 2-CV und fuhr los.

Carolin und Katharina saßen auf dem Rücksitz, zwischen ihnen Hund Kaspar und Betzmann, der Teddy, den Carolin so heiß liebte. Katharinas Augen schwammen in Tränen, ihr Kinn kräuselte sich und zitterte, und Carolin hielt sich an Betzmann fest und streichelte ihn tröstend.

Regina versuchte, den Kloß in ihrem Hals hinunterzuschlucken, auch ihr war plötzlich wieder ganz elend zumute. Fast fünfzehn Jahre Ehe, in denen sie manchmal glücklich und manchmal verzweifelt gewesen war – aber an Scheidung hatte sie doch nie gedacht.

»Schaut mal!« rief Regina, »da vorne fährt der Lastwagen mit unseren Möbeln!« und sie fand sich selbst zum Heulen heiter.

Andres saß vorne zwischen den Möbelpackern, winkte ihnen zu und machte feixend lange Nasen, als Regina überholte. Ihn, so schien es, ließ das alles so kalt wie eine Eisscholle am Nordpol.

»Ob Emem schon da ist?« fragte Regina mit einem Blick in den Rückspiegel, nur um etwas zu sagen, dieses bedrückende Schweigen zu brechen, aber Katharina zuckte bloß die Schultern, das war ihr egal!

Max Merkel – die Kinder nannten ihn Emem – war ein älterer Mann aus dem Dorf und Reginas guter Geist. Er hatte die Handwerker beaufsichtigt und kümmerte sich auch weiterhin um Haus und Hof.

Emem hackte Holz. Als er Reginas Ente den Weg herunterkommen sah, schlug er das Beil in den Hackstock, schob sich die Mütze in den Nacken und wischte sich mit dem Ärmel mal kräftig die Nase. Dann verschwand er im Haus, und als Regina und die Mädchen ausstiegen, stand er plötzlich mit einem Laib Brot und einem Fäßchen Salz in der Tür.

»Zur Begrüßung«, sagte er, »denn hast Salz und Brot, hast niemals Not!« Er drückte Regina beides in die Hand. »Willkommen, Satzbacherin!«

Regina und Katharina grinsten sich verstohlen an. Satzbacher, das war der Hausname der Mühle, und wer darin wohnte, war für die Leute vom Dorf der Satzbacher, die Satzbacherin oder die Satzbacher-Kinder. »Danke«, sagte Regina, schüttelte Emem die Hand und ging ins Haus.

Und plötzlich stand Katharina neben ihr, fiel ihr um den Hals und weinte, weinte sich den ganzen Kummer von der Seele. »Ich hab' dich lieb, Mami, aber den Papi hab' ich doch auch lieb!« schluchzte sie.

»Natürlich«, sagte Regina und streichelte ihr das Haar. »Und niemand verbietet dir, ihn lieb zu haben. Wenn du Sehnsucht nach ihm hast, dann ruf ihn an oder nimm den Bus und besuche ihn, es sind ja nur ein paar Kilometer bis Grabenkirchen.«

»Und dann bist du nicht böse? Ich meine, weil du ihn doch jetzt haßt?«

»Hassen?« Regina schüttelte den Kopf. »Nein, ich hasse deinen Vater nicht. Er ist mir nur fremd geworden. Wir haben uns beide zu sehr verändert, um noch miteinander leben zu können. Verstehst du das?«

Katharina nickte und wischte sich mit dem Ärmel die Tränen aus dem Gesicht. Dann schniefte sie sich die Nase frei und sagte: »Ich freu' mich schon auf die neue Schule und bin irre gespannt auf die neuen Pauker. Mann, und ich bin froh, daß ich 'nen neuen Mathelehrer krieg', der Müller war nämlich wirklich beknackt, war der!« Damit drehte sie sich um und zog ab.

Regina schüttelte lächelnd den Kopf, trat ans Fenster und sah auf den Garten mit seinen alten Obstbäumen, dem Mühlbach, dem kleinen Weiher. Und dahinter die Weide, die sich den Hügel hinaufzog, bis zum Waldrand, an dem abends in der Dämmerung die Rehe äsen würden. Ganz leise und zufrieden wurde man, wenn man hier am Fenster stand und das Mühltal überblickte. Und plötzlich wußte Regina, war sie ganz sicher, daß sie und die

Kinder hier glücklich werden würden. »Bestimmt!« sagte sie laut vor sich hin, als wollte sie sich selbst überzeugen.

Regina hörte vor dem Haus ein Auto bremsen. Das mußten Andres und die Möbelpacker sein. Sie zog den Mantel aus, warf ihn aufs Fensterbrett und lief hinaus.

»Hallo, hallo!« rief Andres und winkte lässig. »Es gibt viel zu tun – fangt schon mal an!« Er schob die Hände in die Hosentasche, tat, als ginge ihn der ganze Umzug gar nichts an, und schlenderte in aller Gemütsruhe zum Haus.

»He, bleib hier! Wohin gehst du denn?« rief Katharina ihm nach, worauf er sich umdrehte, grinste und antwortete: »Nach Hollywood, die Sonne putzen!«

»Mensch, immer wenn's Arbeit gibt, drückst du dich!« schimpfte Katharina und hatte damit nicht ganz unrecht.

Andres drehte sich um und knurrte: »Ich muß mal für Männer, kapiert?« und knallte die Haustür hinter sich zu.

»Ich hab' auch so einen in dem Alter«, erzählte einer der Möbelpacker. »So'n richtiger Kotzbrocken ist der zur Zeit. Wenn man nicht wüßte, daß sich das in ein paar Jahren wieder gibt, könnt' man verzweifeln!« Er schüttelte seufzend den Kopf. »Also, Frau Ullmann, wohin mit der Fuhre?«

Treppauf, treppab. Kisten, Körbe, Möbelstücke, Koffer, eingeklemmte Finger – elende Plackerei! Regina sank seufzend auf die Bank, die vor dem Haus stand, und rieb sich die müden Füße. Sie atmete ganz tief durch und schloß die Augen. Nur ein wenig ausruhen, sich entspannen! Sie dachte an Palmen und Sandstrand, hörte Meeresrauschen, schwarze Feen singen und einen Motor aufheulen … Motor aufheulen?! Sie setzte sich ruckartig auf.

Tatsächlich, da schien einer auf ihrer Sandstraße für den nächsten Grand Prix zu trainieren! Rasant war gar kein Ausdruck mehr, so wie der Kerl fuhr, mußte er verrückt sein! Er raste mit irrem Tempo am Bach entlang, nahm die Kurve mit Müh und Not und trat erst kurz vor der Mühle hart in die Bremsen. Knapp eine Armlänge vor dem Scheunentor kam er zum Stehen, sprang aus dem Wagen und sah sich um.

Erst jetzt erkannte Regina ihn. Es war Berthold Kainze, der Besitzer der Mühle. Genauer gesagt, der Sohn der Besitzerin, der vor ein paar Jahren – keiner wußte so recht wie – ganz plötzlich zu

Reichtum gekommen war. Er war Regina schon damals, als sie den Pachtvertrag für die Mühle unterzeichnete, gewaltig auf die Nerven gegangen. Mit seinem aufgesetzten Charme, seiner kleinkarierten Eleganz, seiner gestelzten Art zu reden. Berthold Kainze war dumm, aufdringlich und so sehr von sich überzeugt, daß einem der Atem stockte.

»Hallo, schöne Frau!« rief er, rückte seine Krawatte zurecht und kam im Hüftschwunggang à la Fred Astaire auf Regina zu.

»Grüß Gott, Herr Kainze.« Regina entzog ihm die Hand, bevor er sie küssen konnte. Himmel, der hatte ihr heute gerade noch gefehlt!

Er deutete mit dem Daumen über die Schulter. »Was halten Sie von meinem neuen Wagen?« fragte er und gab sich gleich selbst die Antwort. »Porsche, silbergraumetallic, das ist wirkliche Klasse, was?«

Reginas Blick hätte ihm sagen müssen, was sie von seinem Porsche hielt, aber Berthold Kainze war blind auf diesem Auge. Er lehnte sich mit einem Ellenbogen auf die Fensterbank, ließ Zeige- und Mittelfinger auf Regina zuspazieren und bot mit schelmischem Lächeln an: »Wenn Sie wollen, nehme ich Sie auf eine kleine Spritztour mit!«

Regina biß die Zähne zusammen, in ihrem Mund sammelte sich Speichel, als hätte jemand mit dem Daumennagel über eine Schiefertafel gekratzt. Sie befahl sich, ganz ruhig zu bleiben, ganz ruhig! Immerhin war er ihr Vermieter, und Streit mit ihm wäre ein schlechter Start. »Nein danke, Herr Kainze, Sie sehen ja, bei uns geht es drunter und drüber, ich werde hier gebraucht.«

Berthold Kainze sah den Möbelpackern nach, die ein Sofa ins Haus trugen, und meinte großzügig: »Na, dann ein andermal. Sie brauchen nur mit dem Finger zu schnippen ...« Er machte es vor und grinste: »... und schon bin ich da!«

Regina sagte nichts, sie nickte nur, ging zum Lastwagen und lud sich eine Kiste mit Büchern auf die Arme. Die trug sie ins Haus, die Treppe rauf, in ihr Zimmer. Berthold Kainze, Hände in den Hosentaschen, folgte ihr, sah sich um und gestand: »Also, so gerne ich eine so reizende, gutaussehende Frau in meiner Nachbarschaft habe, ich weiß wirklich nicht, was Sie an dieser gräßlichen Bruchbude finden!«

»Diese Bruchbude gefällt mir«, antwortete Regina knapp. Sie schichtete ein paar Kisten um, machte die Wand frei für den Schrank, der da hin sollte, und blies sich eine Haarsträhne aus der Stirn.

»Aber Sie sind doch eine Frau mit Flair, für Sie wäre eine weiße Villa mit Magnolienbäumen und Swimmingpool das rechte Dekor, meine Liebe!«

»Ich brauche kein Dekor, ich will mich wohl fühlen, Herr Kainze.« Regina griff nach Carolins Stuhl, der versehentlich in ihrem Zimmer gelandet war. Als sie die Lehne in den Händen hielt, fühlte sie auf einmal den fast unbezwingbaren Wunsch in sich aufkommen, Kleinholz aus dem Möbel zu machen, und zwar auf Berthold Kainzes Kopf – so wird man, eine harmlose Frau und Mutter, zur Beinahemörderin! Regina verzog den Mund zu einem teuflischen Grinsen, vollführte in Gedanken den Mord und trug dann, ein ganz klein wenig erleichtert, den Stuhl hinüber zu Carolin.

Carolin war nicht da, dabei sollte sie doch in ihrem Zimmer bleiben. Dafür war ihr der Kainze schon wieder auf den Fersen! »Mein Gott, meine Nerven!« schrie Regina im stillen auf. »Dieses Chaos hier überall, und dann auch noch Berthold Kainze – der Kuckuck möge ihn holen!«

»Frau Ullmann?«

»Ja!« Regina schob Kainze zur Seite und trat auf den Flur. Dort stand ihr Schrank, daneben zwei Möbelpacker, die wissen wollten, wohin damit.

»Hier hinein.« Regina ging voraus und deutete auf die freie Wand. Und da, im selben Moment, hörten sie es.

Es kam von draußen und klang, als hätte ein Nilpferd versucht, auf einer morschen Brücke Mambo zu tanzen. Erst splitterte Holz, danach war es für den Bruchteil einer Sekunde erschreckend still, dann setzte ein Hupen ein, wie ein Jaulen, schrill, anhaltend, unheilverkündend.

In allen Türen erschienen Köpfe und starrten Fragezeichen in die Luft. Die Möbelpacker, Emem, Kainze, Katharina, Andres – nur Carolin fehlte.

»Carolin!«

Reginas Aufschrei hatte dieselbe Wirkung wie ein Startschuß.

Im Nu liefen alle los, sprangen behende über Hindernisse, stürzten hinaus. Und da kam Carolin schon angestiefelt. Ein bißchen blaß, aber nicht sehr, so leicht konnte sie nichts erschüttern!

»Das Auto is' ins Scheunentor reingefahren, und jetzt hupt es«, beantwortete sie Reginas Frage, bevor sie überhaupt gestellt war. »Einfach so!« Sie zuckte die Schultern, zum Zeichen, daß sie es selbst nicht verstand.

Regina schloß die Augen, drehte den Kopf nach rechts und blinzelte, sehr vorsichtig, zwischen den Wimpern hindurch. Der Porsche klebte am Scheunentor. Das Scheunentor war durch die Wucht aus den Angeln gehoben und nach vorne gekippt, auf das silbergraumetallicfarbene Dach von Kainzes silbergraumetallicfarbenem Stolz! Regina wußte nicht genau, wieviel ein Porsche kostete, aber sie war ganz sicher, daß ihr Vermögen nicht einmal annähernd Porschedimension erreichte.

Plötzlich schoß Kainze an ihr vorbei, auf Carolin zu, packte sie, schüttelte sie und schrie: »Das wird mir deine Mutter ersetzen! Was fällt dir ein, du ... du ...« Er holte aus, wollte zuschlagen, aber da wurde er herumgerissen. Eine Möbelpackerfaust hielt ihn an den Revers, eine andere tanzte nicht sehr einladend vor seiner Nase auf und ab.

»Mein, lieber Herr«, sagte die Stimme des Besitzers der Fäuste, »wo *ich* hinlange, da wächst so schnell kein Barthaar mehr! Deshalb schlage ich vor, wir unterhalten uns ganz ruhig und vernünftig, Sie verstehen?«

Berthold Kainze rang sich ein Ja ab, der Griff an seinen Revers lockerte sich ein wenig.

»Gut. Also, wir nehmen doch nicht etwa an, daß dieses kleine Fräulein hier kräftig genug ist, Ihren Porsche ins Scheunentor zu schieben, oder seh' ich das falsch?« Er wartete Berthold Kainzes Antwort gar nicht erst ab, sondern folgerte: »Dann muß wohl der Zündschlüssel gesteckt haben?«

Kainze klopfte nervös seine Taschen ab. Kein Schlüssel, tatsächlich, den mußte er im Zündschloß vergessen haben.

»Aha!« Der Möbelpacker nickte. »Sie wissen, daß das strafbar ist? Daß Sie somit den Unfall selbst verschuldet haben, daß Ihnen weder Frau Ullmann noch sonst jemand den Schaden ersetzen wird?«

»Ich ... ja«, preßte Kainze hervor.

»Sie können von Glück sagen, daß dem Kind nichts passiert ist! Denn wäre der Kleinen etwas zugestoßen ...«, er ließ den Satz bedeutungsvoll im Nichts schweben, gab die Revers endgültig frei und wiederholte: »Wirklich, Sie können von Glück reden, Mann!«

Jetzt fand auch Regina endlich wieder Worte. Sie ging vor Carolin in die Hocke und fragte: »Wie, um Himmels willen, ist das denn passiert?«

»Von ganz allein«, behauptete Carolin felsenfest.

»Das gibt's nicht, irgend etwas mußt du gemacht haben!«

»Gemacht hab' ich schon was. Hab' mich bloß mal reingesetzt und geguckt. Da waren ganz viele Knöpfe, und da hab' ich auf einen draufgedrückt, aber der hat gar nichts gemacht, der Knopf. Und dann hab' ich wieder wo gedrückt, und dann hat Musik gespielt. Und dann hab' ich wo anders angelangt, und dann ist das Auto ganz allein ins Tor gefahren, und es hat erst gekracht und dann gehupt.«

Regina sah den Möbelpacker an, der nickte.

»Genauso«, sagte er, »hab' ich mir das vorgestellt. Erster Gang drin, Handbremse nicht angezogen, der Zündschlüssel steckt – die reinste Mordfalle für ein unternehmungslustiges Kind!«

Irgendwo hinter der Scheune fanden die Männer zwei passende Balken, mit denen sie gegen das umgekippte Tor andrückten, bis Kainze den Wagen zurückgesetzt hatte. Was da zum Vorschein kam, war nicht mehr sehr eindrucksvoll. Dach, Kotflügel und Motorhaube waren zerknittert wie Alufolie um ein Butterbrot.

»Schade um den schönen Porsche«, sagte Andres, als Kainze Richtung Dorf abfuhr. »Der is' hin!«

Am nächsten Wochenende zog Babelin ein, und mit ihr Kater Friedolin.

Friedolin war bereits ein alter, gesetzter Herr. Graugetigert, mit weißen Pfoten und einer weißen Nase. Babelin bewohnte die zwei kleinen Zimmer über dem Mühlrad. Dort wurde Friedolin so lange unter Verschluß gehalten, bis man annehmen konnte, daß er sein neues Zuhause als solches akzeptiert hatte. Später durfte er durchs ganze Haus streichen. Die Fenster wurden geschlossengehalten, und wenn irgend jemand die Haustür offenstehen ließ, brüllte ein anderer: »Tür zu – Friedolin!«

Hund Kaspar und Kater Friedolin begegneten sich zum ersten Mal an der Treppe. Kaspar wollte hinauf, Friedolin hinunter. Als sie sich sahen, verharrten sie mitten in der Bewegung, stellten ihre Schwänze hoch und Haare auf und fixierten sich mit starrem Blick. Man hätte Stecknadeln fallen hören können, so still war es. Nach ein oder zwei tragikschwangeren Minuten schlichen sie in Zeitlupentempo aneinander vorbei und waren fortan Freunde. Und dann brach der Frühling endgültig durch. Ein bißchen verspätet zwar, dafür aber mit ganzer Kraft. Trieb Blüten und Knospen und die Liebe in aller Herzen. Es schien, als stünde Gott Amor hinter den Bäumen im Obstgarten, um wahllos seine kleinen, vergifteten Pfeile zu verschießen.

Sein erstes Opfer war Friedolin. Plötzlich war er verschwunden. Fünfstimmiges FRIE-DO-LIN-Rufen, in und um die Mühle herum, brachte ihn auch nicht zurück. »Vielleicht ist er zum Wald raufgelaufen«, überlegte Andres, »und ein Förster hat ihn abge …« Er brach ab, weil ihn Reginas beschwörende Blicke trafen. »Oder es hat ihn anderweitig erwischt!« Andres grinste breit. »Ihr wißt schon, der Frühling! Die Liebe! Die hübschen Katzendamen!«

Aber Babelin bezweifelte das. »Er ist zwölf Jahre alt, den interessieren die Katzendamen schon lange nicht mehr.«

»Wieso? Wenn ich da an Emem denke!« sagte Katharina und schwieg vielsagend.

»Emem?«

»Na, der ist doch auch schon uralt und macht jedesmal Stielaugen, wenn er die Mami sieht!«

»Katharina!« rief Regina und zog dabei das I sehr lange.

»Na ja, stimmt doch!«

»Was sind'n Stielaugen?« wollte Carolin wissen.

Andres klärte sie auf: »Das sind Augen, die man macht …«

»Andres!«

»Also bitte, Maminka, unterbrich mich doch nicht andauernd, darf ich ja bei dir auch nicht, oder? – Also, das sind Augen, die man macht, wenn man jemanden mit einem Eis am Stiel sieht und selbst keins kriegt. Klar?«

»Klar!«

Andres sah von einem zum anderen, im Gesicht diesen arroganten Ausdruck, der Mütter von Teenagern schier zur Verzweiflung treiben kann. Er schlug sich mit zwei flachen Händen auf die Brust, sprang auf und sagte mit seinem noch etwas blechern klingenden Möchtegernbaß: »Also, Genossen, dann werde ich die Sache wohl mal in die Hand nehmen müssen!« Sprach's, verließ die gute Stube mit schwungvollem Türenschlagen und machte sich auf in Richtung Dorf. Wenn's nicht um Friedolin gegangen wäre, hätte ihm jeder von ganzem Herzen viel Mißerfolg gewünscht – diesem Angeber!

Eine knappe Stunde später kam er zurück. Im Arm eine Schachtel, auf der ›Noch weicher durch Wuschelsacht‹ stand und in der es wütend rumorte, kratzte, fauchte und bebte. Er öffnete den Deckel, und heraus flog wie der geölte Blitz etwas Graues, flitzte durchs Zimmer und rauf auf den Schrank. Friedolin!

»Von wegen, der interessiert sich nicht mehr für Katzendamen!« Andres lachte: »Ha-ha-ha! Hinter sämtlichen Dorfmiezen war er her, vor allem hinter der vom Brunner. Und wenn der Brunner ihn erwischt hätte ...« Andres hielt Reginas Blicken tapfer stand, »... dann hätte er ihn uns schon gebracht!«

»Herr Brunner hat ihn also nicht erwischt, aber du schon?« fragte Babelin. »Wie denn?«

»Na wie schon, mit Köpfchen natürlich!«

»Aha???«

Opfer zwei in Sachen Liebe war Katharina. Sehr zum Ärgernis von Andres! Er und Katharina gingen in dieselbe Klasse. Andres empfand das zuerst als mittlere Katastrophe – »mit der in eine Klasse!« – entdeckte aber später ungeahnte Vorteile. Seine Schwester machte ihre Hausaufgaben immer gleich nach dem Essen und ging dann raus. Andres ging erst raus und borgte sich später heimlich ihre Hefte. Aber plötzlich war Andres' Hausaufgabenquelle versiegt. Statt Deutsch-Aufsätze verfaßte Katharina nur noch geheimnisvolle Texte auf kleinen, himmelblauen Zettelchen, und im Matheheft standen so seltsame Aufgaben wie: 298 Herzchen entsprechen 100% – wieviel % sind dann 126 Herzchen???

Alles klar, Katharina war verliebt! Bloß in wen? Und überhaupt, das war doch die Höhe!

»Also, wenn ich den erwische, der meine Schwester vom Hausaufgabenmachen abhält, der kriegt von mir eins vor die Birne, daß sein Kleinhirn scheppert!« versprach Andres im stillen und hielt fortan die Augen offen.

Ein paar Tage später war klar, aus der Schule konnte der Knabe nicht sein, da wäre ihm etwas aufgefallen. Aus dem Dorf war er auch nicht, Katharina traf sich mit niemandem, sie hockte andauernd nur in ihrem Zimmer rum und hörte ›Hunting high‹ von ›a-ha‹.

»Diese beknackte Scheibe mit dem Schmalzbubi, dem Sänger, diesem Lackaffen Morten!« beschwerte er sich bei Regina. Und plötzlich stand Katharina in der Tür. »Was sagst du da? Beknackte Scheibe – Schmalzbubi – Lackaffe«, flüsterte sie und hob drohend die Fäuste gegen Andres. »Sag das nicht noch einmal, du! Morten ist ausgemachte Spitze, er ist absolut der Sänger des Jahrhunderts! Er ist ... er ist ... mein Traummann ist er, damit du's weißt! Ich liebe ihn, du Trantüte!« Damit drehte sie sich auf dem Absatz um und warf die Tür hinter sich zu.

Andres war so verdutzt über diese Neuigkeit, daß es ihm die Sprache verschlug. Er starrte noch immer mit offenem Mund ins Leere, als die Tür wieder aufging und Katharina ein zweites Mal erschien, um wie der Erzengel persönlich zu verkünden: »Natürlich weiß ich, daß meine Liebe auf ewig unerfüllt bleiben wird! Wer bin ich denn schon??? Und deshalb ... ich gehe ins Kloster! Oder vielleicht ... vielleicht auch ins Wasser, ich weiß noch nicht genau.« Sie drehte sich um, dann schien ihr aber noch etwas einzufallen. »Ach ja, und außerdem möchte ich in Zukunft Kaja genannt werden. Das klingt irgendwie interessanter!« Wums machte es, und die Tür war zu.

Andres sah Regina an, schüttelte den Kopf und sagte: »Bei der piept's im Oberstübchen!« und zog ebenfalls ab. Zurück blieb eine sehr, sehr verblüffte Mutter: »Ins Kloster oder ins Wasser – sie weiß es noch nicht!«

Am Spätnachmittag kam Babelin nach Hause. Sie war beim Arbeitsamt gewesen und machte ein Gesicht zum Gotterbarmen. »Nichts!« sagte sie. »Nicht ein einziges Stellenangebot haben die für mich. Was mach' ich denn bloß?«

Die Frage blieb unbeantwortet, denn in dem Moment kam Katharina in die Stube. »Tag, Babelin«, hauchte sie, schwebte in Richtung Küche, holte sich ein Glas Wasser und schwebte wieder hinaus.

»Tag, Katharina«, antwortete Babelin.

»Kaja bitte!«

»Wieso?« fragte Babelin verdutzt, aber Katharina hörte sie nicht mehr, war schon verschwunden.

»Sie will in Zukunft Kaja genannt werden, weil das interessanter klingt«, erklärte Regina. »Und außerdem geht sie entweder ins Kloster oder ins Wasser, das weiß sie noch nicht genau. Sie ist nämlich verliebt in Morten.«

»Einen Jungen aus ihrer Klasse?«

»Den Sänger von ›a-ha‹.«

»Aha!?«

»Eine Popgruppe. Und Morten ist der absolute Jahrhundertsänger! Übrigens hat Markus Ebert angerufen.«

»Markus!« Babelin schoß hoch wie eine Rakete. »Und was hat er gesagt?«

»Daß er dich sprechen möchte. Und ich habe geantwortet, daß du ihn aber nicht zu sprechen wünschst.«

»Was?« Babelin starrte Regina entsetzt an. »Das hast du ... wie konntest du nur!«

»Ja, aber du hast doch gesagt, du möchtest nichts mehr mit ihm zu tun haben – ein für alle Male! Hast du doch, oder?«

»Ja schon, aber du mußt doch nicht immer alles so wörtlich nehmen!«

Babelin rauschte hinaus in den Flur, wo das Telefon stand, nahm den Hörer auf und wählte Markus Eberts Nummer.

Regina schloß die Tür hinter ihr und schüttelte seufzend den Kopf. »Die Liebe«, murmelte sie. »Die Liebe treibt die Welt zu Paaren!«

Zwei Minuten später kam Babelin schon wieder zurück. »War nichts Besonderes. Nur so. Er meldet sich mal wieder.«

»Meldet sich mal wieder – er spielt mit dir!«

»Und wenn schon, ich liebe ihn!«

»Ja ja, dreht euch nicht um, Gott Amor geht rum!«

Regina lachte. »Und macht Schießübungen!«

»Paß nur auf, daß er dich nicht trifft«, fauchte Babelin, »dann vergeht dir nämlich das Witzemachen.«

»Mich? Ha!« Regina lachte. »An mir, das verspreche ich dir, werden seine kleinen, vergifteten Pfeile abbrechen, falls er sich erlauben sollte, mich irgendwann noch mal als Zielscheibe zu benützen!

NIE MEHR!«

Als dann ein paar Tage später Carolin pferdeschwanzwippend und singend über die Wiese gestiefelt kam, sich neben ihrer Mami aufbaute und erklärte: »Ich heirate den Edwin, den hab' ich ganz, ganz lieb!« wunderte sich Regina nicht einmal mehr. Offensichtlich war eine Art Liebesepidemie ausgebrochen!

»Edwin?« fragte sie. »Wer ist denn das?«

»'n Junge«, gab Carolin bereitwillig Auskunft.

»Aha. Und wie alt ist er?«

»So wie ich. Sechs. Und er hat mich verlobt.«

»Stellst du ihn mir mal vor?«

»Muß ich'n erst frag'n.«

Am nächsten Vormittag kam Edwin zu Besuch. »Das is er«, sagte Carolin voll Stolz.

»Tag, Edwin.«

»Tag«, begrüßte er seine Schuhspitzen. Dann Schweigen. »Wohnst du im Dorf?«

Er nickte. »Bei der Mutti und bei der Oma.«

»Gehst du schon zur Schule?«

»Geh' ich nicht, komm' ich aber rein. Im Herbst.«

»Er mag Tiere gern, so gern wie ich«, erzählte Carolin. »Und am liebsten mag er Marmorkuchen!«

Regina grinste still in sich hinein. Das traf sich ja gut – ganz zufällig hatte sie gestern Marmorkuchen gebacken! »Na, dann kommt mal mit!«

Sie ging mit den beiden in die Stube, um mit ihnen Verlobung zu feiern. Im engsten Kreise. Brautpaar, Brautmutter, Marmorkuchen und Kakao. Nachdem sich jeder drei Stück Kuchen reingeschaufelt und mit etlichen Bechern Kakao nachgespült hatte, kam Edwin zur Sache. »Wenn ich groß bin«, sagte er, »dann heirate ich die Carolin. Und ein Auto hab' ich dann auch. Und dann bin ich Postbote, so wie mein Vati!« Er kratzte sich am Arm, rutschte von der Eckbank und schob die Hände in die Hosentaschen. »Muß jetzt nach Hause«, sagte er. »Danke für'n Kuchen und'n Kakao. Wiedersehen!« Und damit stapfte er davon.

Von nun an kam Edwin täglich vorbei. Er erzählte, wortkarg wie er war, immer nur Bruchstücke aus seinem kleinen Leben.

»Der Vati ist gestorben, wegen ganz schlimmem Bauchweh!« Magendurchbruch, vor einem Jahr etwa, erfuhr Regina von Emem.

»Die Mutti arbeitet in der Post!«

Also ist sie auch Postbeamtin, dachte Regina. Aber es stellte sich heraus, daß Frau Freund in der nächsten größeren Ortschaft im ›Gasthaus zur Post‹ bediente, um für sich und Edwin den Lebensunterhalt zu verdienen. Und während Frau Freund arbeitete, wurde der Junge von seiner Oma betreut, deren Spezialität es war, Kartoffelstrudel herzustellen, nach dem man sich alle zehn Finger ableckte – laut Carolin, die sich mindestens einmal wöchentlich mit den Worten abmeldete: »Geh' zum Edwin, da gibt's 'n Strudel!« Und Regina blieb auf ihrem Braten sitzen.

Von so einem Strudelessen bei Schwiegeroma kam Carolin eines Tages in Begleitung ihres Edwin und einer Gans zurück. Die trieb sie mit einem Stock vor sich her, so wie die Gänseliesel auf der Zeichnung im Märchenbuch. Regina sah den seltsamen Aufzug schon von weitem und ahnte Schlimmes. »Herr im Himmel, was sollen wir mit einer Gans?« fragte sie mit Blick gen Zimmerdecke.

Als sie vors Haus trat, hatte sich bereits ein fünfköpfiges Empfangskomitee eingestellt. Andres, Kaja, Babelin, Hund Kaspar und Kater Friedolin auf der Fensterbank.

Kaspar wedelte freudig erregt, Andres grinste breit, und Babelin meinte trocken: »Gänse legen Eier, sind als Weihnachtsbraten zu gebrauchen, schnattern laut und melden Einbrecher. Außerdem können sie sehr anhänglich sein!« Regina seufzte.

»Hallo Mami!« Carolin bemühte sich, recht unschuldig dreinzusehen. »Das ist Gustav. Der Brunner-Bauer hat gesagt, wir können ihn mitnehmen, weil er macht'n sonst 'n Kopf kürzer, un für'n Kochtopf taugt er auch nicht mehr, und er is' zu nix zu gebrauchen, deshalb! Aber er is' doch sooo lieb! Bitte, Mami, darf er bei uns bleiben?«

»Also keine Eier und kein Weihnachtsbraten«, korrigierte Babelin, und Andres konnte sich gar nicht beruhigen vor lauter Lachen. »Gustav heißt er, wie Opa Ullmann! Gust-hochachtungsvoll ha-ha!«

»Wir könnten ihn ja mit f am Ende schreiben, dann verwechseln wir die beiden nicht«, schlug Kaja vor. Gustaf schnatterte freundlich, schlug mit den Flügeln und ließ zur Begrüßung etwas fallen.

»Scheint intelligent zu sein und gute Manieren zu haben!« feixte Andres.

»Bitte Mami, darf Gustaf bei uns bleiben?«

»Aber Kind«, stöhnte Regina, und sie sah gar nicht glücklich aus. »Was sollen wir mit einer Gans?« Gustaf schlug mit den Flügeln und schnatterte, drehte den Kopf nach rechts, nach links und watschelte entschlossen auf Regina zu. Zwickte sie zärtlich mehrmals in die Jeans und tänzelte vor ihr hin und her – er schien zu ahnen, daß es hier um Kopf und Kragen ging – und zwar um seinen – und zeigte sich von seiner besten Seite!

»Bitte, Mami«, hauchte Carolin, und da gab sich Regina endlich geschlagen. »Na ja, wenn man schon einmal derart günstig an einen sooo lieben und völlig nutzlosen Ganter kommen kann, muß man ja wohl zugreifen ...«

Diesen Entschluß bereute sie bald! Aber wer konnte auch ahnen, daß Gustaf Regina für Federvieh hielt? Sobald sie aus dem Haus kam, lief er freudeschnatternd auf sie zu, folgte ihr auf Schritt und Tritt und ließ sie keinen Moment mehr aus den Augen. Gustaf war, wo Regina war, denn Regina war seine – ja, was eigentlich?

»Gans!« rief Andres und kugelte sich vor Lachen. »Er hält Maminka für seine Gans! Er ist verlie-hiebt, ha-ha, in Maminkahaha!«

»Also, ich bitte dich, Andres!«

»Is' doch wahr, der führt sich auf wie Romeo in dem Musical da, wie heißt das doch noch?«

»Das ist ein Schauspiel. Von Shakespeare, du Trantüte!« erklärte ihm Kaja und rollte mit den Augen.

Aber nicht genug damit, daß Gustaf Regina ständig auf den Fersen war, er spielte sich auch noch als ihr Beschützer auf und verteidigte sie eifersüchtig gegen jeden, der seiner Ansicht nach nichts in ihrer Nähe verloren hatte.

Am meisten litt der Postbote – Meier hieß er – unter Gustafs tolldreister Liebe! Er zwickte Meier mehrmals heftig in die Rückseite, in den Körperteil, auf dem Postboten und andere Menschen zu sitzen pflegten. Bis Meier sich nicht mehr aus dem Auto traute und die Post nur noch durch den Fensterschlitz aushändigte.

»Spinnerts Viech!« schimpfte er. »Ja hat man denn so was schon mal gesehen! Verliebter Gockel, Sacklzement nochamal!« Er schnaubte verächtlich. »Der ist ja schlimmer wie ein Hund!«

Als Regina einmal ein größeres Paket zugestellt bekam, das beim besten Willen nicht durchs Fenster paßte, und Meier deshalb aussteigen mußte, erwischte ihn Gustaf prompt wieder am Hosenboden. Da hatte er endgültig genug. Er fuhr schimpfend und Staubwolken hinter sich aufwirbelnd ab, und Regina dachte bitter: Den seh' ich nie wieder, in Zukunft kann ich mir die Post abholen!

Aber weit gefehlt! Noch am selben Nachmittag kam Meier zurück. Im Privatwagen, mit einer Gans hinten drin. Weiblichen Geschlechts, jung und attraktiv – soweit man das als Mensch beurteilen konnte. »Vielleicht bringt die ihn zur Vernunft«, knurrte er.

Gustaf verlor sein Herz augenblicklich. Er beschnatterte die Dame freudig, nickte ihr mehrmals etwas zu und entführte sie in den Obstgarten. Meiers Hosenboden war ihm plötzlich wurstegal!

Meier hätte das Gelingen seines Planes allzugern noch mit einem Schnäpschen begossen, aber leider hatte Regina keine Zeit mehr. Sie mußte die Kinder vom Hallenbad abholen und war schon spät dran. Kaum hatte sich Meier in Richtung Dorf entfernt, sprang auch sie in ihr Auto und fuhr in entgegengesetzter Richtung davon. Etwa einen Kilometer vor der Schnellstraße, die nach Passau führte, begann der 2-CV zu bocken. Es war, als hätte er sich verschluckt, er hustete ein paarmal, stöhnte auf und blieb dann stehen.

Regina zog die Handbremse an und versuchte zu starten. Ein paar klägliche Orgeltöne waren alles, was sie ihrer alten Ente entlocken konnte, dann Stille. Regina sah sich um. Weit und breit kein Mensch, nur Landschaft und ein paar Krähen, die sie interessiert zu beobachten schienen.

»Verdammt!« knurrte sie, stieg aus, klappte die Motorhaube hoch und beugte sich tief in das unergründliche Innere ihres Autos. Und sie verstand weniger als nichts von dem, was sie dort sah.

Felix Aubach bog in die Sandstraße ein. Er pfiff vergnügt ein Lied und trommelte dazu mit den Fingern den Rhythmus auf dem Lenkrad. Plötzlich nahm er den Fuß vom Gaspedal und pfiff statt der Melodie anerkennend zwischen den Zähnen hindurch. Denn was er da einige hundert Meter voraus sah, gefiel ihm sehr: Die Ente war gelb, und was ihr da aus dem Schnabel guckte, war wohlgeformt, langbeinig und steckte in engen Jeans.

Das sah ganz nach Panne aus, und weil Felix ein Kavalier war, trat er in die Bremsen und stieg aus. Nicht, daß er etwas von Autos verstanden hätte, er war noch nicht einmal fähig, ein Fahrrad zu reparieren, aber er wollte doch wissen, ob das obere Drittel der Dame ebenso hübsch war wie die unteren zwei Drittel, die ihm ausnehmend gut gefielen.

Reginas Finger tasteten sich an Drähten und Schläuchen entlang. Wonach sie suchte, wußte sie nicht, aber nichts zu tun, brachte sie ja schließlich auch nicht weiter. Soweit sie es beurteilen konnte, saß auf dieser Seite alles fest. Vielleicht auf der anderen Seite … sie richtete sich auf, wischte sich eine Haarsträhne aus dem Gesicht, drehte sich um und hätte beinahe einen Schrei ausgestoßen.

Da stand ein Mann vor ihr und grinste sie frech an. Ein kurzer Blick genügte, und sie wußte über ihn Bescheid. Er war sehr groß, sehr muskulös, sah sehr gut aus, hatte sehr, sehr blaue Augen und war sich sehr sicher, daß er ganz ihr Typ war. Leider hatte er recht, und das ärgerte sie maßlos.

Sein Grinsen wurde noch breiter, als er fragte: »Ich nehme an, Sie haben eine Panne? Kann ich Ihnen irgendwie helfen?«

»Verstehen Sie etwas von Autos?« erkundigte sich Regina kühl.

»Nein«, gab Felix zu.

»Wozu fragen Sie dann, ob Sie mir helfen können, wenn Sie mir doch nicht helfen können«, sagte Regina spitz, schob ihn ein Stück zur Seite, ging um das Auto herum und setzte ihre Suche nach irgend etwas fort. »Nun«, meinte Felix, verschränkte die Arme und zählte auf: »Ich könnte Sie mitnehmen und irgendwo absetzen. Ich könnte Sie abschleppen, falls Sie ein Seil bei sich haben. Ich könnte per Autofunk Hilfe rufen …«, er brach bedeutungsvoll ab, und obwohl Regina nicht hinsah, sondern sich ganz auf das Innere ihrer Ente konzentrierte, wußte sie doch, daß er amüsiert grinste und sie nicht aus den Augen ließ.

»Was suchen Sie da eigentlich?« fragte er.

»Einen Elefanten, der auf meiner Benzinleitung steht«, fauchte sie ihn an.

Felix lachte, und Reginas Wut begann wie Wildwasser zu schäumen. Dieser Mann da hatte einen ganz entscheidenden Fehler, fand sie. Er war ein Mann, und zwar einer, der ihr gefährlich werden könnte. Und damit war er bei ihr auch schon in Ungnade gefallen. Ein für alle Male! Fehlte nur noch, daß sie eins seiner drei Hilfsangebote annehmen mußte ... Autofunk, pah! Angeber! Und da plötzlich fühlte ihre Hand eine dünne Leitung, die lose hing. Sie beugte sich weiter ins Auto, um besser sehen zu können, und entdeckte ein winziges Ventil, das einzige, auf das diese Leitung passen konnte. Das mußte es sein! Sie befestigte die Leitung, klappte die Motorhaube zu, setzte sich ans Steuer, um zu starten. Nichts. Sie pumpte ein paarmal mit dem Gaspedal und versuchte es noch mal, wich dabei hartnäckig Felix grinsendem Blick aus. »Komm schon, komm, verdammte Blechkiste«, murmelte sie still in sich hinein. Und als ob ein Wunder geschähe, schlug der Motor plötzlich an und heulte auf.

Regina verstand wirklich nicht das geringste von Autos, sie hatte einfach nur Glück gehabt, es war Zufall gewesen, weiter nichts. Aber das brauchte sie sich ja nicht anmerken zu lassen. Sie kurbelte das Fenster hinunter, warf Felix einen kühlen Blick zu und sagte: »Trotzdem danke für Ihr freundliches Angebot«, und rauschte davon.

Felix sah ihr nach, bis sie hinter der nächsten Biegung verschwand. Dann stieg er in seinen Wagen, und während er weiterfuhr, pfiff er ein Lied und trommelte den Rhythmus dazu auf das Lenkrad. Ein unbestimmtes Gefühl sagte ihm, daß er diese hübsche Kratzbürste wiedersehen würde – früher oder später, und Felix konnte warten.

»Wo ist eigentlich Edwin?« fragte Regina. »Sonst kommt er doch schon am Vormittag. Habt ihr Streit?«

Carolin schüttelte den Kopf. »Er ist mit seiner Mutter zum Grab von seinem Vati gefahren, weil sein Vati heute Geburtstag hat. Und er hat auch ein Geschenk für ihn mitgenommen.«

»Ein Geschenk?«

»Ein Windrad zum In-den-Boden-Stecken! Hat er selbst gebaut. Das steckt er in den Boden rein vom Grab, damit's seinem Vati nicht so langweilig is' im Himmel.«

Regina legte den Arm um Carolin und drückte sie lächelnd an sich.

»Du, Mami?« Carolin befreite sich aus Reginas Arm und sah sie an. »Warum ist denn die Kaja auf einmal so komisch? Warum heult denn die immer und will zum Baden gehen?«

»Zum Baden gehen?«

»Ins Wasser – sagt sie doch immer!«

»Ach so. Ja, das ist weil …« Regina dachte nach. Wie erklärt man einer Sechsjährigen, was pubertäre Schwierigkeiten sind? »Weil … weißt du, für Kaja und Andres kommt jetzt die Zeit, in der sie erwachsen werden müssen, und erwachsen zu werden ist eine ziemlich schwierige Sache.«

»Und deshalb weint die Kaja?«

»Ich glaube schon. Bisher war alles ziemlich einfach, und plötzlich ist alles so schwer!«

Carolin drückte mit dem Zeigefinger ihre Nasenspitze nach oben und dachte nach. »Aber der Andres weint nicht, der sagt bloß lauter Sachen, die ich nicht verstehe.«

Regina lächelte. »Das ist eben seine Art, mit diesen Schwierigkeiten fertig zu werden.«

Carolin rutschte vom Stuhl. »Ich geh' jetzt zum Edwin«, sagte sie, »mal nachschaun, ob er schon da ist … alles gar nicht mehr einfach«, sang sie und tanzte davon.

Regina war gerade dabei, Fenster zu streichen, als sich vom Dorf her ein ungewohntes, Geräusch näherte. Sie drehte sich um, ihr Blick suchte die Sandstraße ab und entdeckte ein leichtes Motorrad, das sich mit hoher Geschwindigkeit der Mühle näherte. Die zwei Gestalten, die draufsaßen, sahen mit ihren riesigen Visiersturzhelmen aus wie große Ameisen. Die hintere klammerte sich mit beiden Armen und sehr hingebungsvoll an die vordere, und jedesmal, wenn die Maschine über ein Schlagloch oder einen Stein sprang, kreischten beide vor Vergnügen.

Jetzt näherte sich die Maschine der Kurve. Regina hielt den Atem an, als sich das ganze Gefährt erschreckend weit zur Seite neigte, dann anzog und auf der letzten Steigung zur Mühle noch einmal an Tempo zulegte. Regina stellte den Pinsel in ein Glas mit Terpentin, wischte sich die Hände an einem Lappen ab und ging ums Haus, auf den Platz vor der Mühle, wo fast zur gleichen Sekunde das Motorrad bremste und dabei eine Vierteldrehung um sich selbst machte. Die hintere Ameise sprang ab, lüpfte lässig den Sturzhelm und schüttelte sich die dunkle Mähne.

»Hi Mami!« rief sie und grinste stolz, »how are you?« Regina blieben die Worte vor Schreck im Halse stecken. Sie klappte den Mund auf, dann wieder zu, und dabei starrte sie Kaja fassungslos an.

Inzwischen hatte auch der junge Mann seinen Sturzhelm abgenommen. Er war etwa achtzehn Jahre alt, blond, pickelig, hoch aufgeschossen und kaute so intensiv auf seinem Kaugummi, daß Reginas Kiefermuskeln schon vom Zusehen einen Kater bekamen.

»Hi!« sagte auch er und grinste Regina wie eine alte Bekannte an.

»Das ist Bernd«, stellte Kaja vor, während sie ihre Schultasche vom Motorrad zerrte. »Bernd ist mein Pascha.« Und weil Regina sie immer noch wort- und verständnislos anstarrte, fügte sie erklärend zu: »Mein ständiger Begleiter, mein Freund! Du, Mami, was ist denn mit dir, hat's dir die Sprache verschlagen?«

»Ja, allerdings«, murmelte Regina. Motorrad! Achtzehn Jahre alt! Ständiger Begleiter! – »Aber du bist doch erst dreizehn«, hörte sie sich wie aus weiter Ferne sagen und kam sich dabei sehr dumm und weltfremd vor. Mit modernen Ansichten war das so eine Sache, die konnte man haben, solange es sich um die Töchter anderer Mütter handelte, aber bei der eigenen Tochter …

»Fast vierzehn!« verbesserte Kaja. »Und außerdem, was hat denn Liebe mit dem Alter zu tun?« Sie erwartete keine Antwort auf ihre Frage, küßte Bernd auf beide Wangen und entließ ihn mit einem: »Bis morgen dann!«

Regina und Kaja sahen ihm nach, wie er in halsbrecherischem Tempo gen Dorf abbrauste – Regina mit dem ratlosen Blick einer zutiefst bestürzten Mutter, Kaja mit verklärten Augen.

»Er ist einfach ein Riesen-Typ, ist er!« hauchte sie, machte auf dem Absatz kehrt und lief auf ihr Zimmer.

Babelin schmeckte gerade die Soße ab, als Regina in die Küche kam. Sie schmatzte zufrieden, tauchte den Löffel noch einmal ein und hielt ihn Regina hin. »Hier, probier mal!«

Aber Regina schüttelte den Kopf und sank mit einem lauten Seufzen auf den Küchenhocker. »Babelin, Kaja hat einen ständigen Begleiter«, sagte sie in einem Tonfall, als ginge die Welt unter.

»Oha«, machte Babelin. »Diesmal kein Popstar, der in Posterformat an der Wand klebt, sondern was Sterbliches?«

»Wenn du wüßtest, wie sterblich ...« Regina sprang auf und lief in der Küche auf und ab wie ein Tiger im Käfig. »Er ist mindestens achtzehn Jahre alt!«

»Du sagst das, als ob es ein Verbrechen wäre, achtzehn Jahre alt zu sein.«

Regina blieb stehen und schüttelte den Kopf. »Ja, Babelin, verstehst du denn nicht?«

»Nein«, gestand Babelin.

»Ein Junge von achtzehn Jahren hat doch schon ganz andere Dinge im Kopf, als sich händchenhaltend die neueste Nummer eins der Hitparade anzuhören – aber Kaja ist erst dreizehn!«

»Fast vierzehn«, sagte Babelin. »Du mußt dich an den Gedanken gewöhnen, daß Kaja in Zukunft ihre Gefühle am Objekt ausprobiert ... ja ja, ich weiß, Mütter hören das nicht gerne!« Babelin grinste. Aber als sie Reginas waidwunden Blick sah, ging sie zu ihr und nahm sie in den Arm. »Du, Regina, ich glaube, daß Kaja ganz gut auf sich aufpaßt. Gerade Kaja, die immer dann, wenn etwas konkrete Formen annimmt, das Interesse an einer Sache verliert. Sie will träumen, weiter nichts, und wenn sie jemand mit der Wirklichkeit konfrontiert, fliegt sie auf und davon, wie ein Schmetterling.«

»Ja schon, aber ...«

»Ich bin überzeugt, daß sie an diesem Freund das Interesse verliert, sobald seines ›erwacht‹.«

»Vielleicht hast du recht, aber er fährt sie außerdem mit seinem Motorrad spazieren, und du solltest mal sehen, in welchem halsbrecherischen Tempo! Wenn ich nicht aus eigener Erfahrung wüßte, daß jedes Verbot eine Sache nur noch interessanter macht, würde ich ihr verbieten, noch mal auf diese Höllenmaschine zu steigen! Irgendwie ...« Regina brach ab und kaute nervös auf ihren Lippen.

»Irgendwie hast du gerade begriffen, daß deine Tochter aus den Kinderschuhen wächst«, vollendete Babelin den Satz. »Ich fürchte nur, du kannst nichts dagegen tun, und je ruhiger du dabei bleibst, desto besser wirst du Kaja im Griff behalten können.«

»Woher hast du all diese Weisheiten?« fragte Regina spitz, denn schließlich hatte Babelin weder Kinder, noch war sie Experte in Sachen Erziehung.

»Ich habe zwei ältere Schwestern, die in den Augen meiner Eltern völlig mißraten sind. Denen wurde alles verboten, und sie haben alles ausprobiert. Mir haben meine Eltern nichts mehr verboten, bei mir haben sie's aufgegeben. Und sieh mich an, was aus mir geworden ist – ein spätgeküßtes Mauerblümchen!« Das sagte Babelin mit so viel Bitterkeit in der Stimme, daß Regina kurz aufhorchte – aber ihre eigenen Muttersorgen lasteten so schwer auf ihren Schultern, daß ihre Gedanken nicht bei Babelin weilen konnten. »Ach Kaja, Kaja ...«, seufzte sie aus tiefstem Herzen und zitierte: »Ein bitteres Los, das der Mutter! Bitterer noch als der Schierlingsbecher, der doch ein Ende setzet allem Leide!«

Worauf Babelin ungerührt antwortete: »Regina, du spinnst!«

In Erwartung, daß eine große Katastrophe über sie und ihre halbwüchsige, naive Tochter hereinbräche, verzehrte sie sich vor Angst, bekam dunkle Ringe unter den Augen und sogar ein graues Haar, das sie mit zitternden Händen herausriß. Nachts schlief sie schlecht, wälzte sich unruhig im Bett hin und her, tagsüber quälten sie Schreckensbilder, die mit Bernds Motorrad oder seinem jungmännlichen Ehrgeiz zusammenhingen. Sie sah ein, daß Babelin recht hatte, sie mußte sich an den Gedanken gewöhnen, daß Kaja langsam aus den Kinderschuhen wuchs – aber es fiel ihr verdammt schwer!

Regina ging in den Gemüsegarten, um Salatpflänzchen zu setzen, ließ Gärtnerblicke über die Beete schweifen, war gerade so richtig stolz auf ihr Grünzeug, als Babelin angelaufen kam. »Er hat angerufen!« rief sie schon von weitem und strahlte wie hundert Tage Sonnenschein.

»Markus?« fragte Regina.

»Ja, Markus!« Babelin öffnete das Gatter, stürzte auf Regina zu und umarmte sie so stürmisch, daß sie rückwärts ins Beet fiel und eine Tagesportion Radieschenpflanzen unter sich erdrückte.

Gustaf und Eugenie, seine Gattin, die neugierig ums Eck guckten, bemerkten die offene Tür im Zaun und nutzten die allgemeine Aufregung, um verbotenes Territorium zu betreten. Sie watschelten in Reginas Heiligtum und rupften Grünes raus. Natürlich nicht Unkraut, sondern liebevoll Gezüchtetes. Als Regina sie bemerkte, verjagte sie die beiden unter wildem Gefuchtel und nicht sehr damenhaften Verwünschungen und zertrampelte dabei selbst noch einiges an aufkeimender Saat. Und das alles wegen Markus Ebert! Regina und Babelin hockten noch eine Weile zusammen im Gemüsegarten. Die eine mit Tränen in den Augen ob der scheußlichen Verwüstung, die andere fröhlich plappernd: »ER hat frei! ER fährt heute nach Passau und will mich sehen! ER wartet um elf Uhr am Stadt-Theater. Dann gehen wir gemütlich etwas Trinken und anschließend zum Essen. Da gibt es ein neues Restaurant, und ER ...«

Aber Regina schien gar nicht zuzuhören. »Mein schönes Grünfutter!« jammerte sie.

Mit dem Auto war man in einer Viertelstunde in Passau. Babelin fuhr aber schon eine Stunde vor der verabredeten Zeit los. »Falls unterwegs was ist, man kann ja nie wissen!« Und bevor sie einstieg, sagte sie noch: »Und, Regina, ich liebe ihn! Ich kann dir gar nicht sagen, wie sehr ich ihn liebe!«

Kaum war Babelin abgerauscht, kamen Carolin und Edwin über die Wiese gestiefelt. Als Edwin Regina sah, verabschiedete er sich schleunigst von Carolin und trat den Rückzug an. Und Carolin selbst bemühte sich angestrengt auszusehen wie eine, die kein Wässerchen trüben konnte. Daß da was im Anzug war, sah man mit verbundenen Augen!

Regina wusch ihr Gartengerät in der Regentonne und wartete ab, was da kommen würde. Neben ihr trat Carolin von einem Gummistiefel auf den anderen und seufzte herzerweichend, in der Hoffnung, Regina würde sie in den Arm nehmen und fragen: »Was ist denn, mein kleiner Liebling?« Aber Regina tat ihrem kleinen Liebling den Gefallen nicht, sondern ging ungerührt in die Scheune, um Harke und Schaufel wegzuräumen.

Carolin folgte ihr und sah zu, wie man Harke und Schaufel wegräumte.

Regina ging ins Haus, zog die Gummistiefel aus und Hausschuhe an und machte sich in der Küche ans Aufräumen. Carolin folgte ihr und sah zu, wie man Gummistiefel aus- und Hausschuhe anzieht und die Küche aufräumt. Schließlich hielt sie es nicht mehr aus und ließ die Katze aus dem Sack. Das heißt, erst mal den Schwanz.

»Du, Mamiii?«

»Jaaa?«

»Du hast doch einmal gesagt, Tieren, denen es schlecht geht, muß man helfen, weil sie sich nicht selbst helfen können, und es ist wirklich eine Schweinerei, was Menschen mit Tieren alles anstellen und ...«

»So hab' ich das bestimmt nicht gesagt«, unterbrach sie Regina.

»Doch, hast du, und du warst ganz schön böse«, beharrte Carolin.

Regina seufzte. »Also, worum geht's eigentlich?«

»Och, bloß um 'n Pferd«, antwortete Carolin leichthin.

»Bloß?! Sag mal, du denkst doch hoffentlich nicht, daß wir ... ich meine ein Pferd? Kommt überhaupt nicht in Frage!«

»Aber das Pferd ist wirklich gar nicht groß und ganz arm, und der Junge, dem es gehört, weint ganz furchtbar, weil es zum Metzger muß! Und deshalb ist er mit dem Pferd von daheim weggelaufen!«

Jetzt wurde Regina hellhörig. »Ein Junge, der mit seinem Pferd von daheim weggelaufen ist, weil es zum Metzger muß?«

Carolin nickte so heftig, daß ihr Pferdeschwanz wippte.

»Und wo ist der Junge jetzt?«

»Dort droben, im Wald. Ich hab ihm gesagt, daß meine Mami Tiere ganz lieb hat und bestimmt nicht erlaubt, daß sein Pferd zum Metzger muß und daß du ihm ganz bestimmt hilfst ... darf der Junge mit seinem Pferd jetzt herunterkommen, und hilfst du ihm?«

»Natürlich darf er runterkommen«, sagte Regina und fügte zögernd an: »Und ich werde versuchen, ihm zu helfen.«

Carolin flitzte jubelnd los und lief über die Wiese zum Waldrand hinauf. Regina folgte ihr nachdenklich. Sicher hatten sich die Eltern des Jungen diesen Schritt gut überlegt. Sicher gab es einen Grund, das Tier zu hüten, und dann war der Weg zum Metzger nicht der schlechteste. Denn ein Pferd, das der Metzger erschießt, ist sofort tot, während ein Pferd, das eingeschläfert wird, oft verzweifelt und endlos lange gegen den Tod ankämpft, und dann kommt der Abdecker … aber wie einem Kind das erklären?

Regina hatte die Wiese erst halb überquert, da löste sich zögernd eine Gestalt aus dem Schatten des Waldes. Sie neigt erstaunt den Kopf zur Seite, denn das ›Kind‹ war etwa einssiebzig groß und mochte in Andres' Alter sein. Der Junge führte eine Stute am Halfter, die nicht sehr groß und erschreckend dünn war, ein armseliges, klappriges Tier, auf dessen Rücken ein alter Sattel und eine Decke lagen.

»Ich glaube, als erstes habt ihr beide ein kräftiges Frühstück nötig«, sagte Regina, »und dann erzählst du mir deine Geschichte – einverstanden?«

Der Junge nickte und sah sie aus verweinten Augen wie ein gehetztes Tier an. Er tat Regina schrecklich leid.

Er hieß Michael und war mit seiner Stute Cora seit gestern unterwegs. Die beiden hatten im Wald droben geschlafen, und als Michael Cora am Waldrand grasen lassen wollte, wurde er von Carolin und Edwin entdeckt. »Erst wollte ich abhauen, weil ich Angst hatte, daß sie mich verraten würden«, erzählte er, »aber dann ist mir plötzlich klargeworden, daß ich ja sowieso keine Chance hab' und daß es von mir blöd war, mit Cora auszureißen. Aber gestern da … Scheibenhonig!« zischte er und preßte die Lippen zusammen, um nicht loszuheulen.

Michael strich sich ein Brot, biß ab und mampfte Regina an: »Mensch, hab' ich einen Hunger! Hab' seit gestern nichts mehr gegessen.« Er schluckte runter und kam wieder zur Sache: »Gestern ist unser Hof versteigert worden. Meine Mutter ist krank, mein Vater ist arbeitslos, und was der Hof abwirft, davon können wir nicht leben. Mein Vater hat Schulden gemacht, weil er dachte, wenn er reinwirtschaftet, dann kann er den Hof noch retten. Aber …« Michael zuckte vielsagend die Schultern und verschlang mit Heißhunger den Rest seines Brotes. »Alles ist versteigert worden. Die Maschinen, das Vieh … nur für die Cora hat keiner was geboten, weil sie so dünn ist und so schlecht ausschaut. Und da hat mein Vater beschlossen, daß sie der Metzger bekommt.«

Michael ballte die Fäuste und schüttelte den Kopf. »Aber sie ist ja bloß so dünn, weil er ihr nichts mehr gegönnt hat! Immer hat er gesagt, daß sie bloß frißt und nichts einbringt und daß er sie weggibt, und wenn die Mutter mir nicht geholfen hätte, dann hätte er sie längst verkauft.

Und ich wünschte, er hätte sie verkauft, denn jetzt ... jetzt muß sie zum Metzger, obwohl ihr doch gar nichts fehlt. Und ich bin schuld daran!«

Michael schlug mit den Fäusten auf den Tisch und raufte sich die Haare, dann brach eine Flut Tränen aus ihm heraus, und er schluchzte wild auf.

Carolin rutschte von ihrem Stuhl und neben Michael auf die Bank. Sie umarmte ihn und bettelte mit glänzenden Augen: »Bitte wein doch nicht, bitte nicht! Die Mami, die kauft ja dein Pferd, und dann muß es nich' zum Metzger.«

Ja, daran hatte Regina auch schon gedacht, aber Himmel, ein Pferd kostet Geld! Und ihre Ente war drauf und dran, den Geist aufzugeben. Sie brauchte dringend ein anderes Auto, und nicht einmal dafür reichte ihr Notgroschen.

»Nein«, sagte sie, »es ist unmöglich, ich kann Cora nicht kaufen. Sieh mal«, versuchte sie zu erklären, »ich habe drei Kinder und einen großen Haushalt und ...«

»Ja, natürlich«, unterbrach Michael, »ich verstehe das schon.« Er warf den Kopf in den Nacken, schob Carolin von sich und stand auf.

Plötzlich kam er Regina vor wie ein älterer Herr, der ein hohes Amt bekleidete – würdig, stolz und unnahbar, obwohl man ihm gerade den Ast abgesägt hatte, auf dem er saß.

»Also dann«, sagte er, »vielen Dank für alles. Und Sie brauchen sich keine Sorgen zu machen, ich gehe jetzt nach Hause, es hat ja doch keinen Sinn.«

Damit verließ er die Stube. Einen Moment lang war es erschreckend still. Dann schluchzte Carolin auf – ein langes, verzweifeltes Schluchzen, das in haltloses Weinen überging. Sie vergrub den Kopf zwischen den Armen, und als Regina sie trösten wollte, stieß sie sie grob von sich.

»Aber, Carolin, hör mal, ein Pferd kaufen, das kostet viel Geld und ...« Regina brach ab. Sie seufzte und schüttelte den Kopf. Geld, dachte sie, immer hängt alles vom Geld ab! Alte Ente, neue Ente – was soll's, vielleicht hält der Blechvogel ja auch noch eine Weile!

»Hör auf zu weinen, und warte hier. Ich schicke dir Michael zurück und fahre zur Bank, das Geld holen, und dann kaufen wir Cora.«

Michael war schon fast beim Dorf, als Regina neben ihm stoppte. Sie kurbelte das Fenster runter und sagte: »Bring Cora zurück, ich fahre nur schnell zur Bank. Und anschließend bringe ich dich zu deinen Eltern, und ich hoffe, sie werden mir Cora für den Schlachtpreis geben.«

Es war, als würde in Michaels Gesicht die Sonne aufgehen. Er grinste von einem Ohr bis zum anderen und jubelte lauthals los.

Regina schüttelte lachend den Kopf und fuhr an, aber dann stoppte sie noch einmal und rief zurück: »Wo wohnst du denn überhaupt?«

»Nicht weit, ungefähr sieben Kilometer die Hauptstraße rauf und dann rechts ab und dann noch ein paar hundert Meter.«

»Gut. Ach ja, und rufe deine Eltern an, damit sie sich keine Sorgen mehr machen!«

»Wird gemacht!« versprach er.

Regina fuhr erst zur Bank und besorgte dann einen Sack Pferdekorn und Möhren. Als sie zurückkam, waren Kaja und Andres schon da. Cora stand auf der Weide, die vier Kinder hatten sich mit Hammer und Nägeln ausgerüstet und reparierten mit ungekanntem Eifer den alten Weidezaun. Daß sie jetzt ein Pferd hatten, fanden die Teenager einfach ›riesig‹, und mit Michael hatten sie sich offensichtlich sofort angefreundet.

Kaja ließ es sich nicht nehmen, ihn und Regina zu seinen Eltern zu begleiten. Später, auf dem Heimweg, träumte sie still zum Fenster hinaus, dabei kringelte sie Haarsträhnen um ihren Zeigefinger und seufzte eine Unmenge ›Hachjas‹ vor sich hin.

»Weißt du, Mami«, hauchte sie plötzlich, »der Michael ist einfach ein irre bäriger Typ. Ich glaube, ich liebe ihn!«

Regina runzelte erstaunt die Stirn. »Und Bernd?« fragte sie.

»Ach der ... der ist sowieso der letzte Heuler! Wie der angibt, mit seinem blöden Motorrad! Pah! Als ob mich das beeindrucken könnte, ich meine, die inneren Werte sind doch viel wichtiger bei einem Mann, oder?«

»Ganz bestimmt«, sagte Regina. Sie verkniff sich ein Grinsen und atmete erleichtert auf – Bernd war überstanden!

Wieder zu Hause, brachte Regina Cora in den Stall, warf ihr ein paar Möhren in den Futtertrog und klopfte ihr den Hals. Als sie sich umdrehte und den Stall verlassen wollte, sah sie plötzlich Babelin in der Tür stehen. Sie war blaß wie ein Gespenst, und ihre Augen schwammen in Tränen. »Ja, was ist denn mit dir los?« rief sie bestürzt.

»Markus«, flüsterte Babelin. »Er ist nicht gekommen. Ich hab' gewartet, bis jetzt! Drei Stunden! Ich dachte, vielleicht hat er eine Panne. Und dann hab' ich hier angerufen, ob er sich vielleicht gemeldet hat. Aber niemand ging an den Apparat.«

»Wir waren alle unterwegs, wegen unseres Familienzuwachses hier.« Regina deutete auf die Stute. »Mußten uns um Futter und Streu kümmern.«

Aber das Pferd interessierte Babelin kaum, sie streifte es nur mit flüchtigem Blick und nickte. »Vielleicht«, sagte sie, »hat er ja auch versucht, hier anzurufen, ohne Erfolg, so wie ich. Was meinst du, ob ich mal ...«

»Nein, das tust du nicht!« unterbrach sie Regina und nahm Babelin an beiden Schultern, als wollte sie sie wachrütteln. »Wenn er tatsächlich niemanden erreicht hat, versucht er es später noch einmal. Und wenn er sich nicht meldet – entschuldige, aber dann ist er der Mensch, für den ich ihn halte.«

»Aber wenn ihm was passiert ist? Ich meine ein Unfall?«

»Dann erfahren wir es, darauf kannst du dich verlassen! Solche Neuigkeiten verbreiten sich hier wie Lauffeuer.«

»Er könnte ja auch tot ...« Babelin hielt inne und brach plötzlich in Tränen aus. Regina nahm sie in die Arme und streichelte sie. »Willst du mir nicht erzählen, was zwischen dir und Markus Ebert eigentlich vorgefallen ist? Ich meine, wie steht ihr zueinander?«

»Ach ...« Babelin schluchzte, »erst hat er mich so lange umworben, bis ich ihm endlich nachgegeben hab', und dann ... dann hat er mich fallenlassen wie eine heiße Kartoffel!« Sie wischte sich die Tränen aus dem Gesicht. »Weißt du, er war mein erster Mann und ...«, sie zog ein Taschentuch aus dem Ärmel und schneuzte sich, »... und ich liebe ihn! Aber du hast ja recht, es ist nicht gut, wenn ich ihm nachlaufe. Schließlich hat er mich versetzt, also hat er sich auch gefälligst bei mir zu entschuldigen!«

»So ist's recht«, sagte Regina und schob Babelin zur hinteren Tür, die von der Scheune direkt ins Haus führte. »Weißt du was – ich mache uns jetzt einen starken Kaffee, und dann setzen wir uns gemütlich zusammen und schimpfen über Dr. Markus Ebert, bis ihm die Ohren klingeln! Dann ruft er schon an, du wirst sehen!«

Aber Dr. Markus Ebert rief nicht an, weder an diesem noch an einem der folgenden Tage. Dafür meldete sich das Arbeitsamt. Man hätte ein Stellenangebot für Frau Krügel vorliegen, sie solle am Donnerstag im Arbeitsamt, Zimmer 210, vorsprechen.

Als Babelin am Donnerstag spätnachmittags aus Passau zurückkam, wickelte sie eine Flasche Sekt aus und legte sie ins Kühlfach. Sie hatte Arbeit bekommen, in zwei Monaten konnte sie anfangen – und war so glücklich wie eine Schweizer Milchkuh beim Almauftrieb.

Mit zwei spitzen Fingern klaute sie sich eine Scheibe Wurst von der Aufschnittplatte, die Regina gerade fürs Abendessen herrichtete, schob sie sich zwischen die Zähne, ging singend den Tisch decken und trommelte dann das Jungvolk zusammen.

Zuerst erschien Carolin. Ihr Pferdeschwanz baumelte schief und zerrupft auf zehn nach zwölf, die Hände waren dreckverschmiert, ihr Gesicht zeigte ein fröhliches Grinsen.

»Tag Carolin!«

»Tag Babelin! Wie geht's denn dir so?«

»Danke, gut. Hast du heute mit Kaspar Knochengraben gespielt?«

»Überhaupt ga' nich' – wieso?«

Babelin deutete auf Carolins Hände und sagte nichts, sondern sah sie nur an.

Carolin verstand. Sie seufzte, rutschte vom Stuhl, marschierte in Richtung Badezimmer und kam mit etwas weniger schmutzigen Händen zurück.

Dann erschien ein Wesen, das sich bei näherem Hinsehen als

Kaja entpuppte. Sie trug enge Jeans aus den Gründerjahren, ein verschlissenes Herrenhemd, das ihr bis in die Kniekehlen hing, darüber eine Anzugweste, über der Anzugweste blaugeschminkte Lippen und im Haar eine giftgrüne Schleife aus Tüll.

»Hi, Babelin!«

Babelin schuckte, ihr blieb die Luft weg, so beeindruckt war sie. »Hi Ka …« Sie räusperte sich den Schreck aus der Stimme, »… Kaja.«

»Toll, nich'?«

»Ziemlich toll!«

Kaja schwang sich auf ihren Stuhl und begutachtete das Nahrungsangebot. »Das is' aber wenig, Mami!« rief sie, »ich habe einen Wolfshunger!«

Regina kam mit einer Schüssel frischem Kräuterquark, die ihr beim Anblick ihrer Tochter beinahe aus den Händen gefallen wäre. Sie biß tapfer die Zähne zusammen, schloß die Augen und murmelte: »Auch dieser Kelch wird an uns vorübergehen!«

»Wo hast du denn das her?« fragte Babelin und deutete mit einer zaghaften Kopfbewegung auf Kajas Garderobe.

»Och, das Hemd stammt noch von Bernds Altvordern, die Weste vom Schülerflohmarkt, und die Schleife hab' ich aus der Faschingskiste. Und hier …« Sie hielt zehn gespreizte Finger über den Tisch, »das ist Leuchtnagellack!« Stolzes Grinsen im Gesicht.

»Aha«, machte Babelin. Dann betretenes Schweigen, in das Andres platzte.

»Hallo, groß und klein!«

Er guckte in die Runde, sein Blick blieb an Kaja kleben, er pfiff durch die Zähne und äußerte sich mit folgenden Worten: »Hey, zombig! Ich schwimme gleich an, sattes Gerät das, wirklich, das schärft sich!«

???

Drei Augenpaare richteten sich gespannt auf Kaja, die sich ob Andres' Worten streckte und ein freundliches Grinsen zu ihrem Bruder raufschickte – woraus Carolin, Regina und Babelin, die der neudeutschen Sprache nicht mächtig waren, schließen konnten, daß Andres' Bemerkung anerkennender Art war.

Andres ging in die Küche, holte Ketchup, Mayonnaise und Haferflocken, knallte sich auf seinen Platz, schaufelte Unmengen von

Brennstoff auf seinen Teller und arbeitete ihn in sich rein. Im Tomatensalat, fand er, war zuwenig Essig, den Preßsack aß er mit Mayonnaise, und den Quark reicherte er mit Ketchup und Haferflocken an.

Regina warf vorsichtig ein, daß sein Magen nicht unbedingt mit seinem exotischen Geschmack einverstanden sein müsse.

»Wie meinen?«

»Ich meine, daß dir davon eventuell schlecht werden könnte.«

»Mir doch nicht!« schoß er die Warnung in den Wind und machte sich über den Pamp her.

Nach dem Essen holte Babelin den Sekt.

»Sekt? Worum geht's denn?« fragte Andres, der lässig, vollgestopft wie eine Weihnachtsgans und sehr, sehr selbstzufrieden auf der Eckbank flackte.

»Babelin hat Arbeit gefunden – bitte, könntest du dich etwas zivilisierter hinsetzen?«

»Is' machbar, Frau Nachbar!« Er seufzte und rappelte sich etwas auf. Nicht zuviel, man muß ja nicht gleich übertreiben!

»Du gehst einem so richtig auf den Geist zur Zeit«, sagte Babelin mit honigsüßer Stimme, »man könnte dich mit zunehmender Wonne ohrfeigen! Willst auch ein Gläschen?«

»Klar Babelinchen«, antwortete er im gleichen Tonfall und hob sein Glas. »Prost, auf die edle Spenderin, Laßt uns fröhlich sein, nieder mit der Schwerkraft, es lebe der Leichtsinn!« Sprach's und trank sein Glas in einem Zug leer.

Regina und Babelin schüttelten den Kopf und schickten Blicke zur Zimmerdecke – dem geht wohl nie die Puste aus!

Aber da hatten sie sich getäuscht. Der Sekt war wohl doch des Guten zuviel. Andres warf immer weniger Geistreiches in die Unterhaltung ein, bis er schließlich ganz verstummte und bedenklich weiß um die Nase wurde.

»Was ist denn?« fragte Regina, sie war nun doch ehrlich besorgt.

»Weiß nicht ...« Er strich sich über den Bauch und stöhnte. »... wie heißt's doch so schön?« Gequältes Grinsen auf käsweichem Gesicht: »Einstein ist tot, Newton ist tot, und mir ist auch schon ganz schlecht ...« Und plötzlich sprang er auf und stürzte hinaus, und man hörte die Badezimmertür ins Schloß fallen.

»Was ist denn mit dem Andres?« fragte Carolin.

Darauf Kaja trocken: »Dem ist schlecht geworden, vermutlich von seinen eigenen doofen Sprüchen.«

Aber das hielt Carolin für ein Gerücht. Von Sprüchen kann einem nicht schlecht werden! Außerdem, fand sie, war es hier ganz schön langweilig. Sie rutschte von der Eckbank und sagte: »Ich geh' noch raus, und wenn's dunkel wird, komm ich wieder rein.«

Ein artiges Kind, dachte Regina, wirklich wahr! Sie war so richtig stolz auf ihre Kleine. Eine Wohltat, Carolins unkompliziertes Wesen – ganz im Gegensatz zu dem der Großen, die derzeit schon aus Prinzip auf der Oppositonstour ritten und für ihr flegelhaftes Benehmen auch noch Applaus erwarteten! Sie hatte natürlich keine Ahnung, was Carolin da unter dem Heiligenschein ausheckte, den sie ihr gerade übers Haupt stülpte.

Carolin hatte Fallschirmspringer gesehen. Im Fernsehen. Fernsehen bildet, das ist eine unbestrittene Tatsache! Carolin hatte innerhalb von fünfzehn Minuten Sendezeit eine ganze Menge dazugelernt. Zum Beispiel, daß man durchaus vom Himmel springen konnte – man brauchte nur ein Flugzeug, ein Stück Stoff, um sich dranzuhängen, und ein bißchen Mut. Mut hatte sie, Stoff ließ sich besorgen, nur das mit dem Flugzeug war schwer, da mußte sie sich etwas einfallen lassen.

Carolin hing nun am Weidezaun und maß Coras Höhe. Aber auf Cora raufklettern und von ihr runterspringen, das war ja babyleicht, dazu brauchte man keinen Fallschirm. Carolin erwog, den größten Baum im Obstgarten zu besteigen und von dort … aber auch diesen Gedanken verwarf sie wieder. Was sie brauchte, war wirkliche Höhe und Platz für freien Flug! Und da fiel ihr Abenteurerblick aufs Haus. Haus, ja das war gut.

Aufs Dach kam sie leider nicht rauf, die Luke klemmte. Aber vorerst tat's wohl auch das Fenster ihres Zimmers, das lag immerhin im ersten Stock. Sie zog ihr Bettlaken von der Matratze, nahm je zwei Zipfel in eine Hand, setzte sich ins geöffnete Fenster und sah sich um. Etwas fehlte nämlich noch – ein Zeuge ihrer Heldentat. Denn was ist Heldentum schon wert, wenn niemand davon weiß?

Da fiel ihr Blick auf Cora. Cora auf der Weide. Sie winkte und rief: »Juhu! Cora! Hier bin ich, guck mal, was ich kann!« Und dann sprang sie.

»Es ist nicht ganz richtig abgebrochen, bloß angebrochen«, erzählte Carolin ihrem Edwin und zeigte ihm das Gipsbein. »Und der Doktor hat gesagt, es wird ganz schnell wieder gut. Erst darf ich nicht gehen, aber später darf ich mit dem Gips gehen, aber noch nich' auf 'nen Baum klettern.«

Sie lag auf einer Liege vor dem Haus und blinzelte Edwin fragend an. »Kommst du mich ganz oft besuchen?«

Edwin nickte und zog ein paar verklebte Gummibären aus der Hosentasche. »Die kriegst, weil ich brauch' sie nicht!«

Regina stellte eine Kanne Kakao und Kuchen auf ein Tablett und trug es den beiden hinaus. Es war warm, die Sonne schien, der Sommer hielt langsam Einzug. Droben auf der Weide tobte Cora. Galoppierte zum Waldrand, dann wieder zurück, blieb schnaubend stehen und wieherte zu Carolin herüber, als wollte sie sagen: »Guck mal, was ich alles kann!« Und dann ging das Spiel von vorne los.

Kaspar lag neben Carolin, Friedolin lag auf ihrem Schoß, und am Weiher drüben schnatterten Gustaf und Eugenie.

Regina stellte das Tablett auf ein Tischchen und setzte sich zu den Kindern. Edwin sah blaß aus, fand sie, aber auf ihre Frage, ob er sich nicht wohl fühle, schüttelte er den Kopf. Dann erzählte er, daß ein Junge aus dem Dorf auch einmal einen Gips hatte und daß alle was draufschreiben durften.

»Was denn?« wollte Carolin wissen.

»'n Spruch oder bloß 'n Namen oder was zeichnen«, erklärte Edwin.

Das gefiel Carolin, und Regina mußte Filzstifte holen und etwas auf den Gips schreiben.

Sie schrieb: Carolin ist lustig, Carolin ist froh – auch hat sie ein Gipsbein und beißt sie ein Floh.

Carolin lachte, als Regina es vorlas.

Dann kam Edwin dran. Er zeichnete Cora mit ganz dünnen Beinen, ganz großem Kopf und Quastenschweif, wobei er vor lauter Anstrengung seine Zunge fast bis zur Nasenspitze hinaufschob. Dann malte er seinen Edwin drunter – das hatte ihm die Mutti schon beigebracht – und betrachtete zufrieden sein Werk.

Carolin war ganz stolz auf ihren Gips und vergaß darüber fast die Schmerzen. Und als Kaja und Andres von der Schule kamen, mußten sie sich ebenfalls auf dem Gipsbein verewigen.

Andres konnte es natürlich mal wieder nicht lassen, eine seiner Weisheiten unterzubringen: Für d' Flöh gibt's a Pulva, für d' Schuah gibt's a Wix, für'n Durst gibt's a Wassa – bloß für d' Dummheit gibt's nix!«

Carolin, die den Spruch nicht auf sich bezog, bedankte sich artig. Aber Kaja giftete Andres an: »Wieso, wie meinst denn das? Das ist doch Asche, was du da schreibst!«

»Asche?« Andres spielte erstaunt. »Ist es vielleicht nicht dumm, wenn man mit 'nem Bettlaken als Fallschirm aus dem Fenster springt und sich 'n Bein bricht?«

Kaja sah ihn verächtlich an. »Und du, du bist wohl besonders schlau, was?«

Er grinste. »Klar bin ich das. Laß' ich mir bloß nich' anmerken. Besser heimlich schlau als unheimlich doof, sag' ich immer!« Er drehte sich um und ging.

Haha!« frotzelte Kaja ihm nach. Dann zu Carolin:

»Mach dir nichts draus.«

»Mach' ich mir ja ga' nich. So komisch is' er ja bloß, weil plötzlich alles nich' mehr ganz einfach is'!«

??? »'meinst'n das?« Kaja sah ihre Schwester verständnislos an. Als Carolin sich dazu nicht näher äußerte, zuckte sie kopfschüttelnd die Schulter, nahm die Filzstifte und malte ihr einen hübschen Schmetterling auf den Gips.

Dann mußten auch noch Babelin und der Postbote Meier, Emem und die Oma von Edwin unterschreiben, die kam, um nach ›ihrem‹ Madl zu sehen und gleich für die ganze Familie Kartoffelstrudel mitbrachte.

Oma Freund war eine lustige, dicke Frau, die immer lachte und zwinkerte und »ja mei« sagte oder: »Da kann ma' halt nix machen«. Sie tätschelte Carolin die Wange und versicherte Regina: »Ein ganz liebs Madl is', mein Fratz, und für'n Edwin grad recht, weil der so schüchtern is'. Und bevor die Carolin kommen is', war er immer allein.« Beim Abschied versprach sie, daß sie dem Edwin morgen »an Schokolad« mitgibt und »an Zuckerschlecker«. Und dann nahm sie ihren Enkel an der Hand und ging mit ihm nach Hause.

Aber am nächsten Tag kam Edwin nicht, weder zur gewohnten Zeit noch am Nachmittag. Dabei hatte Carolin sich so auf ihn gefreut, weil sie heute ihre ersten Gehversuche machen durfte.

Tags drauf kam Oma Freund und erzählte: »Der Bub is' im Krankenhaus, in Grabenkirchen. Am Blinddarm haben sie ihn operieren müssen. Der Doktor hat gemeint, besser gleich, weil es ja doch sein muß ... da kann ma' halt nix machen, gell?« Sie seufzte ergeben.

»Warum im Grabenkirchener Krankenhaus?« fragte Regina erstaunt. »Passau ist doch näher?«

»Weil seine Mutter doch in Brück arbeitet, und von da aus ist sie schneller in Grabenkirchen, das ist einfacher für sie.«

»Muß er jetzt sterben, wie sein Vati?« fragte Carolin erschrocken, als Oma Freund gegangen war.

»Nein«, beruhigte Regina. »Es geht ihm schon wieder viel besser.«

»Darf ich ihn besuchen?«

Regina hatte mit dieser Frage gerechnet. Warum mußte Edwin ausgerechnet ins Grabenkirchener Krankenhaus kommen! Johannes, Vanessa, Dr. Ebert, die Schrade, Oberarzt Forst – irgend jemandem würde sie bestimmt in die Arme laufen. Und das wäre demjenigen so unangenehm wie ihr. Nein, danach stand ihr der Sinn nun wirklich nicht. Aber andererseits konnte sie Carolin diese Bitte auch nicht abschlagen, ihr blieb gar nichts anderes übrig, als sich in die Höhle des Löwen zu begeben.

»Mami, bitte!«

»Gut. Wir fahren morgen nach Grabenkirchen, du darfst deinen Edwin besuchen.«

»Und den Papi auch?«

»Den auch«, sagte Regina. Wenn schon, denn schon, dachte sie gottergeben, dann gleich alles in einem Aufwasch!

Sie rief Johannes an und bereitete ihn auf ihren Besuch vor. Er schien ihm nicht gelegen zu kommen, aber schließlich war er einverstanden.

Kaja wollte ihren Vater ebenfalls wiedersehen, Andres nicht. Und Regina sah keinen Grund, ihn dazu zu zwingen. Also fuhr sie mit den beiden Mädchen alleine nach Grabenkirchen und ließ Andres zu Hause.

Johannes und Vanessa Gilbert standen am Fenster, als Regina und die Kinder das Chefarztzimmer betraten. Regina nahm das erstaunt zur Kenntnis und wartete. Wartete darauf, daß er Vanessa wegschickte, aber nichts dergleichen geschah. Johannes kam auf sie zu, gab ihr steif die Hand und lud sie mit einer Geste ein, Platz zu nehmen.

Es war wie ein Alptraum für Regina. Der Mann, mit dem sie fünfzehn Jahre verheiratet gewesen war, der Vater ihrer Kinder, behandelte sie wie eine Fremde, wie eine Patientin, die zur Nachbehandlung kam. Und warum schickte er Vanessa Gilbert nicht fort? Brauchte er die Rückendeckung seiner Geliebten, wenn er seine Familie wiedersah? Konnte er sich denn nicht vorstellen, daß Regina Vanessas Gegenwart störte? O nein, sie wußte schon, daß Vanessa nicht schuld war am Scheitern ihrer Ehe. Sie war nur eine Nebenerscheinung, kein auslösendes Moment. Trotzdem konnte Johannes nicht im Ernst erwarten, daß sie vor dieser Frau ihr Privatleben ausbreitete. Oder war das der Sinn der Sache, wollte Johannes vermeiden, daß …

»Regina!?«

Regina sah erschrocken auf. Johannes stand vor ihr, seine Hand lag auf Carolins Schulter. Er sah sie fragend an.

»Entschuldige, ich war ganz in Gedanken«, sagte sie.

»Du hättest mich benachrichtigen müssen, als das mit Carolins Bein passierte. Immerhin bin ich ihr Vater!«

Regina sah von Johannes zu Vanessa, die mit verschränkten Armen am Fenster lehnte und sie kühl fixierte.

Einen Moment kam sich Regina sehr klein vor. Sie kam sich vor, als würde sie ins Kreuzverhör genommen! Aber dann streckte sie sich und sah Johannes mit gespieltem Erstaunen an. »Warum hätte ich dich benachrichtigen müssen? Ein unkomplizierter Bruch, der sehr gut heilt. Eine Lappalie, wenn man mal von Carolins Schmerzen absieht! Ein sehr guter Arzt, der sich um das Bein kümmert. Warum sollte ich dich da bemühen?«

»Weil ich ihr Vater bin und ein Recht habe, so etwas zu erfahren!«

»Du hast auch das Recht, deine Kinder zu sehen. Seit zwei Monaten leben wir getrennt, seit zwei Monaten haben deine Kinder nichts von dir gehört. Ich dachte, es interessiert dich nicht, wie es deinen Kindern geht.«

»Ich hatte keine Zeit.«

Er fuhr sich nervös durchs Haar, ging zum Schreibtisch und wandte Regina den Rücken zu. Plötzlich drehte er sich um und sagte: »Ich habe heute mit dem Klassenlehrer der beiden Großen telefoniert. Mit Katharina scheint ja soweit alles in Ordnung zu sein. Aber mit Andres …« Er machte eine Pause, in der er nachdenklich seine Fingernägel betrachtete. »Also mit Andres, das geht so nicht! Seine Noten sind verheerend! Sein Eifer gleich Null! Aber dich scheint das ja nicht zu beunruhigen, du spielst weiterhin die Verständnisvolle.«

»Nein, es beunruhigt mich nicht. Seine Noten sind nicht schlechter, als sie immer schon waren, sein Eifer nicht kleiner und meine Bemühungen, ihn zum Lernen anzuhalten, nicht geringer. Andres wird auch dieses Jahr versetzt werden, so wie er immer versetzt wurde. Und er wird nie ein Streber werden, damit hatten wir uns doch längst abgefunden, oder nicht?«

»Er hat in Mathe diesmal sogar 'ne Zwei geschrieben!« verteidigte Kaja ihren Bruder.

Johannes lachte auf. »Ja, und in Englisch eine Fünf!«

»Das war ja bloß 'ne Ex, die nicht angesagt war«, murmelte Kaja.

»Auch Extemporalien, die nicht angesagt waren, tragen zur Jahresnote bei!« Johannes sah von Katharina zu Carolin. »Wolltet ihr nicht einen Krankenbesuch machen?«

»Ich nicht, die Carolin«, antwortete Kaja.

»Es wäre mir recht, wenn du sie begleitest. Ich möchte mit eurer Mutter noch etwas besprechen – unter vier Augen, also bitte!« Er machte eine ungeduldige Handbewegung zur Tür.

»Geht nur«, sagte Regina. »Zimmer 214. Ich hole euch später dort ab.«

Als die Mädchen gegangen waren, sah sie von Johannes zu Vanessa. »Unter vier oder unter sechs Augen?« fragte sie barsch.

»Es geht Vanessa ebenfalls an«, antwortete Johannes.

»Aha?«

»Wir wollen heiraten. Und zwar so schnell wie möglich. Es geht um den Jungen, wir wollen ihn zu uns nehmen.«

»Ihr wollt was?!«

»Regina …« Johannes kam wieder auf sie zu und blieb vor ihr stehen. »Andres steckt mitten in der Pubertät, er macht eine schwierige und wichtige Entwicklungsphase durch – und das in einem Frauenhaushalt! Er lebt mit zwei Frauen und zwei Mädchen zusammen. Kein Mann, an dem er sich orientieren könnte! Ja, was soll denn da anderes aus ihm werden als eine Memme? Du verziehst ihn doch nach Strich und Faden! Und dann auch noch Fräulein Krügel ...« Er schwieg bedeutungsvoll.

Regina fühlte Panik in sich aufsteigen. Er will mir Andres nehmen! dachte sie, er will Andres! Andres! Aber dann beruhigte sie sich wieder. Nur ruhig, es geht nicht, er kann ihn mir gar nicht nehmen! »Wir können frühestens in neun Monaten die Scheidung einreichen«, sagte sie so sachlich wie möglich. »Bis dahin bleibt der Junge sowieso bei mir. Und dann liegt die Entscheidung beim Richter, und er hat die Pflicht, die Wünsche des Jungen zu berücksichtigen – immerhin ist Andres bald fünfzehn Jahre alt. Und um ehrlich zu sein, Johannes, ich kann mir nicht vorstellen, daß Andres bei dir und Frau Gilbert leben möchte.«

»Wir werden ja sehen«, sagte Johannes. »Mein Anwalt meint, die Sache stünde gar nicht so schlecht für mich. Und noch etwas: Er wird die Scheidung jetzt schon beantragen. Und möglicherweise kommen wir damit durch. Immerhin haben wir, du und ich ... wir haben längere Zeit nicht mehr ... nun, jedenfalls hoffe ich, du wirst da keine Schwierigkeiten machen.«

»Was die Scheidung betrifft, nein. Was Andres anbelangt, ja!«

Regina stand auf. »Wenn Andres bei dir leben möchte, dann werde ich seine Entscheidung respektieren. Wenn er bei mir und seinen Schwestern leben möchte, dann bitte, Johannes, respektiere du das ebenfalls.«

»Nein.« Johannes schüttelte entschieden den Kopf. »Ein Vierzehnjähriger handelt nach Gefühlen, nicht nach Verstand und bestem Wissen. Er *weiß* nicht, was das beste für ihn ist!«

Regina ging zur Tür. Dort blieb sie stehen und sah sich noch einmal um. »Und du weißt, was das beste für ihn ist?« fragte sie. Dann fiel die Tür hinter ihr ins Schloß.

»Was?!« schrie Andres. Er schnappte nach Luft, wurde erst blaß, dann rot, dann blies er sich auf wie eine Kröte und schimpfte los: »Ich glaub', mein Schwein pfeift! Das ist ja ... das ist ja wirklich grell, ich raste gleich aus! Wahnsinn, ich werd' gleich zum Elch, sag ich dir!«

»Andres, bitte!« Regina seufzte. »Kannst du dich nicht mal verständlich ausdrücken?«

»Besser nicht«, zischte er, lief aus dem Zimmer und knallte die Tür hinter sich zu.

Regina wollte ihm nachlaufen, aber Babelin hielt sie zurück. »Laß ihn. Er muß sich erst beruhigen und irgendwie abreagieren. So kannst du ja doch nicht vernünftig mit ihm reden, geh später rauf.«

Regina sah das ein. Sie schob die Hände in die Taschen und lief im Zimmer auf und ab wie ein Tiger im Käfig.

»Komm, setz dich doch!« Babelin zog sie zu sich auf die Bank.

»Das ist ihm ja prima gelungen!« Regina lachte bitter. »Eine halbe Stunde mit Johannes, und alles ist aus den Fugen geraten. Kaja heult. Carolin erzählt ihrem Betzmann, daß ihr Papi ganz böse war und sie gar nicht mehr lieb hat, und heult auch. Andres ist außer Rand und Band, und ich – da sieh mal!« Sie hielt Babelin ihre ausgestreckten Hände hin. »Wie ich zittere!«

Babelin legte den Arm um Reginas Schulter und redete beruhigend auf sie ein. »Jetzt bloß nicht durchdrehen! Bleib ruhig, euch kann doch gar nichts passieren.«

»Ich weiß nicht. Vielleicht hast du recht. Aber die Kinder – er zerstört den letzten Rest von Vertrauen, das sie in ihn haben. Warum? Was ist los mit ihm? Ich verstehe das gar nicht, er war doch früher nicht so!«

»Irgendwie glaube ich …«, Babelin brach ab.

»Was glaubst du?« hakte Regina nach.

»Ach, ich käme mir komisch vor, wenn ich jetzt den Psychologen spielte, wo ich doch noch nicht mal mit meinen eigenen Problemen fertig werde.«

»Andere haben Abstand und können darum vieles besser überblicken. Sag ruhig, was du denkst!«

»Ich glaube, er hat so etwas wie ein schlechtes Gewissen. Irgendwie hält er sich selbst für den Schuldigen, ich meine wegen der Scheidung und eurem ganzen Dilemma. Und das kann er nicht ertragen. Er mag es nicht, bei einem Fehler ertappt zu werden, und versucht nun, *dir* irgendwelche Fehler anzulasten. Er will dir und sich beweisen, daß du es in Wirklichkeit bist, die alles falsch macht. Im Grunde ist er schwach.«

»Johannes?«

»Ja, Johannes! Mit mir hat er es oft genug genauso gemacht. Er traf irgendwelche Anordnungen, und wenn die dann nicht gut oder unüberlegt waren, hat er mir dafür die Schuld in die Schuhe geschoben. So wie damals bei dem Betriebsausflug, als ... aber darum geht's jetzt nicht. Jedenfalls habe ich das Gefühl, daß es ihm gar nicht um Andres geht, sondern eben um sein schlechtes Gewissen.«

»Vielleicht hast du recht.« Sie saßen schweigend nebeneinander und hingen ihren Gedanken nach. Plötzlich hob Regina den Kopf, sie sah Babelin an. Und Babelin sah sie an, und beide lächelten sich zu.

»Ich bin froh, daß du bei uns bist«, sagte Regina.

»Wenn man mit jemandem über seine Probleme reden kann, wenn man nicht mit allem alleine ist, ist doch alles viel leichter.«

Babelin nickte und seufzte tief: »Ach ja!« und dann lachten beide.

»Geht doch gut mit uns«, sagte Regina. »Ich meine so ohne Männer. Und da lebt sich's doch bedeutend ruhiger, findest du nicht?«

»Ja schon, aber ...« Wieder seufzte Babelin. »Ach ja!« Regina verdrehte die Augen und schüttelte den Kopf.

»Babelin wird niemals schlau!« rief sie theatralisch.

»Aber ich, du, das sag' ich dir, ich hab' genug von den Männern! Nie mehr, das versprech' ich dir!«

»Man sollte nie versprechen, was man nicht sicher halten kann«, sagte Babelin und grinste frech. »Ach übrigens – wenn du möchtest, kann ich Carolin morgen zu Edwin ins Krankenhaus bringen. Mir macht es nichts aus, und Zeit hab' ich auch.«

»Das würdest du wirklich für mich tun?« fragte Regina und tat gerührt. Und dann war sie es, die frech grinste.

Andres war in sein Zimmer gelaufen, hatte sich auf sein Bett geworfen und in Musik gewickelt. Als Regina hereinkam, nahm er den Kopfhörer ab und setzte sich auf. »Weiß schon, was jetzt kommt. Wieder die alte Platte: Papi meint's ja nur gut, Papi ...«

»Nein«, unterbrach Regina. Sie hob Andres' Kinn und sah ihm in die Augen. »Du hast ja geweint?«

»Nur aus Wut! Ich bin schließlich kein kleines Kind mehr, er hat kein Recht, einfach über mich zu bestimmen! Ich mach' mir meine Katastrophen selbst, das muß er endlich checken!«

Regina hätte ihn jetzt gerne in den Arm genommen und getröstet. So wie früher – früher! Aber sie unterdrückte den Impuls und faltete die Hände im Schoß. Andres, das war ihr plötzlich bewußt, würde sich nicht mehr in den Arm nehmen lassen. Er war nicht mehr ihr kleiner Junge, er war jetzt ihr Sohn.

»Ich habe eben mit meiner Anwältin telefoniert«, sagte sie. »Sie meint, wir brauchen uns keine Sorgen zu machen. Wegen *einer* schlechten Note bekommt dein Vater das Sorgerecht noch lange nicht, und das mit dem Frauenhaushalt wäre sowieso Unsinn. Ich habe morgen einen Termin bei ihr. Wenn du möchtest, kannst du ja mitkommen und dich selbst mal mit ihr darüber unterhalten.«

»Meinst du?«

»Warum nicht? Du bist alt genug, es wird langsam Zeit, daß du lernst, dich um deine Angelegenheiten zu kümmern.«

»Du hast recht«, sagte Andres. Und jetzt war er es, der seine Mutter in den Arm nahm. »Mach dir mal keine Gedanken, wir schaukeln das Kind schon, wirst sehen!« tröstete er sie.

»Hier ist es«, sagte Carolin. Sie öffnete die Tür zu Zimmer 214 und ging hinein.

Edwin grinste bis zu beiden Ohren, als er Carolin sah. »Hab' dir meinen Pudding aufgehoben!« Er schob ihr ein Schälchen hin. »Und 'n Memo hab' ich auch!« Er zeigte ihr sein neues Spiel. »Das hat mir die Mutti mitgebracht. Und die Oma hat mir 'ne Karte geschrieben, mit 'nem Düsenjäger drauf!«

»Grüß dich, Edwin!« Babelin zupfte ihn lächelnd am Ohr. »Wie geht's dir denn?«

»Ganz gut. Hast du mir auch was mitgebracht?«

»Klar.« Sie zog ein Päckchen aus der Tasche und gab es ihm.

»Ein Rennauto!« rief er begeistert. »Danke, Babelin.«

Er ließ das Auto ein paarmal über die Bettdecke flitzen. »Brumm-brumm!« Dann schob er es unters Kissen und widmete sich ganz seiner Carolin.

Babelin ging zum Fenster und sah hinunter zu den Ärzteparkplätzen. Markus' Auto war nicht da. Schade, sie hatte so gehofft, ihn zu treffen! Sie drehte sich wieder um und betrachtete die beiden Kinder. Carolin löffelte Edwins Pudding, und Edwin sah ihr zufrieden dabei zu. Babelin lächelte. Die beiden sind zu beneiden, dachte sie. So unkompliziert kann Liebe sein!

Da ging die Tür auf, und Schwester Gerti kam herein.

Babelin kannte sie flüchtig.

»Grüß Gott!« rief Schwester Gerti forsch und nickte Babelin zu. »Ah, und da haben wir ja die Carolin wieder! Ja sag mal, du ißt ja Edwins Pudding?«

Fast hätte sie Carolin die Schale aus der Hand genommen, aber Edwin fuhr dazwischen und rief! »Das darf sie, weil ich hab's erlaubt!«

»So?« fragte Schwester Gerti spitz. Dann lachte sie.

»Na, ihr seid mir so zwei Früchtchen!« Sie fuhr Carolin durchs Haar.

»Sind wir ga' nich'«, empörte sich Edwin. Alles an ihm signalisierte Abwehr – so kannte Babelin ihn gar nicht. »Und wenn ich groß bin, dann heirate ich die Carolin!« fügte er trotzig hinzu.

»Ach je!« Schwester Gerti lachte. »Bis du groß bist, hast du die Carolin längst vergessen, dann denkst du da ganz anders drüber!« Sie sah Bablin an, als erwartete sie deren Zustimmung. Aber da hatte sie sich verrechnet, Babelin nahm es für die Kinder auf.

»Haben Sie sich nicht kürzlich verlobt?« fragte sie mit süßsaurer Stimme.

»Ja«, antwortete Schwester Gerti strahlend. »Vor einem Vierteljahr. Mit einem Berliner. Im Herbst heiraten wir.«

»Ach, im Herbst erst? Na, bis dahin ist aber noch lange Zeit, bestimmt überlegt er es sich inzwischen anders ...«

Babelin hielt Schwester Gertis Blick tapfer stand und sah ihr grinsend nach, wie sie hinausrauschte Mit der hatte sie es sich auf ewig verdorben, soviel war sicher! Und das Täßchen Kaffee, auf das sie gehofft hatte, mußte sie sich jetzt wohl aus dem Automaten holen.

Der Automat in der Besucherhalle war wieder mal kaputt. Sie ließ sich am Kiosk das Geld zurückgeben und ging zum Personalautomaten, im hinteren Trakt des Hauses. Gerade als sie die Münzen einwarf, wurde die Schwingtür aufgestoßen, und Markus betrat den Flur. Ein heftiger Stich fuhr ihr durch alle Glieder, ihr Herz klopfte so sehr, daß sie fürchten mußte, er könnte es hören. Sie sah aus den Augenwinkeln, wie er im Schritt verharrte, und drehte sich um.

Markus versuchte zu lächeln. Trotzdem sah man ihm an, daß er nicht gerade glücklich war über dieses unvermutete Zusammentreffen. »Du hier?« fragte er und klopfte Babelin auf die Schulter, wie einem ehemaligen Saufkumpan.

Babelin drückte auf ›Schwarz mit Zucker‹ und nickte.

»Ich habe Carolin hergebracht, ihr Freund liegt auf der Kinderstation. Blinddarm.«

»Ach so. Ja ...« Er räusperte sich nervös. »Übrigens, tut mir leid, daß du letztes Mal umsonst warten mußtest. Ich hatte eine Panne, und bis ich dann eine Werkstatt gefunden habe ... na ja, du kennst das ja. Später habe ich noch versucht, dich anzurufen, aber anscheinend war niemand zu Hause.«

Babelin nickte, wollte das erklären, aber da ging die Tür vom Chefzimmer auf, und Vanessa Gilbert trat auf den Flur.

Markus streckte sich auf einmal, tat aufgekratzt und lachte fröhlich. »Wenn du möchtest«, sagte er und schob Babelin eine Haarsträhne aus der Stirn, »können wir ja heute abend das ausgefallene Essen nachholen?«

»Heute abend?« Babelin zwang sich, gleichgültig zu wirken. »Ja, warum nicht?« Sie lächelte und fühlte plötzlich Markus' Lippen auf ihrer Schläfe.

»Gut dann«, sagte er und sah auf, denn Vanessa Gilbert ging gerade an ihnen vorbei.

»Hallo, Vanessa!« grüßte er.

Sie blieb stehen. »Hallo, Markus – guten Tag, Fräulein Krügel. Wie geht's denn so, draußen am Satzbach?«

»Danke, es geht. Ein paar kleinere Sorgen, aber das regelt sich auch wieder.«

Dr. Gilbert nickte, um ihren Mund zuckte ein spöttisches Grinsen. Sie hob die Hand zum Gruß und ging weiter.

Babelin biß die Zähne zusammen, um nicht laut zu sagen, was sie im stillen dachte, denn es wäre bestimmt nicht höflich gewesen.

Sie wandte sich wieder Markus zu und fragte, wo und wann er sie treffen möchte.

»Um neun an der Kirche?« schlug er vor.

»Gut, um neun am Parkplatz hinter der Kirche. Aber diesmal pünktlich, bitte!« Sie lachte.

Markus sah auf die Uhr. »Du, jetzt hab' ich's aber wirklich eilig!« rief er erschrocken aus, küßte sie flüchtig und hastete davon.

Babelin hatte Regina gebeten, sie keinesfalls – unter gar keinen Umständen! – vor neun Uhr wegzulassen. »Und wenn ich vor dir auf dem Bauch krieche und dich anflehe und du mich anketten mußt – diesmal komme ich zu spät, und er soll warten!«

Und jetzt, um Viertel nach neun, fuhr sie auf den Parkplatz hinter der Kirche, stoppte den Wagen und stieg aus. Sie sah sich um, aber von Markus war nichts zu sehen! Auf einmal saß ihr das Herz in den Knien. Sie zitterte vor Wut und Enttäuschung. Er war wieder nicht da oder war schon gegangen! Sie war ihm einfach gleichgültig! Ein Muster ohne Wert bin ich für ihn, dachte sie bitter. Er spielt mit mir, tritt meine Gefühle mit Füßen, und ich bin so dumm und falle jedesmal wieder auf ihn rein! Gerade wollte sie einsteigen und abfahren, als Scheinwerferlichter über sie hinwegtanzten, ein Auto auf sie zufuhr und neben ihr hielt. Es war Markus! Ihr Herz schlug plötzlich wieder dort, wo es hingehörte – und doch, ein Rest von Enttäuschung, ein bitterer Nachgeschmack blieb zurück.

»Was hast du denn? Du bist so still!« erkundigte sich Markus, als sie sich wenig später in einem italienischen Restaurant gegenübersaßen. »Gefällt es dir hier nicht?«

»Doch.« Babelin nickte und sah sich um. Gedämpftes Licht, Kerzen auf allen Tischen, leise Musik, roter Wein … »Doch, es ist hübsch hier.«

»Aber?«

Babelin zuckte die Schultern, griff nach ihrem Weinglas und schob es vor sich hin und her. »Ich denke nach, über dich und mich. Vorhin, auf dem Parkplatz, als du nicht da warst, ist mir plötzlich etwas klargeworden. Ich bin für dich nicht mehr als ein Muster ohne Wert, das in einer deiner Schubladen liegt. Manchmal, wenn du sie aufziehst und es dir in die Hände fällt, nimmst du es heraus, siehst es dir an und denkst: Ach ja, das gibt es auch noch! Dann wirfst du es wieder hinein, machst die Schublade zu und vergißt es – bis es dir zufällig mal wieder in die Hände fällt.«

Markus lachte. »Wie kommst du denn darauf!« Aber als Babelin ihren Blick hob und ihm lange in die Augen sah, gab er zu: »Ganz so ist es nicht, aber ganz unrecht hast du auch nicht. Du bist eben … du willst etwas ganz anderes von mir, als ich dir bieten kann. Du willst eine feste Beziehung, du bist eine Frau, die man heiraten muß. Und eine Familie gründen, entschuldige, aber das will und kann ich jetzt noch nicht!«

Babelin schüttelte erstaunt den Kopf. »Heiraten? Ich habe nie von Heirat gesprochen!«

»Nein, gesprochen nicht. Aber …« Er wich Babelins Blick aus und zupfte nervös am Tischtuch.

»Aber?«

»Na ja, schon die Tatsache, daß du noch nie … ich meine, das konnte ich ja nicht ahnen! Eine Frau mit fünfundzwanzig Jahren! Du hast dich aufgehoben, hast auf den einen, einzigen Mann gewartet. Und das war dann ausgerechnet ich! Und du hast mich noch nicht einmal gefragt, ob ich derjenige überhaupt sein wollte. Ja glaubst du denn, für mich wäre das alles so einfach, glaubst du, ich hätte kein Gewissen?«

Babelin starrte ihn fassungslos an. Sie zitterte, sie hatte Mühe, ruhig und beherrscht zu bleiben. »Du bist wirklich zu bedauern«, sagte sie, »ja wirklich! Schlechtes Gewissen, vielleicht schlaflose Nächte, ein Riß in deinem Ehrgefühl – das alles hab' ich dir angetan!«

»Bitte spar dir deine Ironie, und versuch mich zu verstehen.«

»Verstehen? Ich will dir mal etwas erzählen. Ich habe zwei ältere Schwestern. Die eine hat mit achtzehn Jahren geheiratet, weil sie ein Kind erwartete. Kind, Haushalt und triste Tage – von Liebe war schon bald nicht mehr die Rede. Ihr Leben, das sagt sie selbst, ist gelaufen. Die andere bekam mit sechzehn Jahren ein uneheliches Kind. Sie mußte die Schule abbrechen und eine Lehre machen, statt, wie sie es vorgehabt hatte, zu studieren. Aber mir, Markus, mir sollte das nicht passieren! Ich hab' mir genau überlegt, was ich tu', solang ich zu jung war, eventuelle Konsequenzen zu tragen. Hast du die Sache mal von dieser Seite betrachtet? Nein? Dann tu's jetzt.«

Babelin nahm ihre Tasche und stand auf. »Mach's gut«, sagte sie und ging.

Ging wie mechanisch, Schritt für Schritt. Das Krankenhaus, das Kino, die Kirche, der Parkplatz.

Ihr Auto, daneben Markus' Auto! Es war aus, endgültig vorbei, und sie konnte noch nicht einmal weinen.

Regina lehnte am Weidezaun und kraulte Coras Nüstern. »Du hast es gut«, sagte sie. »Tagsüber auf der Weide rumtollen und den Sommer genießen, nachts im kühlen Stall stehen und den lieben Herrgott einen guten Mann sein lassen. Und wir?« Regina seufzte. »Wir schlagen uns mit Problemen rum, statt wie du das Leben zu genießen. Babelin ist unglücklich wegen Markus. Carolin ist traurig, weil Edwin im Krankenhaus liegt. Kaja schwankt mal wieder zwischen Selbstmord und Kloster, weil Bernd gesagt hat, daß ihn ›die Zweierkiste mit ihr nicht mehr antörnt‹.« Dabei hatte Regina gedacht, diese Geschichte sei ausgestanden: »Und Andres, der läuft herum wie ein geschlagener Hund und baut an seinem Vaterhaß. Eine Stimmung ist das, man möchte am liebsten die Tür hinter sich zuschlagen und ganz weit weggehen. Oder Pferd werden.« Regina kraulte Cora von den Nüstern bis zu den Ohren hinauf und zupfte die Stute zärtlich an der Mähne. Da schüttelte Cora plötzlich den Kopf, machte kehrt und galoppierte wiehernd davon. Sprang hoch und schlug mit beiden Beinen rückwärts aus, drehte sich um, kam zurück und lief schnaubend in gestrecktem Trab vor Regina auf und ab.

Regina lachte. »Eben«, sagte sie, »ich bin ganz deiner Meinung. Sich nur nicht unterkriegen lassen! Volle Kraft voraus, das Leben an den Hörnern packen! Komm her, Mädchen!«

Regina schob den Weidezaun auf, nahm Cora am Halfter, führte sie in den Stall und versorgte sie für die Nacht. Dann goß sie Tee auf und trommelte die Familie zusammen.

»Was gibt's?« fragte Andres. »Is' was?«

»Nichts Besonderes. Ich dachte nur, wir sollten mal was unternehmen. Einen Ausflug zum Beispiel. Am Dienstag kommt Carolins Gips ab, am Mittwoch fangen die Ferien an, das muß doch gefeiert werden!«

»Och, ein Ausflug ...« Kaja zog einen Flunsch. »Einen auf Familie machen! Da hab' ich echt null Bock drauf.«

»Käme drauf an«, meinte Andres. »Mal ordentlich die Ziege loslassen, das wäre schon was!«

Carolin verstand Ziege und war sofort begeistert.

Andres verdrehte die Augen. »Die hat andauernd bloß Vierbeiner im Kopf. Ich meinte ›Let's fetz‹, verstehst?«

???

»Disco oder Popkonzert oder so was!«

???

»Eine andere Art von Zoo«, erklärte Babelin.

»Zoo! Ja, prima! Bitte, Mami, in 'n Zoo!«

»Siehste, hab's ja gleich gewußt«, meckerte Kaja.

Und Andres: »Immer nur Zoo, Botanik oder Kultur! Da bleib' ich lieber zu Hause.«

Jetzt wurde Regina fast böse. »Ihr motzt und mault, aber Vorschläge macht ihr nicht. Wer hat gesagt, daß ihr in den Zoo müßt? Vielleicht läßt sich ja eine Kompromißlösung finden.«

»Ich wüßte schon was«, sagte Kaja und war plötzlich Feuer und Flamme. »In München wird am Wochenende ein Popkonzert gegeben. Lauter heiße Gruppen! Echt Maminka, der totale Wahnsinn! Und Karten könnte ich kriegen, weil die Moni zwei übrig hat. Und teuer sind die überhaupt nicht, wenn man überlegt, was dafür alles geboten wird! Ach bitte, Mami, sag ja!«

»Dürft ihr denn da überhaupt rein? Ich meine, das ist doch sicher abends und ...«

»Iwo, das ist von morgens von elf bis abends um zehn. So'n Open-air-Konzert, weißt schon, unter freiem Himmel! Und schließlich sind wir ja keine Kinder mehr!« Kaja warf den Kopf in den Nacken. »Immerhin werde ich in drei Wochen vierzehn Jahre alt!«

»Mensch, so alt schon«, rief Babelin beeindruckt und lachte.

Als Regina hörte, was der Spaß kosten sollte, schnappte sie nach Luft. »Vierzig Mark pro Karte?!«

Aber nachdem ihr Andres ausführlich auseinandergelegt hatte, wie viele Leute an solch einem Konzert mitarbeiteten: »Nicht nur vor den Kulissen!« und wie einen so ein Konzert ›anpowert‹ und daß das echt ›kosmisch‹ wäre – da hätte sie sich beinahe für ihre Knausrigkeit entschuldigt und war schließlich einverstanden.

»Gut, ihr könnt meinetwegen ins Popkonzert, und ich gehe mit Carolin in den Zoo – kommst du mit?«

Babelin war erstaunt. »Und wer kümmert sich dann um Haus und Viecherei?«

»Das wird Emem schon übernehmen.«

Regina saß am Frühstückstisch und studierte den Stadtplan von München, als die Tür aufging und … fast hätte sie der Schlag getroffen! Selbst ein Vollblutgespenst mit sehr viel Berufserfahrung hätte sich beim Anblick von Andres und Kaja gegruselt. Andres hatte über seinen Lieblingsjeans – sprich den ältesten, schäbigsten – ein schwarzes, zerschlissenes, viel zu weites Jackett an. Woher er das hatte, war ihr ein Rätsel! Unter diesem Jackett trug er ein weißes T-Shirt und um den nackten Hals eine lederne Krawatte, auf der ein Tiger brüllte. So viel Geschmacklosigkeit hätte sie dem Jungen gar nicht zugetraut, da sieht man mal wieder, wie man sich täuschen kann!

Kaja hatte ihr Gesicht mit Mehl gepudert, die giftgrüne Schleife ins Haar geknotet und trug über den Jeans ein rot- und weißgestreiftes, knielanges T-Shirt. Am Ohr baumelte ein Stück Blech in der Größe einer kleineren Untertasse.

»Grüß dich der Himmel!« trällerte Kaja.

»Hallo, hallo«, sang Andres.

Regina sagte nichts.

»Was ist denn, Mami?« Kaja sah an sich runter. »Irgendwas nicht in Ordnung?«

Regina schloß die Augen und flüsterte: »Ganz ruhig, nur nicht aufregen!!!«

»Ich glaube, wir gefallen ihr nicht«, erkannte Andres völlig richtig.

»Aber warum?« wunderte sich Kaja. »Wir sehen doch echt irre aus!«

»Eben. Wie zwei Irre«, sagte Regina. »Und so soll ich mit euch nach München fahren?«

»Klar doch! Wenn wir was aus der Bürgerkiste anziehen, erkennt doch jeder gleich, daß wir vom Land kommen!«

»So was trägt man eben, wenn man nicht unangenehm auffallen möchte!«

???

»Außerdem sagen wir ja auch nichts, wenn du einen von deinen Konformistenglitzerfummeln ins Theater anziehst.«

»Maminka, manchmal bist du wirklich richtig altmodisch!«

»Aber bitte, wenn du uns durchaus den Tag verderben willst ...!«

Das wollte Regina natürlich nicht, sie hätte sich damit nur ins eigene Fleisch geschnitten. Unverstandene Teenager sind noch schwerer zu ertragen als verstandene. Und schließlich ist einem das Hemd näher als die Hose – wenigstens, wenn man sich aus der Bürgerkiste kleidet.

Die Fahrt nach München war eine mittlere Katastrophe! Man stelle sich vor: Eine alte, schon etwas klapprige Ente zuckelt mit fünf Insasssen über die Autobahn. Sie sitzen am Steuer. Der Zufall fügt es, daß Sie auf eine noch ältere, noch klapprigere Ente treffen, die Sie zu überholen wünschen. Ein paar mutige Versuche scheitern, weil jedesmal, wenn Sie zum Überholen ansetzen, von hinten etwas Superschnelles angerauscht kommt und blinkenden Scheinwerferauges glatt über Entenleichen gehen würde – soviel erkennen Sie schon im Rückspiegel. Also lenken Sie hastig auf den rechten Fahrstreifen zurück und erkennen an den Rücklichtern, daß das Vorbeigerauschte ein Mercedes, Porsche, BMW oder Jaguar war. Auf Stirn und Händen bildet sich langsam Angstschweiß. Sie bangen um Ihr Leben und das Ihrer Kinder, geben schließlich auf und zuckeln bis München hinter der noch älteren Ente her.

Das wäre nun nicht so schlimm – man hat ja Zeit! – hätte die Ente nicht auch ein Innenleben.

»Babelin, würdest du bitte mal die Kassette reinschieben?«

Babelin tut, worum sie gebeten wurde, noch ist Babelin guter Dinge und freundlich gesinnt.

Monotone Computermusik hämmert unsanft auf Babelins und Reginas Nerven ein.

Von hinten brüllt eine Stimme: »Babelin, mach's bitte lauter, wir verstehen ja gar nichts!«

Babelin dreht etwas lauter und tauscht mit Regina gequälte Blicke.

Seite eins ist durchgelaufen, aber Babelin macht keinerlei Anstalten, die Kassette umzudrehen.

»Babelin, bitte umdrehen!«

»Nein«, sagt Babelin.

»Mami, Babelin soll die Kassette …«

»Nein!« sagt Regina.

»Darf ich dann bitte Benjamin Blümchen hören?« fragt Carolin.

Benjamin Blümchen kennt Regina schon auswendig, da Carolin keinen eigenen Kassettenrecorder hat und Benjamin Blümchen bei Regina im Zimmer anhören muß. Aber Benjamin Blümchen ist immer noch besser als dieser fürchterliche Krawall, den Andres und Kaja Musik nennen.

Benjamin Blümchen ist ein dicker, hilfsbereiter Elefant, und gerade als er den Kirchturm erklimmen will, weil der Wetterhahn … da fängt Andres zu motzen an.

»So 'nen Stuß, also wirklich, beknackter geht's ja wohl nicht mehr! Das ist doch Asche, ist das!«

Jetzt ist Carolin sauer, weil sie nicht gehört hat, wie Benjamin Blümchen den Kirchturm erklommen hat. Lautstarker Streit bricht aus – und München ist noch lange nicht in Sicht …

Völlig gargekocht erreichte die Ente samt Insassen Münchens Stadtgrenze. Stau auf dem Ring! Eine weitere Stunde bis zum Olympiagelände, wo Andres und Kaja ausstiegen. Die besorgten mütterlichen Ermahnungen, die ihnen Regina durchs offene Fenster nachschickte, hörten sie nicht, weil irgend so ein ›abgemackerter Pampsack, so ein lascher Typ mit 'ner Zippelgusse im Arm‹ im Vorbeigehen doch glatt gesagt hatte: »Schau dir bloß mal dii an, ha-ha, so wie die aussehen, kommen die bestimmt vom Landhaha-ha!«

Zutiefst beleidigt tauchten sie im Strom der übrigen Popkonzertler unter und waren bald nicht mehr zu sehen.

Es war Carolins erster Zoobesuch. Als Landkind wußte sie, daß es Schweine, Kühe, Pferde, Würmer, Gefiedertes aller Art, Fische und Wild gab. Und sie hatte Schweine, Kühe, Pferde, Würmer, Gefiedertes und Wild ganz, ganz lieb! Sie wußte auch, daß es Affen, Elefanten und Löwen gab, die kannte sie vom Zirkus, und Eisbären und Seelöwen und Robben hatte sie schon mal im Fernsehen gesehen. Und natürlich hatte sie Elefanten, Seelöwen und Eisbären auch ganz, ganz lieb!

Als sie nun mit eigenen Augen das Unglaubliche, das Unfaßbare sah, nämlich, daß es noch viel, viel mehr Tiere auf unserer Mutter Erde gab, geriet sie außer Rand und Band. Känguruhs, Waschbären, Bisons, Giraffen, Nashörner, Kamele, Riesenschlangen und Krokodile – Carolin war überwältigt.

»Mami, ich hab' Känguruhs ganz, ganz lieb! Du auch?«

»Ja, ich auch.«

»Mami, können wir nicht so eine Giraffe …

»Nein, können wir nicht!«

»Aber das wäre doch so lustig, weil die könnte unten stehen und oben bei mir zum Fenster reinsehen. Und wohnen könnte sie ja in der Scheune, die ist hoch genug, und …«

»Die Scheune wäre schon hoch genug, aber das Scheunentor nicht. Da paßt 'ne Giraffe nie und nimmer durch!« gab Babelin zu bedenken.

Das sah Carolin ein. Giraffe ging nicht.

Regina und Babelin grinsten sich über Carolins Kopf hinweg an. »Fehlt nur noch, daß sie ein Nilpferd adoptieren will«, flüsterte Babelin.

»Ach du lieber Himmel!« Regina verdrehte die Augen.

»Stell dir vor, ein Nilpferd in unserer Badewanne!«

»Wieso, wir haben doch den Weiher …« Die beiden Frauen lachten.

»Du Mami, guck doch mal, wie das Krokodil guckt! Mami, ich hab' Krokodile auch ganz, ganz lieb!«

»Krokodile fressen am liebsten Coras, Kaspars, Gustafs, Friedolins, Carolins und Mamis«, sagte Regina, bevor sich Carolin da irgendwelche Hoffnungen machen konnte. »Krokodile sind sehr gefräßig.«

»Und sind Lamas auch sehr gefräßig?«

»Nein, die spucken bloß, wenn ihnen was nicht paßt.«

Zoo war wohl doch keine so gute Idee!

Regina versuchte, Carolins Begeisterung mit einem Eis abzukühlen. Dort, am Kiosk, entdeckte Carolin bunte Wimpel, und sie erstand von Reginas Geld einen für Edwin. Den trug sie stolz vor sich her, bis sie zu den Elefanten kamen.

»Mami, Elefanten hab' ich auch ganz, ganz lieb!« Sie beugte sich weit über die Brüstung, winkte mit dem Wimpel den Elefanten zu und fragte: »Mami, sind Elefanten auch ge ...« Das letzte Wort blieb ihr vor Schreck im Hals stecken. Einer der Elefanten hatte ihr mit seinem Rüssel den Wimpel aus der Hand gerissen, ihn durch die Luft gewirbelt, und jetzt schob er ihn sich ins Maul.

Carolin sah schweigend zu – Edwins Wimpel! – und verzog keine Miene. Erst viel später, als sie längst wieder im Auto saßen und zum Olympiagelände fuhren, äußerte sie sich zu dem Vorfall. »Einen Elefanten will ich nicht, weil Elefanten gefräßig sind!«

Na, Gott sei Dank, dachte Regina.

Um acht Uhr abends sollten Andres und Kaja am Treffpunkt sein. Um zwanzig nach acht kamen sie endlich. Regina sah sie schon von weitem. Kajas weißgepudertes Gesicht war gar nicht mehr weiß, sondern rotglühend, ihre Schleife hing verwelkt überm linken Ohr. Andres hatte sich sein großes Schwarzes um die Hüften gebunden wie einen Pulli. Beide schwebten wie auf Wolken und starrten mit glasigen Augen ins Leere.

»Rauschgift!« flüsterte Regina, und plötzlich war ihr eiskalt. Sie sprang aus dem Auto, lief auf die beiden zu, hob grob mit jeder Hand ein Kinn an und ließ sich in die Augen sehen. Keine Veränderung der Pupillen, bloß Fragezeichen im Blick.

»Was is'n?«

»Habt ihr Drogen genommen?«

»Drogen? Nee! Bloß Musik getankt! Mensch Maminka, das war ... das war ... einfach kosmisch war das! Astrein! Bärenstark, einsame Spitze!«

Regina atmete auf. »Und du? Was ist mit dir los?«

Kaja sah sie wie aus weiter Ferne ausdruckslos an.

»Sprichst du mit mir, Mami?« hauchte sie.

»Ja freilich, mit wem denn sonst?«

»Ach Mami! Mami, ich bin verliebt!« Sie fiel Regina um den Hals und schluchzte auf! »Ach, wenn du ihn gesehen hättest, Mamilein, bestimmt könntest du mich verstehen!«

Das bezweifelte Regina allerdings.

Die Heimfahrt verlief beängstigend still. Nur ab und zu ein

Seufzen aus den hinteren Regionen oder die laute Äußerung eines Gedankens. Wie etwa:

»Der Elefant hat mein' Wimpel für'n Edwin gefressen!«

Stille.

»Er hat schwarzes Haar, und« – Schluchzen – »ich kann ihn nie nie kriegen!«

»Wär' ich ja bekloppt, wenn ich die Penne durchziehen würde! Ich hör' auf und werde Popstar, und spätestens in zwei, drei Jahren fahr' ich im eigenen Rolls-Royce!«

Dazu Babelin: »Geht nicht, da hast du noch keinen Führerschein.«

Andres: »Mensch, Führerschein! Ich halt' mir 'nen Chauffeur, ist doch klar!«

»Ah ja, natürlich!«

Dann schlief die hintere Region ein.

»War wohl doch ein bißchen viel heute«, flüsterte Regina. »Mensch, bin ich geschafft. Du, ich freu' mich auf zu Hause. Kinder im Bett, friedliches Mühlbachrauschen, ein gutes Täßchen Tee trinken, dazu Kaspars Ohr kraulen – ach ja ...«

Ach ja! Erstens kommt es meistens anders, und zweitens als man denkt.

Kein friedliches Mühlbachrauschen! Dafür Gustaf und Eugenie, die vor dem Stubenfenster aufgebracht schnatterten und mit den Flügeln schlugen, und drinnen bellte sich Kaspar heiser.

»Einbrecher!« flüsterte Regina. »Schöner Mist, was nun?« Sie nahm die Taschenlampe aus dem Handschuhfach und befahl den Kindern: »Ihr bleibt im Auto, und rührt euch nicht von der Stelle!« Dann schlichen die beiden Frauen in die Scheune und bewaffneten sich mit Spaten und Mistgabel. Regina legte den Finger auf den Mund und deutete auf die Tür, die von der Scheune direkt ins Haus führte und offenstand. Babelin nickte und folgte Regina – leise, ganz leise! – in den Hausflur. Auch die Tür zur Stube stand offen. Regina knipste die Taschenlampe aus und flüsterte Babelin ins Ohr: »Wir schleichen uns bis zum Lichtschalter. Du machst das Licht an, ich halte den Kerl mit der Mistgabel in Schach, und du rufst schnell die Polizei an – klar?«

»Klar!«

Gesagt – getan! Zur Tür, Mistgabel in Position bringen, Licht an, und dann …

»Nein«, rief Regina entsetzt, als sie sah, welch unglaubliches Bild sich ihr bot. Dann brachen die beiden Frauen plötzlich in schallendes Gelächter aus. Der Einbrecher war Cora! Sie stand mitten in der Stube und fraß Topfefeu. Kater Friedolin hatte es sich in Babelins Wolle gemütlich gemacht und beobachtete gelangweilt und gähnend, wie Hund Kaspar die Stute bellend darauf hinwies, daß sie noch lange nicht das Recht hatte, Reginas Zimmerpflanzen zu fressen, nur weil sie ihr ein paar ›Äpfel‹ auf den Fleckerlteppich gelegt hatte.

»Was is'n los?« Kaja drückte sich an Regina vorbei.

»Was willst'n mit der Mistgabel?« fragte Carolin erstaunt.

»Dumme Frage!« sagte Andres. »Siehst 'es nich'? Ausmisten muß sie!«

Wie Cora ins Haus gekommen war, blieb vorerst ein Rätsel. Emem, der Cora am frühen Abend gefüttert und Kaspar mal rausgelassen hatte, gab zwar zu, daß er vergessen hatte, die Tür zwischen Haus und Stalltrakt abzuschließen – aber wer hatte Cora losgebunden? Als Regina ein paar Tage später am Stallfenster eine Kleinigkeit reparierte, fand sie des Rätsels Lösung. Sie beobachtete, wie Cora mit den Zähnen und unendlicher Geduld das Ende der Führleine aus der Schlaufe zupfte. Dann brauchte sie nur noch anzuziehen, und der Knoten löste sich.

»Es wird Zeit, daß Cora Arbeit bekommt«, sagte sie am Abend zu Babelin. »Sie steht jetzt gut im Futter, hat ein hübsches, rundes Hinterteil, und du siehst ja, sie strotzt vor Kraft und Energie.«

»Willst du sie gleich reiten?« fragte Babelin.

»Nein, ich werde mit ihr erst ein paar Wochen an der Longe arbeiten. Mal sehen, was die Dame überhaupt kann.«

Der Platz vor der Scheune eignete sich prima zum Longieren. Als Regina die Stute zum ersten Mal an die lange Leine nahm, erlebte sie ihr blaues Wunder. Cora schoß los, galoppierte wild im Kreis herum, drehte sich plötzlich um, raste in die andere Richtung, blieb abrupt stehen und stemmte sich mit ganzer Kraft gegen die Longe. Es sah aus, als würden Regina und Cora Tauziehen spielen.

Carolin fand das lustig, Regina weniger. »Das wird ein ganzes

Stück Arbeit kosten, bis Cora sich an die Longe gewöhnt!« Regina seufzte. »Und danach muß sie auch noch lernen, die Longierpeitsche zu akzeptieren.«

»Warum Peitsche?« fragte Carolin. »Schlägst du sie damit?«

»Natürlich nicht. Die Peitsche wird nur leicht bewegt, sie ersetzt den Schenkel, aber ich glaube, es hat keinen Sinn, dir das zu erklären, du müßtest reiten können, um zu verstehen, was ich meine.«

Carolin sah noch eine Weile zu, dann wurde es ihr langweilig. »Darf ich ins Dorf gehen, Mami?«

»Aber sei rechtzeitig zum Essen zurück!«

Carolin versprach es. Sie ging am Bach entlang, zog die Schuhe aus und watete ein Stück im Wasser. Kurz vor dem Dorf kletterte sie die Böschung rauf, dann durchs Gebüsch und sprang auf die Straße, ohne sich vorher umzuschauen. Da, plötzlich hörte sie etwas quietschen, bekam fast im selben Moment einen unsanften Stoß in den Rücken und lag am Boden. Carolin rappelte sich auf und sah dem Ungetüm, das sie zu Boden gerissen hatte, feindselig ins Gesicht. Das Gesicht gehörte einem dunkelgrünen Opel-Kombi. Carolin ballte wütend die Fäuste, und da sie sich grundsätzlich und von niemandem irgend etwas gefallen ließ, holte sie aus und trat dem Feind in die Seite.

Der Fahrer war inzwischen ausgestiegen und ums Auto herumgegangen. Er war schreckensbleich und streckte beide Arme nach dem Kind aus.

Als Carolin den Mann sah, hob sie beide Fäuste und hielt sie ihm drohend entgegen.

Da mußte Felix Aubach lachen. »Na«, sagte er, »wie es scheint, ist dir ja nichts passiert.«

»Mir ist nix passiert, aber deinem Auto hab' ich eine reingehauen«, sagte Carolin grimmig.

»Haust du immer gleich zu?« fragte Felix Aubach amüsiert.

»Nicht immer, bloß wenn mich jemand angreift.«

»Hat dir niemand beigebracht, daß man sich umsehen muß, bevor man auf die Straße läuft?«

»Hab' mich ja umgesehen«, schwindelte Carolin.

»Wenn du dich umgesehen hast, heißt meine Großmutter Otto!«

»Otto heißen Frauen ga' nich'!«

»Eben«, sagte Felix Aubach. »Ist dir wirklich nichts passiert?«

Carolin schüttelte den Kopf und sah ihn neugierig an. Er war etwa so alt wie die Mami, bloß viel größer und viel stärker! Und er war blond und hatte dunkelblaue Augen, mit denen er so tief in einen hineinsah, daß man gar nicht mehr richtig schwindeln konnte. Carolin hatte ihn schon einmal gesehen – bei den Ehbauers, als er der Gisi eine Spritze geben mußte.

»Wo wohnst du denn?« fragte er.

»In der Mühle.« Sie zeigte ihm mit einer Handbewegung die Richtung.

»So, in der Mühle.« Er nickte, und dann verbeugte er sich höflich und fragte. »Darf ich das gnädige Fräulein nach Hause bringen?«

Carolin dachte nach. »Nur wenn ich vorne sitzen darf.«

»Darfst du.«

Carolin kletterte auf den Beifahrersitz und ließ sich anschnallen. Und dann, während Felix Aubach den Wagen wendete und nach rechts zur Mühle abbog, erzählte sie: »Wir haben ganz viele Tiere, aber nicht so viele wie im Zoo. Krokodile und Elefanten sind ganz schön gefräßig, und Lamas spucken immer, wenn ihnen was nicht paßt.«

»So?« Felix Aubach grinste amüsiert. »Du weißt ja eine ganze Menge über Tiere! Hast du auch Geschwister?«

Carolin nickte. »Die Kaja und den Andres. Und einen Vati hab' ich auch, aber der wohnt woanders, weil er uns nicht mehr mag. Und 'nen Gänsemann haben wir auch, der heißt Gustaf und zwickt einem in den Po rein. Aber nur manchmal, du brauchst keine Angst zu haben, ich paß schon auf dich auf.«

»Na, dann kann mir ja nichts passieren«, sagte Felix.

»Wie heißt du eigentlich?«

»Carolin Ullmann.«

»Carolin? Ein schöner Name, und ich finde, er paßt zu dir!« Felix deutete nach vorne, man konnte die Mühle jetzt sehen. »Ist das dort deine Mutti?«

Carolin reckte den Hals. »Ja, das ist meine Mami mit der Cora.«

Felix Aubach fuhr langsam rechts ran, schaltete den Motor ab und sah beeindruckt zu, wie Regina probierte, das Pferd an der

Longe zu bändigen. Immer wieder versuchte es auszubrechen, sich von dem Zwang der Leine zu befreien. Ab und zu hielt Felix den Atem an, wenn es schien, daß die zierliche Frau den Kampf gegen die temperamentvolle Stute verlor.

»Deine Mutter hat gute Nerven und eine Hand für Pferde, das muß man ihr lassen«, sagte er anerkennend.

Als die Stute sich endlich beruhigt hatte und ein paar Runden in ausgeglichenem Trab gegangen war, ließ Regina es für diesen Tag gut sein. Sie klopfte ihr lobend den Hals, löste die Longierleine aus den Trensenringen und führte sie zur Weide hinauf. Felix stieg aus und ging mit Carolin an der Hand die paar Schritte bis zum Haus zu Fuß. Er sah sich interessiert um. Ein Paradies ist das hier! dachte er. Diese wunderschöne alte Mühle, der Obstgarten, der Weiher, der Bach und droben der Wald – ja, hier könnte er sich auch wohl fühlen!

Kaspar kam bellend angelaufen und beschnupperte den Fremden mit aufgestellten Rückenhaaren.

»Das ist unser Kaspar«, stellte Carolin vor, »und dort am Fenster sitzt Friedolin. Und da drüben am Weiher, das sind Gustaf und Eugenie. Nur Babelin ist gerade nicht da, und Andres und Kaja sind bestimmt droben, weil die immer Musik hören.«

»Babelin? Was ist das – eine Katze? Oder eine Ziege?«

Carolin kicherte. »Eine Ziege! Babelin ist eine Freundin von der Mami, und sie wohnt auch bei uns.«

»Aha, eine Freundin. Da leben ja eine ganze Menge Leute hier – zwei – und vierbeinige in jeder erdenklichen Höhe!« Er lachte und sah Regina entgegen, die jetzt auf ihn zukam und ihn erstaunt musterte. Und am besten, dachte er, gefällt mir die Mami … wußte ich doch, daß wir uns wiedersehen!

Regina blieb vor Felix Aubach stehen, zog die Augenbrauen hoch und sah ihn kühl an. »Sie?!« sagte sie spitz.

»Felix Aubach«, stellte er sich vor und verbeugte sich leicht, da Regina keine Anstalten machte, ihm die Hand zu geben. »Ich bringe Ihnen Ihre Tochter zurück. Carolin und mein Wagen hatten nämlich einen kleinen Zusammenstoß. Aber wir hatten noch einmal Glück, dem Wagen ist nichts passiert.« Um seinen Mund zuckte ein ironisches Grinsen, er verschränkte die Arme und sah Regina unanständig tief in die Augen.

Regina schnappte nach Luft, ballte die Fäuste und starrte ihn an, als wollte sie ihn gleich verprügeln.

Ganz wie die Tochter, dachte er amüsiert und ließ geduldig Reginas Beschimpfungen über sich ergehen.

»Ihrem Auto ist nichts passiert! Also das ist doch ... erst fahren Sie ein kleines Kind über den Haufen – tut dir auch wirklich nichts weh, mein Schatz! –, und dann machen Sie auch noch Witze darüber! Dorfstraßen sind vor allem Kinderspielplätze, wußten Sie das nicht?«

»Doch«, antwortete er gelassen.

»Es war ja ga' nich' im Dorf, war ja an der Kurve«, verteidigte ihn Carolin.

»Und nur meinem außerordentlichen Reaktionsvermögen – übrigens nur eine von vielen guten Eigenschaften, über die ich verfüge – ist es zu verdanken, daß Ihrem reizenden Fräulein Tochter nichts passiert ist. Und was mein Auto betrifft: Ich konnte diesen Teufelsbraten hier nur mit Müh und Not davon abhalten, alles kurz und klein zu schlagen. Sie ist mit geballten Fäusten und Fußtritten auf uns losgegangen!« Wieder grinste er, wieder sah er Regina viel zu lange und zu tief in die Augen.

Augen wie Seen, dachte sie. Seen, in denen so manche Frau wohl gerne ertrinken würde. So manche Frau, aber nicht ich! Nein, ich nicht!

»Sie können sich die Tour ›großer Junge, unwiderstehlich charmant‹ sparen«, sagte Regina, »bei mir zieht das nicht.«

»Schade«, meinte er und zuckte die Schultern, »muß ich mir was anderes ausdenken.«

»Wozu?« Regina verschränkte die Arme und sah ihn an wie Schneesturm bei minus 20 Grad. »Wir werden uns ja doch nicht wiedersehen. Oder haben Sie vor, meine Tochter öfter anzufahren?«

»Gott bewahre, mein Leben und mein Auto sind mir lieb, es ist alles was ich besitze!« Er gab Carolin die Hand. »Also dann, Fräulein Boxweltmeister, war nett, dich kennenzulernen.«

»War auch nett, dich kennenzulernen«, antwortete Carolin höflich. »Und wenn du willst, dann kannst du mich ja mal besu ...«

Regina hielt ihr den Mund zu. »Machen Sie's gut, Herr Aubach.«

»Auf Wiedersehen, Frau Ullmann!« Felix lachte, ging zum Auto zurück und fuhr los, ohne auf seinen Weg zu achten. Den Blick im Rückspiegel, die Gedanken bei Regina, sah er nicht, daß ihm ein Wagen entgegenkam, und beinahe hätte es doch noch Blechschaden gegeben.

Babelin schlug mit der Faust auf die Hupe und trat hart in die Bremsen. Felix Aubach lenkte knapp an Babelin vorbei und kam im Graben zum Stehen.

Babelin kurbelte das Fenster runter und rief: »Mann, haben Sie keine Augen im Kopf?!«

»Doch, aber ... tut mir leid. Sie sind sicher Babelin?«

»Ja, die bin ich, aber woher wissen Sie das?«

»Von Carolin.«

»Aha, unsere kleine Plappertasche! Hätte ich mir ja denken können.« Babelin lachte. »Kommen Sie ohne Hilfe aus dem Graben?«

Er nickte. »Entschuldigen Sie nochmals, tut mir leid, ich war ganz in Gedanken.«

»Ist ja nichts passiert.« Babelin hob die Hand zum Gruß und fuhr weiter.

»Sag mal, wer war denn der nette Mann mit den wunderschönen Augen?« fragte sie, als sie ausstieg.

»Nett?« Regina nahm ihr ein paar von den eingekauften Sachen ab und ging voraus in die Küche. »Hab' selten einen derart von sich eingenommenen ... einen so ... also wirklich! Erst fährt er Carolin an, dann macht er auch noch Witze darüber und versucht mit mir zu flirten. Hat er bestimmt im Fernsehen gesehen, von ... wie heißt der doch noch? Magnum, ja stimmt! Magnum für Landfrauen – ha! Wenn der denkt, daß mir das imponiert, hat er sich aber getäuscht! Eingebildeter Kerl.«

Babelin verstand überhaupt nicht, warum Regina sich derart aufregte. Sie fand ihn weder arrogant noch eingebildet, sondern ganz im Gegenteil nett, charmant und gutaussehend. Das sagte sie dann auch.

»So? Findest du? Aber du kennst ihn doch gar nicht, oder kennst du ihn?« fragte Regina scheinbar uninteressiert.

»Nein, das nicht.«

»Na also!«

Babelin schüttelte den Kopf. Was war bloß los mit Regina? Sie sah ihr zu, wie sie die Einkäufe verstaute, dabei Schubläden zuknallte und sich den Finger in der Kühlschranktür quetschte.

»Auah!«

Babelin öffnete den Kühlschrank, holte die Schuhcreme heraus, die Regina eben reingestellt hatte, und betrachtete sie nachdenklich. Dann grinste sie plötzlich von einem Ohr zum anderen und nickte wissend. »Ich glaube, ich weiß, was los ist.«

»Was denn? Was soll los sein?«

»Er gefällt dir. Er gefällt dir sogar sehr! Das ist es, was du ihm in Wahrheit übelnimmst.«

»Quatsch!« zischte Regina, nahm Babelin die Schuhcreme aus der Hand und rauschte hinaus.

Als Babelin später am Badezimmer vorbeikam, hörte sie hinter der angelehnten Tür Regina fragen: »Wer war denn dieser Felix Aubach überhaupt? Kennst du ihn?«

Und Carolin antwortete: »Nicht gut, bloß 'n bißchen. Der war mal bei den Ehbauers und hat der Gisi eine Spritze gegeben.«

»Ein Arzt!« rief Regina. »Auch das noch!« Und dann leise, so zwischen den Zähnen durchgezischelt:

»Nein, nein und noch mal nein!«

Von Felix Aubach wurde nicht mehr gesprochen, aber Babelin war sicher, daß Regina an ihn dachte, wenn sie am Fenster saß und hinausträumte, wie so oft in letzter Zeit. Babelin wußte vom heimlichen Zauber, den das Mühltal auf Verliebte ausübte. Verschlungene Pfade am Bach entlang, auf denen man sich mit IHM spazieren sieht. Wiesenblumen, wilde Kräuter und Gräser, die man mit IHM pflücken möchte. Die alte Kastanie, unter der man in Gedanken mit IHM sitzt und Margeritenblütenblätter zupft: Du liebst mich, du liebst mich nicht, du liebst mich! Und dazu singen die Amseln und pfeifen die Spatzen, und droben, auf der Weide, tobt Cora und … ach ja!

Babelin brachte den Tee, goß ein und setzte sich.

»Hast du Lust, mit mir am Freitag ins Passauer Stadttheater zu gehen?« fragte sie.

»Ins Theater?« Regina riß sich von ihren Gedanken los. »Theater«, murmelte sie. »Was willst du dir denn ansehen?«

»Warten auf Godot – soll sehr gut sein.«

»Mhm«, machte Regina. »Ja, warum eigentlich nicht, gehen wir mal wieder ins Theater.« Sie nahm einen Schluck Tee und betrachtete Babelin forschend.

»Recht glücklich siehst du nicht aus. Macht dir die Arbeit keinen Spaß?«

»Die Arbeit schon.«

»Aber?«

»Mein Chef und die Kolleginnen.« Babelin seufzte. »Ich weiß nicht, ob ich mich da jemals wohl fühlen kann. Heute gab's schon den ersten Streit. Ich habe eine Röntgenaufnahme nicht so beschriftet, wie meine Kollegin, Frau Henning, das gewöhnt ist. Und statt es mir selbst zu sagen, ist sie zum Chef gelaufen und hat sich bei ihm beschwert. Und ich mußte mir dann bei ihm eine Rüge abholen.« Babelin schüttelte den Kopf. »Wo gibt's denn so was«, schimpfte sie. »Das ist ja schlimmer als im Kindergarten! Sie kann es mir doch selbst sagen, wenn ihr etwas nicht paßt! Aber am meisten ärgert mich, daß Dr. Pacht da mitmacht, daß er sie nicht an mich verweist, wie sich das gehört!«

»Und wie ich dich kenne, hast du ihm das natürlich vorgehalten?«

»Selbstverständlich! Und dieser Frau Henning habe ich ebenfalls die Meinung gesagt. In der Mittagspause hat mir dann eine andere Kollegin zugeflüstert, daß die Henning sich beim Chef lieb Kind macht, indem sie ihm alles zuträgt, was so gesagt und getan wird, in seiner Praxis. Kollegial, findest du nicht auch?« Babelin wartete Reginas Antwort gar nicht erst ab, sondern fuhr fort: »Am liebsten würde ich sofort wieder kündigen!«

»Um Himmels willen, tu das nicht«, rief Regina bestürzt.

»Nein, natürlich nicht. Mein Sparkonto ist schon zur Hälfte aufgebraucht, ich muß jetzt arbeiten. Und außerdem, wer weiß, ob ich mit einer neuen Stellung nicht wieder vom Regen in die Traufe komme. Ach Regina, mein Beruf macht mir Spaß, aber ...« Sie zuckte ratlos die Schultern und seufzte.

»Es gibt Menschen, die sich gerne leiten lassen und anpassen wollen, aber zu denen gehörst du nicht«, sagte Regina. »Du müßtest selbständig arbeiten.«

»Selbständig! In meinem Beruf?« Babelin lachte bitter. »Da hätte ich schon Ärztin werden müssen!«

»Und warum bist du's nicht geworden?« fragte Regina.

»Weiß nicht. Zuwenig Selbstvertrauen. Ich hatte Angst, es nicht zu schaffen. Und dann waren meine Eltern dagegen, die hatten mit ihren anderen Töchtern schlechte Erfahrungen gemacht. Mädchen heiraten sowieso, hieß es. Abitur und Studium kosten eine Menge Geld, das kann man besser in eine ordentliche Aussteuer stecken.« Babelin sah auf die Uhr. »Ach je, schon so spät!« rief sie. »Ich muß los! Und es bleibt dabei, du kommst mit ins Theater?«

»Abgemacht.«

»Meinst du, ich kann das hier anziehen?« Regina hielt sich ein türkisfarbenes, enggeschnittenes Stehkragenkleid aus reiner Seide vor und sah Babelin zweifelnd an.

»Natürlich, es ist wunderschön!«

»Aber ein bißchen auffällig – ich weiß nicht?«

»Ach was! Komm, zieh's an, und ich steck' dir die Haare hoch. Wir machen uns heute mal richtig hübsch!«

Babelin nahm ihr das Kleid aus der Hand, öffnete den Reißverschluß und wartete.

»Ich weiß nicht, wo du diesen Schwung auf einmal hernimmst. Du bist in letzter Zeit so voller Energie und Tatendrang«, sagte Regina, zog sich aus und schlüpfte in das Kleid.

»Dafür läufst du momentan auf Sparflamme, so richtig träge bist du. Man könnte ja fast meinen, du bist unglücklich verliebt.«

Babelin schloß den Reißverschluß und drehte Regina zu sich herum. Ein eisiger Blick traf sie. Babelin grinste. »Könnte, hab' ich gesagt, natürlich bist du's nicht!«

»Natürlich nicht.« Regina ging zum Spiegel und betrachtete sich. Das Kleid war eng geschnitten, fast knöchellang und auf der linken Seite geschlitzt. Dazu lange, schmale Ärmel und ein Stehkragen.

Babelin war begeistert. »Du siehst wirklich umwerfend aus! Es sitzt wie eine zweite Haut, und die Farbe steht dir ausgezeichnet.«

»Aber viel zu elegant«, fand Regina.

»Ach was!« Babelin drückte Regina auf einen Stuhl, bürstete ihr das Haar und steckte es seitlich hoch. Dann brachte sie Reginas schwarze Pumps und ging, um sich selbst umzuziehen. Sie war schon auf dem Flur, öffnete nochmals die Tür und sagte: »Und wehe, wenn du's nicht anläßt, dann kündige ich dir die Freundschaft!«

Sie hatten gute Plätze. Parkett, vierte Reihe, Mitte. Es war erst die zweite Vorstellung in dieser Saison, die Schauspieler waren ausgeruht und gaben ihr Bestes. Alles in allem eine erstklassige Inszenierung! Trotzdem konnte sich Regina nicht auf das Stück konzentrieren. Irgendwie war ihr, als würde sie unentwegt angestarrt. Sie fühlte deutlich den Blick, der sich zwischen ihre Schulterblätter bohrte. Zwei, dreimal sah sie sich um, konnte aber niemanden erkennen. Man starrte sie bestimmt wegen ihres Kleides so an – hätte sie doch nur nicht auf Babelin gehört! Sie rutschte unruhig auf ihrem Sessel herum, rollte das Programmheft zusammen – auseinander – zusammen und sehnte die Pause herbei.

Als das Licht endlich anging, flüsterte sie Babelin zu: »Jemand wirft mit Blicken nach mir. Entsetzlich, ich fühle mich wie gesteinigt!«

»Das bildest du dir nur ein«, sagte Babelin.

»Nein, wirklich!«

»Und wenn schon. Man sieht halt nach dir, weil du hübsch bist – ist doch ein Kompliment für dich. Komm, ich spendiere uns jetzt ein Gläschen Sekt.«

Babelin gab Regina eines der Gläser und prostete ihr zu.

»Prost, auf dein Wohl.« Regina führte ihr Glas zum Mund, und mitten in dieser Bewegung erstarrte sie.

Er stand an der Treppe und grinste herüber. Felix Aubach! Regina sah schnell weg. Diese Augen! Augen, so blau wie Seen – Seen, in denen sie gerne ertrinken würde. Ja sie, Regina, sie ... dabei wollte sie doch nie mehr ... ach je, sie zitterte ja.

»Du zitterst ja, was ist denn los?« fragte Babelin.

»Nichts. Es ist nichts!« Regina nahm einen Schluck Sekt und sah wieder zur Treppe. Er stand noch immer dort, nun aber nicht mehr alleine. Eine Frau war bei ihm. Bestimmt fünf Jahre jünger als Regina und leider sehr hübsch.

»Oha!« machte Babelin, die Felix jetzt ebenfalls entdeckt hatte. »Sieh an, Felix Aubach!« Sie lachte und winkte ihm zu, und Felix winkte zurück.

Regina trat nervös von einem Pumps auf den anderen und vermied den Blick in Richtung Treppe. Sie hatte ihren Sekt viel zu schnell ausgetrunken, jetzt war ihr schwummerig. Wenn nur das Klingelzeichen … endlich, da war es! Sie stellte ihr Glas ab, und als sie sich umdrehte, war Felix Aubach verschwunden.

Als Regina ihren Sessel aufklappte, um sich zu setzen, sah sie ihn wieder. Er saß droben, im ersten Rang und beobachtete sie ungeniert. Als sich ihre Blicke trafen, hob er die Fingerspitzen und winkte kaum merkbar. Und dazu wieder dieses Grinsen, nur ein Zucken um seine Mundwinkel!

Regina verzog keine Miene. Sie setzte sich, starrte demonstrativ auf den Vorhang und rollte wieder ihr Programmheft. Er war es also gewesen, seinen Blick hatte sie die ganze Zeit zwischen den Schulterblättern gefühlt! O unglückseliger Abend! Oder glückseliger? Sie wußte es selbst nicht.

Ja, sie war verliebt in diesen … diesen Magnum für Landfrauen! Aber er und sie, das kam gar nicht in Frage. Auf die Dauer hält nur das Glück, das man in sich selbst sucht und findet, davon war sie überzeugt. Sie war doch zufrieden mit ihrem neuen Leben? Ja, das war sie, und sie würde sich diesen inneren Frieden nicht mehr nehmen lassen. Liebe ist wie ein Feuer, dachte sie, das irgendwann verlischt – man darf es nur nicht schüren!

Inzwischen war es Anfang September. Ein letzter Sommertag hing blaß am Himmel. Regina erntete die letzten Tomaten und legte sie zum Nachreifen auf die Fensterbank. Immer schon liebte sie diese Zeit besonders. Die Zeit, in der der Garten Früchte abwarf, die Bauern das letzte Heu einfuhren, die Tage noch warm waren, aber die Nächte schon feucht und kühl wurden. Aber hier, im Mühltal, in ihrem Garten Eden, ihrem kleinen, stillen Paradies, schien diese Zeit noch schöner denn je! Das Rauschen des Mühlbachs, der Duft reifender Äpfel … sie setzte sich auf die Hausbank, schloß die Augen und atmete ihn ganz tief ein.

So glücklich und zufrieden sah sie dabei aus, daß Andres sich räusperte, bevor er fragte: »Darf man stören?«

Regina öffnete erst ein Auge und sah, daß Andres in Begleitung seiner Schwester Katharina war, daß beide die Ohren angelegt und den ›Ich-möchtegerne – trau mich-aber-nicht-fragen-

Blick‹ aufgesetzt hatten, und öffnete widerwillig auch das andere. Aus das stille Genießen von Apfelduft und Mühlbachrauschen!

Andres und Kaja setzten sich neben Regina auf die Bank und erkundigten sich höflich nach ihrem Befinden.

»Noch gut, danke der Nachfrage«, antwortete Regina, wobei sie das o in noch sehr lange zog. »Also, was wollt ihr?«

»Och, wir dachten bloß – weil wir doch Geburtstag haben.«

»Was dachtet ihr bloß?«

»Wir dachten, wir könnten ein paar Leute einladen. Aus unserer Klasse und so.«

»Und so«, sagte Regina.

»Und du brauchst dich auch um nichts kümmern. Das heißt, bloß einkaufen, alles andere machen wir selbst«, versprach Kaja.

»Wir dachten, wir nehmen den Freitag zwischen unseren Geburtstagen.«

»Und damit wir das Haus nicht schmutzig machen, feiern wir im Garten.«

»Wie rücksichtsvoll von euch!« Regina gab sich gerührt. »Na gut. Ladet meinetwegen ein paar Freunde ein. Aber kein Alkohol, ist das klar?«

»Klar, Mami! Danke, Mami!«

»Du bist die Größte, Mami, die Allerallergrößte!«

»Einsachtundsechzig ohne Schuhe«, murmelte Regina, lehnte sich zurück und schloß die Augen wieder.

Allein das Lesen der Einkaufsliste bereitete Regina Übelkeit und Sodbrennen. Cola, 7-Up, Chips, Salzstangen, Eier, Knackwürste, Brezeln, Orangensaft, Pudding, Erbsen in Dosen, ein Huhn, Ketchup, Mayonnaise … Regina schüttelte sich.

Die Kassiererin im Lebensmittelgeschäft wußte sofort Bescheid. »Ihre Großen geben wohl eine Party, Frau Ullmann?«

Regina nickte und griff sehr tief in ihren Geldbeutel.

»Ja ja«, sagte die Kassiererin und gab ein paar Münzen heraus, »ein teurer Spaß ist das, wenn sich die unbedingt die Mägen verderben wollen!«

Am Freitag in aller Frühe rückte dann der Hilfstrupp an. Bestehend aus drei Mädchen, vier Jungen und einem Vater, dessen Auto einen Anhänger hinter sich herzerrte, in dem allerlei altes Gerümpel aufgetürmt war. Er begrüßte Regina mit den Worten: »Da haben Sie sich ja einiges aufgehalst, junge Frau!« Er grinste schräg und warf einen abschätzenden Blick auf die Mühle. »Na ja«, meinte er dann, »viel Schaden kann hier ja nicht mehr angerichtet werden …« Er half den Kindern, den Müll abzuladen, und machte sich schleunigst aus dem Staub.

Die Jungen übernahmen die Dekoration des Obstgartens, die Mädchen zogen sich in die Küche zurück. Als Regina mal hineinsah und ihre Hilfe anbot, wurde ihr strikt die Tür gewiesen. »Nein, Mami, nein! Kommt gar nicht in Frage, daß du auch nur einen einzigen Finger rührst! Wir machen das schon.«

Wir, das waren Angi, ein langbeiniges, beängstigend dünnes Wesen mit ganz langen Spaghettihaaren und lilageschminkten Augen. Sie sah aus, diese Angi mit den lila Augen, als wäre sie letztens verprügelt worden. Und Biggi, eine pummelige Kleine, mit einer Unmenge Ansteck-Buttons dekoriert, Moni, Kajas ›Durch-dick-und-dünn-Freundin‹, in Tüllkleid und Jeansjacke, und Kaja selbst, mal wieder mit Mehl bepudert. Und wenn Angi, Biggi und Moni genausoviel vom Kochen verstanden wie Kaja – dann war das Unternehmen Kochtopf so gut wie zum Scheitern verurteilt.

Regina zog sich in ihr Zimmer zurück und versuchte, den Tumult im Obstgarten, der sich nach ›alles kurz und klein schlagen‹ anhörte, und die seltsamen Gerüche aus der Küche einfach zu ignorieren. Als es von unten »Maaamiii!« brüllte – das war Kaja in allergrößter Not! –, zuckte Regina zusammen wie unter einem Peitschenhieb. All die Schreckensbilder, die sie bisher mühsam verdrängt hatte, standen nun auf einmal vor ihrem inneren Auge. Scherben auf dem Boden, Küche brennt, Blutlachen, schwere Schnittverletzungen, Verbrennungen dritten Grades …

Aber es ging nur um die Nudeln.

Kaja vorwurfsvoll! »Mami, du hast die falschen Nudeln gekauft!«

Regina erstaunt: »Du wolltest doch Hörnchennudeln?«

»Ja schon, aber die, die nicht zusammenkleben!«

Regina warf einen Blick in die Schüssel, die Kaja ihr unter die Nase hielt. Ein einziger dicker, schmieriger Klumpen, von Nudeln nichts zu sehen!

»Die habt ihr etwa eine halbe Stunde zu lange gekocht. Und außerdem hättet ihr sie abschrecken müssen. Aber da war wohl nichts mehr abzuschrecken?«

Betretenes Schweigen.

»Soll ich euch nicht doch helfen?«

Vierfaches »Nein, nicht nötig, wirklich nicht!«

Regina ging und sah mal bei den Jungen vorbei.

»Tag, Jungs!«

»Tag, Frau Ullmann! Fetzig, was?«

Sie betrachteten stolz ihr Werk. Aus Kisten und Brettern hatten sie wackelige Bänke und Tische zusammengenagelt. In den Bäumen hingen neben Äpfeln nun auch Lampions und ein unglaublicher Wirrwar von Drähten.

»Das wird 'ne Lichtorgel«, erklärte Andres.

»Lichtorgel?« wunderte sich Regina. »Die Party findet doch am Nachmittag statt.«

»Ja schon. Aber Lichtorgel muß sein, du verstehst nix davon. Und das da ...«, er klopfte stolz auf ein windschiefes Ding, eine Kreuzung aus Regal und Wickelschrank, »das wird unsere Discoanlage.«

»Wollt ihr denn tanzen?«

»Wir nicht, bloß die Mädchen. Na ja, aber ein bißchen fetzige Musik zum Antörnen brauchen wir schon auch.«

»Natürlich.«

Regina sah mit blutendem Herzen zu, wie all ihre Sofa- und anderen Kissen abtransportiert wurden, Gläser, Besteck, Teller, ihre sämtlichen Schals und Halstücher, Kerzen, Vasen, ein Tischtuch, ein Bettlaken ...

»Ein Bettlaken?! Was, um Himmel willen, macht ihr denn damit?«

Keine Antwort.

Regina ging und sah selbst nach. Das Bettlaken diente als Baldachin über der Discoanlage, die inzwischen installiert war und getestet wurde. »Iiiajii – take it easy«, brüllte einer aus den Boxen, die wie schwarze Mäuler im Apfelbaum hingen. Reginas Schals waren graziös um die Wickelschrankdisco drappiert, ihre Kissen auf Bänke verstreut, wie Blumen vor der Braut. Es war wirklich schaurig schön bunt, hier in ihrem Obstgarten.

Und dann kamen die Gäste. Per Bus! Regina staunte nicht schlecht. »Bus«, murmelte sie, »aber wieso denn?«

Andres erklärte es ihr. »Nadines Vater hat ein Busunternehmen. Er hat die Fuhre kostenlos übernommen. Beziehungen sind eben das halbe Leben!«

»Ohne Zweifel. Aber ich dachte, ihr wolltet nur ein paar Freunde einladen.«

»Es sind ja auch nur vierundzwanzig!«

»Nur ist gut.«

Andres dirigierte seine Schäfchen in den Obstgarten, Regina ging, um Kaja die Ankunft der Gäste zu melden.

»Zu früh!« rief sie. »Mann, ich bin ja noch gar nicht fertig!« Sie flatterte durch die Küche, wie ein Huhn hinter dem der Fuchs her ist, und rief immer wieder:

»Mannomannomann!«

Regina zog sich in ihr Zimmer zurück. Sie hatte sich vorgenommen, so zu tun, als wäre sie nicht da. Augen zu, Ohren zu, Mund zu! Man muß jungen Leuten die Möglichkeit geben – wie sagte Andres noch kürzlich: sich ihre Katastrophen selbst zu machen! Wenn dabei nur nicht mein gesamter Hausrat in die Brüche geht, dachte Regina besorgt.

Wenig später kam Babelin mit der Kleinen.

»Wir sind wieder da, Mami.« Carolin küßte Regina und setzte sich auf ihren Schoß.

»War's schön im Hallenbad?«

»Und wie! Edwin und ich sind immer die Rutschbahn runter. So, sssst!« Sie machte vor, wie. »Und dann, platsch, ins Wasser rein. Bloß die Babelin nicht, weil die schon viel zu alt ist für die Rutschbahn.«

Babelin und Regina grinsten sich an, und fast im selben Moment fuhr ihnen ein entsetzlicher Lärm durch Mark und Bein. Hörte sich an wie ein Flugzeugangriff. War aber keiner, war nur die Stereoanlage. Die Boxen hingen genau in Fensterhöhe.

Andres' Stimme verkündete durch ein gicksendes Mikrofon: »Also, Genossen, hiermit ist die Party eröffnet, ich gieicksiii – Scheibe, verdammtes Ding! Giiiiecksalso, nieder mit der Schwerkraft, es lebe der Leichtsinn! Let's fetz! Laßt mal richtig die Ziege los, und haut ordentlich rein Leugiieicks ...«

»Aber wir haben doch gar keine Ziege«, wunderte sich Carolin.

»Sie meinen Stimmung machen«, erklärte Regina.

Babelin ging zum Fenster und sah hinunter. Von Stimmung war allerdings nichts zu sehen. 26 ›Partysanten‹ lungerten träge im Garten herum und warteten, daß etwas passieren würde. Sie hatten sich ganz offensichtlich in zwei Lager gespalten. Links die Jungen, rechts die Mädchen. Zwischen ihnen klebriger Nudelsalat, Pudding und gefüllte Eier, mit Chips garniert. Über diese Barriere hinweg beobachteten sie sich mißtrauisch, und vor allem die Jungen machten ganz den Eindruck, jederzeit startklar zu sein. In Fluchtrichtung, versteht sich.

»Ich glaube, da trauen sich Männlein und Weiblein nicht mal so weit über den Weg, wie man einen Elefanten schleudern kann«, sagte Babelin.

»Leider wird sich das schneller ändern, als mir lieb ist«, antwortete Regina. »Apropos Elefant – wenn ich wieder auf die Welt komme, werde ich Schildkröte!«

»Schildkröte?«

Regina nickte. »Die sind schlauer als wir Menschen, die legen ihre Brut nachts klammheimlich in den Sand und machen sich dann schleunigst wieder aus dem Staub.«

Babelin lachte, Regina seufzte, stand auf und ging hinunter, um sich über den Grad der Verwüstung ihrer Küche zu informieren.

Es war noch schlimmer, als sie vermutet hatte. Natürlich hatte keine der Damen ans Aufräumen gedacht!

»Mami, kommt gar nicht in Fage, daß du auch nur einen einzigen Finger rührst.« Ha, das bezog sich offensichtlich nur auf die Vorbereitungen.

»Einfach stehenlassen«, riet Babelin.

Aber Regina wog gegeneinander ab: erzieherischer Wert gegen zerbrochenes Geschirr und eingetrocknetes Ketchup, das sie ja morgen doch selbst aus den Ritzen pulen müßte, und machte sich an die Arbeit.

Sie war gerade dabei, Nudelpamp aus dem Sieb zu kratzen, als sie von Passau her ein Grollen vernahm. Ganz leise erst, aber zwei Minuten später schon lauter und drohender. Sie lief zum Fenster und sah dunkelgrauen Horizont, mit häßlichen gelben

Flecken. Gewitter! Und spätestens in zehn Minuten würde es hier sein.

Regina lief in den Garten. Inzwischen waren die Partygäste dabei, sich durch die Lebensmittelbarriere zwischen den Geschlechtern durchzubeißen – im wahrsten Sinne des Wortes. Mit Todesverachtung verschlangen sie Kajas Nudelsalat und verringerten somit zumindest den räumlichen Abstand zwischen erstem und zweitem Lager. Dazu brüllten die Lautsprecherboxen so ohrenbetäubend laut, daß natürlich niemand das herannahende Grollen des Donners gehört hatte. Regina fuchtelte mit den Händen und richtete sie beschwörend gen Himmel, und beinahe gleichzeitig blieben 26 Löffel vor 26 aufgerissenen Mündern in der Luft hängen. Entsetzen spiegelte sich in 26 Augenpaaren, und dann ging alles sehr schnell.

Binnen acht Minuten waren die Discoanlage abgebaut, die Boxen aus den Bäumen gezerrt, die Lichtorgel, die Platten, Eßbares und Trinkbares ins Haus transportiert und alle, aber auch wirklich alle Handtäschchen, Jeansjacken, Jacketts und sonstige abgelegte Kleidungsstücke ins Trockene gerettet. Nur Regina mit ihren Kissen, ihren Schals, dem halben Hausrat und dem Bettlakenbaldachin blieb wie ein begossener Pudel im Regen zurück.

Und schwor bitterböse Rache! Hastig sammelte sie wenigstens die Kissen ein und lief ins Haus. Klatschnaß, den Kissenturm auf den Armen, drückte sie sich an lässig gegen Türpfosten und Treppengeländer gelehnten Teenagern vorbei.

»Tag, Frau Ullmann!« grüßte der erste.

»Tag, mein Junge.«

»Scheußliches Wetter, nicht wahr?« sagte ein anderer.

»Kann man wohl sagen!«

»Sie sind ja ganz naß geworden!« rief Angi bestürzt.

»Nicht möglich! Wo denn?«

»Na überall«, murmelte Angi verdutzt. Sie sah Regina kopfschüttelnd nach, bis sie hinter einer der Türen im Obergeschoß verschwand. Dann flüsterte sie Biggi zu:

»Irgendwie ist sie ja ganz nett, aber … na ja, wenn die nicht mal merkt, daß sie naß geworden ist!« Vielsagender Augenaufschlag.

Pünktlich um 21 Uhr kam der Bus, um die Festteilnehmer abzuholen. Die hinteren Sitze wurden von denen bevorzugt, die sich über ihren inneren Traumichnicht hinweggesetzt und zu Pärchen formiert hatten, die vorderen blieben den Mauerblümchen vorbehalten. Darunter auch Nadine, die Tochter des Busunternehmers. Eine kleine Dicke, mit Pickeln, schwulstigen Lippen und strähnigen aschblonden Haaren. Sie war so häßlich, daß sie ein ganzes Busunternehmen aufbieten mußte, um wenigstens dieses eine einzige Mal auf eine Party eingeladen zu werden.

Armes Kind, dachte Regina.

»Arme Mami!« sagte Kaja, als der Bus in der Dämmerung verschwunden und die letzten begeisterten Juhu-Hallo-Rufe Andres' verklungen waren. »Arme Mami! Bestimmt hast du schrecklich leiden müssen, bei all dem Krach. Und die ganze Meute im Haus, wegen dem doofen Gewitter!« Kaja nahm sie schwesterlich in den Arm. »Arme, liebe Mami!«

Regina, die seit der Geschichte mit dem Gewitter nichts anderes mehr getan hatte, als sich mit vollen Segeln zur Sturmfahrt gegen ihre Kinder zu rüsten, fühlte, wie der Wind ganz langsam aus besagten Segeln sackte. »Na ja«, sagte sie, »so schlimm war's dann auch wieder nicht.«

»Keine falsche Bescheidenheit!« rief Andres. »Lob, wem Lob gebührt! Mütterlein, wir sind stolz auf dich.«

»Danke, Kinder.«

»Weißt du, Maminka, es gibt eben solche Mütter und solche. Aber mehr solche als solche. Und du bist eben eine solche!«

»Ach ja ...?« Regina räusperte sich verlegen. So viel Lob für ... ja, wofür eigentlich? Da drängte sich ihr plötzlich der Verdacht auf, daß sie hier ganz kräftig eingesalbt werden sollte. Weichgekocht zum Putzen und so. Man kennt das ja. Wenn Muttern Honig um den nicht vorhandenen Bart geschmiert wurde, dann hatte das meist mit Putzeimer, Kochtopf oder Geldbeutel zu tun. »Nein«, sagte sie.

»Was nein?«

»Glaubt bloß nicht, daß ich für euch aufräume und Putzfrau spiele!«

»Aber Maminka, wie kannst du nur denken, daß wir *das* von dir erwarten?!«

»Keinen Finger rührst du, keinen einzigen!«

»Ist doch selbstverschwänzlich!«

Sie zogen kopfschüttelnd ab. An der Tür blieb Andres noch mal stehen und rief über die Schulter zurück: »Allerdings erst morgen, für heute sind wir erst mal fix und foxi!«

Am nächsten Morgen wurde Regina um halb sieben unsanft aus dem Schlaf gerissen. Es hatte geklirrt, aber wie! Klang ganz so, als ob jemand eine Scheibe eingeschlagen hätte. Sie warf sich ihren Morgenmantel über und lief hinunter.

An der Treppe stand Andres, mit Putzeimer und Schrubber bewaffnet. »Ab ins Bett mit dir, aber schnell!« befahl er.

»Was war denn das für ein Lärm?« fragte Regina eingeschüchtert.

»Das? Och, bloß drei Colaflaschen, die mir runtergefallen sind.«

Hinter Andres tauchte Kaja auf. »Du?« fragte sie erstaunt. »Mami, das ist unfair!«

»Wieso unfair?«

»Weil wir aufräumen wollten, *bevor* du wach wirst!«

Regina trat den Rückzug an. Von Begeisterung allerdings keine Spur, da waren eher Besorgnis und Zweifel auf ihrem Gesicht zu lesen.

»Und daß du uns ja nicht vor neun Uhr aufstehst!« rief Andres.

»Aber ich muß doch Cora füttern und …«

»Machen wir schon! Machen wir alles!«

Regina lag im Bett und versuchte angestrengt, die Säuberungsaktion, die im Gange war, zu überhören. Sie fühlte sich wie an Muttertagen zu einem ›Laß-dich-gefälligst-Verwöhnen‹ verdonnert – und halt möglichst still dabei! Punkt neun Uhr schlug sie die Decke zurück und sprang – erleichtertes Seufzen! – aus dem Bett. Im selben Moment ging die Tür auf, und Andres erschien. Mit einem Wiesenblumenstrauß. »Hinlegen!« befahl er.

Dann schwebte Kaja herein. Mit einem Frühstückstablett. »Morgen, Mammilein, gut geschlafen? Hier, bitte, dein Frühstück!«

»Danke, wie nett von euch!« Sie lächelte von Kaja zu Andres und wünschte sich insgeheim, möglichst schnell wieder von diesem Podest runter zu dürfen – es war so schrecklich einsam da droben!

»Und du wirst erst staunen, wie toll wir geputzt haben«, sagte

Andres mit stolz geschwellter Brust. »So sauber war es hier überhaupt noch NIE!«

Nach einem Rundgang durch Haus und Garten machte Regina die große Rechnung auf und kam zu folgendem Ergebnis: Keine größeren Verluste, es war überhaupt alles halb so schlimm – aber, gütiger Herr im Himmel, bitte verschone mich in Zukunft vor Teenagerpartys!

Der Brief kam am Montag. Und wie immer, wenn Frau Dr. Risker, die Anwältin, geschrieben hatte, überfiel Regina ein beklemmendes Angstgefühl. Sie öffnete den Umschlag mit fliegenden Händen, zog das Schreiben heraus, las es durch und schob es wieder in den Umschlag zurück. Johannes' Anwalt hatte es tatsächlich geschafft, bei Gericht einen vorzeitigen Scheidungstermin zu erwirken. Und hatte das Sorgerecht für Andres beantragt! Nun war der Ball also ins Rollen gekommen, die Scheidungssache Ullmann gegen Ullmann lief. In zwei Wochen hatte sie mit den Kindern vor dem Familienrichter zu erscheinen. Zwei Wochen blieben ihr also noch. Zwei Wochen voll Hoffnung, daß Andres bei ihr bleiben durfte – zwei Wochen voll Ungewißheit.

Der Termin beim Familienrichter war elf Uhr angesetzt. Als Regina um sechs Uhr früh aufwachte, knarrten schon Treppen, flüsterten Stimmen und liefen Wasserhähne im Haus. Die Spannung hatte sich in den letzten Tagen bis ins Unerträgliche gesteigert. Regina fühlte sich, als müßte sie völlig unvorbereitet ein Staatsexamen ablegen. Ein Schwarm Schmetterlinge flatterte in ihrem Bauch hin und her, Angst schnürte ihr die Kehle ab, und gleichzeitig war sie erleichtert. Bald würde sie Gewißheit haben, so oder so. Warten müssen kann Folter sein!

Kaum hatte sie die Augen aufgeschlagen und sich im neuen Tag ein wenig zurechtgefunden, stürmte Kaja ins Zimmer. Sie stürzte sich auf Reginas Kleiderschrank, begann hemmungslos in ihm zu wühlen und rief mit weinerlicher Stimme: »Mami, es ist entsetzlich!!! Die ganzen Konformistenfummel aus meiner Bürgerkiste sind mir zu klein geworden! Nichts paßt mir mehr, nichts, überhaupt nichts! Dick und fett bin ich geworden, als Knödelreklame könnte ich laufen! Sieh mich nur an, Mami, ent-setz-lich! Wo ist dein blaues Kostüm? Ach da!«

Kaja riß es vom Bügel, stürzte sich in die Jacke und lief zum Spiegel. Dort, wo Regina Formen hatte, die Kaja noch nicht hatte oder zumindest nur andeutungsweise, pluderte sich die Jacke, und Kaja brach neuerlich in aufgeregtes Lamentieren aus. »Sag mal, Kind, willst du mir nicht erklären, was eigentlich los ist?« fragte Regina.

»Karl-Heinz hat gesagt«, sagte Kaja, während sie die Jacke auszog, aufs Bett warf und ein Kleid ohne Abnäher aus Reginas Schrank zog. »... hat gesagt, daß ...« Regina erfuhr nicht mehr, was Karl-Heinz gesagt hatte, weil Andres auf der Bildfläche erschien. Er lag mit einer fliederfarbenen Krawatte im Clinch und lief Gefahr, sich damit zu erdrosseln.

»Maminka«, krächzte er, »hilf mir doch mal mit dem Kulturstrick, das blöde Ding will einfach nicht!«

Obwohl weder eine bevorstehende Scheidung noch zwei total verrückte Kinder in irgendeiner Weise erheiternd sind, wäre Regina beinahe in schallendes Gelächter ausgebrochen, als sie Andres sah. Er trug einen dunkelblauen Anzug, der oben zu weit und unten zu kurz war, dazu ein rosa Hemd und eben diesen fliederfarbenen ›Kulturstrick‹, mit dem er jetzt vor Reginas Nase herumfuchtelte.

»Woher hast du *das* denn«, fragte sie mit soviel Abscheu in der Stimme, daß Andres erstaunt an sich hinuntersah.

»Das? Hab' ich mir von Karl-Heinz geborgt. Zwecks einem guten Eindruck. Karl-Heinz sagt, Familienrichter achten auf Äußerlichkeiten. Karl-Heinz sagt, das sind alles verstaubte, alte Knacker aus dem vorigen Jahrhundert, mit Ansichten von weit vor der Steinzeit, und Karl-Heinz muß das wissen, denn der ist schon geschieden. Das heißt, seine Mutter, und Karl-Heinz ...«

»Wenn du noch einmal diesen Namen erwähnst, spring' ich aus dem Fenster«, fuhr Regina ihn an.

Andres klappte erschrocken die Kiefer zu und schwieg.

Es kostete Regina eine ganze Menge Überredungskunst, ihre Großen davon zu überzeugen, daß eine saubere Hose und ein hübscher Pulli dem Anlaß durchaus angemessen wären. An den Vorurteilen der beiden gegen Familienrichter im allgemeinen konnte sie auf die schnelle allerdings nichts mehr ändern – da hatte dieser ominöse Karl-Heinz ganze Arbeit geleistet.

Als Regina und die Kinder pünktlich um elf Uhr das Gerichtsgebäude betraten, kam ihnen Frau Dr. Risker mit wehendem Talar entgegen. »Guten Tag, Frau Ullmann, grüß euch, Kinder!« Ein Händedruck, und dann im Laufschritt weiter: »Kommen Sie, wir können uns gleich noch unterhalten, Richter Güte möchte zuerst mal mit Andres und eventuell auch mit Katharina sprechen – Guten Tag, Herr Kollege –, die Kleine hätten Sie allerdings nicht mitzubringen brauchen, Frau Ullmann.« Frau Dr. Risker öffnete eine Tür, reichte eine Akte hinein, schloß sie wieder und hastete eine Treppe hinauf.

Regina und die Kinder hatten Mühe, mit ihr Schritt zu halten. Wenn im selben Tempo verhandelt wird, dachte Regina, dann sind wir in ein paar Minuten fertig. Kurz und schmerzlos! Sie seufzte still in sich hinein.

Droben klopfte Frau Dr. Risker an eine andere Tür, wartete, bis sie hineingerufen wurde, und verschwand. Andres sah Regina an, als würde er zum Henker gebracht – ein Blick so voller Angst, daß sich ihr Herz zusammenkrampfte. Und plötzlich fiel er ihr um den Hals und hielt sich an ihr fest. Fast so wie damals, als er noch ein ganz kleiner Junge war und Regina wegen einer geringfügigen Sache für kurze Zeit ins Krankenhaus mußte. Regina dachte schon: Gleich wird er weinen, schluchzen, heulen wie ein Schloßhund! Mein armer, kleiner, herzallerbester Junge! Mein Schäfchen, mein Engel – als sie seine rauhe Stimme vernahm, die ihr ins Ohr raunte: »Wenn der Richter, dieser Knallkopf mit seinen Ansichten aus weit vor der Steinzeit, wenn der abgemackerte Typ tatsächlich denkt, er könnte mich von *meiner* Maminka trennen, bloß weil er so 'nen schwarzen Umstandsmantel trägt, dann hat er sich aber gebrannt, hat er sich! Dann sag' ich ihm die Meinung, aber so, daß er so klein wird, mitsamt seiner dämlichen Perücke auf dem Kopf!« Andres zeigte, wie klein. »So klein!« und zuckte erschrocken zusammen, als er plötzlich in ein grinsendes Gesicht sah, das zu einem Mann gehörte, der verdächtig nach Richter aussah.

»Perücken«, sagte der Mann, »tragen wir schon lange nicht mehr.« Er gab erst Regina, dann Andres die Hand. »Ich bin der Knallkopf, mein Name ist Güte. Und du bist also der junge Mann, dessen Vater befürchtet, er würde von seiner Mutter zur Mimose erzogen?«

»Ich … ja …«, stotterte Andres. Die Zornesröte war plötzlich aus seinem Gesicht gewichen, er war so bleich wie Hüttenkäse bei Mondschein.

»Na, dann komm mal mit«, sagte Richter Güte und winkte Andres in sein Zimmer.

»Warum muß er auch immer so doofe Sprüche reißen«, flüsterte Kaja. »Bestimmt schickt der Richter ihn jetzt zu Papi, bestimmt!« Tränen traten ihr in die Augen, sie schniefte und gab wütend einem unsichtbaren Etwas einen herzhaften Tritt. »Und wer soll ihm dann seine Hausaufgaben machen – ich meine, wer soll sich darum kümmern, daß er sie macht?!« fragte sie sich. »Außerdem brauchen wir ihn doch! Mami …« Sie stieß ein Seufzen aus.

Regina legte ihr die Hand auf die Schulter und tätschelte sie, und dabei starrte sie das Türschild an und las wieder und wieder den Namen. Güte – Richter Roland Güte – Güte – Roland – Richter. Wie ein Gebet, immer wieder.

Carolin stand neben Regina, sah sie an, sah zu Kaja, sah auf die Tür, hinter der Andres verschwunden war, und wunderte sich. Sie verstand nicht, warum ihre Mami und Kaja und Andres soviel Angst vor dem Mann hatten, der ein Richter war. Der war doch richtig nett, fand sie, und er hatte lustige Augen und war freundlich und gar nicht böse. Und überhaupt, warum sagten sie ihm nicht einfach, daß er Andres nicht zu Papi schicken durfte? Vielleicht weil sie schon groß waren und deshalb plötzlich alles gar nicht mehr einfach war, überlegte sie und beschloß, die Sache selbst in die Hand zu nehmen.

Als die Tür nach langem Warten endlich geöffnet wurde und Andres mit Frau Dr. Risker auf den Flur trat, nützte Carolin die Gelegenheit und huschte ins Zimmer. Ein Schreibtisch stand am Fenster, und hinter diesem Schreibtisch saß der nette Mann und machte sich Notizen.

Als er Carolin bemerkte, nahm er seine Brille ab, lehnte sich zurück und fragte: »Na, kleines Fräulein, was gibt es?«

»Ich muß dir bloß was sagen!« Carolin marschierte auf den Schreibtisch zu, stützte beide Ellenbogen auf und sah Richter Güte neugierig an. »Muß dir sagen …«

»Carolin!« Regina stand plötzlich in der Tür. Sie entschuldigte sich bei Herrn Güte und wollte die Kleine mit sich nehmen. Aber Richter Güte winkte ab und forderte Carolin auf zu sagen, was sie zu sagen hatte.

»Du darfst den Andres nicht zum Papi schicken, weil wir ihn brauchen! Und weil wir sonst alle ganz traurig sind, sogar auch der Gustaf!«

Richter Güte runzelte die Stirn. »Wer ist Gustaf?« fragte er.

»Das ist unser Gänsemann.«

»Ach so.« Er schmunzelte. »Und warum braucht ihr den Andres?«

»Weil wir ihn lieb haben.«

Richter Güte nickte. »Das«, fand er, »ist ein wichtiger Grund. Hast du mir sonst noch etwas zu sagen?«

»Ja.« Carolin ging um den Schreibtisch, stellte sich neben ihn und sah ihn eindringlich an. »Und daß Andres immer so komische Sachen sagt und Sprüche klopft, ist bloß, weil plötzlich alles gar nicht mehr einfach ist.«

Das verstand Richter Güte nicht. Mit einem fragenden Blick bat er Regina, ihm auf die Sprünge zu helfen.

»Sie spricht von pubertären Schwierigkeiten.«

»Gar nicht!« widersprach Carolin aufgebracht. »Bloß daß alles ganz schwer ist, weil er jetzt erwachsen werden muß.«

Regina biß sich auf die Lippen, um nicht zu lachen, und Richter Güte machte ganz den Eindruck, als ob es ihm ähnlich erginge. Er bedankte sich bei Carolin, versicherte ihr, sie hätte ihm sehr wichtige Auskünfte erteilt, und entließ sie.

An der Tür blieb sie stehen und drehte sich noch einmal um. »Darf der Andres jetzt bei uns bleiben?« fragte sie.

»Ich weiß noch nicht«, antwortete Richter Güte. »Wir müssen uns erst noch anhören, was dein Vati zu sagen hat.«

Johannes wartete in der großen Halle im ersten Stock und unterhielt sich mit seinem Anwalt. Als Andres ihn sah, verlangsamte er seinen Schritt und blieb schließlich stehen. Regina ging zurück, um ihn zu holen. »Sag deinem Vater grüß Gott, Andres, bitte!«

»Nein.« Er schüttelte den Kopf.

»Andres, er ist dein Vater.«

»Für mich ist er gestorben«, sagte Andres.

Regina versuchte es mit einem Schlag ins volle. »Andres, wenn du ihn nicht begrüßt, wird er sich erst recht in seiner Annahme bestätigt fühlen, daß ich dich nicht streng genug erziehe, dir alles durchgehen lasse. Das könnte unserer Sache schaden.«

Andres sah Regina einen Moment lang nachdenklich an, dann streckte er sich und ging voraus, auf Johannes zu. »Grüß Gott, Vater«, sagte er steif, aber die Hand, die ihm Johannes entgegenhielt, nahm er nicht. Regina erschrak, als sie so viel Haß und Kälte in Andres' Augen entdeckte, und auch Johannes zuckte unter diesem Blick zusammen.

»Ich wußte nicht ... er ist groß geworden«, stammelte Johannes und sah Andres nach, der zum Fenster ging, ihm den Rücken zuwandte und demonstrativ hinaussah. Leise, kaum hörbar, fügte er an:

»Und er haßt mich, Andres haßt mich.«

Regina atmete erleichtert auf, als sie endlich zur Verhandlung gerufen wurde.

Der Punkt Scheidung war schnell abgehandelt. Regina und Johannes waren sich in finanzieller Hinsicht einig, und auf die Frage hin, ob sie noch eine Möglichkeit sähen, ihre Ehe aufrechtzuerhalten, antworteten beide mit einem Nein. Dann kam Richter Güte auf Andres zu sprechen.

»Herr Dr. Ullmann, wenn Sie mir dazu bitte noch ein paar Fragen beantworten würden ... bleiben Sie ruhig sitzen, Herr Dr. Ullmann.«

Johannes schüttelte den Kopf. »Ich möchte eine Erklärung abgeben.«

»Sie können sich trotzdem setzen«, sagte Richter Güte.

Aber Johannes blieb stehen. Er sah zu Andres hinüber, der mit gesenktem Kopf neben seiner Mutter saß und seine Fingernägel anstarrte. Der jetzt ganz langsam den Kopf hob, nur um mit leerem Blick durch Johannes hindurchzusehen, so, als gäbe es ihn gar nicht.

»Sie wollten eine Erklärung abgeben«, erinnerte Richter Güte.

»Ja.« Johannes fuhr sich mit der Zungenspitze über die trockenen Lippen. »Es ist ... ich habe einen Fehler gemacht. Ich sehe ein, daß ich die Entscheidung meines Sohnes akzeptieren muß, und verzichte zugunsten meiner Frau auf das Sorgerecht.«

Einen Moment lang schien es, als würde die Welt den Atem

anhalten. Richter Güte rückte an seiner Brille, erstaunte Blicke wurden gewechselt, und endlich setzte sich Johannes, fast erleichtert sank er auf seinen Stuhl.

Mit den Worten »mhm, nun dann!« brach Richter Güte das Schweigen. Er faßte noch einmal alle Punkte zusammen und erklärte die Ehe als geschieden. Von der überraschenden Wendung noch ein wenig benommen, folgte Regina ihrer Anwältin in die Halle. Sie war geschieden. Andres konnte bei ihr und seinen Schwestern bleiben! Nur eine Viertelstunde hatte die Verhandlung gedauert, so schnell und reibungslos war alles abgelaufen. So einfach konnte eine Scheidung sein! Man gibt sein Neinwort und kann nach Hause gehen.

Als Regina sich von Frau Dr. Risker verabschiedet hatte, sah sie sich nach Carolin um.

»Wo ist Carolin schon wieder?«

Kaja zuckte die Schultern. »Eben war sie noch hier.«

Regina fand ihren Ausreißer im Verhandlungszimmer. »Ca-ro-lin!« rief sie und seufzte.

Richter Güte sah Regina über den Rand seiner Brille hinweg an und lächelte. »Lassen Sie nur«, sagte er und reichte Carolin den Hammer, um den sie ihn gebeten hatte.

»Will bloß mal ausprobieren«, erklärte Carolin ihrer Mutter, stellte sich auf Zehenspitzen, um besser auf das hohe Pult reichen zu können, und schlug dreimal kräftig zu. »Danke«, sagte sie dann artig und gab den Hammer zurück.

»Bitte, Fräulein Kollegin.«

Carolin lächelte zufrieden, dann spitzte sie den Mund und sagte aus voller Überzeugung: »Du bist ja gar kein Knallkopf!«

Richter Güte hatte alle Mühe, gebührenden Ernst zu bewahren. Seine Schultern bebten vor verhaltenem Lachen, als er sich nun seinerseits für dieses reizende Kompliment bedankte.

»Bitte«, entgegnete Carolin. »Also dann, mach's gut!«

»Du auch, auf Wiedersehen«, verabschiedete er sich. Carolin hüpfte zu Regina, nahm deren Hand und drehte sich noch einmal um. »Wiedersehen! Und besuch mich mal, ich wohne in der alten Mühle!«

»Alte Mühle«, wiederholte Richter Güte und winkte.

Regina zog die Tür hinter sich zu und sah sich nach ihrer Familie um. Drüben, auf einer Bank, saß Kaja, ganz in Betrachtung ihrer Schuhspitzen versunken. An einem der Fenster standen Schulter an Schulter Johannes und Andres und sahen schweigend hinaus. Beide hatten die Hände auf dem Rücken verschränkt und räusperten sich abwechselnd. Sie hatten sich viel zu sagen und taten dies, ohne große Worte zu machen.

Carolin lief zu ihrem Papi, schob ihre kleine Hand in seine und lächelte zu ihm hinauf.

Johannes strich ihr durchs Haar. »Kätzchen«, sagte er. »Tut mir leid, daß ich euch soviel Kummer bereitet habe.«

»Ach, is' nich' so schlimm«, verzieh Carolin großzügig. »Weißt du noch meinen Freund, dem du den Blinddarm rausoperiert hast?«

»Ja, ich erinnere mich an ihn.«

»Wenn er groß ist, wird er Postbote wie sein Vati, und dann heiratet er mich. Aber scheiden tun wir lieber nicht.«

Johannes nickte. »Grüß ihn von mir, deinen Freund.« Er küßte Carolin und küßte Kaja, dann gab er Andres die Hand. »Mach's gut, mein Junge. Du hast ja jetzt eine Menge Verantwortung, als männlicher Vorstand der Familie.«

Ein stolzes Lächeln huschte über Andres' Gesicht. Er streckte sich – Brust raus! – und meinte mit einer wegwerfenden Handbewegung: »Keine Angst, Pa, ich schaff' das schon. Mit Frauen ist das wie mit giftigen Schlangen, man muß sie nur zu packen wissen!« – »Angeber!« zischte Kaja.

Johannes hüstelte. »Von wem hat er denn diese Weisheit?« fragte er Regina zwischen den Zähnen hindurch.

»Vermutlich von Karl-Heinz, aber frag mich bitte nicht, wer das ist. Ich kenne ihn nicht, weiß nur eines: Karl-Heinz weiß alles und sogar noch mehr!«

Regina lachte, und dann fühlte sie plötzlich Johannes' Hand in ihrem Haar. »Tut mir leid«, sagte er, »ich glaube, wir passen einfach nicht zusammen. Aber laß uns wenigstens Freunde bleiben.«

»Ja, Johannes.«

Er küßte Regina, dann drehte er sich um und ging. Beklemmung blieb zurück. Keiner wußte so recht, was er sagen sollte. Blicke wurden gewechselt, Kajas Kinn kräuselte sich, ihre Augen glänzten verdächtig. Regina fürchtete schon, gleich würde eine

Tränenflut über sie hereinbrechen und sie müßte trösten, obwohl ihr doch selbst recht elend zumute war, als sich ihr Magen meldete – sehr laut, wie peinlich! Zornig, grollend bat er mit allem Nachdruck zu Tisch. Die Kinder brachen in Gelächter aus, die Situation war gerettet.

»Die Mami hat 'nen Wolf im Bauch«, kicherte Carolin. »Ne, bloß Hunger«, meinte Andres. »Aber dem kann abgeholfen werden. Ich lad' euch zum Essen ein, und Maminka bezahlt. Um die Ecke is'n Italiener, der macht die besten Maffiatorten, wo's gibt!«

»Torte«, sagte Regina und rümpfte die Nase. »Also, ich hätte lieber was Herzhaftes.«

Kaja und Andres sahen sich an und rollten mit den Augen. »Mensch, Mami, wird Zeit, daß du mal was an deinem Wortschatz tust. Maffiatorte ist Pizza! Klar?« Man lernt eben nie aus.

Nachdem das leibliche Wohl mittels Nahrungsaufnahme wiederhergestellt war, verspürte Andres das Bedürfnis, sich kulturell zu bilden. Er schlug vor, ins Kino zu gehen.

»Da läuft ein Film im Ilz, der ist total galaktisch, sag' ich euch!«

Regina warf ein, daß sie diese futuristischen Weltraumdinger gar nicht mochte, und mußte sich wieder mal belehren lassen.

»Galaktisch bedeutet super, astrein, einsame Spitze!« Andres seufzte und schüttelte mitleidig den Kopf. »Also, was ist, Mütterlein – gehn wir?«

»Na meinetwegen«, erklärte sich Regina einverstanden.

Andres kannte den Film zwar noch nicht, aber Karl-Heinz kannte ihn. Der hatte ihn schon dreimal gesehen und Andres ausführlich ins Geschehen eingeweiht. Was zur Folge hatte, daß Andres den Film ebenfalls so gut wie kannte. Er hatte also einen gewissen Wissensvorsprung und ließ den auch kräftig raushängen. Was hat man schließlich davon zu wissen, wenn die anderen nicht wissen, daß man weiß?

Auf der Leinwand spielte sich etwa folgendes ab: Einer – ein Guter! – entführt einen Diplomatenkoffer voller Diamanten. Der Koffer mit den Diamanten ist eben zuvor von einem anderen – dem Bösen! – entführt worden. Der Gute entführt ihn also quasi zurück, dorthin, wo er hingehört. Der Böse hat die Tat des Guten bemerkt und verfolgt ihn grimmig. Sehr grimmig sogar! Auf seinem Gesicht ist deutlich folgendes zu lesen: Ich mach' dich kalt, du Elender! Außerdem ist da noch die Knarre in des Bösen Hand – die Sache ist eindeutig.

Der Böse verfolgt also den Guten. Es geht kreuz und quer durch ein altes Kastell mit sehr vielen Gängen und Geheimtüren, die – daher geheim! – nur selten als solche zu erkennen sind. Der Gute kommt deshalb immer wieder in arge Bedrängnis.

Jedesmal, wenn die Spannung – vom Regisseur im Schweiße seines Angesichtes und nach allen Regeln der Filmkunst aufgebaut – dem Höhepunkt entgegentrieb, zerstörte Andres das teuer erkaufte Angstgefühl mit einer gelangweilt hingeworfenen Bemerkung.

»Nur keine Panik, der stößt jetzt mit dem Koffer aus Versehen gegen die Bronzefigur da, und dann öffnet sich der Bücherkasten.«

Ärgerliche Psssts von allen Seiten. Aber Andres ließ sich nicht stören. Er verriet auch die Sache mit der Falltür, dem Strick, der zufällig in einer Truhe lag, um als Retter in letzter Sekunde zu dienen, und dem Versteckspiel im Schrank, der wieder einmal eine Geheimtür barg.

»Pscht!«

»Psssssssst!!!«

»Ruhe, verdammt noch mal, sonst polier' ich dir die Beißer!«

»Andres, sei doch bitte still!« flüsterte Regina. Sie schämte sich entsetzlich!

Andres schwieg. Ganze zwei Minuten lang!

Dann kam die Dachszene. Der Gute stößt eine Tür auf und stellt entsetzt fest: Ich bin auf dem Dach! Die Lage ist ausweglos. Höchstens Springen ginge noch! Erst ein Blick zurück: Der Böse ist ihm dicht auf den Fersen! Dann ein Blick in die Tiefe: Sehr tief! Zu tief! Todesangst auf dem Gesicht des Guten, hämisches Grinsen auf dem des Bösen, der nun langsam naht. Ganz langsam, denn morden muß man mit Genuß!

Alles hält den Atem an. Keiner, aber auch gar keiner traut sich mehr mit Papier zu rascheln! Auch nicht zu niesen, nicht mal mit der Wimper zu zucken! Und da, mitten in diese prickelnde Stille hinein, trompetet Andres: »Gleich kommt ein Hubschrauber von links, außerdem klemmt die Knarre, weil … AUAH!«

Andres drehte sich empört um. Einer hatte ihm von hinten eine

Zeitung um die Ohren geschlagen. Zweimal. Patsch, patsch! »Wie du fühlst«, sagte der Jemand, »klemmt meine Zeitung nicht. Noch ein Wort, und ich verpass' dir einen Knebel, mein Junge.«

Regina war dem Hintermann äußerst dankbar. Sie grinste sich eins, lehnte sich entspannt zurück und genoß wenigstens das Ende des Films ohne Andres' Kommentare.

Als das Licht anging, sah Regina sich nach dem Wohltäter um. Sah sich um – und direkt in Felix Aubachs blaue Märchenaugen! Das Lächeln auf ihrem Gesicht erstarb, seines wurde noch breiter.

»Na so ein Zufall!« sagte er. Etwas Intelligenteres fiel ihm auf die schnelle nicht ein.

Regina antwortete mit einem knappen Gruß und begann ihre Handtasche zu durchwühlen. Wonach sie wühlte, wußte sie nicht. War auch nicht wichtig, nur wühlen, und dann schleunigst weg hier!

Jetzt stand Andres auf und machte sich groß, sehr groß! So groß wie möglich! Aber an die einszweiundneunzig seines Gegners reichte er noch lange nicht ran, vom Brustumfang ganz zu schweigen!

Ein Blick in Andres' backenmuskelspielendes Gesicht genügte Felix, um sich der Feindschaft des Jungen ganz sicher sein zu können. Vermutlich wegen der Zeitung, und außerdem war der Knabe ja nicht dumm! Eben. Bei Andres machte es klick, er wußte Bescheid. Die Blicke, mit denen dieser blauäugige Riesencasanova *seine* Maminka verschlang, und die Art, wie *seine* Maminka in ihrer Handtasche wühlte, – wenn das nicht zum Himmel stank!

Felix war als potentieller Störenfried in Sachen Familie entlarvt, Andres hätte ihm am liebsten eine geknallt! Leider war zu befürchten, daß Felix zurückknallen würde, und Andres war nur dann Held, wenn's nicht weh tat. Außerdem sollte Spontaneität wohlüberlegt sein! Andres ließ etwas Luft ab und begnügte sich mit Zähneknirschen und nicht ganz stubenreinen Beschimpfungen – allerdings auch nur im stillen.

Die einzige, die sich über Felix' Anwesenheit freute und das auch offen bekundete, war Carolin. »Grüß dich! Wie geht's dir? Hast du schon mal wieder der Gisi eine Spritze gegeben?«

»Nein. Und du, hast du schon mal wieder ein Auto angelaufen?«

»Hab' ich nicht. Tu' ich nur ganz selten. Aber heute waren wir beim Richter, der hat uns vom Papi geschieden! Und morgen komm' ich in die Schule, und dann krieg' ich eine Schultüte, mit lauter Sachen drin! Kommst du mich morgen besuchen?« Carolin wußte, daß nette Leute meistens was für die Schultüte springen ließen, und Felix Aubach war nett, soviel war mal sicher!

»Morgen …«, begann Felix, aber Regina fiel ihm ins Wort.

»Morgen«, sagte sie, »hat Herr Aubach keine Zeit. Überhaupt ist er viel zu beschäftigt, um uns zu besuchen!« Und dann sehr kühl: »Machen Sie's gut, Herr Aubach!«

Sie nahm Carolin an der Hand und schob sie energisch zum Ausgang. Felix folgte ihr.

»Warum folgen Sie mir«, zischte Regina.

»Ich folge Ihnen nicht, ich verlasse nur das Kino. Übrigens, was ich Sie noch fragen wollte: Glauben Sie an Zufall?«

»Nein«, knurrte Regina.

»Ich auch nicht. Ich glaube an Schicksal. Und ich weiß, wenn sich die Dame Schicksal erst einmal etwas in den Kopf gesetzt hat …« Das Ende des Satzes ließ er bedeutungsvoll im Raum schweben. »Auf Wiedersehen, Frau Ullmann.« Er sah ihr lächelnd nach.

»Er verfolgt mich!« beschwerte sich Regina bei Babelin. »Immer wieder taucht er plötzlich auf und belästigt mich! Er nimmt überhaupt keine Rücksicht auf meine Gefühle!« Reginas Wangen röteten sich leicht, als sie Babelins Blick auffing. »Ich meine, er muß doch langsam merken, daß ich nicht … ich meine, daß ich keine … nichts mit ihm zu Lust haben will.«

»Zu tun haben«, verbesserte Babelin. »Regina, mach mir nichts vor! Du hast Lust, du willst mit ihm zu tun haben, du bist bis über beide Ohren in ihn verliebt!«

»Nein, ich …«, sie verstummte. »Na gut«, gab sie dann endlich zu. »Ich bin in ihn verliebt, na gut! Aber das heißt noch lange nicht, daß ich mir deshalb wieder Fesseln anlegen lassen werde. Nein! Ein gebranntes Kind scheut das Feuer. Ich bin gebrannt, ich scheue es!«

»Du mußt ihn ja nicht gleich heiraten«, sagte Babelin.

»Muß ich nicht. Will ich aber, wenn ich ihn erst mal … also, ich bin dann wie eine Tigerin. Einmal Blut geleckt, will ich Beute machen, verstehst du?«

»Nein.«

»Außerdem, denk an die Kinder. Keine Onkels, kommt gar nicht in Frage! Und zu allem ist er auch noch Arzt!«

»Was hast du gegen Ärzte?«

»Viel. Ich war bis vor sieben Stunden mit einem verheiratet.«

»Du hast Vorurteile«, wagte Babelin zu behaupten. »Keine Vorurteile, nur praktische Erfahrung. Ärzte gehören zur Elite, haben mindestens 250 Prozent Ehrgeiz, ständig Nachtdienst und sind steril verpackt. Und ich wühle gern im Garten, dufte nach Pferd statt nach Chanel, und kann mich mit Regenwürmern viel besser verständigen als mit Oberärzten auf Betriebsfesten. Du siehst, Felix und ich, das ist ausgeschlossen!«

»Schade«, fand Babelin. »Ich finde ihn nämlich ungeheuer nett, und dazu sieht er auch noch ausgesprochen gut aus. Soll ich dir mal was sagen – du müßtest dankbar sein, daß sich überhaupt ein Mann für dich interessiert. Und dann noch ein solches Prachtstück! Dem Himmel müßtest du danken, jawohl!«

Das war zuviel, jetzt war Regina beleidigt. Wenn sie auch gerne im Garten wühlte – eitel war sie doch! »So häßlich bin ich ja nun auch wieder nicht!« sagte sie spitz.

»Häßlich? Wer spricht von häßlich? Ich nicht, ich spreche von deinen drei Kindern. Eine Frau mit drei Kindern, davon zwei Halbirre, die sich mit Mehl pudern und täglich mehrere Zentner Nahrung in sich reinschaufeln, wer tut sich so was denn schon an? Also ich an deiner Stelle würde mir die Sache noch mal gut überlegen.«

»Da gibt's nichts zu überlegen. Ich will nicht, weder dieses ›Prachtstück‹ – das Wort sprach sie ganz vorne auf der Zunge und sehr vorsichtig aus, damit sie sich nicht daran verschlucken konnte – noch einen anderen.«

Regina stand auf und ging zur Tür. Als sie die Hand schon an der Klinke hatte, drehte sie sich noch mal um. »Und überhaupt, wieso willst du mich unbedingt an den Mann bringen? Wenn er dir so gut gefällt, dann versuch doch selbst dein Glück bei ihm!«

»Mich will er ja leider nicht«, sagte Babelin. Und als Regina das Zimmer verlassen hatte, fügte sie leise an: »Ich hab' kein Glück bei den Männern.«

Sie legte den Kopf auf die angezogenen Knie und dachte an

Markus. Sie hatte nichts mehr von ihm gehört, und das war auch gut so. Sie wollte ihn vergessen, es gab keine Zukunft für sie beide. Manchmal tat es noch weh, an ihn zu denken – manchmal …
Babelin hob den Kopf und horchte. Hatte da nicht Regina nach ihr gerufen? Sie sprang auf und lief zur Tür.

»Babelin, schnell!« rief Regina ein zweites Mal. Ihre Stimme kam vom Stall, und es klang wie ein Schrei aus allerhöchster Not!

Cora lag in der Box und röchelte. Regina stand daneben und schrie die Stute an, schrie und schlug mit der Gerte zu, so lange, bis sie endlich aufstand.

»Was tust du? Was ist denn passiert?« fragte Babelin entsetzt.

»Sie darf nicht liegen, sie hat eine Kolik! Wenn sie liegt, platzen die Därme, und sie geht uns ein. Schnell, den Tierarzt!«

»Die Nummer?«

»Steht unter T!«

Cora wollte sich wieder hinlegen, Regina konnte es gerade noch verhindern. Sie mußte die Stute bewegen. »Komm, mein Mädchen«, lockte sie und führte sie in die Scheune. »Komm! So, ja, komm nur!«

Cora setzte widerwillig einen Huf vor den anderen. Sie röchelte und stöhnte, wollte sich nicht bewegen, hatte Schmerzen, wollte sich wieder hinlegen. Reginas Herz krampfte sich voller Mitleid zusammen, als sie Cora wieder schlagen mußte, um sie daran zu hindern. »Komm, Cora, komm nur! So, ja, komm …«

Eine Ewigkeit schien vergangen zu sein, als Regina ein Auto vor dem Haus stoppen hörte, dann Türenschlagen, Schritte auf dem Kiesweg. Endlich, das war Dr. Wenzel, er mußte es sein! »Er wird dir eine Spritze geben«, sagte sie, als könne Cora sie verstehen, »und dann wird's dir bald wieder bessergehen – nein, nicht hinlegen, komm!«

Und dann erschien Babelin in der Tür. »Der Tierarzt ist da«, sagte sie, verschränkte die Arme und grinste. Grinste! Regina zuckte wie unter einem Hieb zusammen. Cora kämpfte um ihr Leben, und Babelin grinste!

»Allerdings nicht Dr. Wenzel«, schnurrte Babelin. »Er hat seinen neuen Assistenten geschickt.« Sie drehte sich um und sprach in das Dämmerlicht des Flures: »Kommen Sie, hier ist die Patientin.«

Und dann tauchten hinter Babelin Einszweiundneunzig mit breiten Schultern auf, und über diesen Schultern ein Lächeln, von dem Regina weiche Knie bekam, und zwei blaue Augen, so blau wie Seen, in denen Regina gerne ertrunken wäre!

Reginas Puls kündigte ein Herzbeben an, das vermutlich schwere Verwüstungen hinterlassen würde. Schließlich war ihre Festung nur auf Sand gebaut, hatten ihre Schutzmauern bereits irreparable Risse und ihre Standfestigkeit längst weiche Knie. Regina hielt sich an Cora fest, als Felix auf sie zukam. Was heißt weiche Knie – gar keine Knie mehr! »Kolik«, stöhnte sie, »sehr schlimm!« und wurde von einem neuen Herzbeben erschüttert.

Felix nahm das Stethoskop und hörte Cora nach Darmgeräuschen ab. Dabei ließ er Regina nicht aus den Augen. Diese Augen! Dieser Blick! Dieses Lächeln! Schuft, dachte sie, es ist unfair, mit solchen Mitteln zu kämpfen! Einer anständigen Frau derart unanständig tief in die Augen zu sehen! Unfair, jawohl!

Felix nahm das Stethoskop aus den Ohren, bat Babelin um heißes Wasser, ein Handtuch und Kernseife, und ging selbst zum Auto, um die nötigen Medikamente zu holen.

»Ich spritze Cora ein krampflösendes Mittel«, erklärte er, tastete nach der Vene und stach auch schon zu. »Dann räume ich ihr den Darm aus, und wenn wir Glück haben, ist sie in ein bis zwei Stunden über den Berg.«

Regina band Cora in der Box an, Felix krempelte sich den rechten Ärmel hoch, zog einen Plastikhandschuh über, seifte ihn ein und bat Regina, einen Vorderhuf aufzuheben, damit Cora ihn nicht treten konnte. Felix rechter Arm verschwand fast völlig in Cora. Die Stute stöhnte und versuchte sich loszureißen, aber Regina hielt das Vorderbein mit aller Kraft fest. Einen Moment lang dachte sie darüber nach, wie einfach es jetzt wäre, Felix ein für alle Male außer Gefecht zu setzen. Sie müßte nur das Vorderbein loslassen, dann hätte Cora das Hinterbein frei, um zu treten und …

»So sehr hassen Sie mich?« fragte Felix, als hätte er ihre Gedanken erraten. Er lachte. »Dabei bin ich einer der nettesten – ach was, ich bin der netteste Mann, den ich kenne! Ich habe praktisch nur gute Eigenschaften.«

»Schrecklich«, sagte Regina.

Aber Felix ließ sich nicht beirren. Er zählte auf: »Ich bin treu, ehrlich, liebenswürdig, verständnisvoll, charmant, also kurz gesagt, ich bin ...«

»... ein Prachtstück«, nahm ihm Regina das Wort aus dem Mund. Das hatte sie heute schon einmal gehört! »Genau«, sagte Felix.

Er war fertig, zog den Handschuh aus, dann sein Hemd und wusch sich in der Wasserschüssel, die Babelin auf die Futterkiste gestellt hatte, Arme und Oberkörper.

Regina verfolgte wie gebannt die kreisenden Bewegungen seiner Hände, maß die Schultern, entdeckte einen Leberfleck, dort, wo die Wirbelsäule im Hosenbund verschwand, und stöhnte leise auf. Ein neues Herzbeben erschütterte sie bis in Mark und Bein, ein Zittern folgte, lief von den Haarwurzeln bis zu den Zehenspitzen und wieder zurück. Sie war nämlich keineswegs unempfänglich für männliche Reize, genau gesagt war sie sogar sehr empfänglich, und gerade jetzt ganz besonders!

Als Felix sich plötzlich umdrehte, wollte sie wegsehen, aber sein Blick hielt sie fest. Sie zappelte wie ein Fisch an der Angel, als er auf sie zukam, und wußte doch, es war sinnlos, sie war endgültig verloren, es gab kein Entrinnen mehr. Ihre Mauern stürzten mit solcher Wucht in sich zusammen, daß sie erbebte, und wenn sie nicht alles täuschte, dann hörte sie irgendwo in der Ferne die Trompeten von Jericho blasen. Oder war es ein Engelschor, der sang? Egal, jedenfalls war es wunderschön, von Felix in den Armen gehalten und geküßt zu werden! So schön, daß sie ihn festhielt, als er sich von ihr lösen wollte, und hauchte: »Felix, bitte nicht aufhören, ach Felix ...«

»Besser doch«, flüsterte er, »wir werden beobachtet.«

Regina schlug die Augen auf und sah zur Tür. Mit einem Male war sie stocknüchtern. Kein Engelschor mehr, kein Liebesrausch, nur noch Andres' weidwunder Blick. »Andres ...«, rief sie, als er sich plötzlich umdrehte und ging, »Andres!«

Sie wollte ihm nachlaufen, aber Felix hielt sie zurück. »Besser, du bleibst hier.«

»Aber ich muß doch ...« Regina verstummte.

»Was mußt du? Dich bei ihm entschuldigen, weil du mich geküßt hast? Weil du außer Mutter auch noch Frau bist?«

»Nein, natürlich nicht. Aber vielleicht sollte ich mit ihm reden, ihm erklären – ach, ich weiß ja auch nicht!«

»Mit ihm reden, glaube mir, das wäre völlig zwecklos. Er würde dich am ausgestreckten Arm verhungern lassen. Eiskalt und knallhart. Ich weiß das aus eigener Erfahrung.«

»So?« sagte Regina spitz.

Felix schmunzelte. »Ja. Nur damals war ich der Sohn, der seine Mutter auf frischer Tat ertappt hat. Regina, liebst du mich?«

»Ich ... ja. Das heißt, ich kenne dich ja eigentlich noch nicht.«

»Eben, und das müssen wir ändern.« Er zog sie wieder an sich. »Aber dazu brauchen wir Zeit, und die wird uns dein kleiner Supermann nicht freiwillig zugestehen. Wir müssen sie uns nehmen, Regina, auch wenn ihm das nicht paßt.«

Regina seufzte. Plötzlich ballte sie die Hände und stampfte mit dem Fuß auf. »Und dabei wollte ich nie, nie mehr einen Mann!« schimpfte sie los. »Nichts als Ärger hat man durch euch! Ein einziger Kuß, und schon ist der ganze herrliche Frieden beim Teufel! Ich hab's ja gewußt, ohne Mann lebt es sich bedeutend leichter, aber ich konnte wieder mal nicht auf mich hören! Ha, Männer!« rief sie, und im selben Moment schnaubte Cora ein leises »Schuhuhuhu«, hob den Schweif und ließ drei Pferdeäpfel fallen.

»Siehst du«, sagte Regina trocken, »sie ist ganz meiner Meinung.«

Felix lachte und klopfte Cora den Hals. Sie konnte wieder misten, die Kolik schien überstanden. Er nahm sein Stethoskop, horchte noch mal nach den Darmgeräuschen und nickte zufrieden. »Den Rest kann sie alleine machen«, sagte er und grinste Regina sehr, sehr unverschämt an, »wir können getrost zu Bett gehen.«

Regina griff nach seinem Hemd, knüllte es zu einem Wurfgeschoß, schmiß damit nach ihm und ging.

»Ich dachte«, rief er ihr nach, »du wolltest mich kennenlernen! Ich hoffe doch sehr, nicht nur die eine Hälfte!«

»Legst du immer so ein Tempo vor?« fragte Regina, als er in die Stube kam.

»Tempo? Wir kennen uns jetzt – warte«, er rechnete nach, »genau 59 Tage, 11 Stunden, 23 Minuten und etliche Sekunden. So lange hab ich noch nie gewartet!«

Regina goß ihm Tee ein, schob ihm eine Platte mit Käse und Brot hin und wünschte ihm schlechten Appetit. »Magnum für Landfrauen«, knurrte sie, »hab's ja gleich gesagt.«

»Wie bitte?« Felix hatte nicht verstanden.

»Ich sagte, warum mußtest du ausgerechnet meine Tochter anfahren, konntest du dir nicht die von Müllers oder Hauseggers als Zielscheibe aussuchen?«

»Ich bitte dich, Regina, Frau Hausegger geht auf die 50 zu, hat sieben Kinder, einen rüstigen Mann, und außerdem lispelt sie. Und ganz abgesehen davon, wir wären uns ja doch begegnet, du und ich. Macht des Schicksals!« rief er theatralisch und rollte mit den Augen.

»Ach, Felix, du bist ein Kindskopf.«

»Aber ein lieber«, behauptete er und nahm Reginas Hand. »Wenn du willst, fahr' ich nach Hause. Jetzt, sofort, auf der Stelle.«

»Nein, bleib und erzähl mir was von dir.«

»Du meinst, so eine richtige Lebensbeichte? So mit allem Drum und Dran?« Er seufzte. »Ich fürchte, da komm' ich nicht besonders gut weg ... Na gut. Als ich geboren wurde, das war vor fast 35 Jahren, war ich der Stolz der Familie. Das hat sich dann später grundlegend geändert!« Er zuckte bedauernd die Schultern. »Als ich 13 Jahre alt war, starb Papa. Er hinterließ eine 38jährige Witwe, zwei Töchter und einen Sohn – das bin ich! –, von dem erwartet wurde, daß er in Papas würdige Fußstapfen trete. Papa war Chirurg von bestem Ruf und besaß eine Privatklinik mit Blick auf den See. Ich wurde also auf die Universität geschickt, wo man mir theoretisches Wissen beibrachte, danach in eine Klinik gesteckt, wo man einen Arzt aus mir zu machen versuchte. Das heißt, ich sollte lernen, würdig zu schreiten, im passenden Moment die passenden Witze zu machen, zwischen Privat- und Kassenpatienten zu unterscheiden und vor allem, meine riesigen Hände möglichst unauffällig in den Kitteltaschen verschwinden zu lassen. Übrigens nannten mich schon damals, als ich noch Assistenzarzt der Humanmedizin war, meine Kollegen den »Veterinär«. Nach zwei Jahren ›Klinikaufenthalt‹ warf ich den weißen Kittel, ging zurück zur Universität und versuchte mich am Vieh. Und ich muß sagen, das lag mir bedeutend besser! Zufriedenheit kehrte in die arme

Seele ein. Meine Familie allerdings war entsetzt. Mama weinte, Stiefpapa – ebenfalls Arzt – zürnte, meine Schwestern rümpften die gepuderten Näschen. Nachdem ich mit dem Studium fertig war, folgten ein paar Jahre als Assistenzarzt in einer privaten Tierklinik, dann kam ich zu Dr. Wenzel, und – voilà – hier bin ich!« Er lachte. »Arm, aber glücklich, und so wie es aussieht, hab' ich endlich auch die passende Frau gefunden.« Er zog Regina zu sich auf die Bank und küßte sie ausgiebig.

»Felix …« Regina machte sich aus seiner Umarmung frei. »Felix, ich habe drei Kinder!«

»Ist mir schon aufgefallen.«

»Macht dir das gar nichts aus?«

»Nicht im geringsten! Im Gegenteil, ich finde, drei sind zu wenig, daran müßten wir noch etwas tun!« Er grinste anzüglich.

»Du bist unmöglich«, rief Regina. »Wirklich unmöglich! Außerdem solltest du darüber besser keine Witze machen. Weißt du, es ist nämlich so, ich …« Sie stockte, kaute verlegen auf ihren Lippen, suchte nach den richtigen Worten – Gott, war ihr das peinlich! »Also, ich … ich vermehre mich sehr leicht. Sozusagen werfe ich einmal jährlich, wenn ich nichts dagegen tue, und ich kann nichts dagegen tun, weil ich nichts von dem vertrage, was ich dagegen tun könnte. Ich finde, ich mußte dir das sagen. So, und nun fährst du besser nach Hause und kommst nie, nie mehr wieder!«

Felix stand auf und ging. Als die Tür hinter ihm ins Schloß fiel, griff Regina sich ans Herz. Es schien herausspringen und ihm nachjagen zu wollen, so wild führte es sich auf. »Felix!« schrie alles in ihr. »Lieber, lieber Felix! Bitte bleib, geh doch nicht fort, Fe-lix!«

Zwei Minuten später war er wieder da und stellte ein kleines, schwarzes Gerät auf den Tisch.

»Was ist das?« fragte Regina.

»Ein Piepsgerät.«

»Ein Piepsgerät?«

»So nenne ich es. Dr. Wenzel läßt es piepsen, wenn er mich braucht und zu Hause nicht erreichen kann. Ein praktisches Ding. Und handlich! Man kann es in Jackettaschen stecken – wenn man zum Beispiel ins Kino geht –, in Handschuhfächer legen oder auf Nachttische stellen und …«

»Felix, es piepst!« rief Regina erschrocken.

»Tatsächlich. Verdammtes Teufelsding«, brummte er.

»Und jetzt?«

Felix seufzte. »Jetzt gehe ich zum Auto, melde mich über Funk bei meinem Chef, der mich zu einem Notfall schickt, während er gemütlich im Wohnzimmer sitzt und ein Gläschen Rotwein trinkt. Und wenn wir beide Glück haben, bin ich in einer Stunde wieder hier.«

Regina schüttelte den Kopf. »Nein, Felix, bitte nicht heute. Ich muß noch über so vieles nachdenken.«

»Na gut.« Er küßte sie. »Ich komme morgen abend, um nach Cora zu sehen. Und glaube nicht, daß du mich dann noch einmal loswirst!«

Der Tag zog sich Socken an, die alte Mühle gähnte und reckte sich, auf ihren Treppen tapsten nackte Füße zum Badezimmer – eigentlich war es ein ganz gewöhnlicher Samstag morgen, noch ein wenig verschlafen, aber bereit, sich erleben zu lassen. Und trotzdem, etwas war heute anders, etwas lag in der Luft, die Kinder fühlten es ganz deutlich!

Carolin spitzte in die Stube. Kater Friedolin saß vor seinem Schälchen und schlabberte Milch, Kaspar lag unterm Tisch, eine Pfote über den Augen, er wollte, bitte schön, noch schlafen. Der Frühstückstisch war schon gedeckt, die Tür zur Küche stand offen, Regina war offensichtlich mit Frühstücksvorbereitungen beschäftigt. Geschirr klapperte, der Kessel pfiff, und – Carolin wunderte sich sehr! – ihre Mami sang! Das war nun wirklich äußerst ungewöhnlich, denn Mami sang morgens nie!

Carolin tapste zur Küche und sah Regina aus großen Augen ungläubig an. »Warum singst du denn?«

»Weil so ein wunderschöner Tag ist! Guten Morgen, mein Schatz – aber du hast ja gar keine Hausschuhe an! Marsch, marsch, lauf und hol sie dir!«

Carolin runzelte die Stirn. Normalerweise pflegte Mami in solchen Fällen zu sagen: »Ca-ro-lin! Du hast ja wieder keine Hausschuhe an!!! Ab und hol sie dir, aber marrrsch! Sonst setzt's was!« Und wieso wunderschöner Tag? Carolin ging zum Fenster und sah hinaus. Noch kein einziger Sonnenstrahl war zu sehen, und die Frühnebel hingen ganz genauso über den Wiesen wie gestern. Komisch ...

Sie holte ihre Hausschuhe, setzte sich an den Tisch und dachte angestrengt nach. Was war nur los mit Mami?

Dann erschien Kajas Kopf zwischen Tür und Angel.

»Die Mami singt!« rief Carolin gleich.

»Hör' ich doch selbst, bin ja nicht taub!« Kaja ging in die Küche. »Was is'n los«, fragte sie und schüttelte den Kopf, als wäre Regina nicht ganz bei Sinnen.

»Was soll los sein? Nichts ist los! Darf man denn nicht einfach fröhlich sein?«

»Doch, schon. Aber, na ja, ich mein' ja bloß.« Kaja drehte sich zu Carolin und zuckte die Schultern. Da soll sich einer auskennen!

»Guten Morgen!« rief Babelin. Sie schloß die Tür, rieb sich die Hände und schnupperte Kaffeeduft.

»Die Mami hat gesungen!« verkündete Carolin.

»So?« Babelin verkniff sich ein Grinsen. »Was denn?«

»Wie, was denn?!«

»Na, was sie gesungen hat.«

Carolin dachte nach. »Irgendwas von Motten, die wie Männer ums Licht rumschwirren.«

Babelin lachte. Sie sah Regina an. »Und wenn sie verbrennen, die Motten, dann kann ihnen sicher auch kein Tierarzt mehr helfen ...«

Kaja verstand immer nur Bahnhof, und außerdem fand sie den Text des Liedes ausgesprochen blöd. Ein Lied über Motten! Mannomannomann! Und dabei beschweren sich die Etablierten immer über die angeblich nicht sehr intelligenten Texte der Jugend – na ja!

Das Frühstück war fertig, jetzt fehlte nur noch Andres. Carolin lief, um ihn zu holen.

Er hatte sein ganz langes Gesicht auf, brummte etwas, das sich anhörte wie ›gtnmrgn‹, knallte sich auf seinen Platz und griff sich sein Messer. Damit köpfte er sein Ei mit solcher Wucht, daß das Hütchen quer über den Tisch flog und auf Kajas Schoß landete.

»Was is'n mit deeem los!« rief sie. »Hat's dich?«

Andres verzichtete darauf, diese Frage zu beantworten, und fiel mit brachialer Gewalt über sein Ei her.

»Ist der Andres böse?« wollte Carolin wissen.

»Sieht ganz so aus«, sagte Babelin. Sie hatte Andres gestern an der Tür zur Scheune stehen sehen und tippte ganz richtig auf Eifersucht.

»Warum ist er böse?« fragte Carolin.

»Weil die Mami singt, vermutlich. Andres mag nicht, wenn andere Menschen glücklich sind. Andres möchte, bitte schön, nur selbst glücklich sein.«

Wenn Blicke töten könnten, wäre Babelin jetzt mausetot umgefallen.

Kaja schüttelte den Kopf und sah von einem zum anderen. »Also bitte, kann mir mal endlich einer erklären, was hier eigentlich los ist?«

»Ja, das kann ich!« Andres sprang auf. »Unsere Mutter hat einen Liebhaber! Das ist los!« Er stürzte aus dem Zimmer und knallte die Tür hinter sich zu, daß die Fensterscheiben bebten und Fridolin vor Schreck auf den Schrank flüchtete.

Einen Moment lang war es mucksmäuschenstill. Kaja äugte zu Regina, die sich nervös am Ohrläppchen zupfte und Babelin ratlos ansah. Babelin zuckte mit den Schultern und rührte ausgiebig im Kaffee. Carolin sah von einem zum anderen und verstand mal wieder überhaupt nicht, warum die sich alle so seltsam benahmen.

Regina hatte plötzlich das Gefühl, daß sie beichten mußte, alles erklären, jedenfalls etwas sagen, das Schweigen war ja unerträglich! Sie holte tief Luft und ratterte ohne Atempause herunter: »Andres hat mich und Felix beobachtet, als wir uns geküßt haben. Felix und ich werden uns in Zukunft öfter sehen, wir lieben uns, und ich bitte euch, das zu akzeptieren.« Puh, das war raus!

»Meinst du meinen Felix?« fragte Carolin.

»Ja, Felix Aubach.«

Carolins Begeisterung war grenzenlos, Kajas weniger. »Verliebt?« sagte sie und zog dabei ein Gesicht, als hätte sie auf einen alten Putzlappen gebissen. »Aber dafür bist du doch schon viel zu alt!«

»So, meinst du?« entgegnete Regina und zog beide Augenbrauen hoch.

Kaja senkte den Kopf und bohrte Blicke in ihren Schoß.

»Hab' ich jemals gesagt, daß du dazu noch viel zu jung bist?«

Kaja schüttelte den Kopf, und Regina fuhr fort: »Carolin ist sechs und liebt ihren Edwin. Deine Lehrerin, Frau Grimm, hat mit 56 Jahren geheiratet. Liebe kennt kein Alter, Kaja, sie hat nur in jedem Alter eine andere Bedeutung.«

»Aber du hast doch uns! Wir lieben dich doch, warum brauchst du dann noch Felix!« rief Kaja.

»Warum brauchst du Sebastian, wo du doch eine Mutter hast, die dich liebt? – Kaja, sieh mich mal an.« Kaja hob den Kopf, Regina lächelte sie an. »Ich bin glücklich, Kaja. Genauso glücklich wie du warst, als dich Sebastian vor zwei Wochen bat, seine Freundin zu sein.«

Kaja nickte, und plötzlich lächelte sie und umarmte Regina. »Ach, Mami, Sebastian ist ja sooo süß! Und ich hab' ihn so, so lieb! Und dich natürlich auch, und die Babelin und alle, einfach alle!« Und vor lauter Rührung über ihr Herz, das soviel Fassungsvermögen hatte und vor Glück schier überquoll, brach sie in Tränen aus. »Soho lieb, hein-f-ach halle!« schluchzte sie.

Felix hatte recht behalten. Reginas Versuche, mit Andres zu reden, schlugen sämtlich fehl. Er ließ sie, wie Felix das ausgedrückt hatte, eiskalt am ausgestreckten Arm verhungern. Mit starrem Gesicht, wie versteinert, sah er sie blicklos an, gab keine Antworten, hörte einfach nicht zu. Er wandelte am Abgrund einer saftigen Ohrfeige, denn wenn Regina etwas wild machte, dann dieses provozierende Durch-sie-Hindurchsehen, und Andres wußte das auch. Aber sie beherrschte sich, sie hätte ihm damit nur einen Gefallen getan, ihm einen »handfesten« Grund geliefert, sich zu bemitleiden und Felix zu hassen.

Er kostete Regina eine ganze Menge Kraft, dieser Psychokrieg mit Andres, in dem sie deutlich der schwächere Gegner war. Andres' Taktik war denkbar einfach und sehr wirkungsvoll. Egal wo Regina sich auch aufhielt und was sie gerade tat, Andres tauchte wie zufällig auf und provozierte sie mit eiskalter Verachtung.

Als Felix am Abend kam, änderte er seine Strategie und betätigte sich als Störenfried. Solange Regina und Felix bei Cora im Stall waren, beschäftigte er sich in der Scheune mit Aufräumarbeiten, um die ihn seine Mutter schon vor Wochen gebeten hatte – damals allerdings vergeblich. Als Felix den Stall verließ, knallte er ihm – ganz aus Versehen natürlich! – ein langes Brett vor den Latz. Hier, da hast du!, und murmelte eine Entschuldigung, die

Felix lächelnd annahm. Als Felix sich im Bad die Hände wusch, kam Andres mit seinen Gummistiefeln an, um sie in der Wanne abzuspritzen, wobei ihm dummerweise der Duschkopf aus der Hand glitt und Felix von einem Strahl kalten Wassers getroffen wurde. Felix und Regina saßen am Bauerntisch in der Stube und tranken Tee. Andres kam, nahm sich die Süddeutsche Zeitung, knallte sich auf die Eckbank und las. Daß das Format einer Zeitung derart unhandlich ist, dafür konnte Andres natürlich nichts. Er gab sich ja Mühe, Felix beim Umblättern nicht ständig durchs Gesicht zu fahren, aber irgendwie war es wie verhext, immer wieder passierte es ihm. »Verzeihung.«

»Macht nichts, kann schon mal vorkommen.«

Pause.

»O, Entschuldigung.«

»Nicht schlimm.«

Die Unterhaltung war ziemlich eintönig.

Felixs' Piepsgerät lag auf dem Tisch, irgendwo unter einem Haufen Papier begraben. Als es jetzt piepste, mußte er sich erst einmal durch ›Stellenangebote männlich‹, ›Sport‹ und ›Kultur‹ wühlen, um an das Ding ranzukommen. Er schaltete es aus und ging zum Auto. Andres besah sich über den Rand der Zeitung hinweg das kleine, schwarze Gerät. Er hätte es gerne in die Hand genommen, um es genauer zu betrachten, aber das wäre natürlich eine Art Zugeständnis an Felix gewesen. Er verzichtete darauf – nein danke! –; bevor er diesem Tarzanverschnitt auch nur den kleinen Finger reichte, ließ er sich lieber die Hand abhacken!

Selbstverständlich würdigte er Felix keines Blickes, als der wieder zurückkam, sein blödes Piepsdingsda einsteckte, sich anzog und währenddessen etwas von Komplikationen bei einer Kälbergeburt erzählte.

»Ein Einödhof ganz in der Nähe. Der Bauer liegt seit ein paar Wochen im Krankenhaus, seine Frau muß jetzt den Hof alleine bewirtschaften, obwohl sie Schwierigkeiten mit der Schulter hat, die war gebrochen, und alte Knochen heilen schwer! Überhaupt hatten die Leute riesig Pech dieses Jahr. Zwei Milchkühe mußten notgeschlachtet werden, die Ernte war schlecht – wenn die jetzt auch noch das Kalb und die Kälbin verlieren, dann ist es endgültig aus mit dem Hof.« Er schlüpfte in seine Jacke und knöpfte sie zu. »Das

Kalb muß wahrscheinlich gedreht werden, und beim Ziehen brauche ich Hilfe, alleine schaff ich das nicht. Aber am Hof ist kein Mann, der mit zupacken könnte. Ich brauche unbedingt zwei kräftige Hände ... Andres, wie wär's mit dir, du bist doch stark, du könntest helfen!«

Andres blätterte die Süddeutsche um und vertiefte sich in einen Artikel über die finanzielle Misere deutscher Musik- und Schauspieltheater im allgemeinen sowie im besonderen.

»Andres, hier geht es nicht um dich oder mich, sondern einzig und allein um Kuh und Kalb, denen du vielleicht das Leben retten kannst, und um einen Hof, der einen weiteren finanziellen Verlust nicht mehr verkraften kann! Du hilfst nicht mir, sondern diesen Leuten, und meinetwegen können wir uns danach wieder nach Herzenslust bekriegen.«

Andres legte die Zeitung weg, streifte Felix mit einem Blick so kalt wie ein Eisberg und sagte: »Na gut. Aber daß da kein Mißverständnis entsteht – für SIE rühre ich keinen Finger! Sie und Ihre Probleme sind mir schnurzegal, mir tun nur die Bäuerin und die Kuh leid.«

»Selbstverständlich! Aber bitte mach schnell!«

Andres hatte natürlich nicht vor, sich irgendwie einseifen zu lassen. Er war ja nicht bekloppt! Wenn Felix jetzt glaubte, er könne sich bei ihm anschleimen, hatte er sich aber gebrannt, und zwar gewaltig! Kein Wort mehr als unbedingt nötig würde er mit ihm reden – obwohl ihn das Funksprechgerät im Wagen schon sehr interessiert hätte und ihm dazu einige Fragen auf den Lippen brannten ...

Kurz bevor sie von der Sandstraße auf den Schnellweg einbogen, kam ihnen ein Auto mit Grabenkirchener Nummer entgegen. Andres reckte den Hals und sah dem Wagen nach, als er an ihnen vorbei in Richtung Mühle fuhr.

»Dein Vater?« fragte Felix.

»Nein«, knurrte Andres, dann verschränkte er die Arme und versank wieder in bockiges Schweigen.

Babelin hatte sich ihr Hauskleid aus wollenem Wuschelstoff angezogen, in dem sie sich warm und geborgen fühlte. Sie hatte sich in ihrem Sessel zusammengerollt wie eine Katze, die Prospekte der Hebammenschule auf dem Schoß, um ihren Entschluß noch einmal zu überdenken, als es klopfte. Eilig schob sie die Prospekte wieder in den Umschlag zurück und versteckte ihn zwischen einem Stoß Zeitschriften. Regina wußte noch nichts von ihren Plänen und sollte auch erst dann davon erfahren, wenn Babelin sich ganz sicher war: Ich tu's, ich geh' nach München und werde Hebamme!

Es war vor ein paar Wochen, als Babelin ihrer ehemaligen Schulfreundin Anna in die Arme lief. Anna, die immer fröhliche, optimistische Anna!

Anna hatte sie ins Schlepptau genommen und in ein Café entführt, hatte sich ein großes Stück Torte bestellt und befohlen: »Erzähl mir, wie geht es dir, was treibst du so – erzähl mir alles, einfach alles!« Und Babelin, mit Kummer und Sorgen gefüllt bis obenhin, holte tief Atem und spuckte alles aus – den ganzen verdammten Ärger mit ihrem neuen Chef, den Kolleginnen, und daß sie es satt hatte, einfach satt! Diese Intrigen, dieses Sich-selbst-verleugnen müssen! Daß sie weiß der Himmel was darum geben würde, selbständig arbeiten zu können ... »Ach, hätte ich doch nur einen anderen Beruf erlernt!«

»Selbständig arbeiten? Nichts leichter als das! Sattle um, werde Hebamme wie ich. Hebammen sind wieder im Kommen, es wird wieder modern, zu Hause zu entbinden. Ich bin jetzt 26 Jahre alt und habe schon einen eigenen Bezirk zu betreuen. Droben in Norddeutschland, hab' nämlich einen Norddeutschen geheiratet!« Das sagte Anna einfach so, zwischen zwei Gabeln Torte – nichts leichter als das!

»Ach, Anna, wie stellst du dir das vor, ich kann doch nicht so ohne weiteres ...«

»Kannst du schon. Ich gebe dir die Adresse der Ausbildungsschule in München. Du studierst zwei Jahre, danach arbeitest du ein paar Jahre auf einer Entbindungsstation einer Klinik, um Erfahrung zu sammeln, dann kümmerst du dich um einen eigenen Bezirk und baust dir eine Praxis auf.« Sie zuckte die Schultern und grinste. »Ich bitte dich, was ist daran so schwer?«

Anna gab Babelin die Adresse und nahm ihr das Versprechen ab, sich doch wenigstens mal Informationsmaterial schicken zu lassen.

Das tat Babelin dann auch. Und je länger sie über alles nachdachte, desto einfacher schien es ihr zu sein. Vor ein paar Tagen hatte sie die Anmeldung ausgefüllt, hatte sie in einen Umschlag geschoben, hatte den Umschlag frankiert und in ihre Handtasche gesteckt. Aber abgeschickt hatte sie ihn nicht. Daß sie noch immer zögerte, lag an Regina, den Kindern, der Mühle. Das hier alles hinter sich lassen, die Liebe, die Geborgenheit, das schöne Mühltal. Das alles einzutauschen gegen ein kleines möbliertes Zimmer in einem Schwesternwohnheim, fremd sein in einer fremden Stadt, ohne Freunde, ohne Liebe – wieder ganz von vorne anzufangen! War der Schritt, den sie tun wollte, nicht doch zu groß?

Es klopfte ein zweites Mal. Babelin zupfte ihr Hauskleid zurecht und öffnete. Doch im Flur stand nicht Regina, wie sie erwartet hatte, sondern Markus. Ihr Herz schlug augenblicklich Alarm. »Markus – du?« hauchte sie.

»Ja, ich!« Markus öffnete die Arme, damit Babelin hineinsinken konnte. Sie zögerte erst, doch dann gab sie ihrem Verlangen nach, seufzte auf, war plötzlich nur noch Herzklopfen, nur noch Gefühl. Und alles – ihre Sorgen, ihre Pläne, ihr Unfrieden mit sich und der Welt waren auf einmal wie weggeblasen. Markus war wieder da!

»Liebes«, flüsterte er, »ich hab' dich so vermißt! Damals, nach unserem Gespräch, hab' ich begonnen, dich mit anderen Augen zu sehen …«

»Komm«, unterbrach Babelin, »komm doch erst mal herein.« Sie schloß die Tür hinter ihm, ließ sich wieder in seine Arme ziehen, ließ sich küssen und streicheln.

»Ach, Markus!«

»Ach, Babelin! Und ich – ich dachte schon, du willst mich nicht mehr! Ich hatte so oft den Telefonhörer in der Hand und legte dann doch wieder auf. Oder saß vor dem Apparat und flehte ihn an: Bitte laß sie anrufen, bitte! Babelin, ich weiß jetzt, wie sehr ich dich brauche – ich liebe dich, Babelin …«

Babelin kuschelte sich ganz fest an ihn. Er war wieder da! Er hatte sie lieb! Er wollte sie, nur sie! Das Zimmer begann sich um sie zu drehen. So viel Glückseligkeit, so unerwartet, so plötzlich, es war fast nicht zu ertragen! Sie rang nach Luft, schob ihn von sich, strich sich das Haar aus der heißen Stirn und sah ihn an – sah ihn nur an und lächelte. »Ach, Markus!«

Markus zog den Mantel aus, warf ihn über den Stuhl und versuchte, sie wieder in die Arme zu schließen. Aber Babelin wich zurück.

»Nein, laß mich«, bat sie, »ich muß das alles erst begreifen, muß wieder zu Atem kommen. Da bist du plötzlich und überfällst mich mit deiner Liebe! Komm, setz dich doch, erzähl mir ...«

Aber Markus hatte wohl nicht verstanden, er riß sie an sich und umschlang sie, küßte sie fordernd, versuchte, sie auf beide Arme zu heben und ins angrenzende Schlafzimmer zu tragen. Aber Babelin wand sich aus seinen Armen.

Nun war das Lächeln aus ihrem Gesicht verschwunden, und auch er sah sie einen Moment lang finster an. Aber dann nickte er und setzte sich. »Entschuldige«, sagte er, »ich dachte eben ...«, er brach ab.

»Was dachtest du? Daß wir so einfach dort weitermachen können, wo wir vor langer Zeit einmal aufgehört haben?«

»Nein, natürlich nicht. Du brauchst Zeit, ich versteh' schon.« Er stand auf. »Vielleicht ist es besser, ich lass' dich jetzt alleine. Morgen ist Samstag, ich habe den ganzen Tag frei. Du könntest zu mir kommen, wir könnten spazierengehen, uns später etwas Feines kochen – wie wär's?«

»Gut!« Babelin war einverstanden. Jetzt lächelte sie wieder und küßte ihn zum Abschied.

»Bis morgen dann, ich liebe dich«, sagte er, aber in seiner Stimme schwang immer noch Ärger mit.

Babelin stand am Fenster und sah den Rücklichtern des Wagens nach, in dem Markus fortfuhr, ihr Markus! Sie wäre jetzt gerne so richtig glücklich gewesen – aber da war dieser dumpfe Druck im Magen, und irgendwo, tief in ihr drin, nagten Zweifel.

Die Bäuerin lief voraus in den Stall, und im Laufen erklärte sie: »Es ist halt eine Kalbin, und beim ersten Mal geht's ja meist schwer. Aber dazu kommt, daß sie fast keine Wehen hat und ...«, sie blieb plötzlich stehen, »... und ich glaub', daß das Kalb falsch liegt. Da, Herr Doktor!« Sie deutete auf eine Jungkuh, die auf sauberem Stroh lag, und sah Felix erwartungsvoll an.

Felix krempelte sich die Ärmel hoch, seifte sich Hände und Arme ein und wusch sie in heißem Wasser. Dann untersuchte er die

Lage des Kalbes. Die Bäuerin hatte recht gehabt, er mußte versuchen, es zu drehen.

Andres biß sich auf die Lippen und kämpfte gegen ein plötzliches Würgen an. Es sah entsetzlich aus, wie Felix da in der Kuh wühlte, einmal sogar mit beiden Armen. Das mußte dem armen Tier doch furchtbar weh tun? Aber erstaunlicherweise blieb die Kalbin – so nennt man eine Kuh, die zum ersten Mal kalbt – recht ruhig. Nur zwei- oder dreimal hob sie den Kopf und verdrehte die Augen in panischer Angst. Und dann sprach Felix jedesmal beruhigend auf sie ein, und ihr Kopf sank wieder zurück ins Stroh.

Andres, sosehr er Felix auch haßte, fühlte plötzlich Bewunderung für diesen Mann. Klar, das war seine Arbeit, und man konnte von ihm erwarten, daß er sie schnell und sicher tat, aber … Andres überlegte, was ihm nun eigentlich an Felix so imponierte. Da dachte er an einen Satz, den sein Vater einmal gesagt hatte: Ein guter Mediziner ist noch lange kein guter Arzt! Ja, das war's. Etwas Beruhigendes ging von Felix aus, man fühlte sich geborgen und sicher in seiner Nähe, und wenn er es nicht schaffte, das Kalb zu holen, dann würde es auch kein anderer schaffen!

Davon schien auch die Bäuerin überzeugt zu sein. Man merkte ihr an, daß sie ganz auf Felix vertraute, daß sie das Schicksal ihrer Kalbin und damit auch ihr eigenes bedenkenlos in seine Hände legte. Plötzlich kamen zwei winzige Hufe zum Vorschein. Ein Lächeln huschte über das Gesicht der Frau.

Felix nickte zufrieden, dann sah er sich nach Andres um. »So, du bist dran! Komm, pack mit an und zieh!«

Andres griff ganz vorsichtig nach den zarten Beinchen.

»Zieh«, rief Felix, »mit aller Kraft! Keine Angst, wir verletzen es nicht!«

Und dann zogen sie gemeinsam, Schulter an Schulter und mit solcher Gewalt, als gälte es, einen Karren aus dem Dreck zu zerren. Andres schloß manchmal die Augen, wenn ihn das Mitleid überkam. Das muß doch schrecklich weh tun! Der Kuh und dem Kalb muß das doch weh tun, verdammt! Aber wenn Felix es so wollte, dann hatte es bestimmt auch seine Richtigkeit – Wahnsinn, das ganze Leben ist Wahnsinn! Scheibe mit Honig, verdammt! – Da gab der Widerstand in seinen Händen plötzlich nach, und als Andres die Augen öffnete, lag ein winziges Kälbchen vor ihm im

Stroh. Den Kopf zwischen den Vorderbeinen, schleim- und blutverklebt, bewegungslos ... es sah ganz so aus, als wäre es tot!

Ein Schreck durchzuckte ihn wie ein Stromstoß, er öffnete den Mund, als wollte er schreien, aber kein Laut kam heraus.

»Komm«, sagte Felix, »pack mit an, wir tragen es dort rüber.«

»Ist es tot?« flüsterte Andres mit belegter Stimme.

»Nein, es ist alles in Ordnung.«

Kaum hatten sie das Neugeborene abgelegt, kam die Bäuerin mit einem Eimer Wasser und schüttete ihn über dem Kälbchen aus. Ein paar Spritzer trafen auch Andres, und, verdammt noch mal, es war eiskalt! Fast hätte er sich wütend auf diese herzlose Frau gestürzt, aber Felix hielt ihn am Arm zurück.

»Das mußte sein, Andres, damit die Atmung in Gang kommt.«

Und tatsächlich, plötzlich kam Leben in das kleine Wesen, die Beinchen zuckten, der Kopf bewegte sich.

»Es lebt«, flüsterte Andres, »tatsächlich, es lebt, es lebt!« Ein ungekanntes, ganz neues Glücksgefühl durchflutete ihn, und zum ersten Mal schämte er sich nicht zu weinen.

Die Bäuerin und Felix legten das Kälbchen auf trockenes Stroh und tauschten lächelnd Blicke. »Danke«, sagte die Frau und ging zur Mutterkuh hinüber.

Felix winkte Andres zu sich. »Es muß noch trockengerieben werden, willst du das übernehmen?«

Andres nickte und ließ sich zeigen, wie man das macht.

»Du nimmst ein Büschel Stroh und reibst das Kleine damit in kreisenden Bewegungen ab. So ...«, er machte es vor und ließ ihn mit seiner Aufgabe alleine.

Andres war so glücklich, so tief in sich zufrieden, er konnte es gar nicht beschreiben! Da lag ein Kälbchen vor ihm, und er hatte geholfen, es zur Welt zu holen. Irgendwie hatte das Wort ›Leben‹ auf einmal eine ganz andere Bedeutung bekommen. Da war mehr, viel mehr, als er geahnt hatte. Plötzlich sehnte er sich nach seiner Maminka. Er wollte ihr erzählen, was er erlebt hatte, ihr irgendwie mitteilen, was gerade in ihm vorging – dieses unbeschreibliche Fühlen, das in ihm tobte wie ein Orkan. Er würde sagen ... nein, er konnte es nicht in Worte fassen, es war unmöglich. Aber Maminka würde ihn schon verstehen, auch ohne Worte. Seine über alles geliebte Maminka! Sie hatte ihn auch einmal zur Welt gebracht, unter Schmerzen um sein Leben gekämpft. Und dann – Andres versuchte sich das vorzustellen – hatte man ihr ein kleines Bündel Mensch in den Arm gelegt, ihn, Andres! Und bestimmt hatte sie in diesem Augenblick dasselbe unendliche, unbeschreibliche Glück gefühlt!

Jetzt kam er sich auf einmal schrecklich dumm vor. Wie konnte er glauben, daß Felix oder irgendein anderer Mann ihm Maminkas Liebe nehmen konnte?! Was damals, bei seiner Geburt, zwischen ihr und ihm vorgefallen ist – vorgefallen! – Andres mußte über diesen Ausdruck lachen. Also, was da vorgefallen ist, zwischen ihm und Maminka, das konnte ihnen keiner nehmen, niemals!

Andres hob den Kopf des Kälbchens an und schob seine Knie drunter. Dann streichelte er ihn zärtlich. Die winzigen Ohren, die Stirn, die kleine, feuchte Schnauze. Sein Kälbchen, ja, es war seins! Und er wußte plötzlich, und das war nicht nur so dahingedacht, er wußte, daß er Tierarzt werden würde. Landtierarzt, wie Felix!

Die Bäuerin brachte frisches Wasser zum Waschen. Ihre Gummistiefel schlurften über den Granitsteinboden und rissen Andres aus seinen Gedanken. Sie stellte den Eimer ab und sah nach dem Kälbchen. »Wenn halt der Doktor net g'wesen wär'«, sagte sie, »dann tät es jetzt net so zufrieden daliegen. Und ohne deine Hilfe wär' es auch net so glatt gangen. Ich hab' mir die Schulter g'brochen und kann nimmer so recht zupacken. Also, dank' dir schön. Wie heißt du denn?«

»Andres.«

Sie nickte. »Sag, möchtest Pate sein beim Kalb?«

»Freilich!« Andres strahlte.

»Ist recht, dann taufen wir's Andrea, es ist ja ein Weiberl.«

Andres nahm das Handtuch, das sie ihm hinhielt, und ging zu Felix, der sich schon eingeseift hatte. Er tauchte die Arme bis zu den Ellenbogen ins Wasser, nahm die Handbürste und begann an sich zu rubbeln, als wollte er bis zum Knochen durchdringen. Nach langem Schweigen faßte er sich ein Herz, schluckte so laut, daß man es hören konnte, und sagte ohne aufzusehen: »Du, Felix, ich ...«, weiter kam er nicht. Die Worte blieben ihm wie Blei auf der Zunge liegen – ach, hätte er sich doch bloß nicht so hirnverbrannt blöde aufgeführt, dann müßte er jetzt auch nicht einlenken. »Ich …«, begann er noch mal, »ich hab' mich benommen wie der letzte Heuler! Tut mir leid.«

Felix nickte. »Alles klar«, sagte er. »Vergessen wir's! Nur hör um Himmels willen auf, dich wundzubürsten!« Und dann lachten beide und sahen sich zum ersten Mal offen in die Augen.

Während der Heimfahrt ließ sich Andres von Felix das Funksprechgerät erklären. Sie waren schon beinahe bei der Mühle, als ihnen wieder dieser Wagen mit der Grabenkirchener Nummer entgegenkam.

»Mich laust der Affe, wenn das nicht Babelins Typ, dieser Dr. Dingsda, war«, sagte Andres, »ich versteh' überhaupt nicht, was die an dem findet!«

Kaum hatte Felix geparkt, riß Andres die Tür auf und wollte aussteigen. Aber Felix hielt ihn am Arm fest und sah ihn eindringlich an.

»Was is'n?«

»Andres, ich bleibe heute nacht hier. Ich hoffe, du bist einverstanden.«

»Und wenn nicht?«

»Bleib' ich trotzdem.«

Andres nickte. »Gehört wohl dazu?«

Felix lächelte nur.

»Meinst du's ernst mit meiner Mutter?«

»Ja, ich meine es ernst, sehr ernst.«

»Gut. Aber daß das klar ist, wenn du sie schlecht behandelst, kriegst du es mit mir zu tun! Und glaub' bloß nicht, daß mir deine paar Muskeln irgendwie imponieren, mit dir werd' ich schon fertig! Spielend!«

»Ist mir klar«, sagte Felix und ließ ihn gehen.

Andres umarmte Regina mit solcher Wucht, daß sie beide taumelten. »Ach, Maminka«, rief er, »das hättest du miterleben müssen! Das war einfach wahnsinnig irre! Unbeschreiblich irre! Du, und ich werde Tierarzt, Maminka, und …« Plötzlich schob er sie von sich. »Sag mal, wer war denn der Knülch, der uns da eben begegnet ist? Der mit dem Porscheverschnitt, so'n Möchtegernplayboy!«

»Das?« Regina kniff die Augen zusammen und wischte sich

mit einer aggressiven Handbewegung das Haar aus der Stirn. »Das war Dr. Markus Ebert. Er hat Babelin besucht.«

»Wieso der?« fuhr Andres auf. »Was will der jetzt wieder von ihr, sie hat ihn doch fast schon vergessen!«

»Eben«, sagte Regina. »Sie hatte ihn fast schon vergessen! Und immer dann, wenn sie beinahe drüber hinweg ist, taucht er plötzlich wieder auf und rührt in den alten Wunden!«

Es war spät geworden, bis endlich alle Kinder im Bett und alle Lichter gelöscht waren. Auf der Treppe vor ihrem Zimmer saß eine frisch gewaschene, aber völlig verstörte Regina und kaute auf ihren Lippen. Sie fühlte sich plötzlich wieder ganz Kind und hätte sich gerne in Mamas schützende Arme geworfen, weil drinnen, in ihrem Zimmer, der böse Wolf Felix wartete, um sie aufzufressen. In Liebe zwar, aber immerhin! Braut zu sein ist durchaus nicht so einfach, wie Mann denkt. Da liegen Herz und Kopf plötzlich im Widerstreit miteinander und spielen Blütenblätterzupfen. Soll ich? Soll ich nicht? Soll ich? Besser nicht, besser du verduftest!

Das tat Regina dann auch, sprang auf und floh in ihr Zimmer, direkt in Felix' Arme. Das war der Mut der Verzweiflung!

Die Verzweiflung war gerade sehr groß, so groß, daß Felix sie von Reginas Augen, ihrer Nase, den Schläfen, ihrem hübschen Mund küssen mußte, als die Tür aufging und ein Schlafanzug auf nackten Füßchen hereinspazierte.

»Grüß dich, Felix! Was machst denn du im Bett von der Mami?«

»Ich?« Felix zog verschämt die Decke bis zur Nasenspitze und behauptete: »Schlafen!«

Klar schlafen, was tut man anderes in Betten? Aber wieso gerade in Mamis Bett, von dem sie doch noch kürzlich behauptet hatte, es wäre für sie und ausschließlich für sie da!

»Wieso darf er und ich nicht?!« wollte sie dann auch wissen. Ungerechtigkeit waren Carolin zutiefst zuwider!

»Weil ...« Regina sah Felix flehend an: »So hilf mir doch! Warum schweigst du so laut, sonst weißt du doch auch immer prompt eine Antwort auf brennende Fragen!«

»Weil ich hier kein eigenes Bett hab', du aber schon!« sagte Felix.

Aber dieses Argument hatte wackelige Beine. Droben auf dem Dachboden stand nämlich ein Klappbett für Omas, Opas und andere Schlafgäste.

Carolin bestand auf dem Prinzip: gleiches Recht für alle. »Entweder Felix muß raus, oder ich darf auch rein!!!«

Unüberhörbares Schweigen. Blicke wurden getauscht. Regina dachte fiebernd nach. Sie hatte zwei Möglichkeiten. Erstens: Sie konnte Autorität ins Spiel bringen und Carolin mittels mütterlicher Macht in ihr Bett zurückbefördern, was zur Folge haben würde, daß Klein-Töchterchen alle zehn Minuten wieder im Zimmer stünde mit so fadenscheinigen Ausreden wie: »Kann nicht schlafen!« oder: »Da war ein Gespenst, das hat mich in'n Bauch reingebissen, und jetzt tut er weh!«

Zweite Möglichkeit – sie gab scheinbar nach, wartete, bis Carolin eingeschlafen war, und trug sie dann in ihr Bett zurück. Und das schien ihr die bessere Lösung zu sein.

»Gut«, sagte sie. »Aber nur heute, nur dieses eine Mal – verstanden?«

Carolin hatte verstanden, aber mehr als Regina lieb war. Daß Mami so schnell nachgab, war äußerst verdächtig, genau gesagt stank das direkt zum Himmel! Sie kletterte ins Bett, über Regina hinweg, legte sich demonstrativ in die Mitte und nahm sich ganz fest vor, heute nacht kein Auge zuzutun. Nicht ein einziges! Denn wer nicht schläft, kann auch nicht überlistet werden.

»Also dann, gute Nacht! Schlaf schön!« sang Regina und löschte das Licht.

»Gute Nacht!« Felix ließ ein ausgiebiges Gähnen folgen und behauptete: »Gott, bin ich müde!«

»Aber ich kein bißchen!« krähte Carolin, damit die beiden gleich mal Bescheid wußten!

So lagen sie im Dunklen nebeneinander. Die geplagte Mutter der kleinen Nervensäge, Nervensäge persönlich und ein bedauernswerter Felix, und sie belauschten sich gegenseitig auf schlafrhythmische Atemzüge. Soviel Mißtrauen in einem einzigen Bett – das war kaum zu glauben!

Nach etwa zehn Minuten, die sich für zwei Verliebte mit einem Besucher auf der Ritze ungefähr wie zehn Millionen Jahre ausnehmen, robbte eine Hand von links über die Bettdecke, traf auf eine

Hand von rechts, umschlang sie zärtlich und bekam prompt eins auf die Finger.

»Ich will das nicht!« sagte Carolin, »und basta!«

Felix hätte ihr jetzt gerne den Schlafanzug strammgezogen, der kleinen Kröte, dem Quälgeist, dem Liebestöter! Er bebte wie ein Rennwagen kurz vor dem Start. »Verdammt noch mal!«

Es war kurz nach drei Uhr, als Regina wach wurde, weil etwas piepste. Neben ihr lag Carolin, das kleine Engelchen, und schlief selig. Auf dem östlichen Bettrand saß Felix, fuhr sich mit zehn gespreizten Fingern durchs Haar und schimpfte leise vor sich hin. »Auch das noch! Wird einem sogar noch die verpatzte Liebesnacht verpatzt! Mir steht's bis Oberkante Unterlippe, wirklich bis hier!« Er machte dazu die passende Handbewegung, stand auf und zog sich an. Dann kam er ums Bett herum zu Regina, ging vor ihr in die Hocke und strich ihr zärtlich durchs Haar.

»Ich muß weg, Liebes. Aber ich komme zurück, so schnell ich kann, und dann ...« er küßte sie, »... dann schaffen wir das reizende kleine Ungeheuer da aus unserem Bett und ...«, diesmal küßte Regina ihn, »... und dann, ach ja!«

Als Felix vor der Mühle stoppte, war es zwölf Minuten nach sieben. Seine Familie in spe saß schon um den Frühstückstisch und gähnte sich mit feuchten Augen morgenmuffelig an. Nur Carolin war fröhlich und zufrieden, war sie doch die einzige, die letzte Nacht einen Sieg errungen hatte!

Felix küßte Regina flüchtig, nickte stumm in die Runde, setzte sich unter grimmigem Gebrumme und schüttete erst mal eine Tasse schwarzen Kaffee in sich hinein. Ex, in einem Zuge! Dann klatschte er sich eine Scheibe Wurst aufs Brot und begann wütend daran herumzusägen.

Andres schob sich den Rest seines Frühstückseis hinter die Backen und mampfte Felix an: »Hast wohl Ärger gehabt, was?«

»Nein«, knurrte Felix. »Nur eine Darmkolik behandelt. Und danach, weil's so schön war, gleich noch einen Kaiserschnitt gemacht, für den es fast schon zu spät war. Weil mein Herr Chef es vorzieht, im Bett zu bleiben und seinen Assistenten zu schicken! Aber ich kann ja nun auch nicht auf zwei Hochzeiten zugleich tanzen, bin ja kein Hexer!« Jetzt war Felix so richtig in Fahrt, jetzt wollte er gleich alles loswerden, was er in letzter Zeit so in sich hineingefressen hatte. »Ich hab' mal ausgerechnet, wieviel Stunden ich pro Tag für die paar miesen Märker arbeite, die ich verdiene. Vierzehn Stunden durchschnittlich! Nachtdienste werden natürlich mir untergejubelt, denn mein Chef hatte einen Herzinfarkt, und ich bin jung und gesund! Und ein lieber, gutmütiger Trottel!«

Reginas Hand kam über den Tisch gekrochen und streichelte Felix beschwichtigend den Arm. Aber Felix hatte keine Lust, sich beschwichtigen zu lassen, Felix hatte Lust, Gift und Galle zu spucken!

»Was heißt gutmütiger Trottel – ein Riesenrhinozeros bin ich! Da hab' ich nun endlich ein Prachtexemplar von Frau gefunden, mit drei reizenden Ungeheuern am Rockzipfel, und könnte die ganze Brut noch nicht einmal heiraten, wie sich das gehört, weil ich sie verdammt noch mal nicht ernähren kann!«

Andres, der sich gerade die fünfte Scheibe Brot dick mit Butter bestrich, errötete leicht und leitete sofortige Sparmaßnahmen ein. Er kratzte die Hälfte der Butter wieder runter und schmierte sie auf eine sechste Stulle. »Für gleich noch«, meinte er kleinlaut und grinste Felix verlegen an.

Jetzt erst wurde Felix bewußt, daß er hier am falschen Ort seinem Ärger Luft machte, daß er seinen ganzen Frust wie ein Despot an seiner Nochnichtfamilie ausließ, daß er sich ganz und gar unmöglich benahm. Er ließ etwas Dampf ab und entschuldigte sich.

Felix fuhr sich mit beiden Händen durchs Haar. Plötzlich sprang er auf, griff sich seine Jacke und kündigte an: »Ich fahr zu Dr. Wenzel und setze ihm das Messer auf die Brust. Entweder er macht mich zum Teilhaber oder ...« Er brach ab. Es gab kein Oder, das war ihm klar. Eine Praxiseröffnung würde ihm in der näheren Umgebung nicht genehmigt werden, es gab hier schon genug praktizierende Tierärzte. Entweder Teilhaber vom alten Wenzel oder so weiterarbeiten wie bisher – wenn er sich nicht von Regina und den Kindern trennen wollte, um sich irgendwo – weiß der Himmel wo! – niederzulassen ...

»Oder?« fragte Regina.

Felix antwortete nicht. Er drehte sich um, riß die Tür auf und ließ sie krachend hinter sich ins Schloß fallen. Einen Moment lang war es unüberhörbar still, dann meldete sich Babelin zu Wort.

»Ich muß jetzt weg, bin mit Markus verabredet.«

Sie stand auf und ging hinaus, vermied dabei tunlichst, Reginas Blicken zu begegnen. Wußte sie doch, daß Regina ihn nicht mochte, daß sie ihm nicht über den Weg traute. Aber Regina tat ihm unrecht, bestimmt tat sie ihm unrecht! Markus war in sich gegangen, hatte seine Fehler eingesehen, ganz sicher. Warum wäre er sonst zu ihr zurückgekommen?

Regina sah durchs Fenster, wie Babelin einstieg und wegfuhr, und wünschte, sie hätte noch Gelegenheit gehabt, ihr zu erzählen, daß Johannes und Vanessa ihre Verlobung bekanntgegeben haben. Daß Markus nur zurückgekommen war, um mit ihr seine Niederlage bei Vanessa zu betäuben, sie als Lückenbüßerin zu mißbrauchen. Wenigstens vermutete Regina das ... ach nein, sie wußte es, sie war sich ganz sicher. Und sie wünschte Dr. Markus Ebert von ganzem Herzen dorthin, wo der Pfeffer wächst! Warum konnte er Babelin nicht endlich in Ruhe lassen!

Andres beobachtete seine Maminka und ahnte wohl, was sie dachte. Er seufzte und brummte: »Eine Grabesstimmung ist das heute morgen! Also, ich zieh' mich lieber zurück.« Sagte es, stand auf und ging, und Carolin folgte ihm. »Ich geh' zum Edwin, muß ihm erzählen, daß Felix heute nacht bei der Mami im Bett geschlafen hat!«

Regina erblaßte. »Hör mal, Carolin ...!« rief sie ihr nach, aber Carolin hörte nicht mehr.

Regina sprang auf und lief ihr nach, holte sie am Gartenzaun ein und nahm sie ins Gebet. »Also hör mal, mein Schatz, es gibt Dinge, die erzählt man fremden Leuten nicht. Zum Beispiel erzählt man nicht, wer in wessen Bett geschlafen hat.«

»Aber warum denn nicht? Und außerdem ist Edwin nicht fremd, sondern mein Freund, wir haben keine Geheimnisse voreinander!«

»Mag sein ...« Regina seufzte. Hier zeigte sich mal wieder, daß ein gutes Gewissen keine Hemmmungen kannte. Carolin hatte ein gutes Gewissen – sie leider nicht. Sie war erwachsen, und Erwachsene schämen sich sogar für die Liebe. »Ich möchte nicht, daß du das erzählst – so, und nun geh zu deinem Edwin.« Regina küßte sie und sah ihr nach, wie sie zum Bach hinunterlief.

Als sie in die Stube kam, saß Kaja noch am Tisch und sah ihr erwartungsvoll entgegen. »Du, Mami, ich muß dich noch was fragen.«

»Ja?«

»Sag, bist du jetzt glücklich mit Felix? Ich meine … wenn man erwachsen ist und jemanden lieb hat, dann heiratet man doch. Heiratet ihr?«

»Heiraten?« Regina stützte den Kopf in die Hand und dachte nach. »Weißt du, Kaja, es heiratet sich leicht, aber scheidet sich schwer – du hast es ja selbst mitgemacht. Laß uns ein wenig Zeit, bis wir uns besser kennenlernen konnten. Aber du kannst ganz sicher sein, daß wir es ernst miteinander meinen. Genügt dir das vorerst?«

Kaja nickte, und dann fiel sie Regina um den Hals. »Ach, Mami, ich wünsch' mir so sehr, daß Felix bei uns bleibt! Er ist einfach … einfach süß!«

Babelin schaltete in den dritten Gang zurück und fuhr langsamer. Zwischen zwei Hügeln tauchten die Dächer von Grabenkirchen auf, droben am Waldrand das Hochhaus, in dem Markus wohnte. Nur noch ein paar hundert Meter, und sie wäre bei Markus. Aber seltsam, jetzt, da sie ihrem Wunsch so nahe war, sehnte sie sich plötzlich weit weg. Jetzt hätte sie doch glücklich sein müssen, hätte Herzklopfen haben müssen, aber statt dessen fühlte sie nur diesen dumpfen Druck auf dem Magen.

Babelin parkte ein, stieg aus und sah an der Fassade hoch. Droben, über dem Dach, war blauer Himmel, Herbstsonne schien, gab dem Tag ein freundliches Gesicht, und trotzdem war ihr kalt. Sie zog den Mantel dichter um sich und betrat das Hochhaus; sie nahm nicht den Aufzug, sondern stieg Stufe für Stufe hinauf – erster Stock, zweiter Stock – und ließ die Zeit mit Markus wie einen Film an sich vorbeiziehen. Eine Zeit voller Enttäuschungen, Markus, der sie doch nie verstanden hat. War das nun wirklich der Mann, mit dem sie glücklich werden konnte?

Dritter Stock, zweite Tür rechts. Sie klingelte und schloß die Augen, stellte sich vor, wie er sie gleich in die Arme nehmen würde, und fühlte nichts als gähnende Leere. Und auf einmal war ihr klar, daß sie wieder gehen mußte, daß Markus Ebert ein Irrtum war! Daß er sie nie geliebt hat und nie lieben würde, daß eine Zukunft mit ihm immer eine Zukunft ohne Zukunft wäre. Nein, das war ihr nicht auf einmal klar, sie wußte es, seit sie ihn kannte, nur hatte sie es sich nie eingestehen wollen.

Dann hörte sie Schritte hinter der Tür, sah, wie sie aufgezogen wurde, sah Markus, sein Lächeln – ein unverbindliches, glattes Lächeln, wie vor dem Spiegel geübt, –, hörte seine Stimme: »Je früher die Stunde, desto netter die Gäste! Tritt ein, komm doch ...« Er lachte. »Du siehst ja aus wie ein Gespenst!«

»Gespenst«, wiederholte Babelin tonlos. »Ja, das ist es, ich bin wie ein Gespenst durch mein eigenes Leben gegeistert.«

Markus verstand nicht, wie sie das meinte. Er schüttelte den Kopf und wollte Babelin aus dem Mantel helfen, aber sie wehrte ab.

»Nein, es lohnt sich nicht, den Mantel auszuziehen. Ich bin nur gekommen, um mich von dir zu verabschieden.«

»Aber wieso denn?« fragte er verblüfft. Dann lachte er und zog sie an sich. »Unsinn, du machst Spaß!«

Babelin schob ihn von sich. »Nein, Markus, es war mir noch nie so ernst wie jetzt. Ich mache endgültig Schluß, es hat keinen Sinn mit uns beiden.«

»Auf einmal!« fuhr er sie an. »Erst läufst du mir nach, und dann ganz plötzlich stellst du fest, es hat keinen Sinn mit uns beiden – Frauen!« zischte er und rollte das R mit Todesverachtung. »Ihr seid alle gleich, alle!«

Babelin lächelte müde. »Was weißt du schon von Frauen«, sagte sie, drehte sich um und ging.

Im Aufzug lehnte sie sich gegen die Wand und atmete ganz tief durch. Wie leicht ihr auf einmal war, als hätte sie eben einen ganzen Felsblock von ihren Schultern gerollt. Sie griff in ihre Handtasche, zog den Brief mit der Anmeldung heraus und betrachtete ihn lächelnd. Zwei Jahre Studium, ein paar Jahre praktische Erfahrung sammeln, dann ein eigener Bezirk! Ach, Anna, dich hat der Himmel geschickt!

Regina führte Cora auf die Weide, Gustaf und Eugenie gaben ihr Geleit, watschelten schnatternd hinterdrein. Kater Friedolin saß auf der Fensterbank, beobachtete gelangweilt, wie Hund Kaspar seinen Knochen verbuddelte, Carolin und Edwin kamen Hand in

Hand über die Wiese gestiefelt, und die Großen saßen auf der Bank vor dem Haus und hörten sich gegenseitig Vokabeln ab.

»Conductor?«

»Schaffner!«

»Customs man?«

»Zollbeamter!«

»Reclaim?«

»... ä ... ich glaube Reklame?«

»Blödsinn, du Niete, das heißt ›Gepäckausgabe‹! Mensch guck mal, da kommt ja Babelin angerauscht! Dabei dachte ich, sie würde gerade an der Brust ihres Markus dahinschmelzen wie Butter an der Sonne!«

Kaja seufzte ganz tief. »Wetten, jetzt fließen gleich wieder Tränen!«

»Das ist so sicher, wie Tarzan an der Liane turnt!« meinte Andres. »Bestimmt hat dieser Falko-Verschnitt, der Armleuchter, der, ihr wieder seine Machoansichten um die Ohren geklatscht wie ein nasses Handtuch. Also wirklich, der ganze Typ ist doch Asche, ist der doch!«

Kaja ballte die Fäuste und wetterte: »Mit mir könnte der das nicht machen, du, dem würd' ich aber gleich mal zeigen, wo's langgeht! Pah!«

Inzwischen war Babelin vorgefahren. Jetzt stieg sie aus und – kaum zu glauben! – grinste fröhlich zu den beiden Hausaufgablern herüber. »Na, lernt ihr fleißig?«

Kaja und Andres sahen sich verblüfft an. Keine Träne, nicht mal ein feuchtes Auge!

»Wo ist denn eure Mutter?«

Die Frage hatte sich erübrigt, denn im selben Moment kam Regina mit Carolin und Edwin ums Hauseck geflitzt. Als sie Babelin sah, stutzte sie, und auch ihr Blick suchte nach verräterischen Tränen in Babelins Augen – aber keine Spur, im Gegenteil, sie wirkte so locker wie schon lange nicht mehr!

»Du bist schon wieder da?« fragte Regina. »Hat er ... ich meine ...«

»Du meinst, ob er mir mal wieder den Laufpaß gegeben hat?« Babelin schüttelte den Kopf. »Nein, aber ich ihm! Markus Ebert ist überstanden. Ein für alle Male!« Sie genoß die allgemeine Verblüffung sichtlich, grinste wie Fräulein Höchstvergnüglich persönlich und zuckte beide Schultern. »Was schaut ihr denn so, als ob so etwas nicht in den besten Familien vorkäme. Schicksal, Kismet! So nimmt das Leben eben seinen Lauf.«

Kaja war zutiefst enttäuscht. So ein richtiges Seelenkummerliebesdrama mit ausgiebigen Tränen wäre ihr lieber gewesen, das hätte mehr hergegeben. Aber Andres äußerte sich zustimmend. »So ist es recht«, meinte er väterlich, »lieber locker vom Hocker als hektisch übern Ecktisch, so lebt es sich bedeutend leichter!«

Er sah nach Beipflichtung heischend in die Runde und mußte zu seinem Kummer entdecken, daß niemand ihm zugehört hatte. Die allgemeine Aufmerksamkeit der versammelten Zwei- und Vierbeiner galt ganz und gar einer Staubwolke, die wie ein Wirbelwind vom Dorf herüber auf die Mühle zufegte. Der Staubwolke voraus eilte ein Wohnwagen, und der wiederum hing an Felix dunkelgrünem Opel-Kombi. Ab und zu sprang der Wohnwagen über einen Stein oder geriet in ein Schlagloch, das ganze Gefährt holperte und hüpfte und tanzte wie ein wildgewordener Derwisch auf die erstaunten Satzbacher zu.

Felix trat pfeifend in die Bremsen, sprang pfeifend aus dem Auto, kam pfeifend auf seine Lieben zu. »Da staunt ihr, was?«

»Und wie«, gab Regina zu. »Ich hab' deine Fahrkünste ja schon immer bewundert!«

»Sag mal, was willst du denn mit dem Wohnwagen?« begehrte Andres zu wissen.

»Langsam, langsam, alles der Reihe nach!« Felix brachte sich in Positur, räusperte sich und tat kund: »Vor euch steht Dr. med. vet. Felix Aubach, Teilhaber der Vieh- und Kleintierpraxis Wenzel.«

»Nein!« rief Regina und schlug beide Hände vor den Mund.

»Doch!« sagte Felix. Er breitete beide Arme aus, damit Regina hineinfliegen konnte. Regina flog und wurde einmal herumgewirbelt, wieder abgesetzt und bekam einen Kuß auf die Nasenspitze.

»Für Nahrung in diesem Haus ist also gesorgt«, konstatierte Andres trocken. »Gut, gut! Und wie hast du das Ding so schnell gedreht?«

»Zuerst wollte der Alte nichts von Teilhaberschaft wissen«, erzählte Felix. »Aber dann hab' ich ihm tüchtig eingeheizt. Schließlich hat er mich Erpresser genannt und zähneknirschend eingeschlagen. Ich übernehme den Außendienst, Abteilung Vieh und Notfall, er die Kleintierpraxis. Am Mittwoch wird das alles vertraglich festgelegt, bis Mittwoch hab' ich nämlich Urlaub genommen. Und den Wohnwagen, den hab' ich gemietet. Für einen dreitägigen Kurzurlaub. Wir verreisen nämlich.«

»Auf fein!« rief Carolin begeistert. Verreisen fand sie aufregend.

Aber den Zahn zog ihr Felix gleich wieder. »Mit ›wir‹ meinte ich deine Mami und mich, uns beide ganz alleine.« Sagte es und sah Regina unanständig tief in die Augen. »Ganz weit weg von Telefon, Piepsgerät und reizenden kleinen Nachtgespenstern. Und dann …«, er küßte Regina auf die Nasenspitze und ließ offen, was dann sein würde.

»… dann …?« hauchte Regina, und diesmal war sie es, die ihn küßte.

Friederike Costa – Meisterin des heiteren Romans

Friederike Costa wurde in Niederbayern geboren. Schon mit vier Jahren bekam sie Ballettunterricht und stand bereits ein Jahr später zum ersten Mal auf der Bühne. Nach der Schule machte sie ihre Leidenschaft zum Beruf. Sie war an verschiedenen deutschen Theatern als Tänzerin engagiert, bis sie 1982 die Ballettschuhe an den Nagel hing.
Doch ganz wollte sie der Kunst nicht den Rücken kehren und wandte sich nun der Schriftstellerei zu. Sie begann mit Kurzgeschichten und wagte sich schon bald mit Erfolg auch an die größere Form des Romans. Einige Zeit war das Schreiben ihre Hauptbeschäftigung, doch die Arbeit am Schreibtisch war ihr auf Dauer zu einsam. So absolvierte sie eine mehrere Jahre dauernde therapeutische Ausbildung. Seit 1991 leitet sie eine Praxis für Psychologische Beratung, in der sie mit Techniken der Imaginationstherapie arbeitet. Die Imaginationstherapie stützt sich auf Symbolik, Mythologie, Märcheninhalte und Traumdeutung. Ihr großes Interesse an Märchen und Mythen schlägt sich jedoch nicht nur in ihrer therapeutischen Arbeit nieder, sondern auch in ihren Büchern. Mit *Die Nacht der Mondfrauen* hat sie unter ihrem richtigen Namen Angeline Bauer eine Sammlung mit Märchen von starken und mutigen Frauen herausgegeben und durch eine Rahmenhandlung verbunden.

Verzeichnis lieferbarer Titel

(Stand März 1999)

Als Gott den Mann schuf, hat sie nur geübt (01/10550)
Ein Mann zum Träumen (01/9940)
Die Nacht der Mondfrauen (01/10333)

Die Bandnummern der Heyne-Taschenbücher sind jeweils in Klammern angegeben